杜晓勤 著

唐代文学的
文化视野

上册

中华书局

图书在版编目(CIP)数据

唐代文学的文化视野/杜晓勤著. —北京:中华书局,2022.4
(2024.7重印)
ISBN 978-7-101-15604-1

Ⅰ.唐… Ⅱ.杜… Ⅲ.中国文学-古典文学研究-唐代
Ⅳ.I206.42

中国版本图书馆 CIP 数据核字(2022)第 009797 号

书　　名	唐代文学的文化视野(全二册)
著　　者	杜晓勤
责任编辑	葛洪春
责任印制	管　斌
出版发行	中华书局
	(北京市丰台区太平桥西里 38 号　100073)
	http://www.zhbc.com.cn
	E-mail:zhbc@zhbc.com.cn
印　　刷	河北新华第一印刷有限责任公司
版　　次	2022 年 4 月第 1 版
	2024 年 7 月第 2 次印刷
规　　格	开本/920×1250 毫米　1/32
	印张 29¼　插页 4　字数 800 千字
国际书号	ISBN 978-7-101-15604-1
定　　价	148.00 元

目 录

绪 论 ………………………………………………………… 1

第一章 南北文学融合与唐前文化格局 ……………………… 1
 第一节 南朝诗歌艺术精神与士族文化 ………………… 1
 第二节 "南北文风优劣论"辨 ………………………… 22
 第三节 合而未融的隋代诗坛与南北文化的交汇 ……… 37

第二章 初唐诗风的嬗变与唐型文化的建构 ……………… 107
 第一节 唐太宗与齐梁诗风之关系 ……………………… 107
 第二节 王绩诗歌与河汾文化精神 ……………………… 158
 第三节 初唐诗歌革新与北朝后期山东文学传统之关系 … 202

第三章 初盛唐诗歌的文化特质及其形成过程 …………… 227
 第一节 走向盛唐:初唐诗歌艺术的嬗变 ……………… 228
 第二节 士庶消长:初盛唐诗人文化心态之变化 ……… 258
 第三节 文化融合:盛唐文化精神的形成 ……………… 281

第四章 盛唐诗风之变及其政治文化动因 ………………… 310
 第一节 开元年间诗风与政治文化格局 ………………… 310
 第二节 从盛唐之音到盛世悲鸣 ………………………… 354

第五章 杜甫的文化心态及其演变 ………………………… 383
 第一节 杜甫的文化心态结构 …………………………… 383

| 第二节 | 杜甫的政治悲剧及其文化思想史意义 | 440 |

第六章　杜诗集大成的艺术境界及盛中唐人之接受 …… 478
- 第一节　杜诗"集大成"的艺术境界
  ——兼与庾信诗歌"老成"风格之比较 …… 478
- 第二节　开天诗人对杜诗接受问题考论 …… 492
- 第三节　杜诗在至德、大历间的流传和影响 …… 519
- 第四节　中唐诗人对杜诗的接受问题 …… 538

第七章　元白盛唐文化记忆之异同 …… 557
- 第一节　至德大历诗人对盛唐之缅怀 …… 558
- 第二节　元白对盛唐的"文化追忆"情结 …… 567
- 第三节　白居易《长恨歌》与元稹《连昌宫词》之比较 …… 597
- 小结 …… 611

第八章　柳宗元的美学思想与政治观念 …… 614
- 第一节　柳宗元的音乐审美观 …… 614
- 第二节　柳宗元山水审美观及其成因 …… 629
- 第三节　柳宗元《封建论》与大一统政治观念 …… 642

第九章　"草原丝绸之路"与骆宾王西域之行 …… 673
- 第一节　"草原丝绸之路"兴盛的历史过程 …… 673
- 第二节　骆宾王从军西域考 …… 692

第十章　隋唐典籍之东传与日本古代典籍之研究价值 …… 710
- 第一节　隋唐文学文献在日本的流播 …… 710
- 第二节　日本古代典籍反映的唐代中日诗人创作交流盛况 …… 758
- 第三节　日本古代典籍保存的唐代诗学资料 …… 771
- 第四节　京都大学图书馆藏明黄用中注《新刻注释骆丞集》十卷本考 …… 787

第五节 周弼《唐诗三体家法》中日版本流传考述	816
第十一章 唐宋文人茶的文化意蕴	**838**
第一节 唐宋文人茶的自然之趣	839
第二节 唐宋文人茶的生命之乐	851
第三节 唐宋文人茶的理性之美	864

参考文献 …………………………………………………… 875
后　记 ……………………………………………………… 893

绪 论

唐代是中国古代史上的黄金时期,唐诗是中国古典诗歌艺术宝库中最为灿烂的一颗明珠。而要研究唐诗之所以取得如此高妙艺术成就的原因,除了必须深入分析中国古典诗歌从汉魏六朝向隋唐发展的艺术机制,更离不开对唐诗得以茁壮生长的文化土壤、时代氛围和精神气韵的考察。几十年来,受西方文学理论的影响,学界往往将前一种研究称之为"文学的内部研究",将后一种研究称之为"文学的外部研究"[1]。不同的学者,往往因性之所近,或对前者,或对后者,各有偏好。实际上,这两种研究方法和研究观念,只要都是以解决文学或文学史本身问题为指归,即可相辅相成,并无高下优劣。

20世纪80年代中后期,我之所以对唐代文学产生浓厚的学术

---

[1] 对文学研究法作如此区分,系西方著名文学理论家和批评家勒内·维勒克(René Wellek)之首倡。他在20世纪40年代与奥斯汀·沃伦(Austin Warren)合著的《文学理论》(Theory of Literature, 1942, 1947, 1949 by Harcourt, Inc.)中,将文学研究分为"外部研究"与"内部研究"。所谓的"外部研究",包括作家生平与思想、文学社会学、文学心理学以及文学与其他学科之关系等角度,"内部研究"则着重研究文学自身的种种因素,如作品的存在方式、叙述性作品的性质与存在方式、类型、文体学以及韵律、节奏、意象、隐喻、象征、神话等形式因素。参刘象愚等译《文学理论》(江苏教育出版社,2005年)。

兴趣,就是因为惊叹于杜甫、李白、柳宗元等人精妙绝伦的诗艺,更对他们高洁的人格精神和宏博的思想体系高山仰止。读研究生期间和工作以后,也一直为初盛唐诗人积极进取的人生态度和作品中壮大雄浑的情感基调所吸引、所感动,且认识到中近古诗歌艺术转型与文化转型关系密切。同时,更越来越清楚地看到唐代思想文化所独具的自由开放的国际性,文学创作活动和作品文献向边地甚至整个东亚汉字文化圈的放射性。此书系我多年来从政治、思想、文化诸多角度尝试阐释唐代文学某些问题的阶段性成果,现将研究理路和思考所得,撮要缕述如下,就教于学界同仁。

一、盛唐诗歌精神的形成与中近古社会文化转型之关系

20世纪90年代以前,学界在研究初盛唐诗歌艺术进程时,多着眼于初盛唐诗人对南北朝诗歌的批评和革新,很少关注初盛唐诗歌与南北朝诗歌之间的传承关系和内在关联。实际上,无论从诗歌的情感质素还是从艺术形式上看,初盛唐诗歌都不全是对南北朝诗歌的一种反拨,而是在递嬗渐进中对南北朝艺术传统的继承和发展。而南北朝诗歌向初盛唐诗歌的嬗变,又基本上是与6世纪初至8世纪中叶发生的社会文化转型相伴而行的。但是,因为社会文化转型本身是一个全方位、多层面、递进式的过程,而其对诗歌艺术发展之影响,又是有中介的而且有限的,所以要真正恰如其分、全面真切地揭示出二者之间的互动关系,又近乎不可能。为此,我首先通过对初唐时期的朝野诗人对南北朝文学之态度及其背后文化观念、审美理想的考察,梳理初唐诗人是如何在对南北朝诗歌创作传统扬弃过程中进行创新的,然后再抓住盛唐诗歌与南北朝诗歌相比最显著的艺术特点——刚健风骨,从中近古社会文化转型过程中最重要的两条线索——"士庶力量之消长"、"地域文化之整合"着手,对初盛唐

诗歌所走过的文化历程,实际上也是史学界所谓的"唐型文化"的建构过程进行回顾,追溯盛唐诗歌所蕴含的雄浑壮大的文化精神的形成过程和动因。

唐诗之发轫及其艺术范式的建构,首先与唐太宗李世民对南朝文学所持通脱的学习态度和积极的艺术评价有十分重要的关系。李世民虽出身于"关陇集团",却摒弃了关陇集团自西魏宇文泰、苏绰直到唐高祖一直相沿的对南朝文化艺术的鄙夷甚至批判的态度,能够将文化艺术之优劣与治国理政之得失理性地区别开来,肯定推崇南朝文化艺术之精美,虚心学习南朝诗歌艺术形式、创作手法和诗趣意境,为合理改造齐梁诗绮靡之风,从而形成唐诗新品质,奠定了坚实的理论和实践基础。明人胡震亨赞唐太宗于唐诗发轫居功甚伟:"有唐吟业之盛,导源有自。文皇英姿间出,表丽缛于先程。"①诚不虚矣。

在相当长的一段时期,人们大都认为唐初隐逸诗人王绩主要继承的是陶渊明的田园诗创作传统。其实,王绩的诗歌成就也是建立在对南北诗歌之长兼采并取的基础之上的。晓音师在20世纪90年代初指出,"王绩的田园诗与陶诗在精神实质上存在着极大的差距,所以王绩在艺术方面也并未得陶渊明的真传,而是从风格到艺术表现都直接继承了庾信的田园诗","北周后期至隋代淹雅清正的诗风,大量用典和排偶的时尚,以及诗歌取材愈益细致广泛而多样化的倾向,对王绩诗歌的影响最为直接"②。在晓音师的启发下,我进一步发现,除了庾信(主要是入北之后的庾信)的山水田园诗赋的影响,王绩诗歌还有更近更直接的艺术借鉴,即卢思道、薛道衡

---

①胡震亨:《唐音癸签》卷二十七,上海古籍出版社,1981年,第281页。
②葛晓音:《山水田园诗派研究》,辽宁大学出版社,1993年,第94—95页。

等由齐入周再由周入隋的山东诗人,其文化精神的近源则是当时隶属于山东文化体系中的一个分支——"河汾文化",王绩及其作品体现了隋唐之际江左、关陇和山东文化艺术精神的大融合。

有唐初朝野诗人共同认定的对南北朝诗歌艺术遗产应"掇彼清音,简兹累句,各去所短,合其两长"(魏徵《隋书·文学传序》)的理论基础在,后来的初唐四杰、陈子昂和文章四友等人,就能够各就其性情之所近、取材之所重,在兼采齐梁以来清词丽句、流美韵律和北朝文士一直保持的用世之心、刚健骨气的过程中,逐渐完善了唐诗外"声律"而内"风骨"的艺术结构。当然,其中与当时社会文化关系最为密切的要素还是"风骨"。而由齐梁诗歌的"风力不振"嬗变为盛唐诗歌的"风骨凛然",又主要与创作主体——作家的精神追求与文化心态的转变相关。

在探讨诗人文化心态之变时,我主要关注到作家身份的"士庶之变"和创作交流的"地域整合"这两个重要社会文化现象。

创作主体的身份构成,由南朝以士族为主到初盛唐之际以寒士为主的"士庶之变",是促使诗人文化心态发生变化的根本原因。而诗人的文化心态,又大多能直接、间接地体现在其作品中。一般而言,诗人心态与作者在诗歌中表露出的精神境界、人生抱负基本上是一致的,而对作品情感基调的影响,则要稍间接些。因为决定诗歌情感基调更为重要的因素,是诗人理想与现实之关系,以及诗人对这种关系的认识程度。纵观齐梁至盛唐间士庶力量之变化,可以看出,从"士庶之争"到"士庶之变",不仅仅是朝廷上政治力量之较量与消长,更重要的是,在盛唐时期整个社会从底层到核心领导层都充溢着寒士意识、布衣精神,寒士阶层的人格得到全面、健康的发展,个性得到自由的张扬,这才使得庶族寒士阶层所蕴蓄的艺术创造力得到最大限度的发挥。如果说齐梁诗歌是南朝士族艺术创造力得到自由发挥后的艺术珍品,那么盛唐诗歌则是庶族寒士艺术创造力得到全面发挥后的艺术极品。

陈寅恪曾在《隋唐制度渊源略论稿》一书中拈出"江左文化"、"关陇文化"、"山东文化"这三个概念说明南北朝至隋唐之际的文化格局。受此启发,本人则从此一阶段各地域人士在政坛、诗坛之地位入手,尝试揭示出各地域文化受另两种地域文化影响后的变化,以及这种变化对本地域士人心态、诗歌创作之影响。在论述地域文化对诗风影响时,也注意到其层次性、局限性。具体说来,各地域的文化性格,往往会直接影响到当地诗人的人生趣尚、仕进方式,在某种程度上也会影响到对某些主题、题材的偏好。而各地域的艺术审美观,又会影响到当地的诗歌创作风尚。甚至,各地的自然山川、气候特点等地理因素,也会对作品中所描绘之物象、意境产生一定影响。

统合观之,南北朝后期并存的在三大地域文化影响下的诗风,也各有其优缺点,都不是诗歌艺术的理想形态,故三地诗人也都自觉不自觉地吸取了其他地域文化体系中的艺术精髓,借鉴另两地诗人的艺术长处。南北朝中后期,南北文化艺术的流向主要是南风北渐,以江左文化输入影响山东文化、关陇文化为主。由于南人大量入北,无论是邺下诗人还是关陇诗人,都争相仿效、学习齐梁诗风,有选择地吸收江左诗歌缤纷缛丽之辞藻、精工细密之声律、清怨空灵之意境。与此同时,世居江左的陈隋诗人,则素来轻视北地诗歌,又因多无入北、使北之经历,故几乎未受北地文化艺术精神之影响,诗风亦沿齐梁余绪而渐衰,乃至到陈末更加淫靡、纤弱,被讥为"亡国之音"。随着隋初三地地理、政治的统一,更因为隋炀帝统一南北文化政策的推行,山东文化、关陇文化与江左文化开始初步融合,三地诗人由于得聚京师、切磋诗艺,各自的诗歌也在不同程度上受到其他两地诗风影响,渐朝健康、理想的方向发展,为初盛唐时期文化、诗风的进一步整合作了较好的铺垫。进入唐代,从唐太宗、武则天一直到唐玄宗,各朝均广开仕途,各地士子不但可以凭藉其各自的文化优势奋其志业,而且随着盛唐漫游之风益加蔚然,各地士子之间交往更为频繁,盛唐诗人无论在士风还是在诗风上都能博采各地域文化之优长,形成了以刚健、壮大、积极、乐观为共同特征的盛唐文化精神。所以,从地域文化整合的角度看,盛唐文化实际上是各地域文化在开元前期新生后的大繁荣、大融合的产物。其所以能在此时勃发出空前的文化活力、艺术活力,又是由于其文化创作主体心灵的大自由、大开放。因盛唐文化是兼收并蓄的,吸取了各地域文化中最健康、最鲜活的成分,方融合成雄厚壮大的文化精神。唯其所包容的地域文化因子既多且广,盛唐文化方显得深厚;唯其所吸纳的文化因子健康鲜活,盛唐文化方显得雄健。在这种文化整合状态中产生的盛唐之音,虽风格多样,异彩纷呈,然亦具共通的艺术精神——"秀丽雄浑"。

二、诗人文化心态对创作艺术发生影响的机制

以前学术界曾从经济基础的转换、社会制度的演进、仕进方式的变化等方面,探讨了齐梁到盛唐间诗人心态演变的原因。我则认为,朝廷政局的变动、文士地位的上升、文化思潮的变迁,是导致诗人心态发生变化的更为重要的因素。

首先,促使诗人心态变化的一个重要因素,就是朝廷政局的变动。

自古以来,文士大多与政治保持着密切的关系。齐梁士族诗人虽然讳言功名、罕关庶务,似乎疏远了政治,但这种表现上的冷漠,又是以其政治特权、仕途上的垄断性为前提的。而且,一旦政局发

生变化,这些前提条件不复存在,他们的心态也就不得不变了。如梁末战乱迫使一部分江南士族沦落北土,失去了昔日的政治特权和经济实力。他们也就不再讳言功名了,而是开始表露出一些复振宗国、建功立业的想法。在隋末战乱中,江南士族要想挽救其政治、经济上的颓势,就不得不与关陇军事豪强携手,共同打天下,再建新的政治秩序。所以江南士族萧瑀、陈叔达等人也都直接参加了代隋建唐的政治活动,从而在一定程度上保住了江南士族的政治、经济利益。到高宗永徽年间,围绕着宫廷中的"立后"事件,享有既得利益的关陇贵族、江南士族,与新进微族寒士针锋相对,为争夺政治、经济利益而进行激烈政争。尽管微族寒士在政争中暴露出了某些人格缺陷,但另一方面又充分说明他们已不甘心处于被压制的地位,急于分享政治、经济利益,显示出空前的政治热情。而同时,关陇贵族和江南旧族亦必须为保住其既得利益而挣扎一番。武后掌权之后,大量擢拔寒士,更激起了庶族寒士的仕进热情。士族在遭打击之后,已无太多的政治特权,他们也被迫走科举入仕的道路,昔日曾经有过的罕关庶务、唯务玄虚的心态至此渐渐成为历史陈迹。

其次,文士政治地位的上升,也是导致其人生理想发生变化的历史前提。

在齐梁陈隋及唐初,擅长吟咏、以文章进身的文士虽然待遇优渥,然政治地位并不太高。南朝士族子弟中,只有沈约等为数不多的几人能享有很高的政治地位,其余的文章之士多为文学弄臣,而宫廷诗人如庾信、徐陵、江总等亦乐而为之。到唐初,太宗开文学馆后,虞世南、孔绍安、褚亮、李百药等文章之士的政治地位亦不显赫,仅备文学顾问而已。所以一直到初唐四杰,中下层文士的人生理想,也还是希望以文章进身,在宫廷尽侍宴游从、润饰鸿业之职事。

然而,从高宗、武后朝开始,由于科举制度的进一步推行,文士担任重臣人数的增加,文章之士在朝廷中的作用就不再局限于修书、吟咏了;他们也逐渐进入到中书省,担任草诏拟令的机要任务,有的还位居宰衡,直接参决政事。由于文士政治地位的显著上升,中下层寒士如陈子昂、卢藏用、吴半千等,也就产生了以文章登用,进而草诏拟令、纵论军国大事的政治理想。其中,陈子昂因为对武后革命寄予期望,武后有一段时期对陈子昂也十分赏识,所以他的人生追求就与一般的宫廷侍从文人异趣,对社会人生的思考也具有前所未有的深度。王勃、卢照邻等都认为,要真正实现自己的人生抱负,首先要中守真道,保持儒家政治教化的政治理想,其次要待时而动。在所谓"时""才""道""命"之复杂关系中,"道"和"时"更得四杰之重视。而在陈子昂看来,"时""才""道"固然重要,但是在现实政治的教育下,他认识到大运盈缩、天道周复,自有其规律,即使是仲尼、伯阳之类的圣贤也无力回天,所以他到最后对儒家之"道"也表示怀疑,具有更为彻底的批判意识。在武后及玄宗朝,由于边境战争频仍,文臣出征也屡见不鲜了。而且狄仁杰、张说等人更是出将入相,屡建边功,这就使得当时中下层文士的人生理想也发生了变化,他们大多希望进入朝廷后能出将入相,做伊尹、姜尚一流人物,实现安邦定国之伟大志向。

　　自中宗复辟,尤其是到玄宗登基之后,经过庶族寒士的不断努力,不但寒士政治地位进一步提高,而且其人格也更加健全、完善,个性也更加自由、高扬,整个社会充满了积极乐观、刚健进取的人文气氛,文化艺术各领域尤其是诗歌创作达到了最辉煌的艺术巅峰。

　　再次,各时期社会风气尤其是文化思潮的嬗变,也影响到诗人的人生抱负、人格精神。

　　魏晋以后,纯学术性的儒学虽然未尝中断,而以经国济世或利禄为目的的儒学人生精神则普遍失坠。齐梁时期,玄学与佛学结合,文士们更是以玄虚为务,风流相尚,罕关政事。周隋时期,由于北方儒学尚保存着汉学重质实、尚功用的特点,出身北方的诗人如卢思道、薛道衡、孙万寿等人受此影响,则表现出经世致用、建功立业的人生态度。

唐初南北学风合而未融,诗人心态亦大致呈务玄虚与尚质实并存的局面。在唐初宫廷诗坛竞以学南为尚的大背景中,山东出身的重臣如魏徵、李密、杜淹、李百药等人,受山东地域尚实济世风气的影响,仍能继承卢思道、薛道衡、孙万寿等人言志述怀的创作传统。

到高宗朝,儒学衰微,又使得贞观中文士尚存的忠直、骨鲠的人格精神为龙朔宫廷诗人阿谀献媚、卑弱无骨的人格特征所代替。由于先天文化素质的限制,特定的社会政治情势和思想文化背景的影响,龙朔庶族寒士普遍具有尚文轻儒、急于干进、利欲熏心,无儒雅之态、无骨鲠之气的人格特征。龙朔新进寒士人格上的这些特点对其诗歌创作也产生了不小的影响。首先,尚文轻儒的群体性格,决定了他们不可能像贞观初庶族大臣魏徵、王珪等人注重诗歌的政治教化作用,他们不是大作讽谏明道之作,而是注重诗歌的艺术形式美,亦即"争构纤微,竞为雕刻。糅之金玉龙凤,乱之朱紫青黄"。其次,由于龙朔新进寒士并无政治特权,所以不得不依附高宗、武后,所以他们多缺乏政治独立性,而是阿谀献媚,无骨鲠之气。这种性格特征使他们在入朝后创作了大量的颂体诗。

但初唐四杰则不同,到他们求仕的时候,科举制度已比隋唐之际更为完善,高宗、武后对"吏道"、治世之术亦较重视,只有文学之才,而无经邦之志、治世之术,是很难跻身朝廷的。所以,他们主要继承了北方的儒学精神,自小即具经世致用、恢复王道的政治理想,与龙朔诗人多求荣华富贵异趣,所以,他们不但对龙朔诗风深表不满,而且创作了大量表达其人生怀抱、政治理想的言志述怀诗。相对说来,他们的诗歌中体现了更为健康的寒士心态、更符合庶族文士的艺术趣味。这无疑是王勃等人在诗文创作中所提倡的刚健骨气的重要文化内质,是在背面支撑着他们进行诗文革新的厚积的力量。

武后在临朝称制及武周革命之后,推行着抑儒扬法的文化政策,任用了一大批酷吏,对朝士、大臣实行较残酷的专制统治,人们朝不保夕,如履薄冰,庶族寒士多无礼乐传家的家学渊源,便借以才气为主的诗赋、时策等为进身工具,少有人钻研儒家经典,受儒家伦理道德之影响也甚小,这就导致刚刚进入政坛的庶族诗人多呈现出软弱无骨的人格特征。同时,在武后、中宗朝,诗人们又大多有过遭贬之经历,不少人曾遭贬数次。在遭贬原因中,因酷吏、权臣构陷而遭贬最为常见,因自身人格缺陷遭贬者则居其次。他们对自身命运、遭际之反思,多是在其因所托非人而遭贬之时。在后人看来,似乎咎由自取,实际上武后、中宗朝诗人的人格自觉性和政治独立性不够,是特定的政治环境和时风使然,不应太过苛责。

只有到玄宗即位重新弘扬儒学之后,文士们才又普遍崇尚骨鲠、刚直的人格风范。张说等人直接继承汉魏文人诗言志述怀的传统,表现强烈的建功立业的思想,以及对人生功名的思考。遭贬之后,张说还有意学陶渊明、王绩之达观、萧散,隐逸自适,静以待时。如果说当时比较清明的政治局面是张说心境比较乐观的现实基础,儒家济世思想是其积极进取精神的内在动力,那么陶潜、王绩等前贤任真达观的处世态度,则为张说提供了消解被贬远谪之苦的人生哲学药方。也许正是在张说的影响下,后来的盛唐诗人王维、孟浩然等在仕途遭挫之后,才不致于完全沉沦于山林田园之中,而是形成了乐观、任真、自然、放达的健康人生观。

当然,诗人心态的变化与诗歌风格转变也有不同步的现象。这种不同步现象主要表现为诗人心态发生了变化,诗歌风格并未立即随之改变,这主要是由诗歌创作观念的滞后造成的。如唐初太宗和一些重臣都曾戎马倥偬、屡建功勋,其心态与齐梁士族诗人自不可同日而语;然他们的诗歌却沿陈隋遗风而未能大变,即使是一些言志述怀诗也并无多少刚健之气,原因之一就是他们的诗歌创作观念、诗歌审美趣味呈滞后状态。再如龙朔诗人,虽然其文化心态与齐梁士族甚至与唐初士族不相侔,但是由于其人格尚有许多缺陷,更由于其入仕之后安于富贵,以豪侈相尚,诗歌创作方面也部分沿袭了南朝诗歌重艺术形式轻情志表达的风尚,遂遭到后起寒士诗人们的批评。

然而,不管齐梁至盛唐间诗人心态的发展历程是多么漫长、多么曲折,也不管诗人心态与诗歌创作之关系多么复杂,盛唐风骨的形成、盛唐之音的出现,终究是和这二百多年间一代代诗人不懈的心灵求索分不开的。

三、对盛唐诗歌艺术风貌复杂性的政治文化考察

在初、盛、中、晚"四唐"分期说中,盛唐持续时间最短,如果将唐玄宗开元元年(713)到唐代宗大历元年(766)这段时期视为盛唐的话,前后不到六十年;如果从开元元年起,到安史之乱爆发的天宝十五载(756)止,则仅有四十多年。对于盛唐诗坛的整体风貌,以前学界都用"盛唐之音"或"盛唐气象"概称之,认为盛唐诗人大多在作品中表现出高昂明朗的感情基调和雄浑壮大的气势力量。但这些形象化的表述,只是对盛唐时期诗人精神风貌和文化心理的共时的静态的描述,难以揭示出盛唐诗坛风貌的复杂性和历时性变化。如果我们对开元天宝年间的诗歌作更为细致深入的考察,就会发现:诗坛并不是从开元初年就已经很繁荣了,而是经历了一个相对

冷清、低落的阶段;即便是在"开元全盛日","盛唐之音"或"盛唐气象"之下,也涌动着一股盛世悲鸣的创作潮流;而且,到天宝中后期,盛世不遇、有志难伸的愁怨在时人的作品中越来越浓烈。对盛唐诗歌艺术风貌的阶段性和复杂性,我们同样可以从当时政局的变化、科举制度的局限性以及文士理想与才能之间的落差等方面进行阐释。

从唐中宗景龙元年(707)至唐玄宗开元十五年(727)这二十年间,诗歌创作风尚无论是从题材、技巧、诗体等方面,还是从情感基调、意境等方面,较之武周朝后期都未发生大的变化,只是在因袭中小有变革,更未产生出像李峤、苏味道、杜审言、沈佺期、宋之问等主宰一代诗坛、影响朝野的大诗人。开元前期宫廷诗坛这种颇为冷寂、发展缓慢的状况,除了文学自身的原因,还有社会政治方面的因素,尤其是"吏治与文学之争"的影响。

"吏治与文学之争"这个命题是著名史学家汪篯在20世纪中叶提出的,他认为,开元时期朝廷存在着姚崇等重吏治一派与刘幽求、张说等重文学一派之间的政治冲突①。这一论点对研究姚崇用事期间,匡赞玄宗的大臣,如刘幽求、张说之流,都相继被贬逐流窜,以及后来张说又被宇文融、李林甫、崔隐甫三人联合弹劾,以至罢相,甚至张九龄又被李林甫排挤等政治事件,都提供了极为新颖且很有说服力的解释。在汪文的启发下,我发现"吏治与文学之争"不仅对玄宗朝政治史产生了重大影响,而且直接波及此时的宫廷文坛乃至影响到诗风的变化。因为重吏治一派与重文学一派政见之异主要体现在:一主张用"吏干"之才;一提倡用"文学"之士。双方对文

---

① 唐长孺等编:《汪篯隋唐史论稿》,中国社会科学出版社,1981年,第196—208页。

学乃至诗歌创作之态度也不侔,大致说来,"吏治"派不重视官吏的文学创作才能,顶多只注意到文学的实用性,而"文学派"则将文学创作才能之高低视为选拔官吏的必备条件,他们更加重视文学的审美性、艺术性。所以随着两派政治势力的交替上升、轮流执政,玄宗朝前期的文学创作倾向及诗风也呈现出相应的变化。从当时政治角度看,玄宗在开元初相继用姚崇、宋璟为相,大力推行改革,唐王朝的政治逐步恢复清明、国力日见增强,为后来"开元全盛日"的到来奠定了政治和经济基础。但是,如果从文学发展的角度看,姚崇、宋璟的入相及其对张说、刘幽求等文学之臣的排挤、打击,使朝廷中几无善诗能文之人;又由于他们提拔吏干之才、提倡实用之文,不重视文学的艺术观,都使得当时诗歌艺术的发展受到影响。但是,从开元九年(721)张说再次为相之后,情况又开始向崇文的方向转化。而且,随着张说的复出,宫廷诗会也多了起来,张说经常评诗论文,有意识地提倡"气象宏阔"、"天然壮丽"的诗风,极大地促进了诗歌艺术的发展。

开元十五年(727)后,盛唐时代的主要诗人开始登场了,他们多怀跻身朝阙、参与国政的政治热情,高唱着"圣代无隐者,英灵尽来归"(王维《送綦毋潜落第还乡》)的理想之歌,或决策于朝廷,或立功于边塞,大有一展宏图之志,诗歌风格上则表现为高昂明朗的感情基调、雄浑壮大的气势力量,学界多称之为"盛唐之音"。

但是,"盛唐之音"到开天之际即已发生一定的变化。开元二十四年(736),张九龄罢相,不独标志着所谓的"盛世"已初露黑暗专政的端倪①,而且也使此前诗坛一味的高唱、宏响中混入了不安

---

① 中唐名臣崔群即云:"世谓禄山反,为治乱分时。臣谓罢张九龄,相李林甫,则治乱固已分矣。"(《新唐书·崔群传》)

的和声。与此同时或早于这些上层士大夫对盛世国运的忧虑,开天间另一些久不擢第的布衣诗人,如高适、薛据及后来被收入《箧中集》中的王季友、孟云卿等,也发出了"明代遭弃"、"自伤不早达"的悲鸣。

其实,那种认为盛唐诗歌一味表现为高昂明朗的感情基调、雄浑壮大的气势力量的观点,首先是曲解了盛唐诗人追求的"风骨"的审美内涵。盛唐人所激赏的"风骨"系承汉魏而来,建安作品中弥漫着一种身处乱世难以得遂心愿的慷慨悲凉,风格苍健、孤深,盛唐人虽处太平盛世,却也有与建安诗人在意气、襟怀上的相通之处,即渴望建功立业、风云际会。他们虽然满怀热切希望,但是,或"自伤不早达",或"运命唯所遇",这种仕途多舛、功名难就的郁愤,就发为耿耿之气、凛凛之骨,表现出更为感动人心的风骨美。

如果对开元天宝年间诗坛上的"盛世悲鸣"进行政治文化考察,就会发现这一创作潮流的产生和兴起,反映了盛唐士子为实现"致君尧舜"的政治理想,从追求到失落的心路历程。在整个盛唐时期,庶族士子大都没能实现参与国政、"致君尧舜"的政治理想。而且,他们的文化心态整体上呈现出渐变的趋势:由开元中前期的渴望风云际会、建功立业,向天宝中后期的仕途蹭蹬、理想失落的渐变;由他们年轻时对"圣代"、"明主"的厚望,到中老年对功业难就、壮志冥寞的怨愤的渐变。这种文化心态的渐变,就盛唐诗人个体角度而言,虽有或快或慢、或多或少的差异性,但对整个盛唐诗人群体而言,却又带有极强的社会性和普遍性,是整个一代士子在开元天宝年间这个貌似能实现政治理想的"盛世"、"明代",为追求自身社会价值而努力奋斗的心灵历程的反映,也是盛唐诗风由前期的"盛唐之音",向中后期"盛世悲鸣"转变的内在心理机制。另外,我们还要认识到,盛唐诗人"致君尧舜"政治理想的集体性失落,不只是开天年间具体的社会政治制度束缚或者权奸当道压制才士的结果,从更深层次看,也因为他们作为"志于道"的文士、儒生天生自身具有普遍性的人格和才能缺陷,如大多缺乏能适应封建集权体制高度发展时期从政的才能,更反映了盛唐文士"致君尧舜"的政治理想与封建君主集权体制之间不可调和的文化矛盾。

如果我们放眼于整个中国古代政治文化史更会发现,盛唐文士政治命运的悲剧,乃是隋及唐代中前期新旧社会结构剧变时,士人群体旧悲剧的尾声,新悲剧的序幕,对后来的中国封建文化发展有着深远的影响。如果我们今天还是一味强调和关注开天时期诗歌中所反映的"盛唐气象"和"盛唐之音",忽视对同时存在的"盛世悲鸣"的研究和思考,绝不可能认识到盛唐一代文士为实现政治理想所走过的痛苦历程的深层文化意蕴和重要历史意义。

四、"诗圣"杜甫的文化史地位及其经典化过程

杜甫以诗雄鸣于世,但他泽被后人的绝不仅仅是他的诗艺。非惟杜诗的成功,有其深厚的文化意蕴在,就是后世对他的极赏、赞誉,也多有明显的文化精神的认同,而且他的影响已远远超出了中国诗歌史、中国文学史的范围,进入到更广阔的文化史的领域。

首先,杜甫的诗歌艺术之所以达到"集大成"的高度,其中一个重要原因是杜甫在人格追求和文化精神上也达到了"集大成"的境界。

在杜甫的文化心态中,存在着两种人生价值取向:一是"窃比稷契""致君尧舜"的人生抱负和政治理想,这是他集体意识和社会责任感的表现;一是"江海之志""独往之愿",这是他个体意识和独立人格的反映。

"致君尧舜"是杜甫一生矢志追求的政治理想,在其文化心态结构中占着极为重要的位置。从文化心态史的角度看,杜甫对这一

政治理想的体认和追求,表明了他对儒家"尧舜之道"的继承和发展。杜甫把政治理想寄托在"君"身上,一方面是对先秦儒家"从道不从君"观念的放弃;另一方面又是出于巩固皇权、维护统一的政治目的。尤其对于后者,是杜甫所意识到的,体现了他强烈的"尊王攘夷"的思想,因为杜甫当时面临的是一个藩镇渐起、叛乱时有发生的政治境况。更为重要的是,杜甫对"致君尧舜"理想的体认,不是仅仅停留于口头上、表面上,而是有着丰富且深刻的政治内涵:一、风俗淳美、政治清明的社会理想,二、契合无垠的君臣关系,三、"民为邦本"的民本思想。

"江海之志""独往之愿",是杜甫对自身个体生命意识的追求,伴其一生,至老弥笃。但学界以前对此重视不够,多强调其"致君尧舜"的一面。这种研究格局,无论是就杜甫文化心态的认识,还是对杜诗深层意蕴的理解,都显得较为片面、不够深刻。杜甫的"独往之愿",反映了他的独立人格和自由个性,与"致君尧舜"共同组成了一个完整的人生价值体系。杜甫的"独往之愿",虽然来源于道家、道教和佛教这三大传统文化思想,但他对个体生命意识的体认,既有别于历史上的道家者流、道教信徒和佛门中人,也和其他热衷于道、佛的盛唐士子异趣,具有独特的文化内涵:第一,杜甫对个体自由的内在追求;第二,杜甫对神仙道教的务实理解;第三,杜甫对佛教义理的理性取舍。

"致君尧舜"和"独往之愿"分别是杜甫对集体情感和个体意识的追求,也分别代表了他对人性中的社会性和自然性的体认。前者是他的"平生素志",后者亦是他的"平生之愿"。而且,杜甫又以"真"的人生精神冲融其中,这使杜甫的整个文化心态具有了空前绝后、非他莫属的独特结构。

其次,杜甫的诗歌尤其是后期的作品深具"沉郁顿挫"的悲沉之美,在很大程度上,也与其坎坷的政治命运和悲剧的政治结局息息相关。

从天宝五载(746)怀着"致君尧舜上,再使风俗淳"(《奉赠韦左丞丈二十二韵》)的政治理想来到长安,至天宝十四载(755)十月杜甫好不容易得到河西尉的任命,这"困守长安"的十年,可以说是杜甫的理想与现实发生的第一个冲突。有人曾将杜甫求仕的失败归于李林甫、杨国忠的嫉贤害能,也有人进而说是因为在杜甫艰苦求仕的过程中,唐朝已由盛转衰,渐露弊政了。如果光从杜甫天宝五载应制举遭挫看,或可谓是李林甫从中作梗,而从杜甫几度向玄宗陈情,皆一无所获看,却很难说是几个权奸捣鬼,或玄宗已不如前期开明、朝政已腐败。中国古代的"士不遇",尤其是杜甫及其他盛唐士子的"盛世不遇"的最终文化根源,则在于儒家"修齐治平"的人生模式与封建政治思想之间的本质冲突:在封建皇权统治下,儒家"仁"的真精神并没有真正被履践,所谓的"修齐治平"的人生道路实际上走不通。这表明,"才士汲引难"在封建社会乃是一个极为正常的、自然的、具有深厚政治文化根源的悲剧,此悲剧绝不会因所谓的"圣代"、"明主"的出现而消失,更不会因隋唐时期选官制度的改进而彻底消失。

安史之乱发生后,杜甫追赴肃宗行在,乾元元年(758)六月在左拾遗任上因疏救房琯获罪后更被弃之不用,"致君君未听",则是杜甫政治理想与现实的第二次冲突。据一新师分析,肃宗将房琯罢相并不是因为诏书所列的"四大罪行",主要因为房琯是玄宗的旧臣,为玄宗"制置天下","于圣皇似忠,于陛下非忠也"(《旧唐书·房琯传》)。肃宗擅自登基,恐己位之不固,于是对玄宗旧臣加以排斥,房琯的那些罪名不过是借口罢了①。而杜甫当时似乎并没有察其

---

① 参陈贻焮《杜甫评传》上卷,北京大学出版社,2003年,第376页。

本心,他只身一人历经艰险潜投凤翔行在,目的就是要团结在肃宗身边,为国为民,也为他"致君尧舜"的理想能早日实现。如今遭弃、被贬,这显然是当政不重儒道所至。但是,杜甫的批判并没有停留在肃宗不用贤、自己遭弃的事情本身。他一方面认识到在朝廷已不可能有实现其理想的机会;另一方面又要从根本上履行儒家的"仁"的精神,批判当朝,心忧苍天。他在贬华州后,之所以能够写出"三吏"、"三别"等饱含血泪、如此深情的忧世之作,固然是他一直坚持"致君尧舜"理想和"仁"的精神的体现,同时也与他在遭贬之后对君不重"民"、不依"仁"的清醒认识有关。

杜甫后来漂泊西南,心系朝廷却北归无望,最终"无成涕作霖",赍志而殁,则是杜甫政治理想与现实的第三次冲突。在因疏救房琯被肃宗弃置不用之后,杜甫的心态发生了明显的变化:一是他对"致君尧舜"的体认,已由前此重在求仕、入仕,在封建政治体系中推行理想政治,转变为"迹江湖而心系魏阙",追求其中蕴含的儒学真精神;二是他前此多有萌芽但一直未遂的"独往之愿",也逐渐成为此时一大追求。但是,这二者在杜甫生命的最后阶段,都没有得到实现。对于杜甫的人生悲剧,人们多从战乱的时局、蹇困的生计上寻求原因,但我认为,造成杜甫两无成的最终原因,却在于他对"真情"和"真性"都采取了"真"的人生精神,而"真情"和"真性"在封建文化体系中从来就是一对互相对立、冲突的人性论范畴。"真情"和"真性"的冲突,首先体现在杜甫"己饥己溺"的民胞物与之情和道教的访道成仙、求丹问药之间。他为了实现"致君尧舜"的理想就必须入仕,而入仕了就不可能再去访道成仙,求丹问药。其次,还体现在儒家的"真情"和佛教的"真知"境界之间的冲突。杜甫不是不想借佛教解脱自己为俗务所累的心,但他怎能舍弃妻子、儿女,怎能忘怀国乱民瘼?所以,直到弥留之际,仍未能摆脱儒与佛之交战。因为杜甫比时人更执着、更真挚地同时追求着"真情"和"真性",所以他必然要忍受别人躲避过去的这来自健全人性深处的冲突,他必然会仕隐两无成地离开人世。

杜甫的人格理想和人生追求,代表了要求完善人性、健全人格的人类发展大势,后世的人们无论是想追求"真情"、"真性",或是想"真情"、"真性"二者兼备,都可以从杜甫身上看到一种崇高的人格力量,一种伟大的人生精神,这应该是杜甫及其诗歌作品千古以来备受人们喜爱、推崇的最根本的文化因素。

再次,杜甫及其作品被时人和后人逐渐接受的过程,同样受到社会文化因素之影响。

学界以前论述杜甫在盛唐诗坛的地位时,或牵合杜诗与盛唐诗风,对盛唐诗人接受、评赏杜诗的情况语焉不详;或仅据杜甫自期之辞,认为他在开元、天宝中已"声名颇挺出",受到时人的普遍称许,进而肯定杜甫在盛唐诗坛的崇高地位。这是与史实不符的,杜甫及其诗作是经历了一个逐渐被接受和推崇的过程的。

杜甫在开天之际的创作处于模仿、探索阶段,生活阅历不丰,开元二十三年(735)进士落第后仍少年气酣,作品中缺少深沉的人生意蕴,诗作的影响并不大。杜诗在开天中不为人所重,首要原因当然是尚未形成独特的、成熟的风格。其次,杜甫在困守长安时所写的大部分作品,也未能捕捉到时代的脉搏。在开天之际,殷璠和一些目光敏锐的诗人,已从开天盛世的华丽光环的笼罩下捕捉到了世运渐趋黯然的信息。这种趋势发展到天宝末年,终于演变成了经年不息、灾难深重的安史之乱。而杜甫虽然困守长安十年,只是在天宝末年所写作品中才流露对时世朝政的忧虑、对自身遭际的无奈,渐有慷慨之气。就此而论,杜甫确实是时代精神潜转的后知后觉者。在时人眼里,杜诗是着力追求声律精工同时又缺乏风骨的作品,其被接受的情况自然不能和王、孟、高、岑、李等人之作相比了。

唐至德、大历年间,杜甫的诗歌创作达到了集大成的艺术高度,然而为何也没有得到时人的普遍赞誉呢?究其因由,大率有二:一、客观的社会政治因素。安史之乱的爆发,玉成了杜甫,同时也妨碍了时人对杜诗的完整认识,杜甫后期更多的注入了诗人深沉的忧时伤世情怀的作品,因山川阻隔而少为外人所知。二、主观的审美趣味之异。杜甫是唐转盛为衰时期的诗人,其创作成就主要在至德、大历间,那些曾和他有过交往的盛唐大诗人在乱中大多趋于沉寂,且相继早于杜甫谢世。与他同时代的创作成就亦较丰厚的元结等人,则喜用古体诗来针砭时弊,艺术倾向多有不同。大历年间,诗坛上弥漫的是"体状风雅、理致清新"的诗风,时人注目推尊的是刘、郎、钱、李等新的诗坛盟主,对漂泊西南、辛勤创作的杜甫似无暇顾及。

而杜甫在中唐渐被韩愈、元稹、白居易等人推崇,并成为盛唐经典作家,除了艺术上的启迪,也是因为杜甫悲舛的命运和执着的政治追求,感动着、激励着积极要求社会改革的这一批有志之士。如元稹就曾在《叙诗寄乐天书》中说,他少年时正逢德宗政治腐败,心中郁积,每思有所发泄,遂向陈子昂、杜甫等前贤学习写诗,以针砭时弊。白居易更侧重于从诗歌的社会政治功用方面来评杜、学杜,他在慨叹"诗道崩坏"的同时,不禁奋发图强,决心踵杜甫之前武,"欲起扶之",遂创作了大量"可以救济人病,裨补时阙"的"诗谏"式的作品。从中唐诸人之崇杜、学杜,直到后来宋代诗坛诸贤之尊杜为"诗圣",都与他们极力推崇杜甫诗歌中所体现的民胞物与的儒家人本精神分不开。

五、元白的"盛唐"情结及其历史文化内涵

毋庸置疑,开元天宝年间(713—756)是唐朝最为鼎盛的时期。

但盛极而衰,天宝末年安史之乱的爆发,成为唐朝由盛转衰的重大关捩,更有一些史学家认为,安史之乱不仅仅是唐朝由盛转衰的节点,也是我国古代封建社会的社会结构、文化特质发生重大变化的一个分水岭。唐人对开元、天宝年间盛世的缅怀与追忆,也正是从安史之乱刚一发生就开始了,其中又要数中唐元稹与白居易的相关作品数量最多、思考最全面,也最生动感人。

从安史之乱初起之时,直至德宗建中年间,有识之士如杜甫、颜真卿、陆贽等人已陆续对刚刚逝去的开天盛世进行缅怀、追忆,同时也对大唐治乱之变的根源作了初步的反思。不过,唐人对开天盛世进行缅怀、对安史之乱进行反思的高潮,出现在德宗贞元(785—804)至宪宗元和(806—820)年间。唐宪宗元和初年,距大唐盛世的结束,过去了四五十年。研究历史记忆的文化学者有一种理论认为,四十年会对一个朝代或一个时期或一个人的心理文化产生很大的影响。正因为到德宗、宪宗朝,亲历过开天盛世和安史之乱仍健在的人越来越少,时人能够亲耳听到玄宗朝遗老说故事的机会就更少了。为了抢救历史的记忆,加上当时现实改革的需要,人们就越来越怀念盛唐。何况唐宪宗还是一位有中兴之志的君主,常向大臣们请教治乱之理,所以朝野之中叙述开天故事、反思安史之乱的作家作品就渐渐多起来了。

从元、白等中唐文人对盛唐的追忆和评价中,我们可以看出他们深沉的历史思考。在盛唐题材作品中,元白等人首先批判了唐玄宗大事营造宫殿,轻起边衅,劳民伤财之举,期望宪宗能够以史为鉴,爱惜民力,励精图治,使大唐能够再次中兴。其次,他们还以乐观政话盛衰,认为天宝以来胡音、胡风对中原华夏雅正乐舞的浸染,使得政风、民风甚至军风都不再中正和平,且将之与安史之乱的发生乃至大唐的由盛转衰联系在一起,作深刻的历史反思。

二人相较的话，元稹创作此类题材稍早，但是白居易表现得更为全面，但他们又都能针对现实问题，反思唐之由盛转衰，探讨治乱之理，分析兴亡之由。就新乐府而言，白居易的《新乐府》讽喻性比元稹更强，且形式上采取了更为灵活多变的句式及篇中换韵的杂言体，经常运用第一人称的代言体的形式，"首句标其目，卒章显其志"，题下有序且经常在诗中加题下小注、句中小注，所以表达得更为集中、更为鲜明。

就元白二人作品的影响而论，白远胜于元。白居易的这一系列描写盛世图景、叙述李杨爱情故事、反思盛衰之变的作品，深深地影响了后人对开元盛世、对安史之乱的认识。《长恨歌》中对唐明皇、杨贵妃爱情的同情与歌颂，也使得杨贵妃并没有像妲己、褒姒那样被人死死钉在"红颜祸水"的耻辱柱上，反而得到了古今中外的赞美和歌颂。无论是宋元明清时期的中国人，还是平安朝以来的日本人，对杨贵妃不仅同情，甚至心生怜爱。

通过对元白二人涉及盛唐作品的综合考察，我们还可以看出：一、中晚唐人大多认为开元之治是因君明臣贤，君能勤政，虚怀纳谏，从善如流；臣能奉公，直言进谏；而天宝之渐，则是由于君不能克己，任用非人，权奸误国。二、白居易更认为，唐之由盛转衰，安史乱起，并非杨贵妃等女色之祸，主要责任是在皇帝，第一责任人是唐玄宗，所谓"汉皇重色思倾国"，安史之乱是君主荒淫误国所致。总之，元白两人对"盛唐记忆"的侧重点、所寄寓的感情以及相关作品对后世的影响，是不完全一样的。

六、柳宗元的美学思想与政治观念

柳宗元不仅是中唐时期著名的文学家，还是著述颇丰、名副其实的美学家、思想家①。

柳宗元的音乐美学观散见于《非国语》中的《无射》《律》《新声》诸篇中,具有独到的思想价值。在《无射》中,他认为"乐之来,由人情出者也",即乐来源于人的感情,否定了"圣人制礼作乐"的传统观念;在《律》中,他又批判了先秦伶州鸠"律吕不易""礼乐治国"的观点;他还反对把音乐和天象的变化拉扯在一起以及用乐预卜祸福吉凶的荒谬做法。这些观点虽只是吉光片羽,但因其强烈的批判性和战斗性,在中国音乐思想史上,尤其是对儒家正统乐教来说,却成了石破天惊的命题,激起了后世一些卫道者的非毁责斥。但是,我们要看到,柳宗元虽然不同意那种过分强调乐治以至神秘化的观点,却并未完全否定音乐的政治教育作用。因其注重"生人之意",故柳宗元对音乐的审美娱乐性,没有因为否定音乐治国佐世的社会功用而一并抛弃,而是在肯定其对人的情感不可缺少的审美愉悦作用外,也肯定了音乐的一些合理的社会功能和政治教育作用。而且,为了更好地推行"圣人之道",更大地发挥音乐的社会功用,君民应该共同欣赏音乐,贵族统治者不能只顾自己纵欲享受歌舞,不关心老百姓的死活。这在当时既批判了以唐玄宗为代表的最高统治者不顾人民死活拼命搞民间音乐的劳民之举,又否定了那些主张取消民间音乐专复"古器古曲"的极端复古派②,对引导音乐健康地向前发展也起了不可低估的作用。

柳宗元的音乐观在中国美学史上的意义,就不仅在于宗圣明道、阐发儒学,而且在于他站在时代的前列,以"生人之意"为据,观

---

① 虽然有学者将杜甫、李白也视为思想家并为其思想观念作评传,但其实不能称为真正的思想家,因为他们并无理论著作。
② 参吴钊、刘东升《中国音乐史略》,人民音乐出版社,1983年,第125—126页。

照了历史和现实中的一些本质矛盾,提出了合于历史发展的进步要求。在方法论上,他继承了陆质"合古今、散同异"的怀疑学风,反对"党枯竹、护朽骨"的教条主义,更自觉地吸收了历史上诸子百家的理论,使他的音乐审美观不只是对传统儒学的个别论点进行了批驳,而且从理论体系上批判了儒家唯心主义的某些内容,对儒家传统思想的一些积极观点作了独特的发挥。

柳宗元除了创作一系列的山水游记和山水诗,在山水文学史上享有崇高的地位,还在山水审美理论方面颇有建树,在山水美学史上也影响深远。

柳宗元最为著名的美学论断是"美不自美,因人而彰",但是,有学者曲解了柳氏此语,不仅认为其中含有"审美客体的价值和意义,要由它与审美主体的关系而定"的审美意义,还从中引发出当自然物成为审美对象后的美丑"在不同的时候或不同的人眼中,则会有不同的审美感受"的说法。实际上,柳宗元的这一美学论断中决没有如斯审美意义。从所在文章的上下文理关系看,柳氏此语显然是针对马退山附近的秀丽山川被埋没在人迹罕见的荒僻山区,不为人知、不为人用而言的。意即自然界中的美不会自己表现自己,成为审美对象,是因有了人的发现,才得以显现出来,实现其审美价值的。

而且,我们更要看到,"美不自美,因人而彰"这一山水审美观在柳宗元笔下被明确提出,是有某种历史必然性的。

首先,它的形成与柳宗元的生活遭际息息相关。柳宗元因参加王叔文集团"永贞革新"失败而于永贞元年被贬出长安,来到永州。永州那远离京华的自然环境,那怪特奇崛的山水之美,正是他被弃置不用的才华的写照。于是,柳宗元就把自己怀才不遇的感情,寄托到被弃置的美丽山川之上。"美不自美,因人而彰",不仅是在慨叹自然美的遭弃,呼吁好游者去发现、去开掘,也是在痛心"遗才而不得试"的社会现状,是在疾呼能识才用才的伯乐的出现!

其次,"美不自美,因人而彰"是与其唯物主义的宇宙观紧密相关的。柳宗元的哲学观基本上是唯物主义的,他认为,天自有其运行的规律,它不干人事,人事也不干它,这就与汉代以来的儒家的"天人感应论"完全相悖。但是,柳宗元又没有抹杀人在改造自然时的主观能动性。这些宇宙观在他山水审美观上体现出来,便成了既肯定自然美是不依存于人或社会的客观存在,又不否认人在其实现审美价值过程中起着积极作用的"美不自美,因人而彰"的唯物主义美学论断。

柳宗元的《封建论》是中国古代政论史上特别有名的杰作,它为什么在中国古代思想史上,在中国古代政治理论史上,具有很高的地位,获得了后人很多的赞赏?

首先,柳宗元《封建论》中的历史观,与传统上占主流的历史循环论,或者历史倒退论完全不同。他认为历史是一个不断前进的发展过程,而且这一过程是客观的,是不以任何人尤其是圣人的意志为转移的。而柳宗元的这种历史观,又是建立在他的带有唯物论色彩的自然观的基础之上。

其次,柳宗元在论述国家之治乱与封建、郡县之关系时,将"政"与"制"分开来了。如果制度不行,即便贯彻实现它的人再贤能,也不会有好的效果。如果制度很好,实现他的人不好,当然也不会体现出它的优越性来。秦之亡,其失不在"制"(郡县制),而在于"政"(暴政)。因此,柳宗元就比此前诸多反对封建制的论者,思路更为清晰,分析得也更为辩证透辟。

柳宗元之所以反对封建制,维护郡县制,还有一个极为重要的理由,就是封建等级制会压抑人才,只有在郡县制度下才能举贤用能,最终致理兴化。

七、国际文化视野中的唐代丝绸之路与唐诗之路

"一带一路"及其历史研究,是近年来中国社会各界极为关注的问题。而在唐代文学研究界,也产生了一些成果。相对说来,我则对与唐诗关系较为密切的沙漠丝绸之路和海上丝绸之路较感兴趣。

相对于沙漠丝绸之路和海上丝绸之路,历史最为悠久、持续时间最长的草原丝绸之路,研究成果却最少。如果依据中西交通史料、现当代考古发现,结合历代史传等文献,我们就能对"草原丝绸之路"的发展与延伸过程有比较清晰的认识,在南北朝到唐代中前期,大唐与东罗马帝国和西亚、中亚之间,通过草原大道进行着源源不断的物质文化交流,唐代中后期处于"草原丝绸之路"东端的营州和渤海国等地也呈现出空前繁荣的多元文化交流。草原丝绸之路甚至还与东方海上丝绸之路相连,一直到达朝鲜半岛和日本列岛,由此也对唐代产生的与东北边塞相关的诗歌作品的文化内涵产生了深远的影响。

当然,在三条丝绸之路中,与唐代文学关系最密切的,应该要数沙漠丝绸之路。这条丝绸之路在大唐境内主要属陇右道,学界最近几年将之称为"陇右唐诗之路"。因唐代陇右道有广义狭义之分,研究"陇右唐诗之路"不宜用狭义的陇右道的概念,应该用广义的陇右道,包括安西都护府在内。唐代中前期,西北军事活动较多,陇右道、河西走廊为朝廷西征之必经地区,文人从军、入西北幕,多走此道。此道沿途不仅有驿站,还有许多军镇。在这条线路上,应该多关注几个点:凉州、鄯州、甘州、玉门关和阳关。凉州是河西节度使所在地,中原文化与西域文明在此交融。鄯州是陇右节度使驻节

地,也是唐代边塞诗人创作诗歌作品较多的地方。甘州是河西走廊的咽喉,耕地广阔,粮食储备充足,是汉蕃互市的一个重要地点。因此,研究陇右唐诗之路,首先要搞清楚唐代陇右一直到西域的行政区划和州府、驿站的设置情况以及唐代诗人的经行之处。

据现存文献,唐代第一位从军西域走过"陇右唐诗之路"并留下作品的诗人是骆宾王。他在咸亨元年(670)四月随阿史那忠西行远征,在安西四镇、天山南北戍边多年,安抚、劳问被吐蕃威胁、挟制的西域诸蕃部落。骆宾王四月份离开京城,走了三四个月才到玉门关,因为阿史那忠的大军沿途还要征募兵士。骆宾王出玉门关,从蒲类津到天山,然后到安西四镇,大概在西域两三年之久。他在此行途中作有多首边塞诗,《西行别东台详正学士》是骆宾王咸亨元年四月底离开京城时所作。七月份到玉门关,他又创作了《早秋出塞寄东台详正学士》。骆宾王离开玉门关之后,就进入安西都护府所辖地区,途中写有《夕次蒲类津》,年底到天山,写了《晚度天山有怀京邑》《边夜有怀》《久戍边城有怀京邑》等十几首诗。骆宾王的这些作品,是唐代诗人首次对西域从军边塞生活的纪实,为后来盛中唐边塞诗的繁荣积累了丰富的艺术经验。

在唐代作家中,像陈子昂那样对西北边塞问题和军事方略有过深谋远虑的并不多。当时,武后因为要代唐建周,主要关注朝廷内政问题,而对西北边防有所轻忽,导致突厥、吐蕃坐大,连年入侵,河西走廊甚至秦陇地区都深受其害。垂拱二年(686),陈子昂随乔知之出塞,撰《为乔补阙论突厥表》,主张朝廷要对突厥进行自卫反击,应利用击破同罗、仆固的大好形势,并乘突厥诸部连年大旱、饥馑频仍的有利机会,主动出击,一举歼灭之。而且,陈子昂还对甘州、凉州的山川形胜多有研究,对这几个军事据点的重要性发表了自己的看法。他在《上西番边州安危事三条》中认为,朝廷应以甘州为基地而非凉州。甘州比凉州更为重要,因为甘州可做一个军事大粮仓①,以甘州为基地,可以随时供应瓜州、肃州的给养。另外,陈子昂还提出,对突厥部落正在遭受天灾的普通百姓,应赈济和招抚(事实上当时已经有九千多人归降),然后集中兵力打击骨咄禄,则突厥侵扰西北边地的问题可得以缓解。后来唐玄宗朝在西北所采取的军事战略,也与陈子昂所言相近,说明陈子昂并非只是在纸上谈兵,而是具有很强的现实性。

研究陇右唐诗之路,还应看到汉代乐府《陇头》及唐代陇右歌舞文学作品《凉州词》《甘州曲》对盛中唐内地诗人的影响,对边塞诗题材繁荣和普及的促进。甘、凉之地都是胡汉杂糅,从西域而来的音乐舞蹈,体现了陇右的独特风情,如《甘州曲》《甘州遍》《凉州曲》等,呈现迥异的音乐风格,体现了不同的民族风情。《凉州》是宫调曲,开元中凉州府都督郭知运进贡朝廷。贞元初,康昆仑又翻入琵琶玉宸宫调,形成新的凉州调,即使没有来过西域的人也会写这些乐曲。《甘州》属于羽调曲,元稹和白居易新乐府《西凉伎》写对盛唐的回忆,共同点都是写凉州带有西域色彩的歌舞伎乐,感慨安史乱后,凉州沦陷,河湟陷入吐蕃之手的史实,对朝廷的不作为和边将的不思进取而深感忧愤。因此,我们要研究陇右的唐诗之路,还要关注陇右乐府诗曲调、陇右本地边塞题材对内地诗人的影响。

另外,陇右地域文化精神对本土诗人李益的边塞诗也有较大的影响。李益长于陇右,其《从军诗序》云已"五在兵间",其中就有三次与陇右相关,"故其为文,咸多军旅之思",有独特人格精神和任

---

① 即便现在看来也是如此,从山丹河的大黄山麓至洪水河上游,到有许多小支流的民乐县附近,确实是一大片海拔2000至3000米起伏比较平缓类似于塞上江南的平原。

侠勇武的地域文化特征。其《从军北征》"天山雪后海风寒"之"天山"即祁连山,"海"即青海湖,是其故乡附近之景。《夜上西城听凉州曲》则写出了一种边关之思,是他听到家乡的《凉州曲》有感而作。他经常描写陇右风物,体现出强烈的陇右情怀:"莫笑关西将家子,只将诗思入凉州。"李益一生积极进取,和他在陇右的成长经历以及"关西将家子"的身份认同有很大关系,这就是陇右诗人的精神气质。

八、东亚汉文化圈中的唐诗创作国际交流和文献流播

近百年来,中国学者在研究中国古代文学时多注意利用20世纪初新发现的敦煌残卷中的资料,视为新材料,谓之"预流",而对数量更多、价值更大的日本古代典籍,则相对关注不够。实际上,就唐代文学研究而言,流传到东瀛的唐代文学文献数量更多,再加上日本古代典籍中也保存了不少与之相关的史料,所以更应全面挖掘和善加利用。

首先,日本古代典籍反映了隋唐文学文献在日本的流播过程和被接受的情况。

中国典籍之大规模东传日本,是在公元7至9世纪,时值中国隋唐两朝,日本的飞鸟、奈良和平安朝前期[1],当时汉籍东传的主体是日本派出的遣隋使、遣唐使和学问僧。汉籍传到日本后,大多首先进入皇宫,成为历代天皇和朝臣们学习、珍玩和抄写的国宝。从日本古代的各种汉文典籍尤其是各种图籍目录、正仓院文书、历代天皇宸记中,都能看到它们在日本流播的轨迹和被接受的盛况。藤

---

[1] 孙猛认为:"至少至七世纪初为止,日本政府派遣遣隋使之前,日本并没有大量的汉籍。"参氏著《日本国见在书目录详考》,上海古籍出版社,2015年,第2145页。

原佐世编撰的《日本国见在书目录》，则更全面反映了奈良朝至平安朝前期流传到日本的汉籍的存藏情况，其中一半以上未见于《旧唐书·经籍志》《新唐书·艺文志》，更有数十部在中国唐宋时期的公私书目未著录过。从日本早期汉文典籍中著录、引用的唐代诗文书目，也可以在一定程度上看出唐代作家作品在奈良朝和平安朝前期的流传和影响。

其次，日本现存的唐人文集古抄本尤其唐抄本，对辑佚唐诗作品、考察唐集原貌，具有极大的文献价值。

从奈良时期开始，日人抄写中国典籍蔚然成风。据阿部隆一编《本邦现存汉籍古写本类所存略目录》，日本现存各类汉籍古抄本就达700多种，其中有不少是中国早已失传的唐代诗文典籍。作家别集类的日本古抄本主要有王勃、武则天、赵志、白居易等人的集子。其中，现藏于日本奈良县天理图书馆的《赵志集》，据日本学者考证，似为初唐人赵志的诗集，然赵志与集中唱和之人均无考，作品更不见现存他书。此集近年来已逐渐引起学界关注，但尚未被深入研究。日本现存《白氏文集》旧抄本数量更多，从考察白集原本编撰体例和卷首抄写格式这一角度看，金泽文库本、神田本、时贤本以及管见抄本的文献利用价值较高，尤以金泽文库本文献价值最大，因为金泽文库本中有不少卷的祖本，系日僧惠萼来唐时于会昌四年（844）在苏州南禅院抄写的67卷本《白氏文集》，对研究白居易编撰文集之体例和作品分类，以及还原白集旧貌，具有刊本难以替代的文献价值。日本还有一些唐诗汇抄性质的古写本，除了可据以研究唐诗在日本的流传与影响，对唐诗辑佚以及唐集编撰体例的考察，也都具有极高的文献价值和学术意义。

再次，日本古代典籍中还保存了不少唐代中日诗人创作交流的第一手珍贵史料。

中日之间大规模的文化交流、人员往来,是在 7 世纪初日本"大化改新"之后,前几批遣唐使中有不少来自大陆的"归化人"及其后代(即所谓"汉人"、"新汉人"),这些人本身通晓汉语、具备一定的诗文创作能力,既推动了遣唐使运动的开展,又反过来影响了奈良朝的诗歌创作风气。日本孝谦天皇天平胜宝三年(唐玄宗天宝十年,751)编撰的第一部汉诗集《怀风藻》收集了 120 首汉诗,作者包括文武天皇、大津皇子、大友皇子等皇族,还有官员、文人和僧侣等。其中遣唐使和学问僧的作品多有在唐时所作诗篇,如释辨正的《五言与朝主人》《五言在唐忆本乡一绝》、释道慈的《五言在唐奉本国皇太子》等。另,《弘法大师全集》收录的圣贤撰《高野大师御广传》中也保存了空海回国时唐人马聪(摠)、朱千乘、朱少端、沙门鸿渐、昙靖、郑壬等人的赠别诗,这些作品在唐代及后世典籍中均未收①。在日本停派遣唐使后,中日两国的诗歌创作交流并未停止。当时承担着中日诗歌创作交流工作的是唐代东北地方政权渤海国的遣日本使。渤海国遣日使多由文才横溢者担任,而日本接待的官员也多精通汉学,擅作诗赋。渤海先后出使日本的裴颋、裴璆父子,不仅与平安朝汉文学大家菅原道真、菅原淳茂诗歌唱和往还,还结下了父子两代的深厚友谊,也充分反映了唐诗在东亚地区的深远影响和广泛普及。

另外,浩如烟海的日本古代典籍,还保存了在中土已经失传的唐代诗学理论资料。从齐梁至初盛唐,产生了一大批讲授诗歌体格律及作法的诗格著作,这类文献后来在中土大多散佚,在当时却传

---

① [日]空海:《弘法大师全集》首卷,同朋舍,1978 年。这些作品《全唐诗》多未收,张步云收入《唐代中日往来诗辑注》(陕西人民出版社,1984 年),王勇有专文探讨,参《空海に赠られた唐人の送别诗》,刊《アジア遊学》第 27 号,勉诚社,2001 年。

入日本,在奈良、平安朝产生了广泛深远的影响①。成于日本圣武天皇天平二十年(唐玄宗天宝七载,748)的《写章疏目录》中已有隋杜正藏的文章作法书《文轨》②。日本遣唐僧空海回国时(唐顺宗元和元年,日平成天皇大同元年,806),更携归大量的诗格著作。他后来编著的《文镜秘府论》和《文笔眼心抄》就是根据唐代诗格类著作编成的。张伯伟从中辑出初盛唐诗格类著作多部。这些文献,近三十年来已渐为中国学者所重视,在中国古代诗歌体格律研究领域开始发挥出越来越大的作用。目前尚未引起学界足够重视的是,在《文镜秘府论》之后,日本平安朝中后期直到江户时代的一些典籍中,尤其是日本人所编撰的汉诗文作法类著作,如《作文大体》《王泽不渴抄》《文笔问答抄》等,也保存着不少述及汉诗写作规范、声病格律规定的资料,在一定程度上弥补了中国相当长的一段时期声病、格律著作阙如的遗憾,使我们更清晰地了解和认识唐宋人创作古近体诗的调声方法和遵守的声病规则。如日本平安朝时期产生的大江朝纲所撰的《作文大体》(编撰于天庆二年,939),则在借鉴初唐元兢的《诗髓脑》以及他所见到的中晚唐近体格律著作的基础上,较为具体完整地记载了近体诗的平仄谱。日本平安朝汉诗文总集《本朝文粹》卷第七"省试诗论"中收录的平安朝文学家大江朝纲与纪齐名关于大江时栋省试诗是否有病犯的争论,可为我们研究唐代省试诗考核判等时声病规定的执行情况提供旁证。同时,日本早期歌学著作如藤原滨成的《歌经标式》、喜撰的《倭歌作式》、孙姬的

---

① 据藤原佐世《日本国见在书目录》统计,当时从中国传来的诗文体式、声律、作法类书有四十多部。
② 王勇、[日]大庭修主编:《中日文化交流史大系·典籍卷》,浙江人民出版社,1996年,第32页。《隋书·杜正藏传》:"又著《文章体式》,大为后进所宝,时人号为'文轨',乃至海外高丽、百济,亦共传习,称为《杜家新书》。"

《和歌式》、佚名《石见女式》、壬生忠岑的《和歌体十种》、源道济的《和歌体十种》等因受唐代诗格类著作影响较大,也是我们研究唐诗体格律理论、和歌早期形态与唐诗体式之关系的重要资料。

至于存藏于日本公私图书馆、文库中的数量众多的唐集善本甚至孤本的文献价值,则更不言而喻了。

九、唐宋文化转型在文人品饮茶酒活动中的投影

对唐宋两朝文化品格之异,学界多有论说。日本著名学者内藤湖南早在20世纪初就提出过"唐宋变革论"①,且认为:"唐和宋在文化性质上有显著差异:唐代是中世的结束,而宋代则是近世的开始。"②后来宫崎市定在《东洋的近世》一文中,更是发展和深化了内藤湖南的理论,全面阐述了宋代社会文化经济等方面,相对于唐代发生的各种变化。其实,在文人生活方式和文学题材方面,唐宋亦有别。其中,我比较感兴趣的现象是,从中唐开始发展到宋代,茶较之于酒渐渐更得文人雅士的青睐,咏茶诗也渐增,并在宋代形成了独特的文人茶文化。

对于唐宋文人对茶文化的建设之功,现有的研究成果大多从中晚唐以后文人著述茶书、别泉品茗、创制茶具、精研茶艺等茶事本身加以探讨,充分肯定唐宋文人在茶文化的精致化、高雅化等方面所起的历史作用。我则认为,唐宋文人对中国茶文化最重要的贡献,

---

① 对于内藤湖南明确提出"唐宋变革论"的具体时间,学界多有歧说,本文比较认同李庆的说法,即内藤湖南早在1907年前后即已在大学讲台上谈到此问题,1909年明确提出,1922年正式发表文章《概括的唐宋时代观》(1922年5月刊于《历史和地理》第九卷第五号)。参李庆《关于内藤湖南的"唐宋变革论"》,载《学术月刊》第38卷10月号(2006年10月)。
② [日]内藤湖南:《概括的唐宋时代观》,载《日本学者研究中国史论著选译》第1卷《通论》,中华书局,1992年,第10—18页。

是他们将日常茶事与自己的审美活动、精神追求、人格理想紧密结合起来,使饮茶品茗具有高妙的审美价值和玄远的生命意味,形成了一种独特的茶文化——文人茶。而且,茶文化之所以能在宋代大盛,还与唐宋之际文人生活态度、文化心理的转变紧密相关。宋人较之唐人更嗜茗茶,喜欢闲饮品茗,恰好符合他们静赏生命快乐的新人生观。日本汉学家吉川幸次郎曾经指出,宋诗中出现了新的人生观,即"悲哀的扬弃","从容不迫的人生观","乐观的人生态度","宁静的追求"。吉川幸次郎甚至认为,唐诗是酒,宋诗是茶。而在宋诗中,茶诗更集中表现了宋代文人对生命快乐的宁静追求。

宋代茶诗中宁静快乐的人生观,因其哲学来源不同,呈现出三种同中有异的生命快乐境界,即儒家"箪食瓢浆"的安贫乐道,道家"乐天知命"的齐物之乐,佛禅"至静无求"的达观之乐。

首先,在"琴、棋、书、画、诗、酒、茶"七件雅事中,最能体现宋人安贫乐道人生观的就是闲居品茗。宋代虽然实行的是文人政治,但是宋代文士在入朝为官之后,往往根据不同政治信念和治国方略结成宗派,党同伐异,无时或已,所以宦海浮沉,对于宋人来说,乃是司空见惯之事。他们在仕途受挫时,或以吏为隐,或退居乡里,然都喜闲饮清茗,以见其安贫乐道之高志。他们的心灵,在品饮之时已与孔、颜遥相交通。先秦儒家所提倡的"箪食瓢饮"、安贫乐道的高尚精神,在宋代文人的饮茶活动中得到了再现和升华,遂亦成为后世文人茶及整个中国茶文化的一大重要精神内核。

其次,道家的顺生适性、乐天知命之趣,也是宋代文人饮茶时的一种典型文化心态。从中唐开始,文士奉行安时处顺、知足保和、乐天知命思想者渐多。如白居易所追求的"闲适",既不是巢由"食薇饮水"式的独善生活,也不是颜回"箪食瓢饮"式的安贫乐道,而是具有委顺养内、适性快意的心理特点。随着文人政治制度的推行和士子"文官化"的发展,闲适快足的情趣在宋代朝野日益流行①。他们在仿作"陶体""白体"的同时,继承了陶渊明田园诗、白居易闲适诗中那种闲散快足之趣。他们常常在官舍郡斋,闲饮清茶,享受高趣。清茶而非浊酒,是宋代文人在官场调适躁进心态,解脱功名之累,心境归于宁静快适的一大重要精神触媒。因此,归隐田园,幽居山林,饱食安眠,啜饮清茗,成为两宋文人快意适性、乐天知命的普遍文化行为和精神享受。

再次,唐宋文人在饮茶时,由于受禅宗思想影响,还常常沉浸在一种"至静无求"、"虚中不留"的禅悦境界中。中晚唐文人喜与禅僧交往,常常在饮茶时参禅悟道,静静体会内心的澄明与愉悦。入宋以后,文士们亦重饮茶悟道之功。南宋末年,时局动荡,文士隐逸山林参禅悟道之风更盛,他们不仅在饮茶时思悟禅理,参透人生,享受抛开世累后的大自在、大快乐,而且在茶诗中,渗透着禅宗妙理,充满着茶禅一味的人生智慧。正是因为唐宋文人在饮茶过程中得到禅悦,才使得禅茶一味之论深入人心,成为中国茶文化的一个重要精神内涵。

所以,茶文化能够兴起于唐,大盛于宋,与宋代文人普遍遵奉静赏生命之乐这一新的人生观之间,实在有着至为密切的关系。而且,对唐宋文人由好酒变为爱茶现象的考察,也可使我们从一个侧面观照出唐宋文化的转型过程和唐宋之际士人文化心态的嬗变轨迹,对研究中国文化发展史和中国古代士人心态史具有相当的参考价值。

当然,可从社会政治思想文化等角度来研究的唐代文学问题还

---

① 参刘宁《唐宋之际诗歌演变研究——以元白之元和体的创作影响为中心》,北京师范大学出版社,2002年,第356—361页。

有很多，以上只是我对一些个案或者几个相关问题的断断续续的且不成熟的思考，是我对古代作家作品"同情之理解""尊重之研究"治学理念的具体实践。

第一章　南北文学融合与唐前文化格局

中近古之交的文化转型对诗歌艺术转型之影响具体而微,为了进一步认识南北朝诗歌向唐代诗歌转型的历史进程,深入探究当时诗歌艺术转型与文化转型之间的复杂关系,下面将结合此一时期的政治文化史,把南北朝至隋唐之际的政治形态、文化格局之嬗变,及其对各阶段作家精神及诗歌艺术多方面的影响揭示出来,以探寻唐代诗歌风貌形成的政治文化渊源。

第一节　南朝诗歌艺术精神与士族文化

南朝诗歌是一个相对完足的艺术系统,无论是和魏晋诗歌相比,还是和盛唐诗歌相比,它都具有独特的艺术精神和不同的政治文化基础。以齐梁为主的南朝诗歌并不偏重言志述怀,而是多用于应酬娱情;创作中也不重兴寄风骨,而是纤秾、艳丽,风力不振。而这些艺术特征又和南朝诗人绝大多数出身士族,具有强烈的士族文化意识密切相关。但是,学界此前有一种观点认为,南朝诗人尤其是齐梁诗人是由士族诗人与庶族诗人共同组成的,而且庶族诗人在齐梁陈诗坛上的地位和影响越来越大。这种观点援以立论的史学依据是门阀士族政治只存在于东晋一朝,刘宋以后的南朝,不仅皇室出身庶族,而且多用寒人以掌机要,士族逐渐失去了政治优势。那么,南朝诗人到底是以士族为主还是以庶族寒门为主呢?南朝诗歌是否已烙上强烈的寒士意识呢?由于南朝诗歌艺术系统是中近古诗歌艺术发生转型的历史起点和逻辑起点,是唐代诗歌得以产生和发展的一大重要艺术渊源,所以本节下面将对南朝诗人的社会文化属性及其文化意识进行一番考察和辨析,并进而对南朝诗歌艺术精神的发生原因和机制作出一些解释。

一、南朝士族政治辨

很久以来,史学界一直认为江左五朝是门阀士族政治时期。田余庆《东晋门阀政治》一书,以丰富的史料和周密的考证,对士族门阀政治问题作了再探索,认为中外学者习称的魏晋南北朝门阀政治,实际上只存在于东晋一朝,前此的孙吴不是,后此的南朝也不是①。此论确乎发千古之覆,使人们对中古政治史的认识更深刻、更准确,在史学界、文学研究界都产生了很大的影响。然而有些学者在援引这一观点时,未能审慎辨明,径自认为刘宋政权的建立结束了士族专权的历史,复兴了皇权专制的历史,标志着庶族阶层在政治上的崛起,也标志着士族阶层在政治上的退却,并进而认为庶族文人已成为南朝文学集团中的重要组成部分了。我认为,持此论者首先是误解了田余庆先生的观点。田先生所说的门阀政治实际上是指狭义的门阀政治,即士族与皇权的共治,是一种在特定条件下出现的皇权政治的变态。田先生说门阀政治只存在于东晋一朝,主要是指江左几家侨姓门阀士族把持朝政、皇室垂拱的政治历史,并未说宋齐梁陈四朝就不是士族政治时期。而且,田先生在《东晋

---

① 田余庆:《东晋门阀政治》,北京大学出版社,1991年,第2、357—360页。

门阀政治·再版序》中特别指出:"《自序》中曾说门阀政治即士族政治,正文中也有类似的提法,这个提法易生歧义,再版中删去了。"①这说明,在田先生心目中,门阀政治并不完全等同于士族政治。根据我的理解,所谓的"士族政治",是指以门阀士族为主要社会基础和政治主体的一种政治体制,实相当于广义的门阀政治。而宋齐梁陈四朝,实可当之。

首先,宋、齐、梁三朝皇室均出自士族,非庶族寒人。

刘裕,原籍徐州彭城。曾祖混,渡江侨居晋陵郡丹徒县之京口里,官至武原令(侨县,无实土,寄治武进,属南徐州南彭城郡);祖靖,东安太守;父翘,郡功曹②。刘裕虽非高门甲族,但仍算士族,只不过是次等士族而已③。赵翼曾据《宋书·武帝本纪》《南史·宋本纪上》所云"(帝)家贫","微时躬耕于丹徒","尝自往新洲伐荻","樵渔山泽"等记载,就以为刘裕乃庶族寒人:

> 然江左诸帝,乃皆出自素族。宋武本丹徒京口里人,少时伐荻新洲,又尝负刁逵社钱被执,其寒贱可知也。④

其实,在魏晋南北朝时期,家世清贫并不一定就不是士族。琅琊王祥"家无宅宇",死后"家甚贫俭"⑤。北地傅玄、范阳张华、高平郗鉴,皆"少孤贫",臧焘"贫约自立","茅屋蔬飧,不改其旧"⑥。然此

---

① 田余庆:《东晋门阀政治》,《再版序》,第 1 页。
② 《宋书》卷一,《武帝本纪》上。本书所引二十四史,除非特殊说明,均据 1950 至 1980 年代中华书局编辑部点校本,为避文繁,不再一一注明页码。
③ 参田余庆《东晋门阀政治》,第 320—327 页;王仲荦《魏晋南北朝史》上册,上海人民出版社,1979 年,第 366 页。
④ 赵翼著,王树民校证:《廿二史札记校证》卷十二,中华书局,2013 年,第 254 页。
⑤ 《晋书》卷三三,《王祥传》。
⑥ 《宋书》卷五五,《臧焘传》。

数人并不因家道清贫而仕途阻滞,各能以士族资格,占据政治要津。而且,当时高门子弟中亦多清贫之士。如晋周𫖮家被籍没时,"收得素簏数枚,盛故絮而已,酒五瓮,米数石"①。晋庾冰,"及卒,无绢为敛。又室无妾媵,家无私积"②。宋何尚之,"家贫","立身简约,车服率素,妻亡不娶,又无姬妾"③。宋袁粲,"饥寒不足","(母)躬事绩纺,以供朝夕"④。但上述诸人,都因出身世族,虽家无余财而坐据高位⑤。所以,刘裕家世清贫并不说明他就不是士族。

齐高帝萧道成,同样也是出身士族,而非庶族寒门。赵翼《廿二史札记》卷十二"江左世族无功臣"条,引《南齐书·高帝纪下》所载齐高帝临终遗诏中"吾本布衣素族,念不到此"之语,以为兰陵萧氏出于寒门⑥。对此,周一良先生不以为然,曾纠正赵说。周先生认为:

> 赵瓯北据齐高"吾本布衣素族"一语,遂谓萧氏为寒门,非是。凡非帝室而是清流者皆可曰素族,……南朝之称素族皆与宗室相对而言也。……是素非寒素之谓矣。⑦

他后来又撰专论,对此问题作更细入之辨析:

> 素字南朝文献中有两种涵义,所指不同。其一,素族素姓如与皇室王族对待而言,指异姓高门,素者言其为平民家族,与皇室有别也。……素族如对高门甲族而言,又可用以指门第较

---

① 《晋书》卷六九,《周𫖮传》。
② 《晋书》卷七三,《庾冰传》。
③ 《南史》卷三〇,《何尚之传》。
④ 《宋书》卷八九,《袁粲传》。
⑤ 苏绍兴:《两晋南朝的士族》,台北联经出版事业公司,1993年,第51—53页。
⑥ 赵翼著,王树民校证:《廿二史札记校证》卷十二,第254页。
⑦ 周一良:《南朝境内之各种人及政府对待之政策》,载氏著《魏晋南北朝史论集》,中华书局,1963年,第76页。

低之士族,甚至庶姓寒门。齐高帝遗诏所云,即是此意。①

周先生所言甚是。唐长孺先生亦持此说,并补充多条史料,进一步指出:

> 东晋南朝时所谓"素族"、"素门"等或是对宗室而言,或是对家世显贵受封爵邑者而言,而最一般的用法,实即士族的互称,其对宗室或贵戚公侯而称者实际上也是指士族。因此"素族"不但不能解释为寒门,而且恰恰相反。……兰陵萧氏本是寒门,宋初,道成族人因外戚起家,道成一房始得以军功显达,列于士族。②

如果按照当时士族中的等级来区分的话,萧氏确实只能算是为高门所轻的将家。但是,士族的低门层也是士族,而非寒门。

至于萧梁,则因是两朝皇室,且以文义素业传家,故于南朝成为后起的新门甲族。《新唐书·柳冲传》记柳芳论士族云:

> 过江则为"侨姓",王、谢、袁、萧为大;东南则为"吴姓",朱、张、顾、陆为大。

则以萧氏和王、谢、袁并列,称之为高门、甲族。

宋、齐、梁、陈四朝皇室中,只有陈氏不是士族③。然陈朝享国

---

① 周一良:《〈南齐书〉札记》"素族"条,载氏著《魏晋南北朝史札记》,中华书局,1985年,第217—218页。
② 唐长孺:《读史释词》"素族"条,载氏著《魏晋南北朝史论拾遗》,中华书局,1983年,第253页。
③ 《南史·陈本纪》云,陈霸先"其本甚微","初仕乡为里司,后至建业为油库吏,徙为新喻侯萧映传教,勤于其事,为映所赏"。周一良先生曾通过对"传教"一官的考证,辨明了陈霸先"出身寒微,其入仕亦从极低下之职位开始"的史实。参其《〈陈书〉札记》"陈霸先早年经历"条,载氏著《魏晋南北朝史札记》,第291页。

较短,且世家大族的社会政治地位也未完全丧失,故可称之为"士族政治"的式微期。

其次,宋、齐、梁、陈四朝之建立政权及治国施政,也无不倚重士族,优借士族。

刘宋以后虽已不是"王与马共天下"、世家大族与皇室共安的局面,但四朝之建立,仍然需要依赖士族的支持。四朝开国之君在夺取皇位时,都曾有一批亲信谋臣和武将为其出谋划策、冲锋陷阵,而这些人虽不出于第一流高门,但仍属于次门士族。如刘裕之有刘穆之、徐羡之、檀道济、沈林子等;萧道成之有崔祖思、刘善明、王敬则、垣崇祖等;萧衍之有沈约、范云、王茂、曹景宗等。而在禅位之势已定之后,新朝同样需要得到一些世家大族的支持,利用其声誉威望,以提高自身的威信,并借此笼络门阀贵族,使之拥戴新朝。齐台初建时,"(褚)渊白太祖引何曾自魏司徒为晋丞相,求为齐官"①。沈约作齐太尉王俭碑云:"公深睹兴废,妙识人英,察荣光于河渚,攀龙翼于云汉。"②为王俭之匡赞萧齐、佐命新朝唱赞歌。萧衍代齐时,傅映则劝袁昂投靠新朝,而袁昂在傅映建言下,遂降梁仕至高位③。陈朝建立的情况稍特殊些,因为陈霸先崛起于侯景自北方侵入梁朝之大乱后,侨姓高门及吴姓士族都遭受到了沉重的打击,故未能得到高门士族的多少支持。然而,又由于陈霸先出自南土寒门,所以他在建陈时也笼络了一些士族子弟。如刘师知,沛国相人,家世素族。绍泰初,陈霸先入辅政时,以师知为中书舍人,掌诏诰。

---

① 《南齐书》卷二三,《褚渊传》。
② 沈约:《齐太尉王俭碑铭》,欧阳询撰,汪绍楹校:《艺文类聚》卷四六,上海古籍出版社,1965年,第821页。
③ 《梁书》卷二六,《傅映传》。

陈霸先为丞相及加九锡并受禅,其仪注并师知所定①。另外如王冲、王通,并琅琊王氏后裔,在陈朝初建之时,皆被委以高位重任②。吴姓士族子弟如吴兴沈众,系梁特进沈约之孙,颇有文词。绍泰元年(555),仕梁敬帝为侍中,迁左民尚书。陈霸先受命后,迁中书令,中正如故。而且,"高祖以(沈)众州里知名,甚敬重之,赏赐优渥,超于时辈"③。陈霸先此举,实有为新朝树立威信,笼络士族之意图。

最后,需要特别指出的是,通宋齐梁陈四朝,对待士族政治上、经济上的优遇政策也一直未变。相反地,反复进行的"检籍"活动本身,就表明了政府对世家大族政治、经济利益的维护。而且,四朝一直实行着"甲族以二十登仕,后门以过立试吏"的入仕制度,入仕之后士族多任清显之职,庶族寒门则多只能担当浊官④。所以,虽然我们不能说宋齐梁陈四朝仍是门阀世族与皇室平分天下、甚至凌驾皇权之上的门阀专制政治,但是仍可称之为士族政治时期。

一、"寒人柄用"与南朝寒人的文化质素

正如许多学者已指出,南朝后期尤其是梁朝末年以后,世家大族因其治政能力的退化,逐渐失去其政治优势,同时,庶族寒士乃至寒人的势力开始抬头,且于梁陈两朝执掌机要,成为一股新兴的不

---

① 《陈书》卷一六,《刘师知传》。
② 《陈书》卷一七,《王冲传》《王通传》。
③ 《陈书》卷一八,《沈众传》。
④ 唐长孺先生甚至认为,南朝后期自梁武帝建立九品十八班制后清浊之分更为显著。参其《南朝寒人的兴起》,载氏著《魏晋南北朝史论丛续编》,生活·读书·新知三联书店,1959年,第98页。

可忽视的政治力量①。但是我们并不能因此认为南朝后期寒人的社会影响、文化地位就已很高,更不能认为整个社会文化领域已带有浓重的寒士意识。我认为,就政治地位来说,寒人已有很大的提高,但其社会文化地位仍不能与世族并驾齐驱,至于文化艺术(包括文学)创作的主体仍是士族,而非新兴的寒人;南朝后期整个社会包括寒人自身也无不以士族文化意识为时尚。

在南朝后期兴起的寒人,原本是一些地方豪强与富有商人,还有一些是南朝王公贵人的"左右"和"门生"。他们多以军功起家,入仕后亦常担任台阁令史、主书、监帅、诸王签省等官品极低的浊官,然后再渐至专掌军国要务。但是他们的社会地位并未因此而得到提高,即便显贵了,亦不得与高门并观。如东晋刁协死后,其子认为应该显赠,但蔡谟与书庾冰云:

> 若以善柔得众,而刁令粗刚多怨;若以贵也,刁氏今贱;若以富也,刁氏今贫。人士何故反助寒门而此言之?②

最后刁协只能追赠本官,未得赠光禄大夫。刘宋之薛安都既贵,除右军将军。其从弟道生,亦以军功为大司马参军,犯罪,为秣陵令庾淑之所鞭。安都大怒,欲往杀之。柳元景责之曰:

> 卿从弟服章言论,与寒细不异,虽复人士,庾淑之亦何由得知?③

---

① 赵翼著,王树民校证:《廿二史札记校证》卷八,"南朝多以寒人掌机要"条;唐长孺:《南朝寒人的兴起》,载氏著《魏晋南北朝史论丛续编》;王仲荦:《魏晋南北朝史》,第六章第二节,"寒门将帅势力的逐渐抬头与寒人的典掌机要",上海人民出版社,1979 年;王伊同:《五朝门第》,第四章第三节"寒人之柄用",香港中文大学出版社,1978 年。
② 《晋书》卷六九,《刁协传》。
③ 《宋书》卷八八,《薛安都传》。

齐之王俭与王敬则同拜开府,徐孝嗣戏俭以"连璧",王俭曰:"不意老子遂与韩非同传。"①陈庆之素有大功,梁武帝嘉之,赐手诏曰:

  本非将种,又非豪家,觇望风云,以至于此。可深思奇略,善克令终。②

可见在梁武帝眼里,陈庆之并不因显贵而改其寒门之身份。陈朝虽然"择才不问华素,取士无计高卑。历观揽权者,多属寒士"③,但是,寒人仍遭社会歧视。如蔡凝年位未高,而才地为时所重,常端坐西斋,自非素贵名流,罕所交接。高宗常谓凝曰:"我欲用义兴主壻钱肃为黄门郎,卿意何如?"凝正色对曰:"若格以佥议,黄散之职,故须人门兼美,惟陛下裁之。"高宗默然而止④。吴兴章华,家世农夫,至章华独好学。后主即位,朝臣以华素无伐阅,竞排诋之,乃除大市令,既雅非所好,乃辞以疾,郁郁不得志。祯明初,上书极谏,被诛⑤。临川周迪,素无簿阀,恐失众心,倚周敷族望,深求交结⑥。施文庆,不知何许人也。家本吏门,是寒素之家,后主即位,擢为中书舍人,然"王公大人,咸共疾之"⑦。可见,通四朝而言,无论寒人权位多重,也终受士族歧视。

  不仅如此,已致身显贵的寒人也深知自己不能与士族平起平坐,他们有强烈的自卑心理。如东晋之易雄为长沙别驾,自以寒门,

---

① 《南史》卷四五,《王敬则传》。
② 《梁书》卷三二,《陈庆之传》。
③ 王伊同:《五朝门第》,第100页。
④ 《陈书》卷三四,《蔡凝传》。
⑤ 《陈书》卷三〇,《章华传》。
⑥ 《陈书》卷一三,《周敷传》。
⑦ 《陈书》卷七七,《施文庆传》。

不宜久处上纲,谢职还家①。乌程吴逵有异行,太守张崇义其志行,加羔雁之礼,命补功曹史。逵以己门寒,固辞不就②。齐之陈显达,自以人微位重,每次迁居,常有忧惧之色。有子十人,诫之曰:"我本志不及此,汝等勿以富贵陵人。"③梁之吕僧珍为南兖州,在任见大夫,迎送过礼,平心率下,不私亲戚,兄弟皆在外堂,并不得坐。其从兄宏,以贩葱为业,乃弃业欲求州官。僧珍曰:"吾荷国重恩,无以报效。汝等自有常分,岂可妄求叨越,但当速反葱肆耳。"④朱异轻傲朝贤,不避贵戚,人或诲之,异曰:"我寒士也,遭逢以至今日。诸贵皆恃枯骨见轻,我下之,则为蔑尤甚。我是以先之。"⑤朱氏之言行,终究是一种愤激之举,南朝并不多见。

更值得注意的是,一些寒人虽然已位高权重,但他们在社会文化素质方面(尤其是言谈、举止)仍不能与士族相颉颃。如陈显达就曾诫子曰:"麈尾扇是王谢家物,汝不须捉此自逐。"⑥张欣泰父兴世,宋左卫将军。欣泰少有志节,不以武业自居,好隶书,读子史。通涉雅俗,交结名素。下直辄游园池,着鹿皮冠,衲衣锡杖,挟素琴。有以启齐武帝,武帝曰:"将家儿何敢作此举止!"⑦梁武帝辅政时,曾上表斥当时寒人模仿士族举止、诈冒冠族之恶,并建言朝廷要严加甄辨:

> 是以冒袭良家,即成冠族;妄修边幅,便为雅士;负俗深累,

---

①《北堂书钞》卷七三《设官部》二五《别驾》一六一引《晋中兴书》。
②《晋书》卷八八,《吴逵传》。
③《南齐书》卷二六,《陈显达传》。
④《梁书》卷一一,《吕僧珍传》。
⑤《南史》卷六二,《朱异传》。
⑥《南齐书》卷二六,《陈显达传》。
⑦《南齐书》卷五一,《张欣泰传》。

遽遭宠擢;墓木已拱,方被徽荣。故前代选官,皆立选簿,应在贯鱼,自有铨次。胄籍升降,行能臧否,或素定怀抱,或得之余论,故得简通宾客,无事扫门。顷代陵夷,九流乖失。其有勇退忘进,怀质抱真者,选部或以未经朝谒,难于进用。或有晦善藏声,自埋衡荜,又以名不素著,绝其阶绪。必须画刺投状,然后弹冠,则是驱迫廉撝,奖成浇竞。愚谓自今选曹宜精隐括,依旧立簿,使冠屦无爽,名实不违,庶人识崖涘,造请自息。①

寒人纵使真有奇才高学,时人亦多轻视之。如颜之推《颜氏家训》载:

> 梁孝元前在荆州,有丁觇者,洪亭民耳,颇善属文,殊工草隶;孝元书记,一皆使之。军府轻贱,多未之重,耻令子弟以为楷法,时云:"丁君十纸,不敌王褒数字。"②

宋孝武帝时,初用东海鲍照为中书舍人,鲍照以才学知名,号为得人③。又用鲁郡巢尚之,巢尚之乃"人士之末"④,出身微贱,江夏王义恭便以为非选⑤。再如梁武帝初任世族士子周舍为中书通事舍人,舍参豫机密二十余年,"众尤叹服之"⑥。周舍卒后,梁武改用寒士朱异,"在朝莫不侧目,虽皇太子亦不能平",外间"殊有异论",侯景谋反时竟也以诛异为名⑦。入陈以后,毛喜以素族,施文庆以吏门,沈客卿以寒流,先后任中书通事舍人。史称宣帝陈顼因委政毛

---

① 《梁书》卷一,《武帝本纪》上。
② 颜之推撰,王利器集解:《颜氏家训集解》卷第二,中华书局,1993年,第133页。
③ 《宋书》卷五一,《刘义庆传》。
④ 《宋书》卷九四,《戴法兴传》。
⑤ 《南齐书》卷五六,《幸臣传序》。
⑥ 《梁书》卷二五,《周舍传》。
⑦ 《南史》卷六二,《朱异传》。

喜,"由是十余年间,江东狭小,遂称全盛"①。及陈后主用施文庆、沈客卿等典掌机要,文庆等"聚敛无厌",且"并不达大体","王公大人,咸共疾之"②。

寒人中颇有才学者尚且遭到社会的歧视,而寒人权臣中更多的则文化程度甚低,他们在文学艺术创作方面根本不能与士族弟子相较。如刘宋沈庆之,"躬耕垄亩,勤苦自立","上(宋世祖)尝欢饮,普令群臣赋诗,庆之手不知书,眼不识字,上逼令作诗,庆之曰:'臣不知书,请口授(颜)师伯。'"③齐世将帅张敬儿,"本名苟儿",其弟恭儿"本名猪儿",及贵始改。敬儿"始不识书,晚既为方伯,乃习学读《孝经》《论语》"④。梁之冯道根,"家贫,佣赁以养母","微时不学,既贵,粗读书,自谓少文",后以军功累官至左军将军、豫州刺史⑤。昌义之,"不知书,所识不过十字",后以武干,屡居藩任,积战功,官至护军将军⑥。因此,虽然梁陈两代寒人多显,但他们在文化艺术方面几无建树。

三、南朝诗人多士族

在诗歌创作方面,更是士族所擅长,南朝寒人少有能染指者。《南史·恩幸传》中共收29人,只有陈朝会稽山阴人孔范一人"文章赡丽","善五言诗",余皆未言有诗才。然孔氏又并非寒人,乃吴姓甲族。其曾祖景伟,齐散骑常侍;祖滔,梁海盐令;父岱,历职

---

① 《陈书》卷二九,《毛喜传》。
② 《南史》卷七七,《施文庆传》。
③ 《宋书》卷七七,《沈庆之传》。
④ 《南齐书》卷二五,《张敬儿传》。
⑤ 《梁书》卷一八,《冯道根传》。
⑥ 《南史》卷五五,《昌义之传》。

清显①。孔范之所以被列入《恩幸传》,可能因为他于陈朝末年与施文庆、沈客卿等寒人一起奸佞诡惑,导致亡国之故。而在《南史·文学传》所载50人中,也只有梁吴均"家世寒贱"②,出自寒门。再就南朝四史细考之:《宋书·恩幸传》15人中,唯戴法兴"好学,能为文章,颇行于世",巢尚之"涉猎文史",然也未明言其是否能诗;其他人则或"颇涉书传",或"涉学善书",或"素善射"、"凡鄙无识知"。同样,《南齐书·幸臣传》所记7人中,亦无一人善诗,他们或"闲书题","便书画"③。与之适相反,齐、梁、陈三史的《文学传》中,也未发现寒人。另外,逯钦立先生所辑《宋诗》《齐诗》《梁诗》《陈诗》中共有诗人225名,家世可考者178人,其中除了沈庆之、王仲雄④、吴均、朱异、陈昭、陈暄⑤等6人出自寒门,其余172人均为士族子弟⑥。可见,无论是就史传考察,还是据现存诗歌的作者出身分析,都可发现,南朝诗人绝大多数是士族子弟,而且有相当一部分出自高门甲族。

那么,南朝诗人为何多出自士族且多为高门呢?寒人在当时为何绝少以诗名世呢?

这首先是因为文学乃士族传家之资,是士族子弟绍兴家业的重要手段。

在魏晋之际大族兴起的时候,就有一些是以文章兴的,如汝南

---

① 《南史》卷七七,《孔范传》。
② 《南史》卷七二,《吴均传》。
③ 《梁书》《陈书》无《幸臣传》,其时寒人显贵者后多被收入《南史·恩幸传》;《宋书》无《文学传》,故缺。
④ 王仲雄为王敬则子,王敬则在齐以武功封寻阳县公。参《南齐书·王敬则传》。
⑤ 陈昭、陈暄为陈庆之之子,陈庆之出身寒微,以军功起家。参《梁书·陈庆之传》。
⑥ 此处判断士族之标准,系据王伊同《五朝门第》下册《高门权门世系婚姻表》。

应氏;而更多的则是在成为大族之后,以文章风流相尚,保家固宠的,如王、谢等大族。宋之谢灵运:

> 少好学,博览群书,文章之美,江左莫逮。从叔混特知爱之。①

谢惠连:

> 年十岁,能属文,族兄灵运深相知赏。②

齐之孔稚珪:

> 风韵清疏,好文咏,饮酒七八斗。与外兄张融情趣相得,又与琅邪王思远、庐江何点、点弟胤并款交。③

梁之丘迟:

> 八岁便属文,灵鞠常谓"气骨似我"。黄门郎谢超宗、徵士何点并见而异之。④

柳恽:

> 以贵公子早有令名,少工篇什。始为诗曰:"亭皋木叶下,陇首秋云飞。"琅琊王元长见而嗟赏,因书斋壁。⑤

何逊:

> 逊八岁能赋诗,弱冠州举秀才,南乡范云见其对策,大相称赏,因结忘年交好。自是一文一咏,云辄嗟赏。……沈约亦爱

---

① 《宋书》卷六七,《谢灵运传》。
② 《宋书》卷五三,《谢惠连传》。
③ 《南齐书》卷四八,《孔稚珪传》。
④ 《梁书》卷四九,《丘迟传》。
⑤ 《梁书》卷二一,《柳恽传》。

其文,尝谓逊曰:"吾每读卿诗,一日三复,犹不能已。"其为名流所称如此。①

王僧孺:

六岁能属文,既长好学。……与乐安任昉遇竟陵王西邸,以文学友会。②

纪少瑜:

年十三,能属文。初为《京华乐》,王僧孺见而赏之曰:"此子才藻新拔,方有高名。"③

刘孝绰:

幼聪敏,七岁能属文。舅齐中书郎王融深赏异之,常与同载适亲友,号曰神童。融每言曰:"天下文章,若无我当归阿士。"阿士,孝绰小字也。……父党沈约、任昉、范云等闻其名,并命驾先造焉,昉尤相赏好。④

王籍:

七岁能属文,及长好学,博涉有才气,乐安任昉见而称之。尝于沈约坐赋得《咏烛》,甚为约赏。⑤

谢举:

年十四,尝赠沈约五言诗,为约称赏。世人为之语曰:"王

---

① 《梁书》卷四九,《何逊传》。
② 《梁书》卷三三,《王僧孺传》。
③ 《南史》卷七二,《纪少瑜传》。
④ 《梁书》卷三三,《刘孝绰传》。
⑤ 《梁书》卷五〇,《王籍传》。

有养、炬,谢有览、举。"养、炬,王筠、王泰小字也。①

陈之阴铿:

> 五岁能诵诗赋,日千言。及长,博涉史传,尤善五言诗,为当时所重。②

江总:

> 好学,能属文,于五言七言尤善;……尚书仆射范阳张缵,度支尚书琅琊王筠,都官尚书南阳刘之遴,并高才硕学,总时年少有名,缵等雅相推重,为忘年友会。③

当时士林如此以文学相高,甲族能诗者自然比比皆是了。

比互相称赏影响更为直接、作用更大的,则是皇帝、王侯对善诗能文者的擢用、赏拔。如宋之会稽孔宁子:

> 为太祖镇西咨议参军,以文义见赏,至是为黄门侍郎,领步兵校尉。④

谢晦:

> 涉猎文义,朗赡多通。高祖深加爱赏,群僚莫及。⑤

江智渊:

> 爱好文雅,词采清赡,世祖深相知待,恩礼冠朝。⑥

---

① 《梁书》卷三七,《谢举传》。
② 《陈书》卷三四,《阴铿传》。
③ 《陈书》卷二七,《江总传》。
④ 《宋书》卷六三,《王华传》。
⑤ 《宋书》卷四四,《谢晦传》。
⑥ 《宋书》卷五九,《江智渊传》。

齐之谢朓：

> 少好学，有美名，文章清丽。……（萧）子隆在荆州，好辞赋，数集僚友，朓以文才，尤被赏爱，流连晤对，不舍日夕。①

梁之张率：

> 年十二，能属文，常日限为诗一篇，稍进作赋颂，至年十六，向二千许首。……高祖霸府建，引为相国主簿。天监初，临川王以下并置友、学。以率为鄱阳王友，迁司徒谢朓掾，直文德待诏省。②

刘遵：

> 少清雅，有学行，工属文。……随藩及在东宫，以旧恩，偏蒙宠遇，同时莫及。③

褚翔：

> 中大通五年，高祖宴群臣乐游苑，别诏翔与王训为二十韵诗，限三刻成。翔于坐立奏，高祖异焉，即日转宣城王文学，俄迁为友。时宣城友、文学加它王二等，故以翔超为之，时论美焉。④

陈之陆玠：

> 好学，能属文。……吏部尚书袁枢荐之于世祖，超授衡阳王文学，直天保殿学士。……后主在东宫，闻其名，征为管记。仍除中舍人，管记如故，甚见亲待。⑤

---

①《南齐书》卷四七，《谢朓传》。
②《梁书》卷三三，《张率传》。
③《梁书》卷四一，《刘遵传》。
④《梁书》卷四一，《褚翔传》。
⑤《陈书》卷三四，《陆玠传》。

陆瑜：

> 少笃学，美词藻。……兄琰时为管记，并以才学娱侍左右，时人比之二应。①

这些士族子弟，因为善诗能文，备受皇帝或诸侯王的恩遇，仕途也大多顺畅。无形之中，也使得士族更加重视以文章素业传家。

再加上士族子弟尤其是高门甲族子弟入仕后所任多是清显之职，不需亲理庶务，唯以文义自逸，吟诗作赋，宴饮赏会，所以诗赋又成为其入仕的必备修养了。

东晋以后，直至陈末，士族子弟起家官中最清显者为秘书郎，杜佑《通典》中说：

> 宋、齐秘书郎皆四员，尤为美职，皆为甲族起家之选，待次入补，其居职，例十日便迁。梁亦然。自齐、梁之末，多以贵游子弟为之，无其才实。②

其次是州主簿、从事、秘书、著作、通直郎，其中又以著作秘书最贵。再次是州从事、谘议参军、奉朝请、王国侍郎等。入仕以后不久，士族高门便转东宫宫属。东宫宫属，通为清选，洗马掌文翰，尤其清者③。当然，也有许多转到学士省的。学士省，梁有文德学士省④，梁简文帝在东宫时则有文德省⑤，梁另外还有华林省⑥；陈则有寿光殿学士省、东宫义省、嘉德殿、天保殿、宣明殿、德教殿等。而在这些

---

①《陈书》卷三四，《陆瑜传》。
②杜佑撰，王文锦等点校：《通典》卷第二十六，中华书局，1988年，第735页。
③《梁书》卷四九，《庾于陵传》。
④《梁书》卷四九，《袁峻传》。
⑤《梁书》卷四九，《庾肩吾传》。
⑥《梁书》卷四九，《周兴嗣传》。

部门,学士除了待诏制敕、抄撰图书外,多有闲暇,闲暇之时又常常君臣宴饮、诗赋唱酬,而且此时写诗作赋多带有竞赛性质,写得慢、写得差,自然会被同侪嘲笑、看不起;写得快、写得好,则十分风光,还可能被擢以不次之位,备受宠遇。

以上诸多因素,使得士族尤其是高门甲族对诗文之事往往看得很重,乃至于南朝众多的《诫子书》《家训》中都有教育子弟习诗作文的内容。如南齐张融,平生颇以文章名世,临卒诫其子曰:

> 手泽存焉,父书不读!况父音情,婉在其韵。吾意不然,别遗尔音。吾文体英绝,变而屡奇,既不能远至汉魏,故无取嗟晋宋。岂吾天挺,盖不隤家声。汝若不看,父祖之意欲汝见也。可号哭而看之。①

再如梁之王筠尝与诸儿论家世集:

> 史传称安平崔氏及汝南应氏,并累世有文才,所以范蔚宗云崔氏"世擅雕龙"。然不过父子两三世耳;非有七叶之中,名德重光,爵位相继,人人有集,如吾门世者也。沈少傅约语人云:"吾少好百家之言,身为四代之史,自开辟已来,未有爵位蝉联,文才相继,如王氏之盛者也。"汝等仰观堂构,思各努力。②

在父祖的这些谆谆教诲下,士族子弟多自小勤学苦读、习诗作文,且早有令誉,也就不奇怪了。而在东晋南朝,文学世族比比皆是,更是自然的事了。

与之正相反,南朝之寒门子弟则很少有善诗能文者,其原因大率如下:

---

① 《南齐书》卷四一,《张融传》。
② 《梁书》卷三三,《王筠传》。

首先，寒人多以军功起家，且有重武轻文之风尚。由于世家大族政治上、经济上都很优越，可以"平流进取，坐至公卿"，他们大都鄙薄武事，不肯"屈志戎旅"，"不乐武位"。结果，寒门庶族出身的将士军人，便以军功为其进身之阶①。久而久之，他们也养成了轻视文章、崇尚军功的风尚。如南齐王敬则，出身寒门，"不大识书"，其母为女巫。后以武功，官至太尉。宋世祖尝于御座赋诗，敬则执纸曰："臣几落此奴度内。"世祖问："此何言？"敬则曰："臣若知书，不过作尚书都令史耳，那得今日？"②再如陈之周文育，本姓项氏，出身寒贱，为义兴人周荟收养。周荟命兄子周弘让教之书记。弘让写蔡邕《劝学》及古诗以遗之，文育不之省，谓弘让曰："谁能学此，取富贵但有大槊耳。"后改学骑射，果以军功，授开府仪同三司③。在这种风气的熏染下，寒人将帅鲜有能诗者也就很自然了。

另外一些寒人虽然以吏治进身，也舞文弄墨，但同样绝少以诗名世者。这些人大多经由以下仕历致身显贵：

　　主书→典签→内监→南台侍御史→员外散骑侍郎→中书通事舍人→游击将军→给事中

如宋之阮佃夫：

　　台小史→主衣→内监→南台侍御史→龙骧将军、司徒参军、太子步兵校尉→游击将军、假宁朔将军→中书通事舍人、给事中、辅国将军④

王道隆：

──────────
①参王仲荦《魏晋南北朝史》上册，第406页。
②《南齐书》卷二六，《王敬则传》。
③《南史》卷六六，《周文育传》。
④《宋书》卷九四，《阮佃夫传》。

> 主书书吏→主书→典签→南台侍御史→员外散骑侍郎→中书通事舍人→右军将军①

齐之茹法亮：

> 小史→斋干扶→典签→冠军府行参军→殿中侍御史→奉朝请→东宫通事舍人→中书通事舍人→员外郎→龙骧将军→给事中、羽林监→步兵校尉→游击将军②

梁之周石珍：

> 厮隶→宣传左右→制局监→直阁将军③

陈之沈客卿，亦由寒官累迁至尚书仪曹郎，至德初，从为中书舍人，兼步兵校尉，掌金帛局④。以上诸人所历之官职大多为浊官，他们主要从事文案簿领的批阅、处理，及其他实际事务，工作繁忙，少有闲暇。

由于工作的性质，他们只需粗通书记，并不要求吟诗作赋。如齐之纪僧真，随从太祖在淮阴，"以闲书题，令答远近书疏"，自寒官历至太祖冠军府参军、主簿⑤。刘系宗，"少便书画，为宋竟陵王诞子景粹侍书"，后以寒官累迁至勋品。元徽初，为奉朝请，兼中书通事舍人，员外郎。太祖"使写诸处分敕令，及四方书疏"⑥。陈之施文庆，家本吏门，颇涉书史。后主即位后，被擢为中书舍人。"文庆聪敏强记，明闲吏职，心算口占，应时条理，由是大被亲幸。又自

---

① 《宋书》卷九四，《王道隆传》。
② 《南齐书》卷五六，《茹法亮传》。
③ 《南史》卷七七，《周石珍传》。
④ 《南史》卷七七，《沈客卿传》。
⑤ 《南齐书》卷五六，《纪僧真传》。
⑥ 《南齐书》卷五六，《刘系宗传》。

(陈)太建以来，吏道疏简，百司驰纵，(施)文庆尽其力用，无所纵舍，分官联事，莫不振惧。"①

而且，当时似乎有一个不成文的规定，只有士族担当的清显之职才能吟诗作赋，而将职、吏职等浊官则不应附庸风雅。如齐之张欣泰，出身将门，然不以武业自居，颇慕士族之风流。其为步兵校尉、领羽林监时，曾从齐世祖车驾出新林，敕欣泰甲仗廉察，欣泰停仗，于松树下饮酒赋诗。制局监吕文度过见，启世祖。世祖大怒，遣出外，数日，意稍释，召还，谓之曰："卿不乐为武职驱使，当处卿以清贯。"②又如梁之曹景宗，亦出身将门，善骑射，好畋猎，后以军功累至右卫将军。有一次，梁武帝于华光殿宴饮连句，令左仆射沈约赋韵。曹景宗不得韵，意色不平，启求赋诗。帝曰："卿伎能甚多，人才英拔，何必止在一诗。"景宗已醉，求作不已，诏令沈约赋韵③。梁武帝不让曹景宗赋诗的原因可能有二，一是因为曹为军人，诗非其所长，二是因为武职似不宜参与赋诗。

综上，在整个南朝时期，不但政治基础是士族政治，而且文化艺术亦为士族所主宰，诗人中士族更占绝大多数，吏姓寒人廖廖无几，所谓的寒士意识自然很难影响到当时的诗歌创作观念和诗歌风格。

第二节　"南北文风优劣论"辨

很长时间以来，人们大多认为，在南北朝时期，由于地理环境、

---

① 《南史》卷七七，《施文庆传》。
② 《南齐书》卷五一，《张欣泰传》。
③ 《南史》卷五五，《曹景宗传》。

民族性格和生活方式等因素的影响,生活于中原、关陇一带的北朝文人也逐渐形成了具有自己独特风貌的、可与江左文学相抗衡的创作传统。此论的始作俑者应是唐初的魏徵,他在《隋书·文学传序》中说:

> 暨永明、天监之际,太和、天保之间,洛阳、江左,文雅尤盛。于时作者,济阳江淹、吴郡沈约、乐安任昉、济阴温子升、河间邢子才、巨鹿魏伯起等,并学穷书圃,思极人文,缛彩郁于云霞,逸响振于金石。英华秀发,波澜浩荡,笔有余力,词无竭源。方诸张、蔡、曹、王,亦各一时之选也。闻其风者,声驰景慕,然彼此好尚,互有异同。江左宫商发越,贵于清绮,河朔词义贞刚,重乎气质。气质则理胜其词,清绮则文过其意,理深者便于时用,文华者宜于咏歌,此其南北词人得失之大较也。

依魏徵此说,北朝不但有可与南朝抗衡的"北地三才",而且有自己的文学特色——"词义贞刚,重乎气质"。但事实上,在南北朝时期,"河朔"并没有产生出可与南朝文学相抗衡的创作成就,诗歌创作中更没有形成与"江左"迥异的艺术风格①。

一、北朝文学与北地士风之关系

南北分治之初,北朝文学一直式微不堪。对于这一史实,魏徵也很清楚:

---

① 王运熙、杨明在《魏晋南北朝文学批评史》中也认为:"(《隋书·文学传序》)固然说出了南北文学之不同,而实际上北方文学之质朴和'便于时用',主要并不是北国文人自觉追求或保持的特点,而不过是北方文学发展落后于南朝的表现而已。北朝一般文人其实是歆羡南方文学并向之学习的,其文学思想亦接受南朝影响。"上海古籍出版社,1989年,第571页。

> 中原则兵乱积年,文章道尽。①

后来北朝文学虽有所发展,但仍长期处于对南朝文学的模仿状态。就魏徵所举北地"一时之选"来看,也是如此。邢劭,史书称其"雕虫之美,独步当时,每一文初出,京师为之纸贵"②,魏收则被齐主誉为"国之光采"③,可他们两人彼此揭露对方剽窃齐梁诗文。邢劭挖苦魏收道:

> 江南任昉,文体本疏,魏收非直模拟,亦大偷窃。

魏收则反唇相讥:

> 伊常于《沈约集》中作贼,何意道我偷任昉。

可见他们二人都只有剽窃、模拟江左诗歌的本事,又何尝创造过足与江左相颉颃的独特风格④? 另,据传:

> 梁常侍徐陵聘于齐,时魏收文学北朝之秀,收录其文集以遗陵,令传之江左。陵还,济江而沉之,从者以问,陵曰:"吾为魏公藏拙。"⑤

可见魏收的诗文虽以学南为务,却远未精诣。故祖珽后来对此二人的评论就比较尖刻:

---

① 《隋书》卷三五,《经籍志》。
② 《北齐书》卷三六,《邢劭传》。
③ 《北齐书》卷三七,《魏收传》。
④ 曹道衡、沈玉成《南北朝文学史》(人民文学出版社,1991年)评邢劭云:"邢邵并不主张单纯模仿南朝文风","然而他的创作实践和理论并不能完全一致,骈文写作仍以模仿为主;诗歌华丽处不及沈约,也只是学而未至,并非故意立异创新。"(第383页)评魏收亦云:"魏收诗基本上只是模仿南朝诗风。"(第385页)
⑤ 刘𫗧撰,程毅中点校:《隋唐嘉话》下,中华书局,1979年,第55页。

>见邢、魏之臧否,即是任、沈之优劣。①

温子升虽欲标新立异,但为才所限,亦未能自出机杼,形成独特文风。梁武帝视温子升为"曹植、陆机复生于北土",对之评价甚高,但魏济阴王元晖业引以为豪的,也只是"我子升"能"含任(昉)吐沈(约)"②,说明温子升文风与梁朝的任昉、沈约等人并无大异。

如果我们再对现存南北朝诗歌作更精细的考察,还会发现一个恰与魏徵所论相左的文学现象:所谓反映河朔"贞刚"之气、刚健之风的诗歌,竟然多为江左文人所作,而河朔、中原的北地诗人由于一味步趋江左轻艳、绮靡的诗风,甚少有表现其尚武任侠的地域文化传统、勃发出粗犷刚健之气的作品。

秦汉以来,河朔一带及更北的边地,由于山川险恶、气候干燥,加上胡汉杂居、多骑善射,长久以来形成了任侠尚武的文化传统和粗犷刚健的独特性格,因此早在汉魏时期就出现了许多反映北地生活特征的乐府民歌。但在南北分治之后,这种创作传统并未被继续生活于河朔和边地一带的北方诗人们很好地继承,反而被迁徙到南方、割据江左的南朝诗人们所弘扬。

遍检逯钦立编《先秦汉魏晋南北朝诗》③,我们可以发现,东晋至隋朝文人乐府诗中,表现任侠尚武之北地民族性格、描写征役戍边生活、颇具贞刚劲健之风的作品,反以南方诗人所作居多。

由本节"附表一:《东晋至隋文人边塞题材乐府诗一览表》"可

---

① 《北齐书》卷三七,《魏收传》。
② 《魏书》卷八五,《温子升传》。
③ 逯钦立辑校:《先秦汉魏晋南北朝诗》,中华书局,1983年。本书所引魏晋南北朝诗歌文本,除非特殊说明,均据此书,文中不再出注。

见,汉魏乐府中表现任侠、尚武性格,描述征役、戍边生活的创作题材,一直为东晋、南朝诗人们所沿袭和发展。尽管他们多未亲至北地、边塞,却能摭拾两汉史传和汉魏诗歌中的创作素材,发挥天才的艺术想象,表现北地人民任侠尚武、骁勇善战的民族性格,诗歌中大多勃发出一股贞刚之气、劲健之风①。而且南人写北地、边塞生活的文学现象似乎在梁陈两朝尤为突出②。

然而,生活在河朔、关陇、中原一带的北朝诗人们却很少有表现其本地生活特色的作品。在现存北朝文人乐府中,稍带贞刚、劲健之气,反映尚武任侠性格的诗歌,只有4首③。这4首中,赵王宇文招的《从军行》:

> 辽东烽火照甘泉,蓟北亭障接燕然。
> 水冻菖蒲未生节,关寒榆荚不成钱。

显然是学庾信、王褒诗的产物,并非采用北地独有之创作题材④。充其量,在北朝文人乐府中,只有温子升的《白鼻䮨》和《凉州乐歌二首》等少数作品,可能是在北朝民歌基础上改写而成的:

---

① 南朝文人有些作品虽然也反映了征戍、游侠题材,但因风格稍显华艳、绮靡,故未予计入。
② 现存梁时此类诗作50首,若加上王褒、庾信的作品,则有61首之多;陈祚虽短,亦存55首。曹道衡也发现:"值得注意的是,南朝人大量地拟作《横吹曲》如《出塞》《入塞》等战争题材的诗,则始于齐梁间的吴均(卒于公元520年)。这正是'羌胡伎'在南方盛行之时。这说明北方的音乐曾经影响了南方的诗歌。"参氏著《南朝文学与北朝文学研究》,江苏古籍出版社,1999年,第266页。
③ 王褒、庾信诗虽一直被人视为北周诗,然他们的此类作品则多作于入北之前,故将之重新栏入南诗加以考察。
④ 《周书·赵王宇文招传》:"赵僭王招,字豆卢突。幼聪颖,博涉群书,好属文。学庾信体,词多轻艳。"

白鼻䭷

少年多好事，揽辔向西都。
相逢狭斜路，驻马诣当垆。

凉州乐歌二首

其一
远游武威郡，遥望姑臧城。
车马相交错，歌吹日纵横。
其二
路出玉门关，城接龙城坂。
但事弦歌乐，谁道山川远。

不过，葛晓音师在《八代诗史》中又认为，"《白鼻䭷》与汉乐府《长安有狭斜行》内容相近"①。如果《白鼻䭷》的确受到汉乐府《长安有狭斜行》题材之影响，则亦可视为承汉魏宋齐之创作传统而来的产物，而非北朝所新创。

我们再来看一下所谓充分表现北地生活特点、民族特性的北朝乐府民歌。现在学术界普遍认定的北朝乐府民歌，以《鼓角横吹曲》六十六曲为主。郭茂倩《乐府诗集》引陈释智匠的《古今乐录》云：

> 梁鼓角横吹曲有《企喻》《琅琊王》《巨鹿公主》《紫骝马》《黄淡思》《地驱乐》《雀劳利》《慕容垂》《陇头流水》等歌三十六曲。二十五曲有歌有声，十一曲有歌。是时乐府胡吹旧曲有《大白净皇太子》《小白净皇太子》《雍台》《擒台》《胡遵》《利羝

---

① 葛晓音：《八代诗史》，中华书局，2007年，第230页。

女》《淳于王》《捉搦》《东平刘生》《单迪历》《鲁爽》《半和企喻》《比敦》《胡度来》十四曲。三曲有歌,十一曲亡。又有《隔谷》《地驱乐》《紫骝马》《折杨柳》《幽州马客吟》《慕容家自鲁企由谷》《陇头》《魏高阳王乐人》等歌二十七曲,合前三曲,凡三十曲,总六十六曲。①

自梁陈及唐宋,此六十六曲一直被人们认为是南朝乐府诗歌之一部。在宋人郭茂倩的《乐府诗集》及以后各代的诗歌选本中,诸曲皆举以属梁,遑论唐初。田晓菲通过对这些作品的细致分析,也特别指出:

> "鼓角横吹曲"既是军乐,自然一定要歌咏战争、武勇和对兵器的热爱,因此,被包括在"鼓角横吹曲"中的乐府也就不宜被视为"典型北方音乐"的代表。……我们不能简单把这些乐府当成"北歌"处理,而必须认真考虑南人的中介作用,这在传统文学史叙事中是一个被忽视了的问题。②

我认为,她的分析和观点是有一定的道理的。

综上,魏徵所说的"词义贞刚,重乎气质"的创作传统,在江左文人所作之任侠、边塞诗中反而更为突出,"河朔"诗人大多以学南为时尚,并未形成独特的艺术风格。

二、魏徵等唐初史臣抑南扬北的文化心理

那魏徵何以会提出这种与南北朝诗歌史如此乖离之结论呢?对此,已有一些学者作了分析和解释。

---

① 郭茂倩:《乐府诗集》卷二五,中华书局,1979年,第362页。
② 田晓菲:《烽火与流星——萧梁王朝的文学与文化》,中华书局,2010年,第252页。

牟润孙曾云：

> 魏徵在《隋书·文学传序》中论南北文学为好尚之异同，发挥南北调和之义，而不言北人之效法南人，其意盖以为南朝文学为衰世亡国之音，徐、庾体既为其时人士所崇仰，已应在摈斥之列矣；若夫魏、齐时邢、魏之仿任、沈，开南学北渐之先例，尤不宜多事渲染也。①

认为魏徵及其他唐初出身北方之史臣害怕齐梁亡国之音复萌于世，而故意批判南朝文学、抬高北朝文学成就。

王文进也认为：

> 就历史记载而言，初唐史家对南北朝文学的论述立场是偏离事实的，南朝文学不仅是北朝典范模习之对象，使得即便处在胡汉之争之紧绷下，北方胡主对文风提倡与喜好的导向，亦说明着南北文学相捋的状态是一种文学史的假性结构，造成此既成映像的主要原因，即是唐初史家重北轻南的文化态度。②

他通过对唐初官修史书相关文字的对比分析，还发现：

> 第一、这些史家修史几乎一致认为北朝文学应与南朝文学有相同比重，甚至隐然有着北朝文学略优于南朝文学的暗示，于春秋微言之笔法中，反映出他们重北轻南的态度。第二、在"重北轻南"、"北优南劣"的推论中，似乎又流露出南朝文学与亡国之音的联想。第三、令狐德棻以北地的"声实俱茂、词意典正，有永嘉之遗烈焉"，去对照南方的"以淫放为本，其词以轻

---

① 牟润孙：《唐初南北学人论学之异趣及其影响》，载氏著《注史斋丛稿》，中华书局，1987年，第389—390页。
② 王文进：《南朝山水与长城想像》，里仁书局，2008年，第294页。

险为宗"架构,可以看出由地域意识所产生的历史曲解。①

田晓菲则认为,魏徵等人在史籍中对南北文学特点之评述,对南朝宫廷文学特别是梁朝宫体诗的严厉批评,是一种"征服者的文学观":

> "绮"与"刚"很容易被纳入传统的性别分类:被征服的南方柔靡而女性化,征服者的北方孔武刚健。史臣理想中的诗是南北的结合,……结合文与质不是什么新鲜的观点,但放在初唐语境中来看,这一想象中的结合显然代表了统一帝国的新诗学。②

对魏徵论南北文学异趣所用之思路,梁道礼也解释道:

> 初唐政治家设计文学方向时所谓"江左"、"河朔"的区别却只和东晋褚季野(裒)、孙安国(盛)、支道林关于南北学风的评论有联系。原因无它,"河朔"(北朝)只有和"江左"(南朝)不同的经学,没有和"江左"不同的文学。③

我则认为,魏徵此论与颜之推谈南北语言之异的一段文字的关系可能更密切些:

> 南方水土和柔,其音清举而切诣,失在浮浅,其辞多鄙俗。北方山川深厚,其音沉浊而鈋钝,得其质直,其辞多古语。……而南染吴、越,北杂夷虏,皆有深弊,不可具论。④

---

① 王文进:《南朝山水与长城想像》,第298页。
② 田晓菲:《烽火与流星——萧梁王朝的文学与文化》,第244页。
③ 梁道礼:《政治家的要求和文学家的方向——初唐文论新探》,《陕西师大学报》1989年第1期,第79页。
④ 颜之推撰,王利器集解:《颜氏家训集解》卷第七,第529—530页。

将颜之推此言与魏徵之论对读一下,我们就会发现,无论是行文风格、论述思路,还是所用关键词汇,魏徵均与颜之推有着惊人的相似。盖魏徵等出身北方之史臣,出于崇重北朝文化之目的,便据南北学风之别、语音之异,提出北朝文学亦有如斯之独特传统,以求可颉颃甚至优于南朝文学。殊不知,此实为外行的政治家、史学家对南北朝文学史的故意误读或有意虚构,对当时文学创作之发展并无切实之指导作用。而在对文学创作具有直接影响和帮助的类书,如隋代所编《北堂书钞》、唐初所编《艺文类聚》中,所收录的南朝文学作品则明显多于北朝,较能反映出南、北朝文学创作成就的多寡与优劣。

总之,北朝诗歌创作成就不仅远逊于南朝,且有步趋、模仿南朝诗歌的创作传统,更未能形成有别于江左诗风、能与南朝诗歌相媲美的独特风貌。

附表一:东晋至隋文人边塞题材乐府诗一览表

朝代及总数		作者	作品
东晋(2)		刘 琨	《扶风歌》("朝发广莫门")
		张 骏	《薤露行》("在晋之二世")
南朝(119)	宋(12)	谢惠连	《从军行》("赵骑驰四牡")
		何承天	《战城南篇》("战城南,冲黄尘")
		袁 淑	《效曹子建白马篇》("剑骑何翩翩")
		颜延之	《从军行》("苦哉远征人")
		鲍 照	《代东武吟》("主人且勿喧")
			《代出自蓟北门行》("羽檄起边亭")
			《代结客少年场行》("骢马金络头")
			《扶风歌》("昨辞金华殿")

续表

朝代及总数		作者	作品
南朝（119）	宋（12）	鲍照	《拟行路难十八首》其十四（"君不见少壮从军去"）
	齐（1）	吴迈远	《代北风凉行》（"北风凉，雨雪雰"）
			《棹歌行》（"十三为汉使"）
		谢朓	《胡笳曲》（"轻命重意气"）
	梁（50）	沈约	《从戎曲》（"选旅辞轘辕"）
			《从军行》（"惜哉征夫子"）
			《豫章行》（"燕陵平而远"）
			《饮马长城窟》（"介马渡龙堆"）
			《白马篇》（"白马紫金鞍"）
		何逊	《拟轻薄篇》（"城东美少年"）
		王训	《度关山》（"边庭多警急"）
		吴均	《战城南》（"前有浊樽酒"）
			《战城南》（"陌上何喧喧"）
			《雉子班》（"可怜雉子班"）
			《入关》（"羽檄起边庭"）
			《胡无人行》（"剑头利如芒"）
			《雉朝飞操》（"二月雉朝飞"）
			《渡易水》（"杂虏客来齐"）
			《城上麻》（"麻生满城头"）

续表

朝代及总数		作者	作品
南朝(119)	梁(50)	刘峻	《出塞》("蓟门秋气清")
		王僧孺	《白马篇》("千里生冀北")
			《古意诗》("青丝控燕马")①
		徐悱	《白马篇》("妍蹄饰镂鞍")
		张率	《走马引》("良马龙为友")
		萧统	《将进酒》("洛阳轻薄子")
		刘遵	《度关山》("陇树寒色落")
			《蒲坂行》("汉使出蒲坂")
		萧子显	《从军行》("左角明王侵汉边")
		刘孝威	《陇头水》("从军戍陇头")
			《骢马驱》("十五官期门")
			《思归引》("胡地凭良马")
			《结客少年场行》("少年本六郡")
			《骢马驱》("翩翩骢马驱")
		萧子晖	《陇头水》("天寒陇水急")
		刘孝仪	《从军行》("冠军亲挟射")
		萧纲	《从军行》("贰师惜善马")
			《陇西行三首》
			《雁门太守行三首》
			《雉朝飞操》("晨光照麦畿")

① 《文苑英华》卷二〇五收在"乐府"类。

续表

朝代及总数	作者	作品
南朝(119)		
梁(50)	萧纲	《度关山》("关山远可度")
	王筠	《侠客篇》("侠客趋名利")
	萧绎	《陇头水》("衔悲别陇头")
		《紫骝马》("长安美少年")
		《骢马驱》("朔方寒气重")
		《刘生》("任侠有刘生")
	江洪	《胡笳曲二首》
	戴暠	《从军行》("长安夜刺闺")
		《度关山》("昔听陇头吟")
	车鼒	《陇头水》("陇头征人别")
		《骢马》("骢马镂金鞍")
陈(55)	沈炯	《长安少年行》("长安好少年")
	顾野王	《陇头水》("陇底望秦川")
	张正见	《度关山》("关山度晓月")
		《从军行》("胡兵屯蓟北")
		《战城南》("蓟北驰胡骑")
		《君马黄二首》
		《雉子斑》("陈仓雉未飞")
		《陇头水二首》
		《紫骝马》("将军入大宛")
		《雨雪曲》("胡关辛苦地")
		《刘生》("刘生绝名价")
		《长安有狭斜行》("少年重游侠")
		《饮马长城窟行》("秋草朔风惊")

续表

朝代及总数		作者	作品
南朝(119)	陈(55)	陈叔宝	《陇头》("陇头征戍客")
			《陇头水二首》
			《关山月二首》
			《紫骝马二首》
			《雨雪曲》("长城飞雪下")
			《刘生》("游侠长安中")
			《饮马长城窟行》("征马入他乡")
		徐陵	《骢马驱》("白马号龙驹")
			《出自蓟北门行》("蓟北聊长望")
			《陇头水》("别途耸千仞")
			《陇头水》("陇头流水急")
			《关山月二首》
			《紫骝马》("玉镫绣缠鬃")
			《刘生》("刘生殊倜傥")
		陆琼	《关山月》("边城与明月")
		陈暄	《紫骝马》("天马汗如红")
			《雨雪曲》("都尉出祁连")
		祖孙登	《紫骝马》("候骑指楼兰")①
		谢燮	《陇头水》("陇阪望咸阳")
			《雨雪曲》("朔边昔离别")
		阮卓	《关山月》("关山陵汉开")
		江总	《陇头水二首》
			《关山月》("兔月半轮明")

①此诗两见,一作苏子卿诗,故计为1首。

续表

朝代及总数		作者	作品
南朝 (119)	陈(55)	江总	《骢马驱》("长城兵气寒")
			《雨雪曲》("雨雪隔榆溪")
			《刘生》("刘生负意气")
		苏子卿	《紫骝马》("候骑指楼兰")
		贺力牧	《关山月》("重关敛暮烟")
		伏知道	《从军五更转五首》
		李爕	《紫骝马》("紫燕忽跼躅")
		江晖	《刘生》("五陵多美选")
			《雨雪曲》("边城风雪至")
北朝 (15)	北魏 (3)	温子升	《白鼻䯄》("少年多好事")
			《凉州乐歌二首》
	北周 (12)	王褒	《关山篇》("从军出陇阪")
			《从军行二首》
			《饮马长城窟》("北走长安道")
			《出塞》("飞蓬似征客")
			《入塞》("戍久风尘色")
			《关山月》("关山夜月明")
			《游侠篇》("京洛出名讴")
			《燕歌行》("初春丽景莺欲娇")①
		宇文招	《从军行》("辽东烽火照甘泉")
		庾信	《出自蓟北门行》("蓟门还北望")
			《燕歌行》("代北云气昼昏昏")

---

① 《北史·王褒传》:"褒曾作《燕歌》,妙尽塞北苦寒之状,元帝及诸文士并和之,而竞为凄切之辞,至此方验焉。"庾信同题诗,当亦为在江陵唱和之作。参拙著《谢朓庾信诗选》,中华书局,2005年,第121—122页。

续表

朝代及总数	作者	作品
隋（19）	卢思道	《从军行》（"朔方烽火照甘泉"）
	柳　庄	《刘生》（"座惊称字孟"）
	明余庆	《从军行》（"三边烽乱惊"）
	何　妥	《入塞》（"桃林千里险"）
		《长安道》（"长安狭斜路"）
	杨　广	《饮马长城窟行》（"肃肃秋风起"）
		《白马篇》（"白马金贝装"）
	杨　素	《出塞二首》
	薛道衡	《出塞二首》
	王　胄	《白马篇》（"白马黄金鞍"）
		《敦煌乐二首》
		《纪辽东二首》
	虞世基	《出塞二首》
	王由礼	《骢马》（"善马金羁饰"）

第三节　合而未融的隋代诗坛与南北文化的交汇

诗的隋朝，是一个十分重要但又被学界相对忽视了的时期。中国诗歌在近三百年的南北分流之后，第一次交汇了。但是，交汇并不意味着融合。由南北士风之异、学风之别所带来的诗风之别，并不能在短时期内消失，隋代诗坛依然存在着各具特色的三大诗人群体，而这三大诗人群体及其诗歌创作，又与其各自的文化传承有着必然的联系。因此,本节将紧密结合江左、山东、关陇三大文化体系的交汇、冲突、融合的过程,考察复杂多变的隋代诗歌创作情况及发展趋势。

一、隋初文化格局及隋高祖的文化政策

从表面上看,隋朝统一了南北,似乎只是将南北两个文化系统合并成了一个新的文化体系。实际上,不但南北朝后期存在着三个各具文化特征和文化内蕴的文化体系:江左士族文化、山东旧族文化、关陇豪族文化;而且,在统一后的隋初,这三种文化体系也并未完全融合,而是经历了一个从合而未融,到逐步融合的过程。虽说分久必合是历史发展的大势,不以人的意志为转移,但融合速度的快慢往往也受君主文化政策的影响。

隋高祖杨坚,是禅周建隋的。虽然他在禅代后将北周宗室宇文氏全部诛杀①,但他在政治体制和文化体制上,是与西魏、北周一脉相承而稍加变更,对山东旧族文化和江左士族文化艺术则抱有偏见,不太重视。

隋文帝杨坚出身于关陇军事贵族家庭,其父从周太祖宇文泰起兵关西,赐姓普六茹氏,位至柱国、大司空、隋国公②。其外家吕氏,济南人,素微贱,齐亡以来,不知所在。杨坚本人虽然上过太学,但从他后来言"不晓书语"云云,可知其文化程度并不太高③。

即位之初,杨坚沿用并巩固了北周固有的军事贵族政治体制,

---

① 司马光编著,胡三省音注:《资治通鉴》卷一七四,《陈纪》八,中华书局,1956年;赵翼著,王树民校证:《廿二史札记校证》卷十五,"隋文帝杀宇文氏子孙"条,第332—333页。
② 《隋书》卷一,《高祖纪》上。
③ 《资治通鉴》卷一七五,《陈纪》九,第5436页。

对文化建设不太热心。如开皇九年(589)平陈,获宋、齐旧乐,诏于太常置清商署以管之。牛弘奏请合南北音乐之长,以定雅乐。高祖制曰:

> 制礼作乐,圣人之事也,功成化洽,方可议之。今宇内初平,正化未洽。遽有变革,我则未暇。①

对作乐不感兴趣。开皇二十年(600),高祖废国子四门及州县学,唯置太学博士二人,学生七十二人。刘炫上表言学校不宜废,情理甚切,然高祖不纳②。《隋书·高祖本纪》"史论"云高祖"素无学术"、"好为小数,不达大体"、"又不悦诗书,废除学校"等,《隋书·循吏传序论》云:"(高祖)不敦诗书,不尚道德,专任法令,严察临下。"都是对隋文帝不重文化建设的明确记载③。

非唯文帝如此,文帝所任用的重臣也多与文帝一样继承了西魏北周厚古薄今、重实际事功轻文艺的传统。高颎,自云渤海蓚人。其父背齐归周,被大司马独孤信引为僚佐,信被诛以后,全家徙周。史传说高颎"略涉书史,尤善词令",且"又习兵事,多计略",其后他能成为隋文帝的重臣,也是因为他的军功和财政管理能力④。杜佑在《通典》中用法家的标准评价高颎,且将他与管仲、商鞅并论⑤。而对高颎在文化建设方面的举措,史无明文。相反地,当隋炀帝诏收周、齐故乐人及天下散乐时,高颎则谏止,而且其理由也是"乐能

---

①《隋书》卷一五,《音乐志下》。
②《隋书》卷七五,《刘炫传》。
③崔瑞德编:《剑桥中国隋唐史》,第二章云:"杨坚在探讨问题,采纳解决问题的办法以及他的所厌所恨等方面都接近于儒家主张中主张君治的荀子一派,实际上接近于法家本身。"中国社会科学出版社,1990年,第63页。
④《隋书》卷四〇,《高颎传》。
⑤杜佑撰,王文锦等点校:《通典》卷第七,第156—158页。

亡国"、"好乐而亡"。隋文帝另一重臣杨素,出身和隋文帝相似,也出自关陇军事豪族,而且杨素所受的教育主要是"夷狄文化"①。尽管杨素本人善属文,工草隶,也留下了一些佳作,但他为杨坚所赏识,主要还是因他勇猛善战,屡建功勋②。杨坚三个重臣中,只有苏威系文官。苏威的父亲是西魏著名重臣苏绰。为了使素无文化学术传统的西魏能与高齐抗衡,苏绰援引春秋战国法家思想为其治国理论基础,并积极推行一系列富国强兵之道,即著名的"六条诏书"。而为后世文学研究者格外注目的"大诰",也是基于法家固有的崇俭约、尚效率,轻文艺、弃词彩的观点③。苏威佐高祖为相时,继承父志,亦以俭约为怀,且其一生主要的工作都是改革行政制度,制定法律典章,而对文化艺术的建设则无暇顾及④。隋文帝及其重臣都出自关陇军事贵族集团,且都受到了苏绰改革和"六条诏书"的影响,文化艺术观也与西魏、北周一脉相承,抱着轻视文艺、学术的态度。

因为有这样的历史背景、文化传统,再加上政治因素,在隋朝初年,以隋文帝杨坚为首的关陇军事贵族集团,对山东旧族、江左士族均表示冷漠,甚至抑制、打击。如卢思道,在北齐因才高学优,直中书省。周武平齐,追赴长安,只被除掌教上士。杨坚为丞相时,又迁武阳太守,非其所好,乃作《孤鸿赋》《劳生论》以泄怀才不遇之愤⑤。再如薛道衡,诗文俱佳,北齐武平初,诏与诸儒修定《五礼》,除尚书左外兵郎。后又待诏文林馆,与范阳卢思道、安平李德林齐名友善。

---

① 崔瑞德编:《剑桥中国隋唐史》,第69页。
② 《隋书》卷四八,《杨素传》。
③ 《周书》卷二三,《苏绰传》。
④ 《隋书》卷四一,《苏威传》。
⑤ 《隋书》卷五七,《卢思道传》。

复以本官直中书省,拜中书侍郎,仍参太子侍读。后主之时,更见亲用。然齐亡之后,周武帝只引之为御史二命士,薛道衡不久即归乡里。高祖作相时,从元帅梁睿,摄陵州刺史。高祖受禅,坐事除名①。钜鹿魏澹,世以文学自业。在齐时,因其博涉经史,善属文,与魏收、阳休之、熊安生同修《五礼》,后除殿中郎中、中书舍人。复与李德林俱修国史。周武平齐后,授纳言中士。高祖受禅后,则出为行台礼部侍郎②。辛德源,虽为陇西狄道人,但从其祖穆开始,就一直仕于北魏、高齐。在高齐时,辛德源以"枕藉六经,渔猎百氏。文章绮艳,体调清华",被中书侍郎刘逖荐为员外散骑侍郎,后待诏文林馆,除尚书考功郎,转中书舍人。齐亡后,仕周为宣纳上士。高祖受禅时,不得调者久之,隐于林虑山,郁郁不得志,著《幽居赋》以自寄。不久又因其素与武阳太守卢思道(亦遭抑不得志)友善,时相往来,被魏州刺史崔彦武奏为"潜为交结,恐其有奸计",被谪从军③。再如信都昌亭人刘焯、河间景城人刘炫,俱为齐地大儒,然在高祖时,均抑郁不得志。刘炫虽遍直三省,竟不得官,为县司责其赋役④。平原王孝籍,与河间刘炫同志友善。开皇中,召入秘书,与王劭修国史,然王劭不之礼⑤,在省多年,竟不免输税。遂上书牛弘诉苦:"七年直省,课役不免","十年不调,实乏知己"⑥。

综上,我们可以看出,山东人士无论是文章之士还是经术之儒,也不管是齐之旧臣还是布衣之士,入周、隋后都在不同程度上遭到

---

①《隋书》卷五七,《薛道衡传》。
②《隋书》卷五八,《魏澹传》。
③《隋书》卷五八,《辛德源传》。
④《隋书》卷七五,《刘焯传》《刘炫传》。
⑤王劭虽为齐之旧臣,入周后亦不得调,然他后来因阿附隋高祖,征引符瑞以希杨坚之意,取荣苟合,遂颇见亲用。参《隋书·王劭传》。
⑥《隋书》卷七五,《王孝籍传》。

关陇军事贵族集团的贬抑。

更值得注意的是,以杨坚为首的关陇军事集团,还对山东旧族士人进行过一次集体性打击。《隋书·苏威传》云:

>威子(苏)夔,少有盛名于天下,引致宾客,四海士大夫多归之。后议乐事,夔与国子博士何妥各有所持。于是夔、妥俱为一议,使百僚署其所同。朝廷多附威,同夔者十八九。妥……遂奏威与礼部尚书卢恺、吏部侍郎薛道衡、尚书右丞王弘、考功侍郎李同和等共为朋党。

从表面看来,朝廷此次治苏威党似乎是何妥泄私愤所致,实际上恰恰是关陇豪族与山东旧族社会文化隔阂的一次大暴露。

首先,苏威党中除苏威外①,均为山东大族。其次,他们在用人政策上,多与关陇豪族不合。早在西魏时,苏绰《六条诏书》中就已提倡"今之选举者,当不限资荫,唯在得人"的用人政策②。《隋书·陆彦师传》云:"隋承周制,官无清浊。"而出身旧族的山东士子则不然,他们素有很强的门第观念,以阀阅自矜。如清河武城崔儦,世为著姓。少与范阳卢思道、陇西辛德源友善。且每以读书为务,负恃才地,忽略世人。越国公杨素时方贵幸,重崔儦门地,为子玄纵娶其女为妻。聘礼甚厚。亲迎之始,公卿满坐,素令骑迎儦,儦故敝其衣冠,骑驴而至。素推令上座,儦有轻素之色,礼甚倨,言又不逊。素忿然拂衣而起,竟罢座③。再如卢恺为小吏部大夫时,染工上士王

---

① 苏威虽系关陇集团中人,且为隋文帝重臣,政治文化观与隋文帝类似,但其子苏夔则颇变父风,专精文艺、学术,且好喜结才学兼优之山东士族。威坐此党,实因其子之故。而且事后不久,隋文帝即已宽恕苏威:"苏威德行者,但为人所误耳。"意思是苏威是被山东旧族牵连进去的。
② 《北史》卷六三,《苏绰传》。
③ 《隋书》卷七六,《崔儦传》。

神欢尝以赂自进,冢宰宇文护(关陇集团中人)擢为计部下大夫。卢恺谏曰:

> 古者登高能赋,可为大夫。求贤审官,理须详慎。今神欢出自染工,更无殊异,徒以家富自通,遂与搢绅并列,实恐惟鹈之刺闻之外境。①

魏郡临漳人陆彦师,亦为山东大族,其在职时,"凡所任人,颇甄别士庶"②。由于用人观念明显不同,所以关陇豪族与山东旧族之间的矛盾日益扩大③,而卢恺等人被治罪的主要原因也在于此:

> 自周氏以降,选无清浊,及(卢)恺摄吏部,与薛道衡、陆彦师等甄别士流,故涉党固之谮,遂及于此。④

《隋书·薛道衡传》亦云:

> 坐抽擢人物,有言其党苏威,任人有意故者,除名。

由于上述诸原因,在高祖时,山东旧族中除了李德林等绝少数人⑤,大多未得到重用,他们在经学、文学等方面的才华也未能在朝

---

①《隋书》卷五六,《卢恺传》。
②《隋书》卷七二,《陆彦师传》。
③《隋书》卷四七《柳机传》所载柳机、柳述父子素凌忽杨素,与杨氏有积怨,也是门第观念使然。
④《隋书》卷二一,《卢恺传》。
⑤李德林虽然得到了高祖重用,高祖且许愿:"待平陈讫,会以七宝装严公,使自山东无及之者。"及陈平,高祖只欲授其柱国、郡公,实封八百户,赏物三千段。而且这个决定并没有兑现(参《隋书·李德林传》)。所以,崔瑞德说:"(隋文帝)真是够吝啬的!"以后李德林又与文帝意见相左,于是在591年到州任职,直到599年亡故。崔瑞德认为李德林晚年得不到重用的原因是:"作为一个原北齐的臣下和儒生,他在文帝周围的骠悍善骑、讲究实际的西北人中找不到天然的盟友。因此,当他屡次触怒文帝时,他在余年被贬到地方工作。"参《剑桥中国隋唐史》,第73—74页。

廷上充分显露,而高祖朝儒学不兴、文学不振当亦与此有关。

对于江左士族,隋文帝及其他关陇集团中人虽然没有采取打击的态度,但亦未表现出很大的热情,尤其对江南士族自矜的诗、乐态度颇为冷淡。平陈之前,南方有些士子是梁亡后入北齐,再由北齐入周、隋的,他们也经历了和山东旧族士子相似的遭遇。如颜之推,梁亡时入北齐,被齐文宣帝委以重任,先是待诏文林馆,除司徒录事参军,后除黄门侍郎。齐亡入周后,仅为御史上士。高祖禅位后,则任外史①,至开皇中,方被太子召为文学②。再如诸葛颖,侯景之乱后奔齐,待诏文林馆。历太学博士、太子舍人。周武平齐,不得调,杜门不出者十余年。高祖即位后,亦未出任朝职③。平陈以后,关陇豪族亦未大量擢用江左士族子弟。高祖曾说平陈唯得许善心,此话虽然有对许善心的揄扬,但高祖朝臣中,南人确实屈指可数,而且高祖说此语的主要原因恐怕还是因为许善心对旧朝之忠,不仅仅因为许善心擅诗能文④。而在关陇豪族眼中,擅诗能文不仅不是优点,反而是一大缺点。所以,他们在准备平陈、献平江南之策时,屡屡言及江左诗文之误国⑤。平陈之后,他们对江左士子的看法,亦未大变。如苏威就认为:

江南人有学业者,多不习世务,习世务者,又无学业。⑥

---

①参陆法言《切韵序》,此据《宋本广韵》,中国书店,1982年据张氏泽存堂本影印。
②《北史》卷八三,《颜之推传》。
③《隋书》卷七六,《诸葛颖传》。
④充其量,除了许善心外,还有虞世基、姚察、蔡徵等少数人,但未委以重任。
⑤参《资治通鉴》卷一七六《陈纪》十所载高颎、杨素、贺若弼、高勋、崔仲方、薛道衡等人语。
⑥《隋书》卷六六,《柳庄传》。

所以高祖朝重臣中几无南人。在此背景下,高祖朝对江左诗歌、音乐等文化艺术的兴趣也就不可能很大了。开皇二年(582),齐黄门侍郎颜之推上言:

> 今太常雅乐,并用胡声,请冯梁国旧事,考寻古典。

高祖不从,曰:

> 梁乐亡国之音,奈何遣我用邪?①

开皇九年(589)平陈,获宋、齐旧乐,诏于太常置清商署,以管之。牛弘奏曰:

> 前克荆州,得梁家雅曲,今平蒋州,又得陈氏正乐。史传相承,以为合古。且观其曲体,用声有次,请修缉之,以备雅乐。其后魏洛阳之曲,据《魏史》云"太武平赫连昌所得",更无明证。后周所用者,皆是新造,杂有边裔之声。戎音乱华,皆不可用。请悉停之。②

高祖则以为不可。李谔在《上高祖革文华书》中也对江左齐梁"唯务吟咏"的诗文创作风尚深表不满:

> 江左齐、梁,其弊弥甚,贵贱贤愚,唯务吟咏。遂复遗理存异,寻虚逐微,竞一韵之奇,争一字之巧。连篇累牍,不出月露之形,积案盈箱,唯是风云之状。……以傲诞为清虚,以缘情为勋绩,指儒素为古拙,用词赋为君子。故文笔日繁,其政日乱,良由弃大圣之轨模,构无用以为用也。损本逐末,流遍华壤,递相师祖,久而愈扇。③

---

① 《隋书》卷一四,《音乐志中》。
② 《隋书》卷一五,《音乐志下》。
③ 《隋书》卷六六,《李谔传》。

高祖更是以李谔所奏颁示天下。这样纵使有才学的江南文士,也不可能得到高祖的重用了。

通过以上一系列的分析和考察,我们可以初步得出一个结论:高祖朝儒学、诗文之所以均呈沉寂局面,主要与隋高祖为首的关陇豪族对山东旧族文化、江左士族文化的有意排斥有关。可见当时关陇豪族、山东旧族、江左士族三大集团之间的政治、文化隔阂并未真正消除,彼此文化融合的道路还很漫长。

二、鼎足而三的诗人群体及其艺术精神

众所周知,南北朝时,江左士族、山东旧族、关陇豪族都有各自的文化精神和诗歌创作传统。虽然在南北朝后期,这三大诗歌艺术系统已相互影响、相互渗透,初露融合的端倪,但是由于文化精神的稳固性、诗风演变的缓慢性,更由于隋高祖为首的关陇军事豪族对江左士族、山东旧族有意识地排斥和打击,这三个诗人群体并未真正走到一起来,他们依然沿袭着各自的创作传统。当然,在入隋以后,他们的诗歌创作开始发生了一些新的变化,而这变化又和他们在隋朝的心态之变有一定的关系。

(一)关陇诗人创作传统及其诗歌艺术精神

关陇军事豪族集团并没有很悠久的诗歌创作传统。《魏书·文苑传》中无一人出自关陇;《周书》竟无《文苑传》或《文学传》;《北史·文苑传》中亦无一人出自关陇豪族。可以说,在庾信、王褒入关之前,关陇豪族中几无真正意义上的诗人,更无可观之诗作。

从现存史料看,关陇集团虽无诗歌创作传统,却有"反诗"的文化传统。《周书·庾信传》云:

> 周氏创业,运属陵夷。纂遗文于既丧,聘奇士如弗及。是

以苏亮、苏绰、卢柔、唐瑾、元伟、李昶之徒,咸奋鳞翼,自致青紫。然绰建言务存质朴,遂糠粃魏、晋,宪章虞、夏。虽属词有师古之美,矫枉非适时之用,故莫能常行焉。

此处所云关陇集团诸文人中,善诗者只有李昶①一人,而李昶的诗又受庾信、徐陵之影响。苏绰等人不但不能诗,且将中国文人诗歌创作传统从根子上一笔抹杀,对西魏诗坛产生的负面影响是巨大的。《周书·庾信传》以此来解释关陇诗文不兴,应该说是有道理的。

正因为关陇军事豪族素无诗歌创作传统,再加上其反诗的文化传统有悖于艺术发展的规律,所以他们一旦接触到外来优秀的诗歌艺术,马上就迫不及待地仿效之、学习之。《周书·庾信传》云南人入北给北周诗坛带来新的生机:

既而革车电迈,渚宫云撤。尔其荆、衡杞梓,东南竹箭,备器用于庙堂者众矣。唯王褒、庾信奇才秀出,牢笼于一代。是时,世宗雅词云委,滕、赵二王雕章间发。咸筑宫虚馆,有如布衣之交。由是朝廷之人,闾阎之士,莫不忘味于遗韵,眩精于末光。犹丘陵之仰嵩、岱,川流之宗溟渤也。

再就北周诗人现存作品看,他们主要学习齐梁体诗歌的艺术形式。周明帝宇文毓即《周书·庾信传》所云之"世宗",他十分喜爱庾信体诗歌,其《贻韦居士诗》已然是通篇对仗、讲究声律的新体诗②:

---

① 李昶,小名那,故一作李那。被周太祖宇文泰赐姓宇文氏,且在西魏拜内史下大夫,进爵为侯,增邑五百户,迁内史中大夫。参《周书·李昶传》。
② 此诗句内二四字异声比(11/12,占 91.67%),大于二五字异声比(7/12,58.33%),说明在诗歌声律方面已经脱离永明句律,属于大同句律了。参拙作《大同句律形成过程及与五言诗单句韵律结构变化之关系》,载蔡宗齐主编《声音与意义:中国古典诗文新探》(《岭南学报》复刊第五辑),上海古籍出版社,2016 年。

六爻贞遁世，三辰光少微。　　入平平去去，平平平去平。
　　颍阳去犹远，沧洲遂不归。　　上平上平上，平平去入平。
　　风动秋兰佩，香飘莲叶衣。　　平上平平去，平平平入平。
　　坐石窥仙洞，乘槎下钓矶。　　去入平平去，平平上去平。
　　岭松千仞直，岩泉百丈飞。　　上平平去入，平平入上平。
　　聊登平乐观，遥想首阳薇。　　平平平入去，平上上平平。
　　傥能同四隐，来参余万机。　　上平平去上，平平平去平。

其《过旧宫诗》：

　　玉烛调秋气，金舆历旧宫。　　入入平平去，平平入去平。
　　还如过白水，更似入新丰。　　平平去入上，去上入平平。
　　秋潭渍晚菊，寒井落疏桐。　　平平去上入，平上入平平。
　　举杯延故老，今闻歌大风。　　上平平去上，平平平去平。

遣辞轻丽，笔势流美，诗风清新，且通篇对仗，声律精严，句中二四字异声，联内上下句间亦多四声相对，系典型的庾信体。其《和王褒咏摘花》：

　　玉椀承花落，花落椀中芳。　　入上平平入，平入上平平。
　　酒浮花不没，花含酒更香。　　上平平入入，平平上去平。

则极类齐梁轻艳、圆润之咏物小诗，声律上已类后世近体五绝。李昶的《陪驾幸终南山诗》与庾信《陪驾幸终南山和宇文内史》系唱和之作：

陪驾幸终南山诗
李昶

　　尧盖临河颍，汉跸践华嵩。　　平去平平上，去入上去平。
　　日旗回北凤，星斾转南鸿。　　入平平入去，平去上平平。

青云过宣曲,先驱背射熊。　　平平去平入,平平去去平。
金桴拂泉底,玉琯吹云中。　　平平入平上,入上平平平。
古辙称难极,新途或易穷。　　上入平平入,平平入入平。
烟生山欲尽,潭净水恒空。　　平平平入去,平去上平平。
交松上连雾,修竹下来风。　　平平去平去,平入上平平。
仙才道无别,灵气法能同。　　平平上平入,平去入平平。
东枣羞朝座,西桃献夜宫。　　平上平平去,平平去去平。
诏令王子晋,出对浮丘公。　　去去平上去,入去平平平。

陪驾幸终南山和宇文内史
庾信

玉山乘四载,瑶池宴八龙。　　入平平去上,平平去入平。
鼋桥浮少海,鹊盖上中峰。　　平平平上上,入去上平平。
飞狐横塞路,白马当河冲。　　平平平去去,入上平平平。
水奠三川石,山封五树松。　　上去平平入,平平上去平。
长虹双瀑布,圆阙两芙蓉。　　平平平入去,平入上平平。
戍楼鸣夕鼓,山寺响晨钟。　　入平平入上,平去上平平。
新蒲节转促,短荀箨犹重。　　平平入上入,上平入平平。
树宿含樱鸟,花留酿蜜蜂。　　去入平平上,平平去入平。
迎风下列缺,洒洒召昌容。　　平平上入入,上上去平平。
且欣陪北上,方欲待东封。　　上平平入上,平入上平平。

二诗遣辞、用韵、声律皆相仿佛,乃至徐陵读后不由得称叹道:

> 获殷公所借《陪驾终南》《入重阳阁》诗及《荆州大乘寺》《宜阳石像碑》四首,铿锵并奏,能惊赵鞅之魂;辉焕相华,时瞬

安丰之眼。①

另外,滕、赵二王亦多效庾信体。《周书·赵王招传》云:"学庾信体,词多轻艳。"滕王逌更是经常与庾信诗文唱和,且为《庾子山集》作序,对庾信推崇备至。

值得注意的是,北周诗人也不都停留在学习齐梁诗歌的艺术技巧和艺术形式上,有人已将南诗的艺术形式与北地的文化精神结合到一起了。《北史·高琳传》云:

> 武成二年,讨平文州氏。师还,(周孝闵)帝宴群公卿士,仍赋诗言志。琳诗末章云:"寄言窦车骑,为谢霍将军。何以报天子?沙漠静妖氛。"

高琳此诗是仅存的一首周人用新体诗形式表现关陇军事豪族尚武任侠、重功名意识的诗作,全诗虽已不存,然此末章四句足以超迈魏周、下启隋唐,成为隋唐北方边塞诗的滥觞。

在隋代家世可考的四十五名诗人中,出自关陇的只有杨坚、史万岁、杨广、杨素、于仲文、崔仲方、牛弘、李密、杨侗等九人。

隋文帝杨坚现仅存一首四言诗《宴秦孝王于并州作诗》:

> 红颜讵几,玉貌须臾。
> 一朝花落,白发难除。
> 明年后岁,谁有谁无。

此诗质木无文,表现了青春易逝、人生几何的慨叹。诗中虽有向曹操《短歌行》学习的意思,却丝毫没有曹诗中的那种慷慨、悲壮之气,而是一味地颓唐、感伤。

---

① 徐陵:《与李那(即昶)书》,严可均编:《全上古三代秦汉三国六朝文》,中华书局,1958年,第3453页。

史万岁,京兆杜陵人。周武帝时,释褐侍伯上士。隋文帝时,屡立战功,进位柱国①。其诗亦仅存一首《石城山》:

> 石城门峻谁开辟,更鼓悟闻风落石。
> 界天自岭胜金汤,镇压西南天半壁。

此诗从大处落笔,笔势雄壮,诗境阔大,当与诗人"少英武"、"雄略过人"的英雄气概有关②。虽说此诗并未直接表现关陇豪族尚武任侠的性格特点,实际上也是北人粗犷、豪雄气质的艺术折射。

李密,陇西成纪人。才兼文武,志气雄远,常以济物为己任。《隋书·李密传》云,密在参加杨玄感起兵失败后,"郁郁不得志",为五言诗,诗成而泣下数行:

> 金风荡初节,玉露凋晚林。
> 此夕穷途士,郁陶伤寸心。
> 野平葭苇合,村荒藜藿深。
> 眺听良多感,徙倚独沾襟。
> 沾襟何所为?怅然怀古意。
> 秦俗犹未平,汉道将何冀?
> 樊哙市井徒,萧何刀笔吏。
> 一朝时运合,万古传名谥。
> 寄言世上雄,虚生真可愧。③

如果说在表现关陇豪族的人生意气方面,隋文帝稍显懦弱,失其本色;高琳一味高昂、奋进,亦过于单调;那么李密此诗则无论在表现

---

① 《隋书》卷五三,《史万岁传》。
② 《隋书》卷五三,《史万岁传》。
③ 此据《旧唐书·李密传》。

深度、艺术手法上都较前此诸人要成熟老到,他表现的是英雄穷途暮路,空有壮志而不能伸展,殷切期盼风云际会,建立一世功名的慷慨豪雄之情,读之令人扼腕。

然而,最能表现关陇豪族文化精神的诗人还是杨素。杨素,少落拓,有大志,善属文,有英杰之表,曾对周武帝云"臣但恐富贵来逼臣,臣无心图富贵"。后果以军功,封越国公,为尚书右仆射,与高颎专掌朝政。炀帝即位,迁尚书令,拜太子太师,改封楚国公①。其诗现存四题六首。其中《出塞二首》描写出塞征战壮阔、激烈的场景,因有丰富的亲身经历作基础,故写得真实、动人,而又简炼、遒劲,极富刚健之气。就功名意识的表现来看,其一是满怀豪情,功成受赏,情感基调高亢、健举:

> 漠南胡未空,汉将复临戎。
> 飞狐出塞北,碣石指辽东。
> 冠军临瀚海,长平翼大风。
> 云横虎落阵,气抱龙城虹。
> 横行万里外,胡运百年穷。
> 兵寝星芒落,战解月轮空。
> 严鐎息夜斗,骍角罢鸣弓。
> 北风嘶朔马,胡霜切塞鸿。
> 休明大道暨,幽荒日用同。
> 方就长安邸,来谒建章宫。

其二则感伤怀古、慷慨忧思,情感基调沉雄、莽茫,充分表现了诗人复杂的内心世界:

---

① 《隋书》卷四八,《杨素传》。

汉虏未和亲,忧国不忧身。
握手河梁上,穷涯北海滨。
据鞍独怀古,慷慨感良臣。
历览多旧迹,风日惨愁人。
荒塞空千里,孤城绝四邻。
树寒偏易古,草衰恒不春。
交河明月夜,阴山苦雾辰。
雁飞南入汉,水流西咽秦。
风霜久行役,河朔备艰辛。
薄暮边声起,空飞胡骑尘。

《山斋独坐赠薛内史诗二首》通过细密的写景,表现自己独坐山斋思念友人的孤独、寂寞之情:

其一
居山四望阻,风云竟朝夕。
深溪横古树,空岩卧幽石。
日出远岫明,鸟散空林寂。
兰庭动幽气,竹室生虚白。
落花入户飞,细草当阶积。
桂酒徒盈樽,故人不在席。
日暮山之幽,临风望羽客。

其二
岩壑澄清景,景清岩壑深。
白云飞暮色,绿水激清音。
涧户散余彩,山窗凝宿阴。
花草共荣映,树石相陵临。

> 独坐对陈榻，无客有鸣琴。
> 寂寂幽山里，谁知无闷心。

其中的景物描写，似从庾信后期田园诗发展而来，细致、密丽。其《赠薛内史诗》则继承了《古诗十九首》写离别、思远的表现手法，在疏朗、清新的景物中融入浓浓、绵绵的思念之情，浑融、淳真，了无痕迹：

> 耿耿不能寐，京洛久离群。
> 横琴还独坐，停杯遂待君。
> 待君春草歇，独坐秋风发。
> 朝朝唯落花，夜夜空明月。
> 明月徒流光，落花空自芳。
> 别离望南浦，相思在汉阳。
> 汉阳隔陇岑，南浦达桂林。
> 山川虽未远，无由得寄音。

《赠薛播州诗》（十四章）是杨素最富盛名的诗作，也是杨素诗情最为浓郁、诗艺最为精湛的一首诗作。《隋书》卷四八《杨素传》云：

> 素尝以五言诗七百字赠番州刺史薛道衡，词气宏拔，风韵秀上，亦为一时盛作。

此诗第一章直抒胸臆，感叹大道沦替、世风不古之现状：

> 在昔天地闭，品物属屯蒙。
> 和平替王道，哀怨结人风。
> 麟伤世已季，龙战道将穷。
> 乱海飞群水，贯日引长虹。
> 干戈异革命，揖让非至公。

其中"麟伤世已季,龙战道将穷。乱海飞群水,贯日引长虹。干戈异革命,揖让非至公",是对现实的深刻批判,有强烈的反思色彩。关陇军事豪族向来尚武、好战,重功名,能发出这样慨时伤世的警醒之语,着实不易。当然,这种思想意识的产生也并非偶然,史云杨素曾"与安定牛弘同志好学,研精不倦,多所通涉",自小就具备了较丰富的经史知识,后来又"颇留意于风角",具有观察天人之象、推测世态变迁之能力,再加上他"虽有建立之策","然特为帝所猜忌,外示殊礼,内情甚薄"①。故而他能脱略时辈,在此诗中刺时讥世、影射现实。此诗第二章表现盛衰天定、沧海桑田之感:

> 两河定宝鼎,八水域神州。
> 函关绝无路,京洛化为丘。
> 漳滏尔连沼,泾渭余别流。
> 生郊满戎马,涉路起风牛。
> 班荆疑莫遇,赠缟竟无由。

结尾无奈、哀怨,是其暮年落寞、感伤心情的反映。第三章、第四章追述自己昔日乘时立功、共创隋代基业的经过。第五章、第六章描述自己入仕之后与薛道衡共侍凤池、情投意合之友情。第七章则写光阴荏苒、美景难久,朋友分离、互相珍重之慨叹。第八章遥思远在汉南的薛道衡,思念不已,潸然神伤。第九章第十章盼其早日北归。第十一章述己养病幽居、知足保和之态。第十二章直抒己志,表白心迹:

> 所欲栖一枝,禀分丰诸己。
> 园树避鸣蝉,山梁遇雌雉。
> 野阴冒丛灌,幽气含兰芷。

---

① 《隋书》卷四八,《杨素传》。

> 悲哉暮秋别,春草复萋矣。
> 鸣琴久不闻,属听空流水。

与史传所云正可相互发明:

> (杨)素寝疾之日,(炀)帝每令名医诊候,赐以上药。然密问医人,恒恐不死。素又自知名位已极,不肯服药,亦不将慎,每语弟约曰:"我岂须更活耶?"

第十三章写与友遥隔千里,杳无会期,而己又年暮,驻世难久,倍增哀伤。第十四章将哀愁、思念之苦,化成一片云烟,迷蒙、凄楚,令人读后唏嘘不已。这一组十四章,诗思深沉蕴藉,诗艺复杂多变,抒情、言志、咏怀、感遇交织其间,既可见建安诗歌之慷慨多气,又可寻《古诗十九首》、"苏李诗"之绰约情思,还呈现出自阮籍《咏怀》、陶潜《饮酒》、庾信"拟咏怀""山居""言志"等咏怀诗而来的慨时伤世、比兴体制,史谓"一时盛作",良有以也。

当然,在由周入隋的诗人中,也有学齐梁体、庾信体而少变化者。如崔仲方,博陵安平人。少好读书,有文武才干。后以明经为周司玉大夫,以军功授平东将军、银青光禄大夫,授仪同,进爵范阳县侯。隋受禅,进位上开府。仁寿初,迁代州总管。炀帝即位,进位大将军,拜民部尚书。这样一位英勇善战、屡建奇功的猛将,写起诗来却难脱齐梁纤秾、艳丽之态。其《奉和周赵王咏石诗》:

> 玉绳随月落,金碑映日鲜。
> 入江疑濯锦,出峡似开莲。
> 文马河西瑞,兵符济北篇。
> 会逐灵槎上,还归天汉边。

字面秾丽,笔致新奇,使事用典,自然妥贴,明显受庾信咏物小诗的

影响。其《小山诗》:

> 昆丘本难陟,轩台不易朝。
> 还往麟洲上,时听凤凰箫。
> 霞观文犀簟,香林碧玉条。
> 且学烧丹甑,何假摘灵桃。

以及《夜作巫山诗》:

> 荆门秋水急,巫峡断云轻。
> 若为教月夜,长短听猿声。

不知是作于周时还是隋时,疏野、萧散,与庾信、王褒入北后所作写景诗风格类似。

于仲文,少好读书,耽悦不倦。及长,倜傥有大志,气调英拔,当时号为名公子。起家周赵王属、东郡太守。隋高祖受禅,教击胡有功。拜太子右卫率。炀帝时,迁大将军。其《答谯王诗》:

> 梧台开广宴,竹苑列英贤。
> 景差方入楚,乐毅始游燕。
> 折角挥谈柄,重席吐言泉。
> 武骑初摛翰,文学正题鞭。
> 玉徽调绿绮,璧散沈青田。
> 晚霞澹远岫,落景藻长川。
> 未陪东阁赏,独咏西园篇。

作于北周时,是北周诗文唱酬之风大盛的产物,声律、用典均较讲究,且流转自如,娓娓道来。其《侍宴东宫应令诗》,似作于隋时①:

---

① 《隋书·于仲文传》云:"仁寿初,拜太子右卫率。"

> 铜楼充震位，银牓集嘉宾。
> 青宫列绀幰，紫陌结朱轮。
> 弦调宝瑟曲，歌动画梁尘。
> 金卮倾斗酒，琼筵列八珍。
> 花惊度翠羽，萍散跃赪鳞。
> 承恩叨并作，扣寂绕阳春。

此诗铺叙宴饮之欢，富丽繁缛，与庾信的一些"奉和"、"应令"之作也有艺术上的传承关系。

不过，总的看来，由周入隋的关陇诗人大多已稍离齐梁纤秾、缛丽之境，能用清新、秀美的艺术形式表现尚武任侠、建立功名的豪雄意气，以及理想实现过程中的郁闷、激愤之情，清新中露刚健之气，艳丽中显宏拔之态。只是因为他们素受尚武轻文传统之束缚，真正善诗者寥寥无几，又因其性格多粗犷、豪放，诗境虽阔大、健举，然终嫌单一，不够深沉、蕴藉，而且尚未形成一个大的诗人群体，诗歌创作成就虽较魏、周大有提高，然尚不足以与山东诗人、江左诗人相颉颃。

(二) 入隋南人诗风之变与心态之变

隋代诗人中，出自江左的多达 21 人，是关陇诗人的两倍还多。其中出自世家大族的有王眘、王胄、王衡、萧岑、萧琮、柳庄、柳䛒、虞绰、虞世南、虞世基、庾自直、徐仪、诸葛颖、许善心、岑德润等，出自寒人的只有何妥一人[1]。由于由南入隋诗人的组成与梁陈相比，未有明显变化，而且许多诗人还是梁陈著名诗人的后代或者深受梁陈士族诗人的影响，所以他们大多依然沿袭着梁陈士族诗人的创作定

---

[1]《隋书·何妥传》云，何妥父细胡，通商入蜀，事梁武陵王萧纪，主知金帛，因致巨富，号为西州大贾，何妥年十七，以技巧事湘东王。

势,诗风稍有变化。

　　从创作题材上看,仍然以宫廷宴饮、奉和应制、咏物、写景等题材为主。在入隋南人现存 92 首诗作中,奉和应制(含宫廷宴饮)诗竟多达 31 首,占总数的三分之一强,其次是文人乐府(包括南北朝乐府和汉乐府旧题)诗 22 首,再次是咏物赋得诗 15 首,感时应令、山水行役诗 14 首,赠答应酬诗 5 首,其他 5 首,而其中述怀诗只有 1 首。隋代南人诗作题材分布的格局与梁陈诗坛相较,是差不多的。然而,值得注意的是,梁陈诗作中占很大比重的艳情诗在入隋南人现存诗作中竟然一首也没有。虽然现存诗作只是他们实际创作作品数量的极小部分,不足以反映当时的成绩和全貌,但前此的梁陈,后此的初唐,都有一些艳情诗甚至色情诗传世,这说明入隋南人现存作品无一艳情诗完全是历史淘汰所致似乎说不通。那么,到底是什么原因导致入隋南人无一首艳情诗传世呢?

　　我认为,这首先和隋初宫廷独特的妇女观有关。在南北朝时期,北方妇女较南方妇女能干,社会地位也稍高。颜之推《颜氏家训》载:

　　　　江东妇女,略无交游,其婚姻之家,或十数年间,未相识者,惟以信命赠遗,致殷勤焉。邺下风俗,专以妇持门户,争讼曲直,造请逢迎,车乘填街衢,绮罗盈府寺,代子求官,为夫诉屈。此乃恒、代之遗风乎?……河北人事,多由内政,绮罗金翠,不可废阙,羸马顇奴,仅充而已;倡和之礼,或尔汝之。①

因此,北朝颇有皇后柄政之事,如北魏胡太后:

　　　　临朝听政,犹称殿下,下令行事。后改令称诏,群臣上书曰

---

①颜之推撰,王利器集解:《颜氏家训集解》卷第一,第 48—49 页。

陛下,自称曰朕。①

隋文帝文献独孤皇后,河南洛阳人,周大司马、河内公独孤信之女。当高祖居禁中、总百揆时,独孤后使人劝高祖篡周。高祖即位后,独孤后又常参议朝政,高祖甚宠惮之。史载:

> 上每临朝,后辄与上方辇而进,至阁乃止。使宦官伺上,政有所失,随则匡谏,多所弘益。②

非唯如此,独孤皇后性尤妒忌,后宫嫔妃莫敢进御。尉迟迥女孙有美色,先在宫中。隋文帝于仁寿宫见而悦之,因此得幸。独孤后乘文帝上朝,偷偷将其杀死。独孤后不但反对后宫淫乱,而且也不喜朝臣与妾恩爱。她见高颎夫人死,其妾生男,尤不喜高颎,渐加谮毁,文帝亦每事唯后言是用。她见诸王及朝士妾孕者,必劝上斥之。时皇太子杨勇多内宠,妃元氏暴薨,独孤后认为必是太子爱妾云氏所害,因此劝高祖黜高颎,废太子勇立晋王杨广。在独孤皇后的监督下,上至隋高祖、太子勇、晋王杨广③,下至高颎及众朝士皆不敢大肆淫乱。这应该在一定程度上抑制了当时艳情诗的创作。

齐、梁、陈之艳情诗一般都是在宴饮妓乐的场合下创作出来的,尤其是受南朝乐府民歌影响所致。如《陈书·江总传》云:

> (陈)后主之世,(江)总当权宰,不持政务,但日与后主游宴后庭,共陈暄、孔范、王瑳等十余人,当时谓之狎客。

---

① 《魏书》卷一三,《宣武灵皇后胡氏传》。
② 《隋书》卷三六,《文献独孤皇后传》。
③ 《资治通鉴》卷一七九《隋纪》三"开皇二十年"云,晋王杨广在独孤后的授意下弥自矫饰,唯与萧妃居处。独孤后由是数称杨广贤,使文帝以为杨广不好声色,仁孝忠厚。

《隋书·音乐志上》亦云：

> 及(陈)后主嗣位,耽荒于酒,视朝之外,多在宴筵。尤重声乐,遣宫女习北方箫鼓,谓之《代北》,酒酣则奏之。又于清乐中造《黄骊留》及《玉树后庭花》《金钗两臂垂》等曲,与幸臣等制其歌词,绮艳相高,极于轻薄。

后来隋炀帝亦如此,《隋书·音乐志上》云：

> 炀帝矜奢,颇玩淫曲,御史大夫裴蕴,揣知帝情,奏括周、齐、梁、陈乐工子弟,及人间善声调者,凡三百余人,并付太乐。倡优猱杂,咸来萃止。其哀管新声,淫弦巧奏,皆出邺城之下,高齐之旧曲云。

同书卷一五《音乐志下》则云：

> (炀帝)后大制艳篇,辞极淫绮。令乐正白明达造新声,创《万岁乐》《藏钩乐》《七夕相逢乐》《投壶乐》《舞席同心髻》《玉女行觞》《神仙留客》《掷砖续命》《斗鸡子》《斗百草》《泛龙舟》《还旧宫》《长乐花》及《十二时》等曲,掩抑摧藏,哀音断绝。

而在隋初,高祖则性尚俭约,很少在宫中举行诗文酒会、演奏伎乐,而且屡次下诏禁断俗乐,以正雅乐。《隋书·裴蕴传》云：

> 初,高祖不好声技,遣牛弘定乐,非正声清商及九部四舞之色,皆罢遣从民。

开皇九年(589),隋高祖诏云：

> 朕祇承天命,清荡万方。百王衰敝之后,兆庶浇浮之日,圣人遗训,扫地俱尽,制礼作乐,今也其时。朕情存古乐,深思雅

道。郑、卫淫声,鱼龙杂戏,乐府之内,尽以除之。①

开皇十四年(594)又下诏曰:

> 人间音乐,流僻日久,弃其旧体,竞造繁声,浮宕不归,遂以成俗。宜加禁约,务存其本。②

经过这样三番五次地禁断俗乐,当时朝廷上下演奏、歌唱南朝乐府民歌的少了。就现存入隋南人乐府诗看,也基本上是拟古乐府③,只有虞世基的《四时白纻歌二首》和诸葛颖的《春江花月夜》是拟南朝乐府而作,但这三首诗都是奉和炀帝的,并非作于高祖朝。

再次,隋高祖和当时北人所信仰之佛教多非大乘涅盘学,亦未持菩萨戒。拙著《齐梁诗歌向盛唐诗歌的嬗变》下编第一章第三节曾论述齐梁陈士族诗人信仰大乘涅盘学,受持菩萨戒,是产生大量艳情诗的社会土壤④。然而到隋初,这种宗教土壤已不复存在了。隋高祖是虔诚的佛教徒,史传谓其即生于冯翊般若寺,但他所信奉的佛教教派主要是净土宗和禅宗,所持的戒律是四分戒律。后来,隋炀帝即位后,受南方涅盘学的影响,从天台智顗禅师受持菩萨戒,又放纵淫荡了,艳情诗也重新泛滥了。

其实,隋初南人诗风的新变不只是体现在艳情诗数量的锐减方面,还突出体现为他们诗歌中亡国之痛的表现、功名意识的增强。

虽说江左士族对改朝换代素不关怀,但是他们对北朝之入侵南朝则有强烈之反应,因为在他们看来,胡夷凌铄华夏正朔是难以接

---

① 《隋书》卷二,《高祖纪》下。
② 《隋书》卷二,《高祖纪》下。
③ 参萧涤非《汉魏六朝乐府文学史》第六编《北朝乐府——附隋》,人民文学出版社,1984年,第308—313页。
④ 杜晓勤:《齐梁诗歌向盛唐诗歌的嬗变》,北京大学出版社,2009年,第122—129页。

受的。梁亡之后,庾信、王褒入北周,颜之推、徐陵入北齐都进行了较深刻的历史反思,诗风也曾为之一变①。与此同时,许善心、虞世基等人在入隋之初,同样也或多或少地表现出了亡国之痛。《隋书》卷五八《许善心传》云,祯明二年(588),许善心聘于隋,遇高祖伐陈,被系留宾馆。及陈亡,高祖遣使告之。"善心衰服号哭于西阶之下,藉草东向,经三日。"他后来在作《梁史序传》时,也备述梁、陈覆亡之痛:

> 逮有梁之君临天下,江左建国,莫斯为盛。……属阴戎入颍,羯胡侵洛,沸腾磣黩,三季所未闻,扫地滔天,一元之巨厄。廊庙有序,翦成狐兔之场,珪帛有仪,碎夫犬羊之手。福善积而身祸,仁义在而国亡。岂天道欤?岂人事欤?……祯明二年,以台郎入聘,值本邑沦覆,他乡播迁,行人失时,将命不复。望都亭而长恸,迁别馆而悬壶,家史旧书,在后焚荡。②

所以他在诗中也情不自禁地流露出亡国之痛。其《于太常寺听陈国蔡子元所校正声乐诗》云:

> 维阳成礼乐,治定昔君临。
> 充庭观树羽,之帝仰揿金。
> 既因钟石变,将随河海沉。
> 湛露废还序,承风绝复寻。
> 衮章无旧迹,韶夏有余音。
> 泽竭英茎散,人遗忧思深。
> 悲来未减瑟,泪下正闻琴。

---

①参拙著《齐梁诗歌向盛唐诗歌的嬗变》,第130—138页。
②《隋书》卷五八,《许善心传》。

> 讵似文侯睡，聊同微子吟。
> 钟奏殊南北，商声异古今。
> 独有延州听，应知亡国音。

诗中思旧之感、亡国之痛显而易见。《隋书·虞世基传》云：

> 及陈灭归国，为通直郎，直内史省。贫无产业，每佣书养亲，怏怏不平。尝为五言诗以见意，情理凄切，世以为工，作者莫不吟咏。

在虞世基现存诗作中，确有一些篇什是写其被掳入关时的痛苦心情。如《初渡江诗》当作于他离开陈都时：

> 敛策暂回首，掩涕望江滨。
> 无复东南气，空随西北云。

韵短情长，感触良深。其《入关诗》则述其入关时之愁绪：

> 陇云低不散，黄河咽复流。
> 关山多道里，相接几重愁。

真是关河几许、愁绪几多了！其《零落桐诗》疑亦作于入隋之初：

> 零落三秋干，摧残百尺柯。
> 空余半心在，生意渐无多。

此诗实乃咏物伤怀，借桐之摧残、零落，寓己之失落、愁怨，感慨良多。

当然，入隋南人中并非人人都有如此强烈的丧家之感、亡国之痛，即便许善心、虞世基，也只是在一定的时期内有此种意绪，他们在入隋不久后就适应了新朝，心境又变得平和起来。所以，入隋南人的这种亡国之痛只是暂时的，并不能说明江左士族的文化心态就已发生了根本性转变,何况,它对诗歌创作的影响也很有限。

但是,隋初江左诗人作品中功名意识、宦途沉浮之慨的增多,就不是一个简单的问题了。

南朝士族素无强烈之功名意识,他们多不干庶务,唯以闲雅相尚。但是这种士风到梁陈两朝则已发生了微妙的变化。就入隋南人而言,不乏学识、才干兼善者。如柳庄,少有远量,博览坟籍,兼善辞令。仕隋后,明习旧章,雅达政事。苏威重柳庄器识,谓其能兼学业、世务,极为难得①。再如虞世基,不但博学高才,而且精通政事。炀帝即位后,令其专典机密,与纳言苏威、左翊卫大将军宇文述、黄门侍郎裴矩、御史大夫裴蕴等参掌朝政。时天下多事,四方表奏日有百数。虞世基至省,方为敕书,日且百纸,无所遗谬②。又如裴蕴,性明辩,有吏干。及陈平,隋高祖悉阅江南衣冠之士,次至裴蕴,以为夙有向化之心,超授仪同。大业初,考绩连最,炀帝闻其善政,征为太常少卿。未几,擢授御史大夫,与裴矩、虞世基参掌机密③。又如王胄,以文词为炀帝所重。仁寿末,从刘方击林邑,以功授帅都督。后又从征辽东,进授朝散大夫。然王胄性疏率不伦,自恃才大,郁郁于薄宦,颇负气陵傲,忽略时人④。而何妥则是寒人,功名心更强。《隋书》卷七五《何妥传》云,何妥性劲急,有口才,好是非人物。入仕以后,他屡次上封事,指陈得失,大抵论时政损益,并指斥当世朋党。

由于入隋南人之心态较齐梁陈士族诗人发生了如此之变化,他们的诗歌作品也就出现了南朝诗歌中极少见到的功名意识、仕宦之

---

① 《隋书》卷六六,《柳庄传》。
② 《隋书》卷六七,《虞世基传》。
③ 《隋书》卷六七,《裴蕴传》。
④ 《隋书》卷七六,《王胄传》。

情。如柳庄《刘生》诗：

>座惊称字孟,豪雄道姓刘。
>广陌通朱邸,大路起青楼。
>要贤驿已置,留宾辖且投。
>光斜日下雾,庭阴月上钩。

通过歌颂豪雄任侠的刘生,抒发自己的人生意气。何妥的《入塞》：

>桃林千里险,候骑乱纷纷。
>问此将何事,嫖姚封冠军。
>回旌引流电,归盖转行云。
>待任苍龙杰,方当论次勋。

也表达了他内心渴望建功立业的人生抱负。其《长安道》：

>长安狭斜路,纵横四达分。
>车轮鸣凤辖,箭服耀鱼文。
>五陵多任侠,轻骑自连群。
>少年皆重气,谁识故将军。

则流露出对任侠使气、重义轻生的豪侠生活的艳羡与欣赏。再如王胄在《白马篇》的末尾更是明确表示：

>志勇期功立,宁惮微躯捐。
>不羡山河赏,谁希竹素传。

其《纪辽东二首》同样亦流露出希立功疆场、封侯受赏的心情。

另外,他们还在诗中表现了宦游过程中的抑闷和感慨。如柳誉《阳春歌》后四句云：

>旅人无语坐檐楹,思乡怀土志难平。

唯当文共酒,暂与兴相迎。

王胄则写了《言反江阳寓目灞涘赠易州陆司马诗》《酬陆常侍诗》《答贺属诗》《卧疾闽越述净名意诗》等一系列作品,抒发自己宦途沉浮之感慨。虞绰《于婺州被囚诗》则对自己一生仕宦得失、人生祸福进行反思:

> 穷达虽有命,逋逃诚负累。
> 背恩已偷生,临危未能死。
> 得罪既不测,中心怅无已。
> 厚颜羞朋友,囚心愧妻子。
> 圣日始东扶,徂年迫西汜。
> 方违盛明代,永向幽泉里。
> 况当此春节,物候惊田里。
> 桃蹊日影乱,柳径秋风起①。
> 动植皆顺性,嗟余独沦耻。
> 投笔不重陈,此情寄知己。

其笔调之沉痛,思绪之零乱,令人唏嘘感叹。

总的看来,入隋南人的诗歌创作风尚只发生部分变化,而且在隋炀帝即位后又有所退步,但南人在高祖朝诗风的变化,毕竟是源自其心态之变的,标志着江左士族的文化心理已在渐变,所以在中近古诗歌转型过程中还是有其先导意义的。

(三)山东旧族诗人的诗歌创作及其文化精神

和关陇豪族相比,山东旧族的文学传统要悠久、丰富些。早在北魏时,山东就产生了不少词义可观的文士。然而前文已述,在北

---

① 按:"秋"字,疑作"和"。

魏、东魏、高齐,山东文士的诗作还停留在对汉晋、齐梁诗歌简单模仿的水平上,就是著名的"北地三才",也未形成独特的诗风。值得注意的是,周隋之际,山东却一下子出现卢思道、李德林、孙万寿、辛德源、薛道衡等一大批独具北地风格、成绩卓著的诗人。就现存诗作分析,入隋的山东诗人有15位,人数虽少于江左诗人,但他们的诗歌创作成就却远胜南人。他们之所以能在周隋之际形成独特的风格,除了与他们善于向梁陈诗人和入北之南人学习有关,更主要的恐怕还因为他们已开始用诗歌来表现北地士人固有的文化精神。

西晋永嘉之乱以后,由于南北政权长期对峙,导致了两地士人的文化心态也出现了差异。与江左士子普遍唯务玄虚、贵为放诞、讳言功名、罕关庶务恰恰相反,山东士子则多崇尚质实,具有经世致用、建功立业的志向和抱负。从文化渊源上看,山东士子基本上沿袭了汉儒以经术致用的文化精神。《魏书·儒林传序》说北地所传之经义多为汉儒郑玄、服虔、何休等人所说,与南方学风迥异。南方士子学习儒家经术时,多重其礼仪、典章,持之以修身,故南方多"礼"学专家,而北方士子习经则重其治国平天下之功用。如常爽《六经略注序》论儒家经术功用时,重其仁义之道、礼乐教化之功①。孙惠蔚谓"六经"乃"承天之正术,治人之贞范",为君主不可缺少的治国之谋、御人之术②。而且,与南方士子多藉先祖荫资、弹冠入仕不同,北方士子则多以勤学取富贵,以经术致通显。另外,南方士子多是家传一经,多专门之学者,而北方士子则并不专治一经,而是以经世致用为宗旨,博涉经史,遍受诸家之学。如崔浩,史称其:

> 博涉经史,玄象阴阳,百家之言,无不关综,研精义理,时人

---

① 《魏书》卷八四,《常爽传》。
② 《魏书》卷八四,《孙惠蔚传》。

莫及。

又有纵横家风度,屡献奇策,后遂得以参谋军国大事。他在评价近世人物时,尤推许王猛、慕容玄恭、刘裕三人,因为他们是可与管仲、霍光、曹操等相媲美的超一流的智勇双全、功业卓著的人物:

> 若王猛之治国,苻坚之管仲也;慕容玄恭之辅少主,慕容暐之霍光也;刘裕之平逆乱,司马德宗之曹操也。

而他自己则:

> 性敏达,长于谋计。常自比张良,谓己稽古过之。①

高允,亦博通经史、天文、术数,其于经术,不特为修身之资,更重其治国教化之功,以至于被后人称为"守业之良宰",有魏之第一直臣②。北齐杜弼,深知"鲜卑车马客,会须用中国人",幼时勤学,被州牧任城王澄"许以王佐之才",他后来虽性好名理,儒玄兼修,然他对老子学说的评价是:

> 论行也,清净柔弱;语迹也,成功致治。③

并非只重其玄远之理,亦重其治国之功,与南朝士子唯务玄虚自是不同。

至此,我们可以看出,北朝士子一直保持着经世致用、建功立业的进取精神和功名意识,在文化心态上与南朝士子大异其趣。但是,我在通览北魏、东魏、北齐现存诗作后又发现,北朝前期一直到"北地三才"崛起于诗坛时,很少有人在诗中表露北地士子一直具有的功名意识和进取精神,真正将之写入诗中恰恰是从卢思道等人

---

① 《魏书》卷三五,《崔浩传》。
② 《魏书》卷四八,《高允传》。
③ 《北齐书》卷二四,《杜弼传》。

才开始的,这是为何呢?

我认为,造成这种文学现象的原因是多方面的:

首先,在北魏和东魏时期,历代君主虽然陆续擢用了一些汉族士子,激发了他们的进取之心和功名意识,但是,他们重用的多是饱学经史的儒生,着眼点在其"王佐之才"、"治世之才",而绝少留心文章之士。在这种用人政策的影响下,北地士子普遍趋于经术,而很少措意诗赋。通检《魏书·文苑传》,只有温子升一人以"文章清婉"著称,是因其文学之才而遭大用的。而且,据史传记载,温子升虽然"自云太原人",其家实际上却"世居江左",先祖历仕东晋及刘宋,在宋末才避难入北,家于济阳冤句的①。所以,温子升的文才,也可以说是南方文学精神和艺术传统北移的结果,并不完全是北地文化精神的体现。因此,在北朝前期,北地士子虽然一直具有经世致用、建功立业的人生精神,却因不擅诗赋而很少有人将之表现于诗中。

其次,在北魏后期尤其是高齐开国以后,邺下君主才开始重视文学之士。《魏书·文苑传序》云:

> 逮高祖驭天,锐情文学,盖以颉颃汉彻,掩踔曹丕,气韵高艳,才藻独构。衣冠仰止,咸慕新风。

虽然史书对拓跋宏的文学成就多有溢美夸大之辞,但是他"锐情文学"的举措,对山东士子由重经术向重诗赋的转变,确实起到了不小的作用。当然,士风非一朝一夕所能改变,文学精神之培养更非一日之功,所以,尽管后来"肃宗即位,文雅大盛",也依然是"学者如牛毛,成者如麟角"。北地真正大规模地重用文章之士,提倡诗赋吟咏,是从高齐才开始的。《北齐书·文苑传序》云:

---

①《魏书》卷八五,《温子升传》。

>有齐自霸图云启,广延髦俊,开四门以纳之,举八纮以掩之,邺京之下,烟霏雾集,河间邢子才、钜鹿魏伯起、范阳卢元明、钜鹿魏季景、清河崔长儒、河间邢子明、范阳祖孝徵、乐安孙彦举、中山杜辅玄、北平阳子烈并其流也。复有范阳祖鸿勋亦参文士之列。

至此,邺下真可谓是人物辐辏、文雅大盛了。然而,正如葛晓音师所指出的:

>北齐文人只能掇拾梁诗的余沥入诗,拙劣生硬自不必言,就连北方的本色也一并丢失。①

因此,就更谈不上跳出齐梁诗的创作模式,在诗中表现北地士子固有的人生精神和文化心态了。

卢思道、薛道衡等一些新起的诗人则不然,他们既受到了齐主广延文士、盛弘文雅的社会风气的熏陶,又得到了魏收、邢劭等北地一流文士的栽培和赏拔,文学素养本就不低,而且,更重要的是,还直接从庾信、王褒、颜之推、萧悫等入北诗人的诗风之变中得到了启示,找到了一条足以标举北地诗风的创作新路。

诚如前文所述,庾信等入北诗人已不再停留于在梁时的低吟浅唱、艳情浮靡的创作老路,而是在诗中开始表露自己对梁亡历史教训、南方士族文化弊端的反思,诗中充满了复杂而深沉的身世之慨、乡关之思。南人入北诗风的这一新变,使得北地诗坛新秀卢思道、薛道衡等人获益匪浅。

据《北齐书·文苑传序》,天保三年(552),祖珽奏立文林馆,李德林、卢思道、薛道衡等与由南入北之诗人萧悫、萧放、颜之推等俱

---

① 葛晓音:《八代诗史》,第232页。

待诏文林馆。撰述之余,他们之间亦常诗文唱和,切磋诗艺。颜之推《颜氏家训》载:

> 兰陵萧悫,梁室上黄侯之子,工于篇什。尝有《秋诗》云:"芙蓉露下落,杨柳月中疏。"时人未之赏也。吾爱其萧散,宛然在目。颍川荀仲举、琅琊诸葛汉,亦以为尔。而卢思道之徒,雅所不惬。①

萧悫此诗"一反以衰草秋风等应时景物烘托秋思的常套,却取夏天盛开的芙蓉在白露下来时凋落,春天繁密的杨柳在秋月中看来已渐稀疏的角度"②,流露出他入北后对昔日江南繁华景色的追忆,和如今繁华落尽的感伤,别具萧散之气。对于萧诗中这些独具文化背景的细腻、复杂的情思,与其一同由南入北的荀仲举③、诸葛汉④、颜之推等人,自然因同病相怜、暗合于心而称赏不已了。而卢思道等北人则一因无类似经历、心境,二因尚停留在对轻艳、浮靡的梁诗的模仿阶段,对由南入北诗人的诗风之变未及理解,就更谈不上称赏了。

然而,在与颜之推、萧悫、荀仲举等人长期相处之中⑤,卢思道等北土诗人开始摆脱对梁诗的简单模仿,对南人入北后的诗歌创作倾向也渐能理解并有所认同,创作出了一些表达北地士子文化心态、独具北方风格的诗歌。《隋书·卢思道传》云:

> 每居官,多被谴辱。后以擅用库钱,免归于家。尝于蓟北

---

① 颜之推撰,王利器集解:《颜氏家训集解》卷第四,第 296 页。
② 葛晓音:《八代诗史》,第 232—233 页。
③ 荀仲举,据《北齐书·文苑传》载,梁末战乱,被俘入北,且也曾待诏文林馆。
④ 诸葛汉,即诸葛颖,字汉。据《隋书·文学传》载,诸葛颖在侯景之乱中奔齐,亦待诏文林馆。
⑤ 自开始设立文林馆的天保三年(552),到北齐为周所灭的承光元年(577),共有 25 年之久。

怅然感慨,为五言诗以见意,人以为工。

这是卢思道在诗中慨叹遭际、发抒不平的开端。北齐武平五年(574),卢思道作了《仰赠特进阳休之诗》,此诗七章,尚有一长序,序中云:

> 夫士之在俗,所以腾声迈实,郁为时宗者,厥途有三焉:才也,位也,年也。才则弘道立言,师范雅俗;位则乘轩服冕,燮代天工;年则贰膳杖朝,致养胶序。①

表明了他以经术见赏,以文才擢用,建功立业,功成身退的人生理想。在此组诗中,他又对阳休之抗表悬车、首振颓俗的"难进之风"不胜嘉仰。如其五云:

> 汉称广德,晋美剧阳。
> 君亦高蹈,二此鸿芳。
> 知足知止,令问令望。
> 功遂身退,休有烈光。

其六亦云:

> 闻风伯夷,懦夫自立。
> 祖道疏傅,行人賫泣。
> 公之戾止,僚友胥集。
> 瞻彼高山,每怀靡及。

从另一个侧面表露出他自己亦具有强烈的功名意识和功成身退的人生理想。而到北周平齐时,卢思道又被授仪同三司。《隋书·卢思道传》云:

---

① 逯钦立辑校:《先秦汉魏晋南北朝诗》,第2632页。

（卢思道）追赴长安，与同辈阳休之等数人作《听蝉鸣篇》。思道所为，词意清切，为时人所重。新野庾信遍览诸同作者，而深叹美之。

众人所作《听蝉鸣篇》中现仅存卢作与颜作。颜之推的《和阳纳言听鸣蝉篇》：

> 听秋蝉，秋蝉非一处。
> 细柳高飞夕，长杨明月曙。
> 历乱起秋声，参差搅人虑。
> 单吟如转箫，群噪学调笙。
> 乍飘流曼响，多含断绝声。
> 垂阴自有乐，饮露独为清。
> 短绥何足贵，薄羽不羞轻。
> 螗螂翳下偏难见，翡翠竿头绝易惊。
> 容止由来桂林苑，无事淹留南斗城。
> 城中帝皇里，金张及许史。
> 权势热如汤，意气喧城市。
> 剑影奔星落，马色浮云起。
> 鼎俎陈龙凤，金石谐宫征。
> 关中满季心，关西饶孔子。
> 讵用虞公立国臣，谁爱韩王游说士。
> 红颜宿昔同春花，素鬓俄顷变秋草。
> 中肠自有极，那堪教作转轮车。

由秋蝉之悲鸣，联想到都市兴废，富贵难久，以及自己韶华易逝、功名难成，表达了他对天地人生盛衰之理的思考，韵清调苦，与其在南之作固然异趣，就是在入北之后所作诗中亦属上乘。但是，卢思道之作在诗思、意境上又胜之一筹：

>听鸣蝉，此听悲无极。
>群嘶玉树里，回噪金门侧。
>长风送晚声，清露供朝食。
>晚风朝露实多宜，秋日高鸣独见知。
>轻身蔽数叶，哀鸣抱一枝。
>流乱罢还续，酸伤合更离。
>暂听别人心即断，才闻客子泪先垂。
>故乡已超忽，空庭正芜没。
>一夕复一朝，坐见凉秋月。
>河流带地从来崄，峭路干天不可越。
>红尘早弊陆生衣，明镜空悲潘掾发。
>长安城里帝王州，鸣钟列鼎自相求。
>西望渐台临太液，东瞻甲观距龙楼。
>说客恒持小冠出，越使常怀宝剑游。
>学仙未成便尚主，寻源不见已封侯。
>富贵功名本多豫，繁华轻薄尽无忧。
>讵念嫖姚嗟木梗，谁忆田单倦土牛。
>归去来，青山下。
>秋菊离离日堪把，独焚枯鱼宴林野。
>终成独校子云书，何如还驱少游马。

卢诗由秋蝉之悲鸣，联想到自己远离故国，只身来游长安，遍干权贵，功业未就的人生遭际，结以壮志空老、欲归不甘的慨叹。整首诗情真意切，凄怆中寓慷慨之情，清切中有健举之气，又不像颜诗全被清怨、凄苦的气氛所笼罩着，故甚得庾信叹美。可以说，到由齐入周之时,由于诗艺之精进,心境与由南入北之人的相似,卢思道等齐地诗人的诗风也发生了转变,且达到了较高的艺术水平。

在周隋两朝,由齐入周,再由周入隋的北地诗人的诗歌艺术又有了长足的进步。薛道衡、孙万寿、杨素等人沿着卢思道开拓的创作新路,继续在诗中充分表达他们对功名的追求以及仕途遭挫的感慨。

薛道衡,自幼专精好学,"年十三,讲《左氏传》,见子产相郑之功,作《国侨赞》"。初步表露出他意欲经邦定国、建功立业的人生抱负。后来,他也待诏文林馆,与卢思道、李德林齐名友善,又一起由齐入周、由周入隋①。他早年在齐时所作似皆不存②,由齐入周后及由周入隋时诗作多表达了他积极的进取意识和理想受挫后的郁闷。其《渡北河诗》当作于入周之后③:

> 连旌映溆浦,叠鼓拂沙洲。
> 桃花长新浪,竹箭下奔流。
> 塞云临远舰,胡风入阵楼。
> 剑拔蛟将出,骖惊电欲浮。
> 雁书终立效,燕相果封侯。
> 勿恨关河远,且宽边地愁。

---

①《隋书》卷五七,《薛道衡传》。
②据史传所载,薛道衡在北齐时的文学成就已可与陈朝文人相媲美,并为南北所并重:"陈史傅縡聘齐,以(薛)道衡兼主客郎接对之。縡赠诗五十韵,道衡和之,南北称美,魏收曰:'傅縡所谓以蚓投鱼耳。'"(《隋书·薛道衡传》)
③《资治通鉴》卷一六九,"陈文帝天嘉五年"(北周武帝太宁四年,563)载:"(秋八月)周遣柱国杨忠会突厥伐齐,至北河而还。"胡三省注:"《水经》:'河水东径沃野故城南,又北屈而为南河出焉。河水又北,迤西溢于窳浑县故城东,又屈而东流为北河,东径高阙南。'则知北河在窳浑县故城东,高阙南。而这些地方在周齐对峙时皆为北周朔方郡辖地,故在周平齐之前,薛道衡无缘渡北河,《渡北河诗》只能作于薛道衡入周之后。

此诗写春季行军渡北河时,见河边桃花盛开、新浪奔流,胸中顿然涌起立功边陲、效身疆场的壮志豪情。其《出塞二首》作于隋时:

其一

高秋白露团,上将出长安。
尘沙塞下暗,风月陇头寒。
转蓬随马足,飞霜落剑端。
凝云迷代郡,流水冻桑干。
烽微桔槔远,桥峻辘轳难。
从军多恶少,召募尽材官。
伏堤时卧鼓,疑兵乍解鞍。
柳城擒冒顿,长坂纳呼韩。
受降今更筑,燕然已重刊。
还嗤傅介子,辛苦刺楼兰。

其二

边庭烽火惊,插羽夜征兵。
少昊腾金气,文昌动将星。
长驱鞮汗北,直指夫人城。
绝漠三秋暮,穷阴万里生。
寒夜哀笛曲,霜天断雁声。
连旗下鹿塞,叠鼓向龙庭。
妖云坠房阵,晕月绕胡营。
左贤皆顿颡,单于已系缨。
绁马登玄阙,钩鲲临北溟。
当知霍骠骑,高第起西京。

二诗虽写北地征战之苦,亦见其意气之豪,诗风劲健、挺拔。入隋之后,薛道衡数遭贬黜,故屡在诗中抒写其怀才不遇、忠信见妒的哀怨之情。如他在《昭君辞》中即以昭君失宠喻己之不遇,情思婉曲、哀怨:

> 我本良家子,充选入椒庭。
> 不蒙女史进,更失画师情。
> 蛾眉非本质,蝉鬓改真形。
> 专由妾命薄,误使君恩轻。
> 啼沾渭桥路,叹别长安城。
> 夜依寒草宿,朝逐转蓬征。
> 邻望关山迥,前瞻沙漠平。
> 胡风带秋月,嘶马杂笳声。
> 毛裘易罗绮,毡帐代金屏。
> 自知莲脸歇,羞看菱镜明。
> 钗落终应弃,髻解不须萦。
> 何用单于重,讵假阏氏名。
> 駃騠聊强食,筒酒未能倾。
> 心随故乡断,愁逐塞云生。
> 汉宫如有忆,为视旄头星。

其《敬酬杨仆射山斋独坐诗》:

> 相望山河近,相思朝夕劳。
> 龙门竹箭急,华岳莲花高。
> 岳高嶂重叠,鸟道风烟接。
> 遥原树若荠,远水舟如叶。
> 叶舟旦旦浮,惊波夜夜流。
> 露寒洲渚白,月冷函关秋。

> 秋夜清风发,弹琴即鉴月。
> 虽非庄舄歌,吟咏常思越。

以及《重酬杨仆射山亭》:

> 寂寂无与晤,朝端去总戎。
> 空庭聊步月,闲坐独临风。
> 临风时太息,步月山泉侧。
> 朝朝散霞彩,暮暮澄秋色。
> 秋色遍皋兰,霞彩落云端。
> 吹旌朔气冷,照剑日光寒。
> 光寒塞草平,气冷咽笳声。
> 将军献凯入,蔼蔼风云生。

都是以诗代书,表达自己对仕途知己、诗坛挚友杨素的思念,倾诉了自己仕途困顿的郁闷。

薛道衡、杨素在周隋时皆位居高位,仕途较顺畅,尚且有功名难就、宦海沉浮之感慨,而当时的中下层士人则更多怀才不遇、仕途蹇困的郁闷和感伤了。如孙万寿,信都武强人,"年十四就阜城熊安生受五经,略通大义,兼博涉子史"①。后以文学之才仕齐为奉朝请。隋高祖代周后,滕穆王杨瓒引为文学,坐衣冠不整,配防江南。《隋书·孙万寿传》又称:

> 万寿本自书生,从容文雅,一旦从军,郁郁不得志,为五言诗赠京邑知友。

此诗逯钦立辑校《隋诗》卷一作《远戍江南寄京邑亲友》:

---

①《隋书》卷七六,《孙万寿传》。

贾谊长沙国,屈平湘水滨。
江南瘴疠地,从来多逐臣。
粤余非巧宦,少小拙谋身。
欲飞无假翼,思鸣不值晨。
如何载笔士,翻作负戈人。
飘飘如木偶,叶置同刍狗。
失路乃西浮,非狂亦东走。
晚岁出函关,方春度京口。
石城临虎据,天津望牛斗。
牛斗盛妖氛,枭獍已成群。
郄超初入幕,王粲始从军。
裹粮楚山际,披甲吴江汶。
吴江一浩荡,楚山何纠纷。
惊波上溅日,乔木下临云。
系越恒资辩,喻蜀几飞文。
鲁连唯救患,吾彦不争勋。
羁游岁月久,归思常搔首。
非关不树萱,岂为无杯酒。
数载辞乡县,三秋别亲友。
壮志后风云,衰鬓先蒲柳。
心绪乱如丝,空怀畴昔时。
昔时游帝里,弱岁逢知己。
旅食南馆中,飞盖西园里。
河间本好书,东平唯爱士。
英辩接天人,清言洞名理。
凤池时寓直,麟阁常游止。

胜地盛宾僚,丽景相携招。
舟泛昆明水,骑指渭津桥。
祓除临灞岸,供帐出东郊。
宜城酝始熟,阳翟曲新调。
绕树乌啼夜,雏麦雉飞朝。
细尘梁下落,长袖掌中娇。
欢娱三乐至,怀抱百忧销。
梦想犹如昨,寻思久寂寥。
一朝牵世网,万里逐波潮。
回轮常自转,悬旆不堪摇。
登高视衿带,乡关白云外。
回首望孤城,愁人益不平。
华亭宵鹤唳,幽谷早莺鸣。
断绝心难续,惝恍魂屡惊。
群纪通家好,邹鲁故乡情。
若值南飞雁,时能访死生。

诗中以贾谊贬长沙、屈原逐湘水自况,抒写自己空有报国之壮志,不遇爱士之英主,乃至被逐出京、远贬边地的抑郁不平。《隋书·孙万寿传》称:

> 此诗至京,盛为当时之所吟诵,天下好事者多书壁而玩之。

在《答杨世子诗》中,孙万寿恳切希望世子杨勇提携、吹嘘自己,直接表露自己希望建立功名、博取富贵的人生抱负。其《和张丞奉诏于江都望京口诗》与《早发扬州还望乡邑诗》都写他遭贬江南时壮志蹉跎的悲哀和感伤。其《和周记室游旧京诗》和《行经旧国诗》则追忆北齐时邺都帝京风情、人物之盛,慨叹建安时期邺下君臣意气

相投之佳事,怀古中寓黍离之悲、身世之慨。其《东归在路率尔成咏诗》云:

> 学宦两无成,归心自不平。
> 故乡尚千里,山秋猿夜鸣。
> 人愁惨云色,客意惯风声。
> 羁恨虽多绪,俱是一伤情。

充分表达了诗人一生苦苦追求而又终无所成的愤慨和不平,诗意苍凉、悲怆。

总之,周隋时期,有相当一部分北方诗人在诗中表达了他们的功名意识和进取之心,诗风劲健、悲慨,不但与由梁陈入隋的南方诗人的轻艳诗风异趣,而且和梁末入北诗人的诗风亦有所不同,在一定程度上体现了以表达北地文化精神为创作主旨的一种新的诗歌创作风尚。这种新的创作风尚,固然因其地域局限性而未能彻底扭转当时整个诗坛沿袭齐梁余绪的艺术惯性,但已足以与南人的轻艳之作相颉颃,在隋朝诗坛上独树一帜,而且对唐初魏徵、王绩等人以及初唐四杰的诗歌创作也产生了一定影响。

三、隋炀帝在南北文化交融过程中的地位和作用

前文已述,隋高祖虽然在军事上、政治上完成了统一南北的大业,但是并没有使关陇军事豪族、山东旧族和江左士族这三股具有深厚而独特社会文化传统的势力在文化上统一起来,隋高祖在统治中对山东旧族、江左士族推行的压制和打击政策,更阻碍了三方归一的文化融合过程。然而,这种状况在隋炀帝嗣位后就得到了相当程度的改观。他不但改变其父一贯排斥山东、江左文化的做法,致力于吸收、融合江左文化、山东文化,还躬自实践,以虚怀若谷的态

度、勤奋创作的精神,融南北诗风之长,取得了较大的诗歌创作成就,为初盛唐诗歌的健康发展做了必要的艺术铺垫。但是,由于长期以来人们对隋炀帝生活作风、施政特点的成见,忽视了炀帝在文化建设、诗风融合方面的贡献,所以下面将从现存史料中钩沉索隐,阐述隋炀帝在南北文化融合过程中的作用,尽可能恢复此段文化史、诗歌史之真面目。

(一)杨广对江左的文化羁縻政策

杨广虽然出身于关陇军事贵族,但其妻出自江左士族。萧皇后,性婉顺,有智识,好学善属文,深得隋炀帝宠敬①。很可能是萧氏给杨广介绍了南方的生活方式,并促使他热爱南方,以致于到了几乎着迷的程度②。也许由于杨广对江左士族文化比较了解,隋高祖在开皇六年(586)才任命他为淮南道行台尚书令,驻寿春,经略淮南③,为平陈做军事上和文化上的准备。

在平陈之际,杨广就注意保存江左文化。攻入建康城后,杨广命令高颎与元帅府记室裴矩收陈朝所藏图籍,封府库,资财一无所取,时人皆称杨广贤明④。《隋书·经籍志序》亦云:"平陈已后,经籍渐备。"而在此之前,北周入邺时,竟将七万余册图书"咸自焚之"。相比之下,炀帝于江左文化保存之功大焉。

陈朝灭亡以后,江南士族并没有立即驯服于隋的统治。由于语言文化和社会政治上的隔阂,江左士族对新统治者关陇军事贵族是深怀不满和仇恨的,并因此爆发了一起起武装反隋叛乱。《资治通鉴》记载:

---

①《隋书》卷三六,《炀帝萧皇后传》。
②崔瑞德编:《剑桥中国隋唐史》,第115页。
③《隋书》卷三,《炀帝纪》上;《资治通鉴》卷一七六,《陈纪》十。
④《资治通鉴》卷一七七,《隋纪》一,第5510页。

> 江表自东晋以来,刑法疏缓,世族凌驾寒门;平陈之后,牧民者尽更变之。苏威复作《五教》,使民无长幼悉诵之,士民嗟怨。民间复讹言隋欲徙之入关,远近惊骇。于是婺州汪文进、越州高智慧、苏州沈玄憎皆举兵反,自称天子,署置百官。乐安蔡道人、蒋山李棱、饶州吴世华、温州沈孝彻、泉州王国庆、杭州杨宝英、交州李春等皆自称大都督,攻陷州县。陈之故境,大抵皆反,大者有众数万,小者数千,共相影响,执县令,或抽其肠,或脔其肉食之,曰:"更能使侬诵《五教》邪!"①

在这种情况下,单靠军事镇压,并不能解决实质性问题。因此,在平叛之后不久,隋高祖又起用谙熟江南士族文化的晋王杨广为扬州总管,镇江都,负责整个东南的军务和行政管理。

杨广在走马上任后,立即对江左士族实施了一系列文化统一战略。

首先,他利用江左士族信仰佛教的特点,团结、笼络佛教高僧,再通过高僧大德在江左人士中的威望来安抚民众,消除他们对隋的文化抵制心理。

他先是在江都建造佛寺和藏经的馆堂。接着就召集南方著名的高僧到江都的寺院从事宗教和学术活动。其中最著名的高僧就是天台宗创始人智顗。开皇十一年(591)十一月,杨广在江都给一千名南方僧人广设斋席。在斋席之后,身为"使持节上柱国太尉公扬州总管诸军事扬州刺史"的杨广跪受智顗为居士作的"菩萨戒",并接受佛号"总持菩萨"②。从此以后,杨广与智顗的关系就发生了

---

① 《资治通鉴》卷一七七,《隋纪》一,第5529—5530页。
② 参杨广《受菩萨戒疏》。本书所引隋文,除非特殊说明,均据严可均编《全上古三代秦汉三国六朝文》(中华书局,1958年),为避文繁,不再一一注明页码。

微妙的变化。两人定期通信，每次信末杨广署名总是虔诚和虚心地称自己为"菩萨戒弟子总持"。杨广对智顗几乎是有求必应，然而杨广此举除了有他个人笃信佛教、真正希望向智顗学习佛教知识的因素，还有很强的政治目的。如他在《宝台经藏愿文》中云：

> 至尊拯溺百王，混一四海。平陈之日，道俗无亏。而东南愚民，余燔相煽。爰受庙略，重清海滨。……是以远命众军，随方收聚，未及期月，轻舟总至。乃命学司，依名次录，并延道场。……所资甘雨，用沃焦芽。

其欲以佛教来感化、笼络陈之故民之意图极明显。在《与释智顗书》其八中，杨广也直接对智顗说：

> 江东混一，海内乂宁。塔安其堵，市不易业。斯亦智者，备所明见。而亡殷顽民，不惭怀土。有苗恃险，敢恣螳螂。横使寺塔焚烧，如比屋流散。钟梵辍响，鸡犬不闻。废寺同于火宅，持钵略成空返。僧众无依，实可伤叹。

则将佛寺毁坏的责任推到叛乱者身上，而他恢复佛寺、优待佛僧、资助写经则是江东僧俗的福祉了。从现存南方各位高僧写给杨广的信上可以看出来，杨广的宗教笼络策略是成功的。智顗在《与晋王书论毁寺》中称赞杨广道：

> 仰惟匡持三宝，行菩萨慈。近年寇贼交横，寺塔烧烬。仰乘大力，建立将危，遂使佛法安全，道俗蒙赖。收拾经像，处处流通，诵德盈衢，衔恩满路。

其《答晋王请撰〈净名义疏〉书》亦云：

> 仁王弘道，含生荷赖。盖登地菩萨，应生大家。所以发心，兴隆大道。曷可量哉？孰可比哉？

而且,智𫖮还送给晋王杨广一顶天冠,杨广《与释智𫖮书》中感谢说:

> 爰逮今制,思出神衿。图比目连,妙逾郢匠。开士五明,此居其一。金刚种智,兹焉标万。是知因地化物,不可思议。接引随方,多能尽达。冠尊于身,端严称首。跪承顶戴,览镜徘徊。有饰陋容,增华改观。

正如英国汉学家崔瑞德所说,杨广在与智𫖮的交往中,既有真诚的宗教感情,又有强烈的政治直觉(为了争取南方的高僧而把奉承、引诱和赞助等手段巧妙地结合起来)。所以他取得了成功,在很大程度上化解了江南士族的敌意和不满①。

其次,杨广还尊崇道教,以笼络江左下层民众。初唐道士江旻曾说:"隋开皇十二年,晋王分陕维扬,尊崇至教。"②《续高僧传》卷十一《释吉藏传》亦云,开皇末年,炀帝晋藩置四道场,国司供给,释李两部各尽搜扬③。此时,他对道士徐则甚为钦重。《隋书》卷七七《徐则传》云:

> 晋王广镇扬州,知其名,手书召之曰:"……先生履德养空,宗玄齐物,深明义味,晓达法门。悦性冲玄,怡神虚白,餐松饵术,栖息烟霞。望赤城而待风云,游玉堂而驾龙凤,虽复藏名台岳,犹且腾实江淮,藉甚嘉猷,有劳寤寐。……希能屈己,伫望披云。"

徐则遂诣扬州。又据《隋书·徐则传》,当时还有"建安宋玉泉、会

---

① 崔瑞德编:《剑桥中国隋唐史》,第 116—118 页。
② 江旻曾:《唐国师升真先生王法主真人立观碑》,《全唐文》卷九二三。本书所引唐文,除非特殊说明,均据董诰等编《全唐文》(中华书局,1983 年),为避文繁,不再一一注明页码。
③《大正新修大藏经》卷五十,大正一切经刊行会,1924 年。

稽孔道茂、丹阳王远知等,亦行辟谷,以松水自给,皆为炀帝所重"。尤其是王远知,杨广曾于开皇十二年(592)先后派王子相、柳顾言具礼招迎,承侯动止①。杨广此举,应该使崇信道教的江南中下层人士增添了对朝廷的好感。

除此之外,炀帝还大量擢拔南人有威望者或以安抚民众,或以备顾问。如《隋书·陆知命传》云:

> 及陈灭,(陆知命)归于家。会高智慧等作乱于江左,晋王广镇江都,以其三吴之望,召令讽谕反者。(陆)知命说下贼十七城,得其渠帅陈正绪、萧思行等三百余人。以功拜仪同三司,赐以田宅,复用其弟恪为沔阳令。

另外,杨广在身边聚集了一百多位江左士族中善诗能文者,并召集儒士到江都讲授和撰述②。

可以说,杨广在江都近十年中充分运用文化羁縻政策,几乎把江左士族中的绝大部分中上层人士都团结到身边来了。这些措施收效显著,以后南方再也没有发生叛乱。

(二)隋炀帝融合南北文化艺术之努力

由于杨广长时期驻守东南,与江左士族过从甚密,就使得他对江左文化更加精通,也更加喜爱。因此,他在嗣位后就着手改变高祖排斥江左文化的政策,致力于南北文化的大融合,并逐步扭转高祖重吏治、法治,不重文艺、教化的施政方针。

炀帝在即位后,首先任用南人为其政治顾问。在高祖朝的核心领导层中,绝大部分是关陇豪族,无一人出自江左。但炀帝就不一样了,开始重用虞世基、裴蕴等人。会稽余姚人虞世基,由陈入隋,

---

①卿希泰主编:《中国道教史》第2卷,四川人民出版社,1992年,第14—15页。
②《隋书》卷五八,《柳䛒传》。

后被炀帝重用。《资治通鉴》卷一八〇《隋纪》四"炀帝大业二年"云：

> 时牛弘为吏部尚书,不得专行其职,别敕纳言苏威、左翊卫大将军宇文述、左骁卫大将军张瑾、内史侍郎虞世基、御史大夫裴蕴、黄门侍郎裴矩参掌选事,时人谓之"选曹七贵"。虽七人同在坐,然与夺之笔,虞世基独专之。①

《隋书·虞世基传》亦云：

> 炀帝即位,顾遇弥隆。……帝重其才,亲礼逾厚,专典机密,与纳言苏威、左翊威大将军宇文述、黄门侍郎裴矩、御史大夫裴蕴等参掌朝政。……世基貌沉审,言多合意,是以特见亲爱,朝臣无与为比。

另外,炀帝朝重臣中的裴蕴亦为梁陈旧臣。大业初,"炀帝闻其善政,征为太常少卿"。后又因为炀帝奏括南北音乐,"帝大悦,迁民部侍郎"。不久,"擢授御史大夫,与裴矩、虞世基参掌机密"。后来,"于时军国多务,凡是兴师动众,京都留守,及与诸蕃互市,皆令御史(即裴蕴)监之"②。相形之下,杨素、牛弘、苏威、贺若弼等关陇旧臣的地位和权势则渐渐削弱。

正是在这些南人的帮助下,炀帝开始将南方的文化艺术介绍到北方来,并设法使之交融。《隋书·儒林传序》云：

> 及高祖暮年,精华稍竭,不悦儒术,专尚刑名,执政之徒,咸非笃好。暨仁寿间,遂废天下之学,唯存国子一所,弟子七十二人。

---

① 《资治通鉴》卷一八〇,《隋纪》四,第5625页。
② 《隋书》卷六七,《裴蕴传》。

炀帝即位之后:

> 复开庠序,国子郡县之学,盛于开皇之初。征辟儒生,远近毕至,使相与讲论得失于东都之下,纳言定其差次,一以闻奏焉。

而且炀帝还特别重视南方儒生。如吴郡褚辉,以三礼学称于江南。传云:

> 炀帝时,征天下儒术之士,悉集内史省,相次讲论。(褚)辉博辩,无能屈者,由是擢为太学博士。撰《礼疏》一百卷。①

再如余杭顾彪:

> 明《尚书》《春秋》。炀帝时为秘书学士,撰《古文尚书疏》二十卷。②

又如余杭鲁世达:

> 炀帝时为国子助教,撰《毛诗章句义疏》四十二卷,行于世。③

东海包恺:

> 其兄(包)愉,明《五经》,(包)恺悉传其业。又从王仲通受《史记》《汉书》,尤称精究。大业中,为国子助教。④

再如吴郡张冲,仕陈为左中郎将,非其好也,乃覃思经典,撰《春秋义略》,异于杜氏七十余事,有《丧服义》三卷、《孝经义》三卷、《论语

---

① 《隋书》卷七五,《褚辉传》。
② 《隋书》卷七五,《顾彪传》。
③ 《隋书》卷七五,《鲁世达传》。
④ 《隋书》卷七五,《包恺传》。

义》十卷、《前汉音义》十二卷,后官至汉王侍读①,亦为炀帝所重②。

而随着江南儒生在炀帝朝数量的增加,南学在朝廷礼仪活动中的地位也越来越重要。当初高祖代周之时,欲对周之祭祀典礼进行修订,乃命国子祭酒辛彦之议定祀典。到高祖平陈时,"收罗杞梓,郊丘宗社,典礼粗备,唯明堂未立。开皇十三年,诏命议之。礼部尚书牛弘、国子祭酒辛彦之等定议"③。总之,在高祖朝参订礼仪者多北儒,南儒如许善心、虞世基、姚察等虽亦曾于开皇十四年(594)多次参加制礼,然仍需牛弘、辛彦之定夺。但是到炀帝时,南儒的地位就骤然上升。如大业元年(605),炀帝欲遵周法,营立七庙,诏有司详定其礼。礼部侍郎、摄太常少卿许善心,与博士褚亮等追本溯源,谓魏晋宋齐梁皆合古,"守而弗革","礼无违旧",而"周人立庙,亦无处置之文","今若依周制,理有未安,杂用汉仪,事难全采"。建议太祖、高祖各一殿,准周文武二祧,与始祖而三。炀帝诏可。大业三年(607),有司奏,请准前议,于东京建立宗庙。炀帝谓秘书监柳䛒曰:"今始祖及二祧已具,今后子孙,处朕何所?"④可见炀帝朝礼仪制定的任务多由江左礼学专家担任了。当然,由于南儒的参加,隋朝便可参合北齐礼仪、江左礼仪,新创出一个兼南北之长的新的礼仪体系了⑤。

在作乐方面,隋炀帝亦重江左音乐,改善高祖不喜音乐、更不喜南乐的状况。早在高祖开皇中,晋王杨广就表现出与乃父不同的态度,热心于吸收南方音乐。如开皇九年(589)平陈,获宋、齐旧乐,诏

---

①《隋书》卷七五,《张冲传》。
②皮锡瑞著,周予同注释:《经学历史》,中华书局,1959年,第196页。
③《隋书》卷六,《礼仪志一》。
④《隋书》卷七,《礼仪志二》。
⑤陈寅恪:《隋唐制度渊源略论稿》,上海古籍出版社,1982年,第47—60页。

于太常置清商署,以管之。求陈太乐令蔡子元、于普明等,复居其职。牛弘奏云,梁陈雅曲正乐,史传相承,以为合古,而隋采用的魏周音乐或史无明证、或系新造,且杂有边裔之声,戎音乱华,皆不可用,请悉停之。然高祖制曰不可,晋王广又表请之,帝乃许之①。又如开皇十四年(594),乐定。先是高祖遣内史侍郎李元操、直内史省卢思道等,列清庙歌辞十二曲。令齐乐人曹妙达,于太乐教习,以代周歌。至是,弘等但改其声,合于钟律,而辞经敕定,不敢易之。至仁寿元年(601),炀帝初为皇太子,从飨于太庙,闻而非之。于是制诏吏部尚书牛弘,开府仪同三司、领太子洗马柳顾言,秘书丞、摄太常少卿许善心,内史舍人虞世基,礼部侍郎蔡徵等,更详故实,创制雅乐歌辞②。此等作乐之人,多为南朝旧臣。

炀帝即位以后,更是兼采南北雅俗音乐。《资治通鉴》卷一八〇《隋纪四》"大业二年"记载:

> 高祖受禅,命牛弘定乐,非正声清商及九部四舞之色,悉放遣之。(炀)帝以启民可汗将入朝,欲以富乐夸之。太常少卿裴蕴希旨,奏括天下周、齐、梁、陈乐家子弟皆为乐户;其六品以下至庶人,有善音乐者,皆直太常。帝从之。于是四方散乐,大集东京,阅之于芳华苑积翠池侧。

同书卷一八一"大业六年"云:

> (二月)庚申,以所征周、齐、梁、陈散乐,悉配太常,皆置博士弟子以相传授,乐工至三万余人。

《隋书·音乐志下》又云:

---

① 《隋书》卷一五,《音乐志下》。
② 《隋书》卷一五,《音乐志下》。

> 及大业中,炀帝乃定《清乐》《西凉》《龟兹》《天竺》《康国》《疏勒》《安国》《高丽》《礼毕》,以为《九部》。乐器工衣创造既成,大备于兹矣。

至此,隋炀帝不仅已集南北音乐之大成,而且是集华戎音乐之大成了。这标志着中古音乐文化的真正融合,也为唐代音乐体系奠定了坚实而深厚的基础。

此外,隋炀帝还作大运河以沟通南北,完善了全国性的交通体系,为南北文化的交流和融汇提供了必不可少的地理条件。而且,他还把江东的园林建筑艺术移植到北方。《资治通鉴》卷一八〇《隋纪四》"大业元年"云:

> 五月,筑西苑,周二百里;其内为海,周十余里;为蓬莱、方丈、瀛洲诸山,高出水百余尺,台观殿阁,罗络山上,向背如神。……堂殿楼观,穷极华丽。宫树秋冬雕落,则剪彩为华叶,缀于枝条,色渝则易以新者,常如阳春。沼内亦剪彩为荷芰菱芡,乘舆游幸,则去冰而布之。

炀帝此举,盖因其久驻东南,多观江南水乡之景,故移置于此。再如炀帝在营造东都时,亦多模仿江左建筑。《隋书·食货志》即云:

> 初造东都,穷诸巨丽。帝昔居藩翰,亲平江左,兼以梁、陈曲折,以就规摹。曾雉蹴芒,浮桥跨洛,金门象阙,咸竦飞观,颓岩塞川,构成云绮,移岭树以为林薮,包芒山以为苑囿。

总之,由于隋炀帝不遗余力地、全面地将江左文化艺术移植到北方,才使得南北文化真正走向融合。

(三)隋炀帝对南北文人兼容并包之态度

隋炀帝是隋代诗坛举足轻重的诗人。他虽然出自关陇军事豪族集团,但又迷恋江左文化艺术,善诗能文,所以他的诗歌创作成就很高,颇兼南北诗风之长。而且,他能以帝王之尊提倡诗文,无地域之限制、诗风之偏见。三地诗人齐聚京师,互相唱和,切磋诗艺,多赖其力。然而,很久以来,学界对炀帝的诗歌创作成就以及在南北诗风融合过程中的作用认识不够,评价亦甚低。窃以为,炀帝晚年政治上、艺术上、生活上诚然有不少可指责、批判的地方,但是他在诗歌创作方面的成就以及对南北诗风交融所起的作用也不容忽视。

与隋高祖杨坚不重文艺恰相反,炀帝杨广不但喜属文,而且极力延揽文士。他在任扬州总管期间及嗣位以后,召集了众多江南诗人,并虚心向他们学习诗文创作艺术。《隋书·柳䛒传》云:

> (晋)王(杨广)好文雅,招引才学之士诸葛颖、虞世南、王胄、朱瑒等百余人以充学士。而(柳)䛒为之冠,王以师友处之,每有文什,必令其润色,然后示人。

《隋书·庾自直传》亦云:

> 陈亡,(庾自直)入关,不得调。晋王广闻之,引为学士。大业初,授著作佐郎。自直解属文,于五言诗尤善。性恭慎,不妄交游,特为帝所爱。帝有篇章,必先示自直,令其诋诃。自直所难,帝辄改之,或至于再三,俟其称善,然后方出。其见亲礼如此。

再如诸葛颖,梁亡入齐,周武平齐,不得调,杜门不出十余年。然清辩有俊才,晋王杨广素闻其名,引为参军事,转记室。及杨广为太子,除药藏监。炀帝即位后,迁著作郎,甚见亲幸。诸葛颖出入卧内,炀帝每赐之曲宴,辄与皇后嫔御连席共榻。炀帝尝赐诸葛颖诗,其卒章云:

> 参翰长洲苑，侍讲肃成门。
> 名理穷研核，英华恣讨论。
> 实录资平允，传芳导后昆。

可见诸葛颖受炀帝恩遇之隆①。又如会稽余姚人虞绰，博学有俊才，善词赋，仕陈为太学博士，迁永阳王记室。陈亡，晋王杨广引为学士。大业初，转为秘书学士，奉诏与秘书郎虞世南、著作郎庾自直等撰《长洲玉镜》等书十余部。虞绰所笔削，炀帝未尝不称善。后迁著作佐郎，与虞世南、庾自直、蔡允恭等四人常居禁中，以文翰待诏，恩盼隆洽②。再如王胄，少有逸才，仕陈，起家鄱阳王法曹参军，历太子舍人、东阳王文学。及陈灭，晋王杨广引为学士。大业初，为著作佐郎，以文词为炀帝所重。炀帝所有篇什，多令继和。其弟王眘，少有盛名于江左。仕陈，历太子洗马、中舍人。陈亡，与胄俱为晋王广学士。炀帝即位，授秘书郎③。吴郡潘徽，善属文，能持论。陈灭，为州博士，秦孝王杨俊闻其名，召为学士。杨俊薨，晋王杨广复引为扬州博士，令与诸儒撰《江都集礼》一部。炀帝嗣位，诏潘徽与著作佐郎陆从典、太常博士褚亮、欧阳询等助杨素撰《魏书》④。杨广招徕了如此众多的江左诗人以备文学顾问，其诗歌的艺术性当有很大的提高，他对南朝诗歌的艺术精髓的体悟亦应更深。

炀帝并不只重南人，他对别具文学传统的山东诗人、关陇诗人也十分欣赏。前文曾述，山东诗人在高祖朝多仕途多蹇、抑郁不得志，但他们在炀帝朝的命运则有所改变。炀帝即位后不久就开始摒除高祖贬抑山东人士的策略。大业三年（607）夏四月炀帝诏曰：

---

① 《隋书》卷七六，《诸葛颖传》。
② 《隋书》卷七六，《虞绰传》。
③ 《隋书》卷七六，《王胄传》。
④ 《隋书》卷七六，《潘徽传》。

> 自蕃夷内附,未遑亲抚,山东经乱,须加存恤。今欲安辑河北,巡省赵、魏。

同时又下诏征召"学业优敏,文才美秀"之士,故山东文士不再受到故意贬抑,也能"随才升擢"了①。如邺人杜正玄,世以文学相授。正玄尤聪敏,博涉多通。兄弟数人,俱未弱冠,并以文章才辩籍甚三河之间。开皇末,举秀才。以其赋辞理华赡,授晋王行参军。其弟正藏,尤好学,善属文。大业中,学业该通,应诏举秀才,兄弟三人俱以文章一时诣阙,论者荣之②。对于高祖朝遭贬的山东文士,炀帝则善待之。如薛道衡在高祖朝数被贬谪,抑郁愤闷,而炀帝则对其优礼有加。《隋书·薛道衡传》云:

> (薛道衡)坐抽擢人物,有言其党苏威,任人有意故者,除名,配防岭表。晋王广时在扬州,阴令人讽道衡,从扬州路,将奏留之。道衡不乐王府,用汉王谅之计,遂出江陵道而去。寻有诏征还,直内史省。晋王由是衔之,然爱其才,犹颇见礼。

炀帝即位,薛道衡转番州刺史。岁余,上表求致仕。炀帝谓内史侍郎虞世基曰:"道衡将至,当以秘书监待之。"由此可见,炀帝对薛道衡是极为礼遇、敬重的③。

---

① 《隋书》卷三,《炀帝纪》。
② 《隋书》卷七六,《杜正玄传》。
③ 但学术界一直认为薛道衡之被杀,是炀帝忌其才而为。我认为,这种说法缺乏史实依据。最早记载此事的是唐人刘𫗧,他在《隋唐嘉话》卷上云:"炀帝善属文,而不欲人出其右。司隶薛道衡由是得罪,后因事诛之,曰:'更能作"空梁落燕泥"否?'"按,此书《序》云,书中所记多道听途说,"不足备之大典,故系之小说之末"。既为小说家言,便不能坐实。况且,这个记载不但与正史所述炀帝真心爱士赏文之性格不符,而且与道衡之死的史实相差甚远。《隋书·薛道衡传》云,薛道衡以番州刺史任上回京时,炀帝已和虞世基商量,准备任命他为秘书监,而道衡至京以后,却上《高祖文皇帝(转下页注)

同样,炀帝对关陇诗人亦恩遇有加。于仲文,少聪敏,髫龀就学,耽阅不倦。周文帝时,就常侍宴作诗,其《答谯王诗》描写自己在谯孝王宇文俭座上,论武谈文,风流倜傥之状,同时称赏谯孝王礼贤下士之美德。入隋以后,晋王杨广以于仲文有将领之才,每常属意,至是奏之,乃令督晋王军府事。仁寿初,拜太子右卫率。其《侍宴东宫应令诗》当作于杨广为太子时,诗中盛述君臣宴乐之欢、诗文唱和之快。炀帝即位后,迁右卫翊卫大将军,参掌文武选事。从帝讨吐谷浑,进位光禄大夫,甚见亲幸①。再如牛弘:

> 炀帝之在东宫也,数有诗书遗(牛)弘,弘亦有答。及(炀

(接上页注)颂》,为文帝极尽歌功颂德之能事。炀帝览后不悦,顾谓苏威曰:"道衡致美先朝,此《鱼藻》之义也。"意即道衡明是作文帝颂,暗是刺炀帝。炀帝当然十分不高兴,于是就任命道衡为司隶大夫,将置之罪。道衡不悟。司隶刺史房彦谦素与道衡相善,知必及祸,劝之杜绝宾客,卑辞下气,而道衡不能用。会议新令,久不能决,道衡谓朝士曰:"向使高颎不死,令决当久行。"有人奏之,炀帝怒曰:"汝忆高颎邪?"付执法者勘之。后炀帝令其自尽。《隋书·裴蕴传》亦载:"司隶大夫薛道衡以忤意获谴,(裴)蕴知帝恶之,乃奏曰:'道衡负才恃旧,有无君之心。见诏书每下,便腹非私议,推恶于国,妄造祸端。论其罪名,似如隐昧,源其情意,深为悖逆。'帝曰:'然。我少时与此人相随行役,轻我童稚,共高颎、贺若弼等外擅威权,自知罪当诛调。及我即位,怀不自安,赖天下无事,未得反耳。公论其逆,妙体本心。'于是诛道衡。"由此可见,道薛衡之死,实因其对炀帝不满所致,非炀帝妒忌其文才而加害。而薛道衡之所以对炀帝心存不满,一是他恃才自傲,轻视炀帝;二可能是他见炀帝失政,微言讽谏之,而炀帝素不喜人进谏。《隋书·五行志上》云:"炀帝常从容谓秘书郎虞世南曰:'我性不欲人谏。若位望通显而来谏我,以求当世之名者,弥所不耐。至于卑贱之士,虽少宽假,然卒不置之于地。汝其知之!'"高颎、贺若弼等人即因谏而被杀,虞世基、虞世南、诸葛颖、柳䛒则因阿容取悦而全身。从薛道衡现存诗作看,其中亦有和炀帝之作《奉和临渭源应诏诗》,诗中对能侍游陪宴感到十分荣幸,他们在诗文创作方面并不一定存在矛盾。

① 《隋书》卷六〇,《于仲文传》。

帝)嗣位之后,尝赐弘诗曰:"晋家山吏部,魏世卢尚书,莫言先哲异,奇才并佐余。学行敦时俗,道素乃冲虚,纳言云阁上,礼仪皇运初。彝伦欣有叙,垂拱事端居。"其同被赐诗者,至于文词赞扬,无如弘美。①

牛弘亦存和炀帝之诗《奉和冬至乾阳殿受朝应诏诗》。至于杨素,因其助炀帝夺太子位,又佐炀帝即位,故于大业初年,最受炀帝恩遇。

由于炀帝无太多的地域文化之偏狭,使三地诗人齐聚京城、宫廷,他们相互唱和、切磋诗艺的机会就大大增加了,这无疑促进了南北诗风的融和。如炀帝《冬至乾阳殿受朝诗》,曾命群臣赋诗,现存奉和应诏之作,有牛弘《奉和冬至乾阳殿受朝应诏诗》、许善心《奉和冬至乾阳殿受朝应诏诗》。当时南北诗人之间的酬和也较频繁,如杨素《出塞二首》,薛道衡、虞世基皆有和作。薛道衡还现存一首《和许给事善心戏场转韵诗》,不过许善心的《戏场转韵诗》已佚。另外,南阳人刘斌现存一首《和许给事伤牛尚书弘诗》,虽然许善心《伤牛尚书诗》也已不存,但我们可以由此诗题看出三地诗人之间相互影响、诗风交融的痕迹。而这些,又无不和炀帝重文爱士、融合南北的文化政策分不开。

(四)隋炀帝兼采南北之长的诗歌创作成就

与其文化政策相应,炀帝的诗歌创作也充分体现出南北诗风融合的趋势。隋炀帝诗现存43首,为隋代存诗最多的诗人。其中有乐府诗,有文人古诗,还有新体诗;而在乐府诗中,吴地乐府与北地乐府兼而有之,各擅其妙。

《隋书·炀帝纪》云杨广"好学,善属文"。虽然我们没能发现炀帝早年在周时及高祖朝的诗歌作品,但从《隋书·柳䛒传》所云

---

① 《隋书》卷四九,《牛弘传》。

"初,(晋)王属文,为庾信体"可知,炀帝早年所写诗文当深受庾信、王褒等由梁入魏、周诗人的影响①。声律细密谨严,辞藻绮艳秾丽。不久,杨广的诗风就发生了变化。《隋书·柳䛒传》云,杨广是"及见䛒已后,文体遂变"的。按,杨广"尝朝京师还,作《归藩赋》,命䛒作序,词甚典丽"。杨广引致柳䛒是在为晋王任扬州总管任上,则杨广此时诗文风格当由原先的秾丽轻艳一变而为"典丽"了。《隋书·文学传序》又云:

> 炀帝初习艺文,有非轻侧之论。

当是指炀帝见柳䛒之后所发表的反对高祖朝词藻"犹多淫丽"的言论。而史书也还真保存了一则炀帝此时反对淫丽、提倡典则的材料。《隋书·音乐志下》云:

> 先是高祖遣内史侍郎李元操、直内史省卢思道等,列清庙歌辞十二曲。令齐乐人曹妙达,于太乐教习,以代周歌。……至仁寿元年,炀帝初为皇太子,从飨于太庙,闻而非之。乃上言曰:"清庙歌辞,文多浮丽,不足以述宣功德,请更议定。"

就《隋书·音乐志下》所载隋清庙歌辞看,确已变得典丽、雅正了。《隋书·文学传序》还列举了炀帝文风变化后的一些作品:

> 其《与越公书》《建东都诏》《冬至受朝诗》及《拟饮马长城窟》,并存雅体,归于典则。

炀帝这几篇作品皆存。其《与越公书》②,见《隋书·杨素传》,作于仁寿四年(604)。是年,汉王杨谅反,杨素率军悉平之,炀帝遣杨素弟修武公杨约赍手诏劳杨素。在此书中,炀帝首先表述自己即位后

---

① 当时太子杨勇亦颇爱庾信诗,曾命侍臣注《庾信集》(《隋书·魏澹传》)。
② 此文《全隋文》卷四作《手诏劳杨素》。

忧国忧民之情怀:

> 朕以不天,衔恤在疚,号天叩地,无所逮及。朕本以藩王,谬膺储贰,复以庸虚,纂承鸿业。天下者,先皇之天下也,所以战战兢兢,弗敢失坠,况复神器之重,生民之大哉!

复言汉王谅谋反祸国殃民:

> 贼谅苞藏祸心,自幼而长,羊质兽心,假托名誉,不奉国讳,先图叛逆,违君父之命,成莫大之罪。诳惑良善,委任奸回,称兵内侮,毒流百姓。私假署置,擅相谋戮,小加大,少凌长,民怨神怒,众叛亲离,为恶不同,同归于乱。

然后盛赞杨素深谋远虑,忠勇贞坚,功勋卓著:

> 公乃先朝功臣,勋庸克茂。至如皇基草创,百物惟始,便匹马归朝,诚识兼至。……公乃建累世之元勋,执一心之确志。古人有言曰:"疾风知劲草,世乱有诚臣。"公得之矣。乃铭之常鼎,岂止书勋竹帛哉!功绩克谐,哽叹无已。

通篇文词质朴而刚健,议论横生,气势流转,且以儒家"民本"思想为宗,故不负史传"雅体""典则"之誉。其《冬至受朝诗》作年不详,然由诗中"新邑建嵩岳,双阙临洛阳"等语推测,当作于东都洛阳竣工后的大业二年(606)冬至日①。炀帝此诗,又题作《冬至乾阳殿受

---

① 《隋书·炀帝纪上》云,大业二年(606)正月辛酉,东京成。三月庚午,车驾发江都。夏四月庚戌,上自伊阙,陈法驾,备千乘万骑,入于东京。大业三年(607)三月辛亥,车驾还京师。据此可知,大业二年冬至日炀帝在东京洛阳。又据徐松《唐两京城坊考》,知唐东都洛阳之含元殿,即隋之乾阳殿,为东都宫城之正牙。(参徐松撰,张穆校补,方严点校《唐两京城坊考》卷五,中华书局,1985 年,第 133 页)则炀帝此诗必作于大业二年冬至日洛阳乾阳殿受群臣朝贺之时。

朝诗》：

> 北陆玄冬盛，南至晷漏长。
> 端拱朝万国，守文继百王。
> 至德惭日用，治道愧时康。
> 新邑建嵩岳，双阙临洛阳。
> 圭景正八表，道路均四方。
> 碧空霜华净，朱庭皎日光。
> 缨佩既济济，钟鼓何锽锽。
> 文戟翊高殿，采毦分修廊。
> 元首乏明哲，股肱贵惟良。
> 舟楫行有寄，庶此王化昌。

他在诗中先是述自己以文、德治天下的政治理想，次云新都建成、四海一统、君臣同心、国势升平之喜悦。全诗典则、雅正，且充满了积极向上的政治进取意识，感奋人心，故亦感染了许善心、牛弘。其《饮马长城窟行》当作于大业七年（611）秋亲自征高丽时：

> 肃肃秋风起，悠悠行万里。
> 万里何所行，横漠筑长城。
> 岂台小子智，先圣之所营。
> 树兹万世策，安此亿兆生。
> 讵敢惮焦思，高枕于上京。
> 北河秉武节，千里卷戎旌。
> 山川互出没，原野穷超忽。
> 撞金止行阵，鸣鼓兴士卒。
> 千乘万骑动，饮马长城窟。
> 秋昏塞外云，雾暗关山月。

缘严驿马上,乘空烽火发。
借问长城候,单于入朝谒。
浊气静天山,晨光照高阙。
释兵仍振旅,要荒事方举。
饮至告言旋,功归清庙前。

炀帝此番征高丽,被史学家斥为穷兵黩武、劳民伤财之举,但在炀帝看来,实"知造化有肃杀,义在无私,帝王之用干戈,盖非获已",此次征高丽,实是事出有因,忍无可忍,是为社稷民生计的①。所以,他在《饮马长城窟行》诗中先是言万里远征之艰难,次言征高丽之必要,然后描写将士奋勇杀敌,靖边之场面,结以边隅之定、凯旋回朝的期望。此诗劲健、峭拔,莽苍中有豪雄之气,与魏徵《隋书·文学传序》所评"虽意在骄淫,而词无浮荡"一语颇合。炀帝类似的以功名自期,尚武豪雄,词藻纵横,风格劲健的诗作,还有《白马篇》《纪辽东二首》《赐史祥诗》等,皆充分表现了关陇军事豪族特有的文化性格和艺术精神。

炀帝一生在江都扬州的时间很长,且在身边集结了大批善诗的江左文士,故他留下了不少深得南方文化精神、艺术真味的诗歌作品。

南朝乐府民歌起自晋、宋间,于宋、齐、梁、陈四朝一直为江左诗人所积极仿效、拟作,故于梁陈之际已完全脱去了民歌特有的朴野、真淳之气,变得绮艳、冶荡了。炀帝镇东南之后,并未局限于向南朝文人乐府学习,而是直接向陈隋之时新起的吴地民歌学习,故其拟作较南朝诗人的乐府诗歌更天然、淳真。如《江陵女歌》,检《乐府诗集》及《先秦汉魏晋南北朝诗》,炀帝以前未发现有人拟作,再由

---

① 参《隋书·炀帝纪下》所载大业八年(612)春正月壬午所下诏书。

诗中风格看,与晋宋时兴起的吴歌亦不相同:

> 雨从天上落,水从桥下流。
> 拾得娘裙带,同心结两头。

此诗头两句起兴,后两句用双关笔法表述爱情,天真、自然,尚有村野之气。另外,杨广自创新题的乐府诗也能很贴切地表现扬州一带风情。如其《江都宫乐歌》:

> 扬州旧处可淹留,台榭高明复好游。
> 风亭芳树迎早夏,长皋麦陇送余秋。
> 渌潭桂楫浮青雀,果下金鞍跃紫骝。
> 绿觞素蚁流霞饮,长袖清歌乐戏州。

字面清丽,写江村野景十分传神。其《泛龙舟》诗:

> 舳舻千里泛归舟,言旋旧镇下扬州。
> 借问扬州在何处,淮南江北海西头。
> 六辔聊停御百丈,暂罢开山歌棹讴。
> 讵似江东掌间地,独自称言鉴里游。

亦为隋炀帝在江都宫作,极类扬州地方小调。其《凤艒歌》云:

> 三月三日向红头,正见鲤鱼波上游。
> 意欲垂钓往撩取,恐是蛟龙还复休。

俨然渔夫声口,未有半点雕饰、纤秾之态。

同样地,杨广拟南朝民歌的一些作品也能自出机杼,跳出南朝诗人多用之写艳情的创作套路。如《四时白纻歌》系梁诗人沈约所创制。沈约原作五首,皆写歌儿舞女娇艳之态,为典型的艳情诗。而杨广之作则不然,其《东宫春》:

> 洛阳城边朝日晖,天渊池前春燕归。
> 含露桃花开未飞,临风杨柳自依依。
> 小苑花红洛水绿,清歌婉转繁弦促。
> 长袖逶迤动珠玉,千年万岁阳春曲。

写景清丽、明媚,无冶艳之态、脂粉之气。其《江都夏》:

> 黄梅雨细麦秋轻,枫叶萧萧江水平。
> 飞楼绮观轩若惊,花簟罗帏当夜清。
> 菱潭落日双凫舫,绿水红妆两摇渌。
> 还似扶桑碧海上,谁肯空歌采莲唱。

尤其是开头两句写江滨平原夏景,萧散、疏野,为晋宋以来南朝乐府诗歌中少有的写景质朴之作。

当然,杨广诗歌中艺术性最强、成就最高的还数《春江花月夜》其一。《春江花月夜》是陈后主创制的艳曲之一,原诗虽已不存,然《旧唐书·音乐志》云:

> 叔宝常与宫中女学士及朝臣相和为诗,太乐令何胥又善于文咏,采其尤艳丽者以为此曲。

可知陈后主原作当极冶艳。然杨广的两首作品则一变而为意境优美之写景诗,尤其是其一:

> 暮江平不动,春花满正开。
> 流波将月去,潮水带星来。

从表面看,此诗写春江美丽的月夜景色,系咏诗题,然诗中境界却透露出诗人的胸襟。杨广此诗境界开阔,极富动感,三、四两句摇星带月,气魄宏大,这无疑是北地粗犷、豪雄的性格,阔大的襟怀在诗中的体现。而同题奉和的诸葛颖之作:

> 花帆渡柳浦,结缆隐梅洲。
> 月色含江树,花影覆船楼。

则显得写景分散、诗境局促,不能不说是其孱弱、猥琐性格的一种艺术折射。同样,杨广的写景诗也能将北方诗人的慷慨意气和南方诗人的细腻情怀结合在一起,创造出深沉、蕴藉的诗境来。如其《月夜观星诗》:

> 团团素月净,翛翛夕景清。
> 谷泉惊暗石,松风动夜声。
> 披衣出荆户,蹑履步山楹。
> 欣睹明堂亮,喜见泰阶平。
> 觜参犹可识,牛女尚分明。
> 更移斗柄转,夜久天河横。
> 徘徊不能寐,参差几种情。

此诗写秋夜月明的景色,清切而泠然,写景后的抒情亦颇含蓄、蕴藉,淡淡的喜悦中夹杂着些许惆怅,颇可回味。再如《悲秋诗》:

> 故年秋始去,今年秋复来。
> 露浓山气冷,风急蝉声哀。
> 鸟击初移树,鱼寒欲隐苔。
> 断雾时通日,残云尚作雷。

此诗显然继承了庾信后期写景诗细致、密丽的诗风,通篇未言"悲",而"悲"意寓于秋景之中,令人感伤。其《诗》:

> 寒鸦飞数点,流水绕孤村。
> 斜阳欲落处,一望黯消魂。

诗境则更加省净、浑成,情景结合得也极妙。而这种看似浅近、实质蕴藉的诗境,既非一味追求清绮的江左诗人所能写出,又非素喜质朴、刚直的北地诗人所能及。唯有杨广这样既具北地慷慨、豪雄的意气,又习染南人细腻、婉约的情怀的诗人才能创造出来。因而,在很大程度上,杨广的《春江花月夜》其一和《诗》("寒鸦飞数点")体现了隋代南北诗风交融的实绩,同时也预示了未来诗歌发展的一种方向。

学术界在论及初盛唐诗歌革新过程时,总免不了大谈特谈魏徵《隋书·文学传序》中所说的将南北诗风融合的观点,且不说魏徵此论如本章前述并不合南北朝文坛的实际情况,即便只是一种艺术理想,也应是建立在以杨广为首的隋代诗人创作实践的基础之上的。因为杨广的诗歌作品和审美观正体现了融合南北、兼善两长的诗歌发展方向。《隋书·王胄传》云,炀帝曾谓侍臣曰:

> 气高致远,归之于胄;词清体润,其在世基;意密理新,推庾自直。过此者,未可以言诗也。

炀帝所评三人虽然都是南人,但"气高致远"、"词清体润"、"意密理新"则非南人或北人所可独擅,充分体现了南北诗风融合后的诗歌新貌。或许正因为炀帝从理论和实践两方面都比较雅正、典则,符合魏徵等人的诗歌审美观,所以魏徵才在《隋书·文学传序》中"不以人废言",对炀帝在隋代诗坛的地位大加肯定:

> 虽意在骄淫,而词无浮荡,故当时缀文之士,遂得依而取正焉。所谓能言者未必能行,盖亦君子不以人废言也。

而魏徵对隋高祖革文华之举的效果则不以为然:

> 高祖初统万机,每念断雕为朴,发号施令,咸去浮华。然时俗词藻,犹多淫丽,故宪台执法,屡飞霜简。

炀帝与高祖对诗歌之革新，一为积极之引导，一为消极之制裁，孰优孰劣，自可立判。魏徵对隋高祖和隋炀帝在改革文风过程中的历史贡献的评价，洵为"不以人废言"的公允之论！为何千年以后的通行文论史、文学史，却多一味褒高祖、贬炀帝，识见反倒弗如魏徵远甚？殊可怪哉！

第二章　初唐诗风的嬗变与唐型文化的建构

第一节　唐太宗与齐梁诗风之关系

唐初武德、贞观时期的诗风,是齐梁诗风的延续。人们把这种文学现象产生的原因多归结为作惯了宫廷诗的陈、隋旧臣积重难返所致,却忽视了唐太宗对齐梁诗风的倾慕、模仿和提倡,这实际上也是其中一个颇为重要的原因。在唐初三十多年中,唐太宗一直是诗坛的中心人物,明人胡震亨就曾经说过:

> 有唐吟业之盛,导源有自。文皇英姿间出,表丽缛于先程。……是用古体再变,律调一新;朝野景从,谣习寖广。[1]

唐太宗的诗歌审美态度和创作趣尚对当时诗坛具有直接而深远的影响。而唐太宗之所以对齐梁诗风表现出极大的偏好,除了因为他所出身的关陇集团,在北朝时期并没有留下足以与齐梁诗歌相颉颃的创作成就[2],还有政治、文化和艺术等多种因素。

---

[1] 胡震亨:《唐音癸签》卷二十七,第281页。
[2] 参本书第一章第二节"'南北文风优劣论'辨"中的相关论述。

一、唐太宗对江左文化艺术的通脱态度

关陇集团虽然没有取得足以与江左相抗衡的文学成就,却一直有反对、抨击江左绮靡、华艳文风的文化传统。早在西魏大统十一年(梁武帝大同十一年,545),魏丞相宇文泰因为"自有晋之季,文章竞为浮华,遂成风俗",欲革其弊,就命令苏绰作《大诰》,改革文体,要求天下文章皆仿《尚书》体①。他们"所欲变易者,词藻则易华丽为质朴,内容则易风月为圣道",在文体上则"欲复之秦、汉以前"②。其政治文化目的,正如陈寅恪先生所说,是用"关中本位政策"建立起一套以"复古明道"为标榜的文化系统,来对抗萧梁和高齐③。杨隋代周后不久,隋文帝又对江左文风进行了猛烈的抨击。李谔上书云:

> 臣闻古先哲王之化民也,必变其视听,防其嗜欲,塞其邪放之心,示以淳和之路。五教六行为训民之本,《诗》《书》《礼》《易》为道义之门。故能家复孝慈,人知礼让,正俗调风,莫大于此。其有上书献赋,制诔镌铭,皆以褒德序贤,明勋证理。苟非惩劝,义不徒然。降及后代,风教渐落。魏之三祖,更尚文词,忽君人之大道,好雕虫之小艺。下之从上,有同影响,竞骋文华,遂成风俗。江左齐、梁,其弊弥甚,贵贱贤愚,唯务吟咏。遂复遗理存异,寻虚逐微,竞一韵之奇,争一字之巧。连篇累牍,不出月露之形,积案盈箱,唯是风云之状。④

---

① 《周书》卷二三,《苏绰传》。
② 牟润孙:《唐初南北学人论学之异趣及其影响》,载氏著《注史斋丛稿》,第376页。
③ 陈寅恪:《隋唐制度渊源略论稿》,第90—91页。
④ 《隋书》卷六六,《李谔传》。

开皇四年(584),隋文帝又"普诏天下,公私文翰,并宜实录"①。隋文帝此举目的及其标榜的文学功用与西魏宇文泰的"复古明道"完全相同。接下来,继承此文化传统的是王通《中说》。此书《事君篇》几乎将南朝文学一笔抹倒,论诗的标准则见于《天地篇》:

> 李百药见子而论诗,子不答。百药退,谓薛收曰:"吾上陈应、刘,下述沈、谢,分四声八病,刚柔清浊,各有端序,音若埙篪,而夫子不应,我其未达欤?"薛收曰:"吾尝闻夫子之论诗矣,上明三纲,下达五常。于是征存亡,辩得失,故小人歌之以贡其俗,君子赋之以见其志,圣人采之以观其变。今子营营驰骋乎末流,是夫子之所痛也。不答,则有由矣。"②

因为李百药的诗是学江左齐梁诗风的,王通认为他不合古道,故不与之语。而王通持论的根据,是以先王礼乐教化为本,与周隋以恢复先王之道为号召的文学主张,一脉相承。到唐初,出自北方的诸多重臣也沿袭了北朝一系抨击江左文风的文学传统,对齐梁诗歌大加挞伐。这种思想集中反映在魏徵《隋书·文学传序》、魏徵《陈书·后主本纪》中"史臣论"、令狐德棻《周书·庾信传》"史臣论"中。对此,牟润孙先生分析道:

> 唐踵周、隋之遗轨以平定海内,其所用以标榜者为周、孔王道,北方学人自不容江南尚词藻抒情文学之徐、庾体风靡天下,以其不仅在理论上与文以明道之学说相违反,在精神上亦有亡国之音复活于新朝之感。③

---

① 《隋书》卷六六,《李谔传》。
② 王通著,阮逸注:《中说》卷上,《丛书集成初编》本,中华书局,1985年,第5页。
③ 牟润孙:《唐初南北学人论学之异趣及其影响》,《注史斋丛稿》,第383页。

然而,在如此悠久的文化传统和如此强大的现实舆论的双重包围之中,唐太宗为什么还对齐梁诗风持一份欣赏、回护乃至学习的态度呢？我认为,这首先与他身边众多的江南文士有关。

唐之代隋,在政治上沿用的仍是自西魏宇文泰以来一直推行的"关中本位政策",他们所任用的也多是出自关陇的武人。但在豪杰并起之际,谁能力挫群雄,终而得鹿,尤其是统一全国,至为关键的一点就在于能否延揽各地域文化集团中的杰出人才。所以,李渊父子三人在起兵入关途中都延揽了不少江左文士,其中以李世民搜罗最力,得人最盛。李世民起初延揽江南文士,是为了争夺太子位。《新唐书·袁朗传》:

> 武德初,隐太子与秦王、齐王相倾,争致名臣以自助。……秦王有友于志宁、记室参军事房玄龄、虞世南、颜思鲁、谘议参军事窦纶、萧景、兵曹杜如晦、铠曹褚遂良、士曹戴胄、阎立德、参军事薛元敬、蔡允恭、主簿薛收、李道玄、典签苏勖、文学姚思廉、褚亮、炖煌公府文学颜师古、右元帅府司马萧瑀、行军元帅府长史屈突通、司马窦诞、天策府长史唐俭、司马封伦、军谘祭酒苏世长、兵曹参军杜淹、仓曹李守素、参军颜相时。

其中江南文士颇多。至武德四年(622)唐太宗开文学馆时,"十八学士"中来自江左的就有虞世南、姚思廉①、蔡允恭、陆德明、许敬宗、褚亮、颜相时等七人。在这些江左文士的熏陶下,"少尚威武,不精学业"②的李世民不久就浸染上江南文化的气息。《资治通鉴》记

---

① 《旧唐书·姚思廉传》虽言其籍贯是"雍州万年人",然其父姚察曾为陈吏部尚书,思廉本人自小即受江南文化之熏染,且在陈为扬州主簿,"亦受汉史于其父,能尽传家业",故本书将之归入来自江左的文士中。
② 刘肃撰,许德楠、李鼎霞点校:《大唐新语》卷之九,中华书局,1984年,第133页。

载,武德五年(623),高祖李渊谓左仆射裴寂曰:

> 此儿久典兵在外,为书生所教,非复昔日子也。①

《旧唐书》卷六四亦云:

> 高祖呼太宗小名谓裴寂等:"此儿典兵既久,在外专制,为读书汉所教,非复我昔日子也。"②

此在玄武门事变前,太宗犹为秦王时。由高祖称太宗所引之"书生"为"汉"可知,高祖身上仍保留着相当浓重的胡化特征,他也正执行着较严格的"关中本位政策",故对亲近江左文化的秦王不甚喜欢。但唐太宗并未因高祖之微辞而疏远江南文士,反而与他们更为亲近。《资治通鉴》载:

> 置弘文馆于殿侧,精选天下文学之士虞世南、褚亮、姚思廉、欧阳询、蔡允恭、萧德言等,以本官兼学士,令更日宿直,听朝之隙,引入内殿,讲论前言往行,商榷政事,或至夜分乃罢。

胡三省注云:

> 唐太宗以武定祸乱,出入行间,与之俱者,皆西北骁武之士。至天下既定,精选弘文馆学生,日夕与之议论商榷者,皆东南儒生也。③

然而唐太宗与东南儒生所讨论的还不只是江左的政治得失,尚有南朝的文化艺术。《旧唐书·李百药传》云:

> (太宗)罢朝之后,引进名臣,讨论是非,备尽肝膈,唯及政

---

① 《资治通鉴》卷一九〇,《唐纪》六,第5959页。
② 《旧唐书》卷六四,《隐太子建成传》。
③ 《资治通鉴》卷一九二,《唐纪》八,第6023页。

事,更无异辞。才及日昃,命才学之士,赐以清闲,高谈典籍,杂以文咏,间以玄言,乙夜忘疲,中宵不寐。

由于有如此众多的江南文士为其讲论,加上他本人的好学,唐太宗对江南文化艺术的特点优长知之亦更深,同时学习之心也更为迫切。

太宗的宠臣虞世南,自少就向同郡高僧智永学王羲之书法,且"妙得其体","声名籍甚"①。在他的影响下,唐太宗对王羲之书法也十分喜欢,他特地派人去江南寻访《兰亭集序》真迹,得到后更是珍爱不已,乃至于死后,将它陪葬昭陵②。但唐太宗绝不只是附庸风雅,他是真心喜爱王羲之书法,通过潜心学习,也真正懂得了书法艺术的真谛。他撰写的《笔法论》《指法论》和《笔意论》,都是学习书法过程中的有得之见,其中不乏绝妙得意之语③。到贞观末年,唐太宗敕撰《晋书》,竟为《王羲之传》躬自作论。在此论中,他不仅对南朝书法艺术风格之嬗变过程如数家珍,而且给予王羲之书法很高的艺术评价:

> 所以详察古今,研精篆素,尽善尽美,其惟王逸少乎!观其点曳之工,裁成之妙,烟霏露结,状若断而还连;凤翥龙蟠,势如斜而反直。玩之不觉为倦,览之莫识其端,心慕手追,此人而已。其余区区之类,何足论哉!④

清谈、玄言是江左文化的另一重要内容,它标志着人们的思维和语言表达已达到了逻辑化、艺术性的程度,却一直为北朝人士尤

---
①《旧唐书》卷七二,《虞世南传》。
②刘餗撰,程毅中点校:《隋唐嘉话》卷下,第54页。
③三论皆存,俱见《全唐文》卷十。
④《晋书》卷八〇,《王羲之传》。

其是关陇集团所抨击。唐太宗则认为,适当地尚清谈、重玄言是十分必要的。在为秦王时,他就命其子承乾从"善言玄理"的陆德明受业①。开弘文馆后,他常常在晚间与江南文士们"高谈典籍","间以玄言"。过了一段时间后,唐太宗也变得能言善辩,乃至上朝时也常与臣僚辩论往复。《资治通鉴》卷一九七"贞观十八年"条记载:

> 上好文学而辩敏,群臣言事者,上引古今以折之,多不能对。刘洎上书谏曰:"帝王之与凡庶,圣哲之与庸愚,上下相悬,拟伦斯绝。是知以至愚而对至圣,以极卑而对至尊,徒思自强,不可得也。陛下降恩旨,假慈颜,凝旒以听其言,虚襟以纳其说,犹恐群下未敢对扬;况动神机,纵天辩,饰辞以折其理,引古以排其议,欲令凡庶何阶应答!且多记则损心,多语则损气,心气内损,形神外劳,初虽不觉,后必为累,须为社稷自爱,岂为性好自伤乎!至如秦政强辩,失人心于自矜;魏文宏才,亏众望于虚谈。此材辩之累,较然可知矣。"上飞白答之曰:"非虑无以临下,非言无以述虑,比有谈论,遂致烦多,轻物骄人,恐由兹道,形神心气,非此为劳。今闻谠言,虚怀以改。"

由此可见,唐太宗的能言善辩确乎超出一般臣僚之上了,且对清谈的态度也比较中肯。针对刘洎反对谈辩的理由——"清谈误国""伤心劳神",唐太宗则认为,善辩本身不但不能导致误国,而且还是为政的必要条件:"非虑无以临下,非言无以述虑。"再说,善辩也不会"伤心劳神":"形神心气,非此为劳。"只不过处理不好的话,也确实能滋长"轻物骄人"的情绪。他曾这样评价梁武帝的崇尚谈辩:

> 梁武帝君臣惟谈苦空,侯景之乱,百官不能乘马。元帝为

---

① 《旧唐书》卷一八九,《陆德明传》。

周师所围,犹讲《老子》,百官戎服以听。此深足为戒。①

他反对的是只事清谈、不思治国的现象,并不反对清谈本身。唐太宗对清谈、玄言真可谓是真知独赏。

随着对南朝文化艺术的全面了解和真切体悟,唐太宗对齐梁诗歌也日渐喜爱,而这又是与他所延揽的江南文士分不开的。如陈叔达:

> 善容止,颇有才学。……年十余岁,尝侍宴,赋诗十韵,援笔便就,仆射徐陵甚奇之。……叔达先有疾,太宗虑其危殆,遣使禁绝吊宾。②

岑文本:

> 美谈论,善属文。……萧铣僭号于荆州,召署中书侍郎,专典文翰。……贞观元年,除秘书郎,兼直中书省。……文本才名既著,李靖复称荐之,擢拜中书舍人,渐蒙亲顾。③

蔡允恭:

> 美姿容,工为诗。……炀帝有所赋,必令讽诵。……归国为秦王府参军、文学馆学士。④

褚亮:

> 幼聪敏,好学善属文,博览无所不至,经目必记于心。喜游名贤,尤善谈论。年十八,诣陈仆射徐陵,陵与商榷文章,深异

---

① 《资治通鉴》卷一九二,《唐纪》八,第6054页。
② 《旧唐书》卷六一,《陈叔达传》。
③ 《旧唐书》卷七〇,《岑文本传》。
④ 《新唐书》卷二〇一,《蔡允恭传》。

之。陈后主闻而召见,使赋诗,江总及诸辞人在坐,莫不推善。……太宗闻亮名,深加礼接,……授秦王文学。……太宗每有征伐,亮常侍从,军中宴筵,必预欢赏。从容讽议,多所裨益。又与杜如晦等十八人为文学馆学士。太宗入居春宫,除太子舍人,迁太子中允。贞观元年,为弘文馆学士。①

虞世南:

善属文,常祖述徐陵,陵亦言世南得己之意。……陈灭,与世基同入长安,俱有重名,时人方之二陆。……太宗灭建德,引为秦府参军。寻转记室,仍授弘文馆学士,与房玄龄对掌文翰。……太宗升春宫,迁太子中书舍人,及即位,转著作郎,兼弘文馆学士。②

刘孝孙:

弱冠知名,与当时辞人虞世南、蔡君和、孔德绍、庾抱、庾自南、刘斌等登临山水,结为文会。……武德初,历虞州录事参军,太宗召为秦府学士。贞观六年,迁著作佐郎、吴王友。尝采历代文集,为王撰《古今类序诗苑》四十卷。③

袁朗:

勤学,好属文。在陈,释褐秘书郎,甚为尚书令江总所重。尝制千字诗,当时以为盛作。陈后主闻而召入禁中,使为《月赋》,朗染翰立成。后主曰:"观此赋,谢希逸(庄)不能独美于前矣。"又使为《芝草》《嘉莲》二颂,深见优赏。……武德初,授

---

①《旧唐书》卷七二,《褚亮传》。
②《旧唐书》卷七二,《虞世南传》。
③《旧唐书》卷七二,《刘孝孙传》。

齐王文学、祠部郎中,封汝南县男,再迁给事中。贞观初卒官,太宗为之废朝一日。①

许敬宗：

> 幼善属文,……太宗闻其名,召补秦府学士。贞观八年,累除著作郎,兼修国史,迁中书舍人。……十九年,太宗亲伐高丽,……中书令岑文本卒于行所,令许敬宗以本官检校中书侍郎。太宗大破辽贼于驻跸山,敬宗立于马前受旨草诏书,词彩甚丽,深见嗟赏。②

综合上引资料,我们可以看出:(一)这些来自江左的文士的诗风皆承梁、陈宫体而来,且许多人还是陈、隋宫廷中的重要诗人;(二)唐太宗招揽、重用他们,看中的也正是他们杰出的诗文创作能力。

反过来,通过与这些江左文士的谈诗论文、作诗唱和,唐太宗对南朝诗歌的艺术精髓也逐渐心领神会、莫逆于心了。《旧唐书·邓世隆传》云：

> 初,太宗以武功定海内,栉风沐雨,不暇于诗书。暨于嗣业,进引忠良,锐精思政。数年之后,道致隆平,遂于听览之暇,留情文史。叙事言怀,时有构属,天才宏丽,兴托玄远。

贞观末年,《晋书》修成时,唐太宗亲自为《陆机传》作论,高度评价了陆机、陆云兄弟的文学成就：

> 观夫陆机、陆云,实荆衡之杞梓,挺珪璋于秀实,驰英华于早年,风鉴澄爽,神情俊迈。文藻宏丽,独步当时;言论慷慨,冠乎终古。高词迥映,如朗月之悬光;叠意回舒,若重岩之积秀。

---

① 《旧唐书》卷一九〇,《袁朗传》。
② 《旧唐书》卷八二,《许敬宗传》。

千条析理,则电坼霜开;一绪连文,则珠流璧合。其词深而雅,其义博而显,故足远超枚、马,高蹑王、刘,百代文宗,一人而已。①

由于对南朝文学艺术体悟如此之深,唐太宗就能在很大程度上摆脱掉关陇集团相沿已久的对齐梁诗风的偏见。

关陇集团抨击江左齐梁诗风的首要之点,是齐梁诗风趋新骛奇,徒有形式之美,不合雅道,不便时用。这种观点自宇文泰首倡其端,历经周、隋,在唐初为魏徵等史臣所继承。

《梁书》本纪共六卷,卷六末有史臣郑国公魏徵的史论,对梁武帝至梁敬帝皆有所评议。其论梁武帝云:

> 不能息末敦本,斫雕为朴,慕名好事,崇尚浮华,抑扬孔、墨,流连释、老。

其论简文帝云:

> 文艳用寡,华而不实,体穷淫丽,义罕疏通,哀思之音,遂移风俗,以此而贞万国,异乎周诵、汉庄矣。

其论梁元帝云:

> 笃志艺文,采浮淫而弃忠信。

在《隋书·文学传序》中,魏徵对梁、陈宫体诗风更是大加挞伐:

> 梁自大同之后,雅道沦缺,渐乖典则,争驰新巧。简文、湘东,启其淫放,徐陵、庾信,分路扬镳。其意浅而繁,其文匿而彩,词尚轻险,情多哀思。格以延陵之听,盖亦亡国之音乎!

魏徵虽然出身山东,本不属于关陇集团中人,但他在唐初已为

---

① 《晋书》卷五四,《陆机传》。

李唐王室所激赏,且其进谏亦无不从关陇集团的政治得失出发,故魏徵可视为关陇集团文化政策最积极的推行者之一。

《北齐书·文苑传序》亦云:

> 江左梁末,弥尚轻险,始自储宫,刑乎流俗,杂滫滌以成音,故虽悲而不雅。

李百药为李德林之子。德林仕于齐、隋,百药亦为隋之旧臣。其言与文中子《中说》若桴鼓之相应,更无殊于魏徵之论。

令狐德棻在《周书·庾信传》中借评庾信之机,也抨击了齐梁诗风:

> 子山之文,发源于宋末,盛行于梁季。其体以淫放为本,其词以轻险为宗。故能夸目侈于红紫,荡心逾于郑、卫。

令狐为敦煌著姓,后迁关中,德棻为关陇集团中之史学大家,唐初修周、齐、隋、梁、陈诸史之议,建自德棻。武德四年(621)十一月,令狐德棻上书高祖李渊云:

> 陛下既受禅于隋,复承周氏历数,国家二祖功业,并在周时。如文史不存,何以贻鉴今古?如臣愚见,并请修之。①

这条建议明显具有保存、阐扬关陇集团文化传统的良苦用心,自然也就得到了唐高祖的赞许。而用这种文化观点来修撰《南史》及《梁》《陈》二书,江左文化、齐梁诗风自然难逃遭责斥、摒弃的厄运了。

然而,由于唐太宗对南朝文化较之关陇集团中的其他人要了解得充分些、体悟得真切些,所以他就能以较公正、平和的态度对待齐梁诗风。

---

① 《旧唐书》卷七三,《令狐德棻传》。

首先，唐太宗十分欣赏南朝诗歌精美的艺术。他之所以推崇"二陆"的文章，躬自为《晋书·陆机传》作论，就是因为"二陆"的诗文形式精美、辞藻华丽：

> 文藻宏丽，独步当时。……高词迥映，如朗月之悬光；叠意回舒，若重岩之积秀。

这是他对华美、宏丽诗风的欣赏。另外，他在《咏司马彪续汉志》诗中亦云：

> 文囿雕奇彩，艺门蕴深致。
> 云飞星共流，风扬月兼至。①

这是对风格奇丽、吟咏风月之文的赞叹。虽然现存的史料并没有留下唐太宗直接赞赏齐梁诗风的文字，但他在评价齐、梁、陈、隋政治得失时，也从未批评过这四朝的诗风。反之，他却对承齐梁宫体之风而来的陈、隋旧臣们，如陈叔达、岑文本、虞世南、褚亮、蔡允恭、袁朗、许敬宗等人表示出极大的热情。而且，他对令狐德棻和魏徵不遗余力攻击的庾信诗心慕手追。在他现存诗作中，除了有一首《秋日斅(效)庾信体》外，尚有二十几首诗是明显对庾信诗的仿作，诗风与庾信体大类。除此之外，唐太宗登位后，还特地下诏向江、淮、吴、会一带征求文学之士：

> 江淮吴会，英髦斯在。……文词秀美，才堪著述，明识治体，可委字民。……为乡闾所推者，举送洛阳宫。②

---

① 本章所引唐诗文本，除非特殊说明，均据彭定求编《全唐诗》（中华书局，1960年），为避文繁，不再出注。
② 唐太宗《采访孝悌儒术等诏》，宋敏求编：《唐大诏令集》卷一〇二，中华书局，2008年，第518页。

其次,唐太宗也并未要求诗歌发挥"明道"的社会功用。文学,尤其是诗赋,在他眼里只不过是一种供人游息的艺术手段而已,他注重的只是文学的娱乐、审美功能。他在《帝京篇序》中说:

> 予以万机之暇,游息艺文。①

唐太宗认为,文学与音乐、山水、亭台、楼阁一样都是为了适应人的某些生理、心理需要而存在的,它们的功能都是供人于闲暇时娱悦情性的:

> 故观文教于六经,阅武功于七德;台榭取其避燥湿,金石尚其谐神人。

只要别求之太过:

> 皆节之于中和,不系之于淫放。②

由于唐太宗只是将诗歌视为一种游戏、娱乐的工具,所以在他眼中,文学对治道本就无多少帮助:

> 只如梁武帝父子及陈后主、隋炀帝,亦大有文集,而所为多不法,宗社皆须臾倾覆。凡人主惟在德行,何必要事文章耶?③

因为文章作得再好,再如何体现"尧舜之道",也无助于实际政治:

> 朕观《隋炀帝集》,文辞奥博,亦知是尧、舜而非桀、纣,然行事何其反也!④

---

① 《旧唐书·令狐德棻传》附《邓世隆传》亦云:"(唐太宗)于听览之暇,留情文史。叙事言怀,时有构属。"
② 唐太宗:《帝京篇序》,吴云、冀宇校注:《唐太宗全集校注》,天津古籍出版社,2004年,第3页。
③ 吴兢撰,谢保成集校:《贞观政要集校》卷第七,中华书局,2003年,第388页。
④ 《资治通鉴》卷一九二,《唐纪》八,第6053页。

所以，唐太宗对诗歌只是取其娱乐、审美功能，并不像魏徵等人看重"明道"的社会政治功用。

唐初诸史臣对齐、梁、陈、隋宫体诗大肆攻击的另一个原因，是他们认为梁、陈诗歌还是"亡国之音"。魏徵在《陈书·后主本纪》史臣论云：

> 古人有言，亡国之主，多有才艺，考之梁、陈及隋，信非虚论。然则不崇教义之本，偏尚淫丽之文，徒长浇伪之风，无救乱亡之祸矣。①

李百药《北齐书·文苑传序》谓：

> 江左梁末，弥尚轻险，始自储宫，刑乎流俗，杂滛㵫以成音，故虽悲而不雅。爰逮武平，政乖时蠹，唯藻思之美，雅道犹存，履柔顺以成文，蒙大难而能正。原夫两朝叔世，俱肆淫声，而齐氏变风，属诸弦管，梁时变雅，在夫篇什。莫非易俗所致，并为亡国之音；而应变不殊，感物或异，何哉？盖随君上之情欲也。②

魏徵在《隋书·文学传序》中也说：

> 梁自大同之后，雅道沦缺，渐乖典则，争驰新巧。……其意浅而繁，其文匿而彩，词尚轻险，情多哀思。格以延陵之听，盖亦亡国之音乎！③

他们的这种观点，从表面看，似乎只是对南朝诗歌的抨击，其实背面隐藏着的却是一种不可告人的文化报复心理。自南北分治之

---

① 《陈书》卷六，《后主本纪》。
② 《北齐书》卷四十五，《文苑传序》。
③ 《隋书》卷七十六，《文学传序》。

后,当时中原地区的世家大族多随晋室南渡了,也将高度发达的黄河文明移植到了江左,并在江南秀美、温润的文化土壤中得到进一步的发展。而占据中原的则是尚处于游牧时代、较为原始的少数民族,他们除了耀扬武力外,几无文化传统可言。虽然历经北魏、北齐、北周三朝推行汉化政策,然到南北朝后期,其文明程度仍远远落后于江左,南朝文学所取得的高度艺术成就,也令其望项背而莫及。在南北对峙的情况下,北朝统治者除了向《尚书》求援,期以古拙的"文风"与江南精致、华美的诗歌相抗衡,再就是不遗余力地以"复古明道"的口号攻击南朝诗风。但他们不管采取何种方式以对付南人文学超过远甚的难堪局面,都无法掩饰内心极度的文化自卑心理。但是,历史的大变迁却给了北人一次文化报复的机会。由于江左士族文化畸形发展,带来了政治上的昏庸和军事上的羸弱,导致文化落后者反而击垮了文化发达者,造成了政治上南并于北的局面。在取得了军事上的绝对胜利和政治上的完全统治之后,关陇集团开始用"关中本位政策"对失败了的江南贵族们的文化大加挞伐了,而失败者昔日的文化优势竟成了今日被批判的口舌!于是乎,"清谈误国""诗赋误国"便成了唐初关陇集团中人津津乐道的话题。这种论调背后隐藏着胜利者的文化报复心理,也直接反映了他们对文学艺术本质自以为是的错误认识。

作为一代英主的唐太宗,并没有被本集团中人普遍的政治优势感及其所带来的文化报复心理所感染,而是对南朝文化和齐梁诗歌表现出异于他人的较通达的认识。在他看来,导致梁、陈、隋亡国的原因并不能归咎于文学,而是政治失道。他这样看待梁之覆亡:

> 至如梁武帝父子,志尚浮华,惟好释氏、老氏之教,武帝末年,频幸同泰寺,亲讲佛经,百寮皆大冠高履,乘车扈从,终日谈

说苦空,未尝以军国典章为意。及侯景率兵向阙,尚书郎已下,多不解乘马,狼狈步走,死者相继于道路,武帝及简文卒被侯景幽逼而死。孝元帝在江陵,为万纽于谨所围,帝犹讲《老子》不辍,百寮皆戎服以听,俄而城陷,君臣俱被囚縶。庾信亦叹其如此,及作《哀江南赋》,乃云:"宰衡以干戈为儿戏,缙绅以清谈为庙略。"此事亦足为鉴戒。①

应该说,唐太宗此论是极为公允的,也击中了梁朝政治的要害。

唐太宗认为,文学的社会政治功用是微乎其微的,它既无助于治国,又不能导致误国。《贞观政要》卷七载:

> 太宗曰:"礼乐之作,是圣人象物设教,以为撙节,治政善恶,岂此之由?"御史大夫杜淹对曰:"前代兴亡,实由于乐。陈将亡也,为《玉树后庭花》;齐将亡也,而为《伴侣曲》。行路闻之,莫不悲泣,所谓亡国之音。以是观之,实由于乐。"太宗曰:"不然,夫音声岂能感人?欢者闻之则悦,忧者听之则悲。悲悦在于人心,非由乐也。将亡之政,其人必苦,然苦心所感,故闻而则悲耳。何有乐声哀怨,能使悦者悲乎?今《玉树》《伴侣》之曲,其声具存,朕当为公奏之,知公必不悲耳。"②

唐太宗首先割断了音乐与政治之间的必然联系,明确指出音乐与为政之善恶无关,它既不能助成善政,也不能导致恶政。其次,唐太宗针对"前代兴亡,实由于乐"的错误观点进行了有力的反驳。他认为,所谓的"悲"、"哀",都是人本身具有的心理感受和情绪状态,"悲悦在于人心"。在音乐欣赏过程中,起决定作用的是"人心",而

---

① 吴兢撰,谢保成集校:《贞观政要集校》卷第六,第330—331页。
② 吴兢撰,谢保成集校:《贞观政要集校》卷第七,第417页。

非乐曲。同样一首曲子,心情悲伤、哀怨的人听到,就会觉得悲哀;心情欢乐、愉快的人听到,却会觉得欢愉。而且,陈、北齐之所以多哀思之音,也并非由于《玉树后庭花》和《伴侣曲》等乐曲声调哀怨,而是当时人们的心情本来就很悲伤,而人们心情悲伤又根源于陈后主、齐东昏侯的昏庸失政。是他们的失政,导致了国之将亡;国之将亡,其人心必苦;以苦心去听乐,自然会觉得音乐中也充满悲意和哀思了。由此看来,唐太宗的这番分析,真可谓一针见血,彻底击中了"乐能亡国"论调的要害。因为在当时,"诗"和"乐"是相通的,加上唐太宗这里所讨论的《玉树后庭花》和《伴侣曲》既是乐又是诗,所以我们从中也可以看出,唐太宗对那种视梁、陈、隋宫体诗是"亡国之音"的观点也应是难以苟同的。

　　由前文可知,魏徵等人之所以视梁、陈宫体诗为"亡国之音",尚有怕"亡国之音"复活于新朝之意图,怕齐梁华艳、绮靡的诗风断送了李唐王室刚刚建立起来的王道霸业。但唐太宗对齐梁诗风却没有如此之恐惧,这除了因为他对齐梁诗歌有了较之他人更为真切的认识和了解,避免了一些由于无知和恶意带来的主观偏见,还因为他对自己的治政能力具有极强的自信。从起兵举事到夺得帝位,唐太宗一直比较顺利。贞观初,当他着手治理统一了的大唐帝国时,对前途同样充满了信心。他坚信只要君臣一心,上下合力,以民为本,推行德政,是能将国家治理好的[①]。而且,事实正是如此。在距隋末大乱不到二十年的贞观初,全国就已经出现了升平景象。在这样大好的政治形势下,唐太宗认为,适当地吟咏诗文,哪怕是齐梁宫体之风,也绝不会导致亡国的。所以他在和杜淹辩论时,就敢于当众演奏《玉树后庭花》和《伴侣曲》,不怕他们听时感到悲哀。因

[①] 吴兢撰,谢保成集校:《贞观政要集校》卷第一,第43页。

为他知道自己的政治很得人心,所以即使现在"为公奏之,知公必不悲耳"。因此,在唐太宗对齐梁诗风持一份欣赏、回护乃至仿作的态度的背后,尚有充分的政治自信心在支撑着他。

通过上文一系列的考察和分析,我们可以初步得出一个结论:唐太宗虽然出身于关陇集团,却在很大程度上克服了这一集团相沿已久的抨击和摒弃江左齐梁诗风的文化偏见,对齐梁诗风表现出较为通脱的文学态度。

二、唐太宗贞观早期作品与齐梁诗风之关系

接下来,我们将结合唐太宗的诗歌创作,进一步探讨他与齐梁诗风之间的复杂关系。

就唐太宗现存的全部诗作来看,其创作题材和艺术风貌基本未脱齐梁诗歌的窠臼,但是,唐太宗的诗又未一仍齐、梁、陈、隋宫体之旧,而是有其个人和时代特点,且这些特点又有一定阶段性的变化。

武德和贞观前期,唐太宗的诗多写军旅、征战生活以及对昔日战争场景的回忆。如本节第一部分所述,关陇集团虽然有骁勇、尚武的文化传统,却甚少有表现这种文化传统的诗歌作品,所以唐太宗要想表现自己的征战生活,也只有到江左宫廷诗人的同类作品中汲取艺术养料了。

《饮马长城窟行》可能是唐太宗现存诗中作年最早[1]的一首。此诗虽为汉乐府旧题,然汉魏诗人均未用此题吟咏军旅、征战生活。唐吴兢《乐府古题要解》云:

> 右(《饮马长城窟》)古词:"青青河边草,绵绵思远道。"伤

---

[1] 吴云、冀宇将此诗列于《帝京篇十首》之后,认为约作于贞观四年(630)。参《唐太宗全集校注》此诗注[1],第15页。

良人流宕不归。或云蔡邕之词。若陈琳"水寒伤马骨",则言秦人苦长城之役也。①

开始用此题描述征战、军旅生活,使诗歌带上刚健、苍莽之气的恰恰是南朝诗人,而且还是那些被后人目为诗风最为华艳、绮靡的齐、梁、陈、隋宫廷诗人们:

  沈约:《饮马长城窟》("介马渡龙堆")
  张正见:《饮马长城窟行》("秋草朔风惊")
  陈叔宝:《饮马长城窟行》("征马入他乡")
  王褒:《饮马长城窟》("北走长安道")
  杨广:《饮马长城窟行示从征群臣》("肃肃秋风起")

如果我们将这五首诗作与唐太宗的同题之作比较一下,就会发现,后者是对前者较幼稚、粗糙的模仿。唐太宗诗与杨广之作渊源关系尤为密切,两诗篇章结构之关系可见下表:

饮马长城窟行示从征群臣		饮马长城窟行	
杨广		李世民	
肃肃秋风起,	悠悠行万里。	塞外悲风切,	交河冰已结。
万里何所行,	横漠筑长城。	瀚海百重波,	阴山千里雪。
岂台小子智,	先圣之所营。		
树兹万世策,	安此亿兆生。		
讵敢惮焦思,	高枕于上京。		
北河秉武节,	千里卷戎旌。	迥戍危烽火,	层峦引高节。
山川互出没,	原野穷超忽。		

---

① 吴兢:《乐府古题要解》卷下,丁福保辑:《历代诗话续编》上册,中华书局,1983年,第45页。

饮马长城窟行示从征群臣		饮马长城窟行	
挽金止行阵，	鸣鼓兴士卒。		
千乘万骑动，	饮马长城窟。	悠悠卷旆旌，	饮马出长城。
秋昏塞外云，	雾暗关山月。	寒沙连骑迹，	朔吹断边声。
缘严驿马上，	乘空烽火发。		
借问长城候，	单于入朝谒。		
浊气静天山，	晨光照高阙。	胡尘清玉塞，	羌笛韵金钲。
释兵仍振旅，	要荒事方举。	绝漠干戈戢，	车徒振原隰。
饮至告言旋，	功归清庙前。	都尉反龙堆，	将军旋马邑。
		扬麾氛雾静，	纪石功名立。
		荒裔一戎衣，	灵台凯歌入。

唐太宗诗在篇幅、体制上均有追踵杨诗之意，然谋篇、布局不若杨诗精妙，诗境上更无杨诗之自然、浑成。唐太宗之作，前四句描写北地苦寒之状，涉及塞外、交河、瀚海、阴山等地名；第五句至第十句，方写"饮马出长城"，于时空有所混乱，不合情理。其次，此诗前半较朴质、浑厚，后半忽变雕饰、华丽，整首诗意境、风格皆不和谐、统一。再次，后六句极言其建功立业之决心及凯旋而归、功成受赏之理想，却又显得繁冗、杂驳，有堆砌之感：

> 都尉反龙堆，将军旋马邑。
> 扬麾氛雾静，纪石功名立。
> 荒裔一戎衣，灵台凯歌入。

相比之下，杨广之作结尾处：

> 浊气静天山，晨光照高阙。
> 释兵仍振旅，要荒事方举。

>　　饮至告言旋,功归清庙前。

则显得流畅、自然,有水到渠成之妙。

　　《入潼关》作于隋大业十三年(617)。据《旧唐书·太宗本纪》,本年灭宋老生,"至河东,关中豪杰争走赴义。太宗请进师入关"。此诗第一、二句云:

>　　崤函称地险,襟带壮两京。

确实写出了潼关的险要、雄壮,然这不是唐太宗的艺术创造,而是袭自陈朝宫廷诗人集中。张正见《帝王所居篇》云:

>　　崤函惟帝宅,宛雒壮皇居。

陈后主叔宝《入隋侍宴应诏诗》中亦云:

>　　日月光天德,山河壮帝居。

虽然唐太宗几乎生吞活剥了张、陈二诗,倒也不显得别扭,而是较自然熨帖。接下来四句:

>　　霜峰直临道,冰河曲绕城。
>　　古木参差影,寒猿断续声。

其中以"霜峰""冰河""古木""寒猿"等典型物象,描写潼关一带的萧瑟、苦寒之景,写法也是从南朝诗人的征战诗中学来的。中四句云:

>　　冠盖往来合,风尘朝夕惊。
>　　高谈先马度,伪晓预鸡鸣。

写唐太宗经过一番争论、苦谏后方得入关的实情①。"高谈"是用曹

---

① 参《旧唐书·太宗本纪》、《旧唐书·高祖本纪》。

操、马超潼关之役的典故,"伪晓"亦使事,以言入关之出其不意。最后四句:

> 弃繻怀远志,封泥负壮情。
> 别有真人气,安知名不名。

抒写了唐太宗入关后义无反顾,立志攻取关中,建立一世英名的豪情壮志。虽然此诗在写景上多沿袭南朝诗法,用典使事亦多,然写景已稍得齐梁体之精髓,情景结合稍好,用典使事也较自然、贴切,所以艺术性明显高于《饮马长城窟行》。

《新唐书·北狄传》记载:

> (契丹)武德中,其大酋孙敖曹与靺鞨长突地稽俱遣人来朝,而君长或小入寇边。后二年,君长乃遣使者上名马、丰貂。贞观二年,摩会来降。突厥颉利可汗不欲外夷与唐合,乃请以梁师都易契丹。……明年,摩会复入朝,赐鼓纛,由是有常贡。①

据此,唐太宗《执契静三边》当作于贞观三年(629)。此诗虽为征边、拓疆题材,诗风却与前两诗迥异:一、遣辞极为雕饰、华丽,不复如前诗浑朴、质直,如诗中云:"玉彩辉关烛,金华流日镜","皎佩星连景,飘衣云结庆","烟波澄旧碧,尘火息前红。霜野韬莲剑,关城罢月弓",等等。二、炫耀帝王身份,为自己显扬功德,骄矜之气溢满全诗,结以国势升平、普天同庆的欣喜。整首诗风格富丽,情韵流转,标志着唐太宗的征战诗已初步形成富丽的风格,然也意味着他的诗也不再具有南朝边塞诗题材作品中固有的刚健之气、苍莽之境了。

贞观初,唐太宗还作了一些回忆其昔日征战生活的诗歌。《新唐书·礼乐志》:

---

①《新唐书》卷二一九,《契丹传》。

太宗生于庆善宫,贞观六年幸之,宴从臣,赏赐闾里,同汉沛、宛。帝欢甚,赋诗,起居郎吕才被之管弦,名曰《功成庆善乐》。

唐太宗《幸武功庆善宫》即作于此时:

寿丘惟旧迹,酆邑乃前基。
粤予承累圣,悬弧亦在兹。
弱龄逢运改,提剑郁匡时。
指麾八荒定,怀柔万国夷。
梯山咸入款,驾海亦来思。
单于陪武帐,日逐卫文㮰。
端扆朝四岳,无为任百司。
霜节明秋景,轻冰结水湄。
芸黄遍原隰,禾颖积京畿。
共乐还乡宴,欢比《大风诗》。

在此诗中,唐太宗回忆了自己南征北战、艰苦创业、统一天下的历程,以汉高祖刘邦还乡作《大风诗》自况。然太宗此诗之境界,却委实不及汉高祖《大风诗》豪放、阔大。唐太宗的豪情壮志,被诗中冗长的铺叙和枯燥的议论、繁杂的典故冲淡了不少,剩下的也只是"共乐还乡宴,欢比《大风诗》"这样牵强的比附、苍白的抒情。应该说,唐太宗的艺术素养比汉高祖要高得多,然太宗此作之境界及艺术感染力,却远逊于汉高祖《大风诗》。原因之一,就是唐太宗陷入齐梁诗歌创作的泥淖中越来越深,以至徒以使典隶事、雕饰藻丽为务,失却了他在《饮马长城窟行》《入潼关》等诗中尚存的真情实感。

另外,像《重幸武功》《经破薛举战地》《过旧宅二首》《还陕述怀》等诗,在表现内容和艺术风格上都与《幸武功庆善宫》类似。其中《过旧宅二首》较引人注目:

其一

新丰停翠辇,谯邑驻鸣笳。
园荒一径断,苔古半阶斜。
前池消旧水,昔树发今花。
一朝辞此地,四海遂为家。

其二

金舆巡白水,玉辇驻新丰。
纽落藤披架,花残菊破丛。
叶铺荒草蔓,流竭半池空。
纫佩兰凋径,舒圭叶翦桐。
昔地一蕃内,今宅九围中。
架海波澄镜,韬戈器反农。
八表文同轨,无劳歌大风。

陈岩肖《庚溪诗话》云:

> 唐文皇既以武功平隋乱,又以文德致太平,于篇咏尤其所好。如曰:"昔乘匹马去,今驱万乘来。"辞气壮伟,固人所脍炙。又尝观其《过旧宅》诗曰:"新丰停翠辇,谯邑驻鸣笳。一朝辞此去,四海遂成家。"盖其诗语与功烈真相副也。①

胡震亨也认为:

> 如"一朝辞此地,四海遂为家","昔乘匹马去,今驱万乘来",与风起云扬之歌,同其雄盼,自是帝者气象不侔。②

"昔乘匹马去,今驱万乘来",出自唐太宗《题河中府逍遥楼》。全诗

---

①陈岩肖:《庚溪诗话》卷上,丁福保辑:《历代诗话续编》上册,第165—166页。
②胡震亨:《唐音癸签》卷五,第43页。

不存,唯留此二句,确乎表现了一些帝王气象,具有旷放、阔大的诗境。但是,如果说此二句及《过旧宅二首》可与汉高祖的《大风歌》气势、境界相侔,"同其雄盼",则显然是对唐太宗的溢美。我认为,还是《艺苑卮言》的评价比较中肯:

> 唐文皇手定中原,笼盖一世,而诗语殊无丈夫气,习使之也。"雪耻酬百王,除凶报千古。""昔乘匹马去,今驱万乘来。"差强人意,然是有意之作。①

关键就在于唐太宗是"有意"为之,"昔乘"、"今驱"、"匹马"、"万乘",巧则巧矣,然终觉有人为雕琢痕迹在,不若汉高祖之歌粗犷、豪放、宏远。唐太宗"诗语无丈夫气",王士禛归于"习使之也",颇有见地。这"习",其实就是齐梁以来文人诗中常见的藻饰之气、新巧之习。唐太宗撷拾了南朝诗人写征战、边地生活的创作题材,同时又为齐梁宫廷诗人重藻饰、尚工巧的创作时尚所拘束,丧失了此类诗中应有的刚健、浑朴之风。

到贞观中,唐太宗诗的艺术风貌发生了更大的变化,题材由以前多写军旅、征战生活,转为吟赏风月、感时应景,风格由宏丽易为缛丽。在现存《唐太宗集》中,感时应景、吟咏风月之诗多达五十多首,数量远远超过了其他题材的诗作,大有"连篇累牍,不出月露之形,积案盈箱,唯是风云之状"②的架势。事实上,唐太宗的此类诗作,正是步趋齐梁宫廷诗人的创作路数而来的。

锺嵘《诗品序》云:

> 颜延、谢庄,尤为繁密,于时化之。故大明、泰始中,文章殆

---

① 王世贞:《艺苑卮言》卷四,丁福保辑:《历代诗话续编》中册,第1003页。
② 《隋书》卷六六,《李谔传》。

同书抄。近任昉、王元长等,词不贵奇,竞须新事。尔来作者,寝以成俗。遂乃句无虚语,语无虚字,拘挛补衲,蠹文已甚。①

这种追求繁密、缛丽的风气从刘宋颜延之开始,发展到齐梁,蔚成诗坛时尚。《南齐书·文学传》也记载了当时诗坛的一种创作风气:

缉事比类,非对不发,博物可嘉,职成拘制。或全借古语,用申今情,崎岖牵引,直为偶说。唯睹事例,顿失清采。②

因此,南朝尤其是齐梁时期文人咸以富博相尚,诗歌皆以繁缛为美。随着这种数典隶事之风的流行,当时编纂类书的风气也盛极一时。据有关史籍记载,齐梁时编纂的大型公私类书有《皇览》六百八十卷、《四部要览》千卷、《类苑》一百二十卷、《华林遍略》七百卷、《长春义记》一百卷、《法宝连璧》三百卷等。这些类书大多义以类聚,事以群分,目的皆是为文人们提供隶事属对之助,在某种程度上,也对齐梁宫廷诗风起到了推广、普及的作用。

唐太宗虽然出身于关陇集团,少小不精学业,但他在与江南文人的长期接触中,对南人知识的博洽和诗文的缛丽也表现出由衷的艳羡和赞赏。唐太宗曾说:

夫人虽禀定性,必须博学以成其道,亦犹蜃性含水,待月光而水垂;木性怀火,待燧动而焰发;人性含灵,待学成而为美。③

所以他十分看重博识之士,并虚心向他们请教。

在唐太宗所延揽的江南文士中,褚亮是"好学善属文,博览无所

---

① 锺嵘著,曹旭集注:《诗品集注》,上海古籍出版社,1994年,第180—181页。
② 《南齐书》卷五十二,《文学传论》。
③ 吴兢撰,谢保成集校:《贞观政要集校》卷第七,第385页。

不至,经目必记于心"①,其他如袁朗、蔡允恭、陈叔达、岑文本等人,也都是博闻强记之士,赋诗作文妙手。但其中最为太宗赏识的还要数虞世南。《贞观政要》卷二云:

> 贞观初,太宗引(虞世南)为上客,因开文馆,馆中号为多士,咸推世南为文学之宗。②

褚亮在《十八学士赞》中如此评价虞世南:

> 笃行扬声,雕文绝世;网罗百世,并包六艺。③

《新唐书·虞世南传》评虞氏兄弟:

> (虞)世基辞章清劲过(虞)世南,而赡博不及。④

可见虞世南确实是当时文士中知识最为淹博的,而唐太宗所看重的也正是他的博识和文辞。《旧唐书·虞世南传》云:

> 太宗重其博识,每机务之隙,引之谈论,共观经史。⑤

《贞观政要》卷二又云:

> 太宗尝称世南有五绝:一曰德行,二曰忠直,三曰博学,四曰词藻,五曰书翰。⑥

不过,对于热心于齐梁体创作的唐太宗来说,虞世南最重要的恐怕还是"博学"和"辞藻"。《大唐新语》卷八记载:

---

① 《旧唐书》卷七二,《褚亮传》。
② 吴兢撰,谢保成集校:《贞观政要集校》卷第二,第74页。
③ 《全唐文》卷一四七。
④ 《新唐书》卷一〇二,《虞世南传》。
⑤ 《旧唐书》卷七二,《虞世南传》。
⑥ 吴兢撰,谢保成集校:《贞观政要集校》卷第二,第74页。

>太宗尝出行，有司请载书以从。太宗曰："不须。虞世南在，此行秘书也。"①

虞世南这时成了唐太宗可以随时咨询的"行秘书"了。《隋唐嘉话》则云：

>太宗将致樱桃于郧公，称奉则以尊，言赐又以卑。乃问之虞监。监曰："昔梁帝遗齐巴陵王称饷。"遂从之。②

这次，虞世南则真成了唐太宗的"活类书"了。非独如此，虞世南作秘书监时，为了满足像唐太宗这样的不太熟谙典故、类事的人作诗属文的需要，还"于省后堂集群书可为文章用者，号为《北堂书钞》"③。唐太宗本人对编撰类书也十分热心，现存的类书如《北堂书钞》和《艺文类聚》只占贞观时此类著作的极小部分，当时大型的类书还有一千卷的《文思博要》。另外，太宗的重臣如房玄龄、魏徵、岑文本、许敬宗也都参加过此类工作，可见唐太宗的重视程度。当然，唐太宗赏识虞世南、热心类书编纂，并不全是为了写作齐梁体诗歌，但无疑有助于他创作齐梁体诗歌。太宗曾说，虞世南"与我犹为一体"，虞世南死后，太宗作诗一篇，追思昔日与虞世南赓和唱酬、君臣相得的情形，不由得慨叹道：

>钟子期死，伯牙不复鼓琴。朕之此诗，将何以示？④

弄清了唐太宗写诗时亦如齐梁诗人是沉浸在一种以博洽为高、以繁缛为美的创作氛围中，我们便更能理解唐太宗何以因袭齐梁以来以

---

① 刘肃撰，许德楠、李鼎霞点校：《大唐新语》卷之八，第117页。
② 刘𫗧撰，程毅中点校：《隋唐嘉话》卷中，第16页。
③ 王谠撰，周勋初校证：《唐语林校证》卷二，中华书局，1987年，第174页。
④ 《旧唐书》卷七二，《虞世南传》。

丽缛为美的创作风尚而不改了。

闻一多先生曾经说过：

> 我们若要明白唐初五十年的文学，最好的方法也是拿文学和类书排在一起打量。①

其实，研究齐梁迄于唐初的宫廷诗歌都可以用此法，因为齐梁以来密丽、繁缛的诗风与类书实在有着极为密切的关系，以至于闻一多先生说"唐初五十年间的类书是较粗糙的诗，他们的诗是较精密的类书"②，也并不过分。但我认为，此法尤其适用于研究唐太宗集中的那些感时应景、吟花草弄风月的小诗。这不仅是因为此类题材的作品在齐梁时本来就有类书诗之嫌③，而且唐太宗此类诗作确实得益于当时类书，保存之者亦为唐代类书。苏轼书潭州石刻云：

> 唐太宗作诗至多，亦有徐庾风气，而世不传，独于《初学记》时时见之。④

翻开《初学记》，赫然列于各词目之下"诗"类首要位置的，确实就有唐太宗的那些吟赏风月、感时应景的徐庾体小诗。

按理说，唐太宗写诗时参考的类书多是齐梁以来已编成的《类苑》《华林遍略》之类，不太可能是贞观中才编成的《北堂书钞》，更不可能是玄宗时才编出的《初学记》，但是，齐梁类书现皆不存，我们亦可用后出的《北堂书钞》《初学记》与之对读，因为当时这些类书只存在收书范围的宽狭及辞目的多寡，体例和性质都大同小异，更不用说关于一些时令、节物的最普遍、常用的典故、事类，各类书

---

① 闻一多：《类书与诗》，参氏著《唐诗杂论》，上海古籍出版社，1998年，第2页。
② 闻一多：《类书与诗》，参氏著《唐诗杂论》，第5页。
③ 参本书前引萧子显《南齐书·文学传》中语。
④ 洪迈撰，孔凡礼点校：《容斋随笔》，中华书局，2005年，第746页。

中都是有的。所以闻一多先生说：

> 这里《初学记》虽是开元间的产物，但实足以代表较早的一个时期的态度。①

下面我们就将《初学记》卷三"岁时部""秋"下所载唐太宗《秋日》诗中的物象拆散开来，以寻求这些物象与《北堂书钞》②、《初学记》③中关于"秋"的"叙事"、"事对"中有关辞条之间的关系：

> 爽气澄兰沼，秋风动桂林。

"爽气"，《北堂书钞》："风辽气爽。""兰沼"，《北堂书钞》："兰飞馨。""秋风动桂林"，《初学记》"振条风"下注："秋风兮萧萧，舒芳兮振条。""桂林"，《北堂书钞》："桂枝落。"

> 露凝千片玉，菊散一丛金。

"露凝"，《北堂书钞》："白露霏以静降"；《初学记》："凝露"，"珠露"。"菊散一丛金"，《北堂书钞》："秋菊黄华。"

> 日岫高低影，云空点缀阴。

"日岫"句，《初学记》引汉繁钦《秋思赋》："潜白日之玄阴兮。""云空"句，《北堂书钞》："云高飞静。"

> 蓬瀛不可望，泉石且娱心。

此二句反用悲秋之意，故作超脱、旷达之语。经过此番拆解、对读，我们大致可以想象出唐太宗作此类诗作的写作程序。当他准备吟咏"秋日"时，脑中浮现的首先是关于"秋日"的典型意象。而这些

---

① 闻一多：《类书与诗》，参氏著《唐诗杂论》，第5页。
② 虞世南编撰：《北堂书钞》卷第一百五十四，中国书店，1989年据光绪十四年南海孔氏刊本影印，第660—663页。
③ 徐坚等：《初学记》第三卷，中华书局，1962年，第52—58页。

意象多是前人诗、文、赋中吟咏过的,当时的类书中也都一一排列在"秋"条目下面,且有的类书如《北堂书钞》和《初学记》都加工成了"事对"。这些"事对"几乎是"秋日"诗的半成品了,翻检到它们,将之做适当的语序调整、字词排列,再注意上下句间的声调相异、词义对仗,就能组合成一幅完整的五言对句,拼上韵脚,再安上一头一尾,就成了一首《秋日》诗了。

事实上,不只是唐太宗此诗,即便齐梁以来诸多的感时应景、吟咏风月的小诗,也大多是按照这样一个程序作成的,故许多诗作物象雷同、意境类似,其艺术性的高低则主要体现在"缉事比类"时的精粗、工拙方面,以及能否恰当地融入自己的"性灵"和情趣了。

我们下面再用庾信的《晚秋》诗与唐太宗《秋日》诗进行一下比较,以见诗艺之高下、诗情之有无①:

晚秋	秋日
庾信	唐太宗
凄清临晚景,疏索望寒阶。	爽气澄兰沼,秋风动桂林。
平平平上上,平入去平平。	上去平平仄,平平去平平。
湿庭凝坠露,抟风卷落槐。	露凝千片玉,菊散一丛金。
入平平去去,平平上入平。	去平平去入,入上入平平。
日气斜还冷,云峰晚更霾。	日岫高低影,云空点缀阴。
入去平平上,平平上去平。	入去平平上,平平上去平。
可怜数行雁,点点远空排。②	蓬瀛不可望,泉石且娱心。
上平去平去,上上上平平。	平平仄仄仄,平仄仄平平。

---

① 此二诗从声律上说,一为讲究二五字异四声的永明体,一为讲究二四字异平仄的唐代新体诗,但是唐太宗诗的颈联则不仅字面上受到庾信诗的启发,而且声律安排上也完全相同,可见唐太宗作此诗时,应该是效仿了庾信诗。
② 徐坚等:《初学记》第三卷,第57页。

庾信此诗中的物象,虽然大多也能从类书"秋"条目下找到,这倒不是说庾信写作时一定翻检了类书,只说明此诗之重隶事使典,与唐太宗诗是完全一样的,且二诗都是将关于"秋"的种种典型物象加以排列、缀合而成的,但不同的是,庾诗所择取之物象较和谐、浑融,全诗有统一的风格,即笼罩在晚秋愁怨、凄楚的气氛中,意境凄清;而太宗《秋日》诗虽然有明显受庾信诗启发之处,但显得物象分散,缺少统一的意绪,有堆砌之感,且全诗情景分割,结尾故作旷达,显得较为突兀。

再如,唐太宗有一首《秋日敩(效)庾信体》诗,是特意模仿庾信的一些吟咏风月之作而写的,粗具庾信后期诗歌如《咏画屏风诗二十四首》写景密丽的特色。然庾信此类写景诗是"绮而有质,艳而有骨,清而不薄,新而不尖"①;太宗此诗中的景句:

> 蝉啼觉树冷,萤火不温风。
> 花生圆菊蕊,荷尽戏鱼通。

则显得绮而少质,艳而无骨,清而近薄,新而近尖。难怪王夫之评此诗时要说:

> 轻于子山,密于江令。②

当然,唐太宗的咏物写景上诗也偶有精巧之句。胡应麟曾说:

> 唐人句律有全类六朝者,太宗:"露凝千片玉,菊散一丛金。"③

就认为《秋日》诗这两句已得六朝诗之风韵。另外,如唐太宗《月晦》诗:

---

① 杨慎:《升庵诗话》卷九,丁福保辑:《历代诗话续编》中册,第815页。
② 王夫之评选,王学太校点:《唐诗评选》卷二,文化艺术出版社,1997年,第36页。
③ 胡应麟:《诗薮》,上海古籍出版社,1979年,第62页。

> 笑树花分色,啼枝鸟合声。

《咏桃》诗:

> 向日分千笑,迎风共一香。

《望终南山》诗:

> 出红扶岭日,入翠贮岩烟。

《春池柳》诗:

> 逐浪丝阴去,迎风带影来。

诸诗中句,写景皆奇警新丽,韵律亦自然流转,稍得徐庾体之韵致。

三、唐太宗贞观中后期的作品与齐梁诗风之关系

贞观中后期,随着国势的日渐隆盛,唐太宗骄矜自负的情绪有所抬头。贞观十二年(639),直臣魏徵述太宗近年所得政化时说:

> 若威之所加,远夷朝贡,比于贞观之始,不可等级而言。若德义潜通,民心悦服,比于贞观之初,相去又亦甚远。

然后,他又分析了产生这种现象的原因:

> 昔者四方未定,常以德义为心。旋以海内无虞,渐更骄奢自溢。

并举例说明道:

> 贞观之初,恐人不言,导之使谏。三年已后,见人谏争,悦而从之。一二年来,不悦人谏,虽黾勉听受,而终有难色。[①]

[①] 吴兢撰,谢保成集校:《贞观政要集校》卷第二,第 142 页。

知君莫如臣,尤其是像魏徵这样天天侍奉在太宗左右的直臣。《贞观政要》卷十还记载了一件唐太宗志在奢靡的史实:

> 贞观十二年,太宗东巡狩,将入洛,次于显仁宫,宫苑官司多被责罚。侍中魏徵进言曰:"陛下今幸洛州,为是旧征行处,庶其安定,故欲加恩故老。城郭之民未蒙德惠,官司苑监多及罪辜,或以供奉之物不精,又以不为献食,此则不思止足,志在奢靡。"①

虽然唐太宗每次都对魏徵的直谏表示赞赏,自己也有克制,但其骄矜自满之心仍未见消减。所以魏徵一直忧心忡忡,"恐太宗不能克终俭约",于贞观十三年(640)又上疏,列举了太宗近年的十件"渐不克终"之事。其中第九条有云:

> 顷年已来,微有矜放,恃功业之大,意蔑前王;负圣智之明,心轻当代,此傲之长也。……志在嬉游,情无厌倦,虽未全妨政事,不复专心治道,此乐将极也。②

这是魏徵在世时的情形。

贞观十六年(643)魏徵逝世,此后唐太宗骄逸奢靡、好大喜功的情绪更加滋长。贞观二十二年(649),太宗修建玉华宫,所费以巨亿计。而同年,以在四川发民造船、准备进攻高丽之故,不独造成"民至卖田宅,鬻子女不能供,谷价踊贵,剑外骚然"的严重现象,而且"役及山僚",直接激起雅、邛、眉三州僚人的起义。以至于房玄龄在临死前尚以其未能直谏而自责:

> 吾受主上厚恩,今天下无事,唯东征未已,群臣莫敢谏,吾知而不言,死有余责。

---

①吴兢撰,谢保成集校:《贞观政要集校》卷第二,第145页。
②吴兢撰,谢保成集校:《贞观政要集校》卷第十,第539页。

乃复上表进谏道：

> 陛下功名威德亦可足矣,拓地开疆亦可止矣,……今驱无罪之士卒,委之锋刃之下,使肝脑涂地,独不足愍乎！向使高丽违失臣节,诛之可也；侵扰百姓,灭之可也；他日能为中国患,除之可也。今无此三条而坐烦中国,内为前代雪耻,外为新罗报仇,岂非所存者小,所损者大乎！①

实际上,征高丽也是唐太宗晚年好大喜功的心理发展到极至的产物。

在这种骄矜奢靡、好大喜功心理的影响下,唐太宗除了继续作些吟花草、弄风月的徐庾体小诗外,贞观中又开始热衷于创作典丽雅正、耀扬功德的宴饮唱酬诗。《全唐诗话》云：

> 太宗尝谓唐俭："酒杯流行,发言可喜。"是时,天下初定,君臣俱欲无为,酒杯善谑,理亦有之。②

较准确地揭示出了唐太宗喜作宴饮诗的心理。

《册府元龟》卷一〇九云：

> （贞观三年十一月）戊子,（太宗）宴突利可汗及群臣三品以上于中华殿,帝赋七言诗,极欢而罢,赐杂彩各有差。③

《两京记》将此事记于贞观五年（631）,且谓诗为"柏梁体"④。"柏梁体"自汉代以来,一直就是君臣赓和、歌功颂德的一种诗体。唐太

---

① 《资治通鉴》卷一九九,《唐纪》十五,第 6260 页。
② 何文焕辑：《历代诗话》上册,中华书局,1981 年,第 65 页。
③ 王钦若等编纂,周勋初等校订：《册府元龟》卷一〇九,凤凰出版社,2006 年,第 1190 页。
④ 据吴云、冀宇考证,《两京记》谓事在贞观五年（631）是错误的,此诗应写于贞观三年（629）。参《唐太宗全集校注》第 97 页,《两仪殿赋柏梁体》诗注[1]。

宗赋此体,自然也是想借机耀扬一下自己的文治武功。唐太宗起首句云:

> 绝域降附天下平。

这就定下了四海一统、远夷来服的基调,后面接句的群臣也开始歌功颂德了。淮安王李神通继之曰:

> 八表无事悦圣情。

长孙无忌云:

> 云披雾敛天地明。

房玄龄作:

> 登封日观禅云亭。

萧瑀收尾:

> 太常具礼方告成。

全诗典则雅正,不乏音韵之美,充分表现了大功告成、君臣相得的富足心态。

《大唐新语》又云:

> 太宗在洛阳,宴群臣于积翠池。酒酣,各赋一事。

唐太宗所赋为《尚书》,其辞曰:

> 日昃玩百篇,临灯披五典。
> 夏康既逸怠,商辛亦沉湎。
> 恣情昏主多,克己明君鲜。
> 灭身资累恶,成名由积善。

颇以圣主明君自许。然魏徵奉和之作《赋西汉》,则认为太宗尚有

所缺:

> 终藉叔孙礼,方知天子尊。①

而李百药的和诗《赋礼记》:

> 玉帛资王会,郊丘叶圣情。
> 重广开环堵,至道轶金籯。
> 盘薄依厚地,遥裔腾太清。
> 方悦升中礼,足以慰余生。

则全然一派歌颂圣德之音、溢美明君之辞。可见贞观中,除了魏徵未改贞观初敢于犯颜直谏的品格,其他人多迎合了太宗好大喜功、喜听谀辞的心理,在宴饮奉和应制时极尽歌功德之能事。

明人胡震亨曾根据各种史料考出太宗在贞观中后期与群臣赓唱的篇什尚有:

> 《定州赋诗》(十九年征辽班师至州赋)、《幸灵州赋诗》(二十年八月,时北荒悉平,诗勒石)、又《玄武门宴群臣》《正日临朝》《太原守岁》……并有诗,群臣属和。②

在这些篇什中,还数《正日临朝》诗存留的群臣和作最多。太宗原诗五言八韵:

> 条风开献节,灰律动初阳。
> 百蛮奉遐赆,万国朝未央。
> 虽无舜禹迹,幸欣天地康。
> 车轨同八表,书文混四方。

---

① 刘肃撰、许德楠、李鼎霞点校:《大唐新语》卷之九,第 123 页。此事及唐太宗、魏徵君臣所赋诗,《旧唐书·魏徵传》亦载。
② 胡震亨:《唐音癸签》卷二十七,第 282 页。

> 赫奕俨冠盖，纷纶盛服章。
> 羽旄飞驰道，钟鼓震岩廊。
> 组练辉霞色，霜戟耀朝光。
> 晨宵怀至理，终愧抚遐荒。

全诗典丽、整饬，音韵浏亮，对自己治下四海升平、万国朝贺的盛世气象进行了铺张扬厉的描绘，欣喜得意之情溢于言表。颜师古的《奉和正日临朝》五言四韵，典则雅正，充满颂扬之声：

> 七府璇衡始，三元宝历新。
> 负扆延百辟，垂旒御九宾。
> 肃肃皆鹓鹭，济济盛簪绅。
> 天涯致重译，日域献奇珍。

魏徵之作《奉和正日临朝应诏》：

> 百灵侍轩后，万国会涂山。
> 岂如今睿哲，迈古独光前。
> 声教溢四海，朝宗引百川。
> 锵洋鸣玉佩，灼烁耀金蝉。
> 淑景辉雕辇，高旌扬翠烟。
> 庭实超王会，广乐盛钧天。
> 既欣东日户，复咏南风篇。
> 愿奉光华庆，从斯亿万年。

篇幅直追太宗原诗，也对太宗之英明、国势之昌盛发出由衷的赞叹，然结尾仍不改其忠直之性，希望太宗善始善终、永保太平。岑文本的《奉和正日临朝》：

> 时雍表昌运，日正叶灵符。

> 德兼三代礼，功包四海图。
> 蹌跄纷在列，执玉俨相趋。
> 清跸喧辇道，张乐骇天衢。
> 拂蜺九旗映，仪凤八音殊。
> 佳气浮仙掌，薰风绕帝梧。
> 天文光七政，皇恩被九区。
> 方陪瘗玉礼，珥笔岱山隅。

糅金杂玉，富丽堂皇，以日月星辰等瑰奇的物象来歌咏太宗的"皇恩"、"天文"，颇具匠心。杨师道这位宫体诗作手，其《奉和正日临朝应诏》虽然只有四句：

> 皇猷被寰宇，端扆属元辰。
> 九重丽天邑，千门临上春。

但也使得本来意境清新、小巧玲珑的短篇，担负起了润饰鸿业的重任，变得典丽、雅正，虽说使人耳目一新，然终觉不伦不类。李百药的《奉和正日临朝应诏》：

> 化历昭唐典，承天顺夏正。
> 百灵警朝禁，三辰扬旆旌。
> 充庭富礼乐，高燕齿簪缨。
> 献寿符万岁，移风韵九成。

亦为典丽、雅正的颂体诗，但其属对之精工、隶事之贴切，则显是他人之作所不及的。以上是从《全唐诗》中翻检到的群臣奉和太宗《正日临朝》的作品，当时实际参加赓和的群臣当不止这些人，只不过可能散失罢了。但从中也可想见当时上好下效、影从唱酬，朝廷之上竞作典丽、雅正的"颂体诗"的热闹景象。

我们最后再来看一下唐太宗的名作《帝京篇》十首。明人胡震亨云：

> 唐初惟文皇《帝京篇》，藻赡精华，最为杰作。视梁、陈神韵少减，而富丽过之。无论大略，即雄才自当驱走一世。然使三百年中律有余，古不足，已兆端此矣。①

对唐太宗此诗极为赞赏。另外，就连认为太宗诗"殊无丈夫气"的王世贞也觉得"《帝京篇》可耳"②。然而，唐太宗的《帝京篇》是否真如这两位先贤所评论的那样好呢？

《大唐新语》卷八云：

> 太宗尝制《帝京篇》，命其（指李百药）和作，叹其精妙，手诏曰："卿何身之老而才之壮？何齿之宿而意之新？"③

《旧唐书·李百药传》系此事于李百药"年老致仕"后。李百药之致仕，是在贞观十一年（637）后数岁，而此时正是唐太宗日益骄矜自负，喜与臣下宴饮赓和的时候，所以他作《帝京篇》，命李百药并作，也就不奇怪了。

在《帝京篇序》中，唐太宗除了阐明其"游息艺文"的文学观，还着重强调了他反对"释实求华，以人从欲，乱于大道"的雅志，且此诗十首均是为了阐发其"雅志"而作。

其一：

> 秦川雄帝宅，函谷壮皇居。
> 绮殿千寻起，离宫百雉余。

---

① 胡震亨：《唐音癸签》卷五，第43页。
② 王世贞：《艺苑卮言》卷四，丁福保辑：《历代诗话续编》中册，第1003页。
③ 刘肃撰，许德楠、李鼎霞点校：《大唐新语》卷之八，第123页。

> 连甍遥接汉,飞观迥凌虚。
> 云日隐层阙,风烟出绮疏。

极写"帝宅"、"皇居"的富丽堂皇。首联"秦川雄帝宅,函谷壮皇居",与其早年之作《入潼关》中起首两句"崤函称地险,襟带壮两京"大同小异,俱是袭陈朝宫廷诗人张正见《帝王所居篇》首联"崤函惟①帝宅,宛雒壮皇居"、陈叔宝《入隋侍宴应诏诗》中首联"日月光天德,山河壮帝居",且这次只改动了几个字,因袭得更彻底。接下来的景物描写,藻丽雕饰,雍滞不畅,且描写琐碎,有景无情。

其二:

> 岩廊罢机务,崇文聊驻辇。
> 玉匣启龙图,金绳披凤篆。
> 韦编断仍续,缥帙舒还卷。
> 对此乃淹留,欹案观坟典。

叙其于日理万机之余,游息艺文之事,稍见其崇文之情,藻绘精工。

其三:

> 移步出词林,停舆欣武宴。
> 琱弓写明月,骏马疑流电。
> 惊雁落虚弦,啼猿悲急箭。
> 阅赏诚多美,于兹乃忘倦。

由文及武,其中"惊雁落虚弦,啼猿悲急箭",稍新警,然是袭庾信《冬狩行四韵连句应诏诗》"惊雉逐鹰飞,腾猿看箭转"二句而来。

---

① 惟,《文苑英华》作"雄"。当为"雄",形近而讹。

其四：

> 鸣笳临乐馆，眺听欢芳节。
> 急管韵朱弦，清歌凝白雪。
> 彩凤肃来仪，玄鹤纷成列。
> 去兹郑卫声，雅音方可悦。

由武及乐，前半描写乐馆中急管繁弦、竞奏新声之状，后半却言"去兹郑卫声，雅音方可悦"，真是典型的"劝百讽一"的写法。如果唐太宗果真是雅正之士，乐馆中就根本不会存在这些"郑卫声"了。

其五：

> 芳辰追逸趣，禁苑信多奇。
> 桥形通汉上，峰势接云危。
> 烟霞交隐映，花鸟自参差。
> 何如肆辙迹，万里赏瑶池。

写其游赏禁苑之逸趣，诗中极力敷陈禁苑风物之美，然结尾处仍慨叹此处不若游仙宫，明显与其《序》所说"丰镐可游，何必瑶池之上"的观念相悖。

其六：

> 飞盖去芳园，兰桡游翠渚。
> 萍间日彩乱，荷处香风举。
> 桂楫满中川，弦歌振长屿。
> 岂必汾河曲，方为欢宴所。

渲染翠渚之胜景，继续写其游赏之乐。诗风类齐梁，绮丽繁缛，滞重不空灵。

其七：

> 落日双阙昏,回舆九重暮。
> 长烟散初碧,皎月澄轻素。
> 塞幌玩琴书,开轩引云雾。
> 斜汉耿层阁,清风摇玉树。

欲写日暮时种种闲情逸致,却物象纷杂,意绪间断,诗境不浑成。

其八：

> 欢乐难再逢,芳辰良可惜。
> 玉酒泛云罍,兰殽陈绮席。
> 千钟合尧禹,百兽谐金石。
> 得志重寸阴,忘怀轻尺璧。

故作"乐极悲生"之慨叹,想学曹操式的慷慨忧思,然写出来后却变成了"千钟合尧禹,百兽谐金石。得志看寸阴,忘怀轻尺璧"这样苍白、乏味的表述。

其九：

> 建章欢赏夕,二八尽妖妍。
> 罗绮昭阳殿,芬芳玳瑁筵。
> 佩移星正动,扇掩月初圆。
> 无劳上悬圃,即此对神仙。

由人生苦短到恣情纵放。"无劳上悬圃,即此对神仙",真实流露出太宗此时志在享乐的心情。

其十：

> 以兹游观极,悠然独长想。
> 披卷览前踪,抚躬寻既往。

> 望古茅茨约，瞻今兰殿广。
> 人道恶高危，虚心戒盈荡。
> 奉天竭诚敬，临民思惠养。
> 纳善察忠谏，明科慎刑赏。
> 六五诚难继，四三非易仰。
> 广待淳化敷，方嗣云亭响。

末篇结以自律自勉式的议论，警醒自己："人道恶高危，虚心戒盈荡。"可见太宗非不欲也，而不能也。

总之，《帝京篇》十首在艺术上是有意学齐梁诗，藻绘绮丽，杂以典则雅正之句，但过于富丽；内容上以歌咏游息、赏玩之乐为主，是"劝百讽一"式的作品，并不像《南濠诗话》所云"尤见不自满足"、励精图治。我们如果把唐太宗此诗中的自律语，与魏徵在《十渐不克终疏》中所指出的"虽忧人之言不绝于口，而乐身之事实切于心"①联系起来理解，就能较真切地认识到太宗创作此诗的真正意旨了。

然而，唐太宗对齐梁诗歌的创作风尚也并未亦步亦趋，如梁、陈、隋宫廷文人喜作的艳情诗在现存唐太宗集中就几乎没有，那唐太宗到底有没有写过艳情诗呢？

《大唐新语》卷三载：

> 太宗谓侍臣曰："朕戏作艳诗。"虞世南便谏曰："圣作虽工，体制非雅。上之所好，下必随之。此文一行，恐致风靡。而今而后，请不奉诏。"太宗曰："卿恳诚如此，朕用嘉之。群臣皆若世南，天下何忧不理。"乃赐绢五十匹。②

---

① 吴兢撰，谢保成集校：《贞观政要集校》卷第十，第537页。
② 刘肃撰，许德楠、李鼎霞点校：《大唐新语》卷之三，第41—42页。

据此,唐太宗于贞观中①也曾作过艳诗。而且,太宗作艳诗也是情理中事,因为艳诗本来就是齐梁以来宫廷诗不可或缺的一部分,到唐初诗坛,也还偶有此类作品出现。如褚亮《咏花烛》,就涉及闺中之事,写得香艳绮靡:

> 兰径香风满,梅梁暖日斜。
> 言是东方骑,来寻南陌车。
> 厣星临夜烛,眉月隐轻纱。
> 莫言春稍晚,自有镇开花。

如果说褚亮此诗尚是沿陈、隋宫廷诗风之旧,那出自关陇、山东的北人集中也有艳诗存在,恐怕就不是用积习难返所能完全解释的了。与褚亮等南人相比,当时北人所写的艳诗反而更庸俗、更露骨。如弘农杨氏杨师道,由周入隋,又由隋入唐,是典型的关陇集团中人,其《阙题》极力铺陈宫闱之情,诗中有云:

> 兰丛有意飞双蝶,柳叶无趣隐啼莺。
> 扇里细妆将夜并,风前独舞共花荣。
> 两鬟百万谁论价,一笑千金判是轻。
> 不为披图来侍寝,非因主第奉身迎。
> 羊车讵畏青门闭,兔月今宵照后庭。

就颇为香绮艳丽,以至被人收入《玉台后集》②。其《初宵看婚》诗,更不是一般的艳诗,已有淫诗之嫌了:

---

① 王溥《唐会要》卷六五"秘书省"条,记此事于贞观七年九月二十三日(上海古籍出版社,1991年,第1328页)。
② 李康成编:《玉台后集》,傅璇琮等编:《唐人选唐诗新编》(增订本),中华书局,2014年,第403—404页。

>　　轻啼湿红粉,微睇转横波。
>　　更笑巫山曲,空传暮雨过。

长孙无忌是关陇集团八大柱国的后代,也是李唐起兵时重要武将,更是太宗夺得帝位的第一功臣,可他作起艳诗来也丝毫不让南人,如他的《新曲二首》其二,诗境袭陈思王曹植的《洛神赋》,然辞藻秾丽,情思冶荡:

>　　芙蓉绮帐还开拚,翡翠珠被烂齐光。
>　　长愿今宵奉颜色,不爱吹箫逐凤皇。

将之置于梁陈宫体诗中,恐莫辨也。郑世翼(一作郑翼),荥阳人,其《看新婚》显然是一首庸俗的色情诗:

>　　初笄梦桃李,新妆应摽梅。
>　　疑逐朝云去,翻随暮雨来。
>　　杂佩含风响,丛花隔扇开。
>　　姮娥对此夕,何用久裴回。

其《见佳人负钱出路》:

>　　独负千金价,应从买笑来。
>　　只持难发口,经为几人开。

更是趣味低下,有调情之嫌。李百药,定州安平人,隋时袭其父李德林爵位,为太子通事舍人兼学士,因炀帝嫉妒其诗才,被夺爵还乡里,至贞观元年始被唐太宗召为中书舍人[①]。故其艳情诗大多数作于贞观中。其《妾薄命》诗云:

>　　团扇秋风起,长门夜月明。

[①]《旧唐书》卷七二,《李百药传》。

>   羞闻拊背入，恨说舞腰轻。
>   太常先已醉，刘君恒带醒。
>   横陈每虚设，吉梦竟何成。

《火凤词二首》其二：

>   佳人靓晚妆，清唱动兰房。
>   影出含风扇，声飞照日梁。
>   娇嚬眉际敛，逸韵口中香。
>   自有横陈会，应怜秋夜长。

皆摭拾梁、陈艳诗的余沥而成。因此，在这种创作氛围中，一向喜好齐梁诗歌的唐太宗，戏作一两首艳情诗也就不足为奇了。

但是值得我们注意的是，唐太宗作缛丽之吟赏风月之作没有人反对，为什么唐太宗一作起艳情诗来，连虞世南也会死不奉诏呢？我认为，唐太宗作些绮靡丽缛的小诗，与他志在嬉游狩猎一样，只要不太妨害政治，魏徵等人也就不管他了；但作为一代英主，作庸俗、淫邪的艳情诗，则显然不合适。虽然它也不致妨政，却有害雅道。所以虞世南深知太宗此举非同小可，若不进谏陈述利害，表明态度，恐怕就会有人说他扇梁、陈之颓习，导唐太宗于淫邪，成为千古淫辞之溺人了。所以，唐太宗集中虽然雕绘满眼，但无淫艳诗的影子在，贞观诗坛的艳情之作，不至于像梁、陈、隋那样泛滥成灾，恐怕与唐太宗纳虞世南之谏也不无关系。

四、唐太宗对初唐诗歌发展之影响

总的看来，唐太宗的诗基本上是承齐梁诗风而来，但其中既有模仿、因袭，也有一定的拓展开新，更有局部的抑而不扬。那么，唐太宗对齐梁诗风的这种态度及其艺术实践，对唐初诗坛乃至后来初唐诗歌的发展又有哪些影响和意义呢？

我认为，唐太宗对齐梁诗风的这些态度以及创作实践，为如何合理地改造齐梁诗、形成唐诗新品格，进行了一次很有意义的艺术尝试。

隋末唐初，是中国古典诗歌发展史上一个极为重要的时期，诗人们当时所面临的主要问题是如何改造和发展齐梁诗歌创作传统，尽快形成理想的诗歌风貌。当时人们的态度主要有三种：

第一种，是从艺术形式和表现内容两方面全盘否定齐梁诗歌所取得的成就，以"复古明道"为标榜，这种观点主要体现在文中子王通的《中说》中。

第二种，先强调北朝有一种重于质、能明道的文学传统，然后再进行"拉郎配"，希望以南朝诗歌精美的艺术形式，来表现北朝诗歌中常表现的"理"、"道"，这种设想以魏徵、李延寿等史臣的史论为代表。

第三种，就是唐太宗的观点，他比较了解齐梁诗风的艺术本质，主要从其内部对之进行适当的改造。

其中的第一种观点，显然行不通。因为在诗歌艺术已相当成熟的唐初，要想让人们置南朝诗歌的艺术成就于不顾，重新回到上古《尚书》、"雅""颂"的时代，复古以明道，显然是历史的倒退，更行不通。所以，不但西魏宇文泰改革文体不旋踵而失败，就是隋文帝绳之以法，用行政手段来强迫人们斫雕为朴，也无济于事。僻居山野的王通，对这些前车之鉴置若罔闻，老调重弹，自然也不会有多少影响了。

我们再看魏徵一派的观点。从表面上看，或者从理论上说，魏徵在《隋书·文学传序》中所设计的方案："掇彼清音，简兹累句，各去所短，合其两长，则文质彬彬，尽善尽美矣。"未尝不是一幅理想的

诗歌发展图式。然而,这个理想在当时是很不切实际的:

首先,它的前提之一就是虚设的,北朝本来并没有那种别于南朝的重质的诗歌创作传统,更未留下多少具有这种艺术特质的成功之作,所以,就谈不上"各去所短,合其两长"了。

其次,魏徵等人也并没有把握住南朝文学的艺术本质。他只看到了齐梁诗歌的形式:"宫商发越,贵于清绮",并没有看到齐梁诗歌所追求的"吟咏情性""情灵摇荡"①的艺术精神。而南朝诗歌之所以能挣脱儒家诗教的束缚,沿着诗歌艺术本身的发展道路取得了长足的进步,正是靠着"吟咏情性"的艺术精神。魏徵摒弃这种可贵的艺术精神,只取南朝诗歌之形式,再配以主观附会的北朝诗歌的"质",实在算不上改造齐梁诗风的高招。

相对而言,唐太宗对齐梁诗风的态度不只是比较通脱的,还是切实可行的。这是因为隋末唐初的诗人们可以汲取的艺术近源,只有齐梁诗歌和受齐梁诗风影响的陈周隋诗歌。但是,齐梁诗风又非十全十美。由于南朝文人本身生活的淫靡,情绪的颓废,心灵的麻木,就使得梁陈宫体诗尤其是艳情诗格调低下,诗中更缺少澎湃的激情,鲜有生命的活力。而且,又因江左文士过分追求形式的精美,导致南朝诗歌存在因文害情的弊端。在这种情况下,只有先对齐梁诗歌有较深刻的认识和了解,然后才能去短取长、推陈出新。而唐太宗正是通过与江南文士的长期接触,虚心学习了南朝文化艺术,在仿作齐梁诗歌的过程中,庶几接触到其艺术精髓,毅然割断了被儒家诗教牵合的诗歌创作与政治伦理之间的联系,才在客观上为诗歌艺术在唐代的进一步发展提供了自由宽松的创作环境。

---

① 锺嵘《诗品序》认为诗歌作用在于"摇荡性情""感荡心灵";萧绎《金楼子·立言》则认为"文"的特征是:"绮縠纷披,宫徵靡曼,唇吻适会,情灵摇荡。"

更重要的是,唐太宗对齐梁诗歌创作传统的取舍,也比较符合唐诗的发展方向。这可以从三个方面来理解:

第一,唐太宗继承了齐梁以来感时应景、吟赏风月的创作传统。所谓的吟花草、弄风月,正是齐梁诗人"吟咏性灵"最直接的体现,而且,在齐梁诗歌中,此类诗歌的艺术性也最高,其中有些作品已开唐诗之先声。唐太宗极力模仿齐梁诗歌中的此类作品,使得贞观宫廷的文士们也如影随形,应制不迭,客观上为后来盛唐诗歌兴象玲珑诗境的出现作了艺术铺垫。

第二,唐太宗在贞观中后期对典丽雅正、歌功颂德的"颂体诗"的提倡,在某种程度上,也是对梁、陈宫廷以悲愁、哀思为美的创作趣味的摒弃。它使得自陈隋而来的宫廷诗人们消沉、麻木的心态,逐渐为贞观中喜庆、激奋、昂扬的盛世进取意识所取代,人们作诗也渐渐不以悲为美了①。因此,唐太宗对典丽、雅正颂体诗的提倡,对后来雄阔壮大的盛唐气象和盛唐之音的出现,也有一定的导源之功。

第三,唐太宗因虞世南之谏,不再创作艳诗,使得贞观诗坛此类作品相应减少,对唐诗在题材方面的健康发展也十分有利。

但是,唐太宗的某些做法在唐初甚至对有唐一代诗歌的发展也产生了负面影响。如他在贞观中后期极力创作宴饮唱酬诗,导致了片面追求诗歌形式美的"上官体"的流行②。再如,唐太宗君臣竞作"颂体诗",还使得初唐四杰尤其是卢照邻,误认为典丽雅正的颂体

---

① 刘肃《大唐新语》卷八云:"(刘希夷)少有文华,好为宫体,词旨悲苦,不为时所重。"第128页。
② 《旧唐书·上官仪传》:"(上官仪)本以词彩自达,工于五言诗,好以绮错婉媚为本。仪既贵显,故当时多有效其体者,时人谓为上官体。"上官仪现存诗中有一半数量的作品是奉和太宗之作的。

诗就是真正的"雅音",成为他们追求的艺术理想①。这种负面影响,直至盛唐尚未消失,王维、贾至、杜甫等在肃宗朝仍不忘作些歌颂升平的颂体诗②。

综上,虽然唐太宗本人的诗歌创作成就并不很高,但他对齐梁诗风所持的通脱态度及某些创作倾向,却对初唐诗歌史产生了不小的影响,故我们不惜笔墨对唐太宗与齐梁诗风的关系进行了深细的探讨,但愿能为学术界重新认识和评价唐太宗在唐诗发展中的地位提供一些较客观的意见。

第二节 王绩诗歌与河汾文化精神

王绩是唐初诗坛别具风格的诗人,他的诗既与以学南为时尚的虞世南、许敬宗等宫廷诗人异趣,又与魏徵、王珪等贞观史臣有别。他的诗境界高古,风骨凛然,对初唐四杰、陈子昂、张九龄等初盛唐诗人的诗文革新都产生了深远的影响。以往人们在探讨王绩诗歌的艺术渊源和文化渊源时,多直接追溯到魏晋之际的阮籍、嵇康以及晋宋之际的陶渊明,将其率真、疏狂的人生态度与魏晋风度联系在一起考察,这无疑是很有道理的。但我认为,王绩诗歌艺术的近源是卢思道、薛道衡等由齐入周、再由周入隋的山东诗人,其文化精神的近源是当时隶属于山东文化体系中的河汾文化。只有认识到这一点,才能解释王绩诗歌相对于晋宋诗歌传统所呈现出来的新变

---

① 卢照邻:《南阳公集序》,卢照邻著,祝尚书笺注:《卢照邻集笺注》,上海古籍出版社,1994年,第323页。
② 王维、贾至、杜甫等人都作有《早朝大明宫》诗,歌颂肃宗朝升平景象。

特征的艺术机制与文化内涵。

一、山东士子经世致用的文化传习

很久以来,在人们眼里,王绩要么是一个鄙弃功名、宅心玄远的隐士,要么是一个纵情嗜酒、轰饮终日的酒徒,很少有人认识到一个为"思待诏""觅封侯"而几番入仕,并因理想遭挫抱憾终身的王绩。

吕才《王无功文集序》云,王绩,"太原祁人也。高祖晋阳穆公自南北归,始家河汾焉"①。河汾,在北朝后期,属于东魏、高齐辖地,太原祁王氏亦属当时士族高门②,为山东旧族之一分子。而北朝后期直至隋唐之际山东旧族士子经世致用、觅取功名的进取精神,是王绩"思待诏""觅封侯"的人生抱负的重要文化根源。

魏晋以后,在魏、齐治下的山东士子基本上沿袭了汉儒以经术致用的文化精神,不过,他们并非专攻儒家经术,而是大多以儒家经术为治政之策,兼综百家,以实际事功为其治学准则。

如崔浩,《魏书·崔浩传》云:

> (崔浩)少好文学,博览经史,玄象阴阳,百家之言,无不关综,研精义理,时人莫及。

在魏太宗初年,崔浩拜博士祭酒,赐爵武城子,常授太宗经书:

> 太宗好阴阳术数,闻浩说《易》及《洪范》五行,善之,因命浩筮吉凶,参观天文,考定疑惑。浩综核天人之际,举其纲纪,诸所处决,多有应验,恒与军国大谋,甚为宠密。

---

①王绩著,韩理洲校点:《王无功文集》卷首,上海古籍出版社,1987年,第1页。本书所引王绩诗文,除非特别说明,均据此书,文中不再出注。
②参王伊同《五朝门第》下册《高门权门世系婚姻表》。

再如高允，博通经史天文术数，尤好《春秋公羊》。入仕之后，更是制礼、作历，移风易俗，兴学弘道，遂成为一代名臣①。

再如李孝伯，少传父业（其父治《郑氏礼》《左氏春秋》），博综群言。后入仕为秘书奏事中散，转侍郎、光禄大夫，赐爵南昌子，加建威将军，"委以军国机密，甚见亲宠。谋谟切秘，时人莫能知也"。史传云其：

> 体度恢雅，明达政事，朝野贵贱，咸推重之。……自崔浩诛后，军国之谋，咸出孝伯。②

又如高谦之：

> 专意经史，天文算历、图纬之书，多所该涉，日诵数千言，好文章，留意《老》《易》。

后入仕为奉车都尉、廷尉丞，多次上疏指斥时弊，望"策其驽蹇，少立功名"③。

再如平恒：

> 耽勤读诵，研综经籍，钩深致远，多所博闻。自周以降，暨于魏世，帝王传代之由，贵臣升降之绪，皆撰录品第，商略是非，号曰《略注》，合百余篇。

后拜著作佐郎，迁秘书丞。太和初，为秘书令史④。

再如孙惠蔚：

> 年十三，粗通《诗》《书》及《孝经》《论语》；十八，师董道季

---

① 《魏书》卷四八，《高允传》。
② 《魏书》卷五三，《李孝伯传》。
③ 《魏书》卷七七，《高崇传》附《高谦之传》。
④ 《魏书》卷八四，《平恒传》。

讲《易》;十九,师程玄读《礼经》及《春秋》三《传》。周流儒肆,有名于冀方。

后仕至秘书丞,上疏谓:

> 《六经》、百氏,图书秘籍,乃承天之正术,治人之贞范,……斯实太平之枢宗,胜残之要道,有国之灵基,帝王之盛业。①

强调经术之现实事功。

再如董徵:

> 年十七,师清河监伯阳,受《论语》《毛诗》《春秋》《周易》,就河内高望崇受《周官》,后于博陵刘献之遍受诸经。

后被魏世宗诏徵入琁华宫,特除员外散骑侍郎。仕至太尉司马,俄加辅国将军。未几,以本将军除安州刺史,时人荣之,因诫二三子弟曰:

> 此之富贵,匪自天降,乃勤学所致耳。

一语道破了其以经术进身、觅取富贵的人生秘诀②。

再如刁冲:

> 学通诸经,偏修郑说,阴阳、图纬、算数、天文、风气之书莫不关综,当世服其精博。……冲虽儒生,而执心壮烈,不畏强御。延昌中,世宗舅司徒高肇擅恣威权,冲乃抗表极言其事,辞旨恳直,文义忠愤。③

---

① 《魏书》卷八四,《孙惠蔚传》。
② 《魏书》卷八四,《董征传》。
③ 《魏书》卷八四,《刁冲传》。

再如李业兴：

> 博涉百家，图纬、风角、天文、占候无不详练，尤长算历。虽在贫贱，常自矜负，若礼待不足，纵于权贵，不为之屈。

后举孝廉，为校书郎，以制《戊子历》成，累迁奉朝请，后除国子祭酒，"齐献武王每出征讨，时有顾访"①。

高齐开国以后，山东文士仍然是博涉百家、以经术致用。如祖珽：

> 天性聪明，事无难学，凡诸伎艺，莫不措怀，文章之外，又善音律，解四夷语及阴阳占候，医药之术尤是所长。

被齐文宣帝赏识，令直中书省，掌诏诰。又"见重二宫，遂志于宰相"，且以范增、张良自况，后果为侍中，在后主世，"每同御榻论决政事，委任之重，群臣莫比"②。

再如权会：

> 少受《郑易》，探赜索隐，妙尽幽微，《诗》《书》《三礼》，文义该洽，兼明风角，妙识玄象。

入朝仕至四门博士，寻被尚书符追著作，修国史，监知太史局事。皇建中，转加中散大夫，余并如故③。

再如由吾道荣：

> 少好道法，与其同类相求入长白、太山潜隐，具闻道术。仍游邹、鲁之间，习儒业。

---

① 《魏书》卷八四，《李业兴传》。
② 《北齐书》卷三九，《祖珽传》。
③ 《北齐书》卷四四，《权会传》

后又向晋阳人某习得道家符水、咒禁、阴阳历数、天文、药性等,无不通解,被齐显祖追往晋阳①。

再如宋景业:

> 明《周易》,为阴阳纬候之学,兼明历数。魏末,任北平守。……劝显祖应天受禅,乃之邺。……天保初,授散骑侍郎。②

再如许遵:

> 明《易》,善筮,兼晓天文、风角、占相、逆刺。

齐高祖引为馆客,清河王岳以遵为开府田曹记室③。

入隋以后,山东士子亦多以该博坟典进身。如李德林:

> 年十五,诵五经及古今文集,日数千言。俄而该博坟典,阴阳纬候无不通涉。

天保八年,举秀才入邺。任城王澄赞之曰:

> 文章学识,固不待言,观其风神器宇,终为栋梁之用。至如经国大体,是贾生、晁错之俦。

后于齐、周、隋历居显要之职④。

再如卢思道,年十六,闭户读书,师事河间邢子才。后又就魏收借异书,数年之间,才学兼著。于齐世,历主客郎、给事黄门侍郎,待诏文林馆。周武平齐,授仪同三司。隋开皇中,起为散骑侍郎,奏内

---

① 《北齐书》卷四九,《由吾道荣传》。
② 《北齐书》卷四九,《宋景业传》。
③ 《北齐书》卷四九,《许遵传》。
④ 《隋书》卷四二,《李德林传》。

史侍郎事①。

再如李文博,《隋书·李文博传》云:

> 每读书至治乱得失,忠臣烈士,未尝不反复吟玩。开皇中,为羽骑尉,特为吏部侍郎薛道衡所知,恒令在听事帷中披检书史,并察己行事。若遇治政善事,即抄撰记录,如选用疏谬,即委之臧否。

史传又云:

> 文博本为经学,后读史书,于诸子及论尤所该洽。性长议论,亦善属文,著《治道集》十卷,大行于世。

再如刘焯、刘炫:

> (刘焯)少与河间刘炫结盟为友,同受《诗》于同郡刘轨思,受《左传》于广平郭懋当,问《礼》于阜城熊安生,皆不卒业而去。武强交津桥刘智海家素多坟籍,焯与炫就之读书,向经十载,虽衣食不继,晏如也。遂以儒学知名,为州博士。刺史赵煚引为从事,举秀才,射策甲科。与著作郎王劭同修国史,兼参议律历,仍直门下省,以待顾问。……与左仆射杨素、吏部尚书牛弘、国子祭酒苏威、国子祭酒元善、博士萧该、何妥、太学博士房晖远、崔崇德、晋王文学崔赜等于国子共论古今滞义,前贤所不通者。每升座,论难锋起,皆不能屈,杨素等莫不服其精博。六年,运洛阳《石经》至京师,文字磨灭,莫能知者,奉敕与刘炫等考定。……(刘焯)贾、马、王、郑所传章句,多所是非。《九章算术》《周髀》《七曜历书》十余部,推步日月之经,量度山海之

---

① 《隋书》卷五七,《卢思道传》。

术，莫不核其根本，穷其秘奥。①

（刘炫）《周礼》《礼记》《毛诗》《尚书》《公羊》《左传》《孝经》《论语》孔、郑、王、何、服、杜等注，凡十三家，虽义有精粗，并堪讲授。《周易》《仪礼》《谷梁》，用功差少。史子文集，嘉言美事，咸诵于心。天文律历，穷核微妙。②

"二刘"将魏、齐、隋以来山东士子博学通儒、缘经术进身的风气推到了极致。

隋末唐初，风云变幻、豪杰并起，山东士子更是凭藉其博学通涉、经世致用的文化优势，纷纷奋其志业、思成大事。如高士廉，少有器局，颇涉文史。隋司隶大夫薛道衡、起居舍人崔祖浚并称先达，与士廉结忘年之好，由是公卿藉甚。大业中，为治礼郎，入唐后，与长孙无忌佐李世民夺太子位，贞观元年，擢拜侍中，后摄司空③。房玄龄，幼聪敏，博涉经史。李世民举义旗时，佐李世民收人物，后又助李世民夺位，贞观中官至尚书左仆射④。孔颖达，"尤明《左氏传》《郑氏尚书》《王氏易》《毛诗》《礼记》，兼善算历，解属文"。李世民平王世充后，引为秦王府文学馆学士。唐太宗即位，留心庶政，孔颖达数进忠言，益见亲待。贞观六年（632），累除国子司业，与诸儒议历及明堂，又与魏徵撰成《隋史》，受诏撰定《五经》义训，凡一百八十卷。贞观十八年（644），图形于凌烟阁⑤。魏徵，好读书，多所通涉，见天下渐乱，尤属意纵横之术。初事李密，献奇谋深策，然不为用。后入唐事隐太子，亦不遇。佐唐太宗时，每以经国为怀，思竭其

---

① 《隋书》卷七五，《刘焯传》。
② 《隋书》卷七五，《刘炫传》。
③ 《旧唐书》卷六五，《高士廉传》。
④ 《旧唐书》卷六六，《房玄龄传》。
⑤ 《旧唐书》卷七三，《孔颖达传》。

用,终太子太师,知门下省事①。又如王绩之好友吕才,"少好学,善阴阳方伎之书",又明音律。中书令温彦博、侍中王珪、魏徵盛称吕才学术之妙,太宗即征才,令直弘文馆,累迁太常博士,后又擢授太常丞,终太子司更大夫②。

综上可见,自北魏直至唐初,山东士子大多以儒术为主、学综百家,经世致用,纷纷思立功名,普遍表现出强烈的积极进取意识,在这种地域文化传统的影响下,王绩自小也就希望以此进身。吕才《王无功文集序》云:

> 八岁读《春秋左氏》,日诵十纸。……阴阳历数之术,无不洞晓。

王绩在其《晚年叙志示翟处士正师》中亦云:

> 弱龄慕奇调,无事不兼修。
> 望气登重阁,占星上小楼。
> 明经思待诏,学剑觅封侯。

后来,他于十五岁时西至长安,干谒求进,也正是基于其"思待诏""觅封侯"的人生抱负的。

当然对王绩入仕意识影响最直接的还是其家庭文化传统。自从北魏时期,河汾地区就已兴儒重教、颇具文化传统,《魏书·薛辩传》云:

> (薛)谨自郡迁州,威惠兼备,风化大行。时兵荒之后,儒雅道息。谨命立庠,教以诗书,三农之暇,悉令受业,躬巡邑里,新加考试,于是河汾之地,儒道兴焉。

---

① 《旧唐书》卷七一,《魏徵传》。
② 《旧唐书》卷七九,《吕才传》。

而在河汾地区,最重儒素、仕宦的就是薛氏、王氏两大家族。其中王氏更是"地实儒素,人多高烈"的世家①。王绩的六世祖王玄则,仕宋,历太仆、国子博士,人称"王先生",曾作《时变论》六篇,"言化俗推移之理"。其五世祖名焕,为江州府君,曾著《五经决录》五篇,"言圣贤制述之意"。其四世祖王虬,在南齐萧道成代宋后,于建元年间奔至北魏。曾著《政大论》八篇,"言帝王之道"。其三世祖王彦仕至同州刺史,曾著《政小论》八篇,"言王霸之业"。其祖名一,被称为安康献公,受田于龙门,始定居下来。王一精于礼,曾作《皇极谠议》九篇,"言三才之去就"。其父名隆,隋开皇初,以国子博士待诏云龙门,曾向隋文帝奏《兴衰要论》七篇,"言六代之得失",帝称善。后出为武阳郡昌乐县令,再迁忻州铜川县令,故被称为铜川府君。其三兄王通,也继承了缘经术进身的家族文化传统,《文中子世家》谓其十八岁即有"四方之志",到处游历问学,"不解衣者六岁,其精志如此"。仁寿三年(603),王通西游长安,见隋文帝,奏太平十二策,尊王道,推霸略,稽今验古,文帝不悦②。虽然王通此策未能见用,但王通以经术治天下,以仁政理国家的政治抱负,无疑对王绩也产生了深远的影响。

更重要的是,王通在献策失败后,退居河汾,讲经授徒,在他身边集结了一批志向远大的文士,使河汾文化传统得到了前所未有的张扬。《文中子》卷十《关朗篇》明确记载的文中子的门人就有窦威、贾琼、姚义、温彦博、杜如晦、陈叔达、杜淹、房乔(字玄龄)、魏徵、李靖、薛方士、裴晞、王珪、叔恬、董常、仇璋、薛收、程元等十八

---

① 王绩:《游北山赋》,王绩著,韩理洲校点:《王无功文集》卷一,第1页。
② 王通撰,阮逸注:《文中子中说》附录《文中子世家》,上海古籍出版社,1989年,第48—50页。

人。另外,在《中说》中与王通对过话的当世名贤还有杨素、贺若弼、杨玄感、苏威、李德林、温大雅、李百药、李密、李绩、王孝逸、凌敬、刘炫、仲长子光、繁师玄、薛宏、李播、薛道衡、张玄素、魏永、靖君亮、韦鼎等二十一人。据今人尹协理、魏明先生考证,薛收、姚义、董常、程元、贾琼、温彦博、杜淹等七人可以肯定是王通门人;而房玄龄、魏徵、王珪、李靖、陈叔达等人都不可能是王通的门人,只不过是与王通有所交游的友人①。但是可以肯定,王通之退居讲学、明王道之举对王绩一生影响很大。王绩《游北山赋》自注中云:

> 吾兄通,……大业中隐于此溪,续孔子六经,近百余卷。门人弟子相趋成市,故溪今号王孔子之溪也。

他在《负苓者传》中也说:

> 昔者,文中子讲道于白牛之溪。弟子捧书北面,环堂成列。

在《答处士冯子华书》中,王绩又一次提到曾受王通影响:

> 吾家三兄,生于隋末。伤世扰乱,有道无位。作《汾亭之操》,盖孔氏《龟山》之流也。吾尝亲受其调,颇谓曲尽。

在《答程道士书》中,王绩说自己的政治观也深受王通著作之影响:

> 昔者,吾家三兄,命世特起。光宅一德,续明《六经》。吾尝好其遗书,以为匡世之要略尽矣!

王绩十五岁即西游长安,干进求仕,后来又屡次入仕,实际上正是想将其兄王通"匡世之要略"付诸实践(详下节)。

不仅如此,王通之门人、朋友以及王绩的一些好友在隋唐之际纷纷入仕、跻身庙堂,也无不激励着王绩那颗急切建功立业、封侯作

---

① 尹协理、魏明:《王通论》,中国社会科学出版社,1984年,第35—46页。

相的用世之心。王绩在《游北山赋》自注中说"河东薛收"是王通门人中的"俊颖"之一。薛收在王通门下时也曾经常与王绩游从、互相勉励，后来薛收入唐任记室参军，曾回乡看望王绩。为此，王绩还作有《薛记室收过庄见寻率题古意以赠》诗：

> 伊昔遭丧乱，历数当闰余。
> 豺狼塞衢路，桑梓成丘墟。
> 余及尔皆亡，东西各异居。
> 尔为抟风鸟，我为涸辙鱼。

抒发自己看见好友做官而自己却未被擢用的感慨。他在《游北山赋》中说：

> （王通）没身之后，天下文明。坐门人于廊庙，瘗夫子于佳城。……殁而不朽，知何所荣。（自注："及皇家受命，门人多至公辅。"）

据今人考证，此处"门人"除了指薛收，当还包括温彦博、杜淹等人在内①。王绩此处显然有对温、杜、薛等人厕身庙堂的艳羡。另外，王绩在《答处士冯子华书》中也说：

> 又知房、李诸贤，肆力廊庙，吾家魏学士，亦申其才。公卿勤勤，有志礼乐；元首明哲，股肱惟良：何庆如之也！

王绩在为王通门人、朋友"肆力廊庙"欣喜之余，不也有见贤思齐的意思吗？

综上，山东士子经世致用的文化传统，以及王通师徒身上所体现出来的河汾文化精神，自始至终影响着王绩，不时触发起他向往

---

① 尹协理、魏明：《王通论》，第41页。

朝廷、肆力廊庙的济世之心。只不过由于种种机缘上的不合,王绩虽屡次进取,终未能如愿,以至于到晚年仍恨恨不已:"自有居常乐,谁知我世忧?"

二、王绩的"隐"与"仕"

自中唐陆淳将《东皋子集》删略之后,王绩就渐被后人涂抹上了"隐士"的色彩。陆淳在《删东皋子后序》中说明其删削的原则是"祛彼有为之词,全其悬解之志",他心目中的王绩应该是:

> 心与物冥,德不外荡,随变而适,即分而安。忘所居而迹不害教,遗其累而道不绝俗。故有陶公之去职,言不怨时;有阮氏之放情,行不忤物。①

而被删略后的三卷本《东皋子集》所呈现出来的王绩也就自然变成"乐天君子"和世外高人了。也许正是基于同样的认识,《旧唐书》《新唐书》都将王绩列入《隐逸传》中,并谓王绩不喜居官、嗜酒自乐。其实,这种认识并不符合王绩的本心。所以,下文将依据《王无功文集》五卷本,结合王绩一生三次仕隐的情况②,进一步阐述王绩心中一直未泯的济世情怀,以还其本来面目。

王绩自小抱负远大,十五岁就西游长安,开始了干谒活动③。时人颇为其博学强识、远大抱负所叹服,目之曰"神仙童子",方之为"孔融""庾信""王仲宣"④。王绩当时所作干谒之文《登龙门忆

---

① 陆淳:《删东皋子后序》,王绩著,韩理洲校点:《王无功文集》附录一,第222页。
② 下文对王绩仕隐经历的叙述,主要参考韩理洲《王绩生平求是》(《文史》第十八辑,中华书局,1983年)、张大新、张百昂《王绩三仕三隐补辨》(载《唐代文学研究》第二辑,广西师范大学出版社,1990年)诸文,参以己见。
③ 王绩《三月三日序》中云:"余以大业四年,获游京邑。"
④ 吕才:《王无功文集序》,王绩著,韩理洲校点:《王无功文集》卷一,第2页。

禹赋》今已不存,然集中《三月三日赋并序》疑亦为其当时干谒之文。在此赋中,王绩对"校书芸阁之上,射策兰台之前"的宫庭生活艳羡之至,结尾则直陈干谒之旨:

> 但是津傍悉泛舟,若个山头不投幕!

据吕才《王无功文集序》,王绩第一次入仕是在大业末,"应孝悌廉洁举,射策高第,除秘书正字"。但是不久,王绩就自罢其职,乞署外官。关于这次罢朝官,吕才认为有三个原因:第一,"性简傲",轰饮终日,不乐在朝;第二,"高情胜气,独步当时,及为正字,端簪理笏,非其所好也";第三,"以疾罢,乞署外职"。我认为,此三点均非王绩罢职的真正原因,其真正原因可能是秘书正字一职与其远大的政治抱负相差甚远。前文已述,王绩自小就对仕途期望甚高,《晚年叙志示翟处士正师》言:

> 明经思待诏,学剑觅封侯。

而且他也曾为进入仕途"无事不兼修",意欲跻身台辅、直取卿相。然隋炀帝只授予他一个八品小官——秘书正字。《通典·职官》"秘书正字"条云:

> 后汉桓帝初置秘书监,掌图书古今文字,考合同异。其后监令掌图籍之纪,监述作之事,不复专文字之任矣。今之正字,盖令、监之遗职,校书之通制。历代无闻。齐集书省有正书。北齐秘书省有正字。隋置四人。大唐因之,掌刊正文字,其官资轻重与校书郎同。(贞元八年,割校书四员,正字两员,属集贤殿。)①

---

① 杜佑撰,王文锦等点校:《通典》卷第二十六,第736页。

这样位低职微的官职当然会使王绩大失所望,所以他索性闭户轰饮,不乐在朝。不久,就"以疾罢,乞署外职,除扬州六合县丞"。加上当时天下将乱,他"笃于酒德,颇妨职务",故"屡被勘劾"。王绩因而感叹道:"网罗高悬,去将安所?"遂出受俸钱,"积于县门外,托以风疾,轻舟夜遁"①。返回龙门,潜修其志,以期东山再起。

在隋末动乱之中,王绩也并没有安居龙门,而是出来寻找机缘,以期风云际会,建功立业。吕才《王无功文集序》云:

> 隋季版荡,客游河北。时窦建德始称夏王,其下中书侍郎凌敬,学行之士也。与君有旧,君依之数月。

但是,王绩不久就又失望而归,因为他以精湛的占星望气之术,预知窦建德必败,关中必兴。遂又"去还龙门",俟机再起。

王绩第二次正式入仕,是在唐武德中。据今人张大新、张百昂考证,"王绩再次出仕,与友人薛收的造访可能有直接关系"②。王通的得意门生、王绩的旧友薛收,在武德初,出为秦王府主簿。武德四年(621)十一月,秦王加"天策上将"后,授薛收为"天策府记室参军"。薛收衣锦还乡时,曾造访过王绩。王绩在《薛记室收过庄见寻率题古意以赠》诗中感慨尤深:"尔为培风鸟,我为涸辙鱼。"对薛收之仕途顺畅羡慕不已,对自己之沉沦草莱自惭形秽。当然,王绩也在老朋友面前委婉地表露了他希求再度出仕的愿望:"逮承云雷后,欣逢天地初","朽木不可雕,短翮将焉摅?"而薛收此时也正担负着为唐王朝搜访遗贤的使命。《唐大诏令集》载,武德五年(622)三月,高祖曾诏令京官及总管刺史各荐贤一人,其中就有"岩穴幽居,草莱僻陋,被褐怀珠,无因自达"者。薛收与王绩同乡同窗,且志

---

① 吕才:《王无功文集序》,王绩著,韩理洲校点:《王无功文集》卷一,第2页。
② 张大新、张百昂:《王绩三仕三隐补辨》,载《唐代文学研究》第二辑,第61页。

趣相投,当会首荐王绩。而王绩早就有待机而动、风云际会之心,所以他满怀希望地应征入仕了。在《被举应征别乡中故人》诗中,他说:

> 皇明照区域,帝思属风云。
> 烧山出隐士,治道送征君。
> 自惟蓬艾影,叨名兰桂芬。
> 使君留白璧,天子降玄纁。
> 山鸡终失望,野鹿暂辞群。
> 川气含丹日,乡烟间白云。
> 停骖无以赠,握管遂成文。①

吕才《王无功文集序》亦载此事:

> 武德中,诏征,以前扬州六合县丞待诏门下省。

但是王绩此次入京亦未能如愿,刚立国的唐朝并未授予他新的官职,只是让他以在隋时的旧官职待诏门下省。名不正则言不顺,他可能只是空有待诏之名而无待诏之实。所以,他在门下省时,除了饮酒度日,似乎别无他事。《王无功文集序》云:

> 君第七弟静,时为武皇千牛,谓君曰"待诏可乐否?"曰:"待诏俸殊为萧瑟,但良酝三升,差可恋尔。"

由王绩此语,我们可以体会出他在门下省中待诏时的失望和落寞。他在门下省未被重用的原因大概有二:一是他曾事仕过窦建德,尽管只有数月,然唐室骨子里是不会重用他的;二是武德五年(622)下诏求遗贤也只是做做样子,征召隐士入朝就职主要目的是点缀升

---

① 此诗《王无功集》三卷本不载,只见载于《王无功文集》五卷本。

平,并非真心擢用,因为此时朝廷重臣多是勋旧贵戚,绝少野士高人。更何况,此时宫廷中并不太平,诸皇子正为争夺太子位而勾心斗角,残酷倾轧,似乎无心顾及到这些点缀升平的隐士们。而据张大新、张百昂分析,王绩于几年后(贞观初)罢归的真正原因,既不像《王无功文集序》《新唐书·五绩传》《唐才子传》所说,是"以疾罢归",也不像王福畤《录东皋子答陈尚书书略》及《唐会要·出使》中所说,是王凝先后触怒长孙无忌、高士廉等朝廷重臣,故"王氏兄弟皆抑而不用",而是王绩鉴于当时宫廷斗争十分激烈、残酷,于"玄武门之变"后不久就远害全身,再次归隐田园①。

由于王绩济世之心一直未泯,所以他在这次罢归后不久就又入朝了。吕才《王无功文集序》叙述王绩第三次入仕时的情况:"贞观中,以家贫赴选。"王绩果是迫于"家贫"而入仕的吗?非也。他在《答处士冯子华书》中曾说:

> 吾河渚间,元有先人故亩十五六顷。河水四绕,东西趣岸,各数百步。……近复都庐弃家,独坐河渚,结构茅屋,并厨厩,总十余间。奴婢数人,足以应役。用天之道,分天之利。耕耘蓺菱,黍秋而已。春秋岁酒,以时相续。兼多养凫雁,广牧鸡豚。黄精、白术、枸杞、薯蓣,朝夕采掇,以供服饵。

可见王绩隐居田园时,真是丰衣足食,其乐陶陶,绝不至于困窘到"以家贫赴选"的程度。更何况,他此次入仕后所任也不是什么俸禄丰厚的职务。所以,王绩此次入仕的真正动机绝不是迫于"家贫",而是与前两次一样,一心想有所作为。因为贞观之初,天下乱极而治,国泰民安,这使得隐居田园的王绩又按捺不住一直涌动着

---

① 张大新、张百昂:《王绩三仕三隐补辩》,载《唐代文学研究》第二辑,第62—64页。

的济世情怀了,《答处士冯子华书》言:

> 乱极治至,王途渐亨。天灾不行,年谷丰熟。贤人充其朝,农夫满于野。吾徒江海之士,击壤鼓腹,输太平之税耳,帝何力于我哉!又知房、李诸贤,肆力廊庙。吾家魏学士,亦申其才。公卿勤勤,有志礼乐;元首明哲,股肱惟良,何庆如之也!夫思能独放,湖海之士;才堪济世,王者所须。所恨姚义不存,薛生已殁,使云罗天网,有所不该,以为叹恨耳!

也许是因为好友薛收已亡,无人举荐,急于入仕的王绩只好以"家贫"为借口,赴选进京了。和前两次一样,王绩此番入仕,也未能致身台辅、恭宣大道。原因可能是他志大才疏,一向迂阔浮夸,且反反复复,魏徵等人纵使有心举荐他,也不会得到太宗的赏识。何况,此时魏徵等人大多比较务实勤政,对王绩一贯散漫的行为作派未必喜欢。在这种情况下,王绩索性求一个地位虽卑微,却可以自由自在的太乐丞,饮酒度日。后来连酒也喝不成了,王绩也就只好挂冠归田了。

王绩的第三次归隐田园,实在是他几经努力,却毫无结果后的无奈的选择。虽然他在以后的隐居生活中,"纵意琴酒,庆吊礼绝",且"醉饮无节",似乎绝意于世俗人事,但仍对自己仕途失意耿耿于怀、愤愤不平。如他在《春晚园林》就曾透露心迹:

> 不道嫌朝隐,无情受陆沉。
> 忽逢今旦乐,还逐少时心。
> 卷书藏箧笥,移榻就园林。
> ……
> 兀然成一醉,谁知怀抱深?

此诗中有牢骚、有失落、有苦闷,其根本原因就在于其"少时心"一

生均未能实现,而此"怀抱"现在又无人能知!他在《自作墓志文并序》中则这样解释其归隐之由:

> 起家以禄仕,历数职而进一阶。才高位下,免责而已。天子不知,公卿不识,四十、五十而无闻焉。于是退归,以酒德游于乡里。

这说明王绩到临终之前仍未消释掉其因仕途失意带来的痛苦。

综上,"思待诏""觅封侯"的人生抱负、济世情怀,终王绩一生而未有丝毫消减。无论是入仕时的散诞、轰饮,还是归隐后的高蹈、狂狷,都只是他内心苦闷的宣泄和移情,他骨子里仍想封侯作相,而非做一个遗世高蹈的隐士。

三、王绩与魏晋风度

王绩诗文中描写饮酒、隐逸的作品相当多,而且屡以魏晋名士阮籍、嵇康、刘伶、陶渊明等自况,着意模仿他们的言行,所以自中唐陆淳以来,人们就认为王绩一生行为举止颇具魏晋风度:

> 有陶公之去职,言不怨时;有阮氏之放情,行不忤物。①

明之黄汝亨亦云:

> 东皋子放逸物表,游息道内。师老、庄,友刘、阮。其酒德诗妙,魏、晋以来,罕有俦匹。行藏生死之际,澹远真素,绝类陶徵君。②

---

① 陆淳:《删东皋子后序》,王绩著,韩理洲校点:《王无功文集》附录一,第222页。
② 黄汝亨:《黄刻东皋子集序》,王绩著,韩理洲校点:《王无功文集》附录一,第224页。

今人贾晋华也曾撰专文阐述王绩人格精神与魏晋风度的相通之处①。这些论述为我们更全面地认识王绩的人格精神、诗歌艺术，提供了极有价值的研究成果。然而，现有研究多注意到王绩与魏晋名士立身行事方面的相同、相近之处，很少探讨王绩与魏晋名士的行为之异、精神之别。而笔者认为，由于王绩所接受的魏晋玄学，经过北方学风乃至河汾文化的过滤，已非原汁原味，更由于王绩所处的时代亦与魏晋大异，所以王绩虽然仿效魏晋名士，却有他自己的理解和目的。唯有对此点有所认识，方能原其本心。

王绩之接受魏晋玄学思想，首先有其家族文化因素。王绩虽然"本家于祁"，但"永嘉之际，扈从江右"，即随晋室南迁，仕东晋及宋②。杨炯也说王家，"晋室南迁，家声布于淮海"③。《文中子》卷十附录《文中子世家》中云，王绩六世祖玄则，仕宋，历太仆、国子博士，人称"王先生"。魏晋宋正是玄风炽盛的时期，王氏家族自此之后，代有人学《易》④，仕途困蹇便思隐退，王绩自小就喜以《老》《庄》《易》自炫，无疑与其家族历仕过晋宋、熏染过玄风有关。

当然，王绩一生刻意仿效魏晋名士、以玄学自释，也与北地学术发展的大势相吻合。如前所述，在南北朝时期，南方以玄学、清言为主，北方则以实学、事功为主。但是到南北朝中后期，随着南北文化的交流，众多南士的使北、入北，部分北人尤其是东魏、高齐时代的

---

① 贾晋华：《王绩与魏晋风度》，载《唐代文学研究》第二辑，广西师范大学出版社，1990年。
② 王绩：《游北山赋序》，王绩著，韩理洲校点：《王无功文集》卷一，第1页。
③ 杨炯：《王子安集原序》，王勃著，蒋清翊注：《王子安集注》卷首，上海古籍出版社，1995年，第64页。
④ 杜淹《文中子世家》云："文中子始生，铜川府君筮之，遇《坤》之《师》"，"（文中子）考《易》于族父仲华"，"文中子之书……《赞易》七十篇"。

一些士子也渐染玄风。《北史·儒林传序》云:

> 晋世,杜预注《左氏》。预玄孙坦,坦弟骥,于宋朝并为青州刺史,传其家业,故齐地多习之。

又云:

> 河南及青、齐之间,儒生多讲王辅嗣(弼)所注(《周易》)。
>
> 又有姚文安、秦道静,初亦学服氏(《春秋》),后兼更讲杜元凯(预)所注(《春秋》)。其河外儒生,俱伏膺杜氏。

此皆南学对北人之影响①。至于王绩本人,也较推重南学,如他在《重答杜使君书》中曾论及《家礼丧服新义》,他认为:

> 至如三殇之服,《礼》有明文。郑与王、杜,各申本见。由兹纷杂,后莫能定。然详诸记义,王、杜为长。

在南北朝时期,北方《礼》学宗郑,南方宗杜、王,而王绩此时已开始推崇南学了。

在南方玄学的影响下,部分山东士子也颇好玄理。如高齐时杜弼,"性好名理,探味玄宗,自在军旅,带经从役。注老子《道德经》二卷,表上之"。曾与魏帝于九龙殿之上讨论《庄子》义旨,佛经中佛性、法性之关系。又尝与邢劭扈从东山,共论名理。邢以为人死还生,恐为蛇画足;杜弼则认为人死复生,是无而能有,不以为疑,二人辩论往复,邢劭理屈而止。杜弼"耽好玄理,老而弥笃"。又注《庄子·惠施篇》《易·上下系》,名《新注义苑》,并行于世②。再如

---

① 皮锡瑞《经学历史》谓:"青、齐之间,多讲王辅嗣《易》、杜元凯《左传》;盖青、齐居南北之中,故魏、晋经师之书,先自南传于北。"中华书局,1959年,第190页。
② 《北齐书》卷二四,《杜弼传》。

隋之张煚,河间鄚人,以素业自通,甚为当时所重。撰《老子》《庄子》义,名曰《道言》,五十二篇①。又如长孙炽,在北周建德初,因武帝尚道法,尤好玄言,求学兼经史、善于谈论者,为通道馆学士,炽应其选,与英俊并游,通涉弥博②。再如李文博,史传云"好学不倦,至于教义名理,特所留心","性长议论"③。总之,虽然玄学在北朝并未大行,但到隋朝,则因南学渐受重视④,也随之为北士所接受了。王绩极喜魏晋名士之放旷风度、好议论名理,当亦与北学渐入于南学的学术趋势有关。

但是,北人之谈玄论理,与东晋以后空谈性理、故作虚诞者自是不同,他们的玄学里已融入了对事功的追求,放旷中也渗进了一份无奈和愤懑。如卢思道,虽然"才学兼著"、热衷仕进,但"通侻不羁","不持操行",入仕之后,"多被谴辱",屡次"免归于家"。仕途如此困蹇的卢思道便多引《老》《庄》《易》等玄学"以寄其情"。如他在《孤鸿赋》中则以《庄子》逍遥而游于天地之间的自由精神,老子的"齐死生"、"一荣辱"的人生态度,来消解自己怀才不遇的困惑;在《劳生论》中更是援《庄子》"大块劳我以生"之论,说明"人之生也,皆未若无生",人在世之所营皆属徒劳的愤激观点,又引《易》之阴阳消息、盛衰之变的观点,来表达自己对权贵们作威作福、富贵一时的嘲讽,抒写自己命途多舛的怨愤。玄学之于卢思道,已然成了他消解人生痛苦的麻醉剂了。

王绩之模仿魏晋名士,追求魏晋风度、谈玄论理,亦与卢思道相

---

① 《隋书》卷四六,《张煚传》。
② 《隋书》卷五一,《长孙炽传》。
③ 《隋书》卷五八,《李文博传》。
④ 皮锡瑞《经学历史·经学分立之时代》谓北朝后期"北学渐入于南";《经学统一时代》谓隋时"天下统一,南并于北,而经学统一,北学反并于南"。

近,于玄学中掺进了许多济世情怀。

在入仕之前及入仕之初,王绩模仿魏晋名士,以阮籍、刘伶、陶渊明等人自况,有自高身价、钓名钓位的意图。据吕才《王无功文集序》,王绩在入仕之前,"性简傲,饮酒至数斗不醉",且常对人说:"恨不逢刘伶,与闭户轰饮。"因著《醉乡记》及《五斗先生传》,以类《酒德颂》。又雅善鼓琴,加减旧弄作《山水操》,为知音者所赏。"高情胜气,独步当时。"其实,王绩并非只在醉乡游,轰饮终日,遗落世事。我们看他青少年时就多方准备,积极干进,就知道他是"醉翁之意不在酒",而在邀世誉、钓名位。入仕之后,由于所除官位低微,与其政治抱负相差甚远,王绩便索性学陶渊明自罢其职、归隐田园。如他在《山中独坐自赠》诗中即云:"解组陶元亮,辞家向子平。"在《游北山赋》中也标榜:"养拙辞官,含和保真。"但其真意却不在此。如他在《读真隐传见披裘公及汉滨老父因题四韵》诗就感慨道:

> 季子停骖谢,张温下道寻。
> 世人无所识,谁知方寸心?

希冀世人识其"方寸心"的用意,隐藏其间。再如,他在《太公钓渭滨》赞中也对姜太公以隐钓位的行为表示了由衷的赞赏:

> 栖迟养老,寂寞何为?
> 地接皇涧,溪连灞池。
> 钓舟始泊,渔竿半垂。
> 君王先兆,还应见知。

另外,王绩在《赠李徵士大寿》诗中则透露出他辞官归隐、以隐钓名的意图:

孔淳辞散骑,睦昶避中郎。
幅巾朝帝罢,策杖去官忙。
附车还赵郡,乘船向武昌。
九征书未已,十辟誉弥彰。

王绩在武德五年(622)应朝廷征召,再度入仕,以及他在贞观中仿效陶潜,托以"家贫"赴选,都是他以隐钓名钓位意图的亲身履践。

然而,在隋唐之际风云变幻的社会动乱中,只有英雄起蒿莱、风云际会、君臣遇合,轰轰烈烈地干一番大事业,方能出将入相、封侯受赏。王绩想以隐钓位,显然是行不通的。因此,他不得不离开官场,归隐田园,尽管他并不甘心、带着几分失意。在此时,他更加刻意追求魏晋风度,以表达他对官场、对社会的讥刺。王绩在《自作墓志文》中道:

起家以禄仕,历数职而进一阶。才高位下,免责而已。天子不知,公卿不识,四十、五十而无闻焉。于是退归,以酒德游于乡里。

因为"酒德"是"竹林七贤"的名士风流之一,所以他处处以魏晋名士自许,以疏狂、简傲处世。如他在《祭杜康新庙文》中云:

达人大观,贵和其礼。
与制于物,宁在于己?
乘流则逝,遇坎则止。
眷兹酒德,可以全身。
杜明塞智,蒙垢受尘。
阮籍随性,刘伶保真。
此避其世,于今几人?

在此,王绩显然颇以自己能于今世全身保真而沾沾自喜。他在《醉后口号》诗中也说:

> 阮籍醒时少,陶潜醉日多。
> 百年何足度?乘兴且长歌。

《田家》诗又云:

> 阮籍生年懒,嵇康意气疏。
> 相逢一饱醉,独坐数行书。

《春园兴后》诗云:

> 散腰追阮籍,招手唤刘伶。

《戏题卜铺壁》诗亦云:

> 旦逐刘伶去,宵随毕卓眠。

《春日还庄》诗亦云:

> 坐棠见邵伯,看柳忆嵇康。

尽管王绩刻意仿效魏晋名士,但是他的疏狂与放逸与魏晋名士相比仍有较大的差异。魏晋名士尤其是"竹林七贤"的放浪、简傲,有对黑暗社会现实、虚伪礼法名教的抨击的意味,故狂放中有愤激,啸傲中有慷慨,而王绩对当时社会现实并无如是之恶感,他的高标独立,更多的是有意仿效古人,以邀时誉。

当然,王绩在模仿魏晋名士的同时,也受到了玄学中理性思辨的影响,对社会、人生进行较自觉深刻的哲学思考。阮籍的《咏怀诗》、陶渊明的《饮酒诗》都集中发表了魏晋名士们对命运、对人生、对社会现实等问题的深沉思考,抒发了他们内心的苦闷,表达了他们社会现实的批判。与此类似,王绩也在一些诗文中表达他的人生思考。其《古意》六首极类阮籍《咏怀诗》、陶潜《饮酒诗》：

其一：

> 幽人在何所？紫岩有仙躅。
> 月夜横宝琴，此外将安欲？
> 材抽峄山干，徽点昆丘玉。
> 漆抱蛟龙唇，丝缠凤凰足。
> 前弹《广陵》罢，后以《明光》续。
> 百金买一声，千金传一曲。
> 世无钟子期，谁知心所属？

以"幽人"自许，抒发怀才不遇、无人见赏的苦闷。

其二：

> 竹生大夏溪，苍苍富奇质。
> 绿叶吟风劲，翠茎犯雪密。
> 霜霰封其柯，鸳鸯食其实。
> 宁知轩辕后，更有伶伦出？
> 刀斧俄见寻，根株坐相失。
> 裁为十二管，吹作雄雌律。
> 有用虽自伤，无心复招疾。
> 不如山上草，离离保终吉。

以"竹"为比，喻自己"有用虽自伤，无心复招疾"，类庄子"材与不材"之叹。

其三：

> 宝龟尺二寸，由来宅深水。
> 浮游五湖内，宛转三江里。

> 何不深复深,轻然至溱洧?
> 溱洧源流狭,春秋不濡轨。
> 渔人递往还,网罟相萦纆。
> 一朝失运会,刳肠血流死。
> 枯骨输庙堂,鲜腴籍箧簏。
> 弃置谁怨尤?自我招此咎。
> 余灵寄明卜,复来钦所履。

以"宝龟"为喻,谓己藏之不深,反遭大厄,悔痛之情,溢于言表。

其四:

> 松生北岩下,由来人径绝。
> 布叶捎云烟,插根拥岩穴。
> 自言生得地,独负凌寒洁。
> 何时畏斤斧,几度经霜雪。
> 风惊西北枝,雹陨东南节。
> 不知岁月久,稍觉条枝折。
> 藤萝上下碎,枝干纵横裂。
> 行当糜烂尽,坐共灰尘灭。
> 宁关匠石顾,岂为王孙折?
> 衰盛自有期,圣贤未尝屑。
> 寄言悠悠者,无为嗟大耋。

咏老"松"之遭摧折,感慨"衰盛自有期"的人生哲理。

其五:

> 桂树何苍苍,秋来花更芳。
> 自然岁寒性,不知露与霜。
> 幽人重其德,徙植临前堂。

> 连拳八九树,偃蹇二三行。
> 枝枝自相纠,叶叶还相当。
> 去来双鸿鹄,栖息两鸳鸯。
> 荣阴诚不厚,斤斧亦勿伤。
> 赤心许君时,此意那可忘!

以"桂树"喻己性之高洁、坚贞。

其六:

> 采凤欲将归,提罗出郊访。
> 罗张大泽已,凤入重云飏。
> 朝栖昆阆木,夕饮蓬壶涨。
> 问凤那远飞?贤君坐相望。
> 凤言何深德,微禽安足尚?
> 但使雏卵全,无令矰缴放。
> 皇臣力牧举,帝乐《箫》《韶》畅。
> 自有来巢时,明年阿阁上。

则纠缠于出世与入世的矛盾之中,结尾处似向往廊庙。

另外,他在《端坐咏思》诗中亦云:

> 世途何足数,人事本来虚。
> 三王无定策,五帝有残书。
> 咄嗟建城市,倏忽观丘墟。
> 明治若不足,昏暴常有余。
> 寄言忘怀者,归来任卷舒。

表达了他对世间所谓"明君""先王"的讥讽,对功名、人事的唾弃,有一定的批判精神。在《答处士冯子华书》中,王绩更明确表示他

曾模阮仿嵇,鄙薄礼教、功名:

> 吾纵恣散诞,不闲拜揖,兼糠粃礼义,锱铢功名,……箕踞散发,同群鸟兽。醒不乱行,醉不干物。

在《答刺史杜之松书》中也表明自己:

> 意疏体放,性有由然;弃俗遗名,与日已久。渊明对酒,非复礼义能拘;叔夜携琴,惟以烟霞自适。登山临水,邈矣忘归。谈虚语玄,忽焉终夜。

他之所以如此,实承魏晋风度而来。然而,纵观王绩现存诗文,我们可以发现,王绩之人生感悟和哲学思考,远没有阮、嵇、陶等人深刻,其对社会现实的批判精神也不太强烈。究其原因,大概有二:其一,王绩所接受的玄学已掺入了北方经世致用的实学精神,与魏晋玄学尤其是阮、嵇学派以"虚无"为本的人生观、社会观大不相同,故王绩终不能放弃对社会事功的追求,既然有所追求,便不能批判得彻底了;其二,王绩所处的时代,由分而合,国势日渐强盛,政治庶几清明,王绩对之素存赞赏之情,故亦不可能像嵇、阮一般对司马氏之黑暗统治、虚伪礼教进行猛烈之抨击。

总之,王绩虽然一生处处追求魏晋风度,但是由于所处时代之精神、所学北方之学统,皆已与魏晋玄学大异,所以王绩身上的魏晋风度已烙上了新的时代印记和地域文化色彩,是其进取意识、济世情怀得不到实现时的宣泄和沉思。

四、王绩诗歌的艺术精神及其成因

王绩在隋末唐初进行诗歌创作的时候,诗坛上正存在着三种诗歌创作倾向:一是由梁、陈入隋的江左诗人,依然沿袭南朝诗歌创作传统,以表现日常生活中的琐细情物为主,诗风清新、纤秾、澹雅;二是由齐、周入隋的北方诗人,以抒写仕进意识、功名观念为主,诗风质直、刚健、慷慨;三是北方儒臣提倡的以宣布教化为主的诗歌,诗风古拙、典则、雅正。但是王绩的诗歌创作与此三种创作倾向皆不相同,他虽然亦以言志、述怀为主,却又有较深刻的哲学思辨色彩,虽然有时也慷慨、激越,但更多的则是清淳、简淡,纯任自然。那么,王绩诗歌创作为何如此别具一格呢?其诗歌艺术精神到底是如何形成的呢?都是学界亟待解决的问题。为此,下面将结合王绩的创作实际,探讨王绩诗歌独特的艺术风貌、创作原则及其成因。

(一)融建安风骨、正始之音于一炉的诗歌艺术追求

从血缘关系上说,王绩与其三兄王通关系最为亲密,但是王绩的诗歌创作观与王通并不相侔。总的看来,王通在论诗衡文时,比较强调文学的政教作用和功利性质,对魏晋以来的作家包括陶渊明、谢灵运、沈约、鲍照、王融、薛道衡、杨素、李德林等人都持否定态度,原因是这些作家的作品不太符合温柔敦厚的儒家诗教,诗风不够雅正、典则①。王绩虽然也受到了儒家诗教的影响,但他并没有像其兄王通那样拘泥于社会教化作用和政治功利目的,而是比较强调诗歌泄导人情、抒怀言志的功能。如他在《游北山赋序》中就认为:"诗者,志之所之;赋者,诗之流也。"他的文学创作也基本上体现了这一创作原则,多表现其济世之志、干进之心,以及仕途遭挫后愤世嫉俗、啸傲山林的心态,而这种诗歌创作倾向是与自苏绰、李谔直至王通等人提倡的"明道复古"的传统观念迥异其趣的。

从诗歌创作实际和作品艺术风貌上说,王绩受卢思道、薛道衡、孙万寿等山东旧族诗人的影响比较大。前文已述,河汾文化精神隶

---

① 王运熙、杨明:《隋唐五代文学批评史》,上海古籍出版社,1994年,第25—36页。

属于山东文化体系,王绩的人生抱负、政治理想以及仕进方式也都与东魏、高齐及隋时山东旧族诗人的文化传统有明显的传统关系。相通的文化心态,决定了他们在诗文创作观念上的相近。由于邺下是曹魏旧都,加上五胡乱华后有相当一批高门大族并未随晋室南渡,仍留在中原地区,他们为了保持自己文化的优势,往往森严壁垒,固守门庭,沿袭着汉魏经术、文学事业,所以他们虽历经少数民族几代统治,却能以勤学、经术致身通显,延续了汉民族的文化命脉,巩固了世族大家的政治地位和经济地位。卢、薛等人能在齐、周、隋之际直追汉魏风骨、踵武建安君臣,写出慷慨、激越、质直、刚健的作品来,亦有此地域文化上的机缘。

王绩自小即受到薛道衡、杨素、贺若弼等前辈诗人的影响。吕才《王无功文集序》记载道:

> (王绩)年十五,游于长安,谒越公杨素。于时,宾客满席,素览刺引入,待之甚倨。君曰:"绩闻周公接贤,吐餐握发,明公若欲保崇荣贵,不宜倨见天下之士。"时宋公贺若弼在座,弼早与君长兄侍御史(王)度相善。至是,起曰:"王郎是王度御史弟也,止看今日精神,足见贤兄有弟。"因提手引座,顾谓越公曰:"此足方孔融,杨公亦不减李司隶。"素改容礼之。因与谈文章,遂及时务。君瞻对闲雅,辩论精新,一座愕然,目为"神仙童子"。……河东薛道衡,曾见其《登龙门忆禹赋》,曰:"今之庾信也。"因以其所制《平陈颂》示之,一遍便暗诵。道衡大惊曰:"此王仲宣也。"由是,弱冠藉甚群公之间。

从这段记载中,我们可以看出:第一,王绩是在贺若弼、杨素、薛道衡等人的称赏与提携下,进入诗坛的;第二,他们有相近的文学趣味,即都比较推崇建安诗人,故贺、薛屡以建安诗人称赞王绩。可以说,卢思道、薛道衡、杨素、贺若弼等人是王绩学习建安诗歌的重要艺术中介。因此，王绩诗歌中也多表现出建立功名的进取意识以及理想受挫的苦闷。

王绩在《晚年叙志示翟处士正师》诗中说自己青年时期就已立下大志：

> 明经思待诏，学剑觅封侯。
> 弃繻频北上，怀刺几西游。

希望为国靖边，功成受赏，出将入相。其集中现存《在边三首》疑即王绩青年时期北游边塞、从军戍边的作品。

其一：

> 客行秋未归，萧索意多违。
> 雁门霜雪苦，龙城冠盖稀。
> 穹庐还作室，短褐更为衣。
> 自怜书信断，空瞻鸿雁飞。

描写征戍之苦、思乡之情，诗境萧瑟，凄清。

其二：

> 羁旅滞胡中，思归道路穷。
> 犹擎苏武节，尚抱李陵弓。
> 漠北平无树，关南迥有风。
> 长安知远近，徒想灞池东。

写滞留胡中思归长安而不得的无奈与寂寞，情绪低沉、哀怨。

其三：

> 昔岁衔王命，今秋独未旋。
> 节毛风落尽，衣袖雪沾鲜。

> 瀚海平连地,狼山峻入天。
> 何当携侍子,相逐拜甘泉。

则由低沉情绪中振起;念及国事王命,慨然立志:"何当携侍子,相逐拜甘泉。"表现了强烈的功名意识。《九月九日》及《登垅阪二首》当作于另一次从军边塞时,这三首诗中也充满了功名难就、戍边无期的感伤和愁怨,与建安诗人描写飘泊无定生活的作品,风格有些相似。

以隐逸求仕是王绩实现人生抱负的另一条途径。他除了在《宁戚扣牛角》赞中为宁生的隐居不遇、商歌饭牛鸣不平,在《君平卖卜》赞中称赏严君平之隐"道实兼济,功非独全",在《太公钓渭滨》赞中羡慕姜尚"君王先兆,还应见知"的机遇外,自己在《被举应征别乡中故人》诗中也踌躇满志、春风得意:

> 皇明照区域,帝思属风云。
> 烧山出隐士,治道送征君。
> 自惟蓬艾影,叨名兰桂芬。
> 使君留白璧,天子降玄纁。

一心想借此机会君臣遇合,风云际会,佐成治道。诗情慷慨、豪雄,笔力遒劲、健举。当然,王绩诗中写得更多的还是怀才不遇、仕途遭挫后的激愤和慷慨。如他在《端坐咏思》诗中云:

> 张衡赋《四愁》,梁鸿歌《五噫》。
> 慷慨□□□,憔悴将焉如?

在《晚年叙志示翟处士正师》诗中则回顾一生之沉浮,慷慨多气,忧思纵横:

> 自有居常乐,谁知我世忧?

得建安风骨之遗韵。

虽然王绩与卢思道、薛道衡等山东诗人在诗歌艺术风貌上有相通之处,但也不完全相同。王绩在表现仕途不遇、人生意气时多进行较深刻的哲理思考,他的诗是建安诗歌与正始诗歌的结合,言志述怀中夹杂着玄学思辨,而这正是卢、薛等人诗歌中所没有的。在卢思道、薛道衡、杨素、孙万寿等人的诗歌作品中,虽然也有仕宦沉浮的感慨和哀怨,但是他们只是沉浸于对失败、不遇的痛苦和愤慨之中,很少将之与古来贤人志士的命运结合在一起思考,更没有上升到哲理的高度,寻求消释入世痛苦的良方。但王绩则不然,他除了从卢思道等人那里学习了继承建安风骨的创作精神,还以庾信为中介吸取了魏晋玄言诗和陶渊明田园诗的创作技巧。对于王绩对庾信山水田园诗的继承和发展,葛晓音师也作过深细而精辟的研究[1],对于王绩在新体诗声律方面对"庾信体"的拓展,我也曾在《从永明体到沈宋体》一文中进行过探讨[2]。我在这里要着重指出的是,庾信是继陶渊明之后最得魏晋玄言诗艺术精髓的作家。庾信在入北之后创作出了一系列的咏怀诗,这些诗大多继承了阮籍《咏怀诗》旨趣遥深、运思玄妙的艺术精神。而王绩则将阮、陶、庾一脉发展下来的考察天人关系、探寻命运奥秘的理性思辨的创作方式,与表现济世情怀、功名意识的受挫有机结合起来了,从而形成了既与阮、陶、庾等人相通,又与之有异的艺术旨趣。王绩在《游北山赋》自注中对其好友姚义和薛收的夸奖是:

> 姚义多慷慨,同侪方之仲由;薛收以理达称,方庄周,薛实妙言理也。

---

[1] 葛晓音:《山水田园诗派研究》,辽宁大学出版社,1993年,第89—101页。
[2] 参拙著《齐梁诗歌向盛唐诗歌的嬗变》,第27—34页。

而王绩本人则力求做到"慷慨"和"言理"的结合，实际上也就是儒家入世精神与老庄玄学思辨的结合。如前文所引他的《古意六首》，明显袭自阮籍《咏怀诗》，而且在诗中对自己一生用舍行藏进行思考时，也多用老庄知足保和、全身养性、盛衰有时、祸福相倚等理论自释：

> 有用虽自伤，无心复招疾。
> 不如山上草，离离保终吉。（其二）
>
> 宝龟尺二寸，由来宅深水。
> ……
> 何不深复深，轻然至溱洧？
> ……
> 弃置谁怨尤？自我招此否。（其三）
>
> 衰盛自有期，贤圣未尝屑。
> 寄言悠悠者，无为嗟大耋。（其四）

他在《灵龟》①诗中则宣扬了一种以退为进、以静制动、混混沌沌、大智若愚的生命哲学：

> 彼灵龟兮，潜伏平坻。
> 文列八卦，色合四时。
> 出游芳莲，入负神蓍。
> 吐故吸新，何虑何思？

---

① 此诗题，韩理洲校点本《王无功文集（五卷本会校）》卷二作"《灵龟》（四言）"，且将："灵龟君子，有悔也言：明不若昧，进不若退。"这四句作为诗歌正文，列在篇首。陈尚君辑校《全唐诗补编》"续拾"卷一收录此诗，则题为《灵龟并序》，将："灵龟，君子有悔也。言明不若昧，进不若退。"作为诗序处理。此据陈尚君《全唐诗补编》，中华书局，1992年，第641页。

> 赫赫王会，峨峨天府。
> 谋猷所资，吉凶所聚。
> 尔有前鉴，尔既余将。
> 尔有嘉识，尔既余辅。
> 爰施长网，载沉密罗。
> 于沼于沚，于江于沱。
> 既剔既剥，是钻是灼。
> 姑取供用，焉知其佗？
> 呜呼灵龟，孰谓尔哲？
> 本缘末丧，命为才绝。
> 山木自寇，膏火自灭。
> 敢陈明辞，以告来裔。

在《独坐》诗中王绩陷入沉思，遥想世界本原之有无，已然涉及到了哲学本体论的玄学命题：

> 托身千载下，聊思万物初。
> 欲令无作有，翻觉实成虚。

并以此来解释历史和人生：

> 周文方定策，秦帝即焚书。
> 寄语无为者，知君晤有余。

虽然这只是他仕途受挫后的一种愤激之言，与其一生行事并不完全相符，但也足以解释他那些简傲、散漫、放诞的行为了。另外，王绩在一些写景行役诗中也往往拖着一条玄言的尾巴，但由于他是睹景生情、感慨怀抱，所以篇末的言理也就不觉突兀，而是理与情合、意味悠长了。如他在《泛船河上》诗末云：

>波澜浩淼淼，怀抱直悠悠。
>自觉生如寄，方知世若浮。
>蓬莱何处在？坐使百年秋。

再如他在《春旦直疏》诗后半写道：

>遐想太古事，俯察今世情。
>淳薄何不同，运数之所成。
>……
>谁知忘机者，寂泊存其精！

《山园》诗末联亦云：

>切直平生尽，何为劳是形？

当然，王绩诗歌更多的还是用老庄任真自然、清静无为的人生态度来化解入世的痛苦，如他在《赠程处士》诗中云：

>百年长扰扰，万事悉悠悠。
>日光随意落，水势任情流。
>礼乐因姬旦，诗书传孔丘。
>不如高枕卧，时取醉消愁。

再如《独酌》诗云：

>在生知几日，无状逐空名。
>不如多酿酒，时向竹林倾。

《山中独坐》诗云：

>试逐游山去，聊观避俗情。
>……
>还看市朝路，无处不营营！

《赠梁公》诗云：

> 我欲图世乐，斯乐难可常。
> 位大招讥嫌，禄极生祸殃。
> ……
> 朱门虽足悦，赤族亦可伤。
> 履霜成坚冰，知足胜不祥。
> ……
> 功成皆能退，在昔谁灭亡！

总之，由于王绩将对人生遭际、仕宦沉浮的慨叹，与对人生、社会、历史变化的理性思考紧密结合在一起，就形成了他既慷慨激越、又玄远高古的独特诗境。他的咏怀、言志诗实际上是建安风骨与正始之音的融合，故其艺术成就远胜于卢、薛等山东诗人。另外，正由于王绩诗歌不仅仅是慨叹功名，而且融进了理性思辨和批判精神，也直接影响到初唐四杰、陈子昂、张九龄乃至于盛唐诗人，使他们的作品也增加了哲理思考，诗情更为深沉，诗思更为蕴藉，诗境更为阔大。

（二）"以会意为功"的创作原则

在初唐诗坛上，王绩诗歌的艺术特色还体现为淳真、自然的风格。在隋唐之际，江左诗人多沿袭梁陈宫廷以藻饰、艳情为长的创作定势进行创作，少有真意；而标举"复古明道"的儒臣们则以教化为功、讽谕为意进行创作，亦难见其真性情；唯有王绩以率真、天然的态度为诗作文，在初唐诗坛独树一面清新的旗帜，令人欢欣。故明代何良俊谓：

> 当武德之初，犹有陈、隋遗习，而无功能尽洗铅华，独存体质。且嗜酒诞放，脱落世事，故于性情最近。今观其诗，近而不

浅,质而不俗,殊有魏、晋之风。①

清人翁方纲则赞之曰:

> 王无功以真率疏浅之格,入初唐诸家中,如鸾凤群飞,忽逢野鹿,正是不可多得也。②

这些论述都相当中肯地勾画出王绩诗歌在初唐诗坛上的独特风貌,然皆未能进一步探究王绩诗歌这一独特风貌形成的艺术机制。我认为,王绩诗歌率真、自然的艺术风格,首先得益于他"以会意为功"的创作原则,而此创作原则又与他受道家纯任自然、以自然为美的艺术观影响紧密相关。

王绩在《答处士冯子华书》中曾旗帜鲜明地标举出他的创作原则:

> 题歌赋诗,以会意为功③。不必与夫悠悠闲人相唱和也。

"以会意为功",即以表达真思想、真性情为指归,不矫糅造作、不雕饰刻镂。此语看似平淡无奇,但在当时诗坛却绝少有人能做到。隋末唐初诗人们不是难脱梁陈旧习,就是不免以诗为谏、进行说教,总让人难以捉摸到诗人心灵的律动。而王绩虽然没有对当时诗坛上的这两种创作倾向进行明确批评(这可能也是学术界一直未注意王绩廓清齐梁诗风和儒家诗教弊端的功绩的一个重要原因吧),但他

---

① 何良俊:《四友斋丛说》卷二五,王绩著,韩理洲校点:《王无功文集》附录三,第272页。
② 翁方纲:《石洲诗话》卷一,王绩著,韩理洲校点:《王无功文集》附录三,第274页。
③ 据韩理洲会校记,此句"各三卷本、《唐文》亦作'歌咏以会意为巧',《英华》作'题歌咏以会意为巧',下注:'咏',集作'赋诗';'巧'集作'功'"。参《王无功文集》五卷本"会校记",第153页。

"以会意为功"的创作原则恰从正面积极引导了初唐诗歌走向健康发展的道路,功不可没。

通览王绩现存全部诗作,我们可以看出,他的作品大多是在感情冲动、诗思勃郁的状态下脱口而出的。如《夜还东溪中口号》《醉后口号》都是他诗兴大发、随口吟诵出来的。由诗题我们即可想见他创作时的豪放、俊逸之态。读其诗,我们更能感受到诗人心中奔涌的诗思、真挚的情怀:

夜还东溪中口号
石苔应可践,丛枝幸易攀。
青溪归路直,乘月夜歌还。

醉后口号
阮籍醒时少,陶潜醉日多。
百年何足度,乘兴且长歌。

而《春庄走笔》《薛记室收过庄见寻率题古意以赠》《过程处士饮率尔成咏》《戏题卜铺壁》《春夜过翟处士正师饮酒醉后自问答二首》《观石壁诸龛礼拜成咏》等诗也是有感而发、一挥而就的。又如《性不好治产兴后言怀》《独坐》《咏怀》《山夜》《泛船河上》《春晚园林》《独酌》《春园兴后》《春日还庄》《端坐咏思》《晚秋夜坐》《山中独坐自赠》《春庄酒后》《食后》《独坐》《新园旦坐》《秋园夜坐》等作品,则是在沉思良久、诗情蓄积不得发的状态下吟咏而成,故诗情真挚、诗思沉郁。读这些诗,其思绪抽绎之过程、矛盾之形成、消释之状况,一目了然,极易使读者产生心理共鸣。总之,王绩之诗大多是在诗兴勃郁、诗情涌动的创作下"口号"而出、"率尔成咏"的,这与当时众多的宫廷诗人雕章琢句、无病呻吟的创作状态不啻有天壤之别。

其次，我们还可以看出，王绩创作诗歌主要是为己而写，而非为人而作。他在《答处士冯子华书》中所说"不必与夫悠悠闲人相唱和也"，则表明他写诗主要是写给自己看的，是其自娱、自遣、自述心志的产物，与当时文人喜以诗酬唱、游戏文字的创作风尚迥异。无论是在宋齐梁陈等南朝诗坛，还是在齐、周、隋及初唐宫廷，诗文酒会、宴饮唱和之风都代代相承，而此风正是导致诗歌越来越文人化、技巧化、形式化，内容越来越空虚、感情越来越单薄的一个重要因素，实际上也是诗歌风骨渐衰的一个重要原因。在此时代风气中，王绩鲜明标举"不必与夫悠悠闲人相唱和"，无疑是针砭时弊的一剂良方。再从其创作实践看，在其现存132首诗作中，明确说明是赠与他人的作品，只有《游山赠仲长先生子光》《赠薛学士方士》《薛记室收过庄见寻率题古意以赠》《赠程处士》《赠学仙者》《赠梁公》《九月九日赠崔使君善为》《赠李徵士大寿》《晚年叙志示翟处士正师》《赠山居黄道士》等10首。与他人唱和之作则更少，只有《九月九日赠崔使君善为》《冬日载酒于乡馆寻崔使君善为》《同蔡学士君知咏云》《建德破后入长安咏秋蓬示辛学士》《在京思故国见乡人遂以为问》等5首。与之相反，可明显看出来是在旁无他人、独自沉思状态下吟咏心志的作品，则有《独坐》《独酌》《山中独坐》《山中独坐自赠》《自答》《独坐》《新园旦坐》①《秋园夜坐》等8首，如果再加上《郊园》《春日山庄言志》《夜还东溪口号》《山夜调琴》《端坐咏思》等虽未标明"自答"、"自赠"、"独坐"等语，实际上也是自述怀抱的作品，竟然多达100多首。

王绩诗歌多以自赠、自答、自述怀抱为主，绝少唱酬应景之作，

---

①诗云："独对三春酌，无人来共倾。"可知亦为独坐时作。

虽然和他一生多半隐居田园、交游甚少、在朝时短有关,但我认为主要是他有意为之的结果。

王绩标举的"以会意为功"、"不必与夫悠悠闲人相唱和"的创作原则,和他深受道家纯任自然、任真放旷的人生观的影响,以及受陶渊明诗歌淳真、天然的风格的影响分不开。

王绩《赠薛学士方士》诗中云:

> 昔岁寻周孔,今春访老庄。

说明了他青年时期和中晚年时、求仕入仕时与隐居田园时思想的变化。王绩在仕进失意尤其是在归隐田园时,酷爱老庄纯任自然、天真放达的人生观,纵情诗酒,散诞不羁。如他在《北山赋》中云:

> 咸遂性而同乐,岂违方而别守?余亦无求,斯焉独游。

其《山夜》诗云:

> 长歌明月在,独坐白云浮。
> 物情劳倚伏,生涯任去留。
> 百年一如此,世事方悠悠!

《过程处士饮率尔成咏》诗云:

> 杯至定知悬怪晚,饮尽只应速唱看。

《晚秋夜坐》诗:

> 园亭物候奇,舒啸乐无为。

《山家夏日九首》其八云:

> 山居自可安,乐道不为难。
> 甲乙题书卷,梧桐数药丸。
> 树荫连户静,泉影度窗寒。

> 抱琴聊倚石,高眠风自弹。

《春夜过翟处士正师饮酒醉后自问答二首》云:

> 樽酒泛流霞,相将临岁华。
> 酣歌吹树叶,醉舞拂灯花。

由于在王绩之前,只有陶潜的田园诗最得道家天然、任真的艺术旨趣,所以王绩的这些纵情诗酒之作就有明显的仿陶痕迹了。但是,由于王绩后期是在已感仕进无望的状态下归隐的,所以他基本上能保持一份安宁、淳和的心境,写出的作品也能颇得陶诗自然、淳真的艺术真味了。如其《野望》诗:

> 薄暮东皋望,徙倚欲何依。
> 树树皆秋色,山山唯落晖。
> 牧人驱犊返,猎马带禽归。
> 相顾无相识,长歌怀采薇。

虽然写法与陶之田园诗异,然诗境雅淡、高远,情与景合,浑融一片,意味悠长,与陶诗有异曲同工之妙。再如其《题酒店楼壁绝句八首》:"嗜酒率真,诗亦有天趣。"①又如其《春庄走笔》云:

> 野客元图静,田家本恶喧。
> 枕山通筁阁,临磵创茅轩。
> 约略栽新柳,随宜作小园。
> 草依三径合,花接四邻繁。
> 野妇调中馈,山朋促上樽。
> 晓羹犹未糁,春酒不须温。

---

① 黄叔灿:《唐诗笺注》卷七,王绩著,韩理洲校点:《王无功文集》附录三,第274页。

>卖药开东铺,租田向北村。
>梦中逢栎社,醉里觅桃源。
>猪肝时入馔,犊鼻即裁裈。
>自觉勋名薄,方知道义尊。
>所嗟同志少,无处可忘言。

适性自然,诗思亦浑然天成。再如《独坐》诗云:

>问君樽酒外,独坐更何须?
>有客谈名理,无人索地租。
>三男婚令族,五女嫁贤夫。
>百年随分了,未羡陟方壶。

则写世俗之常情,知足保和之态,亦与陶诗仿佛。

由于王绩写诗时极力仿陶,"以会意为功"、诗情率真、自然,所以自古以来人们也多将之与陶并称,如贺裳云:

>诗之乱头粗服而好者,千载一渊明耳。……惟王无功差得其仿佛。①

孙星衍亦云:

>(王)绩天才倜傥,遗世独往,不拘礼俗。其文萧散,兼陶潜、庾信之长。②

高出赞之曰:

>(王绩)诗文喻旨目前,高寄象外,闲适自得,兴远理微,是

---

① 贺裳:《载酒园诗话又编》,王绩著,韩理洲校点:《王无功文集》附录三,第275页。
② 孙星衍:《孙氏岱南阁丛书本东皋子集序》,王绩著,韩理洲校点:《王无功文集》附录一,第228页。

亦德言之至也。①

都很精辟地指出了陶、王诗歌艺术上的共通之处。

但是，我们如果将王绩诗歌放在初盛唐诗歌发展的大过程中进行考察，就会发现，在当时其他人都在一味地强调"复古明道"或极力提倡融合南北、文质彬彬却收效甚微的情况下，王绩以其更为切实可行、也十分有效的"以会意为功"的创作态度，写出了许多情真意切的作品，无疑为后来的初唐四杰、陈子昂等人做出了可以仿效的榜样。而且王绩大部分诗作都写在宫廷之外、山林之中，也为初唐四杰后来进一步拓展诗境，提供了可贵的艺术探索的经验。所以我们在强调唐初魏徵、初唐四杰、陈子昂等人对初盛唐诗歌健康发展所做贡献的同时，似乎也不能忽视王绩这个更重实践的寂寞先驱的历史功绩。

第三节　初唐诗歌革新与北朝后期山东文学传统之关系

学界在研究盛唐风骨形成过程时，多直接溯及建安诗人，未曾注意由北齐入周、隋的卢思道、薛道衡、孙万寿等山东诗人的创作传统是初唐诗歌革新派刚健诗风的近源这一中古史重要环节。现有诸多研究成果，大都局限于从隋代诗坛的背景论述他们的诗歌特色和成就。本人认为，出身于北齐、活跃于周隋易代之际，以卢思道、薛道衡等为代表的诗人群体，不仅自觉踵武建安诗人，在作品中发

---

① 高出：《黄刻东皋子集叙》，王绩著，韩理洲校点：《王无功文集》附录一，第225页。

抒朝代更替时对个人前途的忧虑、故国沦亡的哀伤和志不获骋的悲怨,使他们的作品成为继建安诗歌之后罕见的慷慨多气、风骨凛然之作,而且还因他们的后人在隋唐之际和初唐人事交往和创作活动,对初唐一些具有革新思想的诗人的创作和理论产生了直接或间接的影响。北朝后期山东文士群体的这一创作传统,是初盛唐诗人远绍建安诗歌、恢复汉魏风骨的重要津梁,在南北朝诗歌向唐代诗歌艺术转型过程中,具有相当重要的诗歌史意义。

一、北朝后期山东诗人对建安文学传统的绍继

在南北朝时期的北方诗坛上,山东旧族的文学传统比关陇豪族要悠久得多。早在北魏时,山东就产生了一些词义可观的文士。但是,从北魏、东魏直到北齐,山东诗人的创作也还停留在对汉晋、齐梁诗歌的简单模仿上,即便是著名的诗人温子升、邢劭、魏收等"北地三才",也未形成独特的诗风。然而在周隋之际,却出现了卢思道、李德林、孙万寿、辛德源、薛道衡等一批成就卓著的山东诗人。就现存作品看,由北齐、北周入隋的山东诗人的人数虽然少于江左诗人,但诗歌创作成就在隋代诗坛最为突出。他们之所以能在周隋之际形成独特的风格,除了与他们善于向梁陈诗人和庾信、王褒、徐陵等入北之南人学习,开始用诗歌表现北地士人固有的文化精神有关,还在于他们能自觉踵武建安诗人,在诗中表现他们在朝代更迭过程中的功名意识和仕途浮沉的慨叹,作品饶具慷慨刚健的风骨美。

前文已述,西晋永嘉之乱以后,由于南北政权长期对峙,导致两地士子的文化心态出现了差异。江左士子普遍惟务玄虚、贵为放诞、讳言功名、罕关世务,山东士子则多崇尚质实,具有经世致用、建功立业的志向和抱负。从文化渊源上看,山东士子基本上承继了汉

儒以经术致用的济世精神。但是,自北朝前期直到"北地三才"崛起于诗坛之时,很少有人在诗中表露北地士子固有的这种功名意识和进取精神,真正将之大量写入诗中,恰恰是从卢思道、薛道衡等人开始的。

卢思道、薛道衡等一些新起的诗人,既受到齐主广延文士、盛弘文雅的社会风气的熏陶,又得到魏收、邢劭等北地一流文士的栽培和赏拔,文学素养本来就很高,而且,更重要的是,还直接从庾信、王褒、颜之推、萧悫等由南入北诗人的诗风之变中得到启示,找到了一条足以标举北地诗风的创作新路。但是,与庾信、王褒、徐陵等由南入北诗人相较,卢思道、薛道衡等山东诗人的作品在表现内容和情感基调上,又都具有鲜明的个性。而这,是与他们对建安诗人的普遍推崇、对建安风骨的自觉踵武分不开的。他们在对建安诗歌的学习和模仿中,逐渐把山东士子固有的经世致用、崇尚功名的进取意识写进诗中。

东晋以来,无论是南朝的宋齐梁陈,还是北朝的北魏、东西魏、北周,不仅直接称赏、推崇建安诗风者寥寥,更少有人在诗歌创作中有意识地学习、模仿建安诗歌。所以,初唐诗人陈子昂才在《修竹篇序》中说:"汉魏风骨,晋宋莫传","齐梁间诗,彩丽竞繁,而兴寄都绝"[1]。而出身北齐、历仕三朝的卢思道等山东诗人,则由于地域的相同、文化的传承以及文学氛围的近似,却在创作中大量模仿、学习建安诗歌。

邺下是曹魏旧都,亦是曹操父子与王粲等建安七子互相游从、诗文酬和的地方。锺嵘《诗品序》云:

> 降及建安,曹公父子,笃好斯文;平原兄弟,郁为文栋;刘

---

[1] 陈子昂著,彭庆生校注:《陈子昂集校注》卷一,黄山书社,2015年,第163页。

桢、王粲,为其羽翼。次有攀龙托凤,自致于属车者,盖将百计。彬彬之盛,大备于时矣。①

曹丕的《又与吴质书》亦云:

> 昔日游处,行则接舆,止则接席,何曾须臾相失。每至觞酌流行,丝竹并奏,酒酣耳热,仰而赋诗。②

自东魏以来,历代好文之主多有自觉追尊建安君臣、大弘文雅之意识。如《魏书·文苑传序》云:

> 逮高祖驭天,锐情文学,盖以颉颃汉彻,掩踔曹丕,气韵高艳,才藻独构。

尤其是齐后主时,众学士待诏文林馆,君臣游宴,诗酒频繁,每以效建安君臣为务。如杨训,齐后主时为通直散骑侍郎,待诏文林馆,曾作《群公高宴诗》云:

> 中郎敷奏罢,司隶坐朝归。
> 开筵引贵客,馔玉对春晖。
> 尘起金吾骑,香逐令君衣。
> 绿酒犀为椀,鸣琴宝作徽。
> 寸阴良可惜,千金本易挥。

无论创作情境还是心态,杨训此诗皆与曹丕《又与吴质书》中所云相彷佛。再如魏收《月下秋宴诗》亦云:

> 此夕甘言宴,月照露方途。

---

① 锺嵘著,曹旭集注:《诗品集注》,第17页。
② 曹丕著,夏传才、唐绍忠校注:《曹丕集校注》,中州古籍出版社,1992年,第108页。

> 使星疑向蜀,剑气不关吴。
> 良交契金水,上客慰萱苏。
> 何必应刘辈,还来游邺都。

则明确表示他们此次宴游有仿效建安诗人的意味。

卢思道则不但仿效建安诗人宴饮游乐、诗酒文会,而且还直接用建安诗人的诗句为题,吟咏其事。如卢思道曾写过一首《河曲游》:

> 邺下盛风流,河曲有名游。
> 应徐托后乘,车马践芳洲。
> 丰茸鸡树密,遥裔鹤烟稠。
> 日上疑高盖,云起类重楼。
> 金羁自沃若,兰棹成夷犹。
> 悬匏动清吹,采菱转艳讴。
> 还珂响金埒,归袂拂铜沟。
> 唯畏三春晚,勿言千载忧。

此诗题目乃撷取曹丕《与吴质书》中"时驾而游,北遵河曲"两句而成,诗中"应徐托后乘"句,亦化自曹丕文中"文学托乘于后车"一语。其《城南隅燕》诗亦如是:

> 城南气初新,才王邀故人。
> 轻盈云映日,流乱鸟啼春。
> 花飞北寺道,弦散南漳滨。
> 舞动淮南袖,歌扬齐后尘。
> 骈镳歇夜马,接轸限归轮。
> 公孙饮弥月,平原燕浃旬。
> 即是消声地,何须远避秦。

此诗诗题采用曹植《赠丁翼》诗中"吾与二三子,曲宴此城隅"两句,诗中所谓"才王"即指陈思王曹植。

卢思道等人在宴饮游赏时,之所以津津乐道于建安君臣之风流文雅之事,不仅因为北齐邺都系曹魏邺京,地点相同,容易使北齐诗人产生历史联想,恐怕还由于他们的文化精神,他们的人生志趣,甚至他们求仕、入仕时的种种感慨,与建安诗人有心迹遥通之处。因而,他们不只是模仿建安君臣写了一些宴饮、游乐诗,还在诗中普遍表现出与建安诗人相近的进取精神和功名意识,以及对社会现实的深切关怀①。

北齐武平五年(574),卢思道曾写过一首著名的《仰赠特进阳休之诗》,此诗七章,尚有一长序,序中云:

> 夫士之在俗,所以腾声迈实、郁为时宗者,厥途有三焉:才也,位也,年也。才则弘道立言,师范雅俗;位则乘轩服冕,燮代天工;年则贰膳杖朝,致养胶序。②

表明了他希望以经术见赏,以文才擢用,建功立业,功成身退的人生理想。再如薛道衡,自幼专精好学,"年十三,讲《左氏传》,见子产相郑之功,作《国侨赞》"③。初步流露出他意欲经邦定国、建功立业的人生抱负。后来,他也待诏文林馆,与卢思道、李德林齐名友善,

---

① 南朝齐梁诗人于宫廷宴饮时,虽然也偶尔以曹氏父子与建安七子游园赋诗自比,如刘孝绰《侍宴同》:"副君西园宴,陈王谒帝归。列位华池侧,文雅纵横飞。"庾肩吾《侍宴宣猷堂应令诗》:"归来宴平乐,置酒对林泉。"《侍宣猷堂宴湘东王应令诗》:"陈王骖驾反,副后西园游。并命登飞阁,列坐对芳洲。"《侍宴饯湘东王应令诗》:"陈王从游士,高宴入承华。并载连同璧,雕文类简沙。"却无吊古之情,并不悲慨。
② 卢思道著,祝尚书校注:《卢思道集校注》,巴蜀书社,2001年,第21页。
③《隋书》卷五七,《薛道衡传》。

又一起由齐入周,由周入隋。他早年在北齐时所作之诗似皆不存,由齐入周后及由周入隋初的诗作,多表达他积极的进取意识。其《渡北河诗》当作于入周之后,诗中写春季行军渡北河时,见河边桃花盛开、新浪奔腾,胸中顿然涌起立功边陲、效身疆场的壮志豪情:

> 连旌映溆浦,叠鼓拂沙洲。
> 桃花长新浪,竹箭下奔流。
> 塞云临远舰,胡风入阵楼。
> 剑拔蛟将出,骖惊鼋欲浮。
> 雁书终立效,燕相果封侯。
> 勿恨关河远,且宽边地愁。

其《出塞二首》作于入隋之后,虽写北地征战之苦,亦见意气之豪,诗风劲健、挺拔:

> 其一
> 高秋白露团,上将出长安。
> 尘沙塞下暗,风月陇头寒。
> 转蓬随马足,飞霜落剑端。
> 凝云迷代郡,流水冻桑干。
> 烽微桔槔远,桥峻辘轳难。
> 从军多恶少,召募尽材官。
> 伏堤时卧鼓,疑兵乍解鞍。
> 柳城擒冒顿,长坂纳呼韩。
> 受降今更筑,燕然已重刊。
> 还嗤傅介子,辛苦刺楼兰。

> 其二
> 边庭烽火惊,插羽夜征兵。

>　　少昊腾金气,文昌动将星。
>　　长驱鞬汗北,直指夫人城。
>　　绝漠三秋暮,穷阴万里生。
>　　寒夜哀笛曲,霜天断雁声。
>　　连旗下鹿塞,叠鼓向龙庭。
>　　妖云坠虏阵,晕月绕胡营。
>　　左贤皆顿颡,单于已系缨。
>　　绁马登玄阙,钩鲲临北溟。
>　　当知霍骠骑,高第起西京。

辛德源,沉静好学,少有重名。中书侍郎刘狄上表荐之曰:

>　　枕藉六经,渔猎百氏。文章绮艳,体调清华。……实后进之辞人,当今之雅器。必能效节一官,骋足千里。①

而他自己也是怀抱大开、期盼立功。其《白马篇》效曹子建,歌颂任侠尚武的少年游侠,流露出自己志效疆场、军中立功的豪情壮志:

>　　任侠重芳辰,相从竞逐春。
>　　金羁络赭汗,紫缕应红尘。
>　　宝剑提三尺,雕弓韬六钧。
>　　鸣珂蹀细柳,飞盖出宜春。
>　　遥见浮光发,悬知上头人。

当时在诗中表现这种功名意识、进取精神的山东诗人还有不少,如裴让之《从北征诗》云:

>　　沙漠胡尘起,关山烽燧惊。

---

① 《隋书》卷五八,《辛德源传》。

> 皇威奋武略，上将总神兵。
> 高台朔风驶，绝野寒云生。
> 匈奴定远近，壮士欲横行。

祖珽的《从北征诗》亦云：

> 翠旗临塞道，灵鼓出桑干。
> 祁山敛雰雾，瀚海息波澜。
> 戍亭秋雨急，关门朔气寒。
> 方系单于颈，歌舞入长安。

这些诗人的作品中都充满了豪迈之情、乐观态度。

和建安诗人一样，卢思道、薛道衡等山东诗人也在诗中流露出仕途困顿、理想遭挫的抑郁和愤懑。北齐时，卢思道曾因仕途多舛，免归于家，"尝于蓟北怅然感慨，为五言诗以见意，人以为工"①。这是卢思道在诗中慨叹遭际、发抒不平的开端。后来，由于他恃才傲物，不持操行，"每居官，多被谴辱"，故虽历仕三朝，却一直郁郁不得志。所以他除了在前引《听鸣蝉篇》诗中有"红尘早弊陆生衣，明镜空悲潘椽发"的人生慨叹，还在《从军行》《孤鸿赋》《劳生论》等诗文中发抒自己的抑郁不平之气。

入隋以后，由于以隋文帝为首的关陇豪族对山东旧族进行集体性的压制、打击，薛道衡、孙万寿等人普遍在诗中抒发怀才不遇、仕途遭挫的苦闷。《隋书·薛道衡传》云：

> 高祖受禅，坐事除名。……后坐抽擢人物，有言其党苏威，任人有意故者，除名，配防岭表。

所以薛道衡在入隋之后作了不少宣泄郁闷的诗歌。如他在《昭君

---

① 《隋书》卷五七，《卢思道传》。

辞》中即以昭君失宠喻己之不遇,情思宛曲、哀怨。其《昔昔盐》《豫章行》写闺怨、宫怨,亦皆折射出仕途失意的落寞和愁苦,哀婉动人。其《敬酬杨仆射山斋独坐诗》和《重酬杨仆射山亭诗》则以诗代书,表达自己对仕途知己、诗坛挚友(此时亦失意)的思念,倾诉了自己仕途困顿的愁苦。再如孙万寿,信都武强人,"年十四,就阜城熊安生受五经,略通大义,兼博涉子史"。后以文学之才仕齐为奉朝请。隋高祖代周后,滕穆王杨瓒引为文学,坐衣冠不整,配防江南。史传云"万寿本自书生,从容文雅,一旦从军,郁郁不得志,为五言诗赠京邑知友"。此诗《隋诗》卷一作《远戍江南寄京邑亲友》,诗中先是以贾谊贬长沙、屈原逐湘水自况,抒写自己空有报国之壮志,不遇爱才之明主,乃至被逐出京、远贬边地的愤懑;接着又以王粲从军、郗超入幕自比,发泄内心的抑郁不平。史称"此诗至京,盛为当时之所吟诵,天下好事者多书壁而玩之"①。其《和张丞奉诏于江都望京口诗》和《早发扬州还望京邑诗》,也都写他遭贬江南、壮志蹉跎的悲哀和感伤。其《东归在路率尔成咏诗》则充分表达了诗人一生苦苦追求而又终无所成的愤慨与不平,诗意苍凉、悲怆。又如尹式,河间人,博学解属文。其《别宋常侍诗》写其宦游疲倦、前程黯淡的心情:

> 游人杜陵北,送客汉川东。
> 无论去与住,俱是一飘蓬。
> 秋鬓含霜白,衰颜倚酒红。
> 别有相思处,啼鸟杂夜风。

其《送晋熙公别诗》当作于入隋以后,仕途失意之时,诗中对其历仕三朝(齐、周、隋)、饱经沧桑的一生,进行了较为深刻的反思:

―――――――――

① 《隋书》卷七六,《孙万寿传》。

> 太行君失路，扶摇我退飞。
> 无复红颜在，空持白首归。
> 色移三代服，尘化两京衣。
> 道穷方识命，事云乃知非。
> 西候追孙楚，南津送陆机。
> 云薄鳞逾细，山高翠转微。
> 气随流水咽，泪逐断弦挥。
> 但令寸心密，随意尺书稀。

建安诗歌之所以风力矫健、悲哀苍凉，具有感奋人心的力量，除了因为建安诗人们大多纵情任性、志高意广，还因为他们不是只把目光局限于个人得失的小天地，还深刻地反映了汉末"世积乱离，风衰俗怨"①的时代特征。与此相同的是，周隋之际的山东诗人的一些作品也将个人的哀怨与国家的命运和社会的动荡、人民的苦难紧密结合在一起，体现了他们对建安风骨诗学本质的把握和继承。

王粲的《从军诗》五首不仅写了诗人随曹操征东吴时志在立功的伟壮之情，也写了将士们征行之苦，以及沿途所见之凋敝景象和动乱现实，还用对比手法展现了太平康乐的谯郡和其他所经之地的天壤之别，表示了他对人民安居乐业生活的由衷赞美。全诗既苍凉悲慨，又慷慨激昂。卢思道的《从军行》则以滥觞于曹丕的七言歌行体的形式，来表达与王粲《从军诗》相近的意旨：

> 朔方烽火照甘泉，长安飞将出祁连。
> 犀渠玉剑良家子，白马金羁侠少年。
> 平明偃月屯右地，薄暮鱼丽逐左贤。

---

① 刘勰著，范文澜注：《文心雕龙》卷九，人民文学出版社，1962年，第674页。

> 谷中石虎经衔箭,山上金人曾祭天。
> 天涯一去无穷已,蓟门迢递三千里。
> 朝见马岭黄沙合,夕望龙城阵云起。
> 庭中奇树已堪攀,塞外征人殊未还。
> 白雪初下天山外,浮云直上五原关。
> 关山万里不可越,谁能坐对芳菲月?
> 流水本自断人肠,坚冰旧来伤马骨。
> 边庭节物与华异,冬霰秋霜春不歇。
> 长风萧萧渡水来,归雁连连映天没。
> 从军行,从军万里出龙庭。
> 单于渭桥今已拜,将军何处觅功名!①

诗中既表现了主人公从军游侠的英武,也渲染了塞外生活的艰辛,结尾还深刻地表达了人民的厌战心理和对和平生活的渴望,慷慨悲壮,境界超迈。

同样,孙万寿、元行恭等由齐入周隋的山东诗人也把故国之沦丧与仕途之困顿紧密联系在一起,这就使得他们诗中的哀怨具有强烈的社会现实性了。如孙万寿仕齐为奉朝请,亦曾参加齐后主与文林馆诸学士的诗文酒会,颇为得意,但入隋后屡受压制、贬逐,所以当他重游邺京时,就禁不住百感交集,多次在诗中发抒家国破亡的感伤。其《和周记室游旧京诗》云:

> 大夫愍周庙,王子泣殿墟。
> 自然心断绝,何关系惨舒。
> 仆本漳滨士,旧国亦沦胥。

---

① 卢思道著,祝尚书校注:《卢思道集校注》,第56—57页。

> 紫陌风尘起,青坛冠盖疏。
> 台留子建赋,官落仲将书。
> 谯周自题柱,商容谁表闾。
> 闻君怀古曲,同病亦涟如。
> 方知周处叹,前后信非虚。

昔时煌煌之帝京,今日已沦胥;昔时风流之雅集,今日成追忆;昔时倜傥之国士,今日已成亡国之臣;世道沦替、仕宦浮沉交织在一起,而又揉进曹植为铜雀台作《登台赋》等建安故事,故显得格外哀婉、悲怨。隋文帝开皇九年(589),孙万寿以衣冠不整,配防江南。开皇十二年(592)前后,他自江南归乡里,作《行经旧国诗》写景述怀:

> 萧条金阙远,怅望羁心愁。
> 旧邸成三径,故园余一丘。
> 庭引田家客,池泛野人舟。
> 日斜山气冷,风近树声秋。
> 弱年陪宴喜,方兹更献酬。
> 修竹惭词赋,丛桂且淹留。
> 自忝无员职,空贻不调羞。
> 武骑非吾好,还思江汉游。

此诗题旨、写法皆与前诗相同,惟诗境更凄清、感伤,且结尾以王粲从军、远游江汉自况,言其心境与王粲的相似之处。同时人元行恭的《过故宅诗》亦云:

> 颓城百战后,荒宅四邻通。
> 将军树已折,步兵途转穷。
> 吹台有山鸟,歌庭聒野虫。
> 草深斜径没,水尽曲池空。

> 林中满明月,是处来春风。
> 唯余一废井,尚夹两株桐。

悯时伤乱,怀旧感伤,融成一片,令人不由得想起曹操的《蒿里行》《薤露行》,王粲、阮瑀的同题《七哀诗》。

另外,卢思道、薛道衡、孙万寿等山东诗人还继承了建安诗人注重"兴寄"的艺术手法。曹植的《美女篇》以美女盛年不嫁,比喻志士怀才不遇:

> 美女妖且闲,采桑歧路间。
> 柔条纷冉冉,落叶何翩翩。
> 攘袖见素手,皓腕约金环。
> 头上金爵钗,腰佩翠琅玕。
> 明珠交玉体,珊瑚间木难。
> 罗衣何飘飖,轻裾随风还。
> 顾盼遗光采,长啸气若兰。
> 行徒用息驾,休者以忘餐。
> 借问女何居,乃在城南端。
> 青楼临大路,高门结重关。
> 容华耀朝日,谁不希令颜。
> 媒氏何所营,玉帛不时安。
> 佳人慕高义,求贤良独难。
> 众人徒嗷嗷,安知彼所观?
> 盛年处房室,中夜起长叹。①

卢思道的仿作《美女篇》虽然篇幅较短,但也不无深意:

---

① 曹植著,赵幼文校注:《曹植集校注》卷三,中华书局,2016 年,第 575 页。

> 京洛多妖艳，余春爱物华。
> 俱临邓渠水，共采邺园花。
> 时摇五明扇，聊驻七香车。
> 情疏看笑浅，娇深眄欲斜。
> 微津染长黛，新溜湿轻纱。
> 莫言人未解，随君独问家。①

诗中所云："俱临邓渠水，共采邺园花。"即化用曹植诗意，谓自己所咏，犹东阿王曹植在邓里渠所见之美女，在邺都所赏之春花；篇末所云："莫言人未解，随君独问家。"也暗含自己希望得到朝廷重用之意。曹植的《五游咏》《远游篇》《游仙》《仙人篇》《升天行》等游仙诗分明都是"忧患之辞"，而不是"列仙之趣"。如曹植《升天行》其二云：

> 扶桑之所出，乃在朝阳溪。
> 中心陵苍昊，布叶盖天涯。
> 日出登东干，既夕没西枝。
> 愿得纤阳辔，回日使东驰。②

结尾就蕴含了韶华易逝、时不我待的人生紧迫感。卢思道的诸多游仙诗，也是有意步武曹植，藉升天凌云的幻想来批判世俗的险恶，发泄人生的苦闷。如其《升天行》诗云：

> 寻师得道诀，轻举厌人群。
> 玉山候王母，珠庭谒老君。
> 煎为返魂药，刻作长生文。
> 飞策乘流电，雕轩曳彩云。
> 玄洲望不极，赤野眺无垠。

---

① 卢思道著，祝尚书校注：《卢思道集校注》，第29页。
② 曹植著，赵幼文校注：《曹植集校注》卷二，第396页。

> 金楼旦嶙嶒,玉树晓氛氲。
> 拥琴遥可听,吹笙远讵闻。
> 不学蜉蝣子,干葬何纷纷。①

诗中借对尘世俗人和功名富贵的超脱,委婉表达自己的愤世嫉俗之意。建安七子之一刘桢的《赠从弟三首》,运用比兴之法,分咏萍藻、松柏、凤凰三物,以其高洁、坚贞的品格、远大的怀抱,激励堂弟,亦以自勉。周隋之际的山东诗人也喜咏物以言志。如李德林的《咏松树诗》:

> 结根生上苑,擢秀迩华池。
> 岁寒无改色,年长有倒枝。
> 露自金盘洒,风从玉树吹。
> 寄言谢霜雪,贞心自不移。

以"岁寒无改色"的松树,表达自己身处乱世"贞心自不移"的坚贞品格;魏澹的《咏阶前萱草诗》也是咏物寄兴:

> 绿草正含芳,霪蘼映前堂。
> 带心花欲发,依笼叶已长。
> 云度时无影,风来乍有香。
> 横得忘忧号,余忧遂不忘。

言其常怀忧思。其《咏石榴诗》中"路远无由寄,徒念春闺空"句,和《咏桐诗》中的"愿寄华庭里,枝横待凤栖"句,也都流露出诗人空有济时之志,怀才不遇,无由仕达的隐痛。孙万寿的《庭前枯树诗》则以枯树为比,慨叹自己今昔之变:

> 当时金谷里,昔日平陵东。

---

① 卢思道著,祝尚书校注:《卢思道集校注》,第52—53页。

> 布叶俱承露,开花共待风。
> 摇落一如此,容华遂不同。
> 庭前生意尽,井上蠹心空。
> 匠者无劳顾,拥肿难为功。

言己昔日春风得意,今日无由展志,而这种人生感慨又与故国覆亡的黍离之悲紧紧联系在一起,故更显深沉、蕴藉。

总之,由于山东诗人独特的文化精神以及他们在周、隋两朝受到的政治排挤和打击,使得他们自觉踵武心迹遥通的建安诗人,在诗中表现出强烈的功名意识和进取精神,流露出仕途困顿、理想受挫的抑郁和愤懑,内容丰富而深刻,感情真实而动人。因而,他们的这些作品就成为继建安诗歌之后少有的慷慨多气、风骨凛然之作。

二、唐初诗人的文学革新观与卢、薛等山东文学家族之关系

齐、周、隋易代之际山东诗人创作上的风格变化和艺术成就,受到了初唐革新派诗人的高度重视和推崇。魏徵、王绩、卢照邻、王勃、杨炯、陈子昂、张说等人的诗歌创作和革新理论,与卢思道、薛道衡等周隋之际的山东诗人的创作传统,尤其是与这些文学家族的后人之间有着较为直接的联系。

在绮靡诗风弥漫的唐初宫廷诗坛,魏徵等山东出身的重臣多以山东诗歌固有的质朴、刚健之风来纠轻艳、丽靡的南朝旧习。

首先,魏徵在《隋书·薛道衡传论》中对卢思道、李孝贞、薛道衡等周隋之际山东诗人的文学成就给予极高的评价:

> 二三子有齐之季皆以辞藻著闻,爰历周、隋,咸见推重。李称一代俊伟,薛则时之令望,握灵蛇以俱照,骋逸足以并驱,文雅纵横,金声玉振。静言扬榷,卢居二子之右。

其次，在《隋书·文学传序》中，魏徵等史臣更进一步提出，若将河朔贞刚之词义与江左清绮之文华结合起来，可建立起一种"文质彬彬、尽善尽美"的诗歌美学理想。

另外，在唐初宫廷诗坛竞以学南为尚的大背景中，山东出身的重臣仍能继承卢思道、薛道衡、孙万寿等人言志述怀的创作传统。如魏徵于唐高祖武德元年（618）随李密降唐，自请安辑山东，在出关时作《述怀》（一作《出关》）诗：

> 中原初逐鹿，投笔事戎轩。
> 纵横计不就，慷慨志犹存。
> 杖策谒天子，驱马出关门。
> 请缨系南粤，凭轼下东藩。
> 郁纡陟高岫，出没望平原。
> 古木鸣寒鸟，空山啼夜猿。
> 既伤千里目，还惊九折魂。
> 岂不惮艰险，深怀国士恩。
> 季布无二诺，侯嬴重一言。
> 人生感意气，功名谁复论。

抒发了他风云际会、君臣遇合后，为国请缨、建功立业的慷慨之情，风骨凛然，气格高迈。再如，李百药的《途中述怀》《郢城怀古》《谒汉高庙》《春眺》，杜淹的《召拜御史大夫赠袁天纲》《寄赠齐公》等诗，也都能得卢、薛贞刚之气。

另外，王绩是唐初诗坛别具风格的诗人，他的诗境界高古，而又风骨凛然，对初唐四杰、陈子昂、张九龄等初盛唐诗人的诗文革新都产生了深远的影响。学界在探讨其诗歌艺术渊源时，多直接追溯到魏晋之际的阮籍、嵇康和晋宋之际的陶渊明，而忽略了王绩诗歌的一个重要艺术近源,即卢思道、薛道衡等历仕齐、周、隋的山东诗人。薛氏、王氏不仅是河汾地区最重儒素、仕宦的两大家族,而且他们过从甚密。隋末乱世之中,薛道衡之子薛收从王绩之兄当时有"王孔子"之称的王通受学,并与王绩私交甚深。据今人考证,王绩的第二次出仕,与薛收可能有直接关系①。从文学创作活动和作品风貌看,王绩受卢思道、薛道衡、孙万寿等山东诗人影响也比较大。吕才《王无功文集序》云:

> 年十五,游于长安,……河东薛道衡曾见其《登龙门忆禹赋》,曰:"今之庾信也。"因以其所制《平陈颂》示之,一遍便暗诵。道衡大惊曰:"此王仲宣也。"由是,弱冠藉甚群公之间。

可见,王绩在诗坛崭露头角和薛道衡之奖掖、提携密不可分。后来,王绩有不少诗表现了其建立功名的进取意识和理想受挫的苦闷,诗情慷慨,笔力健举,与卢思道、薛道衡、孙万寿等人在诗学精神上有相通之处。如果说王绩诗中有建安风骨之遗韵,那么卢、薛等人就是王绩学习建安诗歌的重要中介。

三、初唐四杰的文学革新活动与卢、薛等山东文学家族之关系

活跃在高宗朝中后期的四杰,不仅具有"以道自任"、建功立业的进取意识,追求矫厉不群、高标独立的人格精神,还提倡在作品中表现浓郁真挚的情志和壮大宏博的气势,在初盛唐诗歌革新进程中功绩卓著。但是学界在探讨初唐四杰诗歌革新的理论渊源和现实举措时,都忽视了经世致用的山东文化传统和周隋之际卢思道、薛

---

① 张大新、张百昂:《王绩三仕三隐补辨》,载《唐代文学研究》第二辑,第61页。

道衡等诗人质朴刚健的创作传统对他们的影响。

初唐四杰继承了北方儒学以恢复王道、推行仁政、经世致用为指归的人生精神,这无疑是王勃等人在诗文创作中所提倡的刚健骨气的重要文化内质,是在背面支撑着他们进行诗文革新的厚积的力量。而在王勃发起的诗文革新运动中,主要参加者和支持者又都是齐、周、隋易代之际卢思道、薛道衡等著名山东文士的后人。

杨炯《王勃集序》在记述龙朔初年王勃等人自觉反对"上官体"等绮靡文风过程时说:

> 尝以龙朔初载,文场变体,争构纤微,竞为雕刻。糅之金玉龙凤,乱之朱紫青黄。影带以徇其功,假对以称其美。骨气都尽,刚健不闻。思革其弊,用光志业。薛令公朝右文宗,托末契而推一变;卢照邻人间才杰,览清规而辍九攻。知音与之矣,知己从之矣。鼓舞其心,发泄其用。……长风一振,众萌自偃。遂使繁综浅术,无藩篱之固;纷缛小才,失金汤之险。积年绮碎,一朝清廓。翰苑豁如,辞林增峻,反诸宏博,君之力焉。①

学界以前在分析这段话时,大多忽视了薛令公、卢照邻的家族文化背景以及他们与王氏家族之关系。

此文所云"朝右文宗"、王勃的"知音"——薛令公,就是薛元超②,亦即前文所述王通门生、王绩之友薛收之子,薛道衡之孙。据

---

① 杨炯:《王子安集原序》,王勃著,蒋清翊注:《王子安集注》卷首,上海古籍出版社,1995年,第69—70页。
② 自1972年《薛元超墓志铭》从陕西乾陵出土之后,唐史学界和唐代文学研究界对薛元超及其家族的研究逐渐深细,相关成果主要有樊英峰《唐薛元超墓志考述》(《人文杂志》1995年第3期)、杜文玉《关于薛元超几个问题的考证》(《渭南师专学报》1996年第1期)、陶敏《初唐文坛盟主薛元超》(《古典文学知识》2000年第5期)、胡可先《〈薛元超墓志〉与初唐宫廷文学述论》(载《唐代文学研究》第十三辑,广西师范大学出版社,2008年)等。

《旧唐书·薛收传》附《薛元超传》,薛元超好学善属文,太宗朝即被重用,累授太子舍人,预撰《晋书》。高宗朝,又转中书舍人,加弘文馆学士,兼修国史。龙朔初年,正在中书侍郎任上,后在永隆二年(681),拜中书令。史传又云:"元超既擅文辞,兼好引寒俊,……由是时论称美。"薛元超诗现仅存一首《奉和同太子监守违恋》:

> 储禁铜扉启,宸行玉轪遥。
> 空怀寿街吏,尚隔寝门朝。
> 北首瞻龙戟,尘外想鸾镳。
> 飞文映仙榜,沥思叶神飙。
> 帝念纡苍璧,乾文焕紫霄。
> 归塘横笔海,平圃振词条。
> 欲应重轮曲,锵洋韵九韶。

由诗中"飞文映仙榜,沥思叶神飙""归塘横笔海,平圃振词条"等语看,薛元超也推崇诗思雄壮、笔势飞动的诗歌风格,与王勃所提倡的"气陵云汉,字挟风霜"的文学观念相同。而这又和他们都受薛道衡等山东诗人刚健慷慨的诗歌创作传统的影响分不开。所以,当王勃进行诗文革新时,薛元超这位王家世交旧友、文坛宗伯,不遗余力地加以支持和推广,就显得理所当然了。

无独有偶,王勃诗文革新运动的主要支持者和参加者卢照邻,则是卢思道之同族后人。对于这一点,学界同样很少注意。卢照邻在《五悲·悲穷通》中曾说自己乃"燕地之高门",即出自山东著姓高门之一范阳卢氏。他在《释疾文·粤若》中更为详细地缕述了其家世:

> 粤若稽古:帝列仙兮,远矣大矣;臣太岳兮,钦哉良哉。有太公兮卷舒龙豹,奄经营乎四履;有先生兮乘骑日月,期汗漫乎

九垓。尚书抗节兮,属炎灵之道丧;中郎含章兮,遇金行之纲颓。彼圣贤之相续,信古往而今来。人何代而不贵,代何人而不才! 郁律崛岉兮,似昆陵之玉石;泮涣粲烂兮,象星汉之昭回。尔其为广也,碧海云蒸而地合;尔其为峻也,赤城霞起而天开。暨中朝之颠覆,家不坠乎良箕。绍金柯而玉秀,穆兰馨而菊滋。弥九叶而逮余兮,代增丽以光熙。清风振乎终古,妙誉熏乎当时。①

据此可知,卢照邻是范阳卢氏"北祖"卢偃的九代孙。又据《魏书·卢玄传》《北史·卢玄传》和《隋书·卢思道传》,则知卢思道为卢偃的五世孙。虽然卢照邻未言其父、祖名及仕历,可能是远房别支,但卢照邻对卢思道这位同族文学之祖相当敬仰。他在《南阳公集序》中说:

> 北方重浊,独卢黄门往往高飞;南国轻清,惟庾中丞时时不坠。②

他认为卢思道乃是北朝后期文学成就最为杰出的代表,足以和由南入北的庾信相提并论。因为这是给他人文集作序,而且是纵论上古以来的文学史,所以这个评价不能完全看成是卢照邻对自己家族中人的偏爱和溢美,应该是卢照邻对北齐、北周和隋初文坛全面考察后的公允之论。而且,他对卢思道诗文特点——于"重浊"的北方文坛独自"高飞"(即质实而不芜杂,呈贞刚健举之态)的认识,既符合卢思道的文学创作实际,又与他和王勃等人追求思飞情逸、骨刚气健的诗文革新理论相合。所以,当王勃振臂一呼进行诗文革新

---

① 卢照邻著,祝尚书笺注:《卢照邻集笺注》卷五,第 262 页。
② 卢照邻著,祝尚书笺注:《卢照邻集笺注》卷五,第 322 页。

时,卢照邻就马上响应,引之为"知己",挺身而出,共襄壮举。

可见,在初唐四杰诗文革新运动中,除了倡导者王勃本人继承了深厚的山东文化、文学创作传统,受到了卢思道、薛道衡等在周隋之际诗风之变的启发和影响,而且主要支持者薛元超、卢照邻也都与卢、薛有着家族文化和文学创作上的双重渊源关系。

四、陈子昂的诗文革新与卢藏用、薛元超之关系

初唐另一位革新派诗人陈子昂出身于蜀地豪族,与山东文化没有地缘关系。但是陈子昂所注重"风骨""兴寄"诗歌革新理论的提出、实践和推广,却也与卢思道、薛道衡等山东诗人的后人有着密不可分的关系。

陈子昂在永淳元年(682)登进士第之后,尝以文章干谒过薛道衡之孙、当朝文宗中书令薛元超①。他在《上薛令文章启》中除了对薛元超"垂索拙文"之举受宠若惊、感激不已,还旗帜鲜明地表达出自己不愿像一些宫廷文人那样"迹荒淫丽,名限俳优",而是以"劳人之歌"和"阮籍之思"自励自比,这其中应该有投薛元超之所好或者表露出与薛元超志趣相投的意味在。虽然薛元超次年即去世,陈子昂未获大用,但能为"朝右文宗"薛元超所赏识,对青年陈子昂以后的发展无疑是一种鼓励。

更值得注意的是,陈子昂诗文革新理论最坚定的支持者和最积极的宣传者卢藏用,正是卢思道的五世侄孙。

卢藏用对卢思道的文学成就极为敬仰和推崇,他曾经请当世文宗、好友张说为卢藏用写过一篇碑铭。张说在《齐黄门侍郎卢思道碑》中谓卢思道之诗文创作:

---

① 陈子昂著,彭庆生校注:《陈子昂集校注》附录,《陈子昂年谱》,第1522页。

> 思若泉涌,文若春华,精微入虚无,变化合飞动,斯固非学徒竭才仰钻之所逮也。

又赞卢思道之文学影响:

> 吟咏情性,记述事业,润色王道,发挥圣门,天下之人,谓之文伯。①

这些评论,都可看作是卢藏用和张说对卢思道文学创作的共同认识。

据《陈氏别传》,知卢藏用与陈子昂"游最久","饱于其论",二人最为相知。当陈子昂在诗歌创作中步武建安诗人,慷慨陈辞,发抒怀抱时,卢藏用是最亲密的知音。陈子昂在幽州武攸宜军中怀才不遇,愤懑不堪时,曾情不自禁地写诗寄与卢藏用,希望得到他的理解和鼓励。而卢藏用后来在《陈氏别传》中,则结合陈子昂的人生追求和高洁品格,对陈子昂《蓟丘览古赠卢居士藏用》诗和《登幽州台歌》的"感激忠义"之旨进行了深入的阐释。当陈子昂大力提倡"汉魏风骨"时,卢藏用又全力支持,为之推广。陈子昂在《修竹篇序》中说:

> 文章道弊五百年矣。汉、魏风骨,晋宋莫传。②

卢藏用在《故陈子昂集序》中则云:

> 道丧五百年而得陈君。……崛起江汉,虎视函夏,卓立千古,横制颓波,天下翕然,质文一变。③

---

① 张说:《齐黄门侍郎卢思道碑》,卢思道著,祝尚书校注:《卢思道集校注》附录一,第 215—216 页。
② 陈子昂著,彭庆生校注:《陈子昂集校注》卷一,第 163 页。
③ 陈子昂著,彭庆生校注:《陈子昂集校注》卷首,第 1—2 页。

最先对陈子昂文学成就和贡献作出高度评价。难怪后来大历人赵儋认为,卢藏用此举对扩大陈子昂诗文革新运动的影响具有举足轻重的作用:

> 友人黄门侍郎范阳卢藏用为之序,以为文章道丧五百年得陈君焉,由是太冲之词,纸贵天下矣。①

陈子昂诗文中不但有建安风骨,而且映着卢藏用先祖卢思道诗风的影子,卢藏用如此推崇和支持陈子昂的诗歌革新理论和创作成就,良有以矣。

综上所论,齐、周、隋易代之际的卢思道、薛道衡等山东诗人自觉踵武建安诗人,在诗中发抒怀抱,反映现实,慷慨豪雄,风骨凛然,不但使他们的作品成为初唐革新派诗人学习建安诗歌,恢复刚健风骨的重要桥梁,而且还直接或间接地影响了魏徵、王勃和陈子昂诗文革新理论的提出和推广。因此,我们应该突破学界现有的认识,对卢思道、薛道衡等山东诗人在齐、周、隋易代之际诗歌创作活动的文学史意义,给予全新的理解和更高的评价。

---

① 赵儋:《大唐剑南东川节度观察处置等使户部尚书兼梓州刺史兼御史大夫鲜于公为故右拾遗陈公建旌德之碑》,陈子昂著,彭庆生校注:《陈子昂集校注》附录,第 1569 页。

第三章　初盛唐诗歌的文化特质及其形成过程

唐人殷璠《河岳英灵集叙》云："开元十五年后,声律风骨始备矣。"这句话被人们广泛征引,用来说明盛唐之音的形成;学术界许多卓有成效的研究也赋予了这句话比较具体、深刻的文学史意义①。而且,人们对盛唐之音的艺术特质、时代精神也已有了比较一致的看法,即大多认为盛唐诗歌风骨遒劲、气韵浑雄、兴象玲珑,充分表现了诗人们积极乐观的进取意识、高昂明朗的盛情基调、雄浑壮大的气势力量。但是,对盛唐诗歌所蕴含的文化精神,以及这些文化精神的渊源和发展过程,学术界则研究得不够。笔者认为,盛唐诗歌确实达到了中国古典诗歌艺术的辉煌顶峰,盛唐文化也可谓是中国文化史上最灿烂的一页,然而盛唐毕竟只是历史上短暂的一瞬,所以研究盛唐诗歌以及盛唐文化本身诚然重要,但是研究初盛唐诗歌所走过的艺术历程,以及盛唐诗歌之所以出现的文化渊源和历史机缘,更具意义和启示。

---

① 如葛晓音《论初、盛唐诗歌革新的基本特征》(《中国社会科学》1985 年第 2 期);赵昌平《开元十五年前后——论盛唐诗的形成与分期》(《中国文化》第 2 期,生活·读书·新知三联书店,1990 年);吴光兴《〈河岳英灵集〉的地域性、派别性问题——兼及"开元十五年"新解》(《文学评论》2012 年第 2 期)等。

第一节　走向盛唐:初唐诗歌艺术的嬗变

初唐,是中国诗歌史上一个十分重要的时期,尤其是对继之而来的诗国高潮——盛唐而言,具有更为特殊的诗歌史意义。正是在这近一百年间,中国诗歌完成了南北朝诗风的融合,逐步扬弃掉南朝士族"罕关庶务"、徒事吟咏的诗歌创作风尚,渐渐以积极进取的庶族寒士为创作主体,以"抒怀言志"为旨归,以"奇情新拔""天然壮丽"为诗美追求,最终发展出"秀丽雄浑"的盛唐之音。鉴于这个时期诗歌艺术发展本身固有的时段性和递嬗性,本节下面拟将之分为唐初贞观年间、高宗朝、武后至中宗朝等三个时段,进行论述。

一、艰于创变的唐初诗坛

无论是文化格局还是诗坛风尚,唐初武德、贞观中都是因隋朝之旧而小有变化。首先,在隋末唐初的战乱中,北方(当时的战争主要是在黄河流域进行的)许多文士因时趁势,纷纷希望在改朝换代、开国奠基的过程中建立功勋。他们的诗歌多表现了经年的征战生活、奔波求主的境遇、得志的慷慨豪迈与失意的潦倒怨愤。这在一定程度上发展了隋代北方诗歌中的尚武任侠、建功立业的用世意识和进取精神。如李密在起事反隋过程中,为了躲避朝廷的追捕,曾隐名埋姓,聚徒教授。经数月,郁郁不得志,为五言诗云:

　　金风荡初节,玉露凋晚林。
　　此夕穷途士,郁陶伤寸心。
　　野平葭苇合,村荒藜藿深。

> 眺听良多感,徙倚独沾襟。
> 沾襟何所为?怅然怀古意。
> 秦俗犹未平,汉道将何冀?
> 樊哙市井徒,萧何刀笔吏。
> 一朝时运会,千古传名谥。
> 寄言世上雄,虚生真可愧。

诗成而泣下数行①。再如孔绍安,于武德元年(618)唐高祖登基之后,从洛阳来到长安,投奔李唐,高祖见之甚悦,拜内史舍人②。绍安侍宴应诏作《咏石榴》以见意:

> 可惜庭中树,移根逐汉臣。
> 只为来时晚,花开不及春。

又如魏徵,于唐高祖武德元年(618)十一月,随李密降唐,自请安辑山东,在出关时作《述怀》(一作《出关》)诗:

> 中原初逐鹿,投笔事戎轩。
> 纵横计不就,慷慨志犹存。
> 杖策谒天子,驱马出关门。
> 请缨系南粤,凭轼下东藩。
> 郁纡陟高岫,出没望平原。
> 古木鸣寒鸟,空山啼夜猿。
> 既伤千里目,还惊九折魂。
> 岂不惮艰险,深怀国士恩。
> 季布无二诺,侯嬴重一言。

---

①《旧唐书》卷五三,《李密传》。
②《旧唐书》卷一九〇,《孔绍安传》。

> 人生感意气,功名谁复论。

抒发了他风云际会、君臣遇合后为国请缨、建功立业的慷慨之情,风骨凛然,气格高迈。

不过,在隋唐之际表现这种期望乘时而起而又命途坎坷的诗人中,写的最好的应属王绩。王绩深受山东士子经世致用的文化传统以及王通师徒王道霸略的河汾文化精神的影响,一心向往朝廷、肆力廊庙,虽然仕途屡遭挫折,一生三仕三隐,但到终老仍恨恨不已:"自有居长乐,谁知我世忧。"①在隋末唐初的诗坛上,王绩诗歌的艺术成就高标独立、无与伦比。

就表现主旨而言,他的诗歌虽然亦以言志述怀为主,却又有较深刻的哲学思辨色彩。他虽然有时也慷慨激越,但更多的是清醇、简淡、纯任自然。这主要是因为他有融建安风骨、正始之音于一炉的自觉的艺术追求。王绩除了从卢思道等人那里学习了继承建安风骨的创作精神,还以庾信为中介吸取了魏晋玄言诗和陶渊明田园诗的创作技巧。对于王绩对庾信山水田园诗的继承和发展,葛晓音师曾经作过深细而精密的研究。她指出:

> 王绩取法于庾信,主要是因为庾信用环境描写及细节琐事的堆砌来渲染外在的隐居姿态,最适宜于在形迹和精神的表层上表现田园生活的意趣。②

她还认为,《野望》"力求在一首观赏山乡景色的诗中,将他生活的典型环境和精神状态概括出来,使高度浓缩的意境达到能为诗人传神写照的程度","为初盛唐山水田园诗指出了提炼典型意境的发

---

① 王绩:《晚年叙志示翟处士正师》,王绩著,韩理洲校点:《王无功文集》卷三,第111页。
② 葛晓音:《山水田园诗派研究》,第95页。

展方向"①。另外,王绩还将阮、陶、庾一脉发展下来的考察天人关系、探寻命运奥秘的理性思辨的创作方法同表现济世情怀、功名意识的受挫有机结合起来了,从而形成了既与阮、陶、庾等人相通,又与之不同的艺术旨趣。如他的《古意六首》明显袭自阮籍《咏怀诗》,对自己一生的用舍行藏进行思考。在《独坐》诗中,王绩遥想世界本原之有无,并以此来解释历史和人生:

  托身千载下,聊思万物初。
  欲令无作有,翻觉实成虚。
  周文方定策,秦帝即焚书。
  寄语无为者,知君晤有余。②

正由于王绩诗歌不仅仅是慨叹功名,而且融进了理性思辨和批判精神,形成了既慷慨激越又玄远高古的独特诗境,诗歌创作成就远胜于卢思道、薛道衡、魏徵等人,也直接影响到初唐四杰、陈子昂、张九龄乃至盛唐诗人,使得他们的作品也增加了哲理思考,诗境更为深沉、蕴藉,堂庑阔大③。

  就诗歌形式而言,王绩也兼采汉魏古诗之质朴、纯古和齐梁新体之清丽、流美。尤可注意的是,他不但大写新体诗,而且入律程度也遥遥领先于同时代的其他诗人(甚至当时的宫廷诗人)。王绩之所以能在新体诗声律方面取得如此巨大的成就,主要得益于他对庾信新体诗声律技巧的继承和发展。从现存庾信诗集中可以看出,庾信新体诗中的粘式律多作于其入北之后,且以山水田园、言志述怀为主。与庾信极为类似,王绩诗中的粘式律也几乎全是山水田园和

---

①葛晓音:《山水田园诗派研究》,第98页。
②王绩著,韩理洲校点:《王无功文集》卷二,第47页。
③参拙著《初盛唐诗歌的文化阐释》,东方出版社,1997年,第185—190页。

言志述怀之作,如《山中叙志》《过酒家五首》《咏怀》《九月九日》《野望》《初春》等。

更主要的是,王绩新体诗还在继承庾诗声律模式的基础上,对全篇的联式结构加以创新和变化,律化程度更高,句式、联式更为活泼多变,音韵更为流美、畅达①。所以,明人杨慎对王绩在唐初诗坛的地位给予很高的评价:"隐节既高,诗律又盛,盖王杨卢骆之滥觞,陈杜沈宋之先鞭也。"②

和王绩相比,唐初宫廷诗歌的创作成就则显得小的多。唐初的宫廷诗歌创作是从李世民登基后大兴起来的。和隋炀帝杨广一样,唐太宗李世民也对南朝诗歌艺术情有独钟。所以在贞观宫廷诗坛上,不但由陈、隋入唐的江左诗人沿南朝之旧而不改,就是出身于关陇的北方诗人也竞以学南为时尚。

唐太宗早在为秦王时,就曾延引了不少江南士族如虞世南、萧景、褚亮、萧瑀、颜相时等。到武德四年(621),李世民开文学馆时,"十八学士"中出自江左的就有七位。胡三省《资治通鉴》注云:"唐太宗以武定祸乱,出入行间,与之俱者,皆西北骁武之士。至天下既定,精选弘文馆学生,日夕与之议论商榷者,皆东南儒生也。"在与这一大批江南文士的长期相处中,唐太宗对南朝诗歌艺术也越来越喜欢了。

首先,他在创作过程中向庾信等南朝诗人学习,仿作了不少"庾信体"诗歌。现存《唐太宗集》中,感时应景、吟咏风月之作多达50多首。其中,《秋日敩(效)庾信体》是特意模仿庾信的一些吟咏风月之诗而作的,粗具庾信后期写景诗如《咏画屏风诗二十首》写景

---

① 参拙著《齐梁诗歌向盛唐诗歌的嬗变》,第22—30页;《从永明体到沈宋体》,《唐研究》第2卷,北京大学出版社,1996年。
② 杨慎:《升庵诗话》卷二,丁福保辑:《历代诗话续编》中册,第667页。

密丽的特色,然诗境不够浑融。但其诗中也偶有精巧之句,如其《秋日》诗中的"露凝千片玉,菊散一丛金",就颇得六朝韵致。

其次,唐太宗对南朝诗人和齐梁宫廷诗风也持回护和欣赏的态度。当御史大夫杜淹等人批评齐梁宫廷诗歌皆系"亡国之音"时,唐太宗当即进行反驳:"悲悦在于人心,非由乐也。"①而且他对隋炀帝的诗文创作也持欣赏的态度:"朕观《隋炀帝集》,文辞奥博,亦知是尧、舜而非桀、纣。"②在这种创作思想的指导下,不仅唐太宗本人写过艳体诗,当时许多出自关陇的士人也学写了一些艳情诗甚至色情诗,如长孙无忌的《新曲二首》、郑世翼的《看新婚》《见佳人负钱出路》、李百药的《妾薄命》《火凤词二首》、萧德言的《咏舞》诗等,都是十足的宫体之作。

贞观四年(630),唐军克突厥,天下大定。唐太宗开始在宫中提倡大雅之作和颂体诗文,号召诗人们用富赡、华丽的词藻和铺排、整饬的篇章,歌颂新朝的文治武功和升平气象。如贞观五年(631)正月元日,太宗作《正日临朝》诗云:"百蛮奉遐赆,万国朝未央。"颜师古、魏徵、岑文本、杨师道、李百药等均有和作。贞观六年(632)七月,太宗幸武功兴庆宫,宴群臣,赋诗;吕才被之管弦,名曰《功成庆善乐》,又为作《九功舞》。同年,诏褚亮、虞世南、魏徵等人分制雅乐乐章。贞观七年(633)正月,太宗又制《破阵舞乐图》,令魏徵、虞世南、褚亮、李百药等改制歌词,更名《七德舞》。此后,宫廷之中,君臣宴飨赋诗之风渐盛,且多以歌颂升平、润色鸿业为主③。唐太宗本人更于贞观十八年(644)八月作《帝京篇》十首并序,"其题意

---

① 吴兢撰,谢保成集校:《贞观政要集校》卷第七,第417页。
② 《资治通鉴》卷一九二,《唐纪》八,第6053页。
③ 详参本书第二章"初唐诗风的嬗变与唐型文化的建构",第一节"唐太宗与齐梁诗风之关系"。

经袁朗、魏徵等人的发挥,形成一种新的颂体诗,即通过描绘帝居王城的宏丽繁盛来讴歌太平","后来为卢照邻《长安古意》和骆宾王的《帝京篇》所本"①。

为了促进诗歌创作的繁荣,唐太宗还在贞观年间组织群臣着手对南北朝文学遗产进行清理和总结。贞观三年(629),太宗命令令狐德棻、岑文本、李百药、姚思廉、魏徵等重修五代史。在周、齐、梁、陈、隋等朝史书的《文艺传》《文学传》《经籍传》中,魏徵等人对各朝的文学创作得失进行了总结。其中,魏徵《隋书·文学传序》持论最公、立论最高,指示了唐初诗歌发展的正确方向:

> 江左宫商发越,贵于清绮;河朔词义贞刚,重乎气质。气质则理胜其词,清绮则文过其意,理深者便于时用,文华者宜于咏歌,此其南北词人得失之大较也。若能掇彼清音,简兹累句,各去所短,合其两长,则文质彬彬,尽善尽美矣。

但是,太宗本人却更偏爱南朝诗风,并没有完全接受和推广魏徵此论,所以当时宫廷诗坛南风炽盛的局面并没有得到改变。

除了对前朝文学创作进行理论总结,太宗又组织众多重臣,大量编撰文学类书、诗文选集,以资吟咏诗文时启发诗思、采掇丽藻之用。据史书记载,贞观年间编成的类书主要有虞世南编辑的《北堂书钞》一百七十三卷、高士廉等群臣编撰的《文思博要》二百卷等。诗歌选集则有刘孝孙撰的《古今类序诗苑》四十卷、慧净纂辑的《续古今诗苑英华》十卷等,诗文名句集则有褚亮奉敕与弘文馆诸学士编撰的《古文章巧言语》一卷。闻一多先生指出,贞观朝中后期之所以如此劳师动众、不遗余力地编撰各种文学类书,"正是唐太宗提

---

① 参葛晓音《论宫廷文人在初唐诗歌艺术发展中的作用》,《辽宁大学学报》1990年第4期。

倡文学的方法",而"太宗所鼓励的诗,是'类书家'的诗,也便是'类书式'的诗"①。

总之,在唐太宗这些措施的影响下,贞观朝中后期的宫廷诗风开始朝着典雅富丽和轻艳绮媚这两种趋向发展。但蔚然成风,则要到高宗龙朔年间。

二、唐音初奏的高宗诗坛

由于唐太宗在贞观中后期的有意提倡,到高宗永徽、龙朔年间,富丽的辞藻、绮错的诗律和歌舞升平的气象开始融合了,绮错婉媚、富贵闲逸的"雅"体诗和铺排丽藻、歌功颂德的"颂"体诗充斥着宫廷诗坛,并成为一时风气。对此,杨炯在《王子安集原序》中有过描述:

> 龙朔初载,文场变体。争构纤微,竞为雕刻。糅之金玉龙凤,乱之朱紫青黄。影带以徇其功,假对以称其美。骨气都尽,刚健不闻。

这两种诗风的代表作家分别是上官仪和许敬宗。

"上官体"是龙朔初载诗坛流行颇广的一种诗体,以"绮错婉媚"为本。所谓"绮错婉媚",据赵昌平先生阐释,是"绮错成文而能缘情婉密而得天真媚美之致"的艺术风格②。这显然是对诗歌艺术精研后达到的艺术境界。上官仪在其诗学著作《笔札华梁》中提出的"六对""八对"理论,使五言诗的声律、对仗更趋于精致而多变,也更便于推广和普及。元兢在《诗髓脑》中总结出的"调声三术"

---

① 闻一多:《类书与诗》,参氏著《唐诗杂论》,第3、7页。
② 参赵昌平《上官体及其历史承担》,《文学史》第一辑,北京大学出版社,1993年。

"八病""八对",则是对上官仪诗学理论的进一步发展,使五言诗的声律理论更趋丰富和成熟①。因此,从某种意义上说,上官体及其诗学理论有艺术上的唯美倾向。但是,它又不像人们常说的那样重艺术形式而轻情感表达。据近世日本学者小西甚一考证,《文镜秘府论》"地卷"中《八阶》《六志》实为上官仪诗学著作《笔札华梁》佚文,足以代表上官仪的诗学观点②。《八阶》中的"咏物阶""赠物阶""返酬阶""赞毁阶""援寡阶"等五阶,都是借体物以言情,而非单纯地模写物态。另外,他的"六志"理论是对诗歌言志述怀技巧的总结,其中有直言其志、袒露怀抱的"直言志",有"寄物方形、意托其间"的"比附志",有"情含郁抑、语带讥微"的"寄怀志",有"斥论古事、指列今词"的"起赋志",有反言其事、褒贬其间的"贬毁志""赞誉志"。从上官仪的诗学理论中,我们可以看出,上官仪并不喜欢那种穷形尽相、敷写物态的咏物写景诗。但是,上官仪虽然论及诗歌的言志述怀功能,但不是对儒家诗教说的简单回归,在其论列的"八阶""六志"中,无一涉及到"明道""讽谏"等儒家诗学观点。更主要的是,上官仪及其诗学追随者并没有把这种"言志述怀"的观念付诸实践。上官仪现存诗作主要是吟咏自己安享富贵的闲逸、自足之情。如其《早春桂林殿应诏》诗云:

> 步辇出披香,清歌临太液。
>
> 晓树流莺满,春堤芳草积。
>
> 风光翻露文,雪华上空碧。
>
> 花蝶来未已,山光暧将夕。

---

① 参拙作《从永明体到沈宋体》,《唐研究》第二卷,北京大学出版社,1996年。
② 参[日]小西甚一《文镜秘府论考·研究篇》上册,八大洲出版会社,1948年,第46页。

再如其《入朝洛堤步月》诗云：

> 脉脉广川流，驱马历长洲。
> 鹊飞山月曙，蝉噪野风秋。

都是写自己入朝为相、雍容满足的气度，诗境清远而有风致。所以，时人认为"上官体"的实质就是"以绮错婉媚为本"，初唐四杰和后来的卢藏用、陈子昂也都认为上官体是齐梁诗风的延续，而加以批判。

许敬宗的颂体诗文在龙朔初年影响也很大，是当时"文场变体"的另一重要内容。和"上官体"绮丽的诗风不同的是，许敬宗的"颂体诗"则是"富丽"，是"糅之金玉龙凤，乱之朱紫青黄"。贞观中后期宫廷诗坛上就已经出现了一些歌颂唐太宗文治武功、四海升平的"颂体诗"，而且许敬宗的"颂体诗"在艺术上与之也有传承关系，但是许敬宗的"颂体诗"还是具有十分鲜明的风格特征。一般说来，贞观中期的颂体诗虽然已经有虚美浮夸的苗头，但是由于未脱齐梁，格局较小，摹写尚为平实，最多只是稍加雅词点缀而已。但许敬宗就不同了。他不仅在贞观中后期写了相当多的歌功颂德的庙堂之文，如《贺洪州庆云见表》《贺杭州等龙见并庆云朱草表》《贺隰州等龙见表》《贺常州龙见表》《谢皇太子玉华山宫铭赋启》等，而且他还将庆典祝颂、郊庙歌辞中所用的那些博奥懿雅的文字都移到应诏诗里，大量堆砌日月星辰、乾坤宇宙等宏伟的意象，创造出一套专用于装点帝居宫廷的赞颂语言，极力夸饰唐太宗一统寰宇的神功武略，以及太宗朝、高宗朝万方来仪的大国盛世景象。如：

> 奉和元日应制
> 天正开初节，日观上重轮。
> 百灵滋景祚，万玉庆惟新。

待旦敷玄造，韬旒御紫宸。
武帐临光宅，文卫象钩陈。
广庭扬九奏，大帛丽三辰。
发生同化育，播物体陶钧。
霜空澄晓气，霞景莹芳春。
德辉覃率土，相贺奉还淳。

奉和初春登楼即目应诏
旭日临重壁，天眷极中京。
春晖发芳甸，佳气满层城。
去鸟随看没，来云逐望生。
歌里非烟飏，琴上凯风清。
文波浮镂槛，摛景焕雕楹。
璇玑体宽政，隆栋象端衡。
创规虽有作，凝拱遂无营。
沐恩空改鬓，将何谢夏成。

奉和圣制送来济应制
万乘腾镳警岐路，百壶供帐饯离宫。
御沟分水声难绝，广宴当歌曲易终。
兴言共伤千里道，俯迹聊示五情同。
良哉既深留帝念，沃化方有赞天聪。

奉和咏雨应诏
舞商初赴节，湘燕远迎秋。
飘丝交殿网，乱滴起池沤。

> 激溜分龙阙,斜飞洒凤楼。
> 崇朝方浃宇,宸盼俯凝旒。

葛晓音师一语中的:

> (许敬宗的诗)无论表现什么内容,总是瑞云笼罩,德辉满天,这就使原来还稍有一点清气的宫廷诗变成了镶金嵌玉、铺锦列绣的工艺装饰品。①

再从许敬宗的诗学理论来看,也是如此。如他称赞高宗所作《玉华山宫铭赋》是:

> 绚发词林,若春华之丽韶景;绮清碧海,譬秋水之澹晨霞。仙鹤和吟,惭八音于雅韵;神龙缛彩,谢五色于雕文。……究写真之奥旨,擅体物之穷神。②

正反映了他与上官仪截然不同的诗歌审美观。

虽然"上官体"和许敬宗的"颂体诗"在审美观点和艺术风格等方面存在着明显的差别,但是这种差别还没有发展到分属两个对立诗派的地步,它们是当时宫廷诗坛两种并行不悖的诗歌创作倾向。龙朔初年,随着两人政治地位的高升,这两种诗风对中下层朝士的影响也越来越大。当时还有人既学"上官体",又效许敬宗的"颂体诗"。如元万顷,在龙朔前后曾与修许敬宗、上官仪主编的《瑶山玉彩》《芳林要览》等大型类书。《全唐诗》卷四四存其诗4首,其中《奉和太子纳妃太平公主出降》:

> 象辂初乘雁,璇宫早结褵。

---

① 参葛晓音《论宫廷文人在初唐诗歌艺术发展中的作用》,《辽宁大学学报》1990年第4期。
② 许敬宗:《谢皇太子玉华山宫铭赋启》,《全唐文》卷一五二。

> 离元应春夕,帝子降秋期。
> 鸣瑜合清响,冠玉丽秾姿。
> 和声跻凤掖,交影步鸾墀。

明显是承许敬宗错彩镂金、歌功颂德的创作路数而来。而《奉和春日池台》:

> 日影飞花殿,风文积草池。
> 凤楼通夜敞,虬辇望春移。

与《奉和春日二首》:

> 其一
> 花轻蕊乱仙人杏,叶密莺喧帝女桑。
> 飞云阁上春应至,明月楼中夜未央。
> 其二
> 凤辇迎风乘紫阁,鸾车避日转彤闱。
> 中堂促管淹春望,后殿清歌开夜扉。

则又是"上官体"绮错婉媚的艺术风格,以至于有人认为《奉和春日二首》其一就是上官仪的作品。从某种意义上说,"上官体"的绮错婉媚与许敬宗诗的错彩镂金都表明了龙朔诗人对艺术形式美的偏好,而且,"上官体"强调"缘情体物"而忽视"明道讽谏",和许敬宗大倡诗歌颂美的功能,都是对周、隋、唐初以来诗歌理论界"复古明道"说的新变和反拨。而"上官体"和许敬宗"颂体诗"艺术精神上的这种相通之处,在初唐四杰眼中就是"骨气都尽,刚健不闻"[①]。

学界在研究这段文学史时,常常把初唐四杰和上官仪、许敬宗所代表的这种宫廷诗风放在对立面进行论述,实际上他们之间的关

---

① 参拙作《论龙朔初载的诗风新变》,《文学遗产》1994 年第 5 期。

系是比较复杂的。这是因为，初唐四杰的诗歌主张并不是一成不变的，而是有较为明显的阶段性变化的，他们并不是毫无保留地反对当时宫廷中的"雅颂"型诗歌的。四杰和龙朔宫廷诗人的区别在于，他们不但主文，重视诗歌的艺术美，而且重儒、崇道，更强调表现内心的情志。前人常说，四杰的诗歌创作理论和创作存在着矛盾，如果从时段上考察，二者之间其实并不矛盾，只不过是因他们境遇不同而发生了变化①。

当他们在求仕过程中，或者入仕在朝时，诗歌理论和作品实际上和上官仪、许敬宗是没有多少本质上的区别的。如骆宾王在《上吏部侍郎帝京篇启》中说：

> 徒以《易》象六爻，幽赞通乎政本；诗人五际，比兴存乎《国风》。

王勃在沛王府任上，奉命撰修《平台秘略论》，也同样强调了文学经世教化功能：

> 故文章经国之大业，不朽之能事，而君子所役心劳神，宜于大者远者，非缘情体物，雕虫小技而已。

当四杰用"文章之道""斯文之功"的创作原则去衡量魏晋以来的宫廷文学时，他们发现只有贞观宫廷的文学创作庶几近于雅颂正声。所以，卢照邻《南阳公集序》云：

> 贞观年中，太宗外厌兵革，垂衣裳于万国，舞干戚于两阶。留思政途，内兴文事。虞、李、岑、许之俦以文章进，王、魏、来、褚之辈以材术显。……虞博通万句，对问不休；李长于五言，下笔无滞；岑君论诘亹亹，听者忘疲；许生章奏翩翩，谈之未易。

---

① 参拙作《初唐四杰与儒、道思想》，《文学评论》1995 年第 5 期。

> 王侍中政事精密,明达旧章;魏太师直气鲠辞,兼包古义。

而且四杰也把贞观重臣这种宫廷文学生活作为自己的人生目标。葛晓音师就曾指出:

> 陪同君王羽猎祭祀,奏献赋颂,歌咏皇家气象,帝居风光,才是他们的愿望。①

卢照邻的诗歌创作理想是希望能够像贞观朝诸大臣般"晨趋有暇,持彩笔于瑶轩,夕拜多闲,弄雕章于琴席"。王勃期望的也是"自此西序,言投北阙,若用之衔诏,冀宣命于轩阶"(《寒梧栖凤赋》)的文学之梦。如果再将王勃所作《乾元殿颂》《九成宫东台山池赋》《拜南郊颂》等长篇赋颂与许敬宗的应制诗相比较,也不难看出二者在追求宏博和夸诞方面的相通之处。王勃《上九成宫颂表》说:"辄贡《九成宫颂》二十四章,攀紫墀而绝望,叫丹阙而累息。"明确表述了他企图以颂求仕进身的愿望。同样,杨炯也曾为迎合武后爱好祥瑞的心理写了一些赋颂,如《老人星赋》等。另外,他们在朝为官时也经常和省闼、馆阁中的同僚宴集唱和,这些作品在写法和艺术风格等方面,也都与"上官体"和许敬宗"颂体诗"一脉相承。如杨炯的《和骞右丞省中暮望》:

> 故事闲台阁,仙门蔼已深。
> 旧章窥复道,云幌肃重阴。
> 玄律葭灰变,青阳斗柄临。
> 年光摇树色,春气绕兰心。
> 风响高窗度,流痕曲岸侵。
> 天门总枢辖,人镜辨衣簪。

---

① 参葛晓音《初唐四杰与齐梁诗风》,《求索》1990 年第 3 期。

日暮南宫静，瑶华振雅音。

再如王勃《春日宴乐游园赋韵得接字》：

帝里寒光尽，神皋春望浃。
梅郊落晚英，柳甸惊初叶。
流水抽奇弄，崩云洒芳牒。
清尊湛不空，暂喜平生接。

都可以发现"上官体"闲逸、隽雅的影子。因此，葛晓音师就认为：

就以他们所批判的"糅之金玉龙凤，乱之朱紫青黄"来说，其实在他们自己的诗赋中也随处可见。①

总之，当四杰求仕和在朝时，诗歌理论和创作都和上官仪、许敬宗差不多，并无本质上的不同。

然而，当四杰被迫远离宫廷、蹭蹬下僚的时候，其诗文创作观念就发生了显著的变化，他们开始侧重于诗赋"言志述怀"的功能。由于四杰具有"以道自任"的人生抱负和经世致用的政治热情，所以他们失意后的痛苦和愤懑也富有极强的感染力。在儒家传统的"诗言志"观念的影响下，四杰于此一情境下考虑得最多的是如何才能表达出"坎壈圣代""殷忧明时"的复杂情志，而不再是文学的经世教化作用。如骆宾王《夏日游德州赠高四序》云：

夫在心为志，发言为诗。

卢照邻在《释疾文序》中云：

盖作《易》者其有忧患乎？删《书》者其有栖遑乎？《国语》

---

① 参葛晓音《初唐四杰与齐梁诗风》，《求索》1990年第3期。

之作,非瞽瞍之事乎?《骚》文之兴,非怀沙之痛乎?

都对儒家传统的"忧患而作""发愤著书"说作了相应的体认。而且,当他们用"诗言志"的创作原则去衡量文学史时,还提出了一些与用教化说衡量时不同的结论。如王勃在《上吏部裴侍郎启》中曾经竭力否定屈宋以来"悲怨"的创作风尚,但他在《春思赋》中"高谈胸怀""颇泄愤懑"时,则将屈原引为同调。再如卢照邻曾在《驸马都尉乔君集序》中斥责"屈平、宋玉,弄词人之柔翰。礼乐之道,已颠坠于斯文"。到他作《释疾文》《五悲》等文时,又奉屈骚的艺术精神为圭臬,颇有骚人之风。杨炯在《王子安集原序》中也认为王勃的创作在"远游江汉、登降岷峨"之后,"神机若助,日新其业",诗风发生了前所未有的新变。同样,当四杰用"诗言志"的创作原则去评价齐梁文学和龙朔诗风时,他们就开始对南朝宫廷和龙朔初载的"文场变体"不满了,就会认为南朝诗赋徒有缘情体物之丽美,而无言志述怀之感慨,就会认为上官仪、许敬宗等人的诗文"争构纤微,竞为雕刻","骨气都尽,刚健不闻"了。他们是以在野者的直率、激烈、愤懑,来批评当朝者的悠闲、富贵、澹雅。虽然四杰的这种批评,在很大程度上应归因于他们不能重返朝廷廊庙所产生的愤激和不平心理。但是,客观上却使得他们的文学活动范围和诗歌表现领域,比宫廷文人一下子拓宽了许多。

对于初唐四杰诗歌创作上的新变,闻一多先生的论述最为精彩。他认为"卢骆实际上是宫体诗的改造者":

> 他们都曾经是两京和成都市中的轻薄子,他们的使命是以市井的放纵改造宫廷的堕落,以大胆代替羞怯,以自由代替局缩,所以他们的歌声需要大开大阖的节奏,他们必须以赋为诗。①

---

① 闻一多:《四杰》,参氏著《唐诗杂论》,第25页。

卢照邻的《长安古意》和骆宾王的《帝京篇》等,都是"宫体诗的一个剧变",而促成这个剧变的主要原因是"背面有厚积的力量撑持着"。闻一多又云:

> 这力量,前人谓之"气势",其实就是感情。有真实感情,所以卢骆的来到,能使人们麻痹了百余年的心灵复活。有感情,所以卢骆的作品,正如杜甫所预言的,"不废江河万古流"。①

对于王、杨,闻一多先生同样给予了热情洋溢的赞美:

> 正如宫体诗在卢骆手里是由宫廷走到市井,五律到王杨的时代是从台阁移至江山与塞漠。台阁上只有仪式的应制,有"缔句绘章,揣合低卬"。到了江山与塞漠,才有低徊与怅惘,严肃与激昂,例如王的《别薛昇华》《送杜少府之任蜀州》和杨的《从军行》《紫骝马》一类的抒情诗。抒情的形式,本无须太长,五言八句似乎恰到好处。前乎王杨,尤其是应制的作品,五言长律用的还相当多。这是该注意的!五言八句的五律,到王杨才正式定型,同时完整的真正唐音的抒情诗也是这时才出现的。②

葛晓音师也指出:"四杰所追求的远大人生理想以及因才命不合于时所激发的种种不平之鸣","开启了盛唐诗歌的基本主题","他们以比兴咏怀融入词旨华靡的齐梁体,也为初盛唐诗歌融合建安气骨和江左文风提供了必要的经验",这些成功的尝试对唐诗的发展有着深远的影响③。

---

① 闻一多:《宫体诗的自赎》,参氏著《唐诗杂论》,第 15 页。
② 闻一多:《四杰》,参氏著《唐诗杂论》,第 25 页。
③ 参葛晓音《初唐四杰与齐梁诗风》,《求索》1990 年第 3 期。

三、诗格渐高的武后、中宗诗坛

和初唐四杰相比,陈子昂可算是真正的布衣寒士。初唐四杰或多或少都有一点士族血统或受士族意识的影响,陈子昂不但系地方豪族,且出生于素无士族高门的西鄙之地——蜀中。由于陈氏家族并无多少文学传统,西蜀受南朝士族诗风的影响本来也小,加上陈氏家族世习纵横之术、任侠使气,所以陈子昂的求仕方式与唐初以来几代庶族寒士皆不同,不重在文学之才,而是试图以纵横之术、奇诡之辞说动人主。而要达到说动人主的目的,就必须像战国纵横家、游士一样,在人格上与君主保持一定的距离;对国事的看法也不能随人俯仰,而应自抒己见,以耸视听,所有这些都使陈子昂保持了人格上的高度独立和极强的政治批判意识①。

家学铸就的任侠使气的豪侠性格和风流倜傥的纵横习气,使得陈子昂在写作近体诗时注重以气格压一切,赋物写景不太注意细部描写,而是喜用大笔勾勒,驭文以情,情景相洽,造成雄浑的诗境。如其《晚次乐乡县》:

> 故乡杳无际,日暮且孤征。
> 川原迷旧国,道路入边城。
> 野戍荒烟断,深山古木平。
> 如何此时恨,嗷嗷夜猿鸣。

方回评论道:"盛唐律,诗体浑大,格高语壮。"②谓其已具盛唐五律

---

① 参拙作《从家学渊源看陈子昂的人格精神和诗歌创作》,《文学遗产》1996年第6期。
② 方回选评,李庆甲集评校点:《瀛奎律髓汇评》卷十五,上海古籍出版社,1986年,第529页。

雄浑壮大的气象。又如《送魏大从军》诗：

> 匈奴犹未灭，魏绛复从戎。
> 怅别三河道，言追六郡雄。
> 雁山横代北，狐塞接云中。
> 勿使燕然上，惟留汉将功。

也是一扫唐初五律雕华饾饤之弊，反诸雄浑之美，着盛唐之先鞭。对于陈子昂近体诗成功的秘诀，纪昀的批语可谓切中肯綮："俱以气格压一切。"①这"气格"实际上就是陈子昂诗中流动、腾踔的感情节奏和豪迈、浑雄的气势。

陈子昂还一再表示，不愿像齐梁、陈隋及唐初宫廷文人一样作俳优、弄臣式的御用文人。如他在《上薛令文章启》中曾为自己"名陷俳优，长为童子之群，无望壮夫之列"而懊悔，卢藏用在《陈子昂别传》中也指出陈子昂"工为文而不好作，其立言措意，在王霸大略而已，时人不之知也"。正因为陈子昂不愿做俳优式的宫廷文人，而是以贤臣自期，所以他不但在求仕及家居守制期间慷慨激昂、踌躇满志，创作了大量的《感遇诗》、述怀诗，就是在朝廷上、待诏时，也不安于富贵，而是希望出征边塞，建立奇功，所写之诗也感慨纵横、议论风生。如《送别出塞》②：

> 平生闻高义，书剑百夫雄。
> 言登青云去，非此白头翁。
> 胡兵屯塞下，汉骑属云中。

---

① 方回选评，李庆甲集评校点：《瀛奎律髓汇评》卷三，第 79 页。
② 彭庆生认为，此诗当作于神功元年（697）东征凯旋之后，圣历元年（698）归隐之前。（彭庆生校注：《陈子昂集校注》卷二"杂诗"，此诗注释［一］，黄山书社，2015 年，第 341—342 页。）

> 君为白马将,腰佩骍角弓。
> 单于不敢射,天子伫深功。
> 蜀山余方隐,良会何时同。

虽是送友人出塞,实则也抒发了作者希望立功边塞的慷慨豪情。类似的作品还有《和陆明府赠将军重出塞》《送魏大从军》《送东莱王学士无竞》等。

而前此的初唐诗人,从贞观宫廷的虞世南、李百药,到龙朔宫廷的许敬宗、上官仪等人,都未能摆脱宫廷御用文人的地位。初唐四杰虽然自视甚高,但其文学理想也是希望做宫廷御用文人。与陈子昂同时代的沈、宋、李、杜等人后来也成为了俳优式的宫廷文人,所以他们的诗也免不了带着宫体诗的特点。但陈子昂则不然。近人张振镛说得好:

> 上官婉媚,沈宋靡丽,四杰亦鲜高洁之体、苍劲之气。惟陈子昂侧身于四杰、沈、宋之间,而特立独行,不与同流,以高雅冲淡之气,为清劲朴质之体,抑沈、宋之新声,掩王、卢之靡韵,夺魏晋之风骨,变齐梁之俳优,力追古意焉。①

另外,陈子昂对社会人生的思考也具有前所未有的深度。如前所述,初唐四杰在仕途失意时也曾对自身的命运进行了一些思考。王勃、卢照邻等都认为要真正实现自己的人生抱负,首先要中守真道,保持儒家政治教化的政治理想,其次要待时而动。所谓"时"、"才"、"道"、"命"之关系中,"道"和"时"更得四杰之重视。而在陈子昂看来,"时"、"才"、"道"固然重要,但是他在现实政治的教育下,认识到大运盈缩、天道周复,自有其规律,即使是仲尼、伯阳之类

---

① 张振镛:《中国文学史分论》第 1 册,商务印书馆,1934 年,第 82 页。

的圣贤也无力回天,所以他到最后对儒家之"道"也表示怀疑,具有更为彻底的批判意识,但到晚年,他又不免陷入了天道循环论、不可知论的泥沼,使其诸多《感遇诗》、怀古诗、咏怀诗中,既有初唐四杰所不具有的哲学思辨色彩和理性精神,也夹杂着一些悲观意识和孤独感。陈子昂诗中的这些人文特征,实际上是布衣寒士初涉政坛、志趣高正,但又知音较少的社会处境的艺术折射。这要等到开元中后期,一大批寒士涌入政坛,他们可以同气相求、互相支持时,悲观意识和孤独感才能被乐观情绪和群体意识所取代。

同样,陈子昂的诗歌革新理论也比初唐四杰更为切中时弊。陈子昂针对齐梁、陈隋以来不断发展的宫廷形式主义文风,标举风雅兴寄和汉魏风骨,突破了自周隋以来直至初唐四杰都一直提倡的"美刺讽谕"的儒家诗教说,在理论上肯定了革新诗歌的关键,在于恢复建安文人建功立业的人生理想。陈子昂提倡风雅兴寄而特别强调"汉魏风骨"和"建安作者",认为汉魏风骨就是寄托拯世济时的人生理想,只有恢复这样的兴寄,诗歌的风雅传统才能发扬光大。"这就第一次从精神上将建安气骨和齐梁文风区别开来,把风雅比兴和建安精神统一起来,解决了四杰理论和创作之间的矛盾。"①

学界以前一直认为,陈子昂诗文革新理论批判的是从上官体、"文章四友"及沈宋不断发展的宫廷形式主义文风,认为武周、中宗宫廷诗人人品普遍卑下,诗文多谄媚气,少刚健之作。但是,如果我们仔细分析一下"文章四友"、沈宋和陈子昂之关系,将武周、中宗朝宫廷文人的群体心态放在齐梁诗人向盛唐诗人心态嬗变的这一大过程中进行考察,尤其是注意到开元中前期诗人与这一时期宫廷

---

① 参葛晓音《论初、盛唐诗歌革新的基本特征》,《中国社会科学》1985年第2期。

诗人之关系的话，就会发现，非但陈子昂所批判的宫廷文人并不包括"文章四友"和"沈宋"等人，后者的政治实践和诗文创作还为盛唐诗人理想人格的建立和盛唐之音的到来做了必要的铺垫和准备。

首先，"文章四友"、沈宋与陈子昂、卢藏用之间虽然在诗歌创作倾向上存在着一定的区别，但并不是对立的两个诗派，反而是交往甚密、感情较深的诗友文侣。据《新唐书·杜审言传》，崔融、杜审言、李峤、苏味道等"文章四友"的得名，是在杜审言年轻之时。由崔融、苏味道、杜审言互赠的诗作也可以看出，他们三人确实在"红颜"时就相与游从了。但是他们四人同时作为宫廷文人则是从久视年间才开始的，他们诗风变得淫靡又要到武周朝末年，此时陈子昂已经回乡，不久就被县令段简害死，并未及见宫廷中这种创作情况。而陈子昂此前和他们一起在朝时，诗文唱和较多，感情甚笃。如武则天万岁登封元年（696）七月，崔融从武三思东征，陈子昂、杜审言均有诗送之。同年十一月，崔融自幽州归洛，陈子昂又作诗送行。武则天圣历元年（698）春夏间，杜审言自洛阳丞贬吉州司户参军，宋之问有诗送；同送者四十五人，陈子昂为之序，对杜审言的诗文评价相当高："有重名于天下，而独秀于朝端。"① 而就是在同年此时前后，陈子昂写了全面标举其诗文革新理论的《修竹篇序》②。宋之问、杜审言与陈子昂之间还有一层更为亲密的关系，他们都是"方外十友"中人，大概从武则天光宅元年（684）至万岁登封元年（696）十几年间，他们就一直过从甚密，经常在嵩山隐居、学仙，在朝中为诗论文③。所

---

① 陈子昂：《送吉州杜司户审言序》，《全唐文》卷二一四。
② 陈子昂与诸人文学交往活动的系年，参陶敏、傅璇琮《唐五代文学编年史·初盛唐卷》，辽海出版社，1998年。
③ 参葛晓音《从"方外十友"看道教对初唐山水诗的影响》，《学术月刊》1992年第4期。

以，陈子昂的诗文革新所批判的对象显然不是文章四友和沈宋等人，仍然是龙朔诗风及其余响。

其次，在武周朝中后期进入宫廷的文章四友和沈宋等人与龙朔宫廷文人相比，无论是在精神境界还是在诗歌风貌等方面也都有所不同。他们在求仕过程中和入朝后，较重功名，多希望自己在政治上能有建树。如李峤在《与夏县崔少府书》《与雍州崔录事司马录事书》《上雍州高长史书》等文中反复表达其希望执事者赏拔、擢用的心愿。卢藏用《答毛杰书》中则认为"义感当途，说动时主，怀全德以自达，裂山河以取贵"是"士之生代"应有的人生抱负。沈佺期、宋之问等人更是志向远大、仕进心切，在武周朝与陈子昂等有志之士相互游从，感激怀抱，而陈子昂、杨炯等人亦引之为知己，互相唱酬、勉励。可见，在武后柄政时期，庶族寒士仕进热情普遍高涨，功名意识也大为增强，"宫廷文人"与"在野诗人"的分野不太明显。

前文述及，龙朔诗人现存作品多为歌功颂德、安享富贵之作，较少述怀言志的作品；而武后宫廷诗人则常在诗中直抒胸臆、表露怀抱。如李峤《奉使筑朔方六州城率尔而作》诗：

奉诏受边服，总徒筑朔方。
驱彼犬羊族，正此戎夏疆。
子来多悦豫，王事宁怠遑。
三旬无愆期，百雉郁相望。
雄视沙漠垂，有截北海阳。
二庭已顿颡，五岭尽来王。
驱车登崇墉，顾眄凌大荒。
千里何萧条，草木自悲凉。
凭轼讯古今，慨焉感兴亡。

> 汉障缘河远,秦城入海长。
> 顾无庙堂策,贻此中夏殃。
> 道隐前业衰,运开今化昌。
> 制为百王式,举合千载防。
> 马牛被路隅,锋镝销战场。
> 岂不怀贤劳,所图在永康。
> 王事何为者,称代陈颂章。

感慨古今,抒发了自己"奉诏受边服,总徒筑朔方"的使命感,诗情慷慨,诗境雄阔、苍茫。杜审言的《春日京中有怀》诗:

> 今年游寓独游秦,愁思看春不当春。
> 上林苑里花徒发,细柳营前叶漫新。
> 公子南桥应尽兴,将军西第几留宾。
> 寄语洛城风日道,明年春色倍还人。

则流露了自己寓居京中多日、怀才不遇的愁思,以及期盼来年春风得意的美好愿望。崔融《西征军行遇风》诗:

> 北风卷尘沙,左右不相识。
> 飒飒吹万里,昏昏同一色。
> 马烦莫敢进,人急未遑食。
> 草木春更悲,天景昼相匿。
> 夙龄慕忠义,雅尚存孤直。
> 览史怀浸骄,读诗叹孔棘。
> 及兹戎旅地,忝从书记职。
> 兵气腾北荒,军声振西极。
> 坐觉威灵远,行看氛祲息。
> 愚臣何以报,倚马申微力。

则在行军途中直抒胸臆,表达自己愿为国事倚马效力的忠勇之情。沈佺期也喜欢在《古镜》《凤箫曲》等诗中托物寓意,发抒自己怀才不遇、希冀报国的政治抱负:

古镜

凿井遘古坟,古坟衬沦没。
谁家青铜镜,送此长波月。
长夜何冥冥,千岁光不彻。
玉匣历穷泉,金龙潜幽窟。
鞶组已销散,锦衣亦亏阙。
莓苔翳清池,虾蟆蚀明月。
埋落今如此,照心未尝歇。
愿垂拂拭恩,为君鉴云发。①

凤箫曲

八月凉风动高阁,千金丽人卷绡幕。
已怜池上歇芳菲,不念君恩坐摇落。
世上荣华如转蓬,朝随阡陌暮云中。
飞燕侍寝昭阳殿,班姬饮恨长信宫。
长信宫,昭阳殿。
春来歌舞妾自知,秋至帘栊君不见。
昔时嬴女厌世纷,学吹凤箫乘彩云。
含情转睐向萧史,千载红颜持赠君。

---

① 此诗《全唐诗》卷九五仅存末六句。全诗缺题见敦煌写卷斯二七一七《珠英学士集》残卷。此据陈尚君辑校《全唐诗补编》"续拾"卷九,中华书局,1992年,第783页。

入仕之后，沈佺期曾有过从军边塞的经历，在塞上，他也曾意气风发、慷慨激昂。其《紫骝马》诗云：

> 青玉紫骝鞍，骄多影屡盘。
> 荷君能剪拂，躞蹀喷桑干。
> 踠足追奔易，长鸣遇赏难。
> 摐金一万里，霜露不辞寒。

《塞北二首》亦云：

> 其一
>
> 虏障天骄起，秦城地脉分。
> 柏坛飞五将，梅吹动三军。
> 锋刃奔涛色，旌旗焰火文。
> 朔风吹汗漫，飘砾洒辒辌。
> 海气如秋雨，边烽似夏云。
> 二庭无岁月，百战有功勋。
> 形影随鱼贯，音书在雁群。
> 归来拜天子，凯乐助南薰。
>
> 其二
>
> 胡骑犯边埃，风从丑上来。
> 五原烽火急，六郡羽书催。
> 冰壮飞狐冷，霜浓候雁哀。
> 将军朝授钺，战士夜衔枚。
> 紫塞金河里，葱山铁勒隈。
> 莲花秋剑发，桂叶晓旗开。
> 秘略三军动，妖氛百战摧。
> 何言投笔去，终作勒铭回。

均抒发了自己报国疆场、建功立业的豪情。

另外,这些宫廷诗人在往来唱酬时,也常以建功立业互相勉励。如李峤《饯薛大夫护边》诗期望薛大夫:

> 决胜三河勇,长驱六郡雄。
> 登山窥代北,屈指计辽东。
> 伫见燕然上,抽毫颂武功。

《送骆奉礼从军》诗则勉励骆宾王:

> 希君勒石返,歌舞入城闉。

在苏味道即将从军北征时,杜审言也作《赠苏味道》诗送别,结以"方期来献凯,歌舞共春辉"的良好祝愿。宋之问《使往天平军马约与陈子昂新乡为期及还而不相遇》诗则夸赞陈子昂的耿耿忠心:

> 知君心许国,不是爱封侯。

从上引诸多诗作,我们可以看出,武后、中宗朝的宫廷诗人们与初唐四杰、陈子昂等人一样具有强烈的仕进热情、功名意识。究其原因,除了因为他们都出自同一阶层、处于同一时代,还因为武后曾有意识地在朝中、宫内提倡过慷慨激昂的诗风。郭震是武后时名臣,曾作《古剑歌》[①]一首:

> 君不见,
> 昆吾铁冶飞炎烟,红光紫气俱赫然。
> 良工锻炼凡几日,铸得宝剑名龙泉。
> 龙泉颜色如霜雪,良工咨嗟叹奇绝。

[①]《全唐诗》题作"古剑篇",此据张说《兵部尚书代国公赠少保郭公行状》(《全唐文》卷二三三)。

> 琉璃玉匣吐莲花,错镂金环生明月。
> 正逢天下无风尘,幸得用防君子身。
> 精光黯黯青蛇色,文章片片绿龟鳞。
> 非直结交游侠子,亦曾亲近英雄人。
> 那知中路遭弃捐,零落漂沦古狱边。
> 虽则沉埋无所用,犹能夜夜气冲天。

借古剑之凛然奇绝,抖露自己的英雄怀抱。武后览后,被诗中的奇绝俊迈之气打动,"令写数十本,遍赐学士李峤、阎朝隐等",让他们观摩学习①。应该说,武后此举对当时诗坛风气是有一定的推动作用的。所以,我们在考察盛唐诗人功名意识形成过程、追溯盛唐风骨艺术渊源时,就不能只盯住初唐四杰和陈子昂,还应该看到武后、中宗朝宫廷诗人们也普遍具有强烈的功名意识和仕进精神,他们的诗歌中也具有慷慨之气和凛然风骨,也为盛唐诗歌"风骨"的形成作了铺垫。

再次,武后、中宗朝国势的日盛和都市的繁华,给当时的宫廷文人颂体诗的创作也带来了一些变化。他们已不再像龙朔诗人那样主要靠辞藻的繁缛、富丽来粉饰太平、歌功颂德,而是开始直接描写具体的场景,注重气势,渲染气氛,力求写出皇家气派、盛世气象,以及自己幸逢明时、春风得意的真实感受。如李峤的《奉和天枢成宴夷夏群僚应制》:

> 辙迹光西崦,勋庸纪北燕。
> 何如万方会,颂德九门前。

---

①张说《兵部尚书代国公赠少保郭公行状》云:"则天闻其名,驿征引见。……令录旧文,乃上《古剑歌》……则天览而佳之,令写数十本,遍赐学士李峤、阎朝隐等。"(《全唐文》卷二三三)

灼灼临黄道,迢迢入紫烟。
仙盘正下露,高柱欲承天。
山类丛云起,珠疑大火悬。
声流尘作劫,业固海成田。
帝泽倾尧酒,宸歌掩舜弦。
欣逢下生日,还睹上皇年。

就未用龙朔诗人惯用的藻饰、雕刻手法,而是从大处着眼、宏观把握,注重天枢之高大、美丽,以气势取胜,诗境宏阔,初步显露出此时宫廷颂体诗创作风格已由重藻饰向重气势、气象转变的端倪。

久视、长安以后,诗作中有无气势,似乎已成为宫中评价诗文优劣的一个重要标准。据《唐诗纪事》卷三载,景龙三年(709)正月晦日,中宗幸昆明池赋诗,群臣应制百余篇。上官昭容认为沈、宋二人诗作胜出,其中又以宋诗最佳。其评语是:

二诗工力悉敌,沈诗落句云:"微臣凋朽质,羞睹豫章材",盖词气已竭。宋诗云:"不愁明月尽,自有夜珠来",犹陟健举。①

显然,上官昭容认为宋诗在内在的气势上超出沈诗许多。这种重诗歌气势之美、崇尚天然壮丽的诗歌创作风尚,还导致了宫廷写景诗诗境的变化。六朝宫廷写景诗多脂粉气,龙朔宫廷写景诗多金银气,而中宗神龙、景龙间的一些写景诗,则着重渲染喜庆气,更见盛世气象。如沈佺期所作《奉和春初幸太平公主南庄应制》《奉和春日幸望春宫应制》《侍宴安乐公主新宅应制》等诗,都在花团锦簇中着意渲染闹人之春意、喜庆之气氛,表现出君臣同乐的盛世情怀。

---

① 计有功撰,王仲镛校笺:《唐诗纪事校笺》卷第三,中华书局,2007年,第64页。

苏味道的名篇《正月十五夜》：

> 火树银花合，星桥铁锁开。
> 暗尘随马去，明月逐人来。
> 游伎皆秾李，行歌尽落梅。
> 金吾不禁夜，玉漏莫相催。

诗律健快，浑然一气，以至于冯舒认为"真正盛唐"①。由此可见，诗歌中的盛世气象不是到玄宗朝才突然出现的，早在武后、中宗朝就已渐露端倪了。胡应麟就认为李、杜、沈、宋的一些五言律诗"皆气象冠裳，句格鸿丽"②，离盛唐气象不远了。所以，武后、中宗朝宫廷诗人对气势、气象的自觉追求，与四杰诗文中的"雄伯"、"宏博"美恰相呼应，共同构成了盛唐气象、盛唐之音的前奏曲。

　　总之，到武周朝后期和中宗朝，整个诗坛的创作水平已经相当高，完全达到了一个高原状态。盛唐前期的文坛领袖张说、张九龄都是在李峤、上官昭容的提拔和熏染下成长起来的，诗学理论上具有很明显的传承性，杜审言、沈佺期、宋之问等人更直接影响了王维、杜甫等人日后的诗歌创作。可以说，盛唐诗坛诸杰就是从这座广袤的高原上崛起的一个个更为高峻的山峰。

第二节　士庶消长：初盛唐诗人文化心态之变化

　　盛唐诗歌与齐梁诗歌无论是在精神境界、情感基调，还是在审美意趣、艺术风格等方面都存在着天壤之别，而这些差别最主要的

---

① 方回选评，李庆甲集评校点：《瀛奎律髓汇评》卷十六，第582页。
② 胡应麟：《诗薮》，第66页。

一个原因就是诗歌创作主体的社会身分、政治地位已经发生了根本性转变,即由齐梁时期以士族弟子为主变成盛唐时期以庶族寒士为主。但是,诗人社会身分、政治地位这种变化并不是自然演化,或一蹴而就的,而是经过了较复杂的社会斗争,有一个较长的历史过程。而这些社会变化是如何影响到诗人的文化心态、艺术审美观、诗歌创作原则,又是如何影响到诗歌的主题、情感基调甚至艺术风格的呢? 这些问题都是学术界尚未完全解决的。因此,下面将紧密结合齐梁至盛唐间士庶力量之消长,来考察诗人心态之变化及其对诗歌艺术嬗变之影响。

一、士族意识为主的南朝时期

从严格意义上说,齐梁已不是几个大世族把持朝政的门阀政治时期,但士族仍然是当时社会的主体。他们不但在政治、经济等方面拥有特权,处于垄断地位,而且是文化、艺术活动的主体。据逯钦立所辑《全齐诗》《全梁诗》作者小传分析,在存诗5首以上的57人中,出自高门、甲族(如琅琊王氏、阳夏谢氏、吴郡陆氏、兰陵萧氏、东海徐氏、彭城到氏、彭城刘氏、新野庾氏、东海鲍氏诸姓①)的诗人就有37人,占64.91%;出自次门层的有19人,占33.33%;只有吴均一人"家世寒贱",出自寒门。无论是高门,还是次门,都是士族,他们与当时的寒门庶族(后门、三五门)有着严格的区别。

由于齐梁诗人绝大多数出自士族(尽管有甲族、高门与次门之别),可以依其门资"平流进取,坐致公卿",所以他们往往以"安流"为常、以"止足"相尚,他们不但绝少以诗干谒求进、述怀言志,也很少在诗中表现仕途奔竞、怀才不遇的情感。他们无论在入仕前还是

---

① 参王伊同《五朝门第》下册《高门权门世系婚姻表》。

在入仕后,都能保持优游闲雅的心态,相应地诗中的情感基调也雍容、平缓得多,发源于大谢的"启心闲绎,托辞华旷"的创作风尚,之所以比鲍照"发唱惊挺,操调险急"的风格更为时人所赏,也就很自然了。又由于齐梁士族诗人入仕后"罕关庶务",多以风流闲雅相尚,诗歌成了他们显露文化修养、呈现艺术才华的工具,所以对诗歌艺术形式精致化、纤巧化的追求也成为必然;五言诗的声律在此时由注重自然美一变为讲究人工美,咏物诗、拟古诗、赋题诗等带有相当浓重的文字游戏色彩的诗歌形式的泛滥,都是其表现。由于他们不复以国家和社会为念,故齐梁诗人所吟咏之"情性""性灵",大多是对日常生活中细碎甚至猥琐的事物的喜怨之情。风花雪月、香草美人乃至闺房摆设、妻妾饰物皆可入诗,且津津乐道;艺术发展到偏执于一些猥琐之物,不能不说是一种病态的审美了。

当然,不可否认,南朝尤其是齐梁两朝也是寒人兴起的时期,但他们多以军功起家,文学非其所长,即使有功名之心、竞进之情,也很难以诗出之。值得注意的倒是当时一些衰微房分的寒门士人如王融、沈约、江淹、吴均、徐勉、何逊等,他们或因家道中落,或因先代官位不显,故在入仕时不是起家官品太低,就是进阶甚慢;而贫寒、穷困的家境又促使他们想早日占据高位、重振家业,故他们常常在诗中表露出躁进之心、苦寒之气,同时也对甲族高门微露不满。相对来说,他们的诗较能见真性情、真怀抱,诗风也较清拔、俊逸。但他们或是被时人斥为"姿性则险,立身浮竞",或是"恨其每病苦辛,饶贫寒气"。而且他们在志得意满之后,也自然与高门甲族同声相应、同气相求,以风流闲雅为尚,很少再在诗中述怀言志、慷慨不平了。所以,到梁末动乱之前,南朝诗歌大多表现出浓重的士族意识。梁末战乱之后,部分士族诗人如庾信、王褒、徐陵、颜之推等被迫仕北,表现出一些对南朝士族政治的文化反思,诗中多有哀怨愤懑之情,这是对齐梁诗歌艺术缺陷一定程度上的反拨;然而又由于他们在入北之后多受礼遇,生活状况、创作环境与南时未有大异,所以他们的诗风并未有根本性转变,庾信、王褒入北后仍有一些绮艳、应景之作,徐陵回到南方后依然沿袭梁时旧路,都说明如果诗人身份未变,诗风也不可能大变。

二、北朝大族的庶族化与诗中的济世情怀

自永嘉南渡以后,中原就一直被鲜卑拓拔氏等少数民族统治着。尽管当时有一大批世家大族如范阳卢氏、清河崔氏、太原郭氏、河东柳氏等未随晋室南渡,而是固守旧土,但是由于北魏时期一直处于与代北大族的冲突之中,中原士族之精英屡遭杀戮[1],再加上代北大族重军功而轻阀阅,纵使有欲实施门阀政治如崔浩者,也终未能在北方推行类似于东晋南朝"贵仕素资,皆由门庆"的门阀政治。日本学者宫崎市定就认为,北魏的九品官制,虽与魏晋及南朝的九品官制一样,不仅规定了百官的高低序列,而且还成为规定其起家高低的标准。但是,在孝文帝改革后,出现了两个显著的新倾向。其一是资荫,亦即根据门地的起家制度。不过它似乎未发展成为纯粹的贵族制,因为新的家格完全根据祖先在魏朝的官爵来确定其高低。另一倾向是孝文帝对秀才、孝廉制度的奖励。北齐则努力扩大君权,表现为不论门阀,在选任官吏的意向上只重视个人才能,它顺势发展为考试制度,逐步走向后来的科举[2]。从表面上看,北

---

[1] 发生在北魏太武帝真君十一年的崔浩"国史之狱",就是其中颇为激烈的一次冲突。(参《魏书·崔浩传》)
[2] 参[日]宫崎市定著,韩昇、刘建英译:《九品官人法研究:科举前史》,生活·读书·新知三联书店,2020年,第28—32页。

方大族一直严婚媾、守门户,也多聚族而居,极重礼乐传家①,但他们在仕宦方面却并不理想。拓跋氏和宇文氏等少数民族统治者对大族士子是时用时弃,用时亦未完全信任、放权,更未从制度上肯定这些世家大族的政治垄断地位。所以,北方大族虽名为高门、望族,却完全不像江左士族那样可以"平流进取,坐致公卿",还不得不竞进求仕,努力进入鲜卑族统治集团的中上层。如此不同的仕进心态,也使得他们的诗风与南朝大异,自始至终都有人作述怀言志诗,如北魏宗钦作《赠高允诗》十二章,高允作《答宗钦诗》十三章,李骞作《赠亲友》,常景作《赞四君诗四首》,北齐邢劭作《冬夜酬魏少傅直史馆诗》《冬日伤志篇》,祖珽作《从北征诗》等。

又由于北方一直处于文明程度甚低的鲜卑族统治下,统治者大多不重文化教育,更"不悦诗书",中原士族出于政治之高压、威胁,也很少以诗文传家,就使得他们的诗歌写作能力、尤其是艺术感觉在很大程度上退化、萎缩了。再加上北方大族尚俭约,诗风相应地也较质木无文,整个北魏时期诗歌艺术形式并无多少发展,更不能与南朝精致、优美、绮艳之诗相媲美,也就是很自然的了。

到北齐,由于代北大族与中原士族矛盾较为缓和,加上经过北魏孝文帝推行汉化,鲜卑贵族对汉文化包括诗赋吟咏也较倾慕,整个高齐时期尤其是北齐后主即位后大弘文雅,邺京之下,诗人群集,文林馆中,佳制迭出。但此时文苑俊彦并非都出自高门甲族,如河东樊逊(祖琰,父衡,并无官宦,且自小丧父②),广平荀士逊等都以文章见用。即使名门望族子弟如河间邢子才、巨鹿魏伯起、范阳卢元明、范阳祖孝征等,也非"平流进取"而致高位的,后来卢思道、薛

---

① 参吴先宁《北朝文学研究》,台北文津出版社,1993年,第7—48页。
② 《北齐书》卷四五,《樊逊传》。

道衡、李德林等更是凭真才实学而跻身朝廷的。故他们虽身为士族，且有意仿效南朝绮艳纤秾之诗风，也终究脱不掉自身固有的对功名之追求眷恋，对仕途之感慨。卢思道在《仰赠特进阳休之诗序》中慷慨陈言"才""位""年"与"士"之关系，在《听鸣蝉篇》中慨叹"富贵功名本多豫，繁华轻薄尽无忧"，皆非齐梁诗中所能有，实与其仕进方式、处世心态有关。

所以虽说北朝诗人的主体亦为士族，但由于其入仕方式已与一般庶族并无本质区别，加之北朝后期庶族文人作诗者也渐多，就使得北朝诗歌中的寒士意识越来越浓，在主题、语言、情感基调和创作原则等方面都与齐梁诗风大异。从这个角度看，北朝尤其是北齐质朴、刚健的诗歌未尝不可以说是对南朝士族诗歌的一种纠偏，尽管这种纠偏并不十分自觉，也很不完全。

三、士庶力量开始转变的隋唐之际

隋唐之际，士族进一步颓败。在南方，经过孙恩卢循起义、侯景之乱、隋之南攻、隋末战乱，江左士族无论是侨姓还是吴姓皆凋零无几，更很少有政治特权可言。陈霸先起自军伍，虽亦倚重一二士族以撑门面，但其重臣已多为吏姓寒人。杨隋平陈之时，江左士族鲜有抵抗者；入隋之后，江左叛乱者中亦未发现高门甲族；由陈仕隋的江左文士如会稽虞世基、虞世南兄弟、荆州蔡允恭、高阳许善心、会稽孔德绍等皆非第一流高门，这些都充分说明江左士族高门大多解体、无甚参政能力了。

与此同时，山东旧族的政治地位也继续下降。由于北周、杨隋一直推行排挤、打击山东人士之政策，高齐旧臣无论士庶，政治境遇都不太理想，加上隋炀帝开始推行科举制，士族入仕方式与一般庶族士子基本相同，故其心态也颇类寒士。如信都武强人孙万寿，虽非出自高门甲族,但在高齐时亦凭自己的文史才学,十七岁就出仕北齐为奉朝请。入隋之后,他受隋室排挤,被贬从军,"郁郁不得志",遂作了不少发抒幽愤之作。再如卢思道,入隋后亦不得意,史称"高祖为丞相,迁武阳太守,非其好也。为《孤鸿赋》以寄其情","又著《劳生论》,指切当时"①。薛道衡入隋后,仕途屡遭挫折,最终竟因"忆高颎"之罪被缢杀,其在隋时所作诸诗,如《敬酬杨仆射山斋独坐诗》《重酬杨仆射山亭诗》等都充满了对仕途多舛的哀叹。

然而,隋代诗坛的创作风尚与当时士庶力量之变并不完全同步,除了隋初关陇军事贵族诗人及部分山东诗人、个别江左文士在诗中微露寒士意识以外,大部分诗人仍沿袭着南朝诗风,充分表现出人们对行将逝去的士族文化的景慕、眷恋和挽留。首先,文明程度原本不高、亦不精于吟诗作赋的关陇军事贵族,在汉化过程中为了提高自身的文化艺术修养,附庸风雅,颇热衷于对南朝士族诗风的模仿和学习。如杨素,与隋高祖杨坚一样,都是关陇军事贵族的代表,史传说他"少落拓","不拘小节",犹带着浓厚任侠尚武的性格特点。长大后"多所通涉","善属文、工草隶",平陈过程中,他大量网罗江南文士,如"鲍亨者,善属文,殷胄者,工草隶,并江南士子,因高智慧没为家奴"②,表现出对江左士族文化的喜爱。再如杨广,在为晋王、任扬州总管期间,召集了一百多位江左文士,即位以后,他又任用一些江左士族治理国家,并虚心向他们学习文化艺术,尤其是学习江左诗歌。由于杨广等人对江左文化艺术的提倡,就使得炀帝朝的诗歌又以齐梁诗风为时尚了,感时应令、赋得咏物、艳情写景等齐梁士族诗人乐于吟咏的一些诗歌样式又重新涌现,其中杨广

---

① 《隋书》卷五七,《卢思道传》。
② 《隋书》卷四八,《杨素传》。

本人和由陈入隋的江左诗人所作尤多。但这只是问题的一个方面。因为,第一,所谓的江左士族尤其是高门甲族在隋初已所剩无几,更主要的是其被虏入长安后,藉以生存的宗族基础已丧失①;第二,南方士族政治上"但取门资"的选举方式已消失,正逐步被隋炀帝推行的科举制所取代,所以隋时所谓士族很少有人能保持齐梁士族诗人所曾有过的雍容、闲雅、优游、止足的心态,其诗歌中"启心闲绎、托辞华旷"的士族意识已基本消失,而且士族诗人在陈、隋时的纵情声色,大写艳情、宴饮、游赏诗的心态已带有一种旧士族行将覆没前醉生梦死的意味,完全没有宋、齐、梁士族诗人那样从容和风流。这可以说是隋唐之际江左士族从社会结构、政治基础上全面瓦解,对诗歌内在质素最明显的影响之一。

唐初情形与隋时基本相同。一方面,江左士族更加衰弱②,唐初统治者也实行着压制、打击山东旧族的政策,山东旧族高门鲜能进入核心领导层,魏晋南北朝以来的旧门阀势力正日趋衰弱。另一方面,李唐王室在倚重关陇军事豪强的同时,也擢拔了一些山东、江左庶族寒士进入核心领导层,庶族政治势力正在增长。唐初士庶力量的这种变化,对当时的诗歌创作也产生了一些影响。

首先,尽管唐太宗等人极力模仿、学习南朝文化艺术,提倡齐梁诗风,但由于士族政治体制已完全瓦解,唐初诸人所作齐梁体诗歌除了艺术形式得其仿佛外,骨子里已与南朝士族创作心态迥异。比

---

① 唐长孺先生在进行大量史实考索后,甚至认为"隋灭陈后,江南的高门士族基本上消失"。参氏著《魏晋南北朝隋唐史三论》,武汉大学出版社,1992年,第159—164页。
② 在隋唐间迁入关中的一些江左士族虽然或因与皇室联姻、或因文学修养,依附于关陇军事贵族而得以维持其政治地位,但已与其在南朝时主要凭借门阀世资坐取公卿的入仕方式大不相同,何况他们多是浮在上层的政治点缀品而已。

如同是作宴饮游赏诗,齐梁士族诗人是"但使良园广宅,面水带山,饶甘果而足花卉,葆笿篁而玩鱼鸟","或出或处,并以全身为贵;优之游之,咸以忘怀自逸"①,故其诗中自有一份悠闲与雅澹。而唐初唐太宗等人所作之宴饮游赏诗则是在认为"沟洫可悦""麟阁可玩""半镐可游"的前提下,仍不时警戒自己"释实求华,以人从欲,乱于大道,君子耻之"②,在齐梁诗歌的形式下夹杂着一些"雅志"。

其次,关陇军事贵族和山东寒微人士在建唐过程中还创作了一些反映他们乘时而起、建功立业的述怀言志诗,如唐太宗《饮马长城窟行》《执契静三边》、窦威《出塞曲》、魏徵《述怀》等,都是齐梁士族诗人所没有的。

另外,魏徵、杜淹等人对南朝士族诗风的自觉批判在某种程度上也是因为他们的心态已经发生了很大变化,他们身上庶族寒士意识越来越强烈了。

所以,尽管贞观朝曾由上到下掀起过学习齐梁诗歌的创作风尚,但是由于创作主体的心态已与齐梁士族诗人很不相同,贞观诗风在精神内质上比齐梁诗风还是要刚健、遒劲一些。

四、龙朔年间庶族寒士的崛起及其人格缺陷

在唐初统治集团的核心领导层中,虽然已经出现了魏徵、张玄素、张亮、马周等先代官位不显、出身寒微的庶族士子,但他们在与关陇集团、江南士族联合执政过程中,依然受到歧视③,政治地位和文化地位仍低于后两者。因为唐太宗在贞观初年虽然擢拔了一些

---

① 《全梁文》卷一七,萧绎《全德志论》。
② 《全唐诗》卷一,唐太宗《帝京篇序》。
③ 如唐太宗曾斥魏徵为"田舍汉",当庭穷问张玄素出身;长孙无忌、褚遂良等人在贞观中后期也一直排挤刘洎等出身寒微的大臣。

寒微士子,但骨子里仍有门阀观念,这不仅体现在他曾批准过《条举氏族奏抄》这样门阀意识极重的文件①,还体现在他说过:"太上有立德,其次有立功,其次有立言,其次有爵为公、卿、大夫,世世不绝,此谓之门户。"②与唐太宗观念相似,贞观朝重臣长孙无忌、窦威、令狐德棻、韦挺、褚遂良等分别出自关陇贵族、山东旧族、江南士族,也都有很强的阀阅意识。因为唐太宗在贞观前期还需要一些微族大臣为其处理军国大事,所以贞观前期庶族大臣与贵族、士族大臣之间矛盾尚不突出。但随着"贞观之治"的形成和巩固,唐太宗逐渐疏远和疑忌庶族出身的大臣,士庶之间的矛盾越发尖锐了。

贞观中,朝臣中士庶矛盾的首次激化体现在"立太子"之争上。贞观十七年(643),太子承乾被告谋反,被废。按照皇位继承法,最有资格作太子的是长孙皇后所生的魏王泰和晋王治。当时朝臣中分为两派,宰相岑文本、刘洎和大臣崔仁师等劝立魏王泰,后兄长孙无忌和大臣褚遂良则坚主立晋王治。已故著名史学家汪籛先生认为,主立魏王泰的岑、刘、崔等人都出身寒微;主立晋王治的一派则出身关陇贵族或江南士族③。所以这次决定皇位继承权的斗争实际上掩盖着士庶之争。在唐太宗的几番权衡以后,"立太子"之争最后以长孙无忌为首的关陇贵族、江南士族得胜而告终了。太宗晚年更加倚重关陇贵族和江南士族,出身寒微的大臣或被贬、或被诛,几乎全被排挤出了核心领导层。

在"立太子"之争后,朝廷上士庶矛盾并没有消解,反而因为变成潜流而蕴蓄着更大的力量。到高宗朝,它就又借"废王立武"事

---

① 参邓文宽《敦煌文书位字七十九号——〈唐贞观八年五月十日高士廉等条举氏族奏抄〉辨证》,《中国史研究》1986 年 1 期。
② 《新唐书》卷九五,《高俭传》。
③ 参汪籛《唐太宗》,载唐长孺等编《汪籛隋唐史论稿》,第 110—111 页。

件爆发出来了,不过这次宫廷政争的胜利者变成了庶族寒士。

　　贞观初年进入太宗统治集团核心领导层的庶族大臣多是因献策谋划而受赏识,不次擢用的,人数有限,也无太大的社会基础。但贞观后期及高宗朝前期兴起的一批庶族寒士大多通过科举进身,具有较深厚的社会基础。据《文献通考》卷九《选举考二》所载《唐登科记总目》可知,在唐高祖统治的9年中科举取士人数共27人(平均每年3人),其中进士26人,诸科1人;唐太宗统治的23年中,共取士228人(平均每年9.91人),其中进士205人,诸科23人。这些通过科举入仕的朝士,到高宗朝越来越多,势力越来越大,对政治地位、经济利益乃至文化地位的要求越来越迫切,对当朝勋贵及士族重臣也越来越不满。因而他们便在龙朔初载利用废立皇后之机向由关陇贵族、山东旧族、江南士族集合而成的重臣们发起了进攻。

　　永徽末年,当高宗欲废王皇后立武氏时,朝臣同样分成了两派,一派是长孙无忌、褚遂良、韩瑗、于志宁等关陇贵族或士族;一派则是许敬宗、李义府、崔义玄、袁公瑜等由科举入仕、以文章见用的破落士族和寒微士子。后者在贞观中虽然以文章见用,但由于太宗及其重臣阀阅意识的影响,一直未能显达。为了改变自己的命运,能够进入核心领导层,他们便依附出身并不高贵的武氏,于显庆中将关陇贵族和旧士族的代表褚遂良、柳奭、长孙无忌、韩瑗、于志宁等人或诛或贬,排斥出了朝廷。到龙朔元年高宗政归武后,朝廷上也形成了一个由新进寒微文士组成的核心领导层,加上他们又不断援引寒俊入朝,庶族寒士的政治势力第一次超过旧勋贵和士族。

　　然而,显庆、龙朔中士庶力量的转化,却并未促使当时的诗歌创作朝健康的方向发展。由于先天文化素质的限制,特定的社会政治情势和思想文化背景的影响,龙朔庶族寒士普遍具有尚文轻儒、急于干进、利欲熏心,无儒雅之态、无骨鲠之气的人格特征。

龙朔新进寒士人格上的这些特点对其诗歌创作也产生了不小的影响。首先，尚文轻儒的群体性格，决定了他们不可能像贞观初庶族大臣魏徵、王珪等人注重诗歌的政治教化作用，他们不是大作讽谏明道之作，而是注重诗歌的艺术形式美，也即"争构纤微，竞为雕刻。糅之金玉龙凤，乱之朱紫青黄"。当然，他们对诗歌艺术追求的趣尚与南朝士族也不相同，齐梁诗歌多以清丽、艳丽为美，龙朔诗人则以缛丽、富丽为尚。如果说齐梁诗风反映的是士族清雅的艺术审美观，龙朔诗风则代表了新进寒士丽而近俗的审美趣味。

其次，由于龙朔新进寒士并无政治特权，所以不得不依附高宗、武后，所以他们多缺乏政治独立性，具有阿谀献媚、无骨鲠之特点。这种性格特征使他们在入朝后创作了大量的颂体诗。尽管杨炯所云"骨气都尽，刚健不闻"与龙朔诗歌艺术上的纤巧、柔弱有关，但与龙朔诗人人格上的媚颜无骨也有关系。因为上官体强调"缘情体物"而忽视"明道讽谏"，和许敬宗"颂体诗"一味阿谀颂美，与其人格上的柔媚无骨都有一个共同的人文根源，即缺乏儒家所强调的忠直骨鲠的精神。

当然，如果我们把龙朔诗人群体的出现，放到整个庶族寒士阶层形成的过程中考察，就会发现，龙朔诗风的某些艺术缺陷恰是庶族寒士这一新兴阶层刚刚进入政坛、诗坛所不可避免的，在文化本质上与南朝士族诗风已迥异其趣。此后的庶族诗人们正是在逐步克服龙朔诗人人格缺陷、诗歌艺术缺陷的基础上推动唐诗向健康、完美的境界发展的。

五、武后柄政初期中下层寒士的人格自觉和艺术反拨

龙朔诗人群体在中近古士庶力量变化过程中带有很大的过渡性。其中既有破落士族弟子，又有新生的庶族寒士，其人格精神还

远不成熟、完善。在他们之后走上诗坛的初唐四杰、陈子昂等人则是新一代寒士,他们不但比龙朔诗人们具有更强烈的寒士意识和布衣精神,而且在人格上也更为独立,理想也更加雅正,诗歌艺术则在对龙朔诗风的批评中有所发展。其中虽然王勃、卢照邻先祖系出高门,但到隋唐之交即沦为庶族了。杨炯、骆宾王先代皆官位不显,且四杰无一人有门户可以依恃,他们除了凭自己的文章、才学,别无凭藉。在这一点上,他们比许敬宗、上官仪等人的寒士色彩更浓一些。加上四杰大多生长于北方①,又适成长于魏徵、王珪等山东微士执掌朝政的贞观中后期,房、魏骨鲠之风标、忠直之品性对初唐四杰也产生了深远影响。这些都使得初唐四杰在龙朔、麟德中对龙朔诗人的人格、艺术双重缺陷进行批判,并加以反拨。

王勃、杨炯、卢照邻等人首先在批评了龙朔诗人群体重诗歌形式轻内存质素的艺术弊端的基础上,创作了大量述怀言志诗。龙朔诗人的仕进方式虽然已跟南朝门阀士族不同,不再凭门资入仕,而是走科举一途,但在隋及唐初,从科举进身尤其是中进士第者,尚多以文章为重,而其时诗文审美标准依然沿袭齐梁遗风,以风花雪月为主,绝少言志述怀之作。而且他们在显庆、龙朔中能够进入核心领导层,也并非凭其实际才干,而是靠善候人主意、伺机行事、阿谀献媚得宠的,他们的人格中绝无儒家忠直、骨鲠之精神在,故他们在求仕、入仕时皆无表现其积极进取、济世安民的言志诗,得宠后也无经世致用、恢复王道的述怀、讽谏诗,反而创作了大量阿谀献媚、歌功颂德的颂体诗,和安享富贵、志得意满的宫廷诗。但初唐四杰则不同,到他们求仕的显庆、龙朔中科举制度已比隋唐之际相对完善

---

① 骆宾王虽生于婺州义乌,但少时即随父至青州博昌,接受北方儒士的教育。

一些,高宗、武后对"吏道"、治世之术亦较重视①,只有文学之才,而无经邦之志、治世之术是很难跻身朝廷的。所以,他们自小就有经世致用、恢复王道的政治理想,与龙朔诗人多求荣华富贵异趣,所以他们不但对龙朔诗风深表不满,而且创作了大量表达其人生怀抱、政治理想的言志、述怀诗。相对说来,他们的诗歌中体现了更为健康的寒士心态,更符合庶族文士的艺术趣味。

其次,初唐四杰吸取魏徵、王珪等贞观直臣的人格精神充实自己,并以此来矫治龙朔诗人普遍存在的"骨气都尽、刚健不闻"的人格缺陷。在贞观中前期三大政治集团中,治政能力最强、政治独立性也最强的要数魏徵、王珪、房玄龄、杜如晦、杜淹等山东微族出身的大臣。初唐四杰所受的儒学教育与贞观山东微族重臣系一个儒学体系,皆重复古明道、謇傲独行,所以初唐四杰对贞观重臣的人格风范皆钦慕、仿效,如卢照邻《南阳公集序》云:"王、魏、来、褚之辈以材术显。"又云:"王侍中政事精密,明达旧章;魏太师直气鲠词,兼包古义。"龙朔诗人的政治品格与此数公适成鲜明对照,所以初唐四杰说龙朔诗格也是"骨气都尽,刚健不闻"。而在初唐四杰看来,要对龙朔诗风进行纠偏不仅要从艺术上着眼,还要从改变创作主体的精神内质入手。所以王勃在入蜀以后创作了大量表现儒家政治教化意识的诗文,杨炯也特别夸赞王氏兄弟志明儒家之道的抱负和"磊落词韵,铿鍧风骨"的艺术精神。

可以说,正因为初唐四杰的人格境界高于龙朔诗人,所以他们诗歌的精神内质也较龙朔诗歌更为刚健、坚劲。当然,说到底四杰的人生理想也是希望当个宫廷文人,只不过他们的人格取向较为雅正,而且他们大多沉迹下僚,未能如愿,故他们现存作品多为在野发

---

① 《新唐书·儒学传上》云:"高宗尚吏事,武后矜权变。"

抒怀才不遇的愤懑之作,绝少歌颂功德、安享富贵的宫廷诗。四杰之中,杨炯在宫廷时间最长,歌功颂德的宫廷诗也最多。这说明四杰的文化心态也未臻完美,还有待进一步发展。

与初唐四杰等人相比,陈子昂可算是真正的布衣寒士。初唐四杰或多或少都有一点士族血统或受士族意识的影响,陈子昂不但系地方豪族,且出生于素无士族高门之西鄙之地——蜀中。陈子昂的家族从三国陈祗(也即武东陈氏的始祖)开始,就代为乡里豪右。闻一多先生曾说陈子昂的家庭"地位有点像后来的土司","子昂是长于夷族的汉裔,他父亲曾为乡里判讼,所以他本人也带有几分山区穷乡的土气"①。陈子昂的这种家庭出身对其人生抱负和人格精神的影响是很大的。世为地方豪强的陈氏家族数代以来一直希望得到朝廷的任命。其父亲陈元敬虽然曾乡贡明经及第,拜文林郎,但属忧艰不仕,所以便把希望寄托在子侄辈身上。陈子昂的堂弟陈孜少时颇慰家道,奈何又夭亡了。这样振兴家声的希望便落在陈子昂一人身上。卢藏用《陈氏别传》云其"始以豪家子驰侠使气,至年十七八未知书。尝从博徒入乡学,慨然立志",可能其中促使陈子昂志趣转变的原因也有其堂弟夭亡一事。又因为陈氏家族素无文学传统,西蜀之地受南朝士族诗风之影响可能比江左、山东、关陇要小些,加上陈氏家族世习纵横之术、任侠使气,所以陈子昂求仕方式与唐初以来几代庶族寒士皆不同,不重在文学之才,而是试图以纵横之术、奇诡之辞说动人主。而要达到说动人主之目的,就必须像战国纵横家、游士一样,在人格上与君主保持一定的距离;对国事之看法也不能随人俯仰,而应自抒己见,以耸视听,所有这些都决定了陈子昂必须

---

① 闻一多:《说唐诗》,载郑临川述评《闻一多论古典文学》,重庆出版社,1984年,第104页。

保持人格上的高度独立和极强的政治批判意识[1]。同时,陈子昂人格上的特点和求仕方式,也使得陈子昂在写诗为文时更重视表达人生志向,较少艺术上的雕琢;对诗歌的形式美的追求也更讲究"文势",而极少字面的缛丽。在这一点上,陈子昂较四杰又前进了一步。

其次,由于陈子昂并不像龙朔诗人和初唐四杰志在做待诏侍宴的宫廷弄臣,而是希望出将入相,文能定国,武能安邦,功名意识较前此诸诗人更强烈。所以陈子昂不但在求仕及家居守制期间慷慨激昂、踌躇满志,创作了大量的《感遇诗》、述怀诗,就是在朝廷上、待诏时,也不安于富贵,而是希望出征安边,建立奇功,所写之诗中也感慨纵横、议论风生,这种人生境界和艺术精神又是杨炯及其他庶族出身的宫廷文人所难以企及的。

另外,在对庶族寒士自身政治命运的思考方面,陈子昂也比初唐四杰更为深刻。初唐四杰在仕途失意时曾对自身的命运进行了一些思考。王勃、卢照邻等都认为要真正实现自己的人生抱负,首先要中守真道,保持儒家政治教化的政治理想,其次要待时而动。所谓"时""才""道""命"之关系中,"道""时"更得四杰之重视:"道之乖也,则贤人君子伏斧锧而不暇;时之来也,则屠夫饿隶作王侯而有余。"[2]而在陈子昂看来,"时""才""道"固然重要,但是他在现实政治的教育下,认识到大运盈缩、天道周复,自有其规律,即使是仲尼、伯阳一类圣贤也无力回天,所以他到最后对儒家之"道"也表示怀疑,具有更彻底的批判意识,但到其晚年又不免陷入了天道

---

[1] 事实上,陈子昂在武后光宅元年春能求仕成功,就是因为其所献之书立论新警、见解独到,且与朝中权贵多有不合。其时《谏政理书》及其后《上军国利害事三条》更是直斥时弊、切中肯綮。
[2] 卢照邻:《释疾文·粤若》,卢照邻著,祝尚书笺注:《卢照邻集笺注》卷五,第263页。

循环论、不可知论的泥淖,使其诸多《感遇》、怀古、咏怀诗中既具有初唐四杰所不具有的哲学思辨色彩和理性精神,也夹杂着一些悲观意识和孤独感。陈子昂诗中的这些人文特征实际上也是布衣寒士初涉政坛、志趣高正、但又较少知音、同调的社会处境的艺术折射。等到开元中后期,一大批寒士涌入政坛,他们可以同气相求、同调相应时,悲观意识和孤独感方才被乐观情绪、群体意识所代替。

六、武周、中宗朝寒士阶层的全面兴起与其人格发展

武周和中宗期,是庶族寒士全面崛起的时代。武氏永徽年间夺宫成功,是庶族寒士阶层在政治上的第一次胜利,但此后士族势力并未完全退出政坛,且有过对庶族朝士之反击①。为了巩固自己的政治地位,武后从入主后宫时起,就大量擢拔庶族寒士进入朝廷,以收买人心。首先,她把大量的"杂色"放入"流内"。"杂色"即寒庶之士,在此指已经成了流外官的杂色。在武德、贞观朝,杂色入流必须经过严格的铨选,因而每年入流人数并不多,但到武后柄政后,"选司取士,伤多且滥。每年入流,数过一千四百,是伤多也;杂色入流,不加铨简,是伤滥也"②。其次,武后在显庆四年(659)重修《姓氏录》,以代替贞观朝之《氏族志》。贞观朝之《氏族志》主要体现了唐太宗"主尊臣贵"的思想,在这种原则的指导下,高士廉、长孙无忌等人才将崔民干等山东旧士族屈为第三等,将李唐王室及后族提到第一等及第二等,这并不说明唐太宗就没有门阀意识。相反地,他是想赋予关陇贵族以士族特权,进而在社会地位、文化地位等方

---

① 如显庆元年(656)十二月韩瑗为外贬的褚遂良求情,且否定了永徽宫争。(参《新唐书·韩瑗传》)随后,关陇派人物唐临,也曾企图以荐举两巡察使继续斗争。(参《新唐书·唐临传》)
② 《册府元龟》卷四七三《台省·奏议》载显庆二年(657)刘祥道奏疏语。

面与山东旧族、江南士族平起平坐①。武后在显庆中委派李义府、许敬宗修订的《姓氏录》,就是针对贞观《氏族志》中的门阀意识的。《姓氏录》与《氏族志》相比,有如下重要相异之点:一、《氏族志》崇重李唐皇室和今朝冠冕,对于旧士族只是"一切降之";而《姓氏录》则将当朝无官职的旧士族全部排除在外,在贬抑旧士族方面更加坚决、彻底。二、两书虽然都是"各以品位为等第",但《氏族志》限于三品以上,而《姓氏录》的标准是:"皇朝得五品官者,皆升士流。"②后者更加突出了今朝冠冕的地位,且将范围扩大了,使得许多以军功致位五品的勋官也尽入"书限",无怪乎搢绅士大夫不满地称《姓氏录》为"勋格"。三、《氏族志》将外戚列居第二等,而《姓氏录》则将皇后四家升为第一等,断然提高了外戚亦即武后家族的地位。从此三点比较可知,无论是压抑旧士族,还是大力扶持庶族寒士阶层,《姓氏录》都比《氏族志》前进了一大步③。

武则天广泛擢拔庶族寒士最为重要的措施,是她对科举制度的改革。隋及唐初武德、贞观朝科举制虽说为广大庶族寒士开拓了一条入仕途径,但依然重视门第,而且举子多需京官或地方官举荐,但武则天则更加扩大应举者的覆盖面,要求"其有文可以经邦国,武可以定边疆,蕴栋梁之宏才,堪将帅之重任,无隔士庶,具以名闻"④。她甚至允许庶族寒士自举:"内外文武九品已上及百姓,咸令自

---

① 唐太宗在贞观中大倡学习齐梁诗歌等南朝文化艺术之举,使得许多关陇贵族中人也模仿南朝诗风,这同样是其在文化素质、艺术修养等方面欲与旧士族平等对话的一个表现。
② 《旧唐书》卷八二,《李义府传》。
③ 以上关于《氏族志》与《姓氏录》之比较,详参邓文宽《唐前期三次官修谱牒浅析》,载《唐史学会论文集》,陕西人民出版社,1986年。
④ 《全唐文》卷九五,《求贤制》。

举。"①在武后中宗柄政的 59 年中,制科、进士科入仕的人数都较太宗朝大幅度增加。在唐太宗时代,平均四年左右有一次制科,且录取人数甚少,大多每次一人。而在武后、中宗时代,平均不到两年就有一次制科,59 年中共开科 29 次,已知制科及第者共 144 人次,平均每次 5 人。另外,此时制科名目繁多,近 70 种,当然其中一些科名大同小异,但如此众多的科目大多有一定的针对性,说明了武后、中宗擢拔、引用人才的广泛性。

和制举相比,进士科对以文学见长的庶族士子尤为重要。在唐太宗朝及高宗永徽六年(655)以前的 28 年中,进士科共开 25 次,共取进士 245 人,平均每次不到 10 人;而在武后、中宗朝(永徽六年至景云三年)58 年中,除 10 年不贡举外,进士科共开 47 次,其间共取进士 1241 人,平均每年取 21.4 人,及第人数最多的是咸亨四年(673),取 79 人。如果我们再将这 58 年分为三个阶段,就可以看出:(一)武后时期,即永徽六年(655)至永淳二年(683)的 29 年中,共取进士 515 人,平均每年录取 17 人多;(二)武后临朝称制时期,即嗣圣元年(684)至长安四年(704)的 21 年中,共取进士 452 人,年平均 21 人多;(三)中宗、睿宗两朝,即神龙元年(705)至景云三年(712)的 8 年中,共取进士 274 人,年平均 34 人多。可见武后、中宗时期,进士科取人越来越多②。

武后、中宗朝科举制的推行,对文学创作最大的影响,是使得越来越多的庶族文士进入诗坛。据《全唐诗》作者小传分析,在高宗、太宗朝重要诗人中,只有杜正伦一人系举秀才出身,而在高宗、武

---

① 《旧唐书》卷六,《则天本纪》。
② 上文所列初唐各年份科举取士人数及各时期每年平均数,均据徐松《登科记考》(中华书局,1984 年)计算所得。

后、中宗时代,由科举入仕的诗人多达83人,其中进士科出身者又有55人,约占科举入仕人数的67%。而且这些进士科出身的诗人又多为庶族寒士,因为此时旧士族残余,还死抱着经术、礼乐之学,认为文学浮华,而庶族寒士多无礼乐传家的家学渊源,便借以才气为主的诗赋、时策等为进身工具,少有人钻研儒家经典,受儒家伦理道德之影响也甚小。当然,武后在临朝称制及武周革命之后,也推行着抑儒扬法的文化政策,加上也任用了一大批酷吏,对朝士、大臣实行较残酷的专制统治,人们朝不保夕,如履薄冰,就使得刚刚进入政坛的庶族诗人多呈现出软弱无骨的人格特征。但是,庶族寒士自身的政治独立意识和人格境界毕竟在逐步发展、提高,尽管变化较为缓慢。

龙朔诗人普遍追求利禄财富,入仕后大肆聚敛,但在他们之后兴起的又一批庶族寒士,从刘祎之、郭正一等"北门学士"到沈、宋等"珠英学士",则较注重功名爵位、政治建树[1]。由于武后、中宗朝宫廷诗人较龙朔诗人有更强烈的功名意识,而不只是津津乐道于自身的荣华富贵,使得他们的诗歌创作倾向也发生了微妙的变化。如李峤、杜审言、崔融、沈佺期、宋之问等人,虽然一直被后人目为人品龌龊、志趣低下的宫廷诗人,但他们的现存作品中分明有《奉使筑朔方六州城率尔而作》(李峤作)、《春日京中有怀》(杜审言作)、《西征军行遇风》(崔融作)、《侍从途中口号应制》(阎朝隐作)、《古镜》(宋之问作)、《紫骝马》(沈佺期作)等直抒胸臆、表露怀抱的感慨之作。而且从这些宫廷诗人与初唐四杰、陈子昂等人之交往看,他们不但不是人品、诗风皆截然相反的两派诗人,反而是过从甚密、志趣投合的好友故交,他们在怀抱、人格上有一定的共通性也是合乎情理的。

---

[1] 参本书第三章第二节"士庶消长:初盛唐诗人文化心态之变化"中的相关论述。

武后、中宗朝宫廷诗人人格的发展，是以庶族寒士对自身政治命运不断地反思为前提的。在众多进入宫廷的庶族寒士中，并非人人都柔媚无骨，陈子昂、郭元振、魏知古等刚直骨鲠之士对世态、士风的讥刺、批判，是社会的良心。而众多宫廷诗人在遭贬时对自身遭际及立身处世方式之反思，则表明庶族寒士人格意识的普遍觉醒，因而，也对整个寒士阶层文化质素之发展具有更深远之影响。在武后、中宗朝，诗人们大多有过遭贬之经历，且人们多曾遭贬数次。在其遭贬原因中，因酷吏、权臣构陷而遭贬最为常见，因自身人格缺陷遭贬者仅居其次。但他们对自身命运、遭际之反思，多是在其因所托非人而遭贬之时。在武周后期，大多知名诗人都曾入控鹤府、奉宸府与"二张"交结，中宗复位后，皆遭贬左迁了。这些坐与张氏兄弟交结的诗人们并未对自己的行为进行自责，多认为自己是"才高命薄"、忠信见弃，且将自身之遭际与历史上诸多著名怀才不遇之士的命运联系到一起，发抒不平。这种现象看似很不可理解，但是我们如果知道张氏兄弟只不过是当时文坛名义上的召集人、武则天在文学方面的代表，诸多宫廷诗人并非真心与二张交结、而是大多冲着武则天而进二张府编撰《三教珠英》的，那么，对他们的人品就不应该强加指责了。何况，武则天又正代表着庶族寒士之利益呢。

当然，武后、中宗朝诗人的人格自觉性和政治独立性确实不够，但这也有特定政治环境。庶族寒士人格境界的进一步完善要到玄宗即位之后，个性的自由发挥则要到开元、天宝之际。

七、开元天宝间庶族寒士人格的完善与个性的自由发挥

武后、中宗朝，庶族寒士阶层虽然全面崛起，但其人格尚未完善，人生精神也远未刚健、雅正。所以，武后朝进入宫廷之寒士不仅

有才华横溢、志向高远之仁人君子,也有投机钻营、心术不正之幸佞权奸。更由于武后朝实行专制统治、高压政治,即使是贤人君子也难免因害怕祸及己身而与时俯仰甚至屈曲求全。所以,终武后、中宗朝,朝廷之上君臣关系经常处在一种紧张、不稳定的状态之中。然从中宗复辟之后,尤其是玄宗登基时,经过庶族寒士的不断努力,不但寒士政治地位进一步提高,而且其人格也更加健全、完善,个性也更加自由、高扬,整个社会充满了积极乐观、刚健进取的人文气氛,文化艺术各领域尤其是诗歌创作达到了最辉煌的艺术巅峰。

首先,在玄宗开元初年,朝士们一直要求恢复贞观朝较为和谐、健康的君臣关系。开元元年(713),晋陵尉杨相如就上疏对武后、中宗朝不健康的君臣关系进行批评,以"太宗太平之业"要求玄宗。此后,姚崇在向玄宗陈述的"时政十要"中也反复要求重建理想的君臣关系。同时,吴兢作《贞观政要》,也津津乐道于贞观朝"君臣合德"之事,为玄宗朝提供了一个范本。事实上,玄宗在开元初期与姚崇、宋璟等人之关系,在开元中后期与张说、张九龄之关系,都较为和谐、正常。这不但使得朝廷之上雍雍熙熙、君臣之间和谐融洽,也使得中下层寒士对政治前途充满信心。开元、天宝之际,贺知章、李白等狂逸之士的出现,"布衣卿相""为帝王师"意识的重新流行,也与此有关。

其次,开元中"文人政治格局"的出现,使得庶族寒士的政治地位得到进一步的巩固,寒士参政、议政更加制度化了。贞观中,关陇集团与江南旧士族联合执政,尚是"贵族政治"时期。显庆、龙朔之后,由科举入仕的庶族寒士才开始进入上层统治集团,但武后在龙朔中重用许敬宗、上官仪、李义府等人有其自身的政治利益之因素,后来引纳"北门学士"以分宰相之权,也是为了加强其个人专制统治,为建周代唐作准备。在武周朝,则天专制发展到了极点,文学之士虽亦受重用,但多为侍从、待诏之臣,军政大事皆由其亲自处理,寒士出身之宰臣备位而已。武周朝后期之"珠英学士"、中宗朝之"修文馆学士"、睿宗朝之"昭文馆学士"也是庶族寒士而尽文学之用,皆非参政、议政之职。开元十一年(723),玄宗在张说的建议下,"置丽正书院,聚文学之士秘书监徐坚、太常博士会稽贺知章、监察御史彭城赵冬曦等,或修书,或侍讲,以张说为修书使以总之"①。虽然也是一个文化机构,而非政事机构,但张说每每利用身为宰相之机提高丽正学士的政治地位,如他曾认为学士比侍郎更应受到世人尊重。如果说丽正书院学士还主要是文学之用,很少参议政事,那么经过张说改组后的集贤院学士则多为文学、政事兼美的干练之才了,文士在朝廷上的角色也开始由文学侍从之臣向卿相顾问之臣转变。至于开元二十六年(738),又设翰林学士,俾掌内制,标志着庶族文士参政更加制度化。当然,对盛唐中下层寒士人生理想影响更为直接的,还是唐玄宗在开元中后期相继重用文学之臣张说、张九龄。张说、张九龄皆非纯粹之文士,而是文学、政理、军事之才兼美的新型文臣,且在玄宗朝出将入相,既能总戎边城,又能入主学士院,这就对中下层寒士产生了直接影响,使得当时许多文士不再仅仅以待诏、侍从为荣,而是希望以文学、政理之才见用,以集贤院学士、中书舍人为荣,更有人希望能经世致用,辅弼王化,为帝王师,实现"致君尧舜"之理想。可以说,盛唐庶士寒士能够脱掉自身急功近利的思想,能够跳出长期以来甘做文学侍从之臣的理想模式,而格调高远、志向宏大,确实与开元中初步实现的"文人政治"分不开。开元中后期及天宝前期,朝野上下整个庶族阶层普遍表现出高昂的政治热情、强烈的功名意识,就是"文人政治"格局对诗人心态

---

① 《资治通鉴》卷二一二,《唐纪》二八,第6755—6756页。

正面的影响。而天宝五载(746)以后,李林甫、杨国忠相继用事,破坏了"文人政治"格局,又给热情甚高的庶族寒士泼了一盆冷水,激发起中下层寒士的愤懑情绪,从而使得盛唐诗坛复饶悲壮、慷慨之音,诗境更加浑厚、老成了。

虽说盛唐庶族士子在重建理想人格、政治格局时多以贞观君臣为蓝本,以房、魏、杜、王等人为楷范,但开元中后期及天宝中庶族寒士的整体心态却非贞观中山东微臣所能有。因为在贞观初除了寥寥可数的寒微士子适逢其主、建成大业,在贞观统治集团占有一席之地,更多的寒士却"不乐仕进",以文学进身的庶族诗人又鲜居政治要津,仅是点缀升平,故贞观诗坛依然沿袭着齐梁余绪、士族遗风。但百年之后,不但寒士的仕进意识、济世观念普遍增强,而且由于庶族寒士的文学创作能力也普遍提高,无论是在朝在野,庶族寒士的诗歌作品中都勃发出高昂的政治热情,洋溢着鲜活的生命气息。

纵观齐梁至盛唐间士庶力量之变化,我们可以看出,所谓的"士庶之争"不仅仅是朝廷上政治力量之对抗较量,更重要的是在整个社会从底层到核心领导层都充溢着寒士意识、布衣精神,寒士阶层的人格得到全面、健康的发展,个性得到自由的张扬,这样才能使得庶族寒士阶层所蕴蓄的艺术创造力也得到最大限度的发挥。如果说齐梁诗歌是南朝士族艺术创造力得到最大限度、最自由发挥后的艺术珍品,那么盛唐诗歌则是庶族寒士艺术创造力得到全面、自由发挥后的艺术极品。

第三节 文化融合:盛唐文化精神的形成

很久以来,人们在论述初盛唐诗歌艺术发展时,多注意到南北文化冲突、融合对盛唐诗歌艺术精神之影响，且认为盛唐诗歌正是兼采南北诗风之长融汇而成的。这些看法大致不差，但一直未见有人对此论题作进一步的探究，故结论虽失之肤浅、简略却沿用至今。为此，本节将从地域文化与诗歌艺术精神之关系入手，对南北朝后期至盛唐各地域文化冲撞、交汇、融合的线索进行梳理，试图较细致、深入地揭示地域文化之整合对初盛唐诗歌嬗变之影响，进而从另一个侧面认识盛唐诗歌中所蕴含的文化精神。

一、南北朝后期三大地域文化的并存与交互影响

现在人们在论及南北朝诗歌艺术时多习惯于言南朝诗歌和北朝诗歌，在描述南北朝文化体系时也多说江左文化与北方文化。其实，在南北朝中后期存在着三大地域文化体系，也即江左文化、山东文化、关陇文化，而且受地域文化因素影响，三地之诗歌风格和审美趣尚也不相同，各具特色。

首先，三地士子的人生追求、仕进方式有别。大致说来，江左士子因多为士族，门阀意识较强，具有较高的艺术修养，故他们较注重文学艺术才华，多依凭门资进身，进而以文学游处，安流止足。山东士子则因多为礼乐、经术传家之旧士族，故他们多以经术进身，经世致用。关陇一带则多胡汉杂糅之军事贵族，重军功，尚侠义，轻死生。三地士子各不相同的人生追求、仕进方式使得三地诗歌所吟咏之题材也各有侧面，如江左诗歌多表现"吏隐合一"的闲雅情调，大凡山水诗、艳情诗、宴饮诗、咏物诗、游戏诗都无不是他们为政之暇以文学游处、风流相尚之产物。山东诗歌则多渗透着功名意识和济世热情，述怀言志诗、刺世讽谏诗甚至伦理说教诗，这都是他们深厚的儒学功底、强烈的干进心理的反映。关陇人士所写之诗则多与边塞征战有关，如征战诗、侠客诗、思妇诗等。

其次,三地士子的性格也各不相同。相对而言,江左士子多清俊、秀逸,山东士子多儒雅、敦厚,关陇人士则较刚直、豪侠。受其性格影响,三地诗歌艺术审美观也互异。江左诗人较崇尚清新、俊逸、秀丽之诗风,山东诗人则以典则、雅正为美,关陇诗风则较慷慨、劲健。

尽管三大地域文化体系中的艺术审美观趣尚各异,但它们对诗歌艺术皆有正面及负面影响,三地诗风都有优缺点。如江左士子多喜观赏自然山水,描述风花雪月乃至日常生活中细碎物象,其优点是审美细腻,表现精巧,缺点则是因安逸止足而风力不振,且形式上也由于过分雕琢而矫糅失真。山东士子受儒家思想、经世观念影响,诗中多呈现出强烈的功名心、进取意识,诗风素朴、浑厚,然所失在格调重浊、古拙。关陇士子则因尚武豪雄,诗风遒劲、质直,然由于诗艺不精,亦不免有浅露、板滞之弊。

综上可见,南北朝后期并存三大地域文化影响下的诗风各有其优缺点,都不是诗歌创作的理想形态,故三地诗人为了发挥各自的诗歌艺术也都自觉不自觉地吸取其他地域文化体系中的文化艺术精髓,借鉴另两地诗人的艺术长处。

在南北朝中后期,南北文化艺术的流向多是南风北渐,以江左文化输入,影响山东文化、关陇文化为主,山东文化、关陇文化之间的相互渗透以及它们对江左文化之影响则不太明显。

据吴先宁先生考察,南北文化交流及北人对南朝文化的接受,大致有三条途径:其一是书籍的流通,其二是使者的互聘,其三是南人入北带去南朝的文化[1]。相对而言,南方书籍的北流和使者的互聘,对北方诗歌尤其是东魏、高齐诗风之影响是比较有限的、表面化

---

[1] 参吴先宁《北朝文学研究》,第50—65页。

的,北人也主要从使事用典、音韵声律、繁文缛藻等方面仿效、学习江左诗风。但梁朝末年南人庾信、王褒之入北周和徐陵、萧悫、颜之推等人之入北齐,对北方本土诗人创作风格之影响较明显。在他们到来之前,北地诗人还停留在对汉晋、宋齐诗歌简单模仿的水平,就是"北地三才"也未能形成独特诗风。这是因为一方面,南朝中期入北,使北之南人多精于礼乐等学问,而且对诗艺并不十分精诣;另一方面,北魏孝文帝时代直至东魏时,北人对南朝文化及诗歌尚抱有强烈的畏忌和排斥心理,西魏宇文泰及苏绰对齐梁诗风也大加挞伐。但是,到南北朝后期,情况就发生了明显的转机。首先,在梁末使北之庾信、徐陵,及被虏入北之王褒、颜之推等人都是受永明以来新体诗风熏染而成长起来的诗坛大家,他们的诗作更得江左文化艺术之精髓。其次,庾信等人入北之时,西魏、北周开国有时,周室统治者汉化程度明显增加,关陇军事贵族子弟如宇文毓、宇文招辈对汉文化尤其是齐梁诗歌艺术也非常景慕,急于仿效。东魏、高齐政权中大部分汉族士子也产生了强烈的崇尚南朝文化艺术的心理。所以,此时无论是关右还是邺下,都掀起了学南之风。

尽管北人此次学南之举亦开始于对辞藻、声律之仿效,但他们对南人之艺术感觉、审美观也渐渐地有所认同。如《周书·庾信传》云:"(周)世宗、高祖并雅好文学,信特蒙恩礼。至于赵、滕诸王,周旋款至,有若布衣之交。"在庾信、王褒等人影响下,"朝廷之人,闾阎之士,莫不忘味于遗韵,眩精于末光"。其中周明帝宇文毓、李昶、滕王宇文逌、赵王宇文招尤热衷于学习"庾信体"。宇文毓的《和王褒咏摘花》诗是典型的"齐梁体",诗思流转,笔触轻灵,诗境清空,饶有情韵,充分表现了他学习齐梁诗风后所具有的细腻、空灵的艺术审美感觉。其《贻韦居士诗》《过旧宫诗》均作于庾信入北之后,在声律、辞藻、意境上颇类"老成"之"庾信体"。滕王宇文逌更是经常与庾信诗文唱和,且为《庾子山集》作序,对庾信诗文推崇备至。

再如,在颜之推、萧悫、萧放等人入北之前及入北之初,北齐诗人尚停留在对南朝诗歌简单模仿的水平上。如邢劭、魏收是北齐最引以为自豪的两大才子,然两人彼此挖苦对方剽窃齐梁诗文,且"他们的诗大多为应酬赠答,无甚可观,写景也只是从南朝诗中窃来几句浮词丽语,再点缀一点颂祝之词"。邢、魏两人尚如此,其他的"邺下文人学习齐梁诗,纯从辞采华艳着眼,对于南朝的好诗并不能欣赏"①。颜之推《颜氏家训》载:

> 王籍《入若耶溪》诗云:"蝉噪林逾静,鸟鸣山更幽。"江南以为文外断绝,物无异议。简文吟咏,不能忘之,孝元讽味,以为不可复得,至《怀旧志》载于《籍传》。范阳卢询祖,邺下才俊,乃言"此不成语,何事于能?"魏收亦然其论。

同书又载:

> 兰陵萧悫,梁室上黄侯之子,工于篇什。尝有《秋诗》云:"芙蓉露下落,杨柳月中疏。"时人未知赏也。吾爱其萧散,宛然在目。颍川荀仲举、琅琊诸葛汉,亦以为尔。而卢思道之徒,雅所不惬。②

然而,由于与颜之推、萧悫等人的长期相处、诗文唱和,卢思道等北土诗人对齐梁诗歌的艺术表现技巧、意境也渐能理解、认同,并创作了一些酷似南人的作品。如卢思道的《棹歌行》《采莲曲》颇得南诗清艳、绮越之韵致,其《赋得珠帘诗》也不是事典、辞藻的堆砌,而是理新意惬,有清怨之气。其《听鸣蝉篇》系与颜之推、阳休之等人唱

---

①葛晓音:《八代诗史》,第232页。
②颜之推撰,王利器集解:《颜氏家训集解》卷第四,第295—296页。

和之作,然"思道所为,词意清切,为时人所重。新野庾信遍览诸同作者,而深叹美之"①。当然,北齐诗人、北周诗人对齐梁诗风也非毫无选择地全盘接受。因其自然山川与江南水乡景色迥异,故齐梁诗歌中清新、秀美的山水诗在北朝诗中就不多见②。又因北地士子无论是山东高门大族还是关陇军事贵族对妇女之态度皆与江左士族不同,北地诗歌中的艳情之作也较少,那种带有猥狎眼光的色情诗北人几乎没有。

相比较而言,北齐与北周无论在文化交流还是在诗风影响方面都较少。北周平齐时,曾从邺下虏得一批文学之士,他们在入周后所作之诗在诗思、意境上均较关陇诗人更胜一筹,但由于北周本土诗人诗作留存甚少,尚不能看出北齐诗人之影响。另外,在北齐、北周末年,入北之南人有一部分被放归江左了,如沈炯,江陵陷,入西魏;绍泰中,归国;陈受禅,又仕陈。他在西魏时也写了一些表现乡关之思、萧瑟之感的诗作,如《独酌谣》《长安还至方山怆然自伤诗》《建除诗》《赋得边马有归心诗》等,皆与庾信心境类似、风格相同。而且他在长安受关陇军事贵族尚武任侠性格之影响,作《长安少年行》诗,在歌咏长安少年侠客勇武豪雄的同时也融入自己的沧桑之感、亡国之悲,刚健中含悲怆之气。然他在归梁陈后,在诗坛影响并不大,也未见江左士子向其学习的迹象。又如徐陵、周弘正在邺下和长安之时,都曾受北地劲健、悲慨诗风之影响,写出了《陇头水》《出自蓟北门行》《骢马驱》《刘生》(此前徐陵作)、《陇头送征客诗》《于长安咏雁诗》(此两首周弘正作)等或咏北人任侠尚武之精神、或

---

① 《隋书》卷五七,《卢思道传》。
② 南人入北后山水诗作甚少,且景色总弥漫着一种萧瑟、幽险、奇峭的气氛,当亦与北土山川风貌、自然景色有关。

诉乡关之思的作品。但他们在归南后,心境变了,诗风又回到齐梁老路去了。陈时其他诗人更因无入北、屈节仕北之经历,也就不可能写出具有北地真实感受,表现北人性格精神的刚健、悲慨之作了。

总之,在南北朝中后期,由于南人大量入北,无论是邺下诗人还是关陇诗人都争相仿效、学习齐梁诗风,有选择地吸收江左诗歌缤纷缛丽之辞藻、精工细密之声律、细腻的艺术感觉、清怨空灵之意境,以发展自身的诗歌艺术,故北地诗歌尤其山东诗歌发展较快。与此同时,江左则因诗人们素来轻视北地诗人之水平,又多无入北、使北之经历,故几乎未受北地文化艺术精神之影响,诗风亦沿齐梁余风而渐走渐衰,乃至发展到陈末淫靡、纤弱的境地。

二、隋及唐初的文化格局与诗坛风尚

平陈以后,杨隋很快就实现了地理、政治双重意义上的南北一统,但文化意义上的南北统一甚至连关陇文化与山东文化之融合也未能在短时期内完成,而是经历了一个较长的交汇、冲突、部分融合的过程。相应地,三地诗风也在不同程度受到其他两地诗风之影响而变化着。

隋文帝杨坚推行的是关陇文化本位政策,他在即位后对山东文化和江左文化都采取了遏制、排斥之态度,加上他"不敦诗书"[1],对江左诗风之轻艳、绮艳尤为不满。与隋高祖相似,隋初关陇重臣如高颎、李谔等人斥南朝诗乐为"亡国之音",对齐梁诗风"遗理存异,寻虚逐微,竞一韵之奇,争一字之巧。连篇累牍,不出月露之形,积案盈箱,唯是风云之状"[2]的创作风尚深恶痛绝。受轻文艺、忽文词

---

[1]《隋书》卷三八,《循吏传序论》。
[2]《隋书》卷六六,《李谔传》。

的文化观的制约,隋初关陇军事贵族的诗文创作水平不但没有提高,甚至连西周宇文毓、宇文招、李昶等人都不如。隋高祖杨坚,现存诗一首《宴秦孝王于并州作诗》,用朴质的语言、四言的句式,表达了青春已逝、生死无常的迟暮之感,似乎是有意追慕曹操而作,未见一点受齐梁诗风影响的迹象。其他关陇重臣如高颎、李谔、苏绰等人则无一首存诗,亦可见隋初关陇诗人诗艺发展之缓慢。

由齐入周、又由周入隋的山东旧族诗人,由于受到关陇豪族尚武任侠性格之影响,也创作了一批表现征战、行役、思妇等题材的作品。如李德林,博陵安平人,仕北齐,官至仪同三司。入周,授内史上士。隋初任内史令。其家世本以儒学、经术为擅长,但他在入周、入隋后受关陇地域文化影响,也创作了《相逢狭路间》等颇具豪爽、放旷情怀的作品,在隋高祖巡幸途中,创作了《从驾巡游诗》《从驾还京诗》等耀扬文治武功、气势豪雄的诗作。再如辛德源,本陇西狄道人,仕北齐历散骑侍郎、郎中,齐灭仕周。隋受禅,隐于林虑山中,谪从军讨南宁。还,牛弘荐修国史。转谘议参军卒。其所作《短歌行》《白马行》等诗尚武任侠、豪气纵横,有放旷、俊爽之气,当为入周、隋后之作。在隋初的山东诗人中,薛道衡最得关陇地域文化之精髓,他不但在入周之后创作了豪迈乐观、志在封侯的《渡河北诗》。入隋之后又与杨素唱和,创作了《出塞二首》等表现征战生活的边塞诗。其《昔昔盐》以艳丽的笔触,表达了思妇的清怨、惆怅,是齐梁诗风、关陇诗风融通后的艺术结晶。

南北文化的统一,是在隋炀帝手中开始的。杨广早在任淮南道行台尚书令,驻寿春时,就已在为平陈做文化上的准备。平陈之后,他搜罗、保存了大量江左图书经籍。任扬州总管期间,他又对江左人士进行文化笼络、统一工作。首先,他利用智顗等佛教高僧拉拢江左士族,其次,他还尊崇道教,以笼络江左下层民众。另外,他聚集了一百多位江左士族中善诗能文者,到扬州讲授和撰述。

在即位以后,隋炀帝着手改变高祖排斥江左文化、鄙薄齐梁诗风之传统,致力于南北文化的融合,关陇诗风与江左诗风的交融。在礼仪方面,隋炀帝一改高祖时参订朝仪者多关陇、山东儒生之格局,吸收许善心、褚亮、柳䛒等南方儒士以定仪制。在作乐方面,他首先将宋齐以来旧乐引入太常署、清商署,又用许善心、柳顾言、虞世基、蔡征等南士创制雅乐歌辞。于大业中,他更是兼采南北雅俗音乐,"以所征周、齐、梁、陈散乐,悉配太常,皆置博士弟子以相传授,乐工至三万余人"①。在诗风融汇方面,他不但擢引、召集了众多江南诗人,还虚心向他们学习诗文创作艺术。如庾自直、诸葛颖等人在高祖朝皆郁郁不得志,是杨广闻其诗名,引为学士的;虞绰、王胄、王䛒等江左文士都是陈亡之后就被杨广召至,以尽文学之用的。

由于隋炀帝虚心学习、与南士经常诗文唱和,他对江左诗歌艺术在表现技巧、意境、声律等方面的真味也体悟颇深,不但创作了《江都宫乐歌》《江陵女歌》《泛龙舟》等颇具江都民歌情调的乐府作品,还创作了《四时白纻歌》《春江花月夜》等深得齐梁陈艺术真精神的婉丽之作。更可贵的是,隋炀帝的一些写景诗如《月夜观星诗》《悲秋诗》《春江花月夜》(其一)等,能将关陇诗人的慷慨意气与江左文士细腻、婉转的情思融为一体,创造出深沉、蕴藉的诗境来,预示了初盛唐诗歌的发展方向②。

在隋炀帝重南、学南风气的熏染下,一些由周入隋的关陇军事贵族也纷纷效仿江左诗风。如崔仲方,在周以军功授平东将军、银

---

① 《资治通鉴》卷一八一,《隋纪》五,第5650—5651页。
② 参拙作《试论隋炀帝在南北文化艺术交融过程中的作用》,《北京大学学报》1999年第4期。

青光禄大夫,授仪同,进爵范阳县侯。隋受禅后,进位上开府;炀帝即位后,迁代州总管。其《小山诗》《夜作巫山诗》,萧散、疏野,深得南山之清致。于仲文,倜傥有大志,气调英拔,在周起家赵王属、东郡太守;隋高祖受禅后,以军功拜太子右卫率;炀帝时,迁大将军;其《侍宴东宫应令诗》是入隋后宴饮应制之作,辞藻富丽繁缛,明显受到江左诗风之影响。杨素之所以在当时诗人中,能声名盛极一时、逸出一般文士之上,也主要是因为他已稍离齐梁纤秾、缛丽之境,能用清俊、婉丽的笔触,表现其尚武任侠、建立功名的豪雄意气,以及仕途遭挫后的郁闷、激愤之情,形成"词气宏拔,风韵秀上"、浑厚、蕴藉的艺术风格。

同时,由于炀帝之召引、接纳,江左有一大批文士来到长安。他们在关陇、山东文化的影响下,面对北国山川风物,写出的诗作也多少融入关陇、山东文化的因子。首先,入隋南人由于受到北方独特的妇女观的制约,极少创作艳情诗,诸人竟无一首色情诗传世。其次,入隋南人受北人经世致用、建立功名意识之影响,也创作了一些感叹人生、仕途蹉跎的慷慨之作。如柳庄《刘生》诗通过歌颂豪侠、勇武的刘生抒发了自己慷慨的人生意气。何妥的《入塞》诗也坦露了他急于建功立业的心迹。再如王胄的《白马篇》《纪辽东二首》皆流露出他志在立功封侯的阔大襟抱。柳䛒《阳春歌》、王胄《酬陆常侍诗》《答贺属诗》《卧疾闽越述净名意诗》、虞绰《于婺州被囚诗》等,则对仕途沉浮、人生祸福进行较深刻的反思,笔调沉痛,皆非齐、梁、陈士族诗人所能为,标志着江左诗人入隋后的诗风之变。

综上,随着隋初三地地理、政治的统一,更因为隋炀帝一系列统一南北文化政策的推行,山东文化、关陇文化与江左文化已初步开始融合,三地诗人由于得聚京师、切磋诗艺,各自的诗歌也在不同程度上受其他两地诗风影响,渐朝健康、理想的方向发展,为初盛唐时期诗风、文化的进一步整合作了较好的铺垫。

无论是文化格局还是诗坛风尚,唐初武德、贞观中都沿袭隋朝之旧,而小有变化。唐高祖李渊在代隋建唐过程中,军事上主要依靠关陇军事贵族以及一直依附关陇军事贵族的萧氏、虞氏等为数不多的江左士族,故在高祖朝十二名宰相中,有九人出自关陇集团,萧瑀、陈叔达等梁、陈皇室,皆因依附关陇集团而得居高位。而且,与隋文帝类似,唐高祖对山东旧族文化和江左士族文化尤其是诗歌艺术也采取了排斥、批判之态度。如《旧唐书·隐太子建成传》载:"高祖呼太宗小名谓裴寂等:'此儿典兵既久,在外专制,为读书汉所教。非复我昔日子也。'"《资治通鉴》卷一九〇系此事于高祖武德五年(623)。由高祖称秦王所引之江南文士为"读书汉"可知,高祖身上尚残留着相当浓重的胡化特征,在政治、文化方面均实行着较严格的"关中本位政策",对江左文化及亲近江左文化的秦王不喜欢。对山东人士无论是士族还是微族,高祖皆实行着压抑、打击之政策。所以唐初武德中,高祖及关陇集团出身之重臣皆无诗歌创作之兴趣,也全无诗作传世,遑论诗艺之发展了。

相形之下,唐太宗的文化建设意识就强烈得多,而且他对江左文化及山东文化之态度也与高祖大异。

早在为秦王时,李世民就延揽了一些江左文士,扩大了自己的势力,与太子建成争权夺位。到武德四年(622),他开"文学馆"时,"十八学士"中出自江左的就有虞世南等七人。在这些江左文士的熏染下,"少尚威武,不精学业"的李世民就喜欢上了江左文化艺术。即位之后,唐太宗经常与江左文士在为政之暇"高谈典籍,杂以文咏,间以玄言"[①],并虚心学习江左文化艺术。对于齐梁诗风,他

---

① 《旧唐书》卷七二,《李百药传》。

也未像周隋以来的一些关陇贵族那样持批评、责斥之态度,而是与隋炀帝杨广一样,表现出一份回护与欣赏。他不但在朝廷上当面批驳了御史大夫杜淹等人提出的陈之乐府系"亡国之音"的观点,而且对东晋陆机、陆云兄弟的诗文作出了极高的艺术评价。在创作实践中,他虚心向虞世南等江左诗人请教,对魏徵、令狐德棻等人抨击的"庾信体"心慕手追,创作了不少具有"徐庾风气"的作品。可能是个人气质及艺术感悟力等方面的原因,唐太宗对江左文化艺术尤其南朝诗歌艺术精神的把握,远没有隋炀帝准确。他所作的齐梁体、徐庾体诗只是在辞藻、声律、句法等方面颇似,意境则不类。而且,唐太宗还创作过艳情诗,识见亦弗如隋炀帝。

在唐太宗大倡南风的影响下,贞观中一些关陇军事贵族也纷起效尤。如长孙无忌,系关陇集团八大柱国后代,"雅有武略",对江左绮艳、秾丽的诗风却极感兴趣。其《新曲二首》学南朝吴歌,以轻艳出之,字面冶荡,情思淫靡。郑世翼《看新婚》系一首庸俗色情诗,格调低下,其《见佳人负钱出路》诗有调情之意,无聊之极。萧德言《咏舞》诗亦轻艳、丽靡,酷似南朝宫体之作。在作宴饮游赏诗时,关陇集团出身的贞观勋贵们,多着眼于辞饰。杨师道,系隋宗室,入唐尚桂阳公主,封安德郡公,他于退朝后"必引当时英俊,宴集园池,而文会之盛,当时莫比"[1]。于志宁,亦为西魏八大柱国后代,在贞观中颇附庸风雅,史称其"雅爱宾客,接引忘倦,后进文笔之士,无不影附"[2]。贞观中他也曾在私宅举行过一次大型诗文酒会。从现存诗作看,当时的诸多宴饮诗正如封行高《冬日宴于庶子宅各赋一字得色》诗中云"雅引发清音,丽藻穷雕饰",均以齐梁诗风为尚,

---

[1]《旧唐书》卷六二,《杨师道传》。
[2]《旧唐书》卷七八,《于志宁传》。

多铺排缛辞丽藻，吟咏声色歌舞、园池之美。至此我们可以看出，唐太宗等关陇诗人主要是学习齐梁诗歌中辞藻、句法、声律等形成因素，以及宴饮、艳情、咏物等题材，而对意境、情韵及细腻的审美感觉领会不深，所以其诗歌创作成就反而不如隋时之关陇诗人。

贞观中，唐太宗一方面压制山东旧族，另一方面又大量擢拔山东微族士人。魏徵、王珪、房玄龄、杜如晦等人皆非山东高门，他们的诗歌艺术修养远不如齐周隋之际的卢思道、薛道衡等破落士族子弟，但经世致用的精神、建功立业的意识、儒家政治伦理观念却丝毫不减卢、薛等人，所以他们在隋末战乱和建唐过程中也创作了一些质朴无文、直抒胸臆的述怀言志诗，如魏徵《述怀》、李百药《途中述怀》《郢城怀古》《谒汉高庙》《春眺》、杜淹《召拜御史大夫赠袁天纲》《寄赠齐公》等诗。在诗歌创作观念上，由于山东微族人士对关陇集团政治上的高度依附，以及其自身浑厚的儒家政治教化观念，使得他们在评价江左诗歌时，严格执行"关中文化本位政策"，对齐梁绮靡、轻艳的诗风大加抨击，斥之为"亡国之音"，对西魏、北周、隋初关陇文化保守派的"复古明道"观称颂不已。但是由于唐太宗本人已并不恪守"关中文化本位政策"，加上唐太宗在贞观中后期对山东微族的大臣也渐疏远，所以魏徵等人对南朝诗风之批评，对当时的创作风尚影响并不十分明显。当然，魏徵在《隋书·文学传序》中对江左、河朔诗风之评价及兼采南北之长的设想，是符合初盛唐诗歌发展方向的，惜当时未有人能身体力行之。

由陈、隋入唐的江左士人由于受到唐太宗的重用，心境未有大变。他们除了创作了一些歌功颂德、富丽堂皇的颂体诗外，大多依然参加公私诗酒文会，写着宴饮诗、游赏诗、咏物诗、应令诗、应制诗，诗境未有大的拓展，稍有变化的是，他们在入唐后更重藻饰，字面由原来的清丽、艳丽渐向缛丽、富丽转化。江左文士中只有虞世南在入长安后,能将关陇刚健、豪侠的文化气息融入诗中,其《从军行二首》《拟饮马长城窟》《出塞》《结客少年场行》等诗,由于有随秦王出征的亲身感受,故颇真切、感人,显示出其采南北诗风之长后所达到的艺术新境。另外,与隋代江左诗人相比,唐初江左文士很少具有功名意识和慷慨意气,隋时南人尚作有一些渴求建功立业和感叹仕途不遇的作品,唐初江左文士则绝少此类诗作。其原因可能是:第一,残余的江左士族在隋初曾遭摒弃、压制,故多怨愤;在唐初则多受高祖、太宗赏识,境遇变了。第二,隋朝关陇军事贵族还多保留着较浓重的胡化特征,故其任侠尚武之性格也易感染入长安的江左文士;而到唐初,尤其是太宗朝,关陇军事贵族多附庸风雅、仿效江左士族生活方式,江左文士自然也乐于沿陈隋余绪而不思改弦易辙了。另外,唐初江左士族较之隋初更加衰微了,而江左寒士又未及崛起,南人诗中少功名意识、济世观念也是情理中事。

总之,与隋朝相比,三大地域文化合而未融的格局唐初未有大变,三地诗风融合之进程亦较缓慢。虽然魏徵在仔细考察南北朝文化艺术进程后提出的融合南北诗风的设想颇为合理,但宫廷的创作实绩却与之相左,甚至逊于隋时。只有在野诗人王绩创作了一些兼南北诗风之长而又浑融一体、自成风格的作品。这从一个侧面说明,南北文化的融合需从上而下推行,而诗风的整合在朝廷之外却比较容易成功。

三、武后擢拔微族与各地域寒士之并进

自显庆、龙朔年间,武后就对关陇贵族和江左士族进行打击,大力擢拔微族人士。武后这种用人政策,使隋及唐初以来一直少有变化的三大地域文化并存,且以关陇、江左人士为主体的政治文化格局,发生了明显的变化。为了较准确、细致地考察江左、关陇、山东

这三大文化地域内人士,在唐初及武后时社会、政治、文化地位之变迁,笔者据《全唐诗》作者小传、《旧唐书》诸重臣列传、《旧唐书·儒学传》、《旧唐书·文苑传》等资料,分析、归类、统计,制成了"唐初、武后时各地域人士社会、政治、文化地位对比表":

		唐初武德、贞观中			高宗、武后时期		
		总数	本地人数	所占比例	总数	本地人数	所占比例
江左	诗人	38	14	36.84%	123	17	13.82%
	重臣	191	13	6.80%	88	14	15.90%
	儒士	20	12	60.00%	19	4	21.05%
	文士	14	12	85.71%	55	12	21.88%
山东	诗人	38	15	39.47%	123	82	66.66%
	重臣	191	111	58.11%	88	45	51.13%
	儒士	20	7	35.00%	19	13	68.42%
	文士	14	/	/	55	35	63.63%
关陇	诗人	38	9	23.68%	123	24	19.51%
	重臣	191	67	35.07%	88	29	32.95%
	儒士	20	1	5.00%	19	2	10.52%
	文士	14	2	14.28%	55	8	12.30%

从上表我们可以看出,武后时期,江左人士的社会、文化地位较唐初明显下降。其中江左诗人在唐初武德、贞观中占 36.84%,到武后柄政时降至 13.82%,下降 23 个百分点;江左儒士在唐初占 60.00%,到武后时降至 21.05%,下降近 39 个百分点;江左文士在唐初占 85.71%,到武后时降至 21.88%,下降近 64 个百分点;江左人士只有政治地位稍有上升,唐初重臣中,出身江左的占 6.80%,到武后时升至 15.90%,上升了 9 个百分点。

我认为,促使江左人士社会、文化地位明显下降的原因主要有以下几个：

第一，唐初来自江左的诗人主要是由陈隋入唐的士族残余，这批诗人是唐初诗坛的中坚和主体，故当时诗风皆以学南为尚。但是武后从显庆中就将江左士族视同关陇贵族（因为他们此时已组成一个政治利益集团）一齐打击了；这样以文学、礼乐等经学擅长的江左士族，到高宗、武周朝就微乎其微了。《全唐诗》中，武后时期出自江左的诗人无一人系士族；《旧唐书·儒学传》中，武后时出自江左的儒士也无士族子弟；《旧唐书·文苑传》中，武后时江左文士，更无一人出自士族。这充分说明，经过南北朝中后期几次冲击以及隋末战乱，加上武后在显庆中的进一步打击，江左士族几乎从武后时期的社会文化生活中消失了，遑论进行文化艺术创造活动了。江左士族中，充其量只有苏州陆氏一门在武后朝后期尚活跃在政坛和文坛，但陆元方是通过举明经、应科举入仕的，其子陆象先也是应制举入仕，且在入仕后，"清净寡欲，不以细务介意"①，在政坛并不十分活跃。陆元方从叔陆余庆，少与知名之士陈子昂、宋之问、卢藏用、道士司马承祯、道人法成等交游，虽才学不逮子昂等，而风流强辩过之。累迁中书舍人。则天尝引入草诏，余庆惶恐，至晚不能措一辞，责授太子中允。可见，到武后朝，江左士族参政能力、文化艺术创造能力皆已衰萎了。

第二，武后虽然在显庆以后一直擢拔微族人士，但江左地区的庶族寒士因不具备参加科举所必需的文学、政理之才，加上江左士子在高宗、武后朝担任要职者本就不多，互相援引、彼此举荐的机会就更少了。我们下面来看看武后时江左重臣的入仕情况，安州安陆人郝处俊系唐初归国功臣之后，在贞观中，本州举为进士，山东高门

---

①《旧唐书》卷八八，《陆元方传附陆象先传》。

士族高士廉大为赏识,后又袭爵甄山县公①,可见其非一般寒士。常州晋陵人刘祎之,虽非高门士族,亦为隋唐之际江左名门之后,且系文学世家,故尚得以文藻知名,而为武后赏识,召入禁中②,亦非一般微族。武后时宰相姚璹,系唐初名臣、江左士族姚思廉之孙,有深厚的家学渊源,博涉经史,故能于永徽中明经擢第③。润州曲阿人桓彦范为武周朝、中宗朝名臣,其祖桓法嗣系唐初雍王府谘议参军、弘文馆学士,故他能少以门荫入仕④,也非一般寒士。武后、中宗朝重臣张柬之,襄州襄阳人,少补太学生,说明他非一般微族出身,后又为关陇贵族令狐德棻所重,更证明他与关陇集团有关系。加上他涉猎经史,尤好《三礼》,遂能进士擢第,后又高中贤良策试,累迁高位⑤。以上诸人加上陆元方父子,或为士族子弟,或为名臣之后,且多有家学渊源,故能在武后时期通过科举入仕,致身通显。而同时众多的江南微族寒士则多因尚未具备较高的文化艺术修养,又无人援引,便很难应科举、进入仕途了。以诗才著名于时的董思恭、骆宾王等吴越寒士虽曾入仕,但仕途皆不如意⑥。高宗、武后朝江左诗人、儒士所占比例甚低,也就不奇怪了。

至于江左人士在武后重臣中比例略有上升的原因,上文已经述及,即他们多系士族,或唐初名臣之后,且有一定的文学才能,故能通过科举、经人荐引入仕。但其在武后重臣中的比例较之同时山东、关陇人士仍有相当大的差距,政治地位更远逊于后两者。

---

① 《旧唐书》卷八四,《郝处俊传》。
② 《旧唐书》卷八七,《刘祎之传》。
③ 《旧唐书》卷八九,《姚璹传》。
④ 《旧唐书》卷九一,《桓彦范传》。
⑤ 《旧唐书》卷九一,《张柬之传》。
⑥ 参《旧唐书》卷一九〇,《董思恭传》《骆宾王传》。

从"对比表"中看,武后时期关陇人士的社会政治、文学地位均有所下降。在武德、贞观中,关陇出身的重臣占35.07%,到武后时降至32.95%;唐初诗人中,关陇人士占23.68%,到武后时期则降至19.51%;在《旧唐书·文学传》中,关陇文士在唐初占14.28%,到武后时期则降至12.30%。四项指数中,关陇人士只有"儒士"一项有所上升。但最能反映关陇文化在武后时地位变化的主要表现,不是"对比表"中的这些数据,而是隐藏在数据背后的文化创造主体社会结构的变化,即由唐初以关陇贵族占绝对多数,到武后时变成以关陇一般庶族为主。唐初关陇"诗人",百分之百出自关陇贵族集团,到武后时只有杨思玄、苏瓌、韦安石、窦希玠等7人,占29.16%,庶族寒士已占70.84%;唐初关陇"重臣",百分之百为关陇军事贵族或关中大族,到武后朝"重臣"中,庶族出身者已占关陇人士的31.81%;在唐初"文士"中,无一人出自关陇文化地域,到武后时,关陇"文士",百分之百为庶族寒士;唐初关陇"儒士",百分之百为关陇贵族集团中人,武后"儒士"中,庶族已占50%。造成上述变化最重要的原因,当然是武后对关陇贵族、尤其是贞观朝核心领导层中的关陇勋贵及其后代的严厉打击。对于关陇一般庶族以及非核心领导集团的一些关中大族,如京兆武功苏氏、京兆万年韦氏等,则通过科举制度擢拔其入仕。因此,在武后期,"重臣""诗人""儒士"中虽然仍有关陇大族出身者,但比例已明显减少,而且其入仕已不再是门荫、世袭,而是多凭才学,由科举跻身朝士之列的;相比较而言,关陇一般庶族寒士的社会文化地位则比唐初有了大幅度提高。

三大地域文化中,山东人士的地位在武后时上升幅度最大。在唐初"诗人"中,山东人士占39.47%,到武后时则占66.66%;唐初"儒士"中,山东人士占35%,到武后时占68.42%;唐初"文士"中,无一人出自山东,到武后时,则占63.63%;四项指数中,山东人士只有"重臣"一项略有下降。

我认为，山东人士的社会文化地位之所以在武后时期普遍上升，主要是因为唐初时期，唐太宗依凭关陇军事贵族打天下，文化建设、艺术活动则主要依靠江左人士，治理国家时主要擢用山东微族人士，故在贞观期，"重臣"中山东人士尚占有一定的优势，而在文化艺术（包括诗歌、儒学）方面则远不如江左人士和关陇人士。到武后柄政后，她一方面对关陇贵族和江左士族残余进行打击，使得此两地域人士社会文化地位明显降低；另一方面又因其出身山东，一反唐太宗压抑、鄙视山东人士的做法，大量擢引山东人士入朝。又因为山东旧族社会政治特权在周、隋、唐初一直遭到漠视，他们的入仕途径、入仕手段皆与一般微族区别不大，故武后对山东士族并不像对关陇勋贵、江左士族那样憎恨、反感，反而视同庶族或优于庶族，加以援引入朝，以尽其用。正因为武后朝山东人士中旧族子弟所占比例甚大，整个山东人士的文化创造能力也就远远超过了以庶族为主的关陇人士和江左人士，武后朝"诗人""文士""儒士"中皆多出自山东，且多系山东旧族子弟，也就不奇怪了。

以上我们仔细分析了三大地域文化在武后朝地位之变化，下面再看看此种变化对当时诗歌创作、诗风嬗变之影响。

首先，此时诗坛创作主体由唐初以江左士族诗人、关陇贵族诗人和山东微族诗人为主，变成以山东旧族子弟、微族寒士为主，诗歌作品中山东文化的色彩越发明显了。武后朝诗人多积极干进、希求进用，诗歌中功名意识普遍增强，都是其具体表现。当然，山东士子因受江左、关陇人士的长期影响，部分诗人在求仕时亦愿立功边塞、以军功入仕，在入仕后也喜欢仿效江左士族摆出安享富贵、风流闲雅的样子，只不过因为武后以女主专制，诗歌中就多为宴饮诗、咏物诗、山水诗、游戏诗，而不敢作艳情诗。在诗歌形式方面也对南朝诗歌的精致化、纤巧化加以发展，但终因缺乏南朝士族那种细腻、敏锐的艺术感悟力，而很少注重细部、一瞬间的艺术刻画，多从大的场面、气势，以及声律、辞藻、句法等方面加以拓展。由于山东人士成分复杂、心态各异，立志较雅正者，就能用较精巧的艺术形式表现高远的志趣，如卢照邻、王勃、卢藏用、郭震、张说等人；但大部分诗人都依附武后及其宠臣，失却了山东人士原有的高标独立的人格风范，故诗歌也多风力不振，如崔湜兄弟、李峤、苏味道、阎朝隐、沈佺期、岑羲等人。

其次，关陇诗人在诗坛所占比例虽有所下降，但由于其主体已由原来的勋贵变成庶族，而且关中大族的政治特权也正日趋消失，故关陇诗人的贵族气也普遍减弱，代之而起的是济世热情、功名意识、干进心理。而且由于关陇人士不像山东人士那样紧紧依附武氏，而是主要凭自己的真才实学入仕、为官，所以武后朝关陇诗人的作品就较多骨鲠之气，苏瓌、杨炯、姚崇、乔知之、富嘉谟、赵彦昭等人都因气节贞刚，诗风也较雅正了。当然上官仪、宋之问等人，骨气纤弱一些，但艺术上又十分精致，可以说是唐初关陇人士学南之举的进一步发展。

再次，江左士族诗人到武后朝几乎销声匿迹，吴越一带庶族寒士又没有兴起，故武后朝诗人中很少有诗风清新、秀美者。骆宾王虽生于吴越，但深受齐鲁之学影响，诗歌中山东文化因子多，而吴越文化因子少。武后朝南方文化区域内倒是岭南、巴蜀两地各出现了一名庶族寒士，这两地受士族文化影响较小，故天生就具备庶族寒士积极进取的济世热忱，写诗时也较少玩味艺术形式，而多直抒胸臆，慷慨言志，诗风质朴、刚健；但缺点亦因受士族文化艺术影响甚小，而显得艺术性稍差些。

总之，在武后朝，山东诗人虽普遍具备强烈的功名意识、干进心理,但因武后之不重儒,山东人士之政治依附性人格尚有缺陷,诗风不尽刚健、雅正;关陇诗人多骨鲠之气,也需在艺术上更精美些;真正意义上的江左诗人武后朝极少,使得武后朝诗歌缺乏空灵之态、清新之气。武后诗坛的这些问题,要到开元、天宝中随着三大地域文化的重新整合,才逐渐得以解决。

四、开元时期地域文化之整合与盛唐文化精神

经过武后半个世纪的擢拔微族,到武后朝中后期及中宗、睿宗年间,三大地域的文化创造主体皆已由士族、贵族残余,转变成微族、庶族寒士了;又由于入仕方式已由唐初以门荫、功勋为主,转变成以科举进身为主;各地域人士的心态也不再徒以门望相高,而是以文章之才,尤其是进士科注重的诗文之才、济世之策为尚。但是,由于武后时崇法抑儒,君臣关系较为紧张,再加上武后选人之途径仍局限于制举、投匦、进士等,就使得武后中宗朝文士虽有文学之才却少骨鲠之气,而且其入仕理想亦仅限于侍从待诏,而鲜有立功边塞、出将入相之志向。

到玄宗即位以后,尤其是开元中后期张说、张九龄相继为相,随着良好君臣关系的重建、文人政治格局的出现以及对儒学经世精神之重视,朝野上下不但普遍具有强烈的功名意识、干进之心,而且心态也更为雅正,志趣也更为高远[①]。又由于玄宗广开仕途,庶族寒士不再是竞趋科举一途,而是或以隐逸求仕,或立功边塞,或献赋投策、耸动人主,各地域人士可以真正凭藉其所擅长,乘龙跃麟,各显神通。在这种比较自由和谐、劲健向上的文化气氛中,三大地域文化又勃发出各自的文化创造活力。

---

① 参拙作《唐开元中前期士风之变》,《中国史研究》1997年第1期。

到开元前期,最先崛起的是江左文士。江左文士尤其是庶族寒士,在唐初及武后朝影响一直很小。其中主要原因是江左士族沦替殆尽,寒士又未具一定的文化修养,故通过科举入仕者寥寥无几。但到武后朝中后期,由于州县学的普及,寒士的文化教育程度也普遍得到提高,加上江左素有重文学艺术之传统,江左文士遂得于中宗、睿宗朝重新崛起。《旧唐书·贺知章传》云:

> 先是神龙中,知章与越州贺朝、万齐融,扬州张若虚、邢巨,湖州包融,俱以吴、越之士,文词俊秀,名扬于上京。

再据《新唐书·艺文志》四《包融诗》下注,可知开元中前期活跃诗坛的吴越文士尚有十数人:

> (包)融与储光羲皆延陵人;曲阿有余杭尉丁仙芝、缑氏主簿蔡隐丘、监察御史蔡希周、渭南尉蔡希寂、处士张彦雄张潮、校书郎张晕、吏部常选周瑀、长洲尉谈戭,句容有忠王府仓曹参军殷遥、硖石主簿樊光、横阳主簿沈如筠,江宁有右拾遗孙处玄、处士徐延寿,丹徒有江都主簿马挺、武进尉申堂构,十八人皆有诗名。殷璠汇次其诗,为《丹阳集》者。

从《全唐诗》卷一一二所载《贺知章诗》、卷一一四所载《包融、丁仙芝、蔡隐丘、蔡希周、蔡希寂、张潮、张晕(一作晕)、周瑀、谈戭、殷遥、沈如筠、孙处玄、徐延寿、樊晃诗》,以及陈尚君先生新近辑出的《丹阳集》残卷①,可知吴越诗人之所以能在开元前期名扬上京,实得益于吴越秀美、清丽的山川风光,以及清新、俊秀的南朝文化艺术。

首先,他们学习南朝诗人喜观赏山水、吟咏自然的审美方式,也

---

① 此书已收入傅璇琮主编《唐人选唐诗新编》(修订本),中华书局,2014年。

创作了大量清新、媚美的山水诗。如包融《赋得岸花临水发》《武陵桃源送人》、丁仙芝《渡扬子江》《剡溪馆闻笛》、张潮《江南行》、张翚《游栖霞寺》、周瑀《潘司马别业》、谈戭《清溪馆作》、殷遥《友人山亭》《春晚山行》、张旭《清溪泛舟》《桃花溪》《春游值雨》、贺知章《咏柳》诗等。这些诗作给唐初以来宫廷日趋富丽、缛彩、整栗、板滞的诗歌创作风尚注入了鲜活的艺术因子,使得开元中期的宫廷诗、都市诗中也增添了一份清丽明美,从而促进了盛唐写景诗"兴象玲珑"、自然清真美学风格的形成。

其次,他们多学习吴越民歌,创作了一些流转、婉媚的乐府诗歌,如贺知章《采莲曲》、丁仙芝《江南曲五首》、张潮《采莲词》《江南行》、徐延寿《南州行》等。殷璠在《丹阳集》中评诸人诗时,也着重指出他们学习南朝乐府民歌后所形成的清丽、媚美、声调流转的艺术特点,如他赞蔡希周诗"词彩明媚",蔡希寂诗"词句清迥",周瑀诗"窈窕鲜洁,务为奇巧",殷遥诗"闲雅,善用声",余(一作徐)延寿诗"婉娈艳美"等①。盛唐时诸五绝、七绝诗之所以音调流转、意境空灵,当与吴越民歌在开元中前期的再次兴起有关,而吴越民歌的复兴又离不开吴越诗人的仿作、入京等传播途径。

再次,吴越诗人对魏晋南朝玄学的继承和发展,使得他们的诗歌"情理兼得",具有较深厚的意蕴。初盛唐之际兴起的吴越文士,多对魏晋玄学、嵇阮等"正始名士"追慕不已。如包融在《阮公啸台》诗云:

逝者共已远,升攀想遗趣。
静然荒榛门,久之若有悟。
灵光未歇灭,千载知仰慕。

---

①引自陈尚君辑《丹阳集》,《唐人选唐诗新编》本。

《酬忠公林亭》诗则云：

> 为道岂庐霍，会静由吾心。
> ……
> 一谈入理窟，再索破幽襟

丁仙芝则倾心于佛、玄交融的庐山道法，《和荐福寺英公新构禅堂》：

> 上人久弃世，中道自忘筌。
> 寂照出群有，了心清众缘。
> 所以于此地，筑馆开青莲。
> ……
> 禅远目无事，体清宵不眠。
> 枳闻庐山法，松入汉阳禅。
> 一枕西山外，虚舟常浩然。

另外，由于江左系道教茅山宗的发源地，吴越文士多受其影响，于闲雅、玄远的处世态度中，复添一份清俊、飘逸之气。储光羲家润州延陵，近茅山，故其诗中甚多对茅山道观、风物及茅山道法之吟咏，如其《献八舅东归》诗即云其家是：

> 素业作仙居，子孙当自传。
> 门多松柏树，箧有《逍遥篇》。
> 独往不可群，沧海成桑田。

可见吴越之人受茅山道教影响之深。储光羲还作有《泛茅山东溪》《游茅山五首》等直接描写茅山景色之诗。周瑀作有《潘司马别业》诗，称赞了潘司马隐逸之清思高情：

> 门对青山近，汀牵绿草长。
> 寒深包晚橘，风紧落垂杨。

>湖畔闻渔唱,天边数雁行。
>
>萧然有高士,清思满书堂。

沈如筠亦有《寄天台司马道士》诗,表达了对司马承祯高逸之情的希慕:

>河洲花艳爛,庭树光彩蒨。
>
>白云天台山,可思不可见。

茅山道教之影响,不仅使吴越诗人自小就产生了对自然山川风物之喜爱,喜走隐逸求仕之路,而且还让他们在入仕后亦保持一份散淡,失意时则多归隐山林,啸傲江湖,而不汲汲于功名利禄,蝇营狗苟。

由于吴越文士多具有佛、玄、道融汇的人生态度,所以他们的诗歌就在清丽的写景中复饶高逸、玄远之理趣,如殷璠在《丹阳集》中赞包融诗"情幽语奇",谓蔡希寂诗"情理绵密",称处士张彦雄诗"但责(疑作贵)潇洒,不尚绮密。至如'云壑凝寒阴,岩泉激幽响',亦非凡俗之所能至也"。又如锺惺《唐诗归》卷十三中评张旭《清溪泛舟》《桃花溪》诗"境深,语不须深",也是从其诗"理趣"着眼的。储光羲诗被殷璠评为"格高调逸,趣远情深"①,锺惺《唐诗归》评语云:"清骨灵心,不减王、孟,一片深淳之气,装裹不觉,人不得直以清灵之品目之。"②

尤其值得注意的是,吴越诗人在魏晋玄学、"正始名士"风流以及佛、道的影响下,形成狂逸、萧散、放旷的人生态度,直接促成了盛唐名士风流的产生。如包融曾在《阮公啸台》诗仰慕嵇阮的啸傲、放旷,其所作诗亦多逸趣。又如丁仙芝,则多"戏题""醉歌"之作,

---

① 殷璠:《河岳英灵集》,傅璇琮等编:《唐人选唐诗新编》(增订本),第239页。
② 锺惺:《唐诗归》卷七,《续修四库全书》本,第1589册,第607页。

其《赠朱中书》诗嘲己不营利、不求名：

> 东邻转谷五之利,西邻贩缯日已贵。
> 而我守道不迁业,谁能肯敢效此事。

诙谐中见放旷之情;其《戏赠姚侍御》诗则拿姚侍御打趣;其《余杭醉歌赠吴山人》更见任真、纵逸之趣：

> 晓幕红襟燕,春城白项乌。
> 只来梁上语,不向府中趋。
> 城头坎坎鼓声曙,满庭新种樱桃树。
> 桃花昨夜撩乱开,当轩发色映楼台。
> 十千兑得余杭酒,二月春城长命杯。
> 酒后留君待明月,还将明月送君回。

蔡希寂《洛阳客舍逢祖咏留宴》诗亦放旷、散诞：

> 逢君赏酒因成醉,醉后焉知世上情。

其《赠张敬微》诗也诙谐、活脱：

> 大河东北望桃林,杂树冥冥结翠阴。
> 不知君作神仙尉,特讶行来云雾深。

因吴越文士普遍放旷、散诞、纵逸,贺知章、张旭等人入京后在朝士中兴起了狂放之风。《旧唐书·贺知章传》云：

> 知章性放旷,善谈笑,当时贤达皆倾慕之。

陆象先常谓人曰：

> 贺兄言论倜傥,真可谓风流之士。吾与子弟离阔,都不思之,一日不见贺兄,则鄙吝生矣。

可见贺知章之风流、傲诞对当时朝士影响甚大。同书又云,知章晚年尤加纵诞,无复规检,自号"四明狂客",又称"秘书外监",遨游里巷。醉后属词,动成卷轴,文不加点,咸有可观。与贺知章齐名京师的张旭亦以疏狂著称,《旧唐书·贺知章传》云:

> 旭善草书,而好酒,每醉后号呼狂走,索笔挥洒,变化无穷,若有神助,时人号为张颠。

在贺知章、张旭等人影响下,盛唐文士也喜以清狂、放逸相尚。如李白《对酒忆贺监二首序》云:

> 太子宾客贺公,于长安紫极宫一见余,呼余为"谪仙人",因解金龟换酒为乐。

忆其与贺公相得甚欢之状。孟浩然《宴包二融宅》诗也云其与包融开怀畅饮、潇洒任真之状:

> 是时方盛夏,风物自潇洒。
> 五日休沐归,相携竹林下。
> 开襟成欢趣,对酌不能罢。

高适《醉后赠张九旭》诗云:

> 世上谩相识,此翁殊不然。
> 兴来书自圣,醉后语尤颠。
> 白发老闲事,青云在目前。
> 床头一壶酒,能更几回眠?

李颀《赠张旭》诗更将张旭醉后狂书之"颠"态描写得活灵活现,亦可见其本人对疏狂、清放性格之喜爱。在贺、张等吴越狂士之影响下,开元、天宝之际,京中出现了一批狂放之士,为此,杜甫曾作过

《饮中八仙歌》以称颂之。

可见,吴越之士对魏晋名士风流的学习,实是盛唐文士多疏狂、纵逸、放旷之态的一个重要因素。

在开元、天宝中,山东文士也形成了新的人格精神。武后、中宗朝,山东士子虽然一直是政坛、文坛的主体,但除了狄仁杰、魏元忠、郭元振等骨鲠之士,其余多无雅正之理想、刚直之秉性。但随着开元前期儒学之复兴、君臣关系之重建,山东士子多以"致君尧舜"为人生目的,以儒家所强调的"直道"求诸己,希以"致治之术"、济世之策进身,于是在开天之际,诗坛上崛起了一大批山东士子。据《全唐诗》卷一〇七至二三五所载诸盛唐诗人小传,在籍贯可考的101位诗人中,出自山东文化地域的诗人就有43人之多,而且杜甫、元结、高适、岑参、王维、崔颢、祖咏、王湾、李颀、刘长卿、李华、王翰等一流诗人都出自山东。另外,天宝三载(744),高适、杜甫与李白在梁宋及鲁郡长达数月之游从、唱和,发思古之情,抒胸中之愤,亦是山东文化在盛唐时期的又一次复兴。盛唐诗歌在刚健、清新之外,又不乏雅正之思,实与山东士子以经术致用、"致君尧舜"之政治理想有关。

关陇士子在开元、天宝间,也非常活跃,但其尚武、任侠的性格特点已不十分明显,而是多从科举入仕。如京兆万年人王昌龄早年在故乡躬耕读书,约于开元十一年(723)前后,盘桓于潞州和并州。后数年间,又漫游西北边塞,到过泾州、萧关、临洮、玉门关一带[1],意在立功边塞、封侯受赏,然严峻的现实使他醒悟[2],文士从军入

---

[1] 参李云逸注《王昌龄诗注·前言》,上海古籍出版社,1984年。
[2] 美籍学者李珍华先生认为,王昌龄边塞之行受挫的原因是开元十年(722)至十五年(727)间,"三边皆无事",突厥、吐蕃与唐帝国无战事,东北、北方和西北边境进入平静状态,故扶风主人劝其从事于翰墨。参氏著《王昌龄研究》,太白文艺出版社,1994年,第4页。

幕,未必能建奇勋,《从军行》(其一):

> 虽投定远笔,未坐将军树。
> 早知行路难,悔不理章句。

遂从塞上又回乡重操旧业。开元十五年(727),王昌龄进士及第,授秘书省校书郎。二十二年(734),又应博学宏词科,改授汜水尉。王昌龄投笔从戎、又复理翰墨之经过,颇代表了当时诸多关陇文士的入仕心态。然因其多有从军入幕之经历,使得盛唐诗歌也充满了刚健、豪侠之气。

当然,盛唐时期三大地域文化之间的融汇也是极明显的。由于玄宗广开仕途,各地士子不但可以凭藉其各自的文化优势、奋其志业,而且随着盛唐漫游之风盛行,各地士子之间交往非常频繁①,盛唐诗人无论在士风还是在诗风上都能博采各地域文化之优长,形成了以刚健、壮大、积极、乐观为共同特征的盛唐文化精神。

所以,从地域文化整合的角度看,盛唐文化实际上是各地域文化在开元前期新生后的大繁荣、大融合的产物。其所以能在此时勃发出各自文化活力、艺术活力,又是由于其文化创作主体心灵的大自由、大开放。因盛唐文化是兼收并蓄,吸取了各地域文化中最健康、最鲜活的文化,方融合成雄厚壮大的文化精神。唯其所包容的地域文化因子多且广,盛唐文化方显得深厚;唯其所吸纳的文化因子健康、鲜活,盛唐文化方显得雄健。在这种文化整合状态中产生的盛唐之音,虽然是风格多样,异彩纷呈,但也不乏共通的艺术精神——"秀丽雄浑"。

---

① 参陈贻焮《杜甫评传》上卷,上海古籍出版社,1982年,第40—41页。

第四章 盛唐诗风之变及其政治文化动因

第一节 开元年间诗风与政治文化格局

唐中宗景龙元年(707)至唐玄宗开元十五年(727)这二十年，是唐代诗歌史上一个十分重要但又相对被人们忽视了的时期。从表面看，此时的诗歌创作风尚无论是从题材、技巧、诗体等方面，还是从情感基调、意境等方面，较之前一段时期都未发生大的变化，只是在因袭中小有变革。然而，正是这种因中之革迎来了开元十五年后"声律风骨始备"①的诗歌创作高峰。更何况，此时诗坛在看似平缓发展的表象之中，正奔涌着诗歌革新的潜流，蕴蓄着诗风大变的基因。但是，景龙至开元前期诗歌发展势态是如何形成的，其与武后朝后期诗风之因革关系受当时哪些因素的制约和影响，与紧随其后而来的盛唐诗歌创作高峰有哪些内在和必然的联系，一直未得到学界应有的重视和很好的解决。有鉴于此，下面将在与武周朝宫廷诗风的比较中，梳理出中宗至玄宗朝前期诗歌发展的脉络，然后结合当时政治、文化诸因素及诗歌创作本身的动因，揭示出此时诗歌

---

①殷璠：《河岳英灵集·叙》，傅璇琮等编：《唐人选唐诗新编》(增订本)，第156页。

发展之所以因中有革的历史文化机缘,为近距离地观照盛唐诗歌艺术精神的形成作些探索。

一、开元初期宫廷诗风发展的缓慢性

唐人殷璠在评中宗、睿宗和玄宗朝初期诗风时说:"景云中,颇通远调。"①明人高棅则云此一时期是"初唐之渐盛"②。美国汉学家宇文所安(斯蒂芬·欧文)明确指出开元前期诗坛"沿袭了初唐的诗歌传统",并将此一时期称之为初唐与盛唐之间的"过渡时期"③。具体说来,此时诗坛创作主体仍是在宫廷的朝臣,诗歌创作的中心依然是长安、洛阳两京,在野诗人除了吴越文士自成一个较松散的群体外,多无太大规模和影响。而且,宫廷诗的创作传统较之武周朝后期亦未有大变。首先,与武周朝后期"三教珠英学士"经常在控鹤府、奉宸府或宫庭上大开宴饮诗会,作歌功颂德、富丽堂皇之奉和应制诗一样,中宗、睿宗朝及玄宗先天、开元初年也屡屡举行诗酒文会,宴饮唱和。其次,这些宴饮应制诗也依然是字面秾丽,辞藻纷纭,偶对精工,极尽敷陈夸饰之能事。从诗歌艺术的角度看,此时宫廷诗较之武周朝后期实无多少发展,更未产生出像李峤、苏味道、杜审言、沈佺期、宋之问等主宰一代诗坛、影响朝野的大诗人。我认为,开元前期宫廷诗坛颇为冷寂、发展缓慢的状况,是由文学自身和社会政治两方面的因素造成的。

就文学自身的因素来说,此时诗坛的创作主体、创作环境以及创作风尚皆直接承武周朝后期而来,未有根本变化。

---

① 殷璠:《河岳英灵集·叙》,傅璇琮等编:《唐人选唐诗新编》(增订本),第156页。
② 高棅:《唐诗品汇·总叙》,上海古籍出版社,1988年,第8页。
③ [美]斯蒂芬·欧文:《盛唐诗》,黑龙江人民出版社,1992年,第7—21页。

首先,中宗、睿宗朝及玄宗开元初年的宫廷诗人们大多是在武周后期宫廷诗风熏染下成长起来的。他们几乎都是在武周朝和中宗朝进入仕途,且曾参加过武周朝后期、中宗朝的宫廷诗会。

如在先天、开元初被称为"燕、许大手笔"的张说、苏颋,其中张说在则天天授元年(690)制举登科,居高科第一名,拜太子校书①。后又累转右补阙,预修《三教珠英》。长安初,修《三教珠英》毕,迁右史、内供奉,兼知考功贡举事,擢拜凤阁舍人②。在武周朝后期尤其是在修《三教珠英》期间,张说也曾多次参加宫廷宴饮诗会,如《侍宴武三思山第应制赋得风字》诗即作于武周朝后期。

苏颋,少有俊才,一览千言。弱冠举进士,授乌程尉,累迁左台监察御史③。他在武周朝虽不以诗才显,然亦参加了宫廷诗会,如其《奉和圣制至长春宫登楼望稼穑之作》系奉和武则天之作;武周朝宫廷诗人之领袖——宋之问也曾作诗赠与、大加夸赞:"铉府诞英规,公才天下知。谓乘羔雁族,继入凤凰池。"

再如李乂,在开元初年与苏颋对掌纶诰,唐玄宗云:"前有味道、峤,朕今有颋、乂。"当时亦号"苏李"④。据《旧唐书·李乂传》载,李乂"少与兄尚一、尚贞俱以文章见称"。又据《登科记考》卷二,知李乂于永隆二年(681)即已登进士第。后累调万年县尉。长安三年(703),迁监察御史,历殿中侍御史、司勋员外郎、左司员外郎、右司郎中。李乂不但自青年时候就得到武后朝宫廷诗人薛元超、苏味道的称赞和赏拔⑤,而且他也曾热衷于武周朝宫廷诗会,如其《春日侍

---

① 傅璇琮主编:《唐才子传校笺》第1册,中华书局,1987年,第132—134页。
② 《旧唐书》卷九七,《张说传》。
③ 《旧唐书》卷八八,《苏瓌传》附《苏颋传》。
④ 计有功撰,王仲镛校笺:《唐诗纪事校笺》卷第十,中华书局,2007年,第314页。
⑤ 苏颋:《唐紫微侍郎赠黄门监李乂神道碑》,《全唐文》卷二五八。

宴芙蓉园应制》《侍宴桃花园咏桃花应制》等诗即是明证,另外,他还作有《故西台侍郎上官公挽歌》,对武后朝宫廷诗人上官仪推崇备至、思念不已。

又如魏知古,早有才名,弱冠举进士,累授著作郎,兼修国史。长安中,历迁凤阁舍人、卫尉少卿。神龙初,擢拜吏部侍郎,仍依旧兼修国史,寻进位银青光禄大夫。睿宗即位,以故吏召拜黄门侍郎,兼修国史。开元初年,改黄门监、紫微令①。他在武周宫廷所作之诗现尚存《春夜寓直凤阁怀群公》一首②。

再如马怀素,少时曾师事过李善,博览经史,善属文。咸亨四年(673)举孝廉,是年知贡举者为杜易简。上元三年(676),又登文学优赡科③。拜郿尉,四迁左台监察御史。后于长安中历礼部员外郎、考功员外郎,擢拜中书舍人。开元初,为户部侍郎,三迁秘书监,兼昭文馆学士④。他于武后朝中后期和中宗、睿宗朝曾多次参加宫廷诗会,如其《饯许州宋司马赴任》,同时酬和者则有宋之问、李适、卢藏用、源乾曜等人,其《饯唐州高使君赴任》《九日幸临渭亭登高应制得酒字》《奉和九月九日登慈恩寺浮图应制》《奉和送金城公主适西蕃应制》《奉和立春游苑迎春应制》等近10首作品都是他参加宫廷诗会时奉和应制之作。

又如徐坚,少好学,遍览经史。进士举,累授太子文学。圣历中,王方庆赏其文章典实,常称曰:"掌纶诰之选也。"杨再思亦曰:

---

① 《旧唐书》卷九八,《魏知古传》。
② 此诗《全唐诗》卷九一题下注云:"一本题上有'和中书侍郎杨再思'八字。"据《旧唐书·杨再思传》,杨再思证圣初年转凤阁侍郎。魏知古长安中历迁凤阁舍人,则此诗当作于长安中。
③ 徐松撰,赵守俨点校:《登科记考》卷二,中华书局,1984年,第59页。
④ 《旧唐书》卷一〇二,《马怀素传》。

"此凤阁舍人样,如此才识,走避不得。"徐坚后来又与给事中徐彦伯、定王府仓曹刘知幾、右补阙张说同修《三教珠英》。神龙初,再迁给事中。开元初年转太子詹事,后又累转为秘书监①。徐坚于"三教珠英学士"任上所作之宴饮诗似皆不存,其《饯许州宋司马赴任》《饯唐永昌》两诗疑作于武周朝末年或中宗初年,同时作者有沈佺期、宋之问、阎朝隐、徐彦伯等人。中宗朝他写有《奉和送金城公主适西蕃应制》。开元中,他与张说并主丽正书院、集贤院,参与的宫廷诗会更多了。

又如韦述,于青少年时代就曾得到武后、中宗朝宫廷诗人元行冲、宋之问的赏识②,并于宋之问知贡举的景龙二年(708)中进士第③。开元前期,韦述又在私阁与马怀素、齐浣等人参加了编次图书的工作。张说专集贤院事后,引韦述为直学士④,也创作了一些宫廷宴饮应制诗。

中宗至玄宗朝早期的宫廷诗人,还有齐浣、赵冬曦、崔沔、崔尚、韩休、苏晋、张嘉贞等人,他们也都是在武后朝后期科举入仕,受到武后、中宗宫廷诗风的熏染,故他们在开元前期所作宫廷宴饮应制之作,也就多因袭旧习而少有变革了。

其次,中宗朝至玄宗开元十五年(727)之间,宫廷诗歌的创作环境也未大变,这也是此时诗风因多革少的一个重要因素。

如前所云,武后朝中后期,宫廷宴饮游赏、奉和应制之风盛极一时,尤其是李峤、苏味道等人在"二张"之控鹤府、奉宸府编撰《三教珠英》期间,更是诗酒文会接连不断,自然也就产生出了一大批感时

---

① 《旧唐书》卷一〇二,《徐坚传》。
② 《旧唐书》卷二〇二,《韦述传》。
③ 徐松撰,赵守俨点校:《登科记考》卷四,第149页。
④ 《旧唐书》卷二〇二,《韦述传》。

应令、歌功颂德、辞藻缤纷、典故富赡、偶对精严的奉和应制诗。中宗即位后，这种创作环境并没有因李唐王室重新柄政而改变，反而变本加厉。《唐诗纪事》卷九《李适》条载中宗、睿宗朝宫廷游赏宴饮、奉和应制之盛况，今不避文繁，照录如下：

> 初，中宗景龙二年，始于修文馆置大学士四员，学士八员，直学士十二员，象四时、八节、十二月。于是李峤、宗楚客、赵彦昭、韦嗣立为大学士，（李）适、刘宪、崔湜、郑愔、卢藏用、李乂、岑羲、刘子玄为学士，薛稷、马怀素、宋之问、武平一、杜审言、沈佺期、阎朝隐为直学士，又召徐坚、韦元旦、徐彦伯、刘允济等满员。其后被选者不一。凡天子飨会游豫，唯宰相及学士得从，春幸梨园并渭水祓除，则赐柳圈辟疠；夏宴蒲萄园，赐朱樱；秋登慈恩浮图，献菊花酒称寿；冬幸新丰，历白鹿观，上骊山，赐浴汤池，给香粉兰泽。从行给翔麟马、品官黄衣各一。帝有所感，即赋诗，学士皆属和，当时人所钦慕。然皆狎猥佻佞，忘君臣礼法，惟以文华取幸。若韦元旦、刘允济、沈佺期、宋之问、阎朝隐等，无它称。景龙二年七夕，御两仪殿赋诗，李峤献诗云："谁言七襄咏，重入五弦歌。"九月，幸慈恩寺塔，上官氏献诗，群臣并赋。闰九月，幸总持寺，登浮图，李峤等献诗。十月三日，幸三会寺。十一月十五日，中宗诞辰，内殿联句为柏梁体。二十一日，安乐公主出降武延秀。是月以婕妤上官为昭容。十二月六日，上幸荐福寺，郑愔诗先成，宋之问后进。立春侍宴赋诗。二十一日，幸临渭亭，李峤等应制。三十日，幸长安故城。十二月晦，诸学士入阁守岁，以皇后乳母戏适御史大夫窦从一。三年人日，清晖阁登高遇雪，宗楚客诗云"蓬莱雪作山"是也，因赐金彩人胜。李峤等七言诗。是日甚欢，上令学士递起屡舞，至

沈佺期赋《回波》，有"齿录""牙绯"之语。晦日，幸昆明池，宋之问诗"自有夜珠来"之句，至今传之。二月八日，送沙门玄奘等归荆州，李峤等赋诗。十一日，幸太平公主南庄。七月，幸望春宫，送朔方节度使张仁亶赴军。八月三日，幸安乐公主西庄。九月九日，幸临渭亭，分韵赋诗。十一月一日，安乐公主入新宅，赋诗。十五日，中宗诞辰，长宁公主满月，李峤诗"龙神见像日，仙凤养雏年"是也。二十三日，南郊，徐彦伯上《南郊赋》。十二月十二日，幸温泉宫。敕蒲州刺史徐彦伯入仗，同学士例，因与武平一等五人献诗。上官昭容献七言绝句三首。十四日，幸韦嗣立庄，拜嗣立逍遥公，名其居曰清虚原、幽栖谷。十五日，幸白鹿观。十八日，幸秦始皇陵。四年正月朔，赐群臣柏树。五日，蓬莱宫宴吐蕃使，因为柏梁体。七日，重宴大明殿，赐彩镂人胜，又观打球。八月立春，赐彩花。二十九日晦，幸浐水。二月一日，送金城公主。三日，幸司农少卿王光辅庄。是夕岑羲设茗饮，讨论经史，武平一论《春秋》，崔日用请北面，日用赠平一歌曰："彼名流兮左氏癖，意玄远兮冠今夕。"二十一日，张仁亶至自朔方，宴于桃花园，赋七言诗。明日，宴承庆殿，李峤桃花园词，因号《桃花行》。三月一日清明，幸梨园，命侍臣为拔河之戏。三日上巳，祓禊于渭滨，赋七言诗，赐细柳圈。八日，令学士寻胜，同宴于礼部尚书窦希玠亭，赋诗，张说为之序。十一日，宴于昭容之别院。二十七日，李峤入祔庙，徐彦伯等饯之，赋诗。四月一日，幸长宁公主庄。六日，幸兴庆池观竞渡之戏。其日过希玠宅，学士赋诗。二十九日，御宴，祝钦明为八风舞，诸学士曰："祝公斯举，五经扫地尽矣！"睿宗时，道士司马承祯还天台，适赠诗，词甚美，朝士属和三百余人，徐彦伯编为《白云记》。①

---

① 计有功撰，王仲镛校笺：《唐诗纪事校笺》卷第九，第262—264页。

虽然在经过诛韦氏和太平公主之后,有一批宫廷诗人或被远贬,或被赐死,相继离开了宫廷诗坛,但是张说、苏颋、魏知古、马怀素、齐浣等人,则或因助玄宗诛诸韦、武和太平公主而升官进爵,或因并未卷入这两场政治风波而安享富贵,得以继续活跃在玄宗宫廷诗坛。

更为重要的是,玄宗在即位之初至开元十五年(727)之前,虽然有一段时间较少举行宫廷诗会,但宴饮游赏、诗酒文会并未完全停止。如,《辇下岁时记》载:

> 先天初,上(睿宗)御安福门观灯,太常作歌乐,出宫女歌舞、朝士能文者为踏歌,声调入云。①

又,《资治通鉴》卷二一〇载:

> (先天二年,713)二月,庚子夜,开门然灯,又追作去年大酺,大合伎乐。上皇与上御门楼临观,或以夜继昼,凡月余。②

另,同书卷二一一云:

> (玄宗)初即位,为长枕大被,与兄弟同寝。诸王每旦朝于侧门,退则相从宴饮,斗鸡、击球,或猎于近郊,游赏别墅,中使存问相望于道。……或讲论赋诗,间以饮酒、博弈、游猎,或自执丝竹;成器善笛,范善琵琶,与上更奏之。

到开元二年,宋王成器等又请献兴庆坊宅为离宫,始作兴庆宫。《资治通鉴》卷二一一云:

> 又于宫西南置楼,题其西曰"花萼相辉之楼",南曰"勤政务本之楼"。上或登楼,闻王奏乐,则召升楼同宴,或幸其所居

---

① 白居易:《白孔六帖》卷四,文渊阁《四库全书》本,第891册,第62页。
② 《资治通鉴》卷二一〇,《唐纪》二六,第6679页。

尽欢,赏赉优渥。①

玄宗现存之诗《过大哥宅探得歌字韵》、《同玉真公主过大哥山池》《首夏花萼楼观群臣宴宁王山亭回楼下又申之以赏乐赋诗》②、《游兴庆宫作》(一作《暇日与兄弟同游兴庆宫作》)、《过大哥山池题石壁》等诗就是玄宗与诸王宴饮赋诗的产物。而且开元八年(720)以前,诸王多与群臣交结,延揽文士入府。如《旧唐书·惠文太子范传》云:

> 范好学工书,雅爱文章之士,士无贵贱,皆尽礼接待,与阎朝隐、刘庭琦、张谔、郑繇篇题唱和,又多聚书画古迹,为时所称。

从现存资料看,张说、王昌龄、王维等人皆有与玄宗及诸王宴游唱酬之作。

当然,从开元五年(717)到开元八年(720)期间③,由于玄宗意欲励精图治及其他因素(详见后文),宫廷宴饮赋诗之风曾一度消减了不少,但是从开元九年(721)张说再度入相开始,宫廷内外游赏赋诗的活动又重新多了起来。如开元十年(722)闰五月,兵部尚书张说往朔方军巡边,玄宗作《送张说巡边》诗,贾曾奉敕撰《饯张尚书赴朔方序》,同时奉和者除张说外,还有源乾曜、张嘉贞、宋璟、卢

---

① 《资治通鉴》卷二一一,《唐纪》二七,第 6701、6703 页。
② 此诗当为开元七年(719)以后作。《旧唐书·让皇帝宪传》云:"(开元)四年,避昭成皇后尊号,改名宪。"《资治通鉴》卷二一二云:"(开元七年)九月,徙宋王宪为宁王。"
③ 开元八年(720),玄宗有《答蔡孚请宣示御制〈春雪〉〈春台望〉诗手诏》(载《全唐文》卷二八),则玄宗《春雪》《春台望》诗当作于开元八年。而《全唐诗》中现存许景先《奉和御制春台望》、苏颋《奉和圣制春台望应制》、贺知章《奉和御制春台望》等诗,则知此诗亦君臣诗会酬唱之产物。

从愿、许景先、韩休、徐知仁、崔禹锡、胡皓、王翰、崔泰之、王丘、苏晋、王光庭、袁晖、席豫、张九龄、徐坚、崔日用、贺知章等20人。开元十一年(723)正月,玄宗如并州①,途次上党旧宫,赋诗作序,朝臣张说、张九龄、苏颋等皆有奉和应制之作《奉和圣制过晋阳宫应制》;此次巡省途中,玄宗还作有《答张说南出雀鼠谷》诗,属和群臣有宋璟、苏颋、王丘、袁晖、崔翘、张九龄、王光庭、席豫、梁升卿、赵冬曦等10人②。开元十三年(725)春,玄宗大宴张说、宋璟及丽正殿诸学士,作《春晚宴两相及礼官丽正殿学士探得风字》,张说等人有和诗。三月二十日,玄宗诏二相以下群官于乐游园宴饮赋诗,张说、宋璟、苏颋等人皆有和作。同年四月,张说为集贤院学士,知院事,徐坚为副③。玄宗作《送张说上集贤学士》诗,张九龄作《集贤殿书院奉敕送学士张说上赐燕序》,群臣同和者有张说、源乾曜、裴漼、苏颋、韦抗、程行谌、徐坚、李暠、萧嵩、李元纮、贺知章、陆坚、刘升、褚琇、王翰、赵冬曦、韦述等17人④。同年十一月,玄宗至泰山封禅。在东巡登封途中,玄宗与群臣亦多赋诗酬和,如《东封山下宴群臣》有张谔和作,《经邹鲁祭孔子而叹之》诗有张说、张九龄和作,《登封礼毕洛城酺宴》有张九龄和作。《唐诗纪事》卷二载:

> 开元十三年,帝自择廷臣为诸州刺史,……凡十一人。行,诏宰相、诸王、御史以上祖道洛滨,盛供具,奏太常乐,帛舫水嬉。命高力士赐诗,令题座右。帝亲书,且给笔纸令自赋,赉绢三千遣之。⑤

---

① 《新唐书》卷三,《玄宗本纪》。
② 参计有功撰,王仲镛校笺《唐诗纪事校笺》卷第二,第27页。
③ 《旧唐书》卷九七,《张说传》。
④ 计有功撰,王仲镛校笺:《唐诗纪事校笺》卷第二,第34—35页。
⑤ 计有功撰,王仲镛校笺:《唐诗纪事校笺》卷第二,第34—35页。

此次诗歌盛会现尚存张说、张九龄两人和作。

由上可见,景云至开元十五年(727)中,宫廷文人仍然和武周后期一样,大多在待诏、修书之余,参加各种各样的由皇帝或诸王举行的游赏宴饮诗会,在大致相近的创作环境写着感时应令的奉和应制之作。由于创作环境未有大变,此一时期的宫廷诗风也就未产生大的变化。

与前两个因素密切相关的,使睿宗、玄宗朝前期宫廷诗风发展缓慢的另一个原因,是此时宫廷诗人们的诗歌创作风尚较之武周朝后期也未有根本性的转变。前文曾经论述过,武周朝后期及中宗朝宫廷的诗歌创作已经开始直接面对具体的场景,注重气势,渲染气氛,写出皇家气派、盛世气象,以及自己幸逢明时、春风得意的真实感受,而且在上官婉儿等人的倡导下,注重以气势取胜,诗境宏阔,初步显露出此时宫廷颂体诗创作风格由重藻饰向重气势、气象转变的端倪。到景云、先天、开元前期,宫廷诗人们又自觉沿续了上官昭容、李峤、沈佺期、宋之问等人的诗歌创作传统,在追求词彩、藻饰的同时,更重诗文之"气",试图以华美、富丽的辞藻,歌功颂德,润色鸿业;在流美的气韵中,壮大的诗境里,表现盛唐气象、盛世情怀。

前文已述,开元前期张说等宫廷诗人都是在李峤、上官昭容等老一代宫廷诗人的熏陶、奖掖下成长起来的,所以他们无论是从感情上,还是从创作传统上都对前代宫廷诗人有割舍不去的认同和继承。

如李峤在中宗驾崩后,曾密表请处置相王诸子,勿令在京。及玄宗践祚,宫内获其表,以示侍臣。或请诛之,张说即为之申辩:

> 峤虽不辩逆顺,然亦为当时之谋,吠非其主,不可追讨其罪。①

---

① 《旧唐书》卷九四,《李峤传》。

张说此番申辩,除了因其秉性公直外,恐怕还有他与李峤感情上、文学上本就过从密切的因素。如他在《五君咏·李赵公峤》诗中云:

> 李公实神敏,才华乃天授。
> 睦亲何用心,处贵不忘旧。
> 故事遵台阁,新诗冠宇宙。
> 在人忠所奉,恶我诚将宥。
> 南浦去莫归,嗟嗟蔑孙秀。

对李峤之为人、诗才均给予了充分的肯定。在张说辩说之后,玄宗"从其言",特下制,"以其(峤)早负辞学,累居台辅,忍而莫言,特掩其恶",令其随子李畅赴虔州任,不久复起庐州别驾①。

苏味道死后,张说也曾作《右丞相苏公挽歌二首》以资纪念:

> 其一
> 王宰丹青化,春卿礼乐才。
> 缁衣传旧职,华衮赠新哀。
> 路泣群官送,山嘶驷马回。
> 佳辰无白日,宾阁有青苔。

> 其二
> 门歌出野田,冠带寝穷泉。
> 万事皆身外,平生尚目前。
> 西垣紫泥绶,东岳白云篇。
> 自惜同声处,从今遂绝弦。

"同声"云云,即指二人在诗文创作风尚上的同声相应、同气相求。

对武后、中宗朝另一大诗人崔融,张说更是钦佩不已、评价甚

---
① 《旧唐书》卷九四,《李峤传》。

高,他在《祭崔侍郎文》中称赞崔融:

> 位以行成,名以才起,……束带立朝,惟国之俊,抑扬吐纳,金声玉振,器不滞方,神无留韵。

在《崔司业挽歌二首》中则叹其诗赋之才:

> 其一
> 海岱英灵气,胶庠礼乐资。
> 风流满天下,人物擅京师。
> 疾起扬雄赋,魂游谢客诗。
> 从今好文主,遗恨不同时。
>
> 其二
> 象设存华馆,威仪下墓田。
> 凤池伤旧草,麟史泣遗编。
> 帷盖墟烟没,干旌陇日悬。
> 古来埋玉树,流恨满山川。

对苏瓌,张说则从道德、文章两方面大加称赏。如他在《故太子少傅苏公碑铭》中云苏瓌:

> 忠以卫主,孝以立身,文以经国,惠以安人。

在《五君咏·苏许公瓌》诗中亦云:

> 许公信国桢,克美具瞻情。
> 百事资朝问,三章广世程。
> 处高心不有,临节自为名。
> 朱户传新戟,青松拱旧茔。
> 凄凉丞相府,余庆在玄成。

对武后朝宫廷诗人李适,张说亦思念不已、感慨纵横。其《李工部挽歌》(其一)云:

> 锦帐为郎日,金门待诏时。
> 杨宫先上赋,柏殿几连诗。
> 瞬息琴歌断,凄凉箫挽悲。
> 那堪霸陵岸,回首望京师。

以上诸公既是张说的前辈诗人,又是张说的同僚,曾诗文切磋多时,故张说对其为人、为文之评价,便不只是一般的应景之语、溢美之辞了,还因为他们在诗文创作风尚上本来就知音相赏、同气相求。

与以上诸公相比,对张说诗文创作观影响最大,张说评价也最高的,还数上官昭容。先天二年(713),张说在《唐昭容上官氏文集序》中对上官昭容杰出的文学成就、在当时诗坛的领导作用,首次作了全面、高度的评价。他赞上官氏之诗文才华:

> 明淑挺生,才华绝代,敏识聪听,探微镜理。开卷海纳,宛若前闻;摇笔云飞,咸同宿构。

他称上官氏主宰一代诗坛之功:

> 自则天久视之后,中宗景龙之际,十数年间,六合清谧,内峻图书之府,外辟修文之馆,搜英猎俊,野无遗才。右职以精学为先,大臣以无文为耻。每豫游宫观,行幸河山,白云起而帝歌,翠华飞而臣赋。雅颂之盛,与三代同风。岂惟圣后之好文,亦云奥主之协赞者也。……两朝专美,一日万机,顾问不遗,应接如响。

又述上官氏于武周、中宗两朝文治教化之迹:

> 惟窈窕柔曼,诱掖善心,忘味九德之衢,倾情六艺之圃。故登昆巡海之意寝,翦胡刈越之威息,璇台珍服之态消,从禽嗜乐之端废,独使温柔之教,渐于生人;风雅之声,流于来叶。

另外,张说在《昭容上官氏碑铭》中也对上官昭容领袖诗坛、培育后进、佐佑王化等功绩作了简要的评价。现在看来,张说的诸多评论、称颂不无溢美之辞,但在很大程度上代表了当时人们的看法,因为武后、中宗朝乃至睿宗、玄宗朝前期的宫廷诗人,无不是在上官昭容笼罩、熏陶下进行诗文创作的。在上官昭容死后,他们仍然摆脱不了她的影响。

就张说本人而言,继承上官昭容处尤多。先不论张说本来就想踵武上官氏成为主宰文坛、佐佑王化的一代文宗(详后文),单说其诗歌审美观也与上官昭容有一脉相承之处。张说在《唐昭容上官氏文集序》篇首曾开宗明义,阐发诗文之大用:

> 臣闻七声无主,律吕综其和;五彩无章,黼黻交其丽。是知气有壹郁,非巧辞莫之通;形有万变,非工文莫之写。先王以是经天地,究人神,阐寂寞,鉴幽昧。文之辞义大矣哉!

这段话,是张说为上官氏文学成就张本的理论基础,故可视为二人共通的诗文审美观。细绎此文,我们可以发现:第一,张说首先强调了文章的"和谐""彩丽";第二,"和谐""彩丽"之所以必要,是因为事物本身之"气"是流动、变化的,事物的"形"是五彩缤纷、复杂多样的;第三,而要表现"气"、刻画"形"又非"巧辞""工文"不可,也即讲究技巧、辞藻等;第四,"巧辞""工文"只是手段,它又是为了使诗文更好地实现其社会教化功用服务的。总之,张说在此旗帜鲜明地表达了他以"巧辞""工文"来佐佑王化的创作观,而这种诗文创作观又是上官昭容等前代宫廷诗人所大力提倡且躬自履践了的。

另外张说在《洛州张司马集序》开头亦云：

> 夫言者，志之所之；文者，物之相杂。然则心不可蕴，故发挥以形容；辞不可陋，故错综以润色。

从反面说明了"发挥形容""错综润色"的必要。在评述张司马诗文创作之风貌时，张说对"天然壮丽"的佳构更是赞不绝口：

> 发言而宫商应，摇笔而绮绣飞。逸势标起，奇情新拔。灵仙变化，星汉昭回。感激精微，混韶武于金奏；天然壮丽，綷云霞于玉楼。

此处的"天然壮丽"与他在《唐昭容上官氏文集序》中所标举的"和""丽"同出一辙，所谓的"逸势""奇情"亦本文之"气"而来，只不过此处说得更明确、更具体了，然而，又都与上官昭容在景龙三年（709）游昆明池赋诗时评沈、宋二人之诗所用评语"词气已竭""犹陟健举"云云有内在关系。同样，张说在景云间应卢藏用之请而作的《齐黄门侍郎卢思道碑》中所述文学的四种功用"吟咏情性，纪述事业，润色王道，发挥圣门"，也与武周、中宗朝上官昭容所倡导的宫廷诗风合若符契。

不仅如此，张说在开元前期评论时人诗文时也沿用并发展了前代宫廷诗人的审美标准。许景先是张说比较赏识的青年才俊①，开元二年（714），为中书舍人。张说曾评论其文曰：

> 许舍人之文，虽无峻峰激流崭绝之势，然属词丰美，得中和之气，亦一时之秀也。②

---

① 《旧唐书·韦述传》云："（张）说重词学之士，（韦）述与张九龄、许景先、袁晖、赵冬曦、孙逖、王翰常游其门。"
② 《旧唐书》卷一九〇，《许景先传》。

此处所言之"势"即自上官昭容以来一直追求的文章之"气势",也即张说所曾云之"逸势";"属词丰美"云云,则与上官昭容等宫廷诗人直至张说本人所强调的"彩丽""缛美"类似;"中和之气",更显然与张说曾标举的"和""气"相合。据《旧唐书·杨炯传》,开元中,张说为集贤大学士十余年,常与学士徐坚论近代文士,悲其凋丧。徐坚问:

> 李赵公(峤)、崔文公(融)之笔术,擅价一时,其间孰优?

张说评论道:

> 李峤、崔融、薛稷、宋之问之文,如良金美玉,无施不可。富嘉谟之文,如孤峰绝岸,壁立万仞,浓云郁兴,震雷俱发,诚可畏也,若施于廊庙,则骇矣。阎朝隐之文,如丽服靓妆,燕歌赵舞,观者忘疲,若类之《风》《雅》,则罪人矣。

徐坚又问后进词人之优劣,张说评论道:

> 韩休之文,如太羹旨酒,雅有典则,而薄于滋味。许景先之文,如丰肌腻理,虽秾华可爱,而微少风骨。张九龄之文,如轻缣素练,实济时用,而微窘边幅。王翰之文,如琼杯玉斝,虽烂然可珍,而多有玷缺。

徐坚亦以为然①。张说此处评论诸人之文所用之审美标准也是对上官昭容等前代诗人审美风尚的继承和发展。

首先,张说对武周、中宗朝四大宫廷文人给予了最高的评价:"如良金美玉,无施不可。"在张说心目中,李峤、崔融、薛稷、宋之问等人的作品简直成了宫廷文学创作的最高艺术典范。此论再一次

---

① 按开元十三年(725)方置集贤殿,徐坚为集贤院大学士,副张说知院事,亦在此年,故二公此番论文,必在开元十三年之后。

表明张说衡文论诗的审美标准实沿前代宫廷诸公而来。

接下来,张说就以李、崔、薛、宋为艺术参照,进一步阐发其艺术审美观。他认为富嘉谟的文章虽然很有气势,"如孤峰绝岸,壁立万仞,浓云郁兴,震雷俱发",具有强烈的艺术感染力,但是廊庙之上、宫廷之内更需要具备"中和之气"的文章,所以富氏之文并不太适合宫廷。而阎朝隐之文丽则丽矣,然丽而近艳,与宫廷需要的富丽、丰美并不相伴,更乖于"雅正"的原则。韩休的文章则走向另一极端,虽然雅正典则,但又缺乏文采,不够丰美、富丽。许景先的文章虽然丰美、富丽,却又缺少"风骨"。(此评与其在开元二年时所评辞异旨同,说明这十几年间张说的诗文审美观无大变化。)张九龄的文章清淡、素朴,很适合于公文案牍等实用文体,但境界不够宏阔。(很可能指其在吟咏情性、纪述事业、润色王道等方面捉襟见肘之状。)王翰的文章虽然也很美丽、有辞采,但似乎缺少"中和之气",无浑成、和谐之美。

从张说的这些评论中,我们可以看出,他理想中的宫廷文学应该是既丰美、富丽,又不失气势、风骨;既藻饰、彩丽,又中和、雅正;既能济时用,又可吟咏情性。

这种审美理想可以说是初盛唐宫廷文人们一直追求的,而且在当时人眼中,李峤、宋之问等人是庶几近之的,张说、徐坚等人可能也自以为已臻其境了。而在韩休看来,苏颋之文也已达到宫廷文学艺术的这种极致:

> 至乃绪发而宫商应,言形而雅颂兴。爽律与云天并高,繁章与霞月俱亮。故能虚明独照,壮思雄飞。……繁弦间发,缛彩相辉。歌奏而《白雪》遂孤,赋成而黄金有贵,岂惟排终拉贾,驾王超陈而已。若乃天言焕发,王命急宣,则翰动若飞,思

如泉涌。典谟作制于邦国,书奏便蕃于禁省,敏以应用,婉而有章,则近代以来,未之前闻也。

当然,苏颋的这种艺术成就也不是凭空产生的,也是在武周朝宫廷诗人李峤等人的赏拔、奖掖下逐步取得的:

> 时中书令李峤执笔曰:"考功郎非苏君莫可。"遂拜考功员外郎。①

总之,景云至开元前期的宫廷文风基本是对武后、中宗朝宫廷创作风尚的继承和发展,只是在"壮思""气势""风骨"等方面作有限的拓展,并无根本性变化。加上宫廷文学本身固有的艺术局限性,开元前期的宫廷诗人们虽然在理论和创作两方面不断努力,追求一种理想的艺术范式,但终究不能完全突破武后、中宗朝宫廷诗的艺术藩篱。从另一个角度讲,他们的创作实际上已经达到了宫廷文学的一种艺术极致,足以从一个侧面表现出壮丽、宏阔的"盛唐气象",可以说已是一种"盛唐之音"。

二、"吏治与文学之争"对开元前期诗歌发展之影响

"吏治与文学之争"这个命题是由著名史学家汪籛先生提出的。汪籛先生在其《唐玄宗时期吏治与文学之争》一文中认为,开元时期朝廷存在着姚崇等重吏治一派与刘幽求、张说等重文学一派之间的政治冲突②。这一论点对研究姚崇用事期间,匡赞玄宗的大臣,如刘幽求、张说之流,都相继被贬逐流窜,以及后来张说又被宇文融、李林甫、崔隐甫三人联合弹劾,以至罢相,甚至张九龄又被李

---

① 韩休:《唐金紫光禄大夫礼部尚书上柱国赠尚书右丞相许国文宪公苏颋文集序》,《全唐文》卷二九五。
② 唐长孺等编:《汪籛隋唐史论稿》,第196—208页。

林甫排挤等政治事件，都提供了极为新颖且很有说服力的解释。在汪文的启发下，我发现"吏治与文学之争"不仅对玄宗朝政治史产生了重大影响，而且直接波及此时的宫廷文坛乃至影响到诗风的变化。因为重"吏治"一派与重"文学"一派政见之异主要体现在一主张用"吏干"之才，一提倡用"文学"之士。他们对文学乃至诗歌创作之态度也不侔，大致说来，"吏治"派不重视官吏的文学创作才能，顶多只注意到文学的实用性，而"文学"派则将文学创作才能之高低视为选拔官吏的必备条件，他们更加重视文学的审美性、艺术性。所以随着两派政治势力的交替上升、轮流执政，玄宗朝前期的文学创作倾向及诗风也呈现出相应的变化。

"吏治与文学之争"虽说于玄宗朝表现得最明显，实际上在则天朝就已初露端倪。

狄仁杰是以长于吏治为武则天所赏识的，也无史料谓其擅长文词，而且他在用人时显然重吏治才干、轻文学才华。他在把张柬之推荐给武则天时说：

> 臣料陛下若求文章资历，则今之宰臣李峤、苏味道亦足为文吏矣。岂非文士龌龊，思得奇才用之，以成天下之务者乎？……荆州长史张柬之，其人虽老，真宰相才也。且久不遇，若用之，必尽节于国家矣。①

这段话充分表明了他重用吏才、鄙薄文士的观点，成为后来姚崇、宋璟等人用人观的滥觞。姚崇是狄仁杰亲手引拔的吏干之才，又是奉中宗复辟的五王的同党，而五王多半得到过狄仁杰的推荐，都不以文学知名，而是长于吏务②，所以姚崇的政见、文学观都与狄仁杰有

---

①《旧唐书》卷八九，《狄仁杰传》。
②唐长孺等编：《汪籛隋唐史论稿》，第196—197页。

着相当显豁的渊源关系。

汪篯先生并没有指出文学一派在则天朝的代表。我认为,李峤、苏味道等宫廷文士特别是上官昭容,乃是张说等"文学"派的先驱。李峤、苏味道两人是以富文词而得到则天赏识乃至位居宰相的,但是由于武则天只用苏、李等人草诏应制、兼修国史,很少让他们直接知政事,荐士用人之权更少沾边,中宗即位后,李峤在吏部时,志欲曲行私惠,冀得复居相位,奏置员外官数千人①,多属中下层无实际职权的官吏,对核心领导层的人员结构并无多大影响。所以尽管他们以文辞显达却未能贯彻以文辞选士的用人观,也未与狄仁杰等重吏治一派的重臣发生直接冲突。上官婉儿则不然。她虽然一开始也是以"有文词"得到武则天重用的,但是她又"明习吏事",具有很强的参政、议政能力。史传云:

> 自圣历已后,百司表奏,多令参决。中宗即位,又令专掌制命,深被信任。

被封为昭容后,上官婉儿的权势更为显赫。由于她本擅词章,又身居要位,所以她在用人时便相应地重文学之士。史传又云:

> 婉儿常劝广置昭文学士,盛引当朝词学之臣,数赐游宴,赋诗唱和,……又通于吏部侍郎崔湜,引知政事。②

这样在中宗朝基本上形成了重词学之臣,优先荐拔文士的社会风气。张说等"文学"一派的官吏基本上都曾得到上官昭容的赏拔,在昭文馆修过书,而且张说在《唐昭容上官氏文集序》中流露出意欲追踵上官昭容重用词臣、实行文治的想法:

---

① 《旧唐书》卷九四,《李峤传》。
② 《旧唐书》卷五一,《上官昭容传》。

> 自则天久视之后，中宗景龙之际，十数年间，六合清谧，内峻图书之府，外辟修文之馆，搜英猎俊，野无遗才。右职以精学为先，大臣以无文为耻。

最后两句既是上官昭容的用人观，也是张说自己的想法，因为他后来在开元中正是这么做的。

真正意义上的"吏治与文学之争"始于先天二年（713）。因助玄宗诛太平公主有功，张说、刘幽求等擅于词章的官吏于先天二年七、八、九月间相继入相①。但是，他们相位还没坐稳，便遭到了"吏治"派的挑战。由于玄宗即位后接管的是一个政局不稳、经济凋弊、政治腐败的国家，所以此时亟需一个刚直果敢、精敏干练的宰相来进行大刀阔斧的改革。张说、刘幽求等文臣显然不能充此大任，玄宗于是想到了"吏事明敏"、曾两次入相的姚崇，欲用其为相。由于姚崇与张说、刘幽求等文学之臣政见不一，素有罅隙，张说等人便设法阻挠。据《资治通鉴》卷二一〇记载，玄宗欲以同州刺史姚崇为相，张说疾之，使御史大夫赵彦昭弹之，玄宗不纳。又使殿中监姜皎劝玄宗用姚为河东总管，堵其入相之路，也被玄宗驳回。玄宗不是不知张说素与姚崇不叶，然思欲为治，就非引姚崇入相不可了。于是，玄宗就在狩猎渭川时，将姚崇秘密召诣行在，即拜兵部尚书、同中书门下三品。而姚崇一入相，便一面排挤张说等重文学之臣，一面援引实用之才、吏干之臣。《资治通鉴》同卷云：

> 姚崇既为相，紫微令张说惧，乃潜诣岐王申款。他日，崇对于便殿，行微蹇。上问："有足疾乎？"对曰："臣有腹心之疾，非足疾也。"上问其故。对曰："岐王陛下爱弟，张说为辅臣，而密

---

① 《资治通鉴》卷二一〇，第6673—6677页。

乘车入王家,恐为所误,故忧之。"癸丑,说左迁相州刺史。右仆射、同中书门下三品刘幽求亦罢为太子少保。

开元二年(714)闰二月,姚崇又以刘幽求有怨望语,将其也远贬了。这样,到开元二年,文学之臣基本上都被姚崇排挤出了核心领导层,姚崇可以顺利地实施其政治改革计划了。

从当时政治角度看,玄宗起复姚崇为相、大力推行改革,是有其现实合理性的。事实上也正是在姚崇为相期间,唐王朝的政治才又逐步清明、国力日见增强的,后来"开元全盛日"的到来在很大程度上要归功于姚崇及其继任者宋璟的"吏治"。但是,如果从文学发展的角度看,姚崇于开元初的入相及其对张说、刘幽求等文学之臣的排挤、打击,又阻碍了当时文学艺术的发展。

首先,姚崇、宋璟在用事期间,明显鄙薄、压制文学之士,使朝中无法形成一个诗人群体。

姚崇在入相后不久,就排挤掉了张说、刘幽求等文学之臣。开元二年,又有一批著名辞人被贬出朝,《资治通鉴》卷二一七云:

> 御史中丞姜晦以宗楚客等改中宗遗诏,青州刺史韦安石、太子宾客韦嗣立、刑部尚书赵彦昭、特进致仕李峤,于时同为宰相,不能匡正,令监察御史郭震弹之;且言彦昭拜巫赵氏为姑,蒙妇人服,与妻乘车诣其家。甲辰,贬安石为沔州别驾,嗣立为岳州别驾,彦昭为袁州别驾,峤为滁州别驾。

此番被贬诸人皆属当时著名辞章之士,他们被贬不只是因为他们不能匡正。其中李峤于中宗朝之过失,张说曾早于玄宗登基之初就为之申辩过,且玄宗亦已原宥[1],此时不该再定其罪。赵彦昭于玄宗

---

[1]《旧唐书》卷九四,《李峤传》。

不但无罪,且有功。《旧唐书·赵彦昭传》即云:

  及萧至忠等伏诛,(郭)元振、(张)说等称彦昭先尝密图其事,乃以功迁刑部尚书,封耿国公,赐实封一百户。

韦安石在则天朝后期曾"数折辱"擅权的张易之兄弟及武三思,被陆元方誉为"真宰相"。到睿宗朝,"太平公主与窦怀贞等潜有异图,将引安石预其事,公主屡使子塆唐晙邀安石至宅,安石竟拒而不往"。且在睿宗之前力保太子李隆基,亦为玄宗登基有功之臣①。至于韦嗣立,在睿宗践祚时,拜中书令,后"以定册尊立睿宗之功,赐实封一百户"。开元初,入为国子祭酒②,玄宗亦未开罪于他。这四位朝臣被贬的原因实际上并不是他们未能正身立朝,而是姜皎报私怨,姚崇恶文学之士。《旧唐书·韦安石传》记载此事经过颇详细,可助于我们了解事实之真相:

  安石初在蒲州时,太常卿姜皎有所请托,安石拒之,皎大怒。开元二年,皎弟晦为御史中丞,以安石等作相时,同受中宗遗制,宗楚客、韦温削除相王辅政之辞,安石不能正其事,令侍御史洪子舆举劾之。子舆以事经赦令,固称不可。监察御史郭震希皎等意,越次奏之。

玄宗于是乃下诏定诸人之罪。可见,宗楚客等人削改中宗遗制是通过当时正当的行政手段,与韦安石等个人无太大关系,本不该追究。韦安石等人之所以此时被追究、遭贬,还与当朝宰相姚崇有关。此事实情已如上述,姚崇并非不知,他如果出来为他们申辩,情况肯定会不同。但是,姚崇不但不为之辩护,反而落井下石。《旧唐书·赵

---

① 《旧唐书》卷九二,《韦安石传》。
② 《旧唐书》卷八八,《韦思谦传附韦嗣立传》。

彦昭传》载此事时说："俄而姚崇入相,甚恶彦昭之为人,由是累贬江州别驾,卒。"据此,韦、赵、李诸公最终被贬,实有姚崇之意图在内。而姚崇"恶"之的原因,又有他们皆擅辞章,且与郭元振、张说友善,属于"文学"一党之缘故。

《资治通鉴》卷二一一,"开元三年"条又云:

> 尚书左丞韦玢奏:"郎官多不举职,请沙汰,改授他官。"玢寻出为刺史,宰相奏拟冀州,敕改小州。姚崇奏言:"台郎宽怠及不称职,玢请沙汰,乃是奉公。台郎甫尔改官,玢即贬黜于外,议者皆谓郎官谤伤;臣恐后来左右丞指以为戒,则省事何从而举矣!伏望圣慈详察,使当官者无所疑惧。"

韦玢所云之"郎官"及姚崇所云之"台郎"都是指当时的尚书省郎官。唐尚书省所属除六部尚书、侍郎外,设有郎中、员外郎之职,统称郎官。郎官的地位在唐代较特殊,郎中是从五品,员外郎是从六品,但都是由皇帝亲自任命的。而且在唐朝人的言论中,郎官往往被称为"清资""清选""清流",皆虚位以待"素行才望高者","不可以赏能吏",甚至有人将郎官与后来的翰林学士并提,说:"台郎望美,词苑地高。"[1]姚崇、韦玢等人说郎官"多不举职""宽怠及不称职"确是实情,因为郎官本来就是清要官,《朝野类要》卷二云:"职慢位显谓之清,职紧位显谓之要。兼此二者,谓之清要。"[2]何况郎官向来是由善吟咏、富辞学的文学之士担任的,他们在草诏拟议之余经常举行宴饮诗会。吟诗唱酬乃是情理之事,历代皆然[3]。姚、

---

[1] 崔碬:《授裴谂司封郎中依前充职制》,《文苑英华》卷三八四。
[2] 赵升编,王瑞来点校:《朝野类要》,中华书局,2007年,第49页。
[3] 此段关于郎官地位之论述,乃参《唐尚书省郎官石柱题名考·点校说明》。劳格、赵钺著,徐敏霞、王桂珍点校:《唐尚书省郎官石柱题名考》,中华书局,1992年。

韦对此表示异议,也从一个侧面说明了他们对文学之士的不满和排斥。事实上,从姚崇所云"台郎甫尔改官"一语推测,他们当时确实沙汰了一些郎官,朝中文学之臣自然更加少了。

开元四年(716)姚崇罢相以后,荐宋璟自代。宋璟之所以能为姚崇所赏识,也正因为他有吏治才干。而宋璟在继任宰相以后,也沿袭了姚崇重用吏干之臣、鄙薄文学之士的用人观。如开元六年(718)三月,有荐山人范知璿文学者,并献其所为文,宋璟判之曰:"文章若高,自宜从选举求试,不可别奏。"是年十一月,宋璟又将"并有才略文词"的李邕、郑勉除渝、硖二州刺史,将"素称才行"的元行冲贬授为左散骑常侍,将陆象先贬为河南尹①。开元八年(720)正月,宋璟罢相之后,以源乾曜为黄门侍郎,张嘉贞为中书侍郎,并同平章事。而张嘉贞本以"吏事强敏"著称②,源乾曜亦"公清有吏干"③。因此,直到开元九年(721)张说复登相位,执朝柄政者皆为重吏治、鄙文学之人。

他们除了在朝中排挤、沙汰文学之臣,还利用科举手段压制善诗擅赋之人,这突出表现为姚、宋用事期间,进士人数的减少。据徐松《登科记考》所载每年所取进士人数统计,在中宗神龙元年(705)至玄宗先天二年(713)九年间,平均每年取进士52人;而在玄宗开元二年(714)至开元七年(719),姚崇、宋璟为相的这六年中,平均每年取进士仅22人,连中宗、睿宗朝的一半都不到;从宋璟罢相的开元八年(720)至开元十四年(726),张说为相的这七年中,平均每年取进士数又回升至35人。而且张说复相位的先天二年,一年取

---

① 《资治通鉴》卷二一二,第6733页。
② 《资治通鉴》卷二一二,第6740页。
③ 《旧唐书》卷九八,《源乾曜传》。

进士多达 77 人;第二年(开元二年,714),张说被姚崇排挤出朝廷,进士人数就骤减至 17 人;宋璟罢相的开元八年(720),取士数又猛增至 57 人,是开元七年(719)取进士人数(25 人)的两倍还多。这充分说明了姚、宋用事期间对进士的压制(其中开元四年取进士人数最少,仅为 16 人)。另外,中宗、睿宗朝科举考试选拔了席豫、齐浣、张九龄、赵冬曦、张鷟、苏晋、韩琬、张谔、韦述、王翰、张子容、王湾、邢巨等一大批文士,开元九年(721)至开元十五年(727)张说为相期间亦选拔了李昂、王泠然、孙逖、常无名、崔颢、祖咏、丁仙芝、储光羲、崔国辅、綦毋潜、王昌龄、常建等一大批诗人,而姚崇、宋璟为相期间,科举考试及第者中充其量只有王泠然、邢巨、王缙等极少数人还算得上词学之士。这又说明姚、宋等"吏治"派对文学之士骨子里是鄙夷不屑的,自然不会引之入朝。因此,开元前期朝廷中善诗之人廖廖无几,乃至形成不了一个诗人群体,诗歌创作活动甚少,也就不是偶然的了。

其次,姚崇、宋璟等人用事期间,除了重用吏干之臣,还提倡实用之文,以达到改变当时士风、文风之目的。姚崇在用事之后不久,就大力提拔吏干之人。《资治通鉴》卷二一〇,"开元元年"条载:

> 姚元之尝奏请序进郎吏,上仰视殿屋,元之再三言之,终不应;元之惧,趋出。……上曰:"朕任元之以庶政,大事当奏闻共议之;郎吏卑秩,乃一一以烦朕邪!"

《资治通鉴考异》云:

> 此出李德裕《次柳氏旧闻》,不知郎吏为何官。若郎中、员外郎则是清要官,不得云"秩卑";恐是郎将,又不敢必,故仍用旧文。

虽然不知姚崇所序进之"郎吏"究竟为何官,但可肯定是习知吏道、精于吏务的官职①,而非文学之臣。据《资治通鉴》同卷后文分析,姚崇在玄宗的默许下确实荐拔、擢引了一大批吏干之臣。为此,左拾遗张九龄奏记劝其远谄躁,进纯厚,其略曰:

> 任人当才,为政大体,与之共理,无出此途。而向之用才,非无知人之鉴,其所以失溺,在缘情之举。

又曰:

> 自君侯职相国之重,持用人之权,而浅中弱植之徒,已延颈企踵而至,谄亲戚以求誉,媚宾客以取容,其间岂不有才,所失在于无耻。

再从现存史料看,姚崇、宋璟用事期间所荐之人多以吏干著称,无文学之才能。如萧嵩,开元初,被姚崇擢为中书舍人,与崔琳、王丘、齐浣同列,诸人皆以萧嵩少学术,不以辈行许之,独姚崇许其致远,眷之特深②。《明皇杂录》还保存了萧嵩少文华、寡学术的一则轶事:

> 玄宗尝器重苏颋,欲倚以为相,礼遇顾问,与群臣特异。欲命相前一日,上秘密不欲令左右知,迨夜将艾,乃令草诏,访于侍臣曰:"外廷直宿谁?"遂命秉烛召来,至则中书舍人萧嵩。上即以颋姓名授嵩,令草制书。既成,其词曰:"国之瑰宝。"上寻读三四,谓嵩曰:"颋,瑰之子,朕不欲斥其父名,卿为刊削之。"上仍命撤帐中屏风与嵩,嵩惭惧流汗,笔不能下者久之。上以嵩抒思移时,必当精密,不觉前席以观。唯改曰:"国之珍宝。"他无更易。嵩既退,上掷其草于地曰:"虚有其表耳。"(嵩

---

① 《新唐书·姚崇附子奕传》云"崇欲使不越官次而习知吏道",与《通鉴》所云"序进郎吏"一语意近,亦可证姚崇此时所进当为吏干之臣。
② 参《旧唐书·萧嵩传》、《唐诗纪事·萧嵩》。

长大多髯,上故是有名)左右失笑。上闻,遽起掩其口,曰:"嵩虽才艺非长,人臣之贵,亦无与比,前言戏耳。"①

《资治通鉴》卷二一一,"开元七年"条云:"黄门鉴魏知古,本起小吏,因姚崇引荐,以至同为相。"②开元四年(716)十一月,姚崇避相位,荐广州都督宋璟自代。宋璟继承了姚嵩的用人观,亦喜实用、吏干之才。如《资治通鉴》卷二一一,"开元四年"条云:

> 紫微舍人高仲舒博通典籍,齐浣练习时务,姚、宋每坐二人以质所疑,既而叹曰:"欲知古,问高君,欲知今,问齐君,可以无阙政矣。"

高、齐之所以为姚、宋赏识,亦非因其善诗能文,而是有助为政,切于时用的缘故。汪篯先生说:"在姚崇罢相不久以后,玄宗便开始注意到秘书典籍的整理","可是,在这时修书的人,大体上都是儒生",且"都不是特以文学见长的","其中专以文词擅名的,亦只有王湾和徐楚璧而已",而且这些人并未受到当朝宰相和玄宗的重视③。

在姚、宋为相期间,玄宗亦下诏重视实才、提倡实用之文,这从一个侧面也反映了姚、宋对玄宗之影响。如开元六年(718),玄宗下《禁策判不切事宜诏》:

> 我国家敦古质,断浮艳,礼乐诗书,是宏文德。绮罗珠翠,深革弊风,必使情见于词,不用言浮于行。比来选人试判,举人对策,剖析案牍,敷陈奏议,多不切事宜,广张华饰,何大雅之不足,而小能之是衒?自今已后,不得更然。

---

① 郑处诲撰,田廷柱点校:《明皇杂录》卷下,中华书局,1994 年,第 34 页。
② 姚崇后来又"意轻之""深忌惮之",阴夺其权,实是嫉才,与"吏治与文学之争"无太大关系。
③ 唐长孺等编:《汪篯隋唐史论稿》,第 199—200 页。

这对当时士风及诗风当会产生一定的影响。

再次,姚崇在用事之初,就曾向玄宗提出:"先朝亵狎大臣,或亏君臣之敬;臣请陛下接之以礼可乎?"玄宗曰:"事诚当然,有何不可!"①中宗、睿宗朝,君臣往往宴赏游从,通宵达旦,且常连踏舞蹈,诗赋唱和,就是姚崇所疾之一种表现,姚崇请玄宗禁断之,可能也是开元二年至开元八年期间,宫廷诗会甚少,宴饮应制作品更少的一个间接原因吧。

由上可知,在姚崇、宋璟等"吏治"一派用事期间,由于他们不断排挤文学之臣、压制后进文士,使朝廷中几无善诗能文之人;又由于他们提拔吏干之才、提倡实用之文,不重视文学的艺术观,也使得当时诗歌艺术的发展受到影响。

但是,从开元九年(721)张说再次为相之后,情况又开始向崇文的方向转化。汪篯先生对此论述甚为精当,兹撮其大意,转述于后:张说在开元九年任相,十一年兼任修书使,丽正院置修书学士。十三年,改丽正殿修书院为集贤殿书院,定书院官五品以上为学士,六品以下为直学士,张说以宰相为学士知院事,徐坚以左散骑常侍为副知院事。张说在当时本是文士的领袖,这时凑巧碰到长久升平的时期。在太平盛世,好大喜功的君主,往往要粉饰文治。张说以其人适当其会,对于这方面特别注重,自在情理之中。在他任集贤学士知院事的期中,所引用的人物,大都是文采之士。例如徐坚便是参预过《三教珠英》的修纂的,韦述是兼综文史二者之长的。贺知章则"少以文词知名",举进士,晚年"醉后属词,动成卷轴,文不加点,咸有可观"。徐安贞则"尤善五言诗,尝应制举,一岁三擢甲科",其后掌知制诰,尤负盛名。其他为张说所赏识提拔的人,也全

---

① 《资治通鉴》卷二一〇,《唐纪》二六,第 6689 页。

是以文词知名的,张说对人士的批评,也常常用文章来做标准。例如,孙逖以文思敏速善思精练知名,所以就得到张说的引重。又如王翰,也是负有才名的,曾擢进士第,在张说做并州长史时,对他礼遇备至。后来,他又连登直言极谏、手笔俊拔及超拔群类等科。到张说辅政为相时,便召他到中央来做官。再如,张九龄十三岁时,就以文词得到广州刺史王方庆的赞赏。据说在张说贬流岭南时,九龄和说已有往来。他和张说既同是文人,气类本近,于是因为同姓的关系,就叙为昭穆。张说特别重视他,说他是"后来词人之首"。张说当权用事的时候,既极度推引词学之士,所以当时的文士,也都趋附于他。除掉上面列举的诸人以外,还有袁晖、许景先,及韦述的弟兄六人与赵冬曦的弟兄六人等,都是常游张说之门的。其中,赵、韦昆季都以词学登科,所以张说称扬他们,说是"今之杞梓"①。

而且,随着张说的复出,宫廷诗会也多了起来,张说经常评诗论文,有意识地提倡"气象宏阔""天然壮丽"的诗风,极大地促进了诗歌艺术的发展。然而,综观开元前期"吏治文学之争",还是以"吏治"一派在朝柄政时间长,对当时文坛影响(玄宗亦深受其影响)大。张说等人除了在先天、开元初及开元九年至开元十三年比较短的时间内执政外,都处于劣势,而且张说开元九年以后对文坛的积极影响、对诗歌艺术发展的促进作用,要迟至开元十五年(727)前后才能看出。因为要重新形成一个比较大的诗人群体就需要一大批善诗能文之士涌入京城、跻身宫廷,而开元十年之前所选之"士",多不以"诗"见长,开元十年之后入仕之文士,又多未在朝廷任要职,多为中下层朝士,或被外授县尉、参军之类的地方文官。他们真正成为诗歌创作主体,是在后来张九龄为相之时。所以盛唐诗坛群

---

① 唐长孺等编:《汪籛隋唐史论稿》,第 200—202 页。

星璀璨局面的到来,诗歌艺术的黄金时代出现在开元十五年之后绝不是偶然的。

三、张说等贬谪诗人的文化心态与艺术新变

与宫廷诗歌艺术发展缓慢适成鲜明对比,开元前期张说等人贬谪期间所写诗歌作品却表现出艺术上的新变。这种艺术新变不但弥补了宫廷诗歌在艺术形式、精神内质等方面的缺陷,而且对盛唐诗歌新风之建立具有直接影响和先导意义。

初唐时期诗人们屡有遭贬,但大量创作贬谪诗是从沈佺期、宋之问、杜审言等人开始的。他们的贬谪诗虽然在将兴寄与山水的结合方面作了一些初步探索,但是由于宫廷斗争异常频仍,所贬之地又较分散,且多为风俗险恶之边鄙蛮荒,他们在贬所常常无心宴饮游赏,较少言志述怀之作,存留下来的多为遭贬行役路中对山川风物的描摹、对自己怨伤心境的表现,故无论在诗境的拓展、还是在艺术的创新方面都有较大的局限性,对后来盛唐诗歌风骨的建立作用也就并不十分明显。

然而,张说等人在开元初年的遭贬则不同。开元二年(714)以后,随着一大批文学之士陆续外贬,朝中作诗风气日渐消歇,诗坛的中心也从宫廷、都城移至文学之臣聚居的贬谪之所,其中,张说贬至的相州、岳州、荆州,尤其成为当时文士聚居酬唱之地。由于张说等人外贬时间较长,此时之政治斗争乃是持不同政见朝臣间的倾轧,远不如武周朝酷吏对朝臣残酷,所以他们便能在初唐宫廷诗歌艺术传统之外,另寻野径,从汉魏诗歌,从陶潜、王绩的隐逸诗,从阮籍、陈子昂的感遇、咏怀诗,从南朝的山水诗中吸取艺术养料,作更多的艺术尝试,为盛唐诗歌新风貌的形成作了必要的艺术铺垫。

张说从开元元年(713)十二月为姚崇所构贬相州刺史起,到开

元六年(718)春离荆州任赴东都入朝,前后外贬整五年,其中在岳州又有三年,而且他身边又聚集了阴行先、梁知微、尹懋、赵冬曦、张均、张垍、韦嗣立、王琚、王熊等后进文士。他们经常在为政之暇,登临山水,抒写怀抱,留下了90多首诗。由于他们不再是朝臣,离开了宫廷和都城,所以便摆脱了宫廷诗歌艺术法则的束缚,创作出了内容、写法和风格均迥异的作品。

在这些作品中,首先值得重视的,是张说等人直接继承汉魏文人诗言志述怀,表现强烈的建功立业的思想,以及对人生功名的思考。

张说在初贬为相州刺史时,心情比较抑郁。因为他在诛诸韦、拥立玄宗为太子、诛太平公主等役中功高盖世,于先天二年、开元元年先后检校中书令、封燕国公、拜紫微令,可就在他功名鼎盛之时,却又被贬为相州刺史。张说被玄宗拜为紫微令,是在开元元年十二月壬寅(十三日);为姚崇所构,贬相州刺史、河北道按察使,是在当月癸丑(二十四日),前后仅相距十一天。如此短的时间,如此剧烈的沉浮,不能不使他感慨万千。加上其所贬之地又是曹魏创建基业之所在,面对邺都故城,张说禁不住缅思曹操之功业,慨叹人生盛衰之变,作《邺都引》以感慨述怀:

> 君不见,
>
> 魏武草创争天禄,群雄睚眦相驰逐。
>
> 昼携壮士破坚阵,夜接词人赋华屋。
>
> 都邑缭绕西山阳,桑榆汗漫漳河曲。
>
> 城郭为虚人代改,但有西园明月在。
>
> 邺傍高冢多贵臣,娥眉曼睩共灰尘。
>
> 试上铜台歌舞处,唯有秋风愁杀人。

在张说此诗之前,王绩和初唐四杰等人已有感叹盛衰之变、功业不

永之作,但是由于他们本身并未建立盖世伟业,故他们多只是发思古之幽情,风格幽怨、凄婉。如王勃之《铜雀妓二首》云:

> 其一
> 金凤邻铜雀,漳河望邺城。
> 君王无处所,台榭若平生。
> 舞席纷何就,歌梁俨未倾。
> 西陵松槚冷,谁见绮罗情?
>
> 其二
> 妾本深宫妓,层城闭九重。
> 君王欢爱尽,歌舞为谁容?
> 锦衾不复襞,罗衣谁再缝。
> 高台西北望,流涕向青松。

张说则不然,他本人曾出将入相,纵横一世,其诗中所云"昼携壮士破坚阵,夜接词人赋华屋",既是述曹操之英雄气概,也是张说自己功业的写照。由于心迹与曹操遥通,所以张说对曹操诗歌中功业之悲慨体会得就比王勃等人深刻,其诗也就能颇得建安诗人尤其是曹操诗沉雄悲壮之风,故沈德潜《唐诗别裁集》卷五云此诗:

> 声调渐响,去王、杨、卢、骆体远矣。[1]

周珽《唐诗选脉会通评林》中云:

> 此诗从群雄争逐、壮士词人,说到贵臣娥眉同归灰尘,思致岂不深沉?似笑似悲,似詈似吊耶![2]

---

[1] 沈德潜:《唐诗别裁集》卷五,中华书局,1975年,第73页。
[2] 转引自陈伯海主编《唐诗汇评》(增订本)第1册,上海古籍出版社,2015年,第295页。

与曹操在《短歌行》（二首）、《陌上桑》、《秋胡行》等诗中经常慨叹的年寿不永、功业未就等心绪十分相似。

张说在被贬之时，一面勤于政务、期东山再起，一面也流露出衰朽之叹，如其《相州冬日早衙》诗云：

> 正色临厅事，疑词定笔端。
> 除苛图圄息，伐枳吏人宽。
> 河内功犹浅，淮阳疾未安。
> 镜中星发变，顿使世情阑。

虽然此诗结尾稍感伤，但是由于这种感伤是建立在"河内功犹浅"的基础上的，所以就具悲慨之美，而非一味颓伤、消沉了。再如张说开元四年（716）于岳州所作《闻雨》诗，先是极写其于穷冬寒夜空斋闻雨时百种忧思：

> 穷冬万花匝，永夜百忧攒。
> 危戍临江火，空斋入雨寒。
> 断猿知屡别，嘶雁觉虚弹。
> 心对炉灰死，颜随庭树残。
> 旧恩怀未报，倾胆镜中看。

其中"心对炉灰死，颜随庭树残"两句，可谓是情绪低沉、消索至极，然作者仍未完全心灰意冷，重新出山、再建功业的理想之火并未熄灭，故他于诗歌结尾处又振起一笔："旧恩怀未报，倾胆镜中看。"这是何等坚定的信念！正是这种不灭的理想之火使得张说贬逐诗总是充满着一股顽强向上、乐观进取的精神力量。

在同年所作《五君咏》五首中，他意在"达志、美类、刺异、感叹、哀事"，通过对其好友魏元忠等人生平遭际、功名的咏叹，抒发自己未泯的建功立业的信念，如他赞魏元忠：

> 入相廊庙静,出军沙漠霁。
> 见深吕禄忧,举后陈平计。
> 甘心除君恶,足以报先帝。

其赞郭元振:"代公举鹏翼,悬飞摩海雾。志康天地屯,适与云雷遇。兴丧一言决,安危万心注。大勋书王府,舜命沦江路。"其赞赵彦昭云:"协赞休明启,恩华日月照。"《明皇杂录》卷下还记载了张说写此诗之经过:"张说之谪岳州也,常郁郁不乐。时宰以说机辨才略,互相排摈。苏颋方当大用,而张说与瓌相善,张因为《五君咏》,致书,封其诗以遗颋,戒其使曰:'候忌日近暮送之。'使者既至,因忌日,赍书至颋门下。会积阴累旬,近暮吊客至,多说先公寮旧,颋因览诗,呜咽流涕,悲不自胜。翌日,乃上封,大陈说忠贞謇谔,尝勤劳王室,亦人望所属,不宜沦滞于遐方。上乃降玺书劳问,俄而迁荆州长史。"①据此,则张说作《五君咏》本意即在求人汲引,再建功名。葛晓音师也认为张说"自己在岳州久贬不起,虽不无凄惋之情,但更多的是感时报国的豪迈意气:'发白思益壮,心玄用弥拙。……唯有报恩字,刻意长不灭。'(《岳州作》)又劝意气消沉的赵冬曦不要学贾谊'多才怨成褊',应在山水中'荣辱两都遣',尽情享受眼前的云壑之美:'苟忘风波累,俱会云壑践。'(《赠赵侍御》)"②张说之所以能长期保持着极其开朗而乐观之态度,除了葛晓音师已指出的"张说的思想以儒家济世的观念为主","出处行藏应取决于圣人之节,而祸福得失还是事在人为"③等因素,还因为当时的吏治、文学之争只是朝臣政见不同两党之间的倾轧,两党目的皆在致治兴邦,并非

---

① 郑处诲撰,田廷柱点校:《明皇杂录》卷下,第28页。
② 葛晓音:《山水田园诗派研究》,第167页。
③ 葛晓音:《山水田园诗派研究》,第167页。

权奸与贤臣之间的斗争,而且张说坚信政成后必得文治,所以他在开元盛世中总能保持着拯世济人的理想。而这种乐观的心态、不灭的理想正是盛唐诗人学习建安诗风而又有别于建安诗风的关键所在,张说于此点实有首倡之功。

其次,张说遭贬之后,还有意学陶渊明、王绩之达观、萧散,隐逸自适,静以待时。

自唐初王绩之后直至神龙、景龙间,鲜有人学陶,更少有人具陶、王之萧散、达观、自然之心境。无论是上官仪、许敬宗、杜审言、苏味道、李峤、沈佺期、宋之问等以宫廷诗创作为主的诗人,还是初唐四杰、陈子昂等中下层诗人,都具有躁进、褊狭、计较得失、措意沉浮的心态特征,他们或津津乐道于身居高位、安享富贵的宫廷生活,或为己沉沦下僚、仕途蹇困而愤激、颓丧。这两种心态实际上都是寒士阶层的政治性格尚未十分成熟的表现。

张说本人在武周朝后期配流钦州时,也是怨愤、感伤的情绪居多。如其《南中别蒋五岑向青州》诗云:

> 老亲依北海,贱子弃南荒。
> 有泪皆成血,无声不断肠。

《岭南送使》诗亦云:

> 秋雁逢春返,流人何日归。
> 将余去国泪,洒子入乡衣。
> 饥狖啼相聚,愁猿喘更飞。
> 南中不可问,书此示京畿。

但是到贬相州、岳州时,张说的心境就平和、沉静得多了,他常常有意学陶、王,以"山水陶嘉月",适时而动,故他能于贬谪生活中保持一份疏放、乐观,诗风也就变得清澹而萧散。如张说在开元二年

(714)秋所作《相州九日城北亭子》诗中云:

> 西楚茱萸节,南淮戏马台。
> 宁知沅水上,复有菊花杯。
> 亭帐凭高出,亲朋自远来。
> 短歌将急景,同使兴情催。

真是秋高兴发,疏朗中得散诞之趣,颇似陶公。开元三年(715),张说在岳州任上,经常"聿理方舟,嬉游漰壑,览山川之异,探泉石之奇,骋望崇朝,留尊待月"①,其《和尹懋秋夜游漰湖》就表现了他优游山水、纯任自然的野情逸兴:

> 坐啸人事间,佳游野情发。
> 山门送落照,湖口升微月。
> 林寻猿狖居,水戏鼋鼍穴。
> 朔风吹飞雁,芳草亦云歇。

尹懋的《秋夜陪张丞相赵侍御游漰湖二首》中也同样体现了他们以山水证道、从自然中体会天真之趣的审美观,如其一云:

> 杳霭入天壑,冥茫见道心。
> 超然无俗事,清宴有空林。

在岳州刺史任上,张说还有意效陶、学王,亦官亦隐,体验朴野、疏放的隐逸生活。开元四年(716),他作《翻著葛巾呈赵尹》,诗中云:

> 昔日接䍦倒,今我葛巾翻。
> 宿酒何时醒,形骸不复存。
> 忽闻有嘉客,躧步出闲门。

---

① 尹懋:《秋夜陪张丞相赵侍御游漰湖二首序》,《全唐诗》卷九八。

> 桃花春径满,误识武陵源。

张说在此明显以陶征士自况,而其醉后疏狂之态,亦颇似王无功。赵冬曦在其酬答之诗中也称赞张说酒醉后性情之真,《答张燕公翻著葛巾见呈之作》:

> 美酒值芳春,醒余气益真。
> 降欢时倒履,乘兴偶翻巾。
> 徐榻思方建,左车理自均。
> 傲然歌一曲,一醉濯缨人。

在《耗磨日饮二首》二首中,张说也借饮酒传达其任真、放达之趣:

> 其一
> 耗磨传兹日,纵横道未宜。
> 但令不忌醉,翻是乐无为。
>
> 其二
> 上月今朝减,流传耗磨辰。
> 还将不事事,同醉俗中人。

当然,张说不可能真像陶潜、王绩那样隐逸田园、山林,但他把捉住了陶、王天然、任真之精神,即祸福由人、哀乐在己,在世变沧桑中只有中保真性,处心恬淡,方能以不变应万变。他在《岳州九日宴道观西阁》诗中所云"大道由中悟,逍遥匪外寻",即充分说明了他的处世态度。而他在平时也是以这种达观、开朗的态度来劝告其好友的,如在《伯奴边见归田赋因投赵侍御》诗中云:

> 尔家叹穷鸟,吾族赋归田。
> 莫道荣枯异,同嗟世网牵。

开元五年(717),他又作《赠赵侍御》,诗中云:

> 坐啸予多暇，行吟子独善。
> ……
> 长沙鵩作赋，任道可知浅。
> 请从三已心，荣辱两都遣。

其《同赵侍御乾湖作》更是参透天地间盈虚消息之理，建议赵冬曦不要汲汲于人生倚伏：

> 天地盈虚尚难保，人间倚伏何须道。
> ……
> 念君宿昔观物变，安得踌躇不衰老。

如果说当时比较清明的政治局面是张说心境比较乐观的现实基础，儒家济世思想是其积极进取精神的内在动力，那么陶潜、王绩任真、达观的处世态度，则为张说提供了消解被贬远谪之苦的哲学根据。也许正是在张说的影响下，王维、孟浩然等盛唐诗人才不致于沉沦于山林、田园之中，而是形成了乐观、任真、自然、放达的健康人生观。

在张说等人的贬谪诗中，还有一些直接秉承了阮籍《咏怀》、陈子昂《感遇》诗的艺术传统，感慨怀抱，兴寄遥深。

前此沈、宋等人的谪诗虽然亦多怨愤之作，但多直抒胸臆，发抒不平。如沈佺期《被弹》《枉系二首》《移禁司刑》《赦到不得归题江上石》《三日独坐骧州思忆旧游》《答魑魅代书寄家人》等诗，宋之问的《早发大庾岭》《下桂江县黎壁》《自洪府舟行直书其事》等诗，都自觉继承了屈宋以来哀怨文学传统，但诗中感情的渲泄多于理性的思考，诗境单薄而不深沉。而张说之贬谪诗则一反屈宋以来慨叹忠信见弃、怀才不遇的创作老路，从阮籍《咏怀》诗、陈子昂《感遇》诗中吸取艺术营养，他结合天道的消息变化来冷静思考人事的倚伏祸

福,为其处世观寻求形而上的哲学依据。张说在《江上愁心赋寄赵子》中云:

> 感四节之默运,知万化之潜迁。伴众鸟兮寒渚,望孤帆兮日边。虽欲贯愁肠于巧笔,纺离梦于哀弦。是心也,非模放之所逮,将有言兮是然,将无言兮是然?

充分表明了张说欲从天道变化中寻求人事倚伏之理尚未得的痛苦和哀愁,但此愁已不只是哀怨而已,而是融进了理性的冷静,故而较深沉、蕴藉。在接受道家的纯任自然、无欲无名的思想,和禅宗的"心元是幻,法本皆空"[①]的教义后,张说开始将天道自然与社会人事统一起来了。开元四年(716)一个夏夜,张说静坐独思,悟出了人生之理,作《岳州夜坐》:

> 炎洲苦三伏,永日卧孤城。
> 赖此闲庭夜,萧条夜月明。
> 独歌还太息,幽感见余声。
> 江近鹤时叫,山深猿屡鸣。
> 息心观有欲,弃知返无名。
> 五十知天命,吾其达此生。

此诗意境、诗思都明显袭自阮籍《咏怀诗》,只是其旷达中已融入了禅宗旨趣。他在《岳州别姚司马绍之制许归侍》诗中更直接说自己是"方外怀司马,江东忆步兵",以阮籍自况。其《杂诗四首》则感物写怀,颇为比兴,表现了其心路历程。其一云:

> 抱薰心常焦,举莸心常摇。
> 天长地自久,欢乐能几朝。

[①] 张说:《虚室赋》,《全唐文》卷二二一。

> 君看西陵树,歌舞为谁娇。

尚感叹世运盛衰、欢乐难久之理。其二云:

> 山闲苦积雨,木落悲时遽。
> 赏心凡几人,良辰在何处。
> 触石满堂侈,洒我终夕虑。
> 客鸟怀主人,衔花未能去。
> 剖珠贵分明,琢玉思坚贞。
> 要君意如此,始终莫相轻。

虽然仍有怀才不遇之叹,但已抱定坚贞报主之决心。其三云:

> 问子青霞意,何事留朱轩。
> 自言心远俗,未始迹辞喧。
> 过蒙良时幸,侧息吏途烦。
> 簪缨非宿好,文史弃前言。
> 夕卧北窗下,梦归南山园。
> 白云惭幽谷,清风愧泉源。
> 十年兹赏废,佳期今复存。
> 挂冠谢朝侣,星驾别君门。

虽是在朝时所作,但也表露了张说厌弃轩冕、意欲回归自然之心与阮籍心迹遥通。其四则玄言、佛理融合为一:

> 默念群疑起,玄通百虑清。
> 初心灭阳艳,复见湛虚明。
> 悟灭心非尽,求虚见后生。
> 应将无住法,修到不成名。

虽然这只是张说的一种人生理想,但无疑是张说在贬谪时澹泊明志、冷静处世的一个哲学根底。

在比较艰深、纯粹的哲学思考之外,张说还往往寓情于景,托物言志,以比兴出之。如其《同赵侍御乾湖作》,写乾湖之风浪瑰奇、诡怪、雄丽、神秘,已融入了作者主观情志:

> 气色纷沦横罩海,波涛鼓怒上漫天。
> 鳞宗壳族嬉为府,弋叟罛师利焉聚。
> 敧帆侧柁弄风口,赴险临深绕湾浦。
> 一湾一浦怅邅回,千曲千溠恍迷哉。
> 乍见灵妃含笑往,复闻游女怨歌来。
> 暑来寒往运洄洑,潭生水落移陵谷。
> 云间坠翮散泥沙,波上浮查栖树木。
> 昨暮飞霜下北津,今朝行雁度南滨。
> 处处沟泽清源竭,年年旧苇白头新。
> 天地盈虚尚难保,人间倚伏何须道。

此诗可谓是实景中有虚拟,赋中有比,其述风浪之兴、湖景之变中难道没有仕途沉浮、"人间倚伏"的感慨在吗?故我们在其惝恍飘忽的意象之中也能看出"阮旨遥深"的影子。

万岁通天元年(696),张说三十岁,是年九月,他从武攸宜讨契丹,为管记,与陈子昂同僚①。虽然现存张说诗文中并未保留他与陈子昂交往的资料,但陈子昂于幽州所作诸多怀古感遇诗对张说有过影响,则无疑。从张说被贬相州时作《邺都引》,到赴荆州后作《登九里台是樊姬墓》《过怀王墓》《过庾信宅》等,也可以看出他继承了陈子昂怀古言志、感遇抒愤的创作传统。如他在《登九里台是

---

① 参陈祖言《张说年谱》,香港中文大学出版社,1984年,第10页。

樊姬墓》中不但称赞了樊姬对楚国建立霸业所立的大功,发思古之幽情,为其形迹不存、令名空传而感伤,而且志在继先贤之遗风,再树功名:

> 自我来符守,因君树蕙荃。
> 诗书将变俗,缔纩忽弥年。

在此诗结尾,张说则希望当世君主能明此心,招其还京,重佐王业:

> 伫立帝京路,遥心寄此篇。

感伤中复饶刚健之骨气。他在《过庾信宅》中也说:

> 兰成追宋玉,旧宅偶词人。
> 笔涌江山气,文骄云雨神。
> 包胥非救楚,随会反留秦。
> 独有东阳守,来嗟古树春。

其中对庾信诗风、诗才的评价,也可看作是张说本人的艺术追求,而这种艺术追求又集中体现在他于贬谪期间所作诸多感遇抒愤、咏怀言志的诗中。后来盛唐诗人高适、岑参、李白、杜甫等在天宝初年游梁宋时多作有感慨古今、意气纵横之诗,疑亦有张说的影响。

另外,张说等人在岳州期间优游山水,作有数量众多之山水诗,他们的这些诗兼取大小谢两种不同的风格,将小谢式的清朗和大谢式的密实相协调,体现了其理想的中和之美,给山水诗也输入了盛唐的时代精神,加速了初盛唐诗歌艺术的转变,功莫大焉。唯此点葛晓音师在其《山水田园诗派研究》中已详加论述[①],此处就不复赘言了。

总之,张说在开元初年遭贬时期,在诗歌艺术方面博采众长,从

---

① 葛晓音:《山水田园诗派研究》,第 168—172 页。

诗歌表现题材、诗歌形式,到诗境、骨力等方面都作了积极、有效的探索,为开创盛唐诗歌新风貌作了比较全面的准备。

第二节 从盛唐之音到盛世悲鸣

很久以来,人们习惯用"盛唐之音"或"盛唐气象"来说明盛唐诗歌的艺术风貌,认为盛唐诗人大多在作品中表现出高昂明朗的感情基调和雄浑壮大的气势力量。但这些形象化的表述,只是对盛唐时期诗人精神风貌和文化心理的共时的静态的描述,难以揭示出盛唐诗坛风貌的复杂性和历时性变化。如果我们对开元天宝年间的诗歌作更为细致深入的考察,就会发现在所谓的"盛唐之音"或"盛唐气象"之下,还涌动着一股越来越强烈的盛世悲鸣的创作潮流。这一创作潮流的产生和兴起,反映了盛唐士子为实现"致君尧舜"的政治理想,从追求到失落的心路历程。而盛唐士子之所以理想落空、壮志冥寞,既有开元后期和天宝年间政治文化政策已经有所变化的现实因素,也因他们自身具有普遍性的人格和才能缺陷,更反映了盛唐文士"致君尧舜"的政治理想与封建君主集权体制之间不可调和的文化矛盾。

一、盛唐文士文化心态的微妙变化

按照盛唐诗选家殷璠的说法,从唐睿宗景云元年(710)至唐玄宗开元十五年(727)前,是声律风骨尚未大备的时期[①]。此一阶段,

---

[①] 殷璠《河岳英灵集·叙》云:"景云中,颇通远调。开元十五年后,声律风骨始备矣。"

沈佺期(？—713？)①、宋之问(656？—712？)、李峤(645？—714？)、杜审言(645？—708)虽已初步建立了律诗的格式,然或被贬或卒,都一一离开了诗坛;而盛唐代表诗人李白、杜甫、高适、岑参等人还未崭露头角。就在这新旧诗风交替的间隙,王湾在《次北固山下》②中以"海日生残夜,江春入旧年"这一风格壮美而又富有展望的新气象,吹响了"盛唐之音"的前奏。开元十五年(727)后,盛唐时代的主要诗人开始登场了,他们多怀跻身朝阙、参与国政的政治热情,高唱着"圣代无隐者,英灵尽来归"(王维《送綦毋潜落第还乡》)的理想之歌,或决策于朝廷,或立功于边塞,大有一展宏图之志,诗歌风格上则表现为高昂明朗的感情基调、雄浑壮大的气势力量,学界多称之为"盛唐之音"。

但是,"盛唐之音"到开天之际即已发生一定的变化。开元二十四年(736),张九龄罢相,不独标志着所谓的"盛世"已初露黑暗专政的端倪③,而且也使此前诗坛一味的高唱、宏响中混入了不安的和声。次年,张九龄在荆州所作的《感遇》诗表现出对忠直朝士命运的担忧和不平④。接着,这种情绪也波及到与张九龄关系密切的王维、王昌龄等人,他们或归隐、或出为外职,开始远离险象环生的权力中心,情怀也由原来的踌躇满志变为对羁身名宦的

---

① 本节所标唐代诗人生卒年,均据周祖譔主编《中国文学家大辞典·唐五代卷》,中华书局,1992年。
② 据傅璇琮、陶敏《唐五代文学编年史·初盛唐卷》,王湾此诗当作于开元二年(714)或稍后,第511页。
③ 中唐名臣崔群即云:"世谓禄山反,为治乱分时。臣谓罢张九龄,相林甫,则治乱固已分矣。"(《新唐书·崔群传》)
④ 如张九龄在《感遇》其四、其六等作品中,均以"孤鸿""鸿鹄"喻高洁忠直之士,以"燕雀""双翠鸟"指奸佞阴毒如李林甫、牛仙客之流,慨叹当时朝中风波险恶,每有贤臣遭受暗算之虑。

隐忧①。可以说,是较为了解朝政的上层士大夫,最先在盛唐诗坛上唱出了对国事、时世忧虑的歌声。但是,由于他们自身的认识局限,这忧虑尚不激切。天宝元年(742),李白应诏入朝,才使得张九龄、王维等人诗中的这种忧思激化成对长安政坛黑幕的全面曝光。他在天宝三载(744)春将去朝时所作《灞陵行送别》诗中用"紫阙落日浮云生",暗指朝中邪佞蔽主、谗毁忠良的政治局势。他在朝中和离开长安后不久所作《鸣皋歌送岑徵君》《玉壶吟》及《古风》其十五、二十四、四十六等作品中,则从多个侧面讽刺、谴责朝中混浊不清的现状。由于其矛头已经直指皇帝,所以不能只看作是盛唐志士对朝廷不能用贤的讽谏,而是表明李白也开始对"圣代""明主"持保留和怀疑态度,遂离京而去。

与此同时或早于这些上层士大夫对盛世国运的忧虑,开天间另一些久不擢第的布衣诗人,也发出了"明代遭弃""自伤不早达"的悲鸣。虽说玄宗朝已经为广大寒士提供了广阔的仕进道路,但皓首穷经,并不能保证仕途一定得意。所以,在开元中,就已经有不少诗人将这种怀才不遇的郁愤发为悲声。高适家境贫寒,但身逢圣代,亦与其他盛唐志士一样渴望风云际会、建功立业,可是当他"西游长安城""屈指取公卿"时,却失意而归,于是他又悲愤地喊道"白璧皆言赐近臣,布衣不得干明主"(《别韦参军》)。此后,他无可奈何地长期混迹渔樵、托身畎亩,不断慨叹"逢时事多谬,失路心弥折"(《蓟门不遇王之涣郭密之因以留赠》)、"微才应陆沉"(《淇上别刘少府英》)、"自从别京华,我心乃萧索。十年守章句,万事空寥落"(《淇上酬薛三据兼寄郭少府微》②)。科场失意使他看到世态的炎

---

①详本节第三部分。
②此诗一作王昌龄诗,据今人考证,当归高适。参佟培基《全唐诗重出误收考》,陕西人民教育出版社,1996年,第105页。

凉。诗人越来越孤独,愈来愈感伤,竟至悲哀地唱道:"寂寞向秋草,悲风千里来。"(《宋中十首》其一)此时与高适同游者亦多系同病相怜之人,他们"相逢俱未展,携手空萧索"(《和崔二少府登楚丘城作》),反映了盛唐大批贤士恓恓惶惶、不知何适的怅惘和悲凉。所以,在颇能代表盛唐诗风的《河岳英灵集》中,我们不但可以听到王维"吾谋适不用,勿谓知音稀"(《送綦毋潜落第还乡》)的旷达之音,亦多能感受到圣代不遇的悲愤之辞。如,殷璠评孟浩然是:

才名日高,天下籍甚,竟沦落明代,终于布衣,悲夫![1]

评薛据是:

自伤不早达,因著《古兴》诗云:"投珠恐见疑,抱玉但垂泣。道在君不举,功成叹何及。"怨愤颇深。[2]

评王季友也是:

白首短褐,良可悲夫![3]

可见,在盛唐诗坛,诗人们的积极进取中亦夹杂着蹭蹬下僚的悲鸣,而且这种悲鸣愈来愈激切。

如果说开元中科举制度尚带有相当程度平等竞争的性质,那么到开元末年则开始颓坏,弊端日显。李林甫当政,嫉贤妒能,强压才士,遂于天宝六载(747)导演了一出"野无遗贤"的丑剧,暴露了科场的欺骗性[4]。而当时的士子们也什什伍伍,大开干谒请托之风,以至贡举失公,伤风败俗,一些清贫、刚直之士就成了科举制度的牺

---

[1] 殷璠:《河岳英灵集》,傅璇琮等编:《唐人选唐诗新编》(修订本),第232页。
[2] 殷璠:《河岳英灵集》,傅璇琮等编:《唐人选唐诗新编》(修订本),第225页。
[3] 殷璠:《河岳英灵集》,傅璇琮等编:《唐人选唐诗新编》(修订本),第193页。
[4] 参陈贻焮《杜甫评传》上卷,第118—119页。

牲品。

在参加了那场由李林甫操纵的"野无遗贤"的考试之后,元结直书其事,揭露个中阴谋,但他不愿"依托时权",且以"丘园洁白之士"(《喻友》)①与友共勉。天宝七载(748),他又游历京师,鉴于当时"丐名位于人,丐颜色于人"的科场丑态,愤然作《丐论》以讽当道而归。后来,他又在乾元三年(760)编选的《箧中集序》中慨叹道:

> 自沈公(千运)及二三子,皆以正直而无禄位,皆以忠信而久贫贱,皆以仁让而至丧亡。异于是者,显荣当世。谁为辩士,吾欲问之。②

说出了当时大批出身贫贱而又耻于干谒的寒士们的心声。生于神龙、景云间的沈千运,家贫,性正直,天宝中数应举不第,在濮中作诗以寄感慨。他用"圣朝优贤良,草泽无遗匿"的反语,揭露那次受骗的应征,又以"五十无寸禄",终将"栖栖去人世"的惨痛事实,把豺狼当道血淋淋的真相展现在世人面前,最后喊出了"始觉前计非"(《濮中言怀》)的悲愤认识。同样,于逖亦身世孤清冷落,怀才不遇,落拓后则以"有才且未达,况我非贤良。幸以朽钝姿,野外老风霜"(《野外行》)的愁苦之音,抒发其怨而不怒的消极反抗情绪。张彪和孟云卿这一对表兄弟,俱奔走仕途郁郁不得志,前者以"衣马久羸弊,谁信文与才。善道居贫贱,洁服蒙尘埃"(《北游还酬孟云卿》),倾吐内心的坎壈不平;后者更是"含酸欲谁诉,转转伤怀抱"(《古别离》),满腹酸楚。显然,这些盛世失意者的呼号,也是"盛唐之音"所掩盖不了的。而且,正是他们的愁苦之音,使我们看到了常人所忽视的唐代开元天宝间所谓"盛世""明代"时灰暗阴冷的

---

① 元结著,孙望校:《元次山集》卷四,中华书局,1960年,第52页。
② 元结著,孙望校:《元次山集》卷七,第101页。

一面。

但是,由于处世观的不同,盛唐诗人对于仕途受挫的心理反应亦不相同。其中,受儒家积极入世观影响较深者,如杜甫,多能屈己求人,汲汲于功名仕进,表现出矢志不渝的进取精神,发为歌吟,孤愤悲慨;元结及一些刚直贫贱之士,则落拓回乡,愤世嫉俗,声情激切而高古;而另外一些受佛道思想浸淫较深者,如王维、孟浩然,则走向山林、田园,或在禅悦的境界中消磨自己的锐气,或借自然界的胜景寄寓他们洁身自好的情怀,诗境冲淡、空灵,流露出一种寂寞和失落。至于那些科场失意后远走大漠者,亦非人人得遂心愿。边塞上、军旅中日渐黑暗的内幕,使得许多边塞诗人,亮开啼血的歌喉,唱出了一曲曲悲伤、愤激的征戍之歌。高适的"边兵若刍狗,战骨成埃尘。行矣勿复言,归欤伤我神"(《答侯少府》),较早写出了战争的残酷。其《邯郸少年行》"未知肝胆向谁是,令人却忆平原君"则写游侠豪雄而不见赏的凉薄交态。而陶翰的边塞诗中更是充溢着悲愁苦寒的气氛:

> 燕歌行
> 家在辽水头,边风意气多。
> 出身为汉将,正值戎未和。
> 雪中凌天山,冰上渡交河。
> 大小百余战,封侯竟蹉跎。
> 归来灞陵下,故旧无相过。
> 雄剑委尘匣,空门垂雀罗。

> 出萧关怀古
> 孤城当瀚海,落日照祁连。

> 怆矣苦寒奏,怀哉式微篇。
> 更悲秦楼月,夜夜出胡天。

此时边塞诗中这种越来越浓烈的悲怨情调,怕也是用"盛唐一味秀丽雄浑"①和"盛唐之音"概括不了的。

其实,那种认为盛唐诗歌一味表现为高昂明朗的感情基调、雄浑壮大的气势力量的观点,首先是曲解了盛唐诗人追求的"风骨"的审美内涵。不用说陈子昂对唐代理想诗风的期待是以"汉魏风骨"②为规范的,而且盛唐人所激赏的"风骨"也是承汉魏而来。建安作品中弥漫着一种身处乱世难以得遂心愿的慷慨悲凉,风格苍健、孤深。盛唐人虽处太平盛世,却也有同建安诗人意气、襟怀上的相通,即渴望建功立业、风云际会。他们虽然满怀热切希望,但是,或"自伤不早达",或"运命唯所遇",这种仕途多舛、功名难就的郁愤,就发为耿耿之气、凛凛之骨,表现出更为感动人心的风骨美。如高适称薛据的作品是"纵横建安作",说自己与友人同游梁宋诸诗是:

> 周子负高价,梁生多逸词。
> 周旋梁宋间,感激建安时。
>
> (《宋中别周梁李三子》)

岑参则说杜华未仕时的作品有风骨:

> 得君江湖诗,骨气凌谢公。
>
> (《敬酬杜华淇上见赠兼呈熊耀》)

殷璠谓薛据:

> 为人骨鲠,有气魄,其文亦尔。

---

① 胡应麟:《诗薮》,第70页。
② 陈子昂:《修竹篇序》,陈子昂著,彭庆生校注:《陈子昂集校注》卷一,第163页。

评高适则云:

> 适诗多胸臆语,兼有气骨,故朝野通赏其文。至如《燕歌行》等篇,甚有奇句,且余所爱者,"未知肝胆向谁是,令人却忆平原君",吟讽不厌矣。①

殷璠在列于《河岳英灵集》卷首的常建诗作的评语中,更直截了当地指出:

> 高才而无贵仕,诚哉是言。曩刘桢死于文学,左思终于记室,鲍照卒于参军,今常建亦沦于一尉。悲夫!②

殷璠所最深爱者、所叹赏者如斯,可见,其所谓"气骨"者,实亦包括这种渴望建功立业却又几经蹉跎的悲慨之美。另外,被殷璠许为"诗笔双美"的陶翰,"既多兴象,复备风骨",选入的作品也无一篇表现出建功立业后高昂、明朗、开阔的情怀③。确切地说,殷璠和其他盛唐人所追求、欣赏的"风骨"美,很大程度上是他们在世运日渐黯然,政治理想日渐破灭后的慨时伤世的"盛世悲鸣"。也许正是在这个意义上,盛唐诗歌刚健凛然的风骨,才更得"建安风骨"的艺术真味。

二、盛唐文士求仕心理的差异性

法国著名文学史家泰纳说过:

> 如果一部文学作品内容丰富,并且人们知道如何去解释

---

① 殷璠:《河岳英灵集》,傅璇琮等编:《唐人选唐诗新编》(修订本),第225、209页。
② 殷璠:《河岳英灵集》,傅璇琮等编:《唐人选唐诗新编》(修订本),第165页。
③ 殷璠:《河岳英灵集》,傅璇琮等编:《唐人选唐诗新编》(修订本),第197页。

> 它,那么我们在这作品中所找到的,会是一种人的心理,时常也就是一个时代的心理,有时更是一个种族的心理。①

而开天诗风由"盛唐之音"转为"盛世悲鸣",正是整个社会心理的反映,更是盛唐诗人文化心态集体演变的结果。因为"没有什么能够比心态研究更能指出个人的集体性一面了,确切地说,分析一种心态就是分析一种集体性"②。盛唐诗人的主体,本来就是一批来自社会中下层的庶族寒士,他们的心态无论是从文化渊源还是从时代特质上看,都具有很强的"集体性"。

早在先秦时期,儒家就指出了士应具的文化特质。《论语·里仁》云:"士志于道。"《孟子·尽心上》亦言:"君子之志于道。"虽然"道"含义较广,在各个时期士的心态中的体现也不一样,但就其实质而言,"道"总可看作"士"的信念的集中概括,规定了士的社会使命感和群体意识。然而,儒家为士所设计的理想人格,在唐前各朝均未得到圆满实现。汉代统治者本想笼络士阶层,却难以摆脱以豪族为核心的原始宗法关系的羁绊,政治总为地方大族势力所左右。汉代实行的选官制度如察举、征辟及魏晋南北朝的九品中正制,均以地方大族推举官吏为基本精神,带有较浓的氏族贵族平等议政的痕迹,中下层文士难以与上层权贵融为一体,所以谈不上实现"士志于道"的政治理想。魏晋南北朝是中国古代社会结构剧烈变化的时期,同时也是中国古代士阶层新旧交替的时期。一方面,随着土地私有制的进一步发展,以家族关系为核心的原始宗法关系,逐渐转变为君臣关系为核心的封建宗法关系。当作为士族集团主要组成

---

① [法]泰纳:《〈英国文学史〉序言》,伍蠡甫主编:《西方文论选》下册,上海译文出版社,1988年,第231页。
② [法]保罗·韦纳:《概念化史学》,[法]勒高夫(LeGoff,J.)等主编,姚蒙编译:《新史学》,上海译文出版社,1989年,第97页。

部分的高门甲族还在享受特权的时候,经济基础和上层建筑都已经易换;另一方面,庶族寒士生气勃勃,在政治、经济以及文化等方面,开始发挥日益重要的作用。初盛唐时期的诗人主体也正是随着这一社会结构的剧变,而产生出来的新兴力量。他们无特权可以依恃,无家世可以炫耀,迫切需要在新的社会结构中寻求政治地位,实现自古以来文士梦寐以求的"士志于道"的政治理想。因而,他们表现出前所未有的政治热情。李唐统治者也正是认识到这些寒门文士与门阀士族、关陇豪强不同的文化特质,渐重士流,广开才路,并标榜"犹股肱之佐元首,譬舟楫之济巨川"①,为寒士们越来越强烈的参政意识推波助澜②。

开元名相张九龄并非出自名门望族,正是怀着"致君尧舜、齐衡管乐"③的政治理想步入政坛的。孟浩然,史传说他"隐鹿门山,以诗自适"④,然他绝不是遗世独立、"为隐居而隐居",而是在"隐居"的名义下,为应试求仕做准备。他在《书怀贻京邑同好》中就说:

> 维先自邹鲁,家世重儒风。
> 诗书袭遗训,趋庭沾末躬。
> 昼夜常自强,词翰颇亦工。

希望自己能像扬雄一样因词赋而见赏于人主⑤。王维早年也是"强学干名利"(《赠从弟司库员外絿》),他在开元二十三年(735)献给

---

① 唐太宗:《求访贤良限来年二月集泰山诏》,宋敏求编:《唐大诏令集》卷一百二,"举荐上",第518页。
② 参任爽《科举制度与盛唐知识阶层的命运》,《历史研究》1989年第4期。
③ 徐浩:《唐尚书右丞相中书令张公神道碑》,《全唐文》卷四四〇。
④ 《旧唐书》卷一九〇,《孟浩然传》。
⑤ 参陈贻焮《谈孟浩然的"隐逸"》,载《光明日报》1954年8月22日"文学遗产"第17期。

张九龄的诗中说"所不卖公器,动为苍生谋"(《献始兴公》),就表明他与张九龄相同的政治理想。李白虽然爱好隐逸,企慕神仙,但也不甘心隐遁终生,他的政治理想是:

> 申管晏之谈,谋帝王之术,奋其智能,愿为辅弼。使寰区大定,海县清一。①

至于出身"奉儒守官"世家的杜甫,更是怀着"致君尧舜上,再使风俗淳"(《奉赠韦左丞丈二十二韵》)的热望,向长安进发的。可以看出,盛唐诗人多是以"致君尧舜"为人生追求的,他们的这种普遍心态中,继承着先秦以来"士志于道"的文化基因。

但是,"致君尧舜"只代表了盛唐诗人心态的集体性的一面,而"一种心态不仅仅是指众多个人在想同样的东西这一现象,在他们中的每一个人身上,这种思想都以不同的方式打有'其他人也在想同样的东西'这样一种印记"②,盛唐诗人实现其政治理想的行为,也是"以不同的方式",彼此之间存在着个体心态的差异性。

概言之,盛唐统治者为庶族士子提供的入仕途径主要有三:一是科举选士,二是立功边塞、封侯进身,三是走"终南捷径"。盛唐诗人面对这几条出路时的心态又各各不同。

科举制度是唐代统治者对庶族士子社会地位法律化和制度化的认定。由于它是伴随着南北朝后期大族田庄的瓦解,与个体家族经济的普及而产生的,带着小农个体家庭经济的特点,其基本精神是平均主义的竞争,适应要求通过平等竞争参政的庶族士子的口

---

① 李白:《代寿山答孟少府移文书》,李白著,瞿蜕园、朱金城校注:《李白集校注》卷二十六,上海古籍出版社,1980年,第1526页。
② [法]保罗·韦纳:《概念化史学》,[法]勒高夫(LeGoff, J.)等主编,姚蒙编译:《新史学》,第97页。

味,自然成为干进者竞趋之鹄的。然而在众多的科举名目中,为盛唐人"所趣向"的"唯明经、进士二科而已"①。剔除诸如秀才科贞观后因事废绝、制举不定期等客观因素,我们从中可以看出士子们的一些微妙心理。首先,明经、进士两科均须习诵儒经,其中明经专习儒经;进士在考诗赋外,也需加试经策。而当时的士子,大多自认是儒生,自认为佛道的较少。从明经、进士进身,对受传统儒家思想影响较深又以儒家标榜"士志于道"之"士"自居的盛唐诗人来说,自然是天经地义的正途。其次,"明经每岁及第将二百人,其数倍蓰于进士"②,故为一般急于求禄资生的士子所热衷。但据《新唐书·选举志》载:

> 大抵众科之目,进士尤为贵,其得人亦最为盛焉。方其取以辞章,类若浮文而少实;及其临事设施,奋其事业,隐然为国名臣者,不可胜数,遂使时君笃意,以谓莫此之尚。③

考中进士诚为当时士子跻身执宰之要津。因而,长于诗赋又不甘心死守儒经且以"致君尧舜"为一己之任的高尚志趣者,往往以考中进士为荣。

同时,梦想立功边塞、封侯进身者,在盛唐也不乏其人。促使文人产生这种价值取向的因素有两个:一是李唐王室固有的胡化特征影响的结果。唐室初起于太原,源出关陇集团,本身就具备"尚武""任侠"的文化传习④。唐太宗、武后为了稳固政权,虽也重文,使之有所减弱,但自唐初就沿用的府兵制却使社会上的尚武习气一直未

---

① 杜佑撰,王文锦等点校:《通典》卷十五,第354页。
② 徐松撰,赵守俨点校:《登科记考·凡例》,第4页。
③ 《新唐书》卷四四,《选举志上》。
④ 参陈寅恪《唐代政治史述论稿》上篇,上海古籍出版社,1997年,第1—16页。

绝。按照府兵制的规定，一般卫士作战有功，都可以获得勋级、勋田。而一般官吏，只有五品以上才可以请受官人永业田①。因此，从军边塞便也对急于建功立业的寒士产生了相当大的吸引力。二是玄宗朝安疆拓边政策的必然结果。玄宗颇好边功，甚至有些穷兵黩武。开元前期对外战争较少，到开元后期就日渐增多了，文武重臣出将入相也较司空见惯，在某种程度上助长了盛唐文士从军边塞的风气。而且，此时战争的地点多在边境，这些地方作为"胡化"特征的"尚武""任侠"风气本就很盛。因此，盛唐边塞诗中的侠少形象便比比皆是。但是，应该看到的是，当时以布衣从军的诗人多为科场失意者。前文已述，盛唐诗人大多是在儒风熏陶中成长起来的，习经诵诗以求功名乃是他们的正途。只有在科场失意、功名难就的情况下，他们才会将过去只是欣赏而已的"任侠"精神改作己求。李颀述其早年生活时就说：

> 小来好文耻学武，世上功名不解取。
> 虽沾寸禄已后时，徒欲出身事明主。

（《放歌行答从弟墨卿》）

后来在仕途困顿隐居颍阳期间，作有多篇乐府古题边塞诗，流露出对立功疆场生活的艳羡。高适是"十年守章句，万事空寥落"后，才"北上登蓟门""慨然思卫霍"（《淇上酬薛三据兼寄郭少府微》）。岑参则表述得更为明晰：

> 丈夫三十未富贵，安能终日守笔砚！

（《银山碛西馆》）

一时间，边塞诗中弥漫着"尚武""抑文"的风气，表现出对传统文士

---

① 杜佑撰，王文锦等点校：《通典》卷二，第29—31页。

皓首穷经的鄙夷。如王维《送赵都督赴代州得青字》谓：

> 岂学书生辈，窗间老一经！

高适《塞下曲》云：

> 大笑向文士，一经何足穷？
> 古人昧此道，往往成老翁。

因而，盛唐一代文士由科场向往边功，显然是科场无奈后对人生取向的重新调适，也是盛唐特定的政治、文化因素对文人心态影响的结果。

如果说盛唐诗人从科举进身由其平等竞争意识决定，梦想立功边塞是出于科场无奈后的价值新取向，那么，他们试走"终南捷径"更多是投机心理所驱使。《新唐书·隐逸传序》曾经列出古之三种真隐士：

> 古之隐者，大抵有三概：上焉者，身藏而德不晦，故自放草野，而名往从之，虽万乘之贵，犹寻轨而委聘也；其次，挈治世具弗得伸，或持峭行不可屈于俗，虽有所应，其于爵禄也，泛然受，悠然辞，使人君常有所慕企，怊然如不足，其可贵也；末焉者，资槁薄，乐山林，内审其才，终不可当世取舍，故逃丘园而不返，使人常高其风而不敢加訾焉。①

然细检两唐书《隐逸传》，有唐一代如上述之"真隐"者竟绝少。但自唐初以来，历代皇帝却总爱履践孔子的名言："举逸民，天下之民归心焉。"②既可借此点缀升平，又可以用所谓的"高士""隐者"，来

---

① 《新唐书》卷一九六，《隐逸传叙》。
② 刘宝楠撰，高流水点校：《论语正义》卷二三，中华书局，1990年，第763—764页。

平衡、抵消由于仕途奔竞给官场风气造成的负面影响。高宗、武后频频"访道山林,飞书岩穴,屡造幽人之宅,坚回隐士之车"①。玄宗则更喜隐者道士。据统计,他从在东宫时至天宝初,共征隐者道士达七人九次之多②。殊不知,此风一开,竟为许多通过正途入仕无望的盛唐士子提供了一个投机取巧的进身机会。正如《新唐书·隐逸传》所云,"唐兴,贤人在位众多,其遁戢不出者,才班班可述,然皆下概者也",剩下的多是些"假隐自名,以诡禄仕"的"放利之徒",他们"肩相摩于道,至号终南、嵩少为仕途捷径,高尚之节丧焉"③。如吴筠举进士不第,索性当道士,再由"终南捷径"直取宫廷,是成功的一例。但是,此途也并非人人能走。因为隐居首先要有相当强大的经济基础作后盾。鲁迅说得好:"假使无法噉饭,那就连'隐'也隐不成了。"④孟浩然虽终身布衣,然"先人留素业"(《南山下与老圃期种瓜》),有座"植果盈千树"(《田园作》)的庄园,才能在中年以前隐居故园,读书吟诗,为应试作长期准备,也能久滞长安干谒求仕,直至"百镒罄黄金"(《秦中苦雨思归赠袁左丞贺侍郎》)才罢休。虽说盛唐时均田制已遭破坏,庄园经济已较普遍,但庶族士子中真正能够拥有庄园别业者仍不多,更不用说土地很少又需纳王税的寒士了,这些人要想走"终南捷径"就很困难。如王昌龄就曾自述未走"终南捷径"之苦衷:

> 昌龄岂不解置身青山,俯饮白水,饱于道义,然后谒王公大

---

① 《旧唐书》卷一九二,《隐逸传叙》。
② 参陈贻焮《唐代某些知识分子隐逸求仙的政治目的——兼论李白的政治理想和从政途径》,《北京大学学报》1961年第3期。
③ 《新唐书》卷一九六,《隐逸传叙》。
④ 鲁迅:《且介亭杂文二集·隐士》,《鲁迅全集》第六卷,人民文学出版社,2005年,第232页。

人,以希大遇哉?每思力养不给,则不觉独坐流涕,啜菽负米。①

原来他是因经济不逮,隐居不起,只好走科举一途。其次,要"隐居以求仕",还须大噪其名。因为只有"名往从之",才可能"禄往从之"。吴筠之所以能够成功,是他曾有意"使人君常有所慕企"。他从开元中就不停游历名山大川,"在剡与越中文士为诗酒之会,所著歌篇,传于京师",最终使"玄宗闻其名,遣使征之"②,大获成功。然而,即便具备以上两个要素,也不能保证人人如愿。开天之际,綦毋潜和储光羲都是欲隐居以求仕的,最后结果却相差甚远。綦毋潜归隐江东,于天宝五载(746)夏,自洛阳赴长安,准备去干谒给事中房琯,李颀作诗为其送行,劝他"此行倘不遂,归食芦洲鱼"(《送綦毋三谒房给事》),没想到綦毋潜却成功了,不久即授宜寿(今陕西周至)尉。而储光羲在长安隐居终南山田庄,不时往来两京之间,且与王维、裴迪常相唱和,但到綦毋潜赴宜寿尉任时,仍失意隐居,过着幽独寂寞的生活。可见,盛唐文士走"终南捷径"实为一种投机心理在作祟,但也反映了作为新兴政治力量的庶族寒士不甘寂寞的积极入世精神。

综上,盛唐一代文士的总体文化心态是以"致君尧舜"为政治理想,且由于盛唐前期的政治、文化政策的吸引,他们可以选择多种入仕途径,求仕过程中也就表现出前所未有的信心和热情,发而为诗也就成为高昂、激奋的理想之歌了。

三、盛唐中后期诗人心态之变的普遍性

然而,盛唐文士这种渴望跻身朝廷、"致君尧舜"的政治热情并

---

① 王昌龄:《上李侍郎书》,《全唐文》卷三三一。
② 《旧唐书》卷一九二,《吴筠传》。

未持续多久，到开元后期尤其是天宝年间，理想与现实的强烈碰撞，使他们开始思考自身在所谓"盛世""明代"的命运，功业难就、壮志冥寞的愁怨和愤懑，渐渐取代了早年的幻想和热情。

首先，开元中前期入仕的庶族士子在仕途上大多未能如愿。

对盛唐文士政治命运而言，唐玄宗于开元九年（721）九月起用张说为相颇具深远意义。因为张说"为文俊丽，用思精密"，是享有盛名的文坛领袖。玄宗命他为相，意在借其才华或声望粉饰太平、大兴文治。而且张说出任执宰后，亦能"善用己长，引文儒之士，佐佑王化，当承平岁久，志在粉饰盛时"①。一时间以文学知名的徐坚、韦述、贺知章、孙逖、张九龄等人，都被他提拔擢用了。然而，即便是这样一个能文能武且与玄宗私交甚厚的开元名相，也未能完全实现其政治理想。到开元十四年（726）四月，张说即被宇文融、崔隐甫和李林甫弹劾入狱，史传说他在狱中"坐于草上，于瓦器中食，蓬首垢面，自罚忧惧之甚"②。玄宗念他曾为侍读，于国有功，只是免除了他的中书令职务，其余依如故职。但到开元十五年（727）二月，在宇文、崔等人的继续排挤下，玄宗令其退休，在家修史，永远离开了政治中心。再如张九龄，是以文学见知于张说的，张说罢相后，他亦出为冀州刺史。张说逝世后不久，玄宗想起张说的推荐，迁张九龄为中书令，张九龄遂成为朝中的首席宰相。张九龄为相，也以"践台阁，掌纶诰"③为己任，当时许多文儒之士，如王维、卢象等，都被他援引入朝，委以要职，在开元年间形成了继张说为相之后又一个文人朝士群体。但是，同时在朝的李林甫，"自无学术，以九龄文行

---

① 《旧唐书》卷九七，《张说传》。
② 《旧唐书》卷九七，《张说传》。
③ 《旧唐书》卷一〇六，《李林甫传》。

为上所知,心颇忌之"①,遂与武惠妃相勾结,使张九龄背腹受敌,处境维艰。张九龄作《咏燕诗》申述其情,然"终退斥"②。另外,张九龄在献给玄宗的《白羽屏赋序》中,也流露出将被玄宗见弃的忧虑。到开元二十五年(737),张九龄还是没能避免被李林甫排挤出朝的政治命运。

如果说张说罢相,"连坐迁贬者十余人"③,文人朝士的政治命运虽有所影响,但仍未完全失势,那么张九龄被李林甫排挤出朝,则标示着开元盛世辉煌一时的文人参政的高潮成为过去。首先,张九龄至荆州后,自感一生宏图无望,在《登荆州城楼》中怀想昔日功业,徒感伤悲。痛定思痛之后,他也只能表示对运命遭际的困惑不解:"运命唯所遇,循环不可寻。"(《感遇》其七)其次,张九龄的罢相在此时已入仕的诗人群体中也引起了不少的震动。"自是朝廷之士,皆容身保位,无复直言。"④王维在"所思竟何在,怅望深荆门"(《寄荆州张丞相》)的情况下,不久即半官半隐,明哲保身。崔颢在长安太仆寺任上,感于杨氏兄妹得宠,常作乐府诗讽之。崔国辅在京作左补阙,亦是"无复直言",借宫怨小诗,影射玄宗的奢侈腐化。其他像王昌龄、李颀、常建等中下层诗人,则或被外放远贬,或主动弃官归隐,在边塞诗、山水诗中抒发对权奸当政的愤懑,也都远离了政治漩涡。

依传统观点分析,盛唐文士这种心态的变化主要是李林甫当政、朝事日非的结果。但如果深入一层考察的话,又反映出玄宗朝为政观念的"吏治和文学之争"。汪篯先生曾经指出,玄宗朝在用人策略上存在着"吏治和文学之争"。姚崇用事之时,注重吏治才

---

① 《旧唐书》卷九〇九,《张九龄传》。
② 孟棨:《本事诗·怨愤》,丁福保辑:《历代诗话续编》上册,第17页。
③ 《旧唐书》卷九七,《张说传》。
④ 《资治通鉴》卷二一四,《唐纪》三〇,第6825页。

干,对文词不太看重,对文学之士如张说、刘幽求等人加以排斥,"似乎还隐含着用吏治与用文学的政见不同"。张说的观点恰与姚崇相反,以文词擢拔人才,且"也以'无文'来排斥人"。而后来,"倾覆张说的崔隐甫、宇文融、李林甫三人都不由进士词科进用,而皆以吏干知名,可见朝臣结党,已经明显地分为吏治和文学两派了"①。张说和张九龄为相期间,也是玄宗注重文治,"文学"一派在朝中占上风的时期,文士的心态较高昂、开朗,李林甫当政则代表重"吏治"一派得宠,以文学入仕的诗人便遭排挤,心态也就低沉、失落②。

其次,透过初盛唐朝廷"广开才路"的表象,我们还可以发现,庶族寒士真正参与国政的希望仍是十分渺茫的。

如前所述,科举诚然是盛唐寒士实现政治理想的要道,但此时朝廷选官的主流却并不是科举取士,而是流外入流和门荫,且后者对世族子弟更为有利。据统计,在开元初年之前的九十五年间,科举取士总数仅有2058人,而开元初年规定的官员总额就达18805人,其中内官2620人,外郡县官16185人。即使满打满算,唐初中第士子个个寿延长久、官运永亨,科举出身的也只能占官员总额的11%③。事实上,开天中入仕的主要渠道乃是流外入流和门荫。开元十七年(729),国子祭酒杨玚就曾上言:"窃见入仕诸色出身,每岁尚二千余人,方于明经、进士多十余倍,则是服勤道业之士不及胥吏之得仕也。"④颇为举子鸣不平。而且就科举一途而言,亦非庶族

---

① 参汪篯《唐玄宗时期吏治与文学之争——玄宗朝政治史发微之二》,载唐长孺等编《汪篯隋唐史论稿》,第202页。
② 参拙作《"吏治与文学之争"对盛唐前期诗坛之影响》,《文史哲》1997年第4期。
③ 参张邦炜《略论唐代科举制度的不成熟性》,载中国唐史学会编《唐史学会论文集》,陕西人民出版社,1986年,第225—234页。
④ 马端临:《文献通考》卷二十九,中华书局,1986年,第272页。

寒士所独享,世族子弟参加科举考试具有更大的优势。其因有二:

第一,世家大族往往具备悠久的家族传统和深厚的文化积淀,考场上容易取胜。遍查隋唐正史列传,出身卢、李、郑、王、裴、韦等世家大族中人,大多"通经术""善属文""涉文史""博览经史",这些旧士族为了维持其显赫的门望,迫切希望借助科举致身通显。比如赵郡李揆"代为冠族","门地、人物、文章,皆当代所推","故时人称为'三绝'"①。崔湜、崔涤等"昆仲数人,并有文翰,列官清要",每"自比王、谢之家",以门第、出身、官历自矜②。清河崔群、京兆韦处厚,均"以文学饰身,致位崇极"③。萧颖士先祖是"南迁士族","自梁涉唐,多著名迹。终古蕃盛,莫之与比",然"贞观之后,群从凋零,垂拱以来,无复大位"。而他本人凭借"孜孜强学,业成冠岁",最终"射策甲科,见称朝右"④。可见,初盛唐"科举之设",不但使"草泽望之起家",而且"簪绂"亦"望之继世"⑤。后者一旦参加,便大有排挤前者之优势。而且唐代考试要查三代,严格"考核资绪、郡县乡里名籍、父祖官名、内外族姻"⑥。严禁"选人诈冒资荫",对于犯者,唐太宗曾"敕令自首,不首者死"⑦。可见唐代尚未做到"取士不问家世"⑧、"一切考诸试篇"⑨,门第的高低,对能否中第仍有很大影响。同时,新权贵把持科举,"贡举猥滥,势门子弟,交相酬

---

①《旧唐书》卷一二六,《李揆传》。
②李昉等:《太平广记》卷一八四,中华书局,1961年,第1378页。
③《旧唐书》卷一五九,《卫次公等传》"史臣曰"。
④萧颖士:《赠韦司业书》,《全唐文》卷三二三。
⑤王定保:《唐摭言》卷九《好及第恶登科》,中华书局,1960年,第97页。
⑥杜佑撰,王文锦等点校:《通典》卷一五,第360页。
⑦《资治通鉴》卷一九二,《唐纪》八,第6031页。
⑧郑樵撰,王树民点校:《通志二十略·氏族略第一》,中华书局,1995年,第1页。
⑨《宋史》卷一五五,《选举》一。

酢,寒门俊造,十弃六七"①。对庶族士子极尽排挤打击之能事。如玄宗朝御史中丞张倚的儿子张奭,"不辨菽麦,假手为判,时升甲科"②。天宝十二载(753),杨国忠子杨暄举明经,"学业荒陋,不及格",礼部侍郎达奚珣畏杨国忠权势,最后只好"置暄上第"③。再如进士王如泚,其岳丈"以伎术供奉玄宗",遂向玄宗请求准其进士及第,"上许之,付礼部宜与及第"④。当时,"榜出,率皆权豪子弟"⑤的现象时有发生,也就不足为怪了。

其二,科场高中还只是得到了进身资格,要真正进入仕途,还须经过吏部铨选。"是时仕者众,庸愚咸集","大率十人竞一官"⑥。由于竞争非常激烈,世家权贵便大开干谒请托之风,"贵者以势托,富者以财托,亲故者以情托"⑦,为达到世袭做官的目的而压抑寒门子弟。因此,庶族寒门之士要想走科举取士一途,就不像原先想象的那么容易了。加之,门荫入仕人数并不比科举出身少,而授官品位又高于科举出身。同时,其他做官途径也往往"悉用势家亲戚"⑧。所以,唐人会发出"入仕之门太多,代胄之家太优"⑨的愤激之语,盛唐诗中出现诸多仕进无门的愁苦之音,便不为无因了。

诚如前文所述,梦想立功边塞,是盛唐诗人实现其政治理想的又一条途径。然而,从开元初到天宝末的四十三年间,中下层文士

---

① 《旧唐书》卷一六四,《王起传》。
② 王钦若等:《册府元龟》卷六三八,第 7376 页。
③ 《资治通鉴》卷二一六,《唐纪》三二,第 6920 页。
④ 封演撰,赵贞信校注:《封氏闻见记校注》卷三,中华书局,2005 年,第 18 页。
⑤ 王谠撰,周勋初校证:《唐语林校证》卷三,中华书局,1987 年,第 214 页。
⑥ 《新唐书》卷四五,《选举志》下。
⑦ 章如愚:《群书考索·续集》卷三八,广陵书社,2008 年,第 1144 页。
⑧ 《新唐书》卷四五,《选举志》下。
⑨ 杜佑撰,王文锦等点校:《通典》卷一八,第 441 页。

出将入相的却寥寥无几。开元中张说、张九龄都曾出使过边塞,但他们是入仕后奉朝廷之命巡察驻军的,真正想由边塞军功进入朝廷的中下层文士,似乎只有王昌龄、高适、岑参等寥寥几人。据傅璇琮考证,王昌龄入边是在开元二十二年(734)举宏词之前任校书郎期间,或开元十五年(727)进士登科之前①。从其边塞诗作中也可看出,王昌龄之从军,意在由边功进身朝廷。其《从军行二首》其一云:

> 向夕临大荒,朔风轸归虑。
> 平沙万里余,飞鸟宿何处。
> 虏骑猎长原,翩翩傍河去。
> 边声摇白草,海气生黄雾。
> 百战苦风尘,十年履霜露。
> 虽投定远笔,未坐将军树。
> 早知行路难,悔不理章句。

诗中以班超、傅说自期,可他"虽投定远笔",却"未坐将军树",最终没能如愿。高适一生入幕两次,第一次适逢唐与契丹战争爆发,尽管他"常怀感激心,愿效纵横谟"(《塞上》),并写了《信安王幕府诗》,希望得到边将李祎的任用,最终却理想落空了。于是他在"临边无策略,览古空徘徊"的情况下,只能悲愤地唱道:

> 五将已深入,前军止半回。
> 谁怜不得意,长剑独归来!
>
> (《自蓟北归》)

于开元二十一年(733)冬,南返宋中。高适第二次入幕,是在天宝十

---

① 参傅璇琮《王昌龄事迹考略》,收氏著《唐代诗人丛考》,中华书局,1980年,第136页。

二载(753)由节度使判官田良丘之荐。此时,他虽然登过第,也曾当过几天封丘尉,但都不得意。这次得入哥舒翰幕,他非常感激、兴奋:

> 浅才登一命,孤剑通万里。
> 岂不思故乡? 从来感知己!

(《登陇》)

不过,由于九曲大战后"军中无事",高适大部分时间沉溺于"饮食宴乐",就不免感到失望:

> 边城唯有醉,此外更何能?

(《武威同诸公过杨七山人得藤字》)

这同他"永愿拯刍荛"的政治抱负颇不相符,于是他想另寻出路,切望由窦侍御援引,但也毫无结果。后来安史之乱爆发,他才得以实现"以诗人为戎帅"①的理想。同样,岑参一生入幕也有两次。他虽自视甚高:

> 自逐定远侯,亦著短后衣。
> 近来能走马,不弱并州儿。

(《北庭西郊候封大夫受降回军献上》)

然封侯进身的理想并未实现:"可知年四十,犹自未封侯。"(《北庭作》)直到至德元载(756)岁末第二次从塞外东归,岑参仍功名未成,壮年豪气已消磨几尽。

那么盛唐诗人为什么大多不能实现建立边功、封侯进身的政治理想呢? 我认为,这首先与此时朝廷军事政策上的变动有关。由前文可知,唐前期实行的府兵制奖励军功的意图是非常明显的。但府

---

①《旧唐书·畅璀传》"史臣论"。

兵制从武后朝即开始破坏。张说在开元十年(722)向玄宗建议停止府兵番上,改用募兵制代之。而募兵者则是职业军人,也不需再授大量勋田,对兵士更少加以军功。同时,唐玄宗为了加强周边设防,逐步完善了节度使制度,节度使在某种程度上可以有极大的自主权,也可以自辟僚属。但是,李林甫入相后,为了"固位","志欲杜出将入相之源,尝奏曰:'文士为将,怯当矢石,不如用寒族、蕃人,蕃人善战有勇,寒族即无党援。'帝以为然"①。从此,高仙芝、哥舒翰,以至安禄山、史思明等蕃将,都得以久负边防重任,专断一方。他们大多行伍出身,文化不高,受儒家思想浸润较少,对入幕的文士也很少委以重任,只是附庸风雅而已。所以,开元末和天宝年间,中下层文士要想由边塞直取朝廷,也就比登天还难了。王昌龄《从军行》即云:

> 虽投定远笔,未坐将军树。
> 早知行路难,悔不理章句。

岑参《日没贺延碛作》亦云:

> 悔向万里来,功名是何物?

真是梦做得越美,醒后便越凄凉。

再看走"终南捷径"的,在天宝年间亦鲜有成功者。前文已述,初盛唐诸帝"坚回隐士之车"的主要目的是点缀升平、表演太平戏,并不是真心要起用所谓的世外高人。自初唐至盛唐,许多"隐士"被征召后,又被送回了山林,或领半薪,或赐米帛,只是当了名义上的朝官,皇帝的真实用心显而易见。李林甫当政后,出于巩固相位之本能,更是害怕草泽之士入朝,遂于天宝六载(747)导演了一出"野无遗匿"的丑剧,文士要走"终南捷径"也就更难了。《旧唐书》说李白入京是由吴

---

① 《旧唐书》卷一〇六,《李林甫传》。

筠推荐的,有学者即据此说李白是天宝间"隐逸求仕"成功的一例,实不足信。据考证,李白此前未与吴筠"同隐剡中",更谈不上是吴筠之荐。他天宝初得以入朝,实际上是因诗赋大名为朝廷所知①。

至此,我们可以看出,在整个盛唐时期,庶族士子大都没能实现参与国政、"致君尧舜"的政治理想。而且,他们的文化心态整体上呈现出渐变的趋势:由开元中前期的渴望风云际会、建功立业,向天宝中后期的仕途蹭蹬、理想失落的渐变;由他们年青时对"圣代""明主"的厚望,到中老年对功业难就、壮志冥寞的怨愤的渐变。这种文化心态的渐变,就盛唐诗人个体角度而言,虽有或快或慢、或多或少的差异性,但对整个盛唐诗人群体而言,却又带有极强的社会性和普遍性,是整个一代士子在开元天宝年间这个貌似能实现政治理想的"盛世""明代",为追求自身社会价值而努力奋斗的心灵历程的反映,也是盛唐诗风由前期的"盛唐之音",向中后期"盛世悲鸣"的转变的内在心理机制。

四、盛唐诗风之变的政治文化意蕴

不过,我们还要认识到,盛唐诗人"致君尧舜"政治理想的集体性失落,不只是开天年间具体的社会政治制度束缚或者权奸当道压制才士的结果,从更深层次看,也因为他们作为"志于道"的文士、儒生天生具有的一些政治弱点,更是这些新生庶族士子的文化特质,与以君臣关系为核心的封建国家集权体制之间矛盾冲撞的结果。

首先,盛唐士子大多是随着南北朝后期社会结构的改变而产生的新兴政治力量,其文化心理中积淀着传统知识分子"士志于道"

---

① 参李宝均《吴筠荐举李白入长安辨》(《文史哲》1981年第1期)、郁贤皓《吴筠荐李白说辨疑》(《南京师院学报》1981年第1期)。

"以道自任"的价值取向,因而他们大多以"致君尧舜"为政治理想。但是由于庶族士子尚处于新生期,他们身上不但尚留有春秋战国以来"士"的先天性弱点,也未能克服作为新兴政治力量所不可避免的政治上的不成熟性,这也使得他们在追求自身政治利益、实现政治理想时往往受挫。

儒家经世致用的人生哲学,是历代士子的安身立命之本,但它对政治理想的设计,又与重道德伦理之修养紧密相关,是以"仁"的境界为一生终极目标。孔子在论述"为政"之道时曾说:"《书》云:'孝乎惟孝、友于兄弟,施于有政。'是亦为政。"(《论语·为政》)曾子亦云:"任重而道远,仁以为己任。"(《论语·泰伯》)孟子更谓:"尧舜之道,孝悌而已矣。"(《孟子·告子下》)①先秦儒家总是提倡以"仁"为"政",这就导致了后来儒家的政治思想大多注重对伦理的教化作用,对个人自身修养的完善,在很大程度上忽视了外在的事功。这体现在盛唐文士身上,便是重"文学"、重"礼义",而少"吏治"才干。尽管盛唐文士在申述政治理想时都自视甚高,以"致君尧舜"为一己之求,也曾强调他们能"申管晏之谈,谋帝王之术"(李白《代寿山答孟少府移文书》)、"窃比稷与契"(杜甫《自京赴奉先县咏怀五百字》),不过大多缺乏能适应封建集权体制高度发展时期从政的才能。诚然,张说、张九龄对"开元之治"作出了杰出的贡献,但他们是在武则天时期培养和选拔出来的,当时仅有文学而无政事,是很难跻身上层朝臣之列的。因此,他们二人除了具备文学才华,同时也有一定的经世治国之术②。而开元时期科举出身的文

---

① 朱熹:《四书章句集注》,中华书局,1983年,第59、104、339页。
② 当然,他们在某些方面仍表现出政治上的不成熟性,如张说反对过括户,张九龄曾请不禁私铸钱,且对许多变革旧制的措施持消极态度。

学之士,由于玄宗喜好粉饰太平,张说大量提拔文士,其中一些人也因文学才华而做到中书舍人一类的高官,因而"掌纶诰"、替皇帝起草诏书,便成为大多数文士一生所期盼的最大荣耀和最终理想。如杜甫以"致君尧舜上,再使风俗淳"为政治理想,他一再强调的"事功"则是"奉儒守官",意欲承"先臣绪业",以文学见知于圣上,在他仕途遭挫时虽然也曾对儒家不恭过,但他仍"不敢忘本,不敢违仁"(《祭远祖当阳君文》)。可以说,是儒家重自身修养而轻外在事功的传统,桎梏了盛唐不少文士。因为在科举制度下,尤其是初盛唐之际渐重诗赋之后,进士和以进士为鹄的的文士们普遍"以声韵为学,多昧古今"①,"六经则未尝开卷,三史则皆同挂壁"②。由于当时大多数文士不太精研历史和治术,他们对政事自然也就不太内行。而开元中期以后,政事日益纷繁,边境日益紧张,原先的一些制度需要调整,不少问题亟待解决,这些都是当时大多数文士所无力也不愿解决的。因而,玄宗朝"吏治"与"文学"之争便不可避免地发生了。平心而论,在政治、经济等方面,初盛唐重"吏治"才干的一派官吏显然较少文学之士的空想和天真,狄仁杰、姚崇、宋璟乃至李林甫等人,在主持朝政期间,对各项制度进行调整,使唐王朝的繁盛达到了顶点,政治事功不可磨灭。也许这也是唐玄宗最终弃文士而重用"吏治"一派的一个潜在因素吧。

其次,盛唐文士作为新兴的庶族士子群体也存在着自身的政治文化弱点,这是由其历史局限性决定的。隋唐之际产生的庶族士子,无疑比魏晋南朝士族子弟具有更为强烈的参政意识,但他们在政治上又表现出"独立意识"的丧失。从春秋战国一直到南北朝后

---

①《资治通鉴》卷二一四,《唐纪》三〇,第6826页。
②《旧唐书》卷一一九,《杨绾传》。

期,士阶层均未与皇权完全合流,但隋及唐初科举制度的推行,使得在政治歧路上摇摆了一千多年的士阶层开始与封建专制政治合流了,使得士阶层摆脱了以前忽而是"公卿、大夫、士"中的"士",忽而是"士、农、工、商"中的"士"那样若即若离的尴尬地位,此时的士子大多盛诩"王者无外,谁为方外之臣;野无遗贤,谁为在野之客"①。杜甫每以"杜陵野客""野老"自卑、自贱,盛唐隐士们亦不敢废君臣之大伦,"致君尧舜"更成为时人的口头禅,这都标志着此时士子对先秦儒家所持"民为重,社稷次之,君为轻"(《孟子·尽心下》)这一古老观念的彻底放弃,丧失了士阶层应有的政治独立意识。因而,他们在追求政治理想时,就不能不受皇权意志的任意摆布,容易成为封建国家政治机制中的牺牲品②。

而且,为了保持君权统治的稳固性,唐代统治者一方面必须平衡社会各集团之间的政治利益、经济利益之间的关系,防止个别集团冒进,独享政治经济利益,另一方面,统治者还要利用具有不同政治特点和治理能力的官吏。有唐一代,朝廷利用科举擢拔庶族士子又不排斥旧士族、新勋贵,即是出于平衡各集团利益的政治目的。具体到盛唐时期,所谓的"吏治"与"文学"之争,实际上也主要是玄宗本人根据政局变化交替利用两派官吏所导致的结果。开元前期,玄宗重用姚崇、宋璟和张嘉贞等人,是"重吏",意在用这些直臣、干才来纠正武后、中宗、睿宗朝腐败、混乱的官场秩序。开元中期,玄宗重用张说,贬去张嘉贞,是他在政治上转向"重文""尚文"的表现;同时,玄宗又开始追求物质享受,遂重视财政,于是他在重用张说"右文"的同时,又起用了宇文融以推行"括户",使经济有所起

---

① 阙名:《驾幸宣辉门观试举人赋》,《全唐文》卷九六一。
② 参任爽《科举制度与盛唐知识阶层的命运》,《历史研究》1989 年第 4 期。

色,国力大增。开元中后期,张说的继承人张九龄,与宇文融的后继者李林甫,互相倾轧,二人及各自所代表的朝官派别,在官场上也就时有浮沉,此消彼长。整个开元时期和天宝前期的朝廷政治生态及其变化,实际上反映了唐玄宗对"文学"与"吏治"这两派官员都难以完全割舍的心理。

因此,盛唐诗人在作品中所发出的"盛世悲鸣",就不仅仅是由当时的一些具体历史因素引起的,也具有了强烈的政治色彩和深刻的文化意蕴。它反映了封建社会高度集权政治下,新生的庶族文士主观和客观、理想与现实的明显反差和强烈冲突。不过,正因为盛唐时期存在过诗人们对政治理想的热切憧憬、积极追求,而后又纷纷遭挫,并最终失落这一心路历程,又有盛唐诗人们开始对自身政治命运沉浮的感性认识,后来的文士们才有了对"道"与"术"、"才"与"命"甚至"君"与"臣"关系等必须面对的切身问题,作进一步思考的历史材料。中唐韩孟等人"不平则鸣"的创作观念的提出,元白等人对李杜坎壈命运的同情,后来元明时期文士,一方面对开天盛世美化和憧憬,另一方面又对"明代"遭弃的盛唐诗人的悲声有所共鸣,都从正反两个方面透露出他们对自身遭际的徒叹无奈和黯然神伤。因为直至明清,中国传统知识分子,都仍然未能跳出封建政治文化体系之外,仍是在"尊君卑臣"的牢笼中挣扎,其政治上、文化上的最终的悲剧命运就难以避免。由此观之,盛唐文士政治命运的悲剧,乃是隋及唐代中前期新旧社会结构剧变时士人群体旧悲剧的尾声,新悲剧的序幕,对后来的封建文化发展有着深远的影响。如果我们今天还是一味强调和关注开天时期诗歌中所反映的"盛唐气象"和"盛唐之音",忽视对同时存在的"盛世悲鸣"的研究和思考,又怎能认识到盛唐一代文士为实现政治理想所走过的痛苦历程的深层文化意蕴和重要历史意义呢?

杜晓勤 著

唐代文学的文化视野

下册

中华书局

第五章　杜甫的文化心态及其演变

杜甫以诗雄鸣于世,但他泽被后人的绝不仅仅是他的诗艺。非惟杜诗的成功,有其深厚的文化意蕴在,就是后世对他的极赏、赞誉,也多有明显的文化心态的认同,而且他的影响已远远超出了中国诗歌史、中国文学史的范围,进入到更广阔的文化史的领域。因而,我们完全有必要对杜甫的文化心态作些探讨。

第一节　杜甫的文化心态结构

正如每一个民族、每一个时代都有其独特的文化心理结构一样,生活在这个民族、这个时代的每个人也都有他独特的文化心态。大多数的文化学家都倾向于将文化的表现分为两个状态。美国学者C.克鲁柯亨(Clyde Kluckhohn)称之为"显型文化"和"隐型文化","显型文化寓于文字和事实所构成的规律之中,它可以经过耳濡目染的证实直接总结出来","隐型文化却是一种二级抽象"①。中国文化学者黄文山则分为:"一是内部的,二是外部的。内部的领

---

① [美]C.克鲁柯亨(Clyde Kluckhohn):《文化概念》,载庄锡昌等编《多维视野中的文化理论》,浙江人民出版社,1987年,第121页。

域,包括价值、观念、感觉、意义、思想等等,为简单起见,亦可称为'文化的心态'(cultural mentality)。外部的领域则由非有机的和有机的现象,如物体、事素、历程等等所构成。"①本节意在通过对杜甫诗歌作品及其表现的人生态度、心灵历程(即"显型文化"或"外部的领域")的考察,挖掘杜甫深邃的文化心态(或内部状态)。因为,二者相较,后者远比前者重要,后者可以决定前者,并且在某种意义上与某种范围内使后者成为体系的一部分。

在杜甫的文化心态中,存在着两种人生价值取向:一是"窃比稷契""致君尧舜"的人生抱负和政治理想,这是他集体意识和社会责任感的表现;一是"江海之志""独往之愿",这是他个体意识和独立人格的反映。两者都出自杜甫对健全人格、完美人性的追求,都统一在杜甫"真"的人生精神里,从而使杜甫的文化心态具备了独特的结构。

一、"致君尧舜"的政治理想

(一)杜甫对儒家"尧舜之道"的继承发展

"致君尧舜"是杜甫一生矢志追求的政治理想,在杜甫的文化心态结构中占有不可忽视的位置。从文化心态史的角度看,杜甫对这一政治理想的体认和追求,表明了他对儒家"尧舜之道"的继承和发展。

杜甫一直以儒生自居,他在长安时言己是"有儒愁饿死"(《奉赠鲜于京兆二十韵》),在夔州回忆其拜左拾遗是"蒙恩早厕儒"(《大历三年春白帝城放船出瞿塘峡久居夔府将适江陵漂泊有诗凡四十韵》),晚年自称是"乾坤一腐儒"(《江汉》)。因而,杜甫在人

---

① 黄文山:《文化学的方法》,载庄锡昌等编《多维视野中的文化理论》,第23页。

生价值取向上烙着儒家独有的文化印记就很自然了。

先秦儒家给士阶层赋予了一种特殊的文化使命,即"士志于道"(《论语·里仁》)。而这个"道"在儒家眼里又指的是"先王之道"或"尧舜之道"。《论语·学而》篇云:

> 先王之道,斯为美。

章学诚曰:

> 周公集群圣之大成,孔子学而尽周公之道。①

如果说孔子尚未明确他师法的"道"就是"尧舜之道",那孟子则认为"我非尧舜之道不敢陈于王前"(《孟子·公孙丑下》),而且他所说的"尧舜之道"和"先王之道"可以同义互训(《孟子·离娄上》)。尽管孔、孟对"道"的阐释有些微的差异,但都是对尧舜之世、上古三代较理想的社会状态的肯定。而且他们认为,"仁"是达到这种理想政治的关键。《论语·阳货》:

> 君子学道则爱人。

《孟子·离娄上》:

> 孔子曰:道二,仁与不仁而已矣。
> 孟子曰:三代之得天下也以仁,其失天下也以不仁。
> 尧舜之道,不以仁政,不能平治天下。

因而,儒家就把对这种以"仁政"为特征的理想社会的追求视为"士"的最高人生准则,而杜甫也正是从这个意义上承继并发展了儒家"尧舜之道"的政治理想。

首先,杜甫和先秦儒家一样追求人人相亲爱的、风俗淳美的"仁

---

① 章学诚著,叶瑛校注:《文史通义校注》卷二,中华书局,1985年,第122页。

政"社会。他言自己的政治理想是：

> 致君尧舜上，再使风俗淳。
>
> （《奉赠韦左丞丈二十二韵》）

在"致君尧舜"之后加一个"上"字，表明他并不以"致君于尧舜"为满足。诚然，尧、舜是儒家眼中最圣明的君主，是后世士人对当时君主的最高要求，但杜甫却要使当时君主的德政超过尧、舜等圣君。在这一点上，他是接受了先秦儒家"尧舜之道"并发展了的。

其次，杜甫虽然将对"君"的要求和"尧舜"联系在一起，与先秦儒家有共通之处，但是他却不像孔、孟等人以上古三代、尧舜之世的政治状态为规范，而是立足于封建君权高度统一状态下的政治现实。其《上韦左相二十韵》有云：

> 凤历轩辕纪，龙飞四十春。
> 八荒开寿域，一气转洪钧。
> 霖雨思贤佐，丹青忆老臣。
> 应图求骏马，惊代得麒麟。
> 沙汰江河浊，调和鼎鼐新。
> 韦贤初相汉，范叔已归秦。
> 盛业今如此，传经固绝伦。

他通过对玄宗开元前期"朝宁升平"的歌颂，表明了他的社会理想，并认为开元盛世已是"庙堂知至理，风俗尽还淳"了。在《忆昔》诗中，他亦追思开元盛世：

> 忆昔开元全盛日，小邑犹藏万家室。
> 稻米流脂粟米白，公私仓廪俱丰实。
> 九州道路无豺虎，远行不劳吉日出。

> 齐纨鲁缟车班班,男耕女桑不相失。
> 宫中圣人奏云门,天下朋友皆胶漆。
> 百余年间未灾变,叔孙礼乐萧何律。

想当时,国家是既庶且富,盗息民安,刑政平,风俗厚,制礼作乐,几于尧舜之世。如果说,孔、孟等人的"尧舜之道",在某种程度上还是希望文明社会回到浑蒙的原始社会后期,表现出一种对历史的倒退,那么杜甫"致君尧舜上"则并不希望整个社会制度再回到尧舜之时,也没有像孔子那样主张以"复礼"来恢复原始民主政治,而是表达了对文明社会、现实政治制度的肯定。他是立足于历史发展的当世,立足于已建立了高度集权的封建政治体系,希望君主实施仁政、德政。他的"致君尧舜"已具有了与先秦儒家推崇的"尧舜之道"不同的时代色彩和文化内涵。

再次,杜甫在对"道"与"君"的关系的认识上也和先秦儒家不尽相同。先秦儒家认为,上古三代及尧舜之时,"道"和"君"基本是统一的,尧舜及文王、周公既是"圣人",又是"王"。因为他们推行的都是"德政""仁政"。但到了孔子的时代,已是"天下无道"了,"道"已不再体现在当时君主身上,而是为"士"所拥有,于是"士"们不但纷纷言"道",而且"思以其道易天下"(《文史通义·内篇二》)。当然,"以道自任"表现得最强烈的是儒家。因而,推尊"先王之道""尧舜之道"的孔子、孟子,自然也就是"得道"的"圣人"了。又因为儒家一直希望"道"和"君"、"圣"和"王"的统一,所以他们产生了"圣人"最宜作"王"的思想。宰我说:

> 夫子贤于尧舜。

孟子对墨子说:

> 昔者圣王之列也,上圣立为天子,其次立为卿大夫。今孔

子博于《诗》《书》,察于礼乐,详于万物,若使孔子当圣王,则岂不以孔子为天子哉。①

到了战国末年,荀子的弟子歌颂他们的老师也是:

德若尧、舜,世少知之。

其知至明,循道正行,足以为纪纲。呜呼!贤哉!宜为帝王。②

这就是说,在"君"失"道"的情况下,可以让圣人做王、当天子。而且当时的士子也大多以"师""友"的关系与王侯相处,而不是君臣关系。但杜甫的"致君尧舜",则承认了"君"至高无上的权力,他要实现"尧舜之道",要使"道"和"君"统一,只能尽力使"君"成为"有道"之君,绝没有让"圣"作"王"的念头,而且,他和"君"之间也只能是"君臣"的关系,不可能是"师""友"关系。这表明,从秦汉建立了大一统的封建皇权政治以后,"君"已成了绝对的政治权威,"君"高于"道",所以应当"屈民而伸君"(董仲舒《春秋繁露·玉杯》),儒士们也不得不抛弃了孟子的"君轻"论、荀子的"从道不从君"论,只能安于作"臣",受制于"君"。在这种历史条件下,杜甫绝不可能如孔、孟等可以自比于尧、舜、文王、周公,他只是希望当一个辅弼君主的稷、契式的良臣。

杜甫对先秦儒家政治理想的扬弃,并非出自他个人的主观取舍,乃是历史发展的大势和现实政治的需要使然。春秋后期一直到战国末年,君权旁落,诸侯蜂起,争斗不休,一方面使得君主、王侯不得不"礼贤下士",表示对"道"的屈从,另一方面也使士得以倚恃其

---

① 吴毓江撰,孙启治点校:《墨子校注》卷十二,中华书局,2006年,第704页。
② 王先谦撰,沈啸寰等点校:《荀子集解》卷第二十,中华书局,1988年,第553页。

"道"与君主、王侯分庭抗礼,表现出士的独立人格和政治批判精神。但这两者都有一个共同的文化心态作基础,即希望实现统一,而且也正是在这种统一心态下,所谓的"道"高于"君"的观念才可能存在。因为游士本身就是社会上的不安定因素,他们在诸侯割据的时期可以助君成霸业,但到大一统的集权政治下,四方游走的士显然成为一股离心的社会力量,而不利于统治。所以,杜甫把政治理想寄托在"君"身上,一方面是对先秦儒家"从道不从君"观念的放弃;另一方面又是出于巩固皇权、维护统一的政治目的。尤其对于后者,是杜甫所意识到的,体现了他强烈的"尊王攘夷"的思想,因为杜甫面临的是一个藩镇渐起、少数民族叛乱时有发生的政治境况。陈寅恪先生云:

> 安史为西胡杂种,藩镇又是胡族或胡化之汉人,故当时特出之文士自觉或不自觉,其意识中无不具有远则周之四夷交侵,近则晋之五胡乱华之印象。①

杜甫自觉地维护"君"的尊严、权威,希望君不失道、政治清明,同时又尖锐地指出蕃将对唐王朝政治的危害。其《北征》诗云:

> 胡命其能久,皇纲未宜绝。

《往在》诗则期待朝廷"一朝自罪己,万里车书通",使整个国家安定、统一,重归有道之世。

因而,杜甫对先秦儒家"尧舜之道"的扬弃还有其更重要的政治目的,其文化心态也是先秦儒家思想合目的、合规律的发展。

(二)杜甫政治理想中的家庭文化遗传因子。

在一个人的文化心态建构过程中,历史上形成的民族文化精

---

① 陈寅恪:《论韩愈》,载氏著《金明馆丛稿初编》,生活·读书·新知三联书店,2001年,第329页。

神,时代所共有的文化氛围固然起着很重要的作用,但家族文化遗传因子的影响亦不可忽视。而在一向颇重血缘亲亲关系的中国封建社会,后者对个体文化心态的影响尤其明显。这体现在杜甫身上,就是他把儒家"尧舜之道"的文化传统和其家族中"奉儒守官"的文化因子紧密结合起来了,加深了他对"致君尧舜"理想的体认。

从杜甫自叙氏族源流、颂赞祖上功德的文字中,我们可以看出,杜氏是"圣人"陶唐氏的"后人",具有源远流长的"世食旧德"的家族文化传统。其《唐故万年县君京兆杜氏墓碑》云:

> 其先系统于伊祁,分姓于唐杜。吾祖也,吾知之,远自周室,迄于圣代,传之以仁义礼智信,列之以公侯伯子男。①

"公侯伯子男"既是封建社会中儒士们实现"尧舜之道"的必由之路,也是杜氏家族中人"功业"的体现。但是,杜氏家族文化传统中最使杜甫受益的却是"奉儒守官""未坠素业"和"诗学家法"。

杜甫《进雕赋表》云:

> 自先君恕、预以降,奉儒守官,未坠素业矣。

"奉儒守官",即通过入仕为官来推行儒家之道。且不用说杜氏历来是"盛族多其人,圣贤冠史籍"(《敬寄族弟唐十八使君》),就是从杜预以来,自晋至唐,为官者亦是代不乏人。但是,"守官"并不是目的,而只是这个家族"奉儒"的手段。

杜预,时称"杜武库",文武双全,勇略过人。功业卓著,对儒家经业造诣亦深,自然是杜甫最敬佩的偶像。因而杜甫在祭奠杜预时说:

> 不敢忘本,不敢违仁。

---

① 杜甫:《唐故万年县君京兆杜氏墓碑》,《全唐文》卷三六〇。

所谓"本",即自杜预以来就形成的"奉儒守官"的家族文化传统,而在这个传统中,儒家的"仁"的精神则是其核心。他在颂赞杜预时又说:

> 降及武库,应乎虬精。恭闻渊深,罕得窥测。勇功是立,智名克彰。缮甲江陵,浸清东吴。建侯于荆,邦于南土。……《春秋》主解,稿隶躬亲。①

在杜甫眼中,杜预无疑是"奉儒守官"的楷模,所以他之后一再称颂。大历三年(768)在江陵时,他作《惜别行送向卿进奉端午御衣之上都》:

> 尚书勋业超千古,雄镇荆州继吾祖。

大历四年(769)在长沙还念念不忘远祖杜预,渴望回到襄阳:

> 清思汉水上,凉忆岘上巅。
> …………
> 吾家碑不昧,王氏井依然。

但杜甫不仅仅是称颂杜预,还自觉继承了杜预"奉儒守官"的精神。《晋书·杜预传》曾载杜预之言:

> 禹稷之功,期于济世,所庶几也。

这是杜预当年"知无不为""鲜有败事"的精神支柱。而杜甫在反击同学取笑时云"窃比稷与契",分明已和杜预在精神上交通了。杜甫要实现"致君尧舜"的政治理想,要继承"士志于道"的民族文化精神,又从杜预身上汲取了"奉儒守官"的家庭文化传统,产生"窃比稷契"的个人抱负就很自然了。而且,正因为杜甫一直以杜预的

---

① 杜甫:《祭远祖当阳君文》,《全唐文》卷三六〇。

"奉儒守官"自勉自励,他在求仕时才没有像一般士子只是为了求禄资生而务取功名,而是自始至终地效"禹稷之功,期于济世",以推行儒家之道为旨归。

再看"未坠素业"对他的影响。"素业",实指杜氏家族中"奉儒守官"的文化传统。杜甫在《进雕赋表》中虽说是"未坠素业矣",但是他"暗地里却在担心快'坠'了"①。因为和两晋南北朝时杜氏族人所任官职相比,隋以后尤其是唐初以来杜甫的祖先任官都渐小,所以杜甫在《进雕赋表》中云:

> 臣之近代陵夷,公侯之贵磨灭,鼎铭之勋,不复照耀于明时。

而且到杜甫献赋之际,他虽再三求仕,困居长安多年,却连一官半职都没得到,"素业"确实是有点摇摇欲"坠"了。如果说"奉儒守官"使杜甫对仕进有了异于常人的更符合儒家道义的认识,那么"素业"将"坠"的危机感又使杜甫感到了求仕的迫切性。因而,在求仕过程中,杜甫虽再三遭挫,却毫不退却,乃至于在天宝中以异于常人的毅力旅食京华达十年之久,汲汲于功名仕进。这种矢志不渝的人生姿态,不仅表明杜甫秉承着历史上形成的"士志于道"的文化精神,也表明了他继承"素业"、重振家声的良苦用心。杜甫一生多用"布衣""野老""野客"自谓,也说明了他对自己社会位置的这种认识。和"名家莫出杜陵人"(《季夏送乡弟韶陪黄门从叔朝谒》)相比,他是"杜陵有布衣"(《自京赴奉先县咏怀五百字》)、"杜陵野客人更嗤"(《醉时歌》)、"杜陵野老骨欲折"(《投简咸华两县诸子》)、"杜陵远客不胜悲"(《立春》),这种家族文化传统失落后的凄凉感

---

① 陈贻焮:《杜甫评传》上卷,第1页。

贯穿于杜甫一生。因而在仕途遭挫时,杜甫感到的不仅仅是政治理想的失落,而且也是"家声"的泯没:

> 儒术诚难起,家声庶已存。

在杜甫的求仕热忱中,既有来自"儒术"的因素,又有来自"家声"的因素。二者是声息相通、休戚与共的。

另外,杜甫从家庭文化传统中还承继了"诗学家法"。陈子昂《送吉州杜司户审言序》曾云:

> 杜司户炳灵翰林,研机策府,有重名于天下,而独秀于朝端。

陈子昂此处"独秀于朝端"云云,即指杜审言以善诗能文受用于朝廷。杜甫《进雕赋表》亦云:

> 亡祖故尚书膳部员外郎先臣审言,修文于中宗之朝,高视于藏书之府,故天下学士,到于今而师之。

杜甫所夸耀的亦是杜审言以诗文见用。诚然,杜审言在近体诗发展中功绩卓著,杜甫也得益于此。但是,杜甫在求仕的过程中似乎更注重杜审言的因诗文见知于中宗、武后,更注重用诗文粉饰盛世,辅佐政治教化。所以,他接着说:

> 倘使执先祖之故事,拔泥途之久辱,则臣之述作,虽不足以鼓吹六经,先鸣数子,至于沉郁顿挫,随时敏捷,而扬雄、枚皋之流,庶可跂及也。

这等于在向玄宗表忠心:他希望也能像先祖杜审言一样,受用于朝廷,摇笔摛文,以佐圣世教化。因为无论是杜审言,还是杜甫,都受着"行有余力,则以学文"(《论语·学而》)观念的影响。杜审言当年工于书翰,擅作应制诗,于中宗、武后朝甚加粉饰、歌颂,是以"有重名于天下,而独秀于朝端"。杜甫又何尝没有如斯观念?其《贻华阳柳少府》云"文章一小技,于道未为尊",《陪郑广文游何将军山林》亦云"词赋工无益",都表明了杜甫的这种诗赋观:如果不把诗赋与佐世用道联系起来,只是精于诗赋艺术形式本身,或把它只当作个人抒情、言志的工具,那又有什么可贵的呢? 事实上,杜甫在向玄宗要官做的时候,不但极尽吹嘘、美化之能事,再三作赋颂扬之,就是他在任左拾遗的时候,也自觉地"赖先臣绪业",创作了一些歌颂肃宗朝太平升宁气象的应景诗,而且到后来他从蜀中扁舟出峡之时,仍念念不忘于此:

  名岂文章著,官应老病休。

这说明,"诗学家法"对杜甫来说,首先是其仕进的工具,其次也往往是不得已之后,杜甫才将诗歌当作渲泄个人苦闷的艺术媒介,当作他评论国事、忧民济世的手段。当然,杜甫能成为千古推尊的一代"诗圣",则又是由于后者,而非前者。这是杜甫对"诗学家法"的一种改造和发展。

综上,杜甫于其家族文化传统继承甚多,改造和发展亦尤多,唯其如此,杜甫的文化心态才有别于他推尊的家族中人杜预、杜审言等,表现出其独特性的一面。

(三)杜甫与盛唐其他诗人政治抱负的异同

在中国文化心态史上,"士志于道"的传统价值观念曾一度失落。魏晋南北朝时的士人心态曾一度偏离儒家的文化精神,但从隋至唐初,随着寒士阶层的勃兴,儒学在思想、政治中地位的再次上升,大一统封建政治局面逐步稳定,士人的文化心态中又渗透进了儒家积极济世的文化因子,而到号称"开元盛世"的盛唐时,则形成了自春秋战国以来的又一个"士志于道"的高潮,其标志就是盛唐士子多以"致君尧舜"自期。杜甫"致君尧舜上,再使风俗淳"的政治理想,就产生在这一时代氛围中,其文化心态中也烙上了鲜明的时代文化印记,存在着集体性的一面。但是在一种具有普遍性、集体性的时代文化心态中,还存在着个体心态的独特性,而将杜甫与整个盛唐士人的集体心态相比,这种独特性尤其明显。

第一,杜甫在入仕方式的选择上同时人异趣。

概言之,盛唐士子的入仕方式主要有三种:一是科举取士,二是立功边塞,三是隐逸求仕。盛唐人面对这三条入仕途径时的心态是有微妙差别的。但杜甫和其他人不同的是,他只走"科举"一途,对"立功边塞""隐逸求仕"都不感兴趣,更不像有些人此路不通又改走另一条道,表现出选择的随意性。

杜甫的求仕有一个最显著的特点,就是只走科举一途,而且悬格越来越高,知难而进。在众多的科举名目中,为盛唐士子"所趣向"的"唯明经、进士二科而已"①。这主要是因为,明经和进士都须习诵儒经。其中明经专习儒经,进士在考诗赋外,也需加试经策,而当时的士子大都自认为是儒生,由此进身,对受儒家思想影响较大的士子来说,自然是天经地义的正途了。但是,士子们是考明经还是考进士,其价值观念又是不同的。据岑仲勉先生分析:

> 进士比明经钻研较广,悬格稍高,名额又较少,《通典》所称开元廿四年以后"进士渐难",自是实情。再从客观方面说,人情都贵难而贱易,社会上当然都轻视明经;同时,进士所习能适应于上层工作,仕途上应易于进展。从主观方面说,人而志气低下,不肯奋斗,就会相率走向明经一途;反之,志趣高尚者

---

① 杜佑撰,王文锦等点校:《通典》卷十五,第354页。

则虽在寒门,亦必力争上游,不甘落后。①

和大批急于求禄资生的士子志趣不同,杜甫一开始考的就是进士科。这不仅因为杜甫不屑死守儒家章句之学,以善于时务策、擅长诗赋自期,还因为他意识到进士科更符合他"窃比稷契"、意欲为宰臣的远大政治抱负。在进士落第后不久,杜甫又于天宝五年(746)应了"制举",与进士相比,这又高了一个层次。因为"制举"是皇帝亲自下诏选拔特殊人才的一种不定期举行的考试,考中后就有可能直接进入上层政治机构,其难度自非进士科可比,也非一般士子所敢应试。虽然这次应制举因李林甫从中作梗也失败了,但杜甫没有退居其次,再应"进士""明经",而是于天宝中后期,再三投甄、献赋,直接向皇帝陈情,悬格更高。这在众多热衷求仕的盛唐士子中,确是较特殊的,它体现了杜甫笃意科举、一试再试,且知难而进的心理。而这种心理又根源他比别人更高的政治理想,根源于他"会当凌绝顶,一览众山小"(《望岳》),不屑与俗辈为伍、高自标举的远大抱负。

然而,杜甫在科场失意后为什么没有像高适、岑参等人一样改走"立功边塞"的道路呢?为什么没有如卢藏用、吴筠等人一样改走"终南捷径"呢?这反映了他怎样的一种价值标准?

盛唐时期,士子科场失意后改走"立功边塞""封侯进身"一途的大有人在,高适、岑参堪为典型。高适是在"十年守章句,万事空寥落"后,才"北上登蓟门""慨然思卫霍"的(《淇上酬薛三据兼寄郭少府微》)。岑参虽在天宝三载(744),以第二名举进士,但科场并没有使他实现跻身宰辅的宏愿:"可知年四十,犹自未封侯。"(《北

---

① 岑仲勉:《隋唐史》,商务印书馆,2017年,第171—172页。

庭作》)于是他两入边陲荒漠,表现出对"功名马上取"的热情。而造成他们这种人生价值取向的因素,主要有两个:一是李唐王室固有的"尚武""任侠"风气的影响;二是玄宗朝安疆扩边政策的产物。玄宗颇好边功,尤其是开元后期对外战争频繁发生,文武重臣出将入相的渐多,在某种程度上助长了文人从军的风气。高适、岑参等人无疑就是在这种时代文化氛围中走向边塞、求取功名的,但是他们的性格、气质中亦有"任侠""尚武"的因素。《旧唐书·高适传》说高适:

> 喜言王霸大略,务功名,尚节义。

他的作品中也都充满豪士和侠客的肝胆意气,如《邯郸少年行》《古大梁行》等,更不用说他的那些边塞诗了。杜甫在《渼陂行》中说岑参:

> 岑参兄弟皆好奇。

岑参《送李副使赴碛西官军》诗则夫子自道:

> 功名只向马上取,真是英雄一丈夫。

入幕后,岑参又在《北庭西郊候封大夫受降回军献上》诗中自抒怀抱:

> 自逐定远侯,亦著短后衣。
> 近来能走马,不弱并州儿。

更是流露出"尚武""抑文"的气息。

杜甫身上不但没有丝毫的"任侠""尚武"的气质,而且他对唐王朝的开边政策、开元天宝的边事一直颇有微辞。杜甫以儒生自许已如前述,自然不可能产生"尚武""抑文"的思想。另外,安史之乱

以前,他是反对唐王朝统治者发动侵略战争的,如:

> 君已富土境,开边一何多?
>
> (《前出塞九首》其一)
>
> 苟能制侵陵,岂在多杀伤?
>
> (《前出塞九首》其七)

正是因为看到开边战争给人民造成的痛苦、给国家造成的危害,所以杜甫不但反对邀功边塞,且对飞扬跋扈的边将亦有所指责:

> 主将位益崇,气骄凌上都。
> 边人不敢议,议者死路衢。
>
> (《后出塞五首》其四)

因而,在安史之乱爆发之前,他就对安禄山的狼子野心有所觉察,他并没有像李白一样天真地去幽燕从军。在同登慈恩寺塔时,他也没有像高适、岑参等人尚陶醉在盛世的虚幻光环中,而是表现出对边境祸乱将起、安史野心已萌的忧虑:

> 秦山忽破碎,泾渭不可求。
> 俯视但一气,焉能辨皇州。
> 回首叫虞舜,苍梧云正愁。
> 惜哉瑶池饮,日晏昆仑丘。
> 黄鹄去不息,哀鸣何所投。
>
> (《同诸公登慈恩寺塔》)

正是基于对唐王朝开边战争的这种认识,再加上他身上浓郁的儒士气息,所以杜甫并未效高适、岑参,在求仕失败后改走"立功边塞""封侯进身"的入仕途径,而是一直坚持走科举一途。

另外,在开天年间,走"终南捷径"、隐逸求仕,似乎也是当时士子猎取功名的一种风尚。吴筠举进士不第,索性去当了道士,他为了"使人君常有所慕企",开元中云游名山大川,"在剡与越中文士为诗酒之会,所著歌篇,传于京师",遂使"玄宗闻其名,遣使征之",大获成功①。孟浩然早年隐鹿门山,以诗自适,也是隐逸以求仕。李白一生不参加科举,却想如吴筠一样走"终南捷径",他几次隐居,以"谪仙人"自负,也有故意吊玄宗胃口的意图。再如开天之际,綦毋潜和储光羲都意在隐逸求仕。前者归隐江东,于天宝五年(746)夏自洛阳赴长安,干谒房琯成功,不久即授宜寿尉。后者在长安隐居终南山,不时来往于两京之间,且与王维、裴迪常相唱和,但到綦毋潜得官赴任时,储仍失意隐居。对于盛唐士子隐逸求仕风气产生的原因,学界多有论述,此不详论。但杜甫为什么没有在科场失意后也试着走"终南捷径"呢? 我认为也有如下两个因素:

一是杜甫身上儒家思想比这些"隐逸以求仕"者要浓烈些。儒家强调"学而优则仕",孔子对当时的隐者持保留态度,再加上,"唐兴,贤人在位众多,其遁戢不出者,才班班可述",剩下的多是一些"假隐自名,以诡禄仕"的"放利之徒"②。这些人是与真正的儒家精神相悖的。杜甫在天宝初年虽也与李白游历梁宋、齐鲁,但终究没有归隐,他不是不解隐居求仕的玄妙,而是不愿由此进身,所以他辞别李白后就径奔长安,再应制举,走"学而优则仕"的正道。

二是杜甫理想中的贤臣是被尧舜选拔上来的稷、契,是唐太宗重用的房玄龄、魏徵等人,他对李白津津乐道的谢安、对李白喜于结交的吴筠都不欣赏,他看重君臣的自然遇合。其《朝享太庙赋》云:

若夫生宏佐命之道,死配贵神之列,则殷、刘、房、魏之勋,

---

① 《旧唐书》卷一九二,《吴筠传》。
② 《新唐书》卷一九六,《隐逸传》。

是可以中摩伊、吕,上冠夔、契,代天之工,为人之杰。

《夏日叹》亦云:

眇然贞观初,难与数子偕。

这些人都是被圣主、贤君亲自选定的良宰、贤臣,备受重用,终成大业。而自初唐以来的"隐逸求仕"者,则多得宠一时,旋即被弃,且均无政绩可言。卢藏用是走"终南捷径"的始祖,"及登朝,附权要,纵情奢逸,卒陷宪纲"①。张果老、司马承祯、吴筠都不是真心济世之徒,亦未成大用。这些人自然都不合杜甫"窃比稷契"的理想,所以杜甫在求仕遭挫时虽也动过归隐之念,却没有隐逸求仕的想法。

总之,由于受儒家思想的深刻影响,由于"窃比稷契"的抱负,所以杜甫在求仕过程中一直笃意于科举,没有在入仕方式上表现出选择的随意性,这在盛唐士子中是很特殊的。

第二,杜甫在入仕目标上也与时人有别。

杜甫的入仕理想是"窃比稷契""致君尧舜",当一个忠心辅弼圣主的良臣,其现实目标则是如房、魏之贤相。而李白受纵横家思想浸淫较深,他引以自比的则是"志存解世纷"的先秦游士。如他称颂鲁仲连:

齐有倜傥生,鲁连特高妙。

(《古风五十九首》其十)

言己志时云:

申管晏之谈,谋帝王之术,奋其智能,愿为辅弼。使寰区大

---

① 刘肃撰,许德楠、李鼎霞点校:《大唐新语》卷之十,第158页。

定,海县清一,事君之道成,荣亲之义毕。然后与陶朱、留侯,浮五湖,戏沧洲。

(《代寿山答孟少府移文书》)

流露出明显的"功成身退"的思想。可以说,李白注重惊天动地的一时壮举,注重行为本身的影响;而杜甫属意的则是天长日久的现实事务,注重体现在这种行为之中济世安民的社会责任。也可以说,李白是求名,较虚;杜甫则更求实一些。这是李、杜入仕目标上的差别。

到天宝年间,杜甫跟其他盛唐士子的求仕目标也有明显的差别了。虽然开元年间以"致君尧舜"自许者本不乏人,但到开元二十四年(736)张九龄被李林甫排挤罢相之后,士人们的心态有所变化。《资治通鉴》卷二一四载:

自是朝廷之士,皆容身保位,无复直言。

王维不久半官半隐,明哲保身;崔颢在长安太仆寺任上,有感于杨氏兄妹得宠,常作乐府诗讽之;崔国辅在京作左补阙,亦是"无复直言"。而到杜甫入长安的天宝年间,朝中之人多迫于李林甫、杨国忠的威势,很少再有什么政治热情了。再看那些未入仕的,亦有不少狗苟蝇营、不择手段乞取功名的利禄之徒。因而杜甫怀着"窃比稷契""致君尧舜"的理想来到长安,就显得与众不同。他在《自京赴奉先县咏怀五百字》中说:

许身一何愚,窃比稷与契。

因为时人大多不再作此想,所以他的"窃比稷与契"就显得有点"愚"了。而且,他还因此被时人取笑:

穷年忧黎元,叹息肠内热。

>　　取笑同学翁,浩歌弥激烈。

可见,在盛唐士子纷纷求仕的热潮中,并不是所有人都在真正致力于"致君尧舜"。杜甫和他们相比,在文化心态上则异大于同,表现出明显的独特性。

(四)"致君尧舜上,再使风俗淳"的政治内涵

杜甫对"致君尧舜"理想的体认,得益于他对历史文化传统、家庭文化因子、时代文化精神的继承、融汇和发展,所以他对这种理想的追求,不仅仅停留于口头上、表面上,而且有着丰富且深刻的政治内涵。这表现在如下数端:

第一,风俗淳美、政治清明的社会理想。

"致君尧舜"是杜甫的政治理想,但他"致君尧舜上"的最终目的却是要"再使风俗淳",希望整个社会风俗淳美、政治清明。杜甫的这种社会理想既不像先秦儒士那样,是对上古三代、尧舜之世的原始民主社会的回归;也不像陶渊明是对"世外桃源"式的虚幻社会的向往;而是立足于现实的封建社会中,对"开元盛世"的歌颂。

玄宗初登位,姚崇曾提出十项治国建议:(1)不能仅靠刑法治天下,必须先施仁义;(2)不穷兵黩武,数十年不求边功;(3)制止宦官干预政事;(4)皇亲国戚不任台省官;(5)皇帝亲信犯法也要依法惩治;(6)除租庸赋税外,废除苛捐杂税;(7)禁止建造寺观宫殿;(8)皇帝对大臣要"接之以礼",按君臣之礼办事;(9)大臣皆得触龙麟,犯颜直谏,皇帝要纳谏诤,广开言路;(10)后妃不得掌权,历史上外戚乱政的教训应"书之史册,永为殷鉴"。玄宗皆一一采纳。开元年间,他先后在宰相姚崇、宋璟、张说、张九龄等人协助下,针对中宗、睿宗时的弊政,进行各方面的改革,使唐朝社会经济发展到高

峰,迎来中国封建社会的鼎盛时期。

然而,到杜甫言其政治抱负的天宝年间,这种较为理想的社会状态已发生变化,所以杜甫在朝政已露腐败、黑暗端倪的情况下,以其火热的政治热情,急切地希望"开元盛世"能永久保持下来。他在《上韦左相二十韵》中对之进行深情的赞美,在《忆昔》诗中也追思不已①。其中虽不乏溢美之辞,但正是这种溢美,表现了他肯定"开元盛世"又超乎"开元盛世"的社会理想。而且,我们从杜甫的描绘中又可以看出,他的社会理想和开元名相姚崇的那十项治国建议是何等相似!这说明杜甫乃是在反观历史的过程中提出切实可行的理想的,而不只是一般的空想。

第二,契合无垠的君臣关系。

在封建社会中,要实现风俗淳美、政治清明的社会理想,君臣关系的好坏往往很重要。上古尧、舜之所以能达到明德大治,正是因为他们知人善任,有禹、稷、契等二十二位贤臣辅佐。杜甫的"致君尧舜""窃比稷契",也是希望君臣能契合无垠,各尽其职,各行其礼,建立起较为理想的关系。然而,自古以来,君臣遇合甚难,杜甫《述古三首》其一:

> 古时君臣合,可以物理推。
> 贤人识定分,进退固其宜。

说明他对此有所认识。但是,要实现邦宁民安的德政,就必须在君臣之间建立起这种理想的关系。因而,杜甫总是希望"会取君臣合"(《哭台州郑司户苏少监》)。

汉王褒《四子讲德论》云:

---

① 详参本节第一部分。

> 盖君为元首,臣为股肱,明其一体,相待而成。

这是儒家规定了的君臣不二之法则。杜甫也认为,君赖臣成帝业,臣辅君成大功。其间虽有分别,实为一体:

> 上有明哲君,下有行化臣。
>
> (《寄薛三郎中》)
>
> 君臣各有分,管葛本时须。
>
> (《别张十三建封》)
>
> 君臣当共济,贤圣亦同时。
>
> (《诸葛庙》)
>
> 一体君臣祭祀同。
>
> (《咏怀古迹》其四)

此均作如斯观。

但是,要达到这种理想,杜甫认为,君首先必须"有道"。对唐玄宗,杜甫曾以尧、舜相期,玄宗后来使他失望,他便在诗中进行了尖锐的批评。对肃宗,他也曾以"中兴之主"相许,可肃宗宠信佞臣,指挥失当,滥封官爵,杜甫深为不满。唐代宗亲近小人,宠信宦官,指挥无能,重赋急敛,闹得民不聊生、国势不安,杜甫也进行了频繁的批评。《秦州杂诗》云"唐尧真自圣",《夔府书怀四十韵》道"正观是元龟",则一反一正地道出了他对时"君"的要求。

当然,处于君臣尊卑凝定已久的唐代,杜甫不可能提出君主无道"则去""则诛""则易往"的思想。在君臣关系中,他更强调为臣之道。然而,杜甫并不像后人所说持的是"忠君"思想,他的为臣之道更接近于"直臣""良臣"。唐初名相魏徵在言"忠臣""良臣"之别时说:

> 良臣,稷、契、皋陶是也。忠臣,龙逢、比干是也。良臣使身

获美名,君受显号,子孙传世,福禄无疆。忠臣身受诛夷,君陷大恶,家国并丧,空有其名。①

所谓"忠",要求臣对君的绝对服从;但"良"则不然,"良臣"要敢于直谏、触犯龙麟。杜甫"窃比稷契",而没有以龙逢、比干自许,表明他愿为"良臣"而非"忠臣"。另外,他还对唐初魏徵等"良臣""直臣"予以赞美:

直词宁戮辱,贤路不崎岖。

(《行次昭陵》)

呜呼房魏不复见,秦王学士时难羡。

(《折槛行》)

杜甫赞美房、魏等人,绝非泛泛虚情,而是从他们身上看到了"稷""契"的良臣之风、直臣之节,所以他在《朝享太庙赋》中又说:"殷、刘、房、魏,中摩伊、吕,上冠夔、契,代天之工,为人之杰。"至于杜甫疏救房琯,廷诤忤旨,罢官而去,及他离开朝廷后每每批判肃宗、代宗,又从行动上证明了他所坚持的为臣之道。

第三,"民为邦本"的民本思想。

先秦儒学是很强调民主思想的。《尚书·五子之歌》云:

民为邦本,本固邦宁。

《礼记·缁衣》记孔子语:

君以民为体。

《孟子·尽心下》曰:

民为贵,社稷次之,君为轻。

---

① 《旧唐书》卷七一,《魏徵传》。

然而,在封建集权政治建立以后,这种闪耀着原始人道和民主光辉的思想却被董仲舒的"尊君"论取代了。董仲舒认为,人君受命于天,对民实行统治,所以应当"屈民而伸君"①。在封建君权高度发达的唐代,杜甫重新提出"邦以民为本"(《送顾八分文学适洪吉州》)的思想,是对董仲舒"尊君"论的一次反拨,也是他社会理想的一个核心。因为,无论是"窃比稷契",还是"致君尧舜",都必须以民的利益为重。如果不重民,社稷、君就会岌岌可危,天下就会大乱:

> 乱世诛求急,黎民糠籺窄。
>
> (《驱竖子摘苍耳》)

如果重民惜本,国家就会昌盛,开元之盛就是很好的例证:

> 武德开元际,苍生岂重攀?
>
> (《有叹》)

基于这种认识,面对民生维艰之现实,杜甫以其仁厚的情怀大声疾呼,为民请命。其《送顾八分文学适洪吉州》云:

> 请哀疮痍深,告诉皇华使。

《入衡州》亦云:

> 凋弊惜邦本,哀矜存事常。

不但杜甫自己是"穷年忧黎元,叹息肠内热"(《自京赴奉先县咏怀五百字》),而且他还希望起用友朋也能"上请减兵甲,下请安井田"(《湘江宴饯裴二端公赴道州》)。有时,他的这种愿望竟形诸梦寐,

---

① 董仲舒著,苏舆撰,锺哲点校:《春秋繁露义证》卷第一,中华书局,1992年,第32页。

《昼梦》诗云：

> 安得务农息战斗，普天无吏横索钱！

因为在杜甫看来，要实现"再使风俗淳"的社会理想，就必须如此，所谓：

> 致君唐虞际，纯朴忆大庭。
> 何时降玺书，用尔为丹青？
> 狱讼永衰息，岂唯偃甲兵。
> 凄恻念诛求，薄敛近休明。
>
> （《同元使君舂陵行》）

所谓：

> 天下郡国向万城，无有一城无甲兵。
> 焉得铸甲作农器，一寸荒田牛得耕？
> 牛尽耕，蚕亦成。
> 不劳烈士泪滂沱，男谷女丝行复歌。
>
> （《蚕谷行》）

杜甫如此热切地希望君臣都能体恤下民，宽政治国，使四海升平，人民得以安居乐业。从他身上，我们分明看到了那个时代最美好的政治蓝图，听到了那个时代最动人的理想之歌！

二、"独往之愿"：杜甫的个体生命意识

"江海之志""独往之愿"，是杜甫对个体生命意识的体认和追求，伴其一生，至老弥笃。但学术界对此重视不够，多强调其"致君尧舜"的一面。这种研究格局，无论是就杜甫文化心态的认识，还是对杜诗深层意蕴的理解，都显得较为片面，不够深刻。我认为，杜甫

的"独往之愿",反映了他的独立人格和自由个性,与"致君尧舜"共同组成了一个完整的人生价值体系,且在其文化心态中,与后者占有同等重要的位置。

(一)道家、道教、佛教对杜甫"独往之愿"的影响

杜甫的"独往之愿",来源于道家、道教和佛教这三大传统文化思想。据现有资料,杜甫萌生"独往之愿"是在他第一次漫游时期。在吴越等地,他看到南朝寺观,想象海上仙山,不禁心向神往:

> 东下姑苏台,已具浮海航。
> 到今有遗恨,不得穷扶桑。
>
> (《壮游》)
>
> 看画曾饥渴,追踪恨渺茫,
> 虎头金粟影,神妙独难忘。
>
> (《送许八拾遗归江宁觐省甫昔时尝客游此县于许生处乞瓦棺寺维摩图样志诸篇末》)
>
> 不见旻公三十年,封书寄与泪潺湲。
> 旧来好事今能否?老去新诗谁与传?
> 棋局动随寻涧竹,袈裟忆上泛湖船。
>
> (《因许八奉寄江宁旻上人》)

虽然不能说他早年就已倾心道、佛,但他一直到中晚年尚念念不忘,足见此一发端亦不可忽视。

第二次漫游时期,他曾作《游龙门奉先寺》,流露出和佛家结缘的情趣。后又和旻上人交游,称"空忝许询辈,难酬支遁词"(《巳上人茅斋》),把巳上人比支遁,自己则谦称许询。能如此表述,杜甫于佛学当已有一定功底。但他和李白、高适同游梁宋时,则多表现出对道教的兴趣。渡黄河,上王屋山,访华盖君,华盖君死,杜甫甚为遗憾。杜甫晚年回忆此行时说：

> 忆昔北寻小有洞,洪河怒涛过轻舸。
> 辛勤不见华盖君,艮岑青辉惨么么。
> 千崖无人万壑静,三步回头五步坐。
> 秋山眼冷魂未归,仙赏心违泪交堕。
>
> （《忆昔行》）

其《昔游》诗也说：

> 昔谒华盖君,深求洞宫脚。
> 玉棺已上天,白日亦寂寞。
> 暮升艮岑顶,巾几犹未却。
> 弟子四五人,入来泪俱落。
> 余时游名山,发轫在远壑。
> 良觌违夙愿,含凄向寥廓。
> 林昏罢幽磬,竟夜伏石阁。
> 王乔下天坛,微月映皓鹤。
> 晨溪向虚驶,归径行已昨。
> 岂辞青鞋胝,怅望金匕药。
> 东蒙赴旧隐,尚忆同志乐。

可见他当时求仙之心确乎急切、真挚。朱鹤龄解此诗：

> 华盖君既不得见,于是含凄天坛,怅望匕药,而复为东蒙之游焉。……公客东蒙,与太白诸人同游好,所谓"同志乐"也。其时之伏事者,则董先生,即衡阳董炼师也。①

---

① 杜甫著,仇兆鳌注：《杜诗详注》卷二十,中华书局,1979年,第1797页。

对杜甫早年所热衷的求仙访道之举,人们或者说是受整个时代风气的影响,或者说是受李白的影响,实际上,都没有说到问题的本质。恩格斯曾说:

> 宗教是窃取人和自然的一切内涵,转赋于一个彼岸的神的幻影,而神又从他这丰富的内涵中恩赐若干给人和自然。因此,对这个彼岸幻影的信仰只要是强烈而生动的,那么,人至少经过这条弯路总可取回若干内涵。中世纪的强烈信仰就是这样赋予整个时代以显著的精力,不过这精力并不是外来的,而是存在于人性中的,尽管还是人所意识不到的,还是不发展的。①

传统的儒家思想强调"济世",强调人性的社会性的一面,要求人们为实现"仁"政的社会理想而奋斗,却忽视了人性中的自然性、个体性的一面。而作为一个完整的人性体系,则二者兼备,同时发展。因而与儒家"济世""入世"思想相对立,中国自古以来也存在着追求个体生命意识的思潮,即先秦时的道家思想及后来的道教思想、佛教思想。从本质上讲,两者都"不是外来的,而是存在于人性中的",都是人性发展需要的产物。杜甫虽然从小就深受"奉儒守官"的家庭教育的熏陶,但其人性结构中,并不缺少对个体生命意识追求的因子。早在求仕之前,杜甫就表现出对道、佛的兴趣,萌芽了"独往之愿"。时代风尚和李白的影响则不过是一种助燃剂,将他这种人性发展的需求之火燃烧得更旺些罢了。

杜甫入长安以后也未放弃对道教、佛教的兴趣。其《朝献太清宫赋》对唐玄宗把老子加封为圣祖大道元皇帝而自称远孙来致敬的事大加渲染。如果此赋尚带有投机的意味,那么杜甫在天宝八载

---

① [德]马克思、[德]恩格斯著,武剑西译:《马克思恩格斯论宗教》,人民出版社,1954年,第3—4页。

(749)作的《冬日洛城谒玄元皇帝庙》对老子称尊追祖则显然是真情的流露。《奉寄河南韦尹丈人》更言及其"丹砂访葛洪"的愿望,这都是他在长安时期对道教的景仰。

同时,他对佛教亦保持着热情。如他在天宝十四载(755)所作的《夜听许十一诵诗爱而有作》中云:

> 许生五台宾,业白出石壁。

许生佛学造诣诚然很高,而杜甫则自许:

> 余亦师粲可,身犹缚禅寂。

而且,许生竟认为杜甫的佛学根底与他相当:

> 何阶子方便,谬引为匹敌。

安史乱中,他被困长安,也曾与大云寺主赞公频频交往:

> 把臂有多日,开怀无愧辞。
> 　　　　　　　　　(《大云寺赞公房四首》其一)
> 灯影照无睡,心清闻妙香。
> 　　　　　　　　　(《大云寺赞公房四首》其三)
> 近公如白雪,执热烦何有?
> 　　　　　　　　　(《大云寺赞公房四首》其四)

诗中运用佛教典故、术语如此娴熟,说明杜甫的佛学造诣又有一定长进。

而且,他此时与赞公的交往,似已不单是对佛教感兴趣,还带有对佛门中人的赞许和敬仰。如他称赏赞公:

> 道林才不世,惠远德过人。
> 　　　　　　　　　(《大云寺赞公房四首》其二)

以"才"许佛门中人,似从他与江宁旻上人交游时就开始了;用"德"赞佛僧,在现存杜诗中,则属首次。在佛教刚传入中国时,中国本土文化对之存有强烈的排斥心理,其中一个重要的原因,就是佛教"口不言先王之法言,身不服先王之法服,不知君臣之义、父子之情"①,严重悖逆中国传统伦理道德。因此,自魏晋至唐,代有人据此辟佛。而"德"字自古以来一般也只许给在封建伦理方面修养很高的人,杜甫别处诗中用"德"字赞人亦多是此意。如《醉时歌》称广文馆博士郑虔:

> 先生有道出羲皇,先生有才过屈宋。
> 德尊一代常轗轲,名垂万古知何用?
> ……
> 儒术于我何有哉?孔丘盗跖俱尘埃。

这个"德",显然是指郑虔的儒家济世精神,也即是诗中所云"儒术""孔丘"。再如《送韦讽上阆州录事参军》:

> 诛求何多门,贤者贵为德。

此诗之"德",是指君臣应有的体恤民情的"德政"。总之,杜诗中用"德"凡14处,此处却给佛门中人,说明在杜甫心中,佛门高僧和儒家圣贤一样也具有一些美德。

那么,高僧的"美德"又是指什么呢?对此,杜甫在后来的咏佛诗中是有所透露的。《赠蜀僧闾丘师兄》:

> 漠漠世界黑,驱车争夺繁。
> 惟有摩尼珠,可照浊水源。

---

① 韩愈:《论佛骨表》,《全唐文》卷五四八。

"黑",即黑业,在此诗中指战乱频仍,众生之苦。《圆觉经》云:"譬如清净摩尼宝珠,映于五色,随方各见。"杜甫此诗是说,身处乱世,一片黑暗,争夺纷繁,生民涂炭,恐怕只有佛法才能普渡众生,犹如只有摩尼珠才能照清浊水一样。《上兜率寺》:

> 白牛车远近,且欲上慈航。

《法华经·譬喻品》:"有大白牛,肥重多力,形体殊好。以驾宝车,盖喻大乘也。"清凉禅师《般若经序》:"般若者,苦海之慈航,昏衢之巨烛也。"杜甫一生哀时伤世,真希望能藉佛教慈航以一渡众生之苦。也许正是在这个意义上,杜甫将佛教"普济众生"视如儒家的积极济世。

事实上,在战乱频仍、君臣失道的时代,佛教确实做了些儒家无能为力的工作。因为宗教最初并不是作为统治者、压迫者利益的体现,而是为了适应人民要求解脱现世苦难而产生的。马克思说"宗教是被压迫生灵的叹息"[1],恩格斯亦云,"最初的基督教徒是从哪些人中募集起来的呢?主要是从属于人民最下层的、并合乎革命潮流的那些受苦、受累的人们中来的"[2]。余英时先生也认为,魏晋南北朝时,儒学中衰,"非汤武而薄周孔"的名士(如嵇康、阮籍等人)以及心存"济俗"的佛教"高僧"(如道安、惠远等人),反而更体现了"士"的"以道自任"的精神。他还指出:

> 此时的中国是处于孔子救不得、唯佛陀救得的局面;"教化"的大任已从儒家转入释氏的手中了。[3]

---

[1] [德]马克思、[德]恩格斯:《马克思恩格斯选集》第1卷,人民出版社,1995年,第2页。
[2] [德]恩格斯著,何封译:《论原始基督教史》,人民出版社,1961年,第39页。
[3] 余英时:《士与中国文化》引言,上海人民出版社,2003年,第7页。

杜甫将"德"许与佛门高僧，也说明了他对佛教的这种认识。

而且，杜甫在积极向佛门靠拢之前，鉴于自己屡求进用而不被赏拔的求仕经历，也曾对儒家济世方略的现实可能性表示过怀疑：

> 儒术于我何有哉？孔丘盗跖俱尘埃。
>
> （《醉时歌》）

既然儒家的那一套于时无补，那就不妨试试佛门的吧！杜甫信仰佛教，除了常人所说的企求精神慰藉外，可能还有缘佛济世的目的在！

在入长安以前，杜甫的精神世界一直处于不自觉的自由状态，表现出一种"满足型"的心态，对社会上的种种不快、诸多羁绊，缺乏深刻的人生体验，对人生的小挫折更未介怀，因而对老庄等人的道家思想未产生多大兴趣。但西入长安，旅食京华，备历艰辛，却大失所望，这就使杜甫在蓦然回首之中，发现了自己被压抑、被扭曲的自由本性，开始向往起道家推崇的精神自由的境界。

杜甫在困守长安时期所作的《渼陂西南台》诗云：

> 劳生愧严郑，外物慕张邴。
> 世复轻骅骝，吾甘杂鼃黾。
> 知归俗可忽，取适事莫并。
> 身退岂待官，老来苦便静。
> 况资菱芡足，庶结茅茨迥。
> 从此具扁舟，弥年逐清景。

《庄子·大宗师》："夫大块载我以形，劳我以生。"《汉书》载，谷口有郑子真，蜀有严君平，皆修身自保。《庄子·大宗师》又云："吾又守之，七日而后能外物。"张、邴俱汉人，张仲尉所居蓬蒿没人；邴曼容免官养志自修。和他们比起来，杜甫是困食寄居，仰人鼻息，又谈何乐道闲居、修身自保？因而为了不至使老去之心过于阒寂，他就顾不得"功成、名遂、身退"的"天之道"了,从此便欲"结茅茨""具扁舟",与天地精神独往来了。所以,在天宝后期,他经常来往于长安附近的山水名胜、私人庄园之间。济世和出世,廊庙与山林,在他心中的位置不相上下。

天宝十四载(755),他作《自京赴奉先县咏怀五百字》对长安十年进行反思,诗中说:

> 顾惟蝼蚁辈,但自求其穴。
> 胡为慕大鲸,辄拟偃溟渤?
> 以兹悟生理,独耻事干谒。
> 兀兀遂至今,忍为尘埃没。
> 终愧巢与由,未能易其节。

看看那些蝼蚁之辈,蝇营狗苟,只顾竞进求利,满足私欲;而我为什么还要羡慕大鲸,希望力挽狂澜呢?以至于让那令人羞耻的干谒求仕屈辱了自己的自然本性,耽误了自己的生计。到如今,我眼看就要陷入世俗的尘埃之中了,比起巢父、许由那样的高尚君子,我羞愧交加,只因为自己没能改变那节操啊!正因为杜甫此时对世俗丑态有了与老、庄相似的感受,所以他总想保持自己高洁的品质和自由的个性:

> 非无江海志,潇洒送日月。
> 生逢尧舜君,不忍便永诀。

杜甫不是不想仿效道家的那些江海之士、山谷之人,轻天地、细万物而独往,可是他又不忍心放弃自己"致君尧舜"的政治理想。于是,他曾屈就过右卫率府兵曹参军。可官场中人的趋炎附势,又使他看不顺眼,尤其是他野性旷荡,岂可腆颜于侯门之间?遂又欲去官遁世。后来在左拾遗任上,廷诤忤旨,险被杀头。贬华州司功参军,更生出"作吏风尘下""趋走伤心地"的慨叹。总之,三次入仕,非但没使他抱负有伸,反倒深受了身在其中、心为形役的痛苦。所谓"吏情更觉沧洲远"(《曲江对酒》),"何用浮名绊此身"(《曲江二首》其一),都表现了他事与愿违、身被物累的怨忿。所谓"穿花蛱蝶深深见,点水蜻蜓款款飞"(《曲江二首》其一),"桃花细逐杨花落,黄鸟时兼白鸟飞"(《曲江对酒》),又表现了他细推物理、"与物为春"(《庄子·德充符》)的欢愉。因而,道家思想中"轻天地、细万物而独往"的人生观,终于使杜甫坚定了辞官去职、追求个体生命自由的念头:

平生独往愿,惆怅年半百。
罢官亦由人,何事拘形役?

(《立秋后题》)

陶渊明《归去来辞》:"既自以心为形役,奚惆怅而独悲?"陶、杜二人都有济世热忱,但在道家思想的影响下,也都认识到了封建官场中的"心为形役"而思"独往"。在对个体生命自由境界的追求方面,可以说杜甫与陶渊明是心迹遥通的。

罢官以后直到临终,杜甫对道家、道教、佛教的兴趣比以前更为强烈,但他从中汲取的成份仍与以前相似,即崇仰道教的炼丹服药、长命百岁,佛教的摆脱俗累、普济众生,道家的达任大化、"与物为春"。而且,他还将"独往之愿"付诸行动,先后在浣花溪草堂、瀼西草堂隐居过一段时间。虽然杜甫最终没能彻底遗世独往、修身自保,但他亦未尝放弃过对个体生命意识的追求。

(二)"独往之愿"的文化内涵

杜甫的"独往之愿"诚然来自道家、道教、佛教,但他对个体生命意识的体认,既有别于历史上的道家者流、道教徒和佛门中人,也和其他热衷于道、佛的盛唐士子异趣,具有独特的文化内涵。

1. 杜甫对个体自由的内在追求

老子的理想人格是"如婴儿之未孩"(《老子》二十章),要求人保持一种顺乎自然的赤子之心。庄子抗议"人为物役",要求"不物于物"、恢复和回到人的本性。他们的这些观点,是中国思想史追求"个性自由"的滥觞,但他们又都主张毁仁义,抨儒墨,主张"绝圣弃智",返乎原始,表现出对文明社会的否定、原初人性的复归。杜甫虽然也追求个性自由,也希望保持一种顺乎自然的本性,却是建立在对文明社会肯定的基础上。杜甫并没有吸取老子思想中的"无为""不争",也没有追求"无己""无待"的精神自由境界。和老、庄相比,杜甫的个性自由更带人间烟火味,更带有理性色彩,他更需要一种能充分展示自己个性、秉赋、才能的自由天地。青少年时期,杜甫"裘马清狂",放荡齐赵,颇为快意。杜甫也曾对贞观之治、开元盛世大加歌颂。因为在他眼里,只有国富民安、政治清明的文明社会才能使人的个性得到较好的发挥,才能使人的身心处于一种自由的境界。"庙堂知至理,风俗尽还淳"(《上韦左相二十韵》),是他理想中的社会状态,亦是他追求个性自由、人性发展的社会基础。这和庄子推崇的"同与禽兽居"(《庄子·马蹄》),无知无识,浑浑噩噩的原始状态有本质的区别,表现出明显的进步意义。先秦道家尤其是庄子强调返归自然、泯灭自我的形而上学的精神自由境界,杜甫则肯定自我,追求人间实有的境界,具有人生实践精神。他漫游,他饮酒,他立朝言事,又拂袖罢官;他爱妻儿,他重友情,又不怕伤朋友情面,复归草堂:这些都是他对人性的认识,都是他个性自由的体现。

在求仕和入仕期间,杜甫更切身地体会到个性的被约束、被压抑。十年艰苦求仕,寄人篱下,使他羞耻;屈就椽吏,备受压抑,使他难奈。他开始极言封建官场礼教之密,但他并没有像阮籍、嵇康等人那样连儒家都一笔抹倒。基于当时司马氏集团的虚伪名教,嵇康"越名教而任自然"(《释私论》),"非汤武而薄周孔"(《与山巨源绝交书》);阮籍则追求一种"礼义不设,淳化匪同"(《亢父赋》)的社会状态。杜甫在诗中称赞嵇、阮,自比嵇、阮,达16处之多,因为他欣赏嵇、阮不与世俗为伍、高洁任真的情怀:

夫子嵇阮流,更被时俗恶。

(《有怀台州郑十八司户》)

多病马卿无日起,穷途阮籍几时醒?

(《即事》)

我师嵇叔夜,世贤张子房。

(《入衡州》)

然而,唐代毕竟不是司马氏专权的魏晋之际,杜甫也不是想抨击儒家的礼教,而是希望君臣都能真正用儒家的礼行事。他深感拘束的不是儒家伦理纲常,而是封建官场中令人难忍的礼教及"小臣媚至尊"的世俗丑态。尽管后者也是秦汉以后儒教的必然发展,但杜甫还是没有否定儒教。宝应年间,严武曾屡劝杜甫出来做官,杜甫屡屡婉言谢绝,且云"阮籍焉知礼法疏"(《奉酬严公寄酬野亭之作》)。在"暂酬知己分"(《到村》)勉强入幕后,杜甫一因与幕僚不合,感叹:

世情只益睡,盗贼敢忘忧。

(《村雨》)

二因幕府中的尊卑礼仪使他难堪:

黄卷真如律,青袍也自公。
老妻忧坐痹,幼女问头风。

(《遗闷奉呈严公二十韵》)

遂又重回草堂,怡情养性去了。其实,杜甫藉以与阮、嵇精神交通的大多如此,他并未把矛头指向儒家礼教。

另外,对盛唐一些具有强烈的个性自由色彩的诗人,杜甫也曾予以热情的称赞。他作《饮中八仙歌》对贺知章、苏源明、张旭、李白等狂狷之士极力颂扬,表明自己在追求个性自由、人格独立上对他们的认同:

> 知章骑马似乘船,眼花落井水底眠。
> 汝阳三斗始朝天,道逢曲车口流涎,恨不移封向酒泉。
> 左相日兴费万钱,饮如长鲸吸百川,衔杯乐圣称世贤。
> 宗之潇洒美少年,举觞白眼望青天,皎如玉树临风前。
> 苏晋长斋绣佛前,醉中往往爱逃禅。
> 李白一斗诗百篇,长安市上酒家眠。
> 天子呼来不上船,自称臣是酒中仙。
> 张旭三杯草圣传,脱帽露顶王公前,挥毫落纸如云烟。
> 焦遂五斗方卓然,高谈雄辨惊四筵。

尤其是对李白,杜甫给予了更深的理解与同情:

> 痛饮狂歌空度日,飞扬跋扈为谁雄?

(《赠李白》)

这是一种同情后的理解。

> 世人皆欲杀,吾意独怜才。

(《不见》)

则又是一种共鸣中的怜爱与道义上的支持。虽然在追求个性自由、人格独立的意愿上,杜甫和李白相同,这是他们能保持深厚友谊的思想基础,但他们藉以愤世嫉俗的方式却不侔。李白喜以先秦游士、"谪仙人"自期,倜傥不群,狂放不羁,在冲天的逸气中展示自己强烈的主体意识。杜甫则多以阮、嵇自许,效陶而隐,在山林、野村的恬静气氛中保持自己的本性。比之李白,杜甫心境要平和、素朴得多。又由于李白希望平交王侯,戏万乘若僚友,有先秦游士遗风,悖于封建集权体制,显得脱离实际,过于理想化。杜甫则本于现实,要求现实社会达到"礼治""仁政"的状态,废除一切虚伪、奸诈之习,使人人皆能任情而动,安居乐业。所以,杜甫所追求的个性自由,虽不如李白直露、强烈,但更质实,切中时弊。

总之,杜甫对个性自由、人格独立的体认,深受盛唐时期封建君权已高度强化,封建政治体制已高度完整的时代特点的影响,比之老、庄更具历史进步意义。比之阮籍、嵇康更多一份肯定儒家伦理的文化内涵,比之李白又饶具人间气息和实践精神。杜甫的个性自由、人格独立,是肯定中的否定,是让步后的要求,是无奈中的抗争。

2. 杜甫对神仙道教的务实理解

盛唐是道教风靡的时代,上至天子,下至百姓,都沉迷于对道教的迷狂之中。士大夫们求仙访道,炼丹服药,受箓入籍,乐此不疲。他们或是想借之长生不死,尽情享乐;或是欲凭此直取宫廷,求得富贵。

盛唐士大夫中,浸淫道教最深者,莫过于李白。他在《感兴六首》其四中即云:

> 十五游神仙,仙游未曾歇。
> 吹笙坐松风,泛瑟窥海月。
> 西山玉童子,使我炼金骨。
> 欲逐黄鹤飞,相呼向蓬阙。

后来又和东岩子、元丹丘等道士为友,"历行天下,周求名山"(《冬夜于随州紫阳先生餐霞楼送烟子元演隐仙城山序》),并登坛受箓,正式成为道教中人。李白加入道教之后,一边诗酒啸傲,一边求仙学道,采药炼丹。他颇为相信自己真像著名道士司马承祯所说,有"仙风道骨,可以神游八极之表"(《大鹏赋序》),并常常冥思玄想,梦入仙境,表现出非理性的宗教狂热。

杜甫也求过仙、访过道,且一生无时不忘丹药。从表面看,似与李白等人无异。但杜甫的求仙访道,多是在其壮游时期,他对道教最感兴趣的地方,似乎也只限于求药治病,益寿延年。

作为现实生活的人,既需要精神的满足,又需要身体的康健。可不幸的是,杜甫一生与疾病相伴。他在《进封西岳赋表》中曾言自己"少小多病",在《唐故万年县君京兆杜氏墓碑》中又云"甫昔卧病于我诸姑"。在当时,医药和巫术很难分开,人生了病,常常求诸巫士、道士。据杜甫《唐故万年县君京兆杜氏墓碑》载:

> 姑之子又病,问女巫,巫曰:"处楣之东南隅者吉。"姑遂易子之地以安我。我用是存,而姑之子卒。

这也许是杜甫早年热衷求仙访道的一个原因。但和一些沉迷于方术的道教信徒不同的是,杜甫并不相信道教方术,更不相信人可以长生不死,修道成仙。他在《朝享太庙赋》中曾明确指出:

> 汉武之淫祀相仍,诸侯敢于迫胁,方士奋其威棱。一则以微言劝内,一则以轻举凭虚。

揭露了方士荒诞不经的骗术,讥刺了好神仙之事的汉武帝,实际上也是对热衷道教迷信的玄宗的谲谏。因此,杜甫对道教采取了一种半信半疑的保留态度,他因自小多病,相信道教的丹药可以使身体康健,而在丹药之中,他似更注重药,而非丹;更注重中药,而非"大药"。其《赠李白》云：

> 岂无青精饭，使我颜色好。
> 苦乏大药资，山林迹如扫。

据陶弘景《登真隐诀》，"青精饭"是一种中药，服食可以祛病健体，益寿延年：

> 以生白粳米一斛五斗，更舂治，淅取一斛二斗。木（即南烛草木，晓勤按）叶五斤，燥者用三斤亦可，杂茎皮益嘉，煮取汁，极令清冷，以潃米，米释炊之。潃，即溲字也。今课其时月，从四月生新叶，至八月末，色皆深。九月至三月，用宿叶，色皆浅，可随时进退其斤两，宁小多。合采软枝茎皮，于石臼中捣碎。假令四五月中作，可用十许斤，熟舂，以斛二斗汤渍染得一斛，以九斗淹斛二斗米。比来正尔用水渍一二宿，不必随汤煮渍米，令上可走虾，周时乃漉而炊之。初渍米正作绿色，既得蒸，便如绀。若一过汁渍，不得好色，亦可淘去，更以新汁渍之。洒濩皆用此汁，当令饭作正青色乃止。向所余汁一斗，以共三过洒饭。预作高格，暴令干。当三过蒸暴，每一燥辄以青汁搜，令浥浥耳。日可服二升，勿复血食。亦以填胃补髓，消灭三虫。①

而据仇兆鳌《杜诗详注》引抱阳山人《大药证》，"大药"则是丹砂：

> 夫大药者，须炼砂中汞，能取铅里金。黄芽为根蒂，水火炼功深。②

中药可以益寿延年，丹砂则可能致人死命。杜甫没有像李白等人热衷于炼丹求长生，与其说是"苦乏大药资"，倒不如说是他不相信丹

---

① 陶弘景撰，王家葵辑校：《登真隐诀辑校》，中华书局，2011年，第174—175页。
② 杜甫著，仇兆鳌注：《杜诗详注》卷一，第33页。

砂。因为杜甫虽然也常在诗中念及丹砂,但他从来没有真的去求过一次丹砂,诗中更没有写到其炼丹之举。相反,他颇热衷于中草药,而且明确说过他是"药囊亲道士"(《寄刘峡州伯华使君四十韵》),因为求药才与道士接近的。求药又是为了治病,"多病所须唯药物"(《江村》)。所以,杜甫不但从小就注意搜采药物,且在入长安之前,在家里已种植了不少。其天宝十三载(754)所作《奉留赠集贤院崔于二学士》即云"故山多药物"。在长安期间,他也曾"种药扶衰病"(《远游》),藉药草治疗多病之躯。在成都卜居草堂时,更是利用房前屋后的空地,精心打理出一块颇具规模的药圃:

> 药条药甲润青青,色过棕亭入草亭。
> 苗满空山惭取誉,根居隙地怯成形。
>
> (《绝句四首》其四)

明乎此,杜甫对道教则保持了异于时人的理性态度。李白是到临终之前才醒悟,长生不老是绝对不可能的事,自己不是神仙,也不可能修成神仙。杜甫从一开始就没有沉迷于道教的狂热,他没有作成仙的非非之想,也没有天真地炼丹以求不死。但他要想保持康健,则又不能不和道教接近,择其所需。所以他对道教虽感兴趣,并没有成为道教中人:"何曾藉偃佺?"(《秋日夔府咏怀奉寄郑监李宾客一百韵》)充其量,杜甫只是借助了巫、医结合的道教来达到有限延长生命的目的,这是他个体生命意识的又一体现。只不过他吸收道家思想,为的是追求人格的独立,个性的自由;他对道教感兴趣,又为的是保持身体的康健,是生存的需要。杜甫在医学很不发达,尚未脱离宗教迷信的情况下,注重道教中药物学的因素,对自己的健康表示了极大的关注,是那个时代颇具理性的个性生命意识追求者。

3. 杜甫对佛教义理的理性取舍

佛教虽然对杜甫个体生命意识的形成有所影响,但杜甫一生都没有沉迷于佛教,而是进行了有理性的取舍。

盛唐佛教风靡一时,尤其是在士大夫之中,尽管佛教此时已显露出向儒家靠拢的特点,并产生了迎合士大夫人生理想、处世态度的禅宗,但佛教终究是一种以生为苦、以死为乐、强调禁欲苦行的宗教。王维自小笃信佛教,中年仕途受挫后,隐居终南山,与"道友"裴迪等结交僧徒,读佛经,悟禅理,成为一个超凡脱俗的"法侣"与"高人"(《解闷》)。安史之乱中,被迫受伪职。两京收复后,责受太子中允。从此,王维更是沉迷于禅宗,一再表示要"奉佛报恩","苦行斋心"①。史云:

> (王维)在京师日饭十数名僧,以玄谈为乐。斋中无所有,唯茶铛、药臼、经案、绳床而已。退朝之后,焚香独坐,以禅诵为事。②

如果说王维在辋川时谈佛悟禅、啸咏终日,尚有从禅宗中吸取精神自由、人生乐趣的成份的话,那他后期完全陷入禅宗时,就谈不上追求人格独立,中保本性了。

杜甫虽然也自始至终亲近佛教,但并没有吸取佛教中泯灭自我、否定人生的因素。他早年游佛寺、交高僧,多是艺术上的切磋。中年仕途受挫后,他曾有援佛济俗的念头。入蜀以后,他喜好佛经,留宿僧房,有借佛浇愁的意图。如《后游》诗云:

> 寺忆新游处,桥怜再渡时。

---

① 王维:《谢除太子中允表》,《全唐文》卷三百二十四。
② 《旧唐书》卷一九〇,《王维传》。

> 江山如有待,花柳更无私。
> 野润烟光薄,沙暄日色迟。
> 客愁全为减,舍此复何之?

这是在销"客愁"。再如《谒文公上方》曰:

> 甫也南北人,芜蔓少耘锄。
> 久遭诗酒污,何事忝簪裾。
> 王侯与蝼蚁,同尽随丘墟。
> 愿闻第一义,回向心地初。
> 金篦刮眼膜,价重百车渠。
> 无生有汲引,兹理傥吹嘘。

此则为功业未就的自遣了。杜甫是精通佛理的,他也知道佛教以摄象归空为人生旨趣:

> 愿闻第一义,回向心地初。
>
> (《谒文公上方》)
>
> 身许双峰寺,门求七祖禅。
> 落帆追宿昔,衣褐向真诠。
>
> (《秋日夔府咏怀奉寄郑监审李宾客一百韵》)

尽管他一再许愿,却从未真正做到"四大皆空":

> 余亦师粲可,身犹缚禅寂。
>
> (《夜听许十一诵诗爱而有作》)
>
> 金篦空刮眼,镜象未离铨。
>
> (《秋日夔府咏怀奉寄郑监审李宾客一百韵》)

因为佛教所提倡的空寂的人生观,与他肯定人生、保持个性的思想是相悖的。他赞同佛家的淡于利禄,却并不愿放弃人正常的享乐、欲望:

> 久遭诗酒污,何事忝簪裾。
>
> 　　　　　　　　　　（《谒文公上方》）

他听诵佛经,却不肯舍弃妻儿,忘却人伦常情：

> 妻儿待我且归去,他日杖藜来细听。
>
> 　　　　　　　　　（《别李秘书始兴寺所居》）
>
> 问法看诗忘,观身向酒慵。
> 未能割妻子,卜宅近前峰。
>
> 　　　　　　　　　　（《谒真谛寺禅师》）

而且,杜甫对所谓的西天净土、极乐世界是持怀疑态度的：

> 方丈涉海费时节,悬圃寻河知有无。
> 暮年且喜经行近,春日兼蒙暄暖扶。
> 飘然斑白身奚适？傍此烟霞茅可诛。
> 桃源人家易制度,橘洲田土仍膏腴。
>
> 　　　　　　　　　（《岳麓山道林二寺行》）

方丈悬圃远而难求,还不如在人间的桃花源里安享人生。看来杜甫一生亲近佛教,并不是没有取舍的。他取的是佛门中人高洁的品质、潇洒的人生姿态：

> 与子成二老,来往亦风流。
>
> 　　　　　　　　　　（《寄赞上人》）

他取的是高僧济俗的精神,但舍弃了佛教以生为苦的消极人生观：

> 相看俱衰年,出处各努力。
>
> 　　　　　　　　　　（《别赞上人》）

与王维相比,王、杜二人与佛教高僧喜相交结、切磋艺术的乐趣是共同的。但王维对佛教几乎是全盘接受,后来乃至心如枯槁,逐渐走入否定人生的泥淖;杜甫则多援佛教肯定人生,加深了自己对个体生命意识的理解。而且,正因为杜甫对佛教采取了若即若离的态度,才使他并没有像有些盛唐士子,或藉此为进身官阶,竞进干利;或出家为僧,摄象归空,从而更好地保持了自己的独立人格和自由个性。

三、"真":杜甫的人生精神

"致君尧舜"和"独往之愿"分别是杜甫对集体情感和个体意识的追求,也分别代表了他对人性中的社会性和自然性的体认。前者是他的"平生素志",后者亦是他的"平生之愿"。而且,杜甫又以"真"的人生精神冲融其中,这使杜甫的整个文化心态具有了空前绝后、非他莫属的独特结构。

(一)"真"与"至情至性"

在中国古代人性论发展史上,"性"和"情"始终是一对引人注目的范畴。荀子认为:

> 性之好、恶、喜、怒、哀、乐谓之情。
>
> 性者,天之就也;情者,性之质也;欲者,情之应也。①

韩愈云:

> 性也者,与生俱生也;情也者,接于物而生也。②

朱熹也指出:

> 性者,心之理;情者,性之动。③

---

① 王先谦撰,沈啸寰等点校:《荀子集解》卷第二十二,中华书局,1988年,第412、428页。
② 韩愈:《原性》,《全唐文》卷五五八。
③ 黎靖德编,王星贤点校:《朱子语类》卷第五,中华书局,1986年,第89页。

这三家对"性""情"的规范颇具代表性。大致说来,"性"偏指人的自然属性,是与身俱来的,也即人的本性;"情"偏指人的社会属性,是人与社会、外物相接而产生的情感。当然,根据马克思的人性理论,"性"(即人的自然属性)也是通过跟他人的关系才体现出来的。在中国古代文化思想史上,儒家侧重人的集体情感和社会责任感的弘扬;相对来说,道家、道教、佛教偏于发展人的自我意识和个体生命意识。隋唐以前,士子们或受儒家思想支配,片面追求外来的事功,实现人的社会价值;或受道佛的影响,沉迷于真情俗趣,弘扬人的个体生命价值。"性"和"情"在他们的心态结构中大多是不均衡的。从南北朝后期至盛唐,士子们经过二百多年的对历史的反思,逐渐开始了对人性的全面追求,乃至开天年间形成了一个要求"性"和"情"全面发展的高潮。杜甫的文化心态结构中,既有对集体情感的弘扬(即"致君尧舜"),又有对个体意识的发展(即"独往之愿"),这种人生追求正是顺应了当时人性发展的历史大势。但更为可贵的是,杜甫对"性"和"情"的理解,远比时人深刻得多,他追求的是"至情至性",也即"真情真性"。

先秦儒家思想是杜甫追求"情"的理论依据。孔、孟之"道"以"仁"为核心,"仁"既是人生境界,又是一种社会理想。对于前者,杜甫是无时或忘,直追孔、孟。其《祭远祖当阳君文》云:"不敢忘本,不敢违仁。""本",即指儒学;"仁",则指孔、孟一再强调的人性心理原则——"恻隐之心"。其《过津口》诗云:"恻隐仁者心。"《送顾八分文学适洪吉州》亦云:"恻隐诛求情。"杜甫不但在理论上直取孟子"恻隐之心,仁也"(《孟子·告子上》)的儒学内核,且在行动上也始终以之为人生实践精神。他一生爱妻、爱子、爱兄弟,又能推己及人:

> 安得广厦千万间,
> 大庇天下寒士俱欢颜。
> 风雨不动安如山。
> 呜呼!
> 何时眼前突兀见此屋,
> 吾庐独破受冻死亦足。

(《茅屋为秋风所破歌》)

甚至他还由人情推及物情,如《白小》诗中所写:

> 白小群分命,天然二寸鱼。
> 细微沾水族,风俗当园蔬。
> 入肆银花乱,倾箱雪片虚。
> 生成犹拾卵,尽取义何如?

王嗣奭《杜臆》谓:

> 起来二句,仁心蔼然,真有万物一体之思。物虽细微,同为水族,乃俗当园蔬用之,贱也。乱肆、倾箱,取之多也。虽他鱼亦以充腹,而此鱼尤为可悯也。①

黄生《杜诗说》引汪几希语:

> 前后咏物诸诗(即指《鹦鹉》《孤雁》《鸥》《猿》《麂》《鸡》《黄鱼》《白小》等篇),宜合作一处读,始见杜公本领之大、体物之精、命意之远。说物理物情,即从人事世法勘入。学到、笔到、心到、眼到。惟其无所不到,所以无所不尽也。②

---

① 王嗣奭:《杜臆》卷之八,上海古籍出版社,1983年,第286页。
② 黄生撰,徐定祥点校:《杜诗说》卷五,黄山书社,1994年,第183页。

足见杜甫仁心广大,真正履践了先秦儒家民胞物与的精神。

对"仁"的社会理想,杜甫通过"致君尧舜上,再使风俗淳"的追求进行了相应的体认。他的社会理想,在本质上是和孔、孟强调的"仁政"相通的。他一生始终以"仁政"的标准衡量现实政治,屡屡要求玄、肃、代三朝以"仁"为施政的根本,以"贞观""开元"之治为元龟。他是从内质上、精神上追求"仁政"的,所以他敢于犯颜直谏、廷净忤旨,敢于批判当朝皇帝的失道违仁。所以,《碧溪诗话》评杜:

> 其穷也未尝无志于国与民,其达也未尝不抗其易退之节,早谋先定,出处一致矣。①

这"早谋",即其"仁心"。所以《碧溪诗话》又云:

> 《孟子》七篇,论君与民者居半,其余欲得君,盖以安民也。观《杜陵》"穷年忧黎元,叹息肠内热","胡为将暮年,忧世心力弱",《宿花石戍》云"谁能叩君门,下令减征赋",《寄柏学士》云"几时高议排君门,各使苍生有环堵","宁令吾庐独破,受冻死亦足",而志在大庇天下寒士,其心广大,异夫求穴之蝼蚁辈,真得孟子所存矣。东坡问老杜何如人,或言似司马迁,但能名其诗耳。愚谓老杜似孟子,盖原其心也。②

而杜甫之所以无论在理论上还是行动上,无论在个人修养方面还是在社会理想方面,都能直追儒学的核心——"仁",又根于他对天道即人道思想的认识。在原始儒学中,天道与人性、人道乃是一致的。"仁"既是人道的核心,又是天道的体现。杜甫《大历三年春放船出瞿塘峡……四十韵》云:

---

①黄彻:《碧溪诗话》卷第十,丁福保辑:《历代诗话续编》上册,第400—401页。
②黄彻:《碧溪诗话》卷第一,丁福保辑:《历代诗话续编》上册,第347页。

> 廷争酬造化,朴直乞江湖。

即表明他当年廷诤忤旨,"乃是无愧于天道,无愧于人性("朴直")"①。《发秦州》:

> 大哉乾坤内,吾道长悠悠。

《江汉》:

> 江汉思归客,乾坤一腐儒。

杜甫将人性中"仁"的精神境界,推尊到一种宇宙境界,将"仁"的精神看作是人内分应具的"至情"。

因而,杜甫强调,他追求"仁",是为了"求真":

> 介立实吾弟,济时肯杀身。
> 物白讳受玷,行高无污真。
>
> (《敬寄族弟唐十八使君》)

这也就使得杜甫以"真情"为后人所称颂。黄生说他:

> 关心民物,忧乐无方,真境相对,真情相触,盖有不知其然而然者。②

卢世㴶说杜诗:

> 是一片真气激出,不能隐忍,不宜隐忍者也。③

仇兆鳌说:

> 非公至性,不能有此至情。④

---

① 参邓小军《杜甫:儒学复兴运动的先声》,《陕西师范大学学报》1991年第3期。
② 黄生撰,徐定祥点校:《杜诗说》卷四,第139页。
③ 杜甫著,仇兆鳌注:《杜诗详注》卷二,第109页。
④ 杜甫著,仇兆鳌注:《杜诗详注》卷七,第559页。

同时，杜甫也求"性"之真，这向为人所忽视。杜甫"独往之愿"的本质，是要中守"真性"，求得人格的独立和个性的自由。《奉简高三十五使君》：

> 天涯喜相见，披豁对吾真。

他的这个"真"，首先来自于道家"法天贵真"的思想。《老子》："天法道，道法自然。"《庄子·渔父》："真者，所以受于天也，自然不可易也。故圣人法天贵真，不拘于俗。"和儒家用天道即人道，强调"仁"的精神一样，道家也打出性真即天真的旗帜，强调人的自然本性。杜甫《奉赠韦左丞丈二十二韵》：

> 甚愧丈人厚，甚知丈人真。

此"真"，即《庄子》云"其为人也真"。杜甫厌倦奔走仕途，故曰"驱驰丧我真"（《寄张十二山人彪三十韵》）；他深知其"真性"为世人所不容，故曰"畏人嫌我真"（《暇日小园散病将种秋菜督勒耕牛兼书触目》）。为了保存这种"性之真"，他宁可"养拙干戈际"（《暮春题瀼西新赁草屋五首》其二），"养拙江湖外"（《酬韦韶州见寄》）。杜甫不仅是这样说的，而且是这样做的。他为了保持"真性"，厌忌官场拘束：

> 老病忌拘束，应接丧精神。
> 江村意自放，林木心所欣。
>
> （《暇日小园散病将种秋菜督勒耕牛兼书触目》）

他为了保持"真性"，嫉恶如仇：

> 性豪业嗜酒，嫉恶怀刚肠。
>
> （《壮游》）

他为了保持"真性",不拘小节:

> 上贵见肝胆,下贵不相疑。
> 心事披写间,气酣达所为。
>
> (《奉送魏六丈佑少府之交广》)

而且,正是这种"性"之"真",使杜甫怀抱尽开、心地坦荡:"可怜怀抱向人尽"(《所思》)、"令我怀抱尽"(《赠郑十八贲》)。所以,后人也每以"真性""至性"称赏"拾遗之诗":

> 千秋独步,不知皆从至性绝人处,激昂慷慨、悲愤淋漓而出也。①

王嗣奭解《闻官军收河南河北》曰:

> 此诗句句有喜跃意,一气流注,而曲折尽情,绝无妆点,愈朴愈真,他人决不能道。②

黄生更说杜甫:

> 言愁者真使人对之欲哭,言喜者真使人读之欲笑,盖能以其性情达之纸墨,而后人之性情类,为之感动故也。③

同样,杜甫取道教的服药以延年益寿,取佛教中人高洁的品质和潇洒的人生态度、济俗精神以强化自己的自由个性,皆是根于其"至性""真性"。如王嗣奭在评《游龙门奉先寺》诗时云:

> 盖人在尘涸中,性真汩没。一游招提,谢去尘氛,托足净土,情趣自别。

---

① 杜甫著,仇兆鳌注:《杜诗详注》卷五,第 426 页。
② 见杜甫著,仇兆鳌注《杜诗详注》卷十一所引,第 968 页。
③ 黄生撰,徐定祥点校:《杜诗说》卷九,第 356 页。

并赞杜甫:

> 道心之微,忽然豁露,遂发深省。正与日夜息而旦气清,剥复禅而天心见者同。①

正说明杜甫本来就有一种对"真性"的要求,道教、佛教只是一种触媒罢了。

另外,从杜甫对隐逸的态度,我们也可以看出:杜甫持"独往之愿",乃是出于他对"真性"的体认。隐士从来就有真实的隐士和虚伪的隐士之分。《新唐书·隐逸传序》:

> 古之隐者,大抵有三概:上焉者,身藏而德不晦,故自放草野,而名往从之,虽万乘之贵,犹寻轨而委聘也;其次,挈治世具弗得伸,或持峭行不可屈于俗,虽有所应,其于爵禄也,泛然受,悠然辞,使人君常有所慕企,怊然如不足,其可贵也;末焉者,资槁薄,乐山林,内审其才,终不可当世取舍,故逃丘园而不返,使人常高其风而不敢加訾焉。

这三种人,庶几可称为"真隐士",都以修身自保、涵养心性为高。而"假隐士"呢,在唐代尤多。故《新唐书·隐逸传序》又云:

> 唐兴,贤人在位众多,其遁戢不出者,才班班可述,然皆下概者也。虽然,各保其素,非托默于语,足崖壑而志城阙也。然放利之徒,假隐自名,以诡禄仕,肩相摩于道,至号"终南"、"嵩少"为仕途捷径,高尚之节丧焉。

在"假隐士"充塞于代的盛唐,杜甫则坚持"真隐"观。其《独酌》诗云:

---

① 王嗣奭:《杜臆》卷之一,第1页。

> 薄劣惭真隐，幽偏得自怡。
> 本无轩冕意，不是傲当时。

杜甫在草堂能以幽偏之地怡情养性、陶然自乐，即"真隐"也。言"惭"，实自谦之辞。因为他清楚，这种幽居僻处，既不是托名自高，以诡禄仕，也不是养尊处优，笑傲当时。他的这种志趣，与陶潜心期遥通：

> 此意陶潜解，吾生后汝期。
>
> （《可惜》）

除了陶渊明，他还与庞德公暗期："庞公任本性"（《昔游》），"庞公竟独往"（《雨》），"庞公隐时尽室去"（《寄从孙崇简》），"庞公不浪出"《苏大侍御访江浦赋八韵记异》）。杜甫自始至终以巢父、许由、庞德公、陶潜自比，说明他的"独往之愿"正是以追求"真性"为旨归的"真隐"。所以，杜甫在草堂隐居颇能得其真趣。王嗣奭评《江亭》诗中四句"水流心不竞，云在意俱迟。寂寂春将晚，欣欣物自私"时说：

> 景与心融，神与景会，居然有道之言。盖当闲适时道机自露，非公说不得如此通透，更觉"云淡风轻"，无此深趣。①

仇兆鳌也说"欣欣物自私"句"有物各得所之意"，并谓《后游》诗中"花柳更无私"句"有与物同春之意"②，都看出了杜甫的"真性"。

（二）"真"的人生精神，使杜甫的文化心态具备了独特性

杜甫于"情"于"性"，皆得其"真"，是因为他"直取性情真"（《赠王二十四侍御契四十韵》）。他没有只求其一或偏于其一，这

---

① 王嗣奭：《杜臆》卷之四，第132页。
② 杜甫著，仇兆鳌注：《杜诗详注》卷十，第801页。

在众多的士子中,确是很难得的。

"至情"和"至性"都根于他对完美人性的追求,杜甫对两者又都持"执着"的人生态度。壮游时期,"情"和"性"在杜甫心态中是统一的,融合成"会当凌绝顶,一览众山小"(《望岳》)这样对人的价值的全面弘扬。困守十年和入仕时期,他似偏于"情",表现出浓烈的政治热情和社会责任感,但他也并没有放弃对"性"的追求。他在长安屡言"江海之志""独往之愿",亦曾在长安附近的私人山林、风景名胜中流连忘返。罢官之后,"情"和"性"更是二者兼取。一方面,他不再如困守长安时期将"入仕"看作实现"致君尧舜"理想的必经之路,对功名的热情有所淡漠,更热衷于提取先秦儒家政治思想的内核——"仁"的精神,故他身虽在山林、草野,也始终体现出"民胞物与"的阔大胸襟;另一方面,则更充分地展开了"性"。抱朴养拙、怡情适性的乐趣,使他厌于仕途奔竞;多病之躯,艰难家事,使他携妻将雏,与家人同甘共苦,更体验到生之可贵。即使到临终之际,他对"情"和"性"、"致君尧舜"和"独往之愿",也没有偏废,所以他在《风疾舟中伏枕书怀二十六韵奉呈湖南亲友》诗中,既感叹于"牵裾惊魏帝,投阁为刘歆""战血流依旧,军声动至今"的己志国事,又伤心于"反朴时难遇,忘机陆易沉""家事丹砂诀,无成涕作霖"的己性家事,二者并重。杜甫对"情"对"性",都保持了真挚、执着的追求精神。用他自己的话说,对"情"是:"老大意转拙""许身一何愚"(《自京至奉先县咏怀五百字》)。"愚""拙"同义,皆是一种执着求真的态度。对"性"是:"用拙存吾道"(《屏迹三首》其一)、"宽容存性拙"(《遣闷奉呈严公二十韵》)。此"道",非儒家之"道",乃道家之"道",即"性";"拙",是略貌取神、直取本性,是真挚的人生精神。

而在当时其他士子身上,"性"和"情"多未能自始至终地、真挚地被并存兼取过。先秦时,孔子、孟子在理论上和人生实践中强调人的集体情感和社会责任感,也即"仁"的精神,对个体生命意识有所忽视。屈原一生忧国忧民,在人生实践中将人的集体情感和社会使命感发挥到极致,同时也将本体生命的存在价值缩小到极致,最终投汨罗而死,毁命丧生。老子、庄子重于"性",强调个体生命意识,中保本性,却对现实政治、民生疾苦采取了冷漠的态度。两汉时,儒家用世思想左右着一代士子的心态,一方面他们视外在事功为人生价值的最高体现,汲汲于功名仕进,更有一大批儒士将生命消耗在青灯黄卷之中。另一方面强大的君权又视士子的性命如草芥,君要臣死,臣不得不死,"用之则为虎,不用则为鼠"①,士子的独立人格和个性尊严也降到历史上的最低点。魏晋南北朝,儒学中衰,战乱频仍,士子们的心态又偏于个体生命的追求,他们认识到生命的本性存在价值,发现了人生的种种真情俗趣,对时乱的关注逐渐被纵情放荡、奢靡享乐所取代,在南北朝演变成一种病态的对"性"的体认。陶渊明算是这个时期少有的清醒者,他求"真",但是他也偏于追求"真性"。陶渊明早年也有过积极用世的思想,所谓"先师有遗训,忧道不忧贫"(《癸卯岁始春怀古田舍二首》其二)、"悠悠我祖,爰自陶唐"(《命子》),先秦孔孟之道和家族文化传统,都曾使他早年抱经济之器,以振复宗国为己任。但在遭时不竞、志不获骋之后,他决然归园田居了。人们多将陶渊明《自祭文》中的"勤靡余劳,心有常闲,乐天委分,以至百年",看作是他一生安身立命的写照,看出了他的文化心态的核心乃是委运大化、适性自然。但在比较陶、杜心态时,则说陶追求的是"真性",杜追求的是"真情",忽视了杜对"真性"的追求。实际上,陶、杜二人最根本的区

---

① 《汉书》卷六五,《东方朔传》。

别,在于陶多重"真性";而杜却"真性""真情"并重,对二者都采取了"真"的人生态度。造成这种误解的原因,又在于人们对杜甫所求"真性"认识的不足。

隋至初盛唐,士子们开始了对人生价值的全面追求,盛唐士子大多持这种观点走向社会、开始人生,但他们大都未能像杜甫这样自始至终地采取二者并重且都执着真挚的人生态度。王维早年仕途较得意,尤其是在张九龄为相时期,充分表现出经世的热情。但他在李林甫当政后,即采取"半官半隐"的生活方式。所谓的"半官半隐",并不是一方面表现了人的集体情感和社会使命感,另一方面也不废个体生命意识。实际上,王维"半官半隐"时已不太注重儒家"仁"的精神了。所以,他这时没有多少政绩可言,而是以山水自娱,以禅佛为乐了。他在被责授太子中允后,更是沉溺于枯禅的生活之中:

> 在京师日饭十数名僧,以玄谈为乐。斋中无所有,唯茶铛、药臼、经案、绳床而已。退朝之后,焚香独坐,以禅诵为事。
>
> (《旧唐书·王维传》)

儒家对人性中"仁"的体认,已被他放弃了。高适、岑参及其他一大批盛唐志士,在安史乱中或乱后也少有以前的政治热情,更少有人能和杜甫一样在乱中和乱后始终关心民瘼、忧怀时乱,他们于"情"渐无所重。李白稍特殊一些,他一生信奉老子"功成、名遂、身退"的思想,"性"和"情"也统一在其中,但他并未如愿。被赐金放还后,他便重于"性"的陶冶。他入道籍,他隐居,他炼丹服药,力求保持自己高洁的本性和独立的人格。虽然李白此后也写了大量的政治抒情诗,在一定程度下仍留存着集体情感和社会意识,这是他高于时人的可贵之处。但和杜甫比起来,他是把功名视为济世的表现,缺少杜甫"民胞物与"的真精神,故他在安史乱中也没有写出很多关心民瘼、反映世乱的作品来。李白终归于对"性"的追求,而这又和他"功成、名遂、身退"的思想是一脉相承的。

两宋士大夫的人格和心态则多呈现出分裂的势态,他们一方面立朝言事,追求外在的事功;另一方面则蓄妓纳娼、穷奢极欲。"情"和"性"似乎都得到了,但是否都是其"真"的表现呢?是否统一了呢?事实并非如此,二晏、欧阳修及其他身居高位者,并未能真正实践儒家的真精神,他们在私生活上放纵、享乐,缺少"仁"的"真情"。他们在"性"的追求上,亦未能得"真"。杰出如范仲淹、朱熹、张载等,继承儒家"士志于道"的精神,或言"先天下之忧而忧,后天下之乐而乐",或言"为天地立心,为生民立命,为往圣继绝学,为万世开太平"。但他们多着重于理论上的认识,在人生实践中则鲜有杜甫实行得那样彻底。苏轼、辛弃疾、陆游,或以庄禅化解入世的苦闷,或隐逸消磨其志,不同程度也都缺少"为生民立命"的精神。

而宋明理学被明代统治者利用之后,则发展成一种"存天理、灭人欲"、严重悖逆于人性的哲学,于是又产生了一大批虚伪的封建卫道士,他们于"情"于"性"全然不晓其"真"。李贽等人于明后期对之又进行了一次反拨,他从道、佛中挖掘出人的自由本性和个体生命的崇高价值,庶几可谓得了"性真",但他于集体情感方面则未能弘扬孔、孟原始儒学中"情真"的一面。到清代,迫于政治高压,一大批士子口不臧否当世,心不牵系民生,沉埋于学术考据之中,自然也谈不上是对"真情"的追求。郑板桥及其他游于道、佛者,亦表现出"性真"的一面,于世情、于民瘼则少有关注。

总之,在漫长的历史长河中。于"真性"、于"真情"凡是有所取者,皆属可贵。而杜甫则于"真情""真性"二者并重,均持真挚、执着的人生态度,尤为可贵。这就使杜甫的文化心态,在整体结构上具有了千古一人的独特性。

第二节 杜甫的政治悲剧及其文化思想史意义

唐开元天宝年间虽然是中国历史上政治较为开明的一个时期，此时文士的政治热情也颇为高涨，但他们的政治命运又大多以失败而告终。诸人中，杜甫的政治理想、求仕过程及最后的失败结局，极具代表性和典型性。因此，深入探讨杜甫政治理想与现实之冲突经过，阐释其悲剧结局的深层政治文化原因，不仅有助于理解杜甫人格、理想之伟大，而且更能揭示出封建社会所谓"盛世"的政治文化本质。

一、"才士汲引难"：杜甫政治理想与现实的第一个冲突

自古以来，深受儒家思想影响的中国古代士子一直把"修、齐、治、平"视为实现人的社会价值、政治理想的人生之路。《论语·子张》曰：

仕而优则学，学而优则仕。

"学"与"仕"也即"修齐"与"治平"，二者相辅相成。《孟子·滕文公下》：

士之仕也，犹农夫之耕也。

又说：

士之失位也，犹诸侯之失国家也。

并将入仕做官的意义上升到行义、达道的高度。杜甫出身于"奉儒

守官"的家庭,又受盛唐志士积极入仕这一时代风气的影响,从小就将入仕看作实现其"致君尧舜"的要道。

三十五岁以前,杜甫一直在为入仕积极准备着。唐开天之际,入仕必须具备两方面的能力和修养:一是经邦济世之术,这主要通过历代典籍获得;二是文学的功夫。因为当时的科举考试,大致不外经术、文学两个内容,所以杜甫对二者都很重视,未有偏废。

对于前者,杜甫有得天独厚的家庭文化条件:

法自儒家有,心从弱岁疲。

(《偶题》)

他很早就继承了远祖杜预"奉儒守官"的文化传统,努力研读儒家经籍。据金启华先生《杜诗证经》统计,杜诗化用《诗经》诗句达103处之多,化用《尚书》辞句12处,化用《礼记》14处,化用《周易》20处,化用《春秋左氏传》27处,化用《论语》4处,这是他学习儒经的大致情况①。但杜甫并未恪守儒经,他还对先秦至唐其他各派经典有所涉猎、博采众长。据金启华先生《杜诗证子》统计,他化用过《老子》《庄子》《关尹子》《荀子》《尹子》《韩非子》《吕氏春秋》《淮南子》《法言》《牟子》《抱朴子》《颜氏家训》《文中子》等书中辞句②。另外,他对佛教经典也有所涉猎,且造诣颇高。杜甫对儒、道、佛皆有取,但重于儒,这无疑是受唐代统治者三教并重,但为政上又是"三教之中儒最尊"(罗隐《代文宣王答》)的时代风气的影响。

在学史方面,杜甫也用心颇专,其诗化用过《史记》《汉书》《后汉书》《三国志》《晋书》《宋书》《南史》,此当非其所学全部③。而

---

① 金启华:《杜甫诗论丛》,上海古籍出版社,1985年,第234—244页。
② 金启华:《杜甫诗论丛》,第249—253页。
③ 金启华:《杜甫诗论丛》,第245—248页。

且,他也读过当代史书《唐实录》,对唐开国之初尤其是贞观之治多有研究:

> 尝读《唐实录》,国家草昧初。
>
> (《别张十三建封》)

史学修养为他将来入仕提供了为政依据。

对于文学修养,杜甫更是十分重视且有得天独厚的家学传统。如前所述,杜甫颇看重进士科,而当时的进士科须加试诗赋,意在考核应试者的文学才华,如赵匡在开元间上《举选议》即云:"主司褒贬,实在诗赋。"因而,杜甫从小就格外注意吟诗作赋的能力。杜审言是"文章四友"之一,杜甫从乃祖身上继承了"诗学家法"。他后来教训儿子宗武时常说:

> 应须饱经术。
>
> (《又示宗武》)

> 诗是吾家事。
> 熟精《文选》理。
>
> (《宗武生日》)

其实这也是杜甫创作经验的夫子自道。

实际上,杜甫不仅是"熟精《文选》理",对北朝、陈、隋和初唐的作家作品也广采博览。仅据金启华先生《广杜诗证选》统计,现存杜集中化用《文选》及梁、陈、北朝、隋、初唐诗集中诗句就有588处①。杜甫曾言,"男儿须读五车书"(《柏学士茅屋》)、"读书破万卷"(《奉赠韦左丞丈二十二韵》)、"转益多师是汝师"(《戏为六绝句》其六)云云,盖不虚矣。正因为杜甫自幼好学、博览群书,故他

---

① 金启华:《杜甫诗论丛》,第254—286页。

诗才早露,得到了时人的夸奖,而且也自视颇高。

另外,杜甫为了应试积极练习书法,"九龄书大字,有作成一囊"(《壮游》)。还看戏观画以加强艺术修养,如他六岁时在偃城观公孙大娘舞剑器,早年在洛阳岐王宅听当代著名音乐家李龟年唱歌,在江宁观顾恺之画的佛像等。同时,他还漫游名山大川以开阔胸襟。

经过如此充分的准备,到 24 岁时,杜甫已然感觉成竹在胸,遂于开元二十三年(735)自越归洛,参加进士科考试。不料,"气劘屈贾垒,目短曹刘墙"(《壮游》)的杜甫,却落第了。但杜甫不太介意,又兴致勃勃地到齐赵漫游去了。此后他的经术和文学当又长进不少,遂于天宝五载(746)再度怀着"致君尧舜上,再使风俗淳"(《奉赠韦左丞丈二十二韵》)的政治理想来到长安。

天宝六载(747),玄宗"欲广求天下之士,命通一艺以上皆诣京师"①,杜甫也参加了这次制科考试。结果,在李林甫的操弄下,竟无一人及第,杜甫求仕又一次遭挫。应诏受挫后,杜甫敢怒不敢言,遂留在京师投诗干谒,希望得到权贵的汲引,然而仍然是失望。天宝十载(751)正月,玄宗祠太清宫、太庙,祀南郊,杜甫作《三大礼赋》,投延恩匦,除了博得个"词感帝王尊"(《奉留赠集贤院崔于二学士》)的虚名外,仍未获得一官半职。此后他又投匦献过《封西岳赋》《雕赋》,亦无结果。直到天宝十四载(755)十月,杜甫好不容易才得到河西尉的任命。这与杜甫"窃比稷契"、愿为宰辅的理想比起来,未免落差太大,因而他不就河西尉,权且到右卫率府当了兵曹参军。

至此,杜甫的理想与现实发生了第一个冲突。

有人曾将杜甫求仕的失败归于李林甫、杨国忠的嫉贤害能,也

---

① 《资治通鉴》卷第二一五,《唐纪》三十一,第 6876 页。

有人进而说在杜甫艰苦求仕的过程中,唐朝已由盛转衰,渐露弊政了。如果光从杜甫天宝五载(746)应制举遭挫看,或可谓是李林甫从中作梗,而从杜甫几度向玄宗陈情,皆一无所获看,却很难说是几个权奸捣鬼,或玄宗已不如前期开明、朝政已腐败。如果再联系整个盛唐时期诸多仁人志士的遭际,这两种解释就更显得捉襟见肘、苍白无力。

实际上,不仅杜甫开始求仕时(指开元二十三年的应进士科考试)尚属"开元盛世",而且在杜甫求仕之前或同时,其他盛唐志士都表露出"明代遭弃""自伤不早达"的求仕之悲。高适家境贫寒,但身逢盛世,也渴望风云际会、建功立业,可是当他"西游长安城""屈指取公卿"(《别韦参军》)时,却失意而归。此后,他无可奈何,长期混迹渔樵、托身畎亩,不断地慨叹"逢时事多谬,失路心弥折"(《蓟门不遇王之涣郭密之因以留赠》),"白璧皆言赐近臣,布衣不得干明主"(《别韦参军》)。而且与他同游的亦多是同病相怜者,他们"相逢俱未展,携手空萧索"(《和崔二少府登楚丘城作》),反映了盛唐大批志士悾悾惶惶、不知何适的怅惘和悲凉。同样,在盛唐人殷璠编选的《河岳英灵集》中,我们也能感受到他们圣代不遇的悲怨情绪。殷璠在评孟浩然诗时禁不住慨叹其命运:

> 余尝谓祢衡不遇,赵壹无禄,其过在人也。及观襄阳孟浩然罄折谦退,才名日高,天下籍甚,竟沦落明代,终于布衣,悲夫![1]

评薛据诗时亦重其自伤怀才不遇的作品:

> (薛)据为人骨鲠,有气魄,其文亦尔。自伤不早达,因著

---

[1] 殷璠:《河岳英灵集》卷下"孟浩然",傅璇琮等编:《唐人选唐诗新编》(增订本),第232页。

《古兴》诗云:"投珠恐见疑,抱玉但垂泣。道在君不举,功成叹何及。"怨愤颇深。①

元结在乾元三年(758)编选的《箧中集》更集中地反映了这种现象,他在《序》中说:

> 自沈公及二三子,皆以正直而无禄位,皆以忠信而久贫贱,皆以仁让而至丧亡。异于是者,显荣当世。谁为辨士,吾欲问之。②

此集所选诸诗人的命运无一不是长期失意,命运多舛。如沈千运,天宝中数应举不第,在《濮中言怀》诗中无奈地哀叹道:

> 圣朝优贤良,草泽无遗匿。
> 人生各有命,在余胡不淑。
> 一生但区区,五十无寸禄。
> 衰退当弃捐,贫贱招毁讟。
> 栖栖去人世,屯蹶日穷迫。
> 不如守田园,岁宴望丰熟。
> 壮年失宜尽,老大无筋力。
> 始觉前计非,将贻后生福。
> 童儿新学稼,少女未能织。
> 顾此烦知己,终日求衣食。

于逖则在遭遇不公后,作《野外行》以自我宽慰:

> 老病无乐事,岁秋悲更长。
> 穷郊日萧索,生意已苍黄。

---

① 殷璠:《河岳英灵集》卷下"薛据",傅璇琮等编:《唐人选唐诗新编》(增订本),第225页。
② 元结著,孙望校:《元次山集》卷七,第101页。

> 小弟发亦白，两男俱不强。
> 有才且未达，况我非贤良。
> 幸以朽钝姿，野外老风霜。
> 寒鸦噪晚景，乔木思故乡。
> 魏人宅蓬池，结网伫鳣鲂。
> 水清鱼不来，岁暮空彷徨。

张彪和孟云卿这一对表兄弟，俱奔走仕途、郁郁不得志。前者在《北游还酬孟云卿》向后者诉心中苦情：

> 忽忽忘前事，志愿能相乖。
> 衣马久羸弊，谁信文与才。
> 善道居贫贱，洁服蒙尘埃。
> 行行无定心，壈坎难归来。

后者亦往事不堪回首，作《伤怀赠故人》自伤怀抱：

> 稍稍晨鸟翔，浙浙草上霜。
> 人生早罹苦，寿命恐不长。
> 二十学已成，三十名不彰。
> 岂无同门友，贵贱易中肠。

都表现出在圣代明时怀才不遇、仕进无门的盛世之悲。

杜甫的遭际和心态与上述诸人何其相似乃尔！其《白丝行》咏物寄意：

> 君不见才士汲引难，恐惧弃捐忍羁旅。

《乐游园歌》更直抒胸臆：

> 圣朝亦知贱士丑，一物自荷皇天慈。

> 此身饮罢无归处，独立苍茫自咏诗。

诗中充满了失望和愤闷。在《自京赴奉先县咏怀五百字》中，杜甫痛心疾首地对他在长安求仕十年的屈辱生活作了深刻的反思：

> 许身一何愚，窃比稷与契。
> 居然成濩落，白首甘契阔。
> 盖棺事则已，此志常觊豁。
> 穷年忧黎元，叹息肠内热。
> 取笑同学翁，浩歌弥激烈。

杜甫和上述诸多诗人共同的求仕悲剧，无疑是发生在号称"圣代""明时"的开天时期，也是现代史学家称之为封建社会国势最鼎盛、政治最清明的盛世。当时的统治者非但标榜崇高士流，且以"得道"的"圣主""明君"自居。如果说以前的士子多感慨"屈而不伸""士不遇"，是因为君主"好贵夷贱""天道微哉"的话（董仲舒《士不遇赋》），那么杜甫及其他盛唐士子理想受挫，恐怕就不能仅从君主"圣明"不"圣明"这个问题上去探寻原因了。

笔者认为，中国古代的"士不遇"，尤其是杜甫及其他盛唐士子的"盛世不遇"的最终文化根源，则在于儒家"修齐治平"的人生模式与封建政治思想之间的本质冲突。

儒家规范"修、齐、治、平"人生模式的社会政治依据，是上古三代及尧舜之时保留的原始氏族体制。春秋时代和当时儒家所说"齐家"的"家"，并不是后代的个体家庭或家族，而是与"治国"同一的氏族部落。章太炎《国学讲演录》即云：

> 《大学》有"治其国者必先齐家"之语。……此殆封建时代，家国无甚分别。所谓家者，乃"千乘之家百乘之家"之类，

故不齐家者即不能治国。①

《孟子·离娄下》所谓:

> 天下之本在国,国之本在家,家之本在身。

也说明了当时"家"与"国""天下"的异质同构关系。所以,当时的士由"家"至"国"顺理成章。而且,孔子又强调"举贤"这一原始氏族体制中早就存在的历史传统,并把它与"亲亲尊尊"的"仁"的要求互补而行。因而在"亲亲尊尊"与"举贤"这两种制度下,人们要走"修、齐、治、平"的道路并不是件难事。但值得我们注意的是,先秦儒家规范这一人生模式的社会政治基础,在以后漫长的历史中已不复存在,代之而起的则是"家""国"大别的高度集权的封建政治,但其本质则违背了原始儒学强调"仁"的初衷。而且,这本质就是在杜甫所处的号称"盛世"的开元天宝间亦未曾改变,所以杜甫及其他盛唐士子仍欲循"修、齐、治、平"的人生老路,就显然有点脱离现实了,"盛世不遇""有道不举""才士汲引难"等悲剧心态的产生也就势在必然。

过去人们多强调科举制度的进步意义,肯定了它打破士族垄断政治、广泛提拔庶族士子参政的一面,但科举制度只不过是封建统治者强化其集权体制的新工具而已。他们"特盛科名"的最终目的,并不是真正的崇尚士流,更不是以"仁"治国,而是使更多的士子失去残存的独立人格,落入封建专制政治的"彀中"。据《唐摭言》记载,唐太宗尝幸端门,见进士缀行而出,大喜曰:"天下英雄入吾彀中矣!"②而"彀中"人作诗也很无奈:"太宗皇帝真长策,赚得英

---

① 张冥飞笔述:《章太炎国学讲演集》,中华国学研究会,1923年,第64—65页。
② 王定保:《唐摭言》卷一,上海古籍出版社,1978年,第3页。

雄尽白头。"①然而科举制度对士子心灵的侵蚀和伤害,尚不止于此。它一方面造成了皇权崇尚士流的假象,使盛唐士子为了利与名,皆争于科举一途,思以报谢"浩荡皇恩",造成人才的壅滞和浪费;另一方面,在科举制度尚未完善的盛唐,由于统治者的随意干预、上层新旧权贵的把持,许多正直、仁让的寒士就会被排挤、打击,无缘仕进,成为科举制度的无辜牺牲品。

杜甫一生参加过一次进士科考试,一次制举考试。如果说杜甫进士科下第尚属科场上正常的失手,那么天宝六载(747)他参加制举考试,又被黜落,就暴露出科举制度的流弊。天宝六载六月,唐玄宗欲广求天下之士,命通一艺者皆诣长安。口蜜腹剑的李林甫为了巩固相位,本来就"尤忌文学之士",这次更惧怕草野之士在对策中斥言其奸恶,遂向玄宗建言:"举人多卑贱愚聩,恐有俚言污浊圣听。"②乃命郡县长官精加试练,灼然超绝者,具名送省,委尚书复试,御史中丞监之,取名实相副者闻奏。既而至者又试以诗、赋、论,遂无一人及第,李林甫反上表贺"野无遗贤"。杜甫本来对此次应诏抱有厚望,"自谓颇挺出,立登要路津"(《奉赠韦左丞丈二十二韵》),而对玄宗的下诏求贤也是既感于皇情眷眷,又感于抱负有伸,结果受到了愚弄。但他当时敢怒不敢言,到李林甫死后,杜甫的不平之鸣、抑郁之情就像火山一样喷射出来:

> 破胆遭前政,阴谋独秉钧。
> 微生沾忌刻,万事益酸辛!
>
> (《奉赠鲜于京兆二十韵》)

---

① 王定保:《唐摭言》卷一,第 5 页。
② 《资治通鉴》卷二一五,《唐纪》三十一,第 6853、6876 页。

他到这时显然已开始意识到走科举一途并非如他前此想象的那样，可以"立登要路津"，一旦被某些权贵"阴谋独秉钧"后，也会使他"怀古意空存""沉埋日月奔"，济世的理想成为泡影，所以他对自己的人生选择和政治理想有所反省："见知真自幼。"(《赠比部萧郎中十兄》)

然而，杜甫一方面认识到执政者（主要指李林甫）对应考士子的命运有生死予夺的大权，对之大加抨击，另一方面又没有对整个统治集团"压抑人才"的本性有所认识。只有当他四处投诗皆无结果之后，才感到自己确实是"无复随高凤，空余泣聚萤"(《赠翰林张四学士》)，进而对上层权贵普遍具有的鄙夷寒士的本性有所认识。

但即便到这时，杜甫仍对最高统治者唐玄宗抱有最后的希望，因而在天宝九载（750）秋日，投延恩匦进《雕赋》，直接向玄宗陈情。用杜甫自己的话说，投匦献赋是"途穷乃叫阍"(《奉留赠集贤院崔于二学士》)，是在应诏、投诗均告失败后迫不得已走的最后一条路。尽管杜甫精心属赋，且一献再献，并对玄宗举行的三大礼极尽谀辞，最后的结局仍然是"竟与蛟螭杂，空闻燕雀喧。青冥犹契阔，凌厉不飞翻"(《奉留赠集贤院崔于二学士》)。

至此，杜甫的三种尝试都失败了，他对整个统治阶级及上层社会不重己道的本质，认识得越来越深刻。他此时不仅自悲己之沦落、途穷，而且联想到历史上的那些恪守儒家济世精神的士子的遭际：

　　　　相如逸才亲涤器，子云识字终投阁。

(《醉时歌》)

他昔日曾经自比的逸才过人的司马相如、扬雄等，遭遇尚且如此；再看当代德才兼备的郑虔的命运，虽然"先生有道出羲皇，先生有才过屈宋",却也一直"官独冷"！莫非真是"德尊一代常轗轲,名垂万古知何用"(《醉时歌》)？非也。杜甫深知不是儒术于时无补,而是"有道"之君不用"儒术"也。所谓的"世儒多汩没"(《赠陈二补阙》),"儒术诚难起"(《奉留赠集贤院崔于二学士》),其根本原因正在于"君"并非真正重"儒"。

杜甫从自身的受挫,推及历代儒士的遭际,终于认识到君主违背儒学初衷、并非真心崇儒的本质,所以他在《同诸公登慈恩寺塔》诗中禁不住"回首叫虞舜",希望当政能像古圣贤一样真正推行"仁政"、弘扬儒道：

> 高标跨苍天,烈风无时休。
> 自非旷士怀,登兹翻百忧。
> 方知象教力,足可追冥搜。
> 仰穿龙蛇窟,始出枝撑幽。
> 七星在北户,河汉声西流。
> 羲和鞭白日,少昊行清秋。
> 秦山忽破碎,泾渭不可求。
> 俯视但一气,焉能辨皇州。
> 回首叫虞舜,苍梧云正愁。
> 惜哉瑶池饮,日晏昆仑丘。
> 黄鹄去不息,哀鸣何所投。
> 君看随阳雁,各有稻粱谋。

宋代三山老人胡舜陟评杜甫此诗时即云：

> "秦山忽破碎",喻人君失道也。"泾渭不可求",言清浊不分也。"焉能辨皇州",伤天下无纲纪文章,而上都亦然也。虞舜苍梧,思古圣君而不可得也。瑶池日晏,谓明皇方耽于淫乐

而未已也。贤人君子,多去朝廷,故以黄鹄哀鸣比之。小人贪禄恋位,故以阳雁稻粱刺之。①

正看出了杜甫此时对人君失道的忧虑和愤懑。

杜甫对"圣代""明主"抱的期望越高,对科举制度存的幻想越大;到头来,他的理想与现实的冲突也越剧烈,心灵所受的伤害也越深痛。因而,杜甫仕途受挫,绝不仅是科举制度的流弊所致,也不是个别昏君、权奸失政的结果,更是整个封建专制政治体制"假仁借义",不重"儒术""道术",强压才士的本在内质,与杜甫天真、善良、美好的政治理想之间剧烈冲突的结果。杜甫在三次入仕遭挫之后,通过层层反思,最终也触及到了这一点。他的反思,不仅与其他盛唐志士感叹的"道在君不举""不才明主弃"暗相契合,且比他人更深刻地揭示出:在封建皇权统治下,儒家"仁"的真精神并没有被履践,所谓的"修齐治平"的人生道路实际上走不通。这表明,"才士汲引难"在封建社会乃是一个极为正常的、自然的、具有深厚政治文化根源的悲剧,此悲剧绝不会因所谓的"圣代""明主"的出现而结束,更不会因隋唐时期选官制度的改进而彻底消失。

二、"致君君未听":杜甫政治理想与现实的第二个冲突

杜甫在经历了第一次冲突之后,对当政者不重儒术的本性有了一定认识,但他并没有放弃"致君尧舜上,再使风俗淳"的政治理想。而且正因为他认识到当世君主不是尧舜,所以更希望有朝一日能"致君"于"尧舜"。因而当安史之乱爆发后,他无时不心系天下、思以辅世济时。当他潜投凤翔行在,被肃宗拜为左拾遗之后,他那被压抑的"致君尧舜"的理想又立刻复活,随即成为他在朝进行政

---

① 杜甫著,仇兆鳌注:《杜诗详注》卷二,第106页。

治活动的准则。

可是,杜甫上任不到一月就因疏救房琯而几乎获罪。据《新唐书·杜甫传》,他疏救房琯的目的是"觊陛下弃细录大"。亦即国家用人之际,房琯虽有小过("细"),但对朝廷忠心耿耿,"深念主忧,义形于色",且"才堪公辅",陛下不能因其门客有过,就罢了他的相职!后人因对房琯的为人多有不满,遂认为杜甫疏救房琯之举太幼稚,没有政治眼光。如陆游在《雨夜书感》中就说:

> 可怜杜拾遗,冒死明房琯。
> 慷慨讵非奇,经纶恨才短。
> 群敌穴中原,令人叹微管。①

这种说法其实是很不公正的,因为在当时不只是杜甫认为"罪细,不宜免大臣"②,继房琯为相的张镐曾上疏,"言琯大臣,门客受赃,不宜见累"。房琯后来明升暗降,被贬在散位之后,"朝臣多以为言"③,为其抱不平者亦复不少。可见杜甫为房琯所作的辩护,确乎代表了时人的普遍意见。而且杜甫事后也一再表白,他之所以廷诤忤旨,绝不是为了个人的私利。其《祭故相国清河房公文》云:

> 拾遗补阙,视君所履。公初罢印,人实切齿。甫也备位此官,盖薄劣耳。见时危急,敢爱生死。君何不闻,刑欲加矣。伏奏无成,终身愧耻。④

仍然认为自己当时抗疏是为了履行谏官职责。他后来在《壮游》诗中也重申疏救房琯是其忠于职守、忧国忧民精神的体现:

---

① 陆游:《剑南诗稿》卷三二,文渊阁《四库全书》本,第 1162 册,第 504 页。
② 《新唐书》卷二〇一,《杜甫传》。
③ 《旧唐书》卷一一一,《房琯传》。
④ 杜甫撰,仇兆鳌校注:《杜诗详注》卷二十五,第 2220—2221 页。

> 备员窃补衮,忧愤心飞扬。
> 上感九庙焚,下悯万民疮。
> 斯时伏青蒲,廷诤守御床。
> 君辱敢爱死,赫怒幸无伤。

可见杜甫一直将此事视为"致君尧舜""窃比稷契"的理想在现实政治生活中的一大实践。

此后,杜甫虽然仍在左拾遗任上,"然帝自是不甚省录"。不久,肃宗又对他变相惩罚,贬其为华州司功参军,这就意味着杜甫不可能再立朝言事,更不可能在现实中实现其"致君尧舜"的理想了。

华州司功参军在官品上虽与杜甫原任左拾遗差不多,但这显然有违杜甫"窃比稷契"的入仕初衷。杜甫将"致君尧舜"视为一己之政治理想、人生追求,同时也将官至执宰、跻身台辅视为实现其政治理想必不可少的阶梯。《奉赠韦左丞丈二十二韵》:

> 自谓颇挺出,立登要路津。

《暮秋枉裴道州手札率尔遣兴寄近呈苏涣侍御》:

> 致君尧舜付公等,早据要路思捐躯。

《奉送严公入朝十韵》:

> 公若登台辅,临危莫爱身。

"登要路""据要路"也即"登台辅",也即其自许之"窃比稷与契"。杜甫说"窃比稷与契",不仅要在"己饥己溺"的精神上求得与"稷、契"的交通,实际上他对官位的要求也与稷、契一样。赵彦材是颇得老杜此心的,他说:

> 今杜公此篇(指《自京赴奉先县咏怀五百字》),自"杜陵有

布衣"至"浩歌弥激烈"六韵,则以虽抱济世之才,而无稷、契之位,故不免于浩叹也。①

稷、契是尧、舜之时的良宰、贤臣,到唐时的杜甫眼中,"稷契"则成了现实中"贤相"的代名词,所以他"窃比稷契",就是想做当世执宰、位居台辅。如今肃宗将杜甫贬为掾吏,自然等于是剥夺了他参政、议政的机会,所以杜甫在华州司功参军任上,每每为失去朝中官位而感慨哀叹。其实,更可叹的是,他失去了实现"致君尧舜上"的机会。如他在《至日遣兴奉寄北省旧阁老两院故人二首》诗中就遥想昔日在朝"捧御床""侍龙颜"之君臣相合的情状,徒生"无路"之叹:

其一

去岁兹辰捧御床,五更三点入鹓行。
欲知趋走伤心地,正想氤氲满眼香。
无路从容陪语笑,有时颠倒著衣裳。
何人错忆穷愁日,愁日愁随一线长。

其二

忆昨逍遥供奉班,去年今日侍龙颜。
麒麟不动炉烟上,孔雀徐开扇影还。
玉几由来天北极,朱衣只在殿中间。
孤城此日堪肠断,愁对寒云雪满山。

正因为杜甫已认识到肃宗对他的直谏之心、忧国之情已不眷顾,所以对肃宗失去了信心,不久就自行罢官而去。

---

① 杜甫著,赵次公注,林继中辑校:《杜诗赵次公先后解辑校》甲帙卷之四,上海古籍出版社,2012年,第103页。

其次，杜甫对所谓的"吏"在当时政治体制中微不足道且备受屈辱的处境也有较深刻的认识。早在天宝十四载（755），朝廷擢杜甫为河西尉，他不就任，理由是：

> 不作河西尉，凄凉为折腰。
> 老夫怕趋走，率府且逍遥。

（《官定后戏赠》）

因为杜甫深知朝官难做，小吏更不好当。在封建社会等级森严的官僚体系中，所谓的"吏"，是处于这一"金字塔"的最底层。和朝官、宰辅相比，基层官吏更面临着一种上下为难的处境。宰相是一人之下，万人之上，行使权力的自由度稍大一些，且不直接接触黎民百姓，即使有所冲突，也多发生在与皇帝之间。正直的宰相是敢于廷诤忤旨、冒犯龙颜的，但小吏就不一样了。一方面，来自上面的"君"的政治、道德律令，非但没有因空间距离的变远而减少，反而又因中间环节的繁多而层层加码；另一方面，"民"的利益，则直接摆在了他们面前，与"君"的利益往往形成正面冲突。因而深受儒家"仁政"思想熏陶的正直士子，往往在"吏"的处境上左右为难。长此以往，人们多视"吏"为畏途。因而当杜甫听说高适辞去封丘尉后，特作诗表贺：

> 脱身簿尉中，始与捶楚辞。

（《送高三十五书记》）

这与他早前不就河西尉的心态是一脉相承的。如今肃宗对他变相惩罚，贬其为华州司功参军，无疑是要置杜甫于官僚体系的底层，让他备受屈辱。所以，杜甫在华州时，除了生"无路"之叹，还诉说了"趋走"的"伤心"之苦：

束带发狂欲大叫,簿书何急来相仍。

(《早秋苦热堆案相仍》)

鉴于以上两个原因,杜甫被贬华州之后就已意识到"致君尧舜"的理想已成为泡影,现实政治体系已不容许他再用"儒术""仁政"辅世济时了,他的"致君尧舜"的政治理想与现实政治的根本性冲突不可避免地发生了。

那么,杜甫怀着实现"致君尧舜"的理想走入仕途,为什么又失去了实现这种理想的机会呢?我认为,这个悲剧的主要根源,仍在于杜甫所抱的政治理想在本质上就与封建统治者的为政思想存在着不可调和的矛盾。

仇兆鳌在解杜甫《自京赴奉先县咏怀五百字》诗时曾云:

欲为稷契,则当下救黎元,而上辅尧舜。①

持此理想者,一方面,对上之"君"必须克尽忠臣之职,使其致于尧舜;一方面,对下之"民"必须拯救于水火之中,使其安居乐业。然而要使此理想成为现实,关键又在于"得君济民"。也就是说,现世中的"君",首先要以"仁"治国、以"民"为怀,更要虚怀纳谏,改过自新。杜甫之所以"窃比稷契",除了是向传说中的古贤臣、良相看齐,也是以近世的贞观良相为楷模的。在唐初贞观年间,魏徵就曾有过"忠良之辩",辨析了"良臣"与"忠臣"的区别(详见本节前文)。杜甫所推尊的"良臣"观,正是与之一脉相承,亦以强调"君明臣直""爱国利民"的理论为核心。但这种理论在封建政治体系中又何尝真正存在过?通观历代帝王,唐太宗算是颇晓此理的一位,所以他在登位的大半时间内,尚能适当考虑一下"民"的利益,也较

---

①杜甫撰,仇兆鳌校注:《杜诗详注》卷四,第265页。

能虚怀纳谏,接受魏徵等人的直陈、廷诤。但也正如魏徵所言:

> 自古帝王初即位者,皆欲励精为政,比迹于尧舜。及其安乐也,则骄奢放逸,莫能终其善。①

"自比尧舜"如唐太宗者,早年诚然"励精为政",表现出"仁政"的迹象,但他晚年也未能恪守勤民王道,终于暴露出本性:

> 贞观之初,恐人不言,导之使谏。三年已后,见人谏争,悦而从之。一二年来,不悦人谏,虽黾勉听受,而终有难色。②

晚年的唐太宗除了不再"从谏如流"外,还解除了亲口许下的把衡山公主嫁给魏徵长子叔玉的婚约,推倒了亲为魏徵撰制并书写的墓碑,对刘洎、岑文本等直臣亦心存疑忌,让他们与马周、褚遂良"更日诣东宫,与太子游处谈论"。能够遭逢世所谓明君——唐太宗的魏徵等贞观良臣遭际尚且如此,可见封建帝王的"尧舜"自道是何等虚伪!因此,宋代大理学家朱熹就曾一针见血地指出"君王"的本心:

> 老兄(陈亮)视汉高帝、唐太宗之所为,而察其心果出于义耶?出于利耶?出于邪耶?正耶?若高帝,则私意分数犹未甚炽,然已不可谓之无。太宗之心,则吾恐其无一念之不出于人欲也。直以其能假仁借义以行其私,而当时与之争者才能知术既出其下,又不知有仁义之可借,是以彼善于此而得以成其功耳。若以其能建立国家,传世久远,便谓其得天理之正,此正是以成败论是非,但取其获禽之多而不羞其诡遇之不出于正也。千五百年之间,正坐如此,所以只是架漏牵补,过了时日。其间

---

① 吴兢撰,谢保成集校:《贞观政要集校》卷第十,第535页。
② 吴兢撰,谢保成集校:《贞观政要集校》卷第二,第142页。

> 虽或不无小康,而尧、舜、三王、周公、孔子所传之道,未尝一日得行于天地之间也。①

对此,杜甫是没有充分认识的,所以他才持"致君尧舜"的理想走向政坛,所以他的理想也才与现实政治发生了强烈的冲突。

如果深究一下肃宗罪房琯的真实原因,就会发现肃宗考虑的绝不是什么国之利益和民之利益。据陈贻焮师分析,肃宗将房琯罢相并不是因为诏书所列的"四大罪行",主要因为房琯是玄宗的旧臣,为玄宗"制置天下","以枝庶悉领大藩,皇储反居边鄙,此虽于圣皇似忠,于陛下非忠也"②。肃宗擅自登基,恐己位之不固,于是对玄宗旧臣加以排斥,房琯的那些罪名不过是借口罢了③。而杜甫当时似乎并没有察其本心,他只身一人历经艰险潜投凤翔行在,目的就是要团结在肃宗身边,为国为民,也为他"致君尧舜"的理想能早日实现。所以他刚到凤翔时,看到朝中规模已具,加上肃宗也对其忠心十分欣赏,尤其是那份授官诏书上明白地写着:

> 尔之才德,朕深知之。今特命为宣义郎行在左拾遗。授职之后,宜勤是职,毋怠!④

他就真以为"窃比稷契"的机会到了。可是,他竟然不知其"直谏""廷诤"会触犯肃宗的根本利益。所以,杜甫当时虽然知罪,但他仍认为疏救房琯没有错。只有当肃宗对他不再重用,把他搁置一旁时,才开始省悟,但为时已晚,因为身虽在位,已志却难伸了。于是,

---

① 朱熹:《答陈同甫》,载氏著《晦庵先生朱文公文集》卷第三十六,《四部丛刊》景上海涵芬楼藏明刊本。
② 《旧唐书》卷一一一,《房琯传》。
③ 参陈贻焮《杜甫评传》上卷,2003 年,第 376 页。
④ 李亨:《杜甫授左拾遗诰》,陈尚君辑校:《全唐文补编》卷三九,中华书局,2005 年,第 465 页。

杜甫在诗中渐渐流露出一种冷寞和伤悲的情绪。其《题省中院壁》诗云：

> 腐儒衰晚谬通籍，退食迟回违寸心。
> 衮职曾无一字补，许身愧比双南金。

其中"许身愧比双南金"，即"许身一何愚，窃比稷与契"之意，杜甫的理想又落空了。只不过，他在求仕过程中，主要是从"才士汲引难"的角度，认识当朝的失道、违仁的。而这次，他又从上层统治者的勾心斗角、争权夺利中，更深地体会到当政的失道、违仁。这种认识，在同时代的士子中是尤为可贵的。

相较而言，张九龄当年初出荆州，所感到的只是命运对人的捉弄，对君臣关系顷刻即变的困惑。李白因入李璘幕遭罪流外，也没有将批判的矛头直指肃宗，他所认识到的只是自己是皇族争权夺利的无辜牺牲品。即便是同被作为房琯党先后遭贬的贾至、严武等人，亦未明确流露出对肃宗的怨言，更别说认识到当政的失道、违仁。

杜甫则不然，他本来就是怀着"士志于道""窃比稷契""致君尧舜"儒学真精神上任的，如今却遭弃、被贬，这显然是当政不重儒道所至，所以，他除了在《题省中院壁》等诗中委婉地批评肃宗违背"尧舜之道"、不体恤自己的"稷契"之心，还在其他作品中更尖锐地指出：

> 兵戈犹在眼，儒术岂谋事。
>
> （《独酌成诗》）
>
> 唐尧真自圣，野老复何知？
>
> （《秦州杂诗》其二十）

当他途经昭陵时，心头涌起的也是抚今思昔的感慨：

> 文物多师古，朝廷半老儒。

直词宁戮辱,贤路不崎岖。

(《行次昭陵》)

　　尽管杜甫对贞观朝有所溢美,但这种溢美也正表明了他希望肃宗能像太宗一样从谏如流、君臣共成大业的良苦用心。

　　但是,杜甫的批判并没有停留在肃宗不用贤、自己遭弃的事情本身。他一方面认识到在朝廷已不可能有实现其理想的机会;另一方面又要从根本上履行儒家的"仁"的精神,批判当朝,心忧苍天。他在《石笋行》诗中指斥肃宗"政化错忤失大体"。在《往在》诗中,又希望代宗能改过自新、重归有道:

　　　　一朝自罪己,万里车书通。

进而在《咏怀二首》中又批评代宗:

　　　　本朝再树立,未及贞观时。

同时,他也要求君能"以民为本",对苍生怀恻隐之心、仁爱之情。他在贬华州后,写出了"三吏""三别"等饱含血泪的作品。他之所以能写出如此多、如此深情的忧世之作,固然是他一直坚持"致君尧舜"理想和"仁"的精神的体现,同时也和他在遭贬之后对君不重"民"、不依"仁"的清醒认识有关。而且正因为他经历了这一次理想与现实政治更直接的冲突,才更深刻地感受到民生疾苦,才更能与人民休戚与共。和其他遭到君王贬斥的士子如张九龄、李白、贾至、严武等人相比,杜甫的政治眼光要敏锐些,他更深地接触到了封建社会的阶级矛盾,也具有了更伟大的人格。

　　综上所述,在当时"君"高于"道"、"君"贵于"民"的政治体制中,杜甫"致君尧舜"的理想,再一次必然地和现实发生了尖锐的冲突。他的入仕悲剧,不仅仅是一种命途多舛的人生悲剧,也不仅仅是一种上层势力互相排挤的政治悲剧,而更是一种封建专制社会中"君"不从"道"、"道"于时无补的文化悲剧。它反映了封建社会中,以儒家"仁"的精神为规范、以天下为己任的志士们,主观和客观、理想和现实的强烈冲突。

三、"无成涕作霖":杜甫政治理想与现实的第三个冲突

乾元元年(759)六月杜甫因疏救房琯遭贬,意味着他"致君尧舜"的政治理想又与现实政治发生了一次冲突。在这个冲突之后,杜甫的心态发生了明显的变化:一是他对"致君尧舜"的体认,已由前此重在求仕、入仕,在封建政治体系中推行理想政治,转变为"迹江湖而心系魏阙",追求其中蕴含的儒学真精神;二是他前此多有萌芽但一直未遂的"独往之愿",也逐渐成为此时一大追求。杜甫在罢官之际作《立秋后题》表明心迹:

平生独往愿,惆怅年半百。
罢官亦由人,何事拘形役?

杜甫的"独往之愿"很早就萌生了,张綖《杜诗通》中曾说"苦乏大药资,山林迹如扫"(《赠李白》)、"往与惠询辈,中年沧洲期"(《幽人》)皆杜甫平生独往之愿,但他却忽视了杜甫还有一种受道家思想影响产生的"独往愿",也即"劳生愧严郑,外物慕张邴"(《渼陂西南台》),也即"何事拘形役"。这三种想法于此时共同汇成了杜甫渴望隐遁全身,保本性的"独往之愿"。王嗣奭评《立秋后题》时说:"公转念以后一味有高蹈志矣。"①而促使杜甫"转念"的主要原因则

---

① 今通行本《杜臆》(上海古籍出版社 1983 年整理本,与仇兆鳌《杜诗详注》所引颇多异文,亦有阙失,详参刘开扬《〈杜臆〉前言》,第 15—16 页)不载,此据仇兆鳌《杜诗详注》卷七《立秋后题》诗后集评所引,第 544 页。

在于,他在理想与现实的第二次冲突中已意识到己志难伸。"仕"不成则"隐",本是中国古代士子常走的人生之路,杜甫此时如此"转念"、文化心态发生如此之变化本不足怪,但奇怪的是,杜甫罢官之后又陷入了第三次冲突,即"独往之愿"和"致君尧舜"的冲突之中,最终导致了"兼济"未成,"独往"亦未成的生命悲剧。

在弃官入秦州途中,杜甫通过对古今清高、狂放之士用舍行藏的深刻反思,为他坚定去志找到了诸多历史根据;同时也用道家的达任大化,看破了世间贫富荣辱,平抚了对功名富贵的欲望。因而,他此时只想如韬光养晦、明哲保身的庞德公一样"举家归隐"。《遣兴五首》其一:

> 岂无济时策,终竟畏罗罟。

这是庞德公的隐逸心态,杜甫也想效之"迹江湖而心稷契"。怀着这种心态,他在秦州卜居未果后就南下成都。后来在亲友的资助下,经过几年惨淡经营,他终于有了规模不算太小,颇宜隐居终老的浣花溪草堂。定居之初,杜甫的心境较平静、安闲,尤其是上元二年(761)春,他相继作了一些闲居适意的诗篇。在《江头五咏》中,他或借"丁香"自喻见弃远方,安分隐退,不复更怀末路之荣以贾祸;或借"丽春"叹竞进者多,而己独耿介自守,不移本性;或借"栀子"自伤,以有用之材而孤冷不合于时,甘终老于江湖;或借"鸂鶒"自况失位于外,无心求进;或借"花鸭"自伤以直言救琯外斥,惟恐招世忌而欲有心韬晦。但是,杜甫此时并没有忘怀时世、舍弃其"民胞物与"的精神。屋前枏树为风雨所拔,他作诗感叹,十分悲痛:

> 虎倒龙颠委榛棘,泪痕血点垂胸臆。
>
> (《枏树为风雨所拔叹》)

浦起龙《读杜心解》说：

"虎倒龙颠"，英雄失路；"泪痕血点"，人树兼悲。①

这是杜甫的"物与"，也是自伤。而《茅屋为秋风所破歌》则表现了他"己饥己溺"、推己及人的"民胞"之心。另外，他自离华州至僻居草堂，亦未尝不挂念时乱民瘼，评骘国政是非。如《遣兴三首》其二：

老弱哭道路，愿闻甲兵休。

《留花门》：

胡为倾国至，出入暗金阙。

《即事》：

闻道花门破，和亲事却非。

《寄张十二山人彪三十韵》：

此邦今尚武，何处且依仁。

《铁堂峡》：

生涯抵弧矢，盗贼殊未灭。
飘蓬逾三年，回首肝肺热。

《剑门》：

吾将罪真宰，意欲铲叠嶂。

《野老》：

王师未报收东郡，城阙秋生画角哀。

---

① 浦起龙：《读杜心解》卷二，中华书局，1961年，第269页。

《出郭》：

> 故国犹兵马，他乡亦鼓鼙。

《建都十二韵》：

> 衣冠空穰穰，关辅久昏昏。

《石笋行》：

> 惜哉俗态好蒙蔽，亦如小臣媚至尊。

此等足见他虽身在草野，心却时时系于天下，对朝中发生的许多事情进行评价，为身边百姓遭受的苦难而呼喊。这些诗篇又说明了杜甫在力求中保本性、引身独往的同时，又在践行着儒家"民胞物与"的真精神。

正因为杜甫并没有放弃这种"民胞物与"的精神，故于永泰元年（765）断然放弃了惨淡经营的草堂，离蜀东下了。杜甫此行的原因，并不完全是因为严武去世，失去依靠，也并非因为川中时局已露战乱初兆、对他有所威胁，当如陈尚君所云是"为郎离蜀"①。代宗于宝应元年（762）四月即位后，推恩海内，追复肃宗朝贬黜的官员，房琯等人俱召入朝，授以高官。杜甫在此政治形势下，也被任命为正七品下的京兆功曹，地位略高于华州司功，但他未赴任，原因是虽得入京，但不得在朝言事，且复困于簿书。永泰元年初，他被授检校工部员外郎，固然因由严武荐奏，与朝廷的政治变化也有关。工部员外郎虽仅"掌城池土木之工役程式"，但可立朝言事，时人亦素重郎官之选，杜甫对此颇为满意。在经过激烈的思想斗争后，为朝廷、为国家排忧解难的决心占了主导，杜甫终于放弃了归老草堂的打

---

① 参陈尚君《杜甫为郎离蜀考》，《复旦学报》1984年第1期。

算,于春夏之交,买舟东下,拟绕道荆襄入长安赴职。

出峡途中,由于旅途劳顿,舟行受潮,多年来的旧疾肺病与消渴症同时发作,病情极其严重,于是只得在云安暂住养病,后又迁夔州继续养病。杜甫在云安诗《客堂》中云:

> 尚想趋朝廷,毫发裨社稷。
> 形骸今若是,进退委行色。

《将晓二首》亦云:

> 壮惜身名晚,衰惭应接多。
> 归朝日簪笏,筋力定如何?

俱言卧疾云安北归不得之由。然而,杜甫却因为滞峡旅寓过久,耽误了官职交接:

> 幕府初交辟,郎官幸备员。
> 瓜时犹旅寓,萍泛苦夤缘。
>
> (《秋日夔府咏怀寄郑监审李宾客一百韵》)

正因为此,杜甫在卧疾夔州后期,自感行期渺茫,哀叹之意增多:

> 一卧沧江惊岁晚,几回青琐照朝班?
>
> (《秋兴八首》其六)

> 长怀报明主,卧病复高秋。
>
> (《摇落》)

> 时危思报主,衰谢不能休。
>
> (《江上》)

可以说,是杜甫始终未泯的"民胞物与"之情、"致君尧舜"之志,使他难安于隐,放弃了在成都草堂颐养终老的念头,使杜甫重又陷于愁病交加、漂泊无定的境地。

随着复出希望渐趋破灭,杜甫全身保性、一任荣辱的"独往之愿"在夔州重又显露出来,而且对道家、佛教的兴趣比之以前都有所增加。其《写怀二首》集中表现了他受道家思想之影响,其一诗中云:

> 劳生共乾坤,何处异风俗。
> 冉冉自趋竞,行行见羁束。
> 无贵贱不悲,无富贫亦足。
> 万古一骸骨,邻家递歌哭。
> 鄙夫到巫峡,三岁如转烛。
> 全命甘留滞,忘情任荣辱。

其二亦云:

> 荣名忽中人,世乱如虮虱。
> 古者三皇前,满腹志愿毕。
> 胡为有结绳,陷此胶与漆。
> 祸首燧人氏,厉阶董狐笔。
> 君看灯烛张,转使飞蛾密。
> 放神八极外,俯仰俱萧瑟。
> 终契如往还,得匪合仙术。

此刻,杜甫对人生的理解,也与度陇、在蜀期间有所不同。他的好友相继去世,历史上的先贤早已作古,尤其是"盗贼未息""中兴无望"的时局,使他自感济世无望、于时无补,只有希望听其自然、随遇而安、忘情荣辱,用道家的人生哲学抚慰自己。另外,他在这时还作了《昔游》《壮游》等诗,对自己的一生进行总结,但结尾处均归道家隐逸之念:

> 商山议得失,蜀主脱嫌猜。
> 吕尚封国邑,傅说已盐梅。
> 景晏楚山深,水鹤去低回。
> 庞公任本性,携子卧苍苔。
>
> (《昔游》)
>
> 之推避赏从,渔父濯沧浪。
> 荣华敌勋业,岁暮有严霜。
> 吾观鸱夷子,才格出寻常。
> 群凶逆未定,侧伫英俊翔。
>
> (《壮游》)

在行为上,杜甫更是以庞德公自许,缘陶渊明为友①,欲在瀼西和东屯遂其高蹈之志、独往之愿。《归》诗:

> 束带还骑马,东西却渡船。
> 林中才有地,峡外绝无天。
> 虚白高人静,喧卑俗累牵。
> 他乡悦迟暮,不敢废诗篇。

则叙其得回到瀼西园、独享山林之趣,归乎清静本性的闲适。《柴门》诗意趣亦相近,仇兆鳌解此诗:

> "万物附本性,约身不愿奢",便有素位而行之意。
> "贫贱固其常,富贵任生涯",又有乐天知命之意。
> "赏妍又分外,理惬夫何夸",较上约身常贫,更进一层,直窥见孔颜乐处矣。"足了垂白年,敢居高士差",看清池蓬荜,

---

① 杜诗提及陶潜其人其事共有39处,而仅在夔州的两年里,就有10处之多。

非养名高,又几于遁世无闷矣。少陵晚年,识趣超绝如此。①

杜甫已看清清池、蓬荜之异,他之所以能如此达观,并非养名自高,直欲遁世无憾矣!

杜甫此时虽然在"性"的追求上与陶渊明取得了强烈的共鸣,但和陶渊明不同的是,陶失意后求"性"之"真",一任自然本性,于时乱、民瘼多已淡漠;而杜甫则除了"性真",尚有"情真",他的瀼西田园诗在恬淡之下隐藏着火一样的热情。杜甫这种对个体生命自由意识的体认和追求,是与其火热的政治热情同时产生的,前者并不是后者失落的产物,后者的遭挫只不过更激起了他那素有的天然本性而已。他在瀼西时写道:

> 忆昔村野人,其乐难具陈。
> 蔼蔼桑麻交,公侯为等伦。
> 天未厌戎马,我辈本常贫。
> 子尚客荆州,我亦滞江滨。
> 峡中一卧病,疟疠终冬春。
> 春复加肺气,此病盖有因。
> 早岁与苏郑,痛饮情相亲。
> 二公化为土,嗜酒不失真。
> 余今委修短,岂得恨命屯。
>
> (《寄薛三郎中》)

杜甫至此庶几已体会到"性真"了。故他能达观大化,视贤愚同伦、贫富同归,这也许是杜甫能在夔州安心养病不急于下峡的一个原因。

---

① 杜甫著,仇兆鳌注:《杜诗详注》卷十九,第 1643—1644 页。

同时,他对佛法的向往较以前也更为强烈。早在上元元年(760),他就曾与裴迪同游新津寺,自称:

> 老夫贪佛日,随意宿僧房。
>
> (《和裴迪登新津寺寄王侍郎》)

表现出对佛的倾心。宝应元年(762),他在梓州,又专门拜访了文公,愿文公汲引,以求解脱为俗务所累的本心:

> 愿闻第一义,回向心地初。
>
> (《谒文公上方》)

大历二年(767),杜甫更明确说愿做佛门弟子:

> 飞锡去年啼邑子,献花何日许门徒?
>
> (《大觉高僧兰若》)

这不只是他再一次仕进无望后的颓然自放,也是他几十年来学佛的必然发展。因而他在《写怀二首》其二诗末又云:

> 终然契真如,得匪金仙术。

这是一种对生命永恒的本能追求。但是在他向往佛法时,济世热忱、伦常之情又和"四大皆空"的"真如"常相交战,使他难安于禅:

> 重闻西方止观经,老身古寺风泠泠。
> 妻儿待我且归去,他日杖藜来细听。
>
> (《别李秘书始兴寺所居》)

其《谒真谛寺禅师》也说:

> 问法看诗忘,观身向酒慵。
> 未能割妻子,卜宅近前峰。

妻子毕竟难以割舍,仁爱之情更不能放弃。所以在《秋日夔府咏怀奉寄郑监李宾客一百韵》中,杜甫的儒、道、佛思想交织着,纠缠着。他只能随遇而安,在儒、道、佛中进进出出,各取所需。所谓"药囊亲道士,灰劫问胡僧"(《寄刘峡州伯华使君四十韵》),正反映出他的这种复杂心态。

然而,杜甫不久却连较安定的夔州都放弃了。他出峡东下,固然有归隐当阳之念,有远赴江东巡访亲属之故,但更主要的原因,却是他大病初愈后又想北归朝廷。他在夔州,在江陵,在公安,都等着朝廷重新起用的诏书,也多次托人向朝廷进谒,无奈依然音信杳杳。诗人只有在漂泊无依中反复表达其忧国忧民的耿耿忠心。路过衡州,杜甫上诗于李七,悲述沦落不偶之遭际:

> 日月笼中鸟,乾坤水上萍。
> 王孙丈人行,垂老见飘零。
>
> (《衡州送李大夫七丈勉赴广州》)

他甚至责斥当朝君主代宗:

> 长卿久病渴,武帝元同时。
>
> (《奉送魏六丈佑少府之交广》)
>
> 养拙江湖外,朝廷记忆疏。
>
> (《酬韦韶州见寄》)

为朝廷已将他这绝代文臣忘记而悲愤:

> 天意高难问,人情老易悲。
>
> (《暮春江陵送马大卿公恩命追赴阙下》)

他由失望、愤懑到迷惘,继而感到了真正的寂寞、茫然,最终走投无路了:"狂走终奚适?"(《风疾舟中伏枕书怀三十六韵奉呈湖南亲友》)"赢骸将何适?"(《上水遣怀》)杜甫深知,他这位"江汉思归客,乾坤一腐儒"(《江汉》),只能"终是老湘潭"(《楼上》)了。

但是,令杜甫伤心的,还不仅是他济世热忱的最后失落,连杜甫那份独往高蹈、中保本性的对个体生命本能的追求也难以实现。

由于离开了夔州,生活上无依无靠,杜甫不得不拖着老病之躯、漂着破船,沿途向当地官员乞食,这与他朴直、自由的本性是相违背的。其《早发》诗云:

> 艰危作远客,干请伤直性。
> 薇蕨饿首阳,粟马资历聘。
> 贱子欲适从,疑误此二柄。

杜甫亦深知,他既不愿意像伯夷、叔齐饿死于首阳山,又不愿意如张仪、苏秦求粟马于诸侯,还要保持本性,这怎么可能呢?诗人对此是十分痛心的,甚至都后悔当初就不该出蜀:

> 我行何到此?物理直难齐!

(《水宿遣兴奉呈群公》)

> 惜哉形胜地,回首一茫茫。

(《怀锦水居止》其二)

但川蜀已大乱,成都回不去;关山尚阻远,中原归不得。他剩下的选择,只有重新卜居,再次归隐。

在旅泊湖南的诗中,杜甫的"独往之愿"发展至极。也许是临近生命的终点吧,杜甫是多么地希望生命能长久些、再长久些,他太不愿意就这样"仕隐"两无成、"性情"皆不保地离开人世,因而他这时竟产生了学佛终老的念头:

> 昔遭衰世皆晦迹,今幸乐国养微躯。
> 依止老宿亦未晚,富贵功名焉足图。
> 久为野客寻幽惯,细学何颙免兴孤。

一重一掩吾肺腑,山鸟山花吾友于。
宋公放逐曾题壁,物色分留与老夫。

(《岳麓山道林二寺行》)

与想从佛教中求得解脱相应的是,他在肉体上也希望得以长存,求丹访药的欲望比前此更强烈、更迫切。但以此老迈之躯,如何能够求丹问药?他只能如老鹤悲鸣于天地之间:

我欲就丹砂,跋涉觉身劳。
安能陷粪土?有志乘鲸鳌。
或骖鸾腾天,聊作鹤鸣皋。

(《送重表侄王砯评事使南海》)

直到舟中濒绝、生命弥留之际,诗人仍对此伤心病痛、难以排遣:

葛洪尸定解,许靖力还任。
家事丹砂诀,无成涕作霖。

(《风疾舟中伏枕书怀三十六韵奉呈湖南亲友》)

这是诗人最后的一声长哭,他是在哭处不成处、出不成出,"情""性"两无成啊!

至此,我们可以看出,杜甫弃官之后,一直以真挚、执着的精神追求"真情""真性",力求从最深层的意义上同时实现"致君尧舜"的政治理想和中保心性的"独往之愿",但最终却两败俱损地落下了悲剧性的生命帷幕。

对于杜甫的人生悲剧,人们多从战乱的时局、蹇困的生计上寻求原因,但我认为,造成杜甫两无成的最终原因,却在于他对"真情"和"真性"都采取了"真"的人生精神,而"真情"和"真性"在封建文化体系中从来就是一对互相对立、冲突的人性论范畴。

马克思在《1844年经济学哲学手稿》中曾谈到人的"自我异化"问题,这种"自我异化"通常表现为人的"自然主义"和"人道主义"(也即人的"自然性"和"社会性")之间的冲突。根据我的理解,马克思所说的这种冲突,在中国封建文化体系中则表现为"性"和"情"的冲突。而此冲突从先秦时就明显地表露出来了,其后又以不同的形式出现在中国封建文化史上。但在杜甫之前,人们都或多或少地避开了这个冲突,而杜甫则是中国封建文化史上比较正面、持久地与这个冲突遭遇的人,所以,他最终"真性""真情"皆未能保住,只有悲剧结局。

作为一个正常的人,应该"性""情"兼备。而作为一个有完美人格的人,则既要鼓起风帆,去追求自由的"真性",又要满腔热忱,去弘扬真挚的"情"。因而,从文化人类学角度看,那种要求"真性""真情"二者兼备、和谐发展的文化思潮迟早会产生,且它只能产生在人类对"性""情"已有了充分的理论体认和现实追求之后。而在中国文化史上,盛唐正是产生这种思潮的时期。因为盛唐之前,既有先秦儒家对"仁"的理论阐发和两汉士子的人生实践,对"情"之可贵认识较深;又有老庄等人及魏晋南北朝士子对"性"的体认和追求;还有自南北朝后期至初唐这二百年的合流的时间条件。虽然这种要求,还只是人性发展到一定历史阶段后,希望"性情"兼取的生命本能的体现,但是盛唐士子还是全身心地投入了生活。同时,儒道释"三教并重"思潮也伴随人性的发展需要产生了。但从先秦时就存在的"性"和"情"的冲突也在此时发生了。不同的是,先秦是发生在儒、道两派思想之间,盛唐则发生在他们的个体心灵中。当然,这种冲突的剧烈性和持久性,又因各人对"真性""真情"追求的程度而不同。我们不否认盛唐人的"终南捷径"是一种投机取巧的融合办法,但"终南捷径"仍是将"隐"看作"仕"的一种手段,其最终目的仍然在"仕",而且走此途者多未将"出仕"上升到推行儒家仁义的高度,只是着重于功名、富贵,未得"真情",所以谈不上解决了"性"和"情"的冲突。同样,所谓的"半官半隐"或"吏隐",也都不是对"真情""真性"的执着追求,也谈不上是解决了这种冲突,所以杜甫在严武幕时虽有过"吾兼吏隐名"的想法,旋即又放弃了。另外,盛唐大多数士子在仕途失败、理想受挫后,又归于修身自保,放弃了"民胞物与"的济世热忱,"性"和"情"的冲突在他们身上并不如杜甫那样持久、剧烈。

和盛唐其他士子相比,杜甫对"真情","真性"追求的执着真挚,是极为独特的。因而,那种一直被人们躲过去的而又来自完善人性之中的"性"和"情"的冲突,就历史地、必然地降临到杜甫身上,而且强烈地体现在杜甫于"情"于"性"皆直取其"真"的弃官之后。

从上面的论述可以看出:杜甫对"真情"的体认,主要得益于先秦儒学中的"仁";对"真性"的体认,来自于道家、道教和佛教。儒家的"仁"和道家的"性"的冲突,在杜甫身上主要体现为封建官场中森严的秩序、繁多的礼数、强烈的功名欲,与他"致君尧舜""奉儒守官"理想之间的冲突。这个冲突贯穿于他入仕途中和后来的希冀复出中。因为他要想在现实中推行儒家"仁政",就必须进入封建官僚体系,忍受上下尊卑的官场秩序、繁多琐碎的官场礼数的束缚,必须承受奸小的毁谤中伤,必须面对谀臣献媚的俗态。而这,又和他得自道家的朴直、自由的"真性"是相悖的。所以,杜甫不但在左拾遗任上有"违寸心"、有违"沧海志"的怨言,而且在华州司功参军任上对此不堪忍受,弃官而去。就是入严武幕,他也未能免此厄。所以,他两说入幕是"酬知己",碍于朋友情面;再言"负平生",是违于自由本性而离职。但是,这种冲突又使他处于一方面弃了归隐之地另一方面却后悔的矛盾境地。所以,一直到临终前,杜甫都未能找到安身立命之处。

"真情"和"真性"的冲突,在杜甫身上还体现在"己饥己溺"的"民胞物与"之情和道教的访道成仙、求丹问药之间。他为了实现"致君尧舜"的理想就必须入仕,而入仕了,就不可能同时再去访道成仙,求丹问药,所以他在求仕途中有不得求丹问药之叹,在任右卫率府兵曹参军时也有,在任左拾遗时更有。而且,就在他弃官之后,"迹江湖而心魏阙"时,仍未能访道成仙、求丹问药,他只能随身带着药囊,在当地种植些中草药,权且维持多病之身。但是到他离夔州下峡之后,就连问药都困难了,以至在"家事丹砂诀,无成涕作霖"的哀叹中离开了人世。而使杜甫失去求丹问药机会的原因,又在于他始终未弃的儒家的真精神,也即"民胞物与"的"真情"。

至于儒家的"真情"和佛教的"真知"境界之间的冲突,体现在杜甫身上则更明显。杜甫从很早就仰慕佛教高僧高洁的品格,自由的秉性,潇洒的人生姿态,但要获得这些,又必须以放弃"真情"为代价。杜甫不是不想借佛教解脱自己为俗务所累的心,但他怎能舍弃妻子、儿女,怎能忘怀国乱民瘼?所以,他到弥留之际,仍未能摆脱儒与佛之交战。

如果杜甫能像庄子、陶渊明那样,一任"真性",不顾"真情",那他决不会有此冲突;如果杜甫能像比干、屈原等人,以身殉道,那他也决不会有此冲突;如果杜甫能像王维等人终归佛门,那他也不会有此冲突。只因为杜甫比之其他人都更执着、更真挚地同时追求着"真情"和"真性",所以他必然要忍受别人躲避过去的这来自健全人性深处的冲突,他必然会两无成地离开人世。

从文化人类学角度来看,杜甫的第三次冲突,反映了一定的历史条件下人的"自我异化"的剧烈性。而身处封建政治体系已很强大的盛唐时期的杜甫,想要克服人的"自我异化",显然是不可能的。但他的这个人生悲剧,代表了要求完善人性、健全人格的人类发展大势,后世人们无论是想追求"真情""真性",或是想"真情""真性"二者兼备,都可以从杜甫身上看到一种崇高的人格力量,一种伟大的生命精神,这也许是杜甫及其诗歌作品千古以来备受人们喜爱、推崇的最根本的文化因素吧!

第六章　杜诗集大成的艺术境界及盛中唐人之接受

第一节　杜诗"集大成"的艺术境界
——兼与庾信诗歌"老成"风格之比较

庾信、杜甫都是中国诗歌史上集大成的诗人,关于他们集大成的诗歌成就,自古以来,代有称述。前人或从风格、体裁、才力、遭际等方面分别论述,或就二人诗歌艺术的传承和创新的关系提出看法,但是这些论述和看法还停留在表层上,很少有人能结合南北朝后期直到盛唐这一阶段的诗歌发展过程,从整体的、内在的联系对他们集大成的诗歌成就进行综合、深入的比较研究。

一、杜甫、庾信诗歌集大成过程的相似性

在庾信、杜甫身上,最惹人注意的,莫过于他们集大成过程的相似性。他们的诗歌在集大成之前,基本上都经历了由崇尚绮丽、清新到老成境界的转变。所不同的,庾信走的是由"宫体诗"到"徐庾体",最后形成"庾信体"的诗歌创作之路;杜甫则是由初唐诗入手,取材于六朝,然后卓然特立于盛唐诗坛,终于取得了集大成的文学成就。

　　从严格意义上讲，庾信最初学习的应该是"宫体"，尤其是在他成为简文帝的抄撰学士之前。在许多人眼里，"宫体"和"徐庾体"是等同划一的。如果单就风格和题材而言，等同视之也未尝不可，因为二者的诗歌风格和创作题材本来就无太大的差别。但从时间上来讲，"宫体"诗产生在前，"徐庾体"在后，而且后者是在前者的推动下的进一步发展。因此，我们可以说，庾信是在宫体诗的笼罩下开始进行诗歌创作的。而且，到他19岁时，宫体诗的创作应已驾轻就熟了。否则，他不可能得到喜作宫体诗的太子萧纲的赏识且被擢拔为抄撰学士。然而，庾信入东宫后，诗歌又有了长足的进步。《周书·庾信传》说：

　　　　（徐）摛子陵及信，并为抄撰学士。……既有盛才，文并绮艳，故世号为徐庾体焉。

"徐庾体"的出现，标志着庾信已经由前此的学习仿作宫体诗，一跃成为当时诗坛的四大代表作家了。从他现存的南朝诸作看，他的诗已经能以意境取胜，比之简文帝及徐陵等人的同题诗作更为清新、流美，而不只是一味地追求绮丽、轻艳。梁萧子显说：

　　　　若无新变，不能代雄。①

"新变"可谓是宫体诗、徐庾体诗的作者们共同追求的创作精神，但是后来简文帝、徐陵等人是朝着尖新、巧丽、淫艳的方向去了，乃至于他们晚年积习难返，"追之不及"，就索性编《玉台新咏》，"以大其体"了②。庾信在诗中则力求造出清新、明丽的意境，较多地摆脱了

---

① 《南齐书》卷五二，《文学传》。
② 刘肃撰，许德楠、李鼎霞点校：《大唐新语》卷之三，第42页。

宫体诗特有的脂粉之气、轻薄之态。这可以从他们的一些同题共作的诗歌如《和咏舞诗》中看出来。

庾信诗歌艺术产生质的飞跃，则是在入北之后。杜甫《春日忆李白》说："清新庾开府。"这"清新"既包括庾信南朝时写的一些意境清新之作，也包括他入北后继续发展其清新诗风所写出来的一些作品。(不可否认，他刚入北时，也写了一些绮艳的作品。)杜甫《戏为六绝句》又说："庾信文章老更成。"这是说，庾信的南朝诸作已经成熟，入北后，尤其是接近晚年，则更成熟了。这"老更成"的标志之一，我认为就是"庾信体"称号的出现。《周书·赵僭王招传》中说：

> (赵王招)好属文，学庾信体，词多轻艳。

如果说庾信在"徐庾体"诗派的创作中还只是力争写出自己的特色，尚未完全超越其父及徐摛、徐陵父子，那么，"庾信体"的出现，则表明庾信的诗歌创作已经能独树一帜、自成一家了。倪璠按语云：

> 徐、庾并称，盖子山江南少作宫体之文也。及至江北，而庾进矣。①

那么，"庾信体"和"徐庾体"相比，又有什么发展呢？从庾信初入北的一些奉和、题赠之作看，仍以绮艳、清新的风格为主，但其中也渗透了一些萧瑟之感。如他作于554年冬的《奉和永丰殿下言志十首》②，其中就有几首抒发了他屈节仕北之初的极度痛苦以及设

---

① 庾信撰，倪璠注，许逸民点校：《庾子山集注》，《庾信本传》注中按语，中华书局，1980年，第44页。
② 此诗及以下庾信入北诗作的系年，皆据鲁同群《庾信入北仕历及其主要作品的写作年代》，《文史》第19辑，1983年。

法找寻精神慰藉的矛盾心情,无奈中透出凄楚。

如:

  其三
 茫茫实宇宙,与善定冯虚。
 大夫伤鲁道,君子念殷墟。
 程乡既开国,安平遂徙居。
 讵能从小隐,终然游太初。
  其七
 自怜循短绠,方欲问长沮
 茂陵体犹瘠,淮阳疾未祛。
 翻疑承毒水,忽似遇昌菹。
 汉阳嗟欲尽,谷蠡惧忽诸。
  其九
 崩堤压故柳,衰社卧寒樗。
 野鹤能自猎,江鸥解独渔。
 汉阴逢荷蓧,缁林见杖挐。
 阮籍尝思酒,嵇康懒著书。
  其十
 披林求木实,拂雪就园蔬。
 浊胶非鹤髓,兰肴异蟹胥。
 野情风月旷,山心人事疏。
 徒知守瓴甓,空欲报璠玙。

只不过学"庾信体"的赵王招、滕王对此都无兴趣,只撷取了其"轻艳"的一面。从艺术性看,"庾信体"比之"徐庾体",意境更圆融,语言更流转,韵律更优美。四库馆臣于吴兆宜《庾开府集笺注》下说:

> 至信北迁以后,阅历既久,学问弥深,所作皆华实相扶,情文兼至。抽黄对白之中,灏气舒卷,变化自如,则非陵之所能及矣。①

沈德潜也说庾信北迁以后的作品"常见风骨,所长不专在造句","恐孝穆(徐陵)华词,瞠乎其后"②。实际上,他们所指的都是庾信的暮年之作,非刚入关时之作。当庾信写出《和张侍中述怀》(作于555—557年之间)以及《拟连珠》(560年或稍前),尤其是《拟咏怀二十七首》(564年)时,他就不只是梁之冠绝或北朝文学的泰斗了,而是雄视六朝,直追魏晋正始之音和建安风骨,显示出集六朝文学之大成的恢宏创作之气度。

庾信的《拟咏怀二十七首》继承了阮籍《咏怀诗》托喻寄兴、忧愤深广的艺术传统,以凌云健笔抒写了他那痛彻肺腑、百转回肠的哀思和愤懑,虽然庾诗在对人生或社会历史的思考深度上逊于阮诗,然而庾诗的沉郁苍凉、曲折层深则较阮诗更进一层。庾诗不仅具有苍劲的风骨,而且具备了齐梁诗声律精细的艺术特征,是浑厚与精致的统一,这也是阮诗所不及的。自宋以来,尤其是梁陈诗坛,能自觉在内蕴之深沉、风骨之苍劲上复正始之音、建安风骨的,除了庾信,尚无第二人。在"竞一韵之奇,争一字之巧。连篇累牍,不出月露之形,积案盈箱,唯是风云之状"③的创作气氛中,庾信终于能力拔流俗,自铸伟制,臻于集六朝文学大成之高妙境界。

二、杜甫、庾信诗歌集大成的内在艺术机制

与庾信相同,杜甫一开始也追求绮丽的诗风。不过,他的绮丽

---

① 永瑢等:《四库全书总目》卷一四八,中华书局,1965年,第1276页。
② 沈德潜选:《古诗源·例言》,中华书局,1963年,第3页。
③《隋书》卷六六,《李谔传》引其《上隋高祖革文华书》。

不是只学六朝诗,而是由初唐入手,又受了乃祖杜审言的不小影响,笔者曾经统计过,天宝四载(745)前的杜诗现存23首,其中以五律最多(12首),且认为这些五律都未摆脱初唐诗的影响,技巧方面则对仗工稳,辞藻缤纷,和初唐诗风相近①。毕忠吉说杜甫的近体诗是"有时藻赡精工,有时横厉悲壮"②。杜甫"藻赡精工"的诗风,实渊源于初盛唐之交的沈佺期、宋之问及其祖杜审言等人,其"横厉悲壮"的诗风则渊源于老年庾信。但在安史之乱以前,杜甫的五、七言律基本还是初唐近体的沿续。七律如《题张氏隐居》《郑驸马宅宴洞中》《城西陂泛舟》《赠田九判官梁丘》《赠献纳使起居田舍人澄》等几首,都是宴游投赠之作,音调铿锵,字面藻丽。如果拿它们和沈、宋、杜审言的七律比较,风格实在相似。五古诗作,如《同诸公登慈恩寺塔》《示从孙济》《九日寄岑参》等,仍和初唐诗风相近。杜甫此时所作七古也是效法初唐,如《送孔巢父谢病归江东兼呈李白》《乐游园歌》《渼陂行》《醉歌行》诸作,在意象的构成方面,感人生的飘忽,夹以玄理,杂以诡丽,明显受到了初唐刘希夷《代悲白头翁》、李峤《汾阴行》、张若虚《春江花月夜》的影响。杜甫在长安时期的五律,亦未脱出初唐诗的窠臼,如《陪郑广文游何将军山林十首》《重过何氏五首》等明显秉承家风,效法乃祖,是从杜审言的《和韦承庆过义阳公主山池五首》发展而来的。

　　天宝末年,杜甫开始形成其沉郁顿挫的诗风。安史乱中,则是其沉郁顿挫的诗风充分发展的时期。至此,杜甫已经走出初唐,诗篇皆波澜壮阔,声调凄怆,在工稳藻丽中,复饶潇散飘逸之致,如《曲

---

①参拙作《开元诗人对杜诗接受问题考论》,《文学遗产》1991年第3期。
②转引自《辟疆园杜诗注解序》,载顾宸《辟疆园杜诗注解》,清康熙二年(1663)吴门书林刻本。

江》诸篇。他的五律,如《月夜》《对雪》等,亦由工稳而沉痛,皆能在谨严的格律中,感叹身世的飘零,悲痛时局的动乱。出语谋篇,深厚有力,且变化多端、卓然成一大家。

入川之后,尤其是初居浣花溪草堂和由梓阆重回成都时,由于生活较为安定,心情较为平静、闲适,他就做了一些惬意的小诗,诗风朝着清新、深远、洒脱发展了。但是出川之后,杜甫的诗风又变得觉郁苍莽起来。在夔府时期,杜甫的诗歌终于达到了"波澜独老成"的集大成境界。如《八哀》组诗,内容丰实,气魄宏大。其单篇五古,雄健不衰,如《夔府书怀四十韵》《往在》等。七律更有长足的进步,一变以往的工稳为沉雄,变以往的藻丽为莽苍,大气淋漓,力扛九鼎。同时,杜甫的排律亦多有宏篇巨制,极尽波澜壮阔之能事。可以说,在夔府时期,杜甫才真正做到了"包源流,综正变。……如汉魏之浑朴古雅,六朝之藻丽秾纤、澹远韶秀,甫诗无一不备"①,并形成了他雄深雅健的集大成的诗歌境界。

郭绍虞先生说:

> 杜老诗风,即在能兼"清新""老成"二者,故其推尊庾信,亦即在此。②

其实,杜甫还和庾信一样兼有绮丽,且是由此入手开始进行诗歌创作的。

三、杜甫、庾信人格境界之异对各自诗歌成就之影响

庾信和杜甫都是由绮丽、清新走向老成,最后集诗歌之大成的。

---

① 叶燮著,霍松林校注:《原诗》卷一,人民文学出版社,1979年,第8页。
② 杜甫著,郭绍虞集解:《杜甫戏为六绝句集解》,人民文学出版社,1978年,第15页。

然而,促使他们取得集大成文学成就的内在机制到底是什么呢?有人认为是他们博大精深的才思,也有人认为是他们特殊的遭际,这些因素都是集大成必不可少的条件,但并不是根本的、关键性的因素。

庾信与徐陵同为"徐庾体"的第二代代表作家,才力相当。入北之后,"唯王褒颇与信埒,自余文人,莫有逮者"①,则王褒与庾信亦才思并埒。但倪璠看得很清楚,他说:

> 若欲品藻斯文,子山之作,求之六季,罕有其俦。徐、王二家难可提衡矣。②

也就是说王褒、徐陵二人亦有相当的才思,却未能取得庾信那样的成就。显然,博大精深的才思,并不是庾信成功的关键因素。从遭际看,徐陵也曾为北齐所拘,然他复得脱归陈朝,似不能与庾信相提。但王褒却与庾信一同被迫仕周,直至老死北方,然他又为何没能集大成呢?

同样如此,在盛唐诗坛上,才力与杜甫相伯仲者有之,超过杜甫者亦有之。不用说与杜甫诗艺相当的高适、岑参、薛据、储光羲等人后来未能集大成,就连才力、诗思似胜杜甫的王维、李白后来皆未能集大成。再论遭际,这些诗人也都经历了安史之乱,体会到国破家亡、生民涂炭的痛苦,而他们为什么也没能集大成呢?

看来,常人所说的才力和遭际、阅历并非他们集大成的关键。如果我们再将庾、杜二人分别与他们同时的诗坛大家的差异细细寻绎一下,就会发现,庾、杜二人之所以能超越诸家、卓然特立,实得力

---

① 《北史》卷八三,《庾信传》。
② 庾信撰,倪璠注,许逸民点校:《庾子山集注》,《庾信本传》注中按语,第47页。

于他们后期精神境界的升华。

庾信仕北后,非独诗艺上更为精进。且心理上也起了很大的变化。宗国覆亡的哀思、远羁他乡的苦痛以及对自己屈节的羞愧都时时袭上他的心头。晚年的庾信已没有了丝毫的虚伪和造作,而是任一腔真情泼洒成文,从而反过来促使他诗境大开、诗风大变。后期的庾信不但在诗中一抒自己对梁帝王宗室误国的愤懑,改变了在南朝时不事政务,以诗文相尚的清简之习,而且勇于剖析、坦露自己的灵魂。如他在《拟咏怀诗》其二十中说:

在死犹可忍,为辱岂不宽?

深为自己屈节仕魏、周而自责,乃至深感耻辱。再如他在其二十四中说:

无闷无不闷,有待何可待。
昏昏如坐雾,漫漫疑行海。

写出了他昏昏、索索、闷闷、漫漫,无望中终无可待的绝望心境。而和庾信同时仕北的王褒,虽也有乡关之思和迁逝之悲,但远没有庾信表现得曲折层深、感情蕴藉。史称王褒"并荷恩眄,忘其羁旅焉"①,再加上他后期又相信道教和佛教,在释老的玄虚中消磨和麻醉自己,故王褒诗中的感情就远不及庾信真挚、浓烈。

如果再把庾信仕北后的真情之作与前期专事绮丽、清新之作相比,可看出,庾信仕北后,由于他心灵的升华,能将真情贯注于诗歌创作中,这不但使他开拓了诗歌表现领域,而且使他原先作得珠圆玉润的小诗,如《寄王琳》也境界一新,显得韵短情长,厚重多了。

求"真",是庾信心灵升华后勃发出的新的诗歌创作精神。在

---

① 《周书》卷四一,《王褒传》。

整个六朝文学史上,能将自己的真心灵、真性情坦露得如此真切、浓烈、悱恻动人,除庾信外,尚不多见。而且,由于他后期精神境界的升华,又使得他的"哀思"成了整个六朝文学"哀思"创作传统的升华,使得六朝人往常惯于表现的儿女相恋之悲、个体生命迁逝之悲、仕途失意之悲,以及只是为写悲而写悲的诗歌,一跃而具备了真挚、深沉、鲜活的感情内质。所以他的诗才有可能凌铄六朝,集六朝诗之大成。

笔者认为杜甫在乾元元年(759)六月之后,心态发生了明显的变化,变化之一就是"他对'致君尧舜'的体认已由前此重求仕、入仕,转为'迹江湖而心系魏阙',追求儒学'仁民爱物'的真情精神"①,当杜甫隐居成都草堂时,他并没有忘怀时世,舍弃"民胞物与"的儒学真精神,作《茅屋为秋风所破歌》表现其"己饥己溺,推己及人"的真精神。卧疾夔府时期,他更是"日夕思朝廷"(《同元使君春陵行》),时常表现出"时危报明主,衰谢不能休"(《江上》)的忠君思想。漂泊荆湘之时,杜甫依然不能忘怀世事。他的《遣闷》诗抒发的是忧国忧民之情。杜甫真正做到了"穷年忧黎元,叹息肠内热"(《自京赴奉先县咏怀五百字》)。他是从内质上、精神上体认了原始儒学"仁民爱物"的思想。所以,"其穷也,未尝无志于国与民。其达也,未尝不抗其易退之节。盇谋先定,出处一致矣"②。唯其具有真情,所以他的诗"述哀怨即真使人欲泣,叙愉快即真使人欲起舞,气激烈即使人欲击唾壶,意飘扬即使人如出云表"③。

我们再看看与杜甫同时代的其他几位诗坛名家的情况。王维

---

① 参拙作《论杜甫后期的悲剧心态》,《陕西师大学报》1993年第2期。
② 杜甫著,仇兆鳌注:《杜诗详注》卷四,第274页。
③ 冒春荣:《葚原诗说》卷二,郭绍虞选编:《清诗话续编》,上海古籍出版社,1983年,第1596页。

仕途较为得意,尤其在张九龄为相时期,充分表现出经世的热情。但在李林甫当政之后,他就采取了"半官半隐"的生活方式,以山水自如,以禅佛为乐了。在责授太子中允之后,王维更是沉溺于枯禅的生活中,谈不上有什么热情了。高适、岑参及其他一大批盛唐诗人在安史乱中及乱后也无以前的政治热情,而像杜甫一样的始终关心民瘼、忧怀时乱者更少,他们的诗歌也多声音销匿了。清人朱庭珍曾说:

> 愚谓高青丘诗,自汉、晋、六朝以及三唐、两宋,无所不学,亦无所不似,妙者直欲逼真,可云一代天才,孰学孰似矣。其意亦欲包罗古今,取众长以成大宗,然中无真我,未能独造,终非大家之诣。①

虽然朱庭珍所说的"真我"偏指属于自己的独特风格和诗体,但是没有真挚而深沉的感情贯注其中,又怎么能自成一家之精神气味,进而众美兼备、变化自知,集古今诗歌艺术之大成呢?因此,要想在诗歌创作中集艺术之大成,首先就必须集人格精神之大成。就庾信来说,他在精神境界上超越了南朝文士,集了六朝士子人格之大成。就杜甫而言,他不但继承了孔孟以来的儒家奉行的"仁民爱物"的真精神,具有真情;而且还继承了老庄道家的"法天贵真"的思想,具备真性。因为崇尚真性,他厌忌官场拘束,"老病忌拘束,应接丧精神。江村意自放,林木心所欣"(《暇日小园散病将种秋菜督勒耕牛兼书触目》);因为具有真性,他嫉恶如仇,"性豪业嗜酒,嫉恶怀刚肠"(《壮游》);因为具有真性,所以他怀抱尽开、心怀坦荡,"可怜怀抱向人尽"(《所思》)、"令我怀抱尽"(《赠郑十八贲》)。由于杜

---

① 朱庭珍:《筱园诗话》卷四,郭绍虞选编:《清诗话续编》,第 2393 页。

甫"真情""真性"兼而有之,所以他的人格就凝成了集大成的境界,从而也使他的诗歌达到了集大成的境界。刘熙载说:

> 杜诗高、大、深俱不可及。吐弃到人所不能吐弃,为高;涵茹到人所不能涵茹,为大;曲折到人所不能曲折,为深。①

这高、大、深几乎无不和其集大成的人格境界紧密相关。

虽然庾信和杜甫都因后期精神境界的升华,使得他们的诗歌达到了集大成的艺术境界,但是他们的精神境界仍存在着较大的差异,这些差异在某种程度上又影响了他们文学创作视野的宽狭及集大成文学成就的大小。

姑且不论庾信后期的屈仕魏、周与杜甫的忠君爱国不可同日而语,这尚不是影响他们诗歌集大成成就大小的主要因素。因为如果没有庾信的被迫出仕北方,我们今天恐怕也很难看到他后期写的那些曲折层深、哀愧交加的诗歌了。说到底,他们之间精神境界最明显的差异,乃在于杜甫后期履践的是儒家"仁民爱物"的真精神,且将之视为人性中自然应具的人格核心;而庾信所具有的,则是一种"衣冠礼乐"之儒,对儒家"仁"的精神体认不够。

庾信虽然不是出自于门阀世族,但也是"或昭或穆,七世举秀才;且珪且璋,五代有文集"②的名门望族,家族文化传统中也具有浓重的儒家色彩。只不过,儒术在他们家族中更多的是一种世家大族的文化象征,是获得官位的敲门砖。他在《哀江南赋》中说,先祖在汉代"经邦佐汉,用论道而当官",东晋时,"八世祖滔,随晋元帝过江,官至散骑常侍,封遂昌侯"③。滔长子畲是新野太守,因政绩

---

①刘熙载撰,袁津琥校注:《艺概注稿》卷二,中华书局,2009年,第288页。
②庾信撰,倪璠注,许逸民点校:《庾子山集注》,第51页。
③《北史》卷八九,《庾季才传》。

突出,百姓为之立生祠;滔之孙庾告云为青州刺史,胡为之立碑。故《哀江南赋》云:"新野有生祠之庙,河南有胡书之碣。"接下来,庾滔曾孙玫为巴郡太守,玫之子道骥为安西参军;道骥之子易(即庾信祖父)为齐征士;易少子肩吾(庾信父)为晋安王国常侍,后兼东宫通事舍人;易长子黔娄(即庾信大伯父)为齐编令,性至孝;易次子于陵(即庾信二伯父)为梁鸿胪卿,兄弟三人皆仕官宦而有清质。在这种世风祖德的熏陶下,庾信自小就熟读儒家经典。滕王宇文逌说他"德、圣两《礼》,韩、鲁四《诗》"莫不"穷其枝叶,诵其篇简"。

但是,庾信在南朝时并没有以儒家的伦理道德观严格要求自己。他们家族在宋、齐兴亡之际,多有直道守节之人,"训子见于纯深,事君彰于义烈"(《哀江南赋》),而他自己在侯景叛军进攻京师时,却望敌先奔,临阵脱逃。他在诗歌创作时,也没贯彻儒家诗教的精神,而是大力创作"绮艳""清新"的宫体诗。庾信身上儒家思想观念的显露,是在入北之后,是在宗国覆亡之后,倪璠说:

观其序出师之名,则灵钌金仆;称兆乱之子,则蜂目狼心。星纪庚辰,以志亡灭之期;纪侯郳子,以记出奔之状。①

这是庾信从《春秋左氏传》中得来的儒家政治道德观,他固然用这种价值标准去评价了历史和社会,但总脱不了经术之儒的迂腐气味。从儒家的价值观出发,庾信后期也开始认识到文学的一些社会作用。他首先把诗歌当作润饰鸿业、移风易俗、教化人民工具,如他在《燕射歌辞·变宫调》诗中云:

移风广轩历,崇德盛唐年。
成文兴大雅,出豫奏钧天。

---

① 庾信撰,倪璠注,许逸民点校:《庾子山集注》,第2页。

……
闻音能辨俗,听曲乃思贤。
感物观治乱,心恒防未然。
君子得其道,太平何有焉。

尽管庾信也提及儒家诗教"四始六义,实动性灵"(《谢赵王示新诗启》),但这只不过是说辞而已,创作中体现的仍然是"诗缘情而绮靡"的诗学观念。所以庾信诗歌的集大成只是集了六朝文学之大成,由于诗歌创作观的局限性,他并没有将《诗经》、汉乐府民歌纳入其集大成的视野,他只能上追到魏晋"正始之音"。

由于杜甫将"仁"的精神看作是人分内应具的"至情",将人性中"仁"的精神境界推尊到一种宇宙境界,所以他能自觉地用诗歌来反映民生疾苦,为民请命。当他在夔州看到元结的《舂陵行》和《贼退后示官吏》时不禁大为赞叹,引为同调,其《同元使君舂陵行》云:

不意复见比兴体制,微婉顿挫之词,感而有诗,增诸卷轴。

这说明杜甫自觉继承了儒家诗教"规讽""美刺"精神。所以他的诗歌集大成,就不仅集了六朝、初唐、盛唐诗歌之大成,而是上承汉魏风骨,直追《诗经》和汉乐府民歌,表现出比庾信开阔得多的文学视野。杜甫说过"别裁伪体亲风雅"(《戏为六绝句》之六),他的"三吏""三别"都是兼采《国风》善于言情,《小雅》长于叙事、议论二者之长的。元人傅若金说:

子美学优才赡,故其诗兼备众体,而植纲常、系风化为多。三百篇以后之诗,子美其集大成也。[1]

---

[1] 杜甫著,仇兆鳌注:《杜诗详注》附编,第2322—2323页。

持论虽然有些迂腐，倒也指出了杜诗写实精神源于《诗经》这一事实。杜甫又说"劣于汉魏近风骚"（《戏为六绝句》之四），表明他向汉魏诗歌学习的心愿。事实上，杜诗得汉魏诗歌处也不少。陆时雍在《诗境总论》里说：

> 少陵五古，材力作用，本之汉魏居多。①

钱泳在《履园谭诗》中则说得更具体：

> 杜之前、后《出塞》《无家别》《垂老别》诸篇，亦曹孟德之《苦寒行》、王仲宣之《七哀》等作也。②

而这些，都是在庾信诗中寻觅不到的。

因此，庾信、杜甫对儒学精神理解、履践等方面的差异，不仅直接决定了他们精神境界之高下，而且影响到他们诗歌集大成的程度。

第二节　开天诗人对杜诗接受问题考论

唐开元、天宝年间是中国古典诗歌创作的"盛唐之盛"③，又是杜甫创作的发轫期。但学界论述杜甫在盛唐诗坛的地位时，或牵合杜诗与盛唐诗风，对盛唐诗人接受、评赏杜诗的情况语焉不详；或仅据杜甫自期之辞，认为他在开元、天宝中已"声名颇挺出"，受到时人的普遍称许，进而肯定杜甫在盛唐诗坛的崇高地位，却都忽视了

---

① 杜甫著，仇兆鳌注：《杜诗详注》卷七，第525页。
② 钱泳：《履园谭诗》，丁福保编《清诗话》下，上海古籍出版社，1978年，第872页。
③ 高棅编纂，汪宗尼校订：《唐诗品汇·总叙》，中华书局，2015年，第7页。

开天诗人对杜诗的接受问题。笔者认为,要考察杜甫与盛唐诗坛的关系,不能无视杜甫在当时的影响,而所谓影响,又是给予者(杜诗)和接受者共同作用的结果。本节试结合杜甫在开天中的创作情况和盛唐诗坛的创作风尚、审美趣味,对开天诗人对杜甫诗作的接受情况作一综合考察。

一、杜甫在开元年间的诗歌创作及影响

据杜甫的夫子自道,他开始出入诗坛是在开元十三四年：

> 往昔十四五,出游翰墨场。
>
> (《壮游》)

此时,唐代诗坛尚未出现全面繁荣的场面,沈、宋、李、杜虽已建立了律诗的格式,陈子昂对完美的诗歌的期望尚在酝酿之中。及至孟浩然、王翰等扬名之后,盛唐之音才徐徐奏响。殷璠《河岳英灵集序》中说：

> 开元十五年后,声律风骨始备矣。

就在这个萌生、勃发出新气派、新诗风的诗坛春天,出身于诗歌世家的杜甫开始出入洛阳诗坛。在此前后,杜甫的诗作皆佚,我们只能从他的自述中把握其创作和被接受情况。

杜甫《壮游》说他刚开始出入洛阳文坛时,已经超越同侪,平交文坛宿老们了：

> 脱略小时辈,结交皆老苍。

且还得到了两位诗坛前辈的指点与评赏：

> 斯文崔魏徒,以我似班扬。

这应是青年诗人成长过程中习见的现象,然有论者却据此认为杜甫此时已受到时人的"推崇备至"①,这就未免有些轻信杜甫的自叙了。

"斯文"句杜甫原注:"崔郑州尚,魏豫州启心。"仇注引《会要》云:"神龙三年,才膺管乐科,魏启心及第。"崔尚、魏启心二人比杜甫起码大二三十岁,可能都做过刺史。据岑仲勉先生考证,崔、魏开天中亦曾任祠部郎中,"天宝元年立桐柏观颂,称祠部郎中清河崔尚造"②。他们的诗作现存《唐人选唐诗》无一收录,亦未见时辈称赏。就崔尚现存《奉和圣制同二相已下群官乐游园宴》③看,亦诗艺平平。他们二人称赞少年杜甫文似"班扬",只不过是对后进孺子的鼓励,并不能说明杜甫此时已很有创作成就并得到时人的推许了。

杜甫类似的自诩还有:

> 李邕求识面,王翰愿为邻。
>
> (《奉赠韦左丞丈二十二韵》)

李邕与杜甫初会当在洛阳,但他主动结识杜甫恐怕是因为杜审言。固然,杜甫对乃祖推崇备至,创作上亦着意仿效。可能李邕听到初唐巨家杜审言之孙如今年龄虽小却已出入洛阳文坛,便"奇其材,先往见之"④,于是这就有了"李邕求识面"。他们初会的情形,我们现在不得而知,但杜甫的《八哀诗·李公邕》中却透露了他们在济南重逢的消息:

---

① 参陈尚君《杜诗早期流传考》,《中国古典文学丛考》第1辑,复旦大学出版社,1985年。
② 岑仲勉:《郎官石柱题名新考订》,上海古籍出版社,1984年,第151页。
③ 按:《全唐诗》仅收此一首。
④ 《新唐书》卷二〇一,《文艺传》。

> 例及吾家诗,旷怀扫氛翳。
> 慷慨嗣真作,咨嗟玉山桂。

据此可知,李邕这次与杜甫在济南重逢时,还特别当面称赞了杜审言的长达四百字的五排《和李大夫嗣真奉使存抚河东》,并美其为"玉山桂"。但令人奇怪的是,就现存资料看,李邕却无评赏杜诗的文字,若有,至少颇为自期的杜甫当不会失载。而这次会面,李邕却对其族孙李之芳大加揄扬,其《登历下古城员外孙新亭》诗云:

> 吾宗固神秀,体物写谋长。

看来,李邕和杜甫的结交,也只能看作是老诗人对诗歌世家新苗的关怀、鼓励与扶持。

至于杜甫说的"王翰愿为邻",也含有不少水分,不能轻信。《唐才子传》"王翰"条载:

> 华母崔氏云:"吾闻孟母三迁。吾今欲卜居,使汝与王翰为邻,足矣。"其才名如此。①

可见,王翰当时很负盛名,文士多以与王翰为邻而夸耀。而杜甫反言王翰愿与他为邻,则显属自抬身价。

首先,从这句诗在《奉赠韦左丞丈二十二韵》中的文理位置看,言李邕求访、王翰为邻似在其二十四岁东都应试落第之后。按,王翰在开元二十五年(737)后即连出汝州长史、仙州别驾、道州司马,且卒于道州司马任上②,祖咏、杜华与之游从就是在汝州,此时杜甫不可能与王翰卜邻而居。而此前的开元二十三四年,杜甫"放荡齐

---

① 辛文房著,傅璇琮主编:《唐才子传校笺》卷一,中华书局,1995年,第146—147页。
② 《旧唐书》卷一九〇,《文苑传》。

赵间"(《壮游》),王翰则似已南贬道州,或已卒(开元后期即不见其踪迹),二者更无缘相见,就更谈不上"为邻"了。

其次,我们再看一下杜甫言此句时的心境,便明白更不能坐实。杜甫的《奉赠韦左丞丈二十二韵》诗,是其入长安应制举失败后,求韦济引荐而作的干谒诗。诗中所云:

读书破万卷,下笔如有神。
赋料扬雄敌,诗看子建亲。

显属露才扬己,自炫自媒,当然有不少夸大的成分。接下来,他就说"李邕求识面,王翰愿为邻",更进一步抬高身价。这正如李白《赠张相镐》(其二)云:

十五观奇书,作赋凌相如。

李白虽然对自己十五岁时的创作成就自视颇高,可在号称"大手笔"的苏颋眼里李白到二十岁时,却还只是"若广之以学,可以相如比肩也"(《上安州裴长史书》)。可见李、杜二人都是少年气盛,遭挫折时便抬出名公评赏来巧饰一番。杨伦在杜甫"自谓颇挺出"四句诗旁即批道:

自是腐儒大言,在他人亦不敢说。①

这就觑破了杜甫在干谒诗中夸口大言的小把戏。但杨伦只说对了一半,其实,盛唐人在干谒时大多如此,并非"在他人亦不敢说"。当然,我们对诗人在这种心境下的高自称许应持理解同情之态度,不可过于苛责,但绝不能作为考察他们诗歌创作被接受情况的主要依据。

---

① 杜甫著、杨伦笺注:《杜诗镜铨》卷一,上海古籍出版社,1981年,第25页。

事实上，此时杜甫的创作尚处于模仿阶段，远未成熟。据笔者统计，天宝四载（745）前的杜诗现存 23 首[①]，其中以五律最多（12首）。然而这些五律都未摆脱初唐诗的影响，技巧方面对仗工稳，辞藻缤纷，与初唐诗风相近。如杜甫《登兖州城楼》：

> 东郡趋庭日，南楼纵目初。
> 浮云连海岱，平野入青徐。
> 孤嶂秦碑在，荒城鲁殿余。
> 从来多古意，临眺独踌躇。

赵汸评诗时即引杜审言《登襄阳城》：

> 旅客三秋至，层城四望开。
> 楚山横地出，汉水接天回。
> 冠盖非新里，章华即旧台。
> 习池风景异，归路满尘埃。

且云："公此诗实本于其祖。"（仇注引）两诗皆前半绘登楼之景，后半抒怀古之情，均有情景分割之弊。杜甫《与任城许主簿游南池》《过宋员外之问旧庄》等作亦类似，诗作内容并不丰富、深刻，实难与开天名家比肩。

而开天诗坛佳制迭出的绝句，杜甫却未曾着意。杜集中现存最早的绝句，是天宝四载（745）秋所作《赠李白》：

> 秋来相顾尚飘蓬，未就丹砂愧葛洪。
> 痛饮狂歌空度日，飞扬跋扈为谁雄？

上下皆用散体，和当时王昌龄、王维、李白等人的绝句相比，则显得

[①] 本节杜诗统计数据皆据浦起龙《读杜心解》，中华书局，1961 年。

过实、过直,"少唱叹之音"①。

由于杜甫在开天之际的创作仍处于模仿、探索阶段,生活阅历不丰富,开元二十三年(735)进士落第后仍少年气酣,作品中缺少深沉的人生意蕴,诗作的影响自然不可能很大。

二、杜甫在天宝诗坛的地位和影响

天宝三载(744),杜甫道遇李白,接着开始了与李白、高适为时一年多的梁宋之游。《新唐书》杜甫本传记此事时说:"人莫测也。"即不为外人所知。有学者也将这件事和"旗亭唱诗"故事相提并论,看成可以"鉴定一时诗人的高下"的盛会,并以此看出"杜甫当时在诗界的地位"②。诚然,他们三人的相识、游从,是以诗歌创作为基础的,但此时杜甫的成就、诗名远不能与李、高比肩。李白才情纵放,被玄宗"召入禁掖",前此两年已"名动京师",成为盛唐诗坛上的一颗众人注目的巨星。高适此前在宋中即有《燕歌行》等佳作问世,芮挺章于天宝三载编定的《国秀集》已收其诗,殷璠《河岳英灵集》亦说高适此时"隐迹博徒,才名自远"。杜甫此次与李、高同游,并不能说明已在诗界取得了与他们相同的地位,因为盛唐诗人之间的交游酬唱是很普遍的,且不以风格、成就和名望为主要考量因素。

虽然杜、李、高三人后来都有诗忆及这次同游,但高、李诗中却无片言只语称赏杜诗。有学者在评述这一现象时为杜甫辩解道:

> 杜甫以前,以诗品诗、相互推许的风气尚未盛行,李白和王孟高岑诗作中对杜诗很少称誉,相互间称赏诗作的例子也

---

① 沈德潜选注:《唐诗别裁集·凡例》,上海古籍出版社,2013年,第4页。
② 陈尚君:《杜诗早期流传考》,第178页。

不多。①

笔者则认为此论不确，因为以诗论诗评诗的风气并非始于杜甫，在开元中后期即已盛行。

孟浩然开元十四年(726)第一次游吴越时，就有《与崔二十一游镜湖寄包贺二公》诗推许包融与贺朝②：

> 府掾有包子，文章推贺生。

王维《和使君五郎西楼望远思归》亦称其友人：

> 能赋属上才，思归同下秩。

在《别綦毋潜》中，王维又赞綦毋潜诗：

> 盛得江左风，弥工建安体。

高适《淇上酬薛三据兼寄郭少府微》评薛据其人其诗：

> 故交负灵奇，逸气抱謇谔。
> 隐轸经济具，纵横建安作。

他在《宋中别周梁李三子》中又赞：

> 周子负高价，梁生多逸词，
> 周旋梁宋间，感激建安时。

在《答侯少府》中，高适将侯少府誉为：

> 东道有佳作，南朝无此人。
> 性灵出万象，风骨超常伦。

---

① 陈尚君：《杜诗早期流传考》，第 178 页。
② 此诗系年据王达津《孟浩然生平续考》，载《唐诗丛考》，上海古籍出版社，1986 年，第 114 页。

岑参诗中亦有不少类似的文字,如他在《送魏升卿擢第归东都因怀魏校书陆浑乔潭》中云:

> 君不见三峰直上五千仞,见君文章亦如此。
> 如君兄弟天下稀,雄辞健笔皆若飞。

在《敬酬杜华淇上见赠兼呈熊曜》中,则赞扬杜华诗作:

> 杜侯实才子,盛名不可及。
> ……
> 得君江湖诗,骨气凌谢公。

就连恃才自傲的李白对当时诗人亦多有称誉,对贺知章说:

> 四明有狂客,风流贺季真。
>
> (《对酒忆贺监》)

对孟浩然则云:

> 吾爱孟夫子,风流天下闻。
>
> (《赠孟浩然》)

并谓孟诗:

> 愧非流水韵,叨入伯牙弦。
>
> (《春日归山寄孟浩然》)

另外,盛唐诗选家亦收了不少以诗品诗之作。如芮挺章于天宝前期编成的《国秀集》卷上所收张说《李赵公峤》称许李峤:

> 李公实神敏,才华乃天授。
> ……
> 故事遵台阁,新诗冠宇宙。

同卷亦有卢僎《稍秋晓坐阁遇舟东下扬州即事寄上族父江阳令》，诗中称江阳令：

> 文掩崔亭伯，德齐陈太丘。

并谓其：

> 道浓礼自略，气舒文转遒。

殷璠的《河岳英灵集》也收有开元中辞世的王湾称赏苏州武员外的诗《晚春诣苏州敬赠武员外》，诗中有云：

> 贵门生礼乐，明代秉文章。

以上只举荦荦大者，足见"杜甫以前，以诗品诗，相互推许的风气尚未盛行"的解释与史实并不相合。

那么，杜甫为何在天宝中前期并无时人称赏的问题，恐怕就得另找因由了。

我认为，此问题的关键应该是杜甫此时尚不可能得到高、李的真心推服，因为到天宝四载（745），杜甫诗风仍未脱凤雏之态，其游梁宋、齐鲁之作亦稍逊高、李一等。

高适在大梁时的名作《古大梁行》：

> 古城莽苍饶荆榛，驱马荒城愁杀人。
> 魏王宫观尽禾黍，信陵宾客随灰尘。
> 忆昨雄都旧朝市，轩车照耀歌钟起。
> 军容带甲三十万，国步连营一千里。
> 全盛须臾那可论，高台曲池无复存。
> 遗墟但见狐狸迹，古地空余草木根。
> 暮天摇落伤怀抱，倚剑悲歌对秋草。
> 侠客犹传朱亥名，行人尚识夷门道。

>白璧黄金万户侯,宝刀骏马填山丘。
>年代凄凉不可问,往来唯有水东流。

吊古伤怀,感慨今昔,含蓄地抒发了自己徒有"王霸大略"而不为世用的感慨。全诗气韵悲壮沉雄,隔句对仗,壁垒森严,"开后人故迹凭吊诗之法门"①。殷璠评高适诗风:

>多胸臆语,兼有气骨。②

亦指其在此前后创作的一些作品,如高适《东平路中遇大水》就是盛唐诗中较早反映民生疾苦的优秀诗篇。李白此时的作品也已"文质相炳焕",离京前所作《古风》注重比兴,立意讽托,气势磅礴。如《古风》其四十二③:

>摇裔双白鸥,鸣飞沧江流。
>宜与海人狎,岂伊云鹤俦?
>寄形宿沙月,沿芳戏春洲。
>吾亦洗心者,忘机从尔游。

用鲍照《拟行路难》诗中"宁作野中之双凫,不愿云间之别鹤"之意,以云中仙鹤讽朝中在位之人,以海上白鸥喻江海闲散之人,抒发自己啸傲江湖、随意飘荡之高逸志趣。李白与杜甫、高适同游时所作《秋猎孟诸夜归置酒单父东楼观妓》:

>倾晖速短炬,走海无停川。

---

①[日]青木恒三郎:《笺注唐贤诗集》,日人近藤元粹增评语,青木嵩山堂光绪三十一年(1905)铅印本。
②殷璠:《河岳英灵集》,傅璇琮等编:《唐人选唐诗新编》(增订本),第209页。
③安旗主编《李白全集编年笺注》卷六,将此诗系于天宝三年,题下注云:"去朝前作。言其放浪江海之志。"中华书局,2015年,第586页。

冀餐圆丘草,欲以还颓年。
此事不可得,微生若浮烟。
骏发跨名驹,雕弓控鸣弦。
鹰豪鲁草白,狐兔多肥鲜。
邀遮相驰逐,遂出城东田。
一扫四野空,喧呼鞍马前。
归来献所获,炮炙宜霜天。
出舞两美人,飘飘若云仙。
留欢不知疲,清晓方来旋。

表达了诗人叹韶华易逝,又不能忘怀政治、甘于归隐的痛苦。李白在东鲁中与杜甫同寻范十隐士时写的《寻鲁城北范居士失道落苍耳中见范置酒摘苍耳作》：

雁度秋色远,日静无云时。
客心不自得,浩漫将何之?
忽忆范野人,闲园养幽姿。
茫然起逸兴,但恐行来迟。
城壕失往路,马首迷荒陂。
不惜翠云裘,遂为苍耳欺。
入门且一笑,把臂君为谁?
酒客爱秋蔬,山盘荐霜梨。
他筵不下箸,此席忘朝饥。
酸枣垂北郭,寒瓜蔓东篱。
还倾四五酌,自咏猛虎词。
近作十日欢,远为千载期。
风流自簸荡,谑浪偏相宜。

酣来上马去，却笑高阳池。

逸兴满怀，清新明快。同年所作《东海有勇妇》采传说入诗，风格豪荡不羁、纵恣奔放。稍后的《梦游天姥吟留别》更是历代公认的七言歌行杰作。而杜甫此时的绝句《赠李白》（见前引），诗艺平平，且对李白理解肤浅（"痛饮狂歌空度日，飞扬跋扈为谁雄？"）。其《临邑舍弟书至苦雨黄河泛溢堤防之患簿领所忧因寄此诗用宽其意》写中原暴雨连绵、黄河泛滥之灾情：

　　二仪积风雨，百谷漏波涛。
　　闻道洪河坼，遥连沧海高。
　　职思忧悄悄，郡国诉嗷嗷。
　　舍弟卑栖邑，防川领簿曹。
　　尺书前日至，版筑不时操。
　　难假鼋鼍力，空瞻乌鹊毛。
　　燕南吹畎亩，济上没蓬蒿。
　　螺蚌满近郭，蛟螭乘九皋。
　　徐关深水府，碣石小秋毫。
　　白屋留孤树，青天矢万艘。
　　吾衰同泛梗，利涉想蟠桃。
　　倚赖天涯钓，犹能掣巨鳌。

诗中堆砌辞藻敷陈洪水泛滥之势，结以瑰奇想象、乐观之情，思想境界远不及高适倾注了伤时忧民、怀才不遇之悲慨的《东平路中遇大水》：

　　天灾自古有，昏垫弥今秋。
　　霖霪溢川原，滇洞涵田畴。
　　指途适汶阳，挂席经芦洲。
　　永望齐鲁郊，白云何悠悠。

傍沿巨野泽,大水纵横流。
虫蛇拥独树,麋鹿奔行舟。
稼穑随波澜,西成不可求。
室居相枕藉,蛙黾声啾啾。
仍怜穴蚁漂,益羡云禽游。
农夫无倚著,野老生殷忧。
圣主当深仁,庙堂运良筹。
仓廪终尔给,田租应罢收。
我心胡郁陶,征旅亦悲愁。
纵怀济时策,谁肯论吾谋。

以上诗作之比较,说明杜甫当时对社会现实的理解尚不深刻,其诗歌创作亦未成熟,在诗界的地位不可能很高,与李白、高适同游时未获二人明确称赏,也就不奇怪了。

开元中,诗人们多以能"名动京师"为荣。孟浩然入长安"赋诗作会,……举座嗟其清绝,咸阁笔不复为继",张九龄、王维、卢僎等"率以浩然为忘形之交"①。李白天宝初入长安,贺知章赞其为"谪仙人"。而杜甫之初入长安,则备受冷落。

天宝五载(746),杜甫满怀热望入长安,干谒求进,四处投诗,都收效甚微。天宝九载(750)秋日,他又进《雕赋》,不报。次年又献《三大礼赋》,才引起了玄宗注意,待制集贤院,宰相试文章。杜甫这次投赋成功,主要原因并非"文采动人主",而是时机选得准,赋的内容正合玄宗胃口②。天宝十一载(752)春日,杜甫在长安召试文章,送隶有司,参列选序,说明他当时连起码的官职都未得到。后

---

① 王士源:《孟浩然集序》,《全唐文》卷三七八。
② 参陈贻焮《杜甫评传》上卷,第 174 页。

来他又献了《封西岳赋》，仍不见任何反响。直到天宝十四载（755）十月，杜甫才被授河西尉。不久，杜甫辞职到右卫率府当了兵曹参军①。这说明杜甫在长安期间并未引起"圣朝"的注目。

那么，杜甫在长安诗坛的影响又如何呢？

开元二十四年（736）张九龄罢相，孟浩然因之不再涉足京师。到天宝五载（746）前后，活动在京师附近的只有王维、崔颢、储光羲、崔国辅等为数不多的著名诗人。其中，王维从开元末即大多隐居在终南山，与裴迪往还唱和；储光羲意欲走终南捷径，亦相与游从；崔颢、崔国辅虽然在京，但也是婉言以讽当政。总之，天宝前期长安诗坛远不如开元中那样生龙活虎了。

杜甫在入京时，对当时政治的微妙变化并无知觉，仍沉醉在歌舞升平之中，写出了《送孔巢父谢病归游江东兼呈李白》《饮中八仙歌》等钦慕盛世名士风神的浪漫作品。但是，长安迎接他的却是一点儿也不浪漫的"野无遗贤"的考试，由于此时张九龄远贬，贺知章归山，应诏受挫的杜甫只能向那些整日唱歌游猎的贵族文人求援。后者如汝阳王李琎、韦济、张垍等人，也只是用杜甫装潢一下门面，并没有帮他改变命运，更未对杜诗真心赏识。另外，当时在京城及附近活动的王维、裴迪、崔国辅等诗人，都没有和杜甫交往的迹象，也庶几可以说明杜甫在入京后相当长时间内并未真正进入长安诗人群体。

到天宝中后期，岑参入京时，杜甫才开始接触到一些同辈诗人。天宝十一载（752），杜甫与高适、岑参、储光羲同登慈恩寺塔赋诗抒怀，标志着他开始进入京城诗歌圈子，诗境也渐趋完美。但杜甫此时诗作的影响仍然远不如这些同游者，这可以从《河岳英灵

---

① 按：葛立方《韵语阳秋》卷六辨新、旧《唐书》之误甚详，可参见。

集》中看出。殷璠从天宝前期开始编《河岳英灵集》，大约到天宝十二载(753)前后编定，李白、高适、岑参、储光羲、薛据等人皆有诗作入选，唯独未选杜诗。后人作出种种推测，强为杜甫之落选辩护。笔者认为，盖因杜甫当时诗名尚小，殷璠所见杜诗又不合其选录标准所致。

首先，殷氏未见杜诗的可能性不大。据蒋凡先生云，殷氏天宝四载(745)前曾在长安(或洛阳)，长期搜集诗作，准备成书。其后仍在长安(或洛阳)一个时期，编成初稿，并写《集序》，回丹阳后，虽编《丹阳集》，对《河岳英灵集》仍在修订。天宝十二载(753)定稿本出①。由此观之，杜诗当为殷氏所见。高适与杜甫同游梁宋及前后所作《宋中》《哭单父梁九少府》《宋中遇陈兼》，李白在山东别杜后不久写成的《梦游天姥吟留别》，殷氏皆收，故而杜甫与高、李游从之作，殷氏当亦寓目。另外，《河岳英灵集》中汶水人卢象的《追凉历下古城西北隅此地有清泉乔木》②，系与杜甫的《同李太守登历下古城员外新亭》诗为同时、同地而作。《唐才子传》"卢象"条载其"携家来居江东最久"③，殷氏对卢象的评语又透露出和他很熟识的消息，因而对卢象在历下古城参加过的那次盛会必有耳闻，杜甫在席间所作，殷璠更有可能也从卢象的追述中一并赏读了。

如此看来，殷氏不选杜诗不应该是未见之故。我认为，其中最主要的原因，恐怕要归结为杜甫在开天中诗作影响尚小，且当时在社会上流传者多为其"戏题剧论"之作④，不甚合殷氏"风骨声律"兼备的选诗标准。尽管杜甫本人自视颇高，但也可能会因"名不副实，

---

①蒋凡：《〈河岳英灵集〉与杜甫》，《草堂》1983年第1期。
②按：此诗一题有"同李北海"四字。
③辛文房著，傅璇琮主编：《唐才子传校笺》卷二，第236页。
④樊晃：《杜工部小集序》，《全唐文》卷一〇〇〇。

才不合道",殷璠遂"终无取焉"①。

通过以上的考察、辨析可以看出,杜甫诗作在开天中被接受的情况是极为有限的,杜甫开始创作的时间仅比王维、李白、高适、岑参等人稍晚不几年,他在开天中作品的数量也不比他们少(加上已佚的),却没有获得与他们一样的声誉,恐怕不是文学史上的一个可以简言之、轻视之的误会,而必须从盛唐诗坛的审美风尚、创作倾向与杜甫前期的创作情况、诗美理想等方面作仔细比较和整体观照。

三、杜诗不为时人所重的内在因素

任何一个时代的文学审美中,都存在着对某些题材、某些诗体、某些风格的共同偏好,这种偏好在很大程度上代表了这一时期诗坛的审美风尚。盛唐诗歌有整体的时代风貌,盛唐作家群体亦有相近的审美偏好。在盛唐诗人的文学审美视野中,与这种集体审美意识或共通的艺术评价标准不太符合的作家作品,则可能被"视而不见",遭到群体性的冷落。杜诗在开天中不为人所重,首要原因即在于他当时尚未形成独特的、成熟的风格。

首先,开天中,杜甫对诗体的运用,尚未显出其所擅长。

从芮挺章《国秀集》、殷璠《河岳英灵集》、高棅《唐诗品汇》三家选本所收盛唐诗来看:

(1)编于天宝三载(744)的《国秀集》中,五律的数量大于五古,说明开元诗坛五古的创作刚刚复兴,但尚未形成天宝中占绝对优势的态势;

(2)编于天宝十二载(753)的《河岳英灵集》,古体诗的数量则

---

① 殷璠:《河岳英灵集・叙》,傅璇琮等编:《唐人选唐诗新编》(增订本),第156页。

占绝对优势,表明五古这种诗体以其灵活、自由、风骨凛然等优势已雄霸诗坛;

(3)开元中诸公乐于填写的绝句虽然体制短小、容量有限,但因便于吟咏、风格清丽,亦风靡当世、佳制迭出;

(4)由于初唐诗人对五律的定型,开元初五律以其格律谨严、章法精工使海内词场翕然相习,故《国秀集》所选,不但五律约占半数,且五排的创作亦有佳制,这种趋势到天宝中虽比之五古不及,但仍是诗人呈露才气的一种诗体,故《唐诗品汇》选盛唐诗,五律数量仅次于五古,当与开天中诗坛各诗体流行情况相合。

近现代人论盛唐诗风,少有从诗体着眼①。其实,诗体对风格的制约和影响不容忽视。如体式自由、灵活的五古,对表现盛唐诗人雄浑、昂扬的时代精神最为合适。高棅在《唐诗品汇·五古叙目》中言:

> 诗至开元、天宝间,神秀、声律粲然大备。李翰林天才纵逸,轶荡人群,上薄曹、刘,下凌沈、鲍。其乐府古调,若使储光羲、王昌龄失步,高适、岑参绝倒,况其下乎?②

李白在盛唐诗坛能大名独步,与其擅用所长之诗体不无关系。乐府歌行和五、七言古诗,篇幅较长、容量较大,形式自由,可以兼用杂言,便于表达复杂的思想和强烈的感情,李白的许多名篇正是以这

---

① 不过,最近二十多年来情况有所好转:葛晓音师从20世纪90年代开始即撰写了多篇论及盛唐各种诗体创作成就的论文,后来结集为《诗国高潮与盛唐文化》(北京大学出版社1998年);我近年指导的博士学位论文也多有以此为题者,如黄琪博士的学位论文《开元、天宝时期诗学观念及诗歌体式研究》(2016年6月)、杨照博士的学位论文《盛唐五言古近体诗的体式特征与辨体问题研究》(2021年6月)等。
② 高棅编纂,汪宗尼校订:《唐诗品汇》卷六,第133页。

些体式写成的。五、七言律体他写得不多,绝句则和王昌龄齐名。可见诗体的运用自如,亦是风格成熟的标志之一。即使不能兼善众体,但能独专一体者,亦可扬名于当世。如明人王世懋《艺圃撷余》即云:

> 诗有必不能废者,虽众体未备,而独擅一家之长。如孟浩然洮洮易尽,止以五言隽永,千载并称王孟。①

总之,盛唐著名诗人对诗体的运用皆各有其擅场。

与之相较,开天中杜甫对诗体的运用尚未显出其特色来。

分体而言,杜甫早期五古,如《游龙门奉先寺》《望岳》《陪李北海宴历下亭》等,古体中带有对句,但平仄未谐;格似五律,失却五古绰约古雅的风神。入长安后,投赠之作颇带排句,体近庄雅;《前出塞》九首扩大了诗歌表现题材,仍未脱初唐影响。陆时雍《诗镜总论》云:

> 少陵五古,材力作用,本之汉魏居多。第出手稍钝,苦雕细琢,降为唐音。②

确实,杜甫早期五古尚处于汉魏、六朝的模拟阶段。如《渼陂西南台》,朱鹤龄就认为全诗二十四句中有七句是从谢灵运诗文改造变化而来:

> 此诗俱本谢康乐。"怀新目似击",即谢诗"怀新道转回"也。"乘陵惜俄顷",即谢诗"恒克俄顷用"也。"外物慕张邴",即谢诗"外物徒龙蠖",又诗"偶与张邴合,久欲还东山"也。"知归俗可忽",即谢诗"适己物可忽"也。"取适事莫并",即谢

---

① 何文焕辑:《历代诗话》下册,第782页。
② 陆时雍:《诗镜总论》,丁福保辑:《历代诗话续编》,第1414页。

《山居赋》"随时取适",又诗"万事难并欢"也。"身退岂待官",即谢诗"辞满岂多秩,谢病不待年"也。"老来苦便静",即谢诗"拙疾相倚薄,还得静者便"也。公云"熟精《文选》理",真不诬耳。①

以五古描写战士生活,如《前出塞》九首则从建安诗人王粲《从军诗》五首变化而来。钱泳《履园谭诗》云:

> 杜之前、后《出塞》《无家别》《垂老别》诸篇,亦曹孟德之《苦寒行》,王仲宣之《七哀》等作也。②

当然,杜甫在曹、王的基础上已有所发展超越。

杜甫七古前期创制不多,也是效法初唐,如《送孔巢父谢病归游江东兼呈李白》《乐游园歌》《渼陂行》《醉歌行》诸作,在意象构成方面,感人生之飘忽,尚夹以玄理,杂以诡丽,题材也较狭窄。而同时的高、岑、王、李则在七古的题材方面有所开拓,如高适的《燕歌行》《赋得还山吟送沈四山人》,岑参的《白雪歌送武判官归京》《走马川奉送封大夫出师西征》,王维的《老将行》《洛阳女儿行》,李颀的《古从军行》《送陈章甫》等,已为时人所赏之名篇。相对而言,杜甫对七古题材的突破则是在天宝后期。

杜甫前期五律的现存数量少于五古,少年游骋之作现实意义不强,在格局章法上皆有所用力,对仗工稳、辞藻缤纷,尚未脱初唐影响。入长安后,其五律诗风仍无大变,不过某些游观之作,一题数咏,广开生面,写景细致,用语清新,如《陪郑广文游何将军山林十首》及《重过何氏五首》从命题到内容都秉承家风、效法乃祖。

---

① 杜甫著,仇兆鳌注:《杜诗详注》卷二十,第185页。
② 钱泳:《履园谭诗》,丁福保编:《清诗话》下,第872页。

杜甫早期七律如《郑驸马宅宴洞中》《城西陂泛舟》《赠献纳使起居田舍人》等,大多字面秾丽,声调铿锵,乃受沈、宋七律的影响,把他的七律投赠诗和沈佺期《古意呈补阙乔知之》、宋之问《奉和春初幸太平公主南庄应制》相比较的话,可以发现杜诗与沈、宋之作均为投赠,章法亦同,都是追求格律上的四平八稳,写法也无甚变化。

至于杜甫在开天中的绝句,不但数量少(五绝1首,七绝2首),诗艺亦乏特色。

要之,开天中,杜甫对各诗体的运用,与当时各有擅场的盛唐名公相比,都未显出风格和特色,其作品的被接受情况自然受到了限制。

其次,我们还应看到杜甫的诗歌审美观,与当时诗坛共同的文学审美"期待视野",亦多有不合之处。

早在盛唐之音奏响之前,陈子昂就提出"风骨"和"兴寄"为诗歌表现时代精神必备之艺术要素。开元天宝时期,这种审美追求更普遍地成为了诗人们的创作理想。李白明确指出当时的诗坛是"文质相炳焕,众星罗秋旻"(《古风》其一),殷璠在《河岳英灵集序》中则更具体地指出"声律风骨"兼备是盛唐诗歌的时代特征。

证之盛唐诗人的创作和理论,可知他们对"风骨"的追求,主要表现为立功报国的壮志和仕途蹭蹬的忧愤,二者共同熔铸成了盛唐诗歌的时代精神。

诚然,开元诗坛多呈现出一种高昂明朗的情感基调、雄浑壮大的气势,但如果说,"风骨"之作仅是指乐观向上、功名得遂的歌吟,或是描写边塞军旅生活的豪放、激昂的作品,那就未免曲解了盛唐诗人。"风骨"无疑是他们在对建安诗风的继承中倡导的一种风格美,其中有他们与建安诗人意气、襟怀的遥相交通。建安作品中弥漫着一种身处乱世的梗概悲凉,风格雄健、刚劲。盛唐诗人虽处太平盛世,也并不都是"一飞冲天"、功业唾手可得,那种宦途蹇迫、功业难就的郁愤同样充溢诗中,发为耿耿之气、凛凛之骨。高适慨叹:

> 十年守章句,万事空寥落。
> 北上登蓟门,茫茫见沙漠。
> 倚剑对风尘,慨然思卫霍。
>
> (《淇上酬薛三据兼寄郭少府微》)

陶翰自叙悲怀:

> 射杀左贤王,归奏未央殿。
> 欲言塞下事,天子不召见。
> 东出咸阳门,哀哀泪如霰。
>
> (《古塞下曲》)

薛据颇为无奈:

> 十五能文西入秦,三十无家作路人。
> 时命不将明主合,布衣空惹洛阳尘。
>
> (《早发上东门》)

他们之间还常以此相勉、相慰,如高适因此称薛据是:

> 隐轸经济策,纵横建安作。
>
> (《淇上酬薛三据兼寄郭少府微》)

岑参则云杜华未得官时诗作甚有风骨:

> 得君江湖诗,骨气凌谢公。
>
> (《敬酬杜华淇上见赠兼呈熊曜》)

殷璠亦如是评薛据诗:

> 据为人骨鲠,有气魄,其文亦尔。自伤不早达,因著《古

兴》诗云:"投珠恐见疑,抱玉但垂泣。道在君不举,功成叹何及。"怨愤颇深。①

殷璠评高适则谓:

> 适性拓落,不拘小节,耻预常科,隐迹博徒,才名自远。然适诗多胸臆语,兼有气骨,故朝野通赏其文。至如《燕歌行》等篇,甚有奇句,且余所爱者,"未知肝胆向谁是,令人却忆平原君",吟讽不厌矣。②

不用说《燕歌行》中多有作者对军中苦乐不均的愤激之辞,就是他在宋中诸作亦多欲进无门的悲慨,殷璠言"多胸臆语,兼有气骨"者当如斯。可见,"气骨"也应包括这种渴求功名却又饱经蹉跎的悲慨之美。殷璠在书中评常建时也感叹道:

> 高才而无贵仕,诚哉是言。曩刘桢死于文学,左思终于记室,鲍昭卒于参军,今常建亦沦于一尉。悲夫!③

这在当时,又何尝不是对现实的一种痛诉呢?从殷璠所选作品和评语中,均可见到在所谓的盛世仍有大批贤才遭弃、沉沦。在开天之际,殷璠和一些目光敏锐的诗人,已从开天盛世的华丽光环的笼罩下捕捉到了世运渐趋黯然的信息。这种趋势发展到天宝末年,终于演变成了经年不息、灾难深重的安史之乱。

可以说,开天诗歌中浓郁的慨时伤世的悲壮情思,在某种程度

---

① 殷璠编:《河岳英灵集》卷下"薛据"条,傅璇琮等编:《唐人选唐诗新编》(增订本),第 225 页。
② 殷璠编:《河岳英灵集》卷上"高适"条,傅璇琮等编:《唐人选唐诗新编》(增订本),第 209 页。
③ 殷璠编:《河岳英灵集》卷上"常建"条,傅璇琮等编:《唐人选唐诗新编》(增订本),第 165 页。

上更能得"风骨"真味,更能体现盛唐时代精神。而杜甫虽然困守长安十年,只是在天宝末年所写作品中才流露对朝政时世的忧虑、对自身遭际的无奈,渐有慷慨之气。就此而论,杜甫确实是时代精神潜转的后知后觉者。

而盛唐诗人对"声律"的追求,则主要表现为自然流转与情感节奏谐合的音韵美。南朝齐梁人沈约曾经指出:

> 夫五色相宣,八音协畅,由乎玄黄律吕,各适物宜。欲使宫羽相变,低昂互节,若前有浮声,则后须切响。一简之内,音韵尽殊;两句之中,轻重悉异。妙达此旨,始可言文。①

强调语言音律美在诗歌创作中的重要性,甚至把声律调谐凌驾于艺术思维之上。盛唐人殷璠则看法稍异,他虽然也认识到了音律在文学创作中的重要性:

> 昔伶伦造律,盖为文章之本也。是以气因律而生,节假律而明,才得律而清焉。宁预于词场,不可不知音律焉。

认为音律作为艺术手段,并非可有可无。但他并不认同沈约把音律凌驾于气体、节奏、才性之上的观点,他明确批评了齐梁以来过分追求人工声律的做法:

> 齐梁陈隋,下品实繁,专事拘忌,弥损厥道。夫能文者匪谓四声尽要流美,八病咸须避之,纵不拈二,未为深缺。即"罗衣何飘飘,长裾随风还",雅调仍在,况其他句乎?故词有刚柔,调有高下,但令词与调合,首末相称,中间不败,便是知音。②

---

① 《宋书》卷六七,《谢灵运传》。
② 殷璠编:《河岳英灵集》卷上,傅璇琮等编:《唐人选唐诗新编》(增订本),第157页。

可见,殷璠的声律说并非要求格律精工、对仗严整,只是要充分调动这一艺术手段加强抒情言志,强调一种谐于情感节奏的自然的音韵美。同时,李白等人对声律的看法与殷璠亦相类似。他理想的诗风是"清水出芙蓉,天然去雕饰"(《经乱离后天恩流夜郎忆旧游书怀赠江夏韦太守良宰》),因而在他的集子中,既有《蜀道难》这样气韵生动、音调激越的雄放之作,又有如《子夜吴歌》那样出语天然、音调清畅的婉丽之作,其擅长并多写乐府歌行和五、七言古诗,也是因为这些诗歌体式格律自由、易于表达激越奔放的感情。盛唐其他著名诗人及他们在当时流传人口之作,也大多讲求一种自然的音韵和节奏,很少有刻意精琢声律、排比音韵的。这应该是开天年间诗人们对诗歌声律美共通的审美趣味。

而杜甫则不然,他虽然也是沐浴着盛唐春风而成长的,但其诗歌审美追求及作品声律却与时人有别。杜甫出生于诗歌世家,祖父杜审言对他早年诗法影响很大。杜审言在诗史的贡献,主要是与李峤、崔融、沈佺期、宋之问等人一起促进了律诗的定型[1],他的《和晋陵陆丞早春游望》曾被明人胡应麟誉为"初唐五言律第一"[2],王夫之则指出"近体,梁、陈已有,至杜审言而始叶于度"[3]。杜甫承祖余绪,早年便注意诗歌的声律,但这是和殷璠、李白等人不同的追求格律谨密的声律之美。杜甫在安史乱之前的创作,以五律为主,早期五言古体中亦多对句,运律入古。到天宝初,杜甫的五律创制不仅数量已颇可观,而且出现了如《临邑舍弟书至苦雨黄河泛溢堤防之患簿领所忧因寄此诗用宽其意》《与李十二白同寻范十隐居》这样

---

[1] 参拙著《齐梁诗歌向盛唐诗歌的嬗变》,第75页。
[2] 胡应麟:《诗薮》,第66页。
[3] 王夫之著,戴鸿森笺注:《姜斋诗话笺注》,上海古籍出版社,2012年,第133页。

排比声韵、篇幅较长的五排。入长安后,其投赠诗亦多为形式呆板滞重、词语堆砌典雅的排律。描绘山川景物之作也承杜审言联篇吟咏的体制,以组诗的形式出现。到天宝后期,他在写了一些反映民瘼的古体诗的同时,大力创作近体诗,所以,到天宝末他就明确高标"遣辞必中律"(《桥陵诗三十韵因呈县内诸官》)的理论旗帜,表现出承文章四友及沈、宋诸人在近体诗格律方面的先绪而光大之的审美追求,这显然与盛唐其他一些诗人所追求的自然音韵之美迥异。

在诗歌的内容上,杜甫开天中亦未"风骨"大备。壮游时,杜甫的作品多佚。今存之作中,《望岳》表露出诗人希求建功立业的理想、气魄宏大,但这样的力作并不多。吴越之行中,杜甫流连于江南秀丽山川,所写诗作缺少对人生的深沉慨叹。入长安后,杜甫才逐渐体会到"旅食京华春"的艰难苦辛。但他对上层统治者的揭露亦多以排律体的投赠诗写成,直到历经磨难,感觉到整个国家肌体已发生了他始料不及的病变后,他才放出啼血的歌喉唱出沉郁、吐露愤懑,而这时,安史之乱已经临近了。在动乱中,杜甫这些诗作的流传也极为有限了。

所以,在开天的大半时间里,由于杜诗风格尚未成型、杜甫审美理想与盛唐诗坛接受视野不甚相合等因素,杜诗在同时代人眼里,是既着力追求声律精工同时又缺乏风骨的作品,其被接受的情况,当不能和王、孟、高、岑、李等人之作相比了。

四、杜诗之不为时重与诗坛热点之转移

行文至此,尚有一些问题未能得到完满的答案。这就是,杜甫前期作品毕竟也有过那种刚健、豪放的时代精神;入长安后,也曾发出"才士汲引难"的慨叹;而且盛唐人也并非完全排斥格律精美的诗篇。那么,还有什么因素使得杜甫前期的一些精心结撰之作未能及时被人评赏呢？这恐怕就要涉及到开天诗坛热点转移的问题。

开元后期,长安诗坛的诗人群体便开始出现分野。随着张九龄被贬出朝,王昌龄、常建、李颀等正直诗人不久或贬或隐,在边塞和山林中抒写他们对国事的忧虑和对世俗的反抗;而王维等人则因怕得罪权贵而滞留京师;至于那些开天之际尚未入仕的布衣诗人,如李白、岑参、高适、刘长卿、元结等,虽也涉足京师,但在失望中又走向郊野。人们对诗人群体注目的视点,也就随着这些著名诗人的四散而分散,不再聚焦于京城了。

究其原因,这又不能不归于上层统治者对诗人态度的变化。

唐玄宗登基初年,重视人才。开元二年(714),置翰林院,招文章及琴棋书画数术僧道等,以为翰林待诏。开元六年(718)十二月,宋璟奏李邕、郑勉并有才略文词,请以为渝州、峡州刺史,玄宗皆从之,表现出对文士的极度尊崇,并从政令上对华丽的文风施加批评限制:

> 我国家敦古质,断浮艳,礼乐诗书,是宏文德。绮罗珠翠,深革弊风,必使情见于词,不用言浮于行。①

所以,殷璠在《河岳英灵集序》中说开元十五年(727)后盛唐之音的形成与玄宗"恶华喜朴,去伪存真"的倡导关系密切,不是没有道理的。

开元十八年(730),张说为左丞相。他不仅素擅作文,有文名,且"喜推藉后进,多引天下知名士,以佐佑王化"②,造成"英灵尽来归"、诗人一时集结京师的文学盛况。

开元二十一年(733)后,张九龄为相期间,也团结了孟浩然、王维、王昌龄、崔颢、卢象诸人,长安诗坛更是热闹非凡。

---

① 李隆基:《禁策判不切事宜诏》,《全唐文》卷二七。
② 《新唐书》卷一二五,《张说传》。

但是，随着李林甫当政，玄宗日趋堕落腐化，沉迷道术、女色，朝政国事日非，长安诗坛也逐渐黯淡下来。此后，除了天宝三四载间，李白被诏入京一时震动诗坛，很少再有人能在长安引起"轰动效应"了。天宝五载(746)，李林甫派人杖杀了文坛宿老李邕，更使诗人们不敢贪恋京华。

杜甫这时入京，不能不说有点不合时宜。而且，杜甫在京城一呆就达十年之久。这无疑是杜甫积极仕进且矢志不渝的人生精神的充分体现，但是从另一角度看，在盛唐诗坛热点已发生转移之后，困守长安的杜甫的作品，也就大多只能在有限的几位达官贵人中传阅，很少能传出京师了。尤其是杜甫在天宝后期的一些呕心沥血之作，更难被京城之外的诗人们寓目评赏。以致后来直到大历年间，江左一带流传的杜诗，仍是其早年所作较为稚嫩的、以"戏题剧论"为主的诗篇①。这是时代的悲剧、文学的悲剧，当然更是杜甫的个人悲剧。

综上所述，开天诗人对杜诗的接受情况是极为有限的，而这种文学现象又和文学作品接受的主客体两方面的诸多因素紧密相关。无视这种现象，而为杜甫避讳，或强加辩解，都不是历史的、科学的、客观的。

第三节　杜诗在至德、大历间的流传和影响

唐至德、大历年间，杜甫的诗歌创作达到了集大成的艺术高度，然而为何也没有得到时人的普遍赞誉呢？本节试结合杜甫此时的

---

① 樊晃《杜工部小集序》云："江左词人所传诵者，皆君之戏题剧论耳，曾不知君有大雅之作，当今一人而已。"《全唐文》卷一〇〇〇，第 10631 页。

创作活动和作品流传情况,从杜诗影响的主客体两方面,对这一文学现象作一探讨。

一、杜甫诗作发表方式的局限性

诗歌的社会影响是以流传为基础的,有流传才能产生影响,而关键又在于作者的"第一传"。一般地,唐代诗人"发表"作品的方式有个别示赠、即席赋咏、投谒名流、公共场所题诗等。证以现存杜甫作品,约略可知其在当时的流传情况。

依仇兆鳌《杜诗详注》统计,杜甫交叉用这些方式"发表"过的作品约400首,占现存杜诗总数的36%左右(当然为时人所知的数目肯定过此)。从这些作品的诗题和作意,我们还可以分析出杜诗的流传范围和读者成分。

入长安前,杜甫的交游并不广,其文学活动主要在中原地带。但由于杜甫的创作尚处于模仿阶段,远未形成独特的风格,并没得到时人的普遍关注,影响极为有限。

长安是唐诗人的集结地,可杜甫入长安时,京师诗坛却已渐趋冷落。长安十年,杜甫歌咏的对象多是当朝权贵。这些人对杜甫只是偶尔应酬一下,亦未真心称赏杜诗。而这时活动在长安的,且已较有诗名的王维、崔颢、崔国辅等都没有与杜甫交往的迹象,到天宝十一载(752),杜甫和高适、岑参、薛据、储光羲等同登慈恩寺塔赋诗,才算走进了长安诗人的圈子。

安史之乱爆发前夕,杜甫挈家至奉先县道中作了《自京赴奉先县咏怀五百字》,表达了他对长安十年投诗干谒、无人见赏的伤痛,他唯有"独立苍茫自咏诗"(《乐游园歌》)。

安史之乱爆发后,杜甫被迫卷入避乱的难民队伍中,后陷贼中,被掳至长安,诗人亲眼看到了山河破碎的惨象,亲身体会到国破家

第六章 杜诗集大成的艺术境界及盛中唐人之接受

亡的苦痛,写下了《春望》《塞芦子》《哀王孙》《悲陈陶》《悲青坂》《哀江头》等血泪之作。但是囿于时局,杜甫的这些优秀诗篇也未能迅速传播开去。

至德二载(757),杜甫潜投凤翔行在,被任命为左拾遗,后又因疏救房琯蒙谴。在左拾遗任上,杜甫开始与王维交往,还极力向肃宗荐举过岑参。杜甫此时的作品多为送人之作,但这与他昔日的干谒求进诗,已有所不同,情调上慷慨悲壮、沉郁顿挫,影响范围也因被送者的远行而扩大了。其中,有传至河南的,如《送贾阁老出汝州》;有传至西北边塞的,如《送长孙九侍御赴武威判官》《送从弟亚赴安西判官》《送杨六判官使西蕃》;有传至江宁的,如《送许八拾遗归江宁觐省甫昔时尝客游此县于许生处乞瓦棺寺维摩图样志诸篇末》《因许八奉寄江宁旻上人》;有传至吴越的,如《送郑十八虔贬台州司户伤其临老陷贼之故阙为面别情见于诗》;有传至南海的,如《送翰林张司马南海勒碑》。此外,他的文学社交活动也渐渐增多,如参加朝臣文学唱和活动所作《奉和贾至舍人早朝大明宫》,此诗的唱和者有贾至、王维、岑参;与王维、岑参个别赠答,如《奉赠王中允维》《奉答岑参补阙见赠》等;在门下省院壁上题诗,如《题省中院壁》;退朝时随口吟诗,如《宣政殿退朝晚出左掖》《紫宸殿退朝口号》《晚出左掖》等。

杜甫这些文学活动的影响当不在小,这反映在任华的《寄杜拾遗》诗中:

> 前年皇帝归长安,承恩阔步青云端。
> 积翠扈游花匼匝,披香寓直月团栾。
> 英才特达承天眷,公卿无不相钦羡。①

---

① 任华:《寄杜拾遗》,《全唐诗》卷二六一。

我们撇开任华对杜甫的溢美因素，仍可看出杜甫离职去任前已在朝野具有一定影响。

入蜀后，杜甫的文学活动主要集中在成都、梓州一带，其诗友多是任职蜀中的官员。当时，杜甫与严武、高适的赠答、唱和最多。其中，与严武的交游唱酬之作主要有《奉酬严公寄题野亭之作》《遭田父泥饮美严中丞》《奉和严中丞西城晚眺十韵》《中丞严公雨中垂寄见忆一绝奉答二绝》《严公厅宴同咏蜀道画图》《奉送严公入朝十韵》《奉济驿重送严公四韵》《九日奉寄严大夫》《奉待严大夫》《将赴成都草堂途中有作先寄严郑公》《奉和严大夫军城早秋》《陪郑公秋晚北池临眺》《遣闷奉呈严公二十韵》《严郑公阶下新松》《严郑公宅同咏竹》《晚秋陪严郑公摩诃池泛舟》《奉观严郑公厅事岷山沱江画图十韵》《敝庐遣兴奉寄严公》等；与高适赠答的，则有《酬高使君相赠》《因崔五侍御寄高彭州》《奉简高三十五使君》《寄高适》《奉寄高常侍》等。寓居草堂时，杜甫常以诗代书向人乞物，如《萧八明府堤处觅桃栽》《从韦二明府续处觅绵竹》《凭何十一少府邕觅桤木栽》《凭韦少府班觅松树子》《又于韦处乞大邑瓷碗》《诣徐卿觅果栽》等；严武、高适、范邈、吴郁、王抡、李皋等亦常来草堂，与他把酒论诗，如《严中丞枉驾见过》《严公仲夏枉驾草堂兼携酒馔》《王十七侍御抡许携酒至草堂奉寄此诗便邀高三十五使君同到》《王竟携酒高亦同过共用寒字》《徐九少尹见过》《范二员外邈吴十侍御郁特枉驾阙展待聊寄此》等；过川的魏侍御、段功曹、韦班、裴迪等友人都与诗人有过唱和，如《和裴迪登蜀州东亭送客逢早梅相忆见寄》《暮登四安寺钟楼寄裴十》《送裴五赴东川》《魏十四侍御就敝庐相别》《广州段功曹到得杨五长史谭书功曹却归聊寄此诗》《送段功曹归广州》《赠韦赞善别》《涪江泛舟送韦班归京》等。杜甫此时于公共场所题写的诗作，也比入蜀前多，且诗迹遍布行经之所，这样的写作方式客观上对其诗作的保存、流传起了一定作用。

虽然杜甫后期偏安于两川和荆湘一带,但其诗作的流布范围远出此地。除了因为他当时的题诗地点都在长江流域东西交通要道上,利于旅人观瞻、传播外,还因为他还写了大量的送别赠寄诗。其中,与广州相关的有《得广州张判官叔卿书使还以诗代意》《广州段功曹到得杨五长史谭书功曹却归聊寄此诗》《送段功曹归广州》《衡州送李大夫七丈勉赴广州》《奉送魏六丈佑少府之交广》等;与桂州相关的有《寄杨五桂州谭》《暮冬送苏四郎徯兵曹适桂州》《奉送十七舅下邵桂》等;与南海相关的作品有《送翰林张司马南海勒碑》《送重表侄王砅评事使南海》等;与江东一带相关的有《送韩十四江东觐省》《送元二适江左》《第五弟丰独在江左近三四载寂无消息觅使寄此二首》《奉送苏州李二十五长史丈之任》等;与洛阳相关的有《送孟十二仓曹赴东京选》《凭孟仓曹将书觅土娄旧庄》等;送人赴齐鲁的有《送舍弟颖赴齐州三首》等。杜甫送客还京入朝至长安方向的作品更多,恕不一一列举。

这些寄赠诗的大量创制,不仅使杜诗本身远走千里,而且也使得杜甫在漂泊西南时的创作情况,藉远行客而为外界所知,无形之中扩大了作品的影响范围。杜甫逝世后不几年,身处远离杜甫行经之地的樊晃,能在润州就地"采其遗文,凡二百九十篇"编成《杜工部小集》六卷①,也说明杜诗此时的流传已较广泛。陈尚君从现存各种杜集中辑出曾被樊晃收入《小集》的62首杜甫诗作,"以安史乱后到流寓成都、东川时期诗最多,湖南诗次之,安史乱前与夔州时期诗较少"②。这虽不是《小集》的全貌,但仍说明杜诗的影响与他

---

① 樊晃:《杜工部小集序》,《全唐文》卷一〇〇〇,第10631页。
② 陈尚君:《杜诗早期流传考》,第158页。

各个时期的交流、主动"发表"出去的诗作情况有一定关系。

二、杜甫中后期作品的被接受情况

由上可知,杜甫与各色人等皆有交游,在世时流传出去的作品数量也不少,那么时人尤其是那些曾被杜甫称赏过的诗人对杜诗的看法又如何呢?

安史乱前,时人给杜甫的酬赠之作只有李白的《鲁郡东石门送杜二甫》《沙丘城下寄杜甫》两首,皆言友情,只字不提杜诗,盖此时杜甫诗艺平平,不足为名动朝野的大诗人李白评赏。

相传李白嘲笑杜甫的《戏赠杜甫》当是好事者为之,理由是:

(1)诗中云:"饭颗山头逢杜甫",意即李杜初逢于"饭颗山"。查《元和郡县志》,李杜同游之地皆无此地名。但此句在五代王定保的《唐摭言》中又作"长乐坡前逢杜甫",王琦《李太白全集》注此诗即引《元和郡县志》和《雍录》中关于"长乐坡"的资料,似倾向于认为"饭颗山"即"长乐坡"的异名,《辞源》"饭颗山"条亦云"传为长安山名",当是承此诗异文而来。而就李杜交游考证,他们从来没有也不可能相逢于长安东北的长乐坡,地点不合。

(2)诗中又云:"借问别来太瘦生,总为从前作诗苦。"这也与杜甫此时的创作情况不符,杜甫早年才思迅捷,入长安后也未曾有"作诗苦"之叹,其《进雕赋表》自诩:

> 至于沉郁顿挫,随时敏捷,扬雄、枚皋之徒,庶可企及也。

后来他更自鸣得意:

> 集贤学士如堵墙,观我落笔中书堂。

(《莫相疑行》)

可见李白初逢杜甫谓其"作诗苦"是不可能的。

（3）此诗最早见载于唐人孟棨的《本事诗》，是作为李白反对作诗拘限声律、"将复古道"的依据而收录的，而《本事诗》中这段话抵牾之处实多①。比如，孟氏紧接着说："玄宗闻之，召入翰林。"即李白在入翰林前已有此论，《戏赠杜甫》也应作于应诏之前了。而众所周知，李杜相逢是在李白被遣金放还之后。此前李杜未能谋面，又何以"戏杜"？益证《戏赠杜甫》确系后人伪作，我们今天绝不能藉之以为李白评杜的资料。

在长安时，与杜甫交往的其他诗人尚有高适、岑参、薛据、储光羲、王维、贾至等，这些人的赠杜之作仅存高适《赠杜二拾遗》《人日寄杜二拾遗》、岑参《寄左省杜拾遗》，其中皆无评赏杜诗的迹象。

严武和杜甫相与过从较多，现存3首寄杜之作：《寄题杜拾遗锦江野亭》《酬别杜二》《巴岭答杜二见忆》。其《寄题杜拾遗锦江野亭》诗中有云"莫倚善题鹦鹉赋"，有学者认为：

> 严武是说杜甫有祢衡的狂放和祢衡的词采，"善题"是赞其诗艺。②

此论非也。请看杜甫的答诗：

> 拾遗曾奏数行书，懒性从来水竹居。
>
> （《奉酬严公寄题野亭之作》）

严武意在劝他再仕，而杜甫"见斥官之后，无复此兴矣"。同样，严武《酬别杜二》中的"莫妒敬亭诗"一语，也不是说杜甫的诗比谢朓的游敬亭山诗写得多写得好，乃别后希望杜甫"今且随意行乐，勿以

---

① 参罗宗强《隋唐五代文学思想史》，上海古籍出版社，1986年，第115—116页。
② 李汝伦：《杜诗论稿》，广东人民出版社，1983年，第161页。

不至敬亭为妒也"①。

然而,杜甫生前也有称誉者,只不过这些人连在当时都不甚著名。如任华《寄杜拾遗》诗云:

> 杜拾遗,名甫第二才甚奇。
> 任生与君别,别来已多时,何尝一日不相思。
> 杜拾遗,知不知,昨日有人诵得数篇黄绢词。
> 吾怪异奇特借问,果然称是杜二之所为。
> 势攫虎豹,气腾蛟螭。
> 沧海无风似鼓荡,华岳平地欲奔驰。
> 曹刘俯仰惭大敌,沈谢逡巡称小儿。
> 昔在帝城中,盛名君一个。
> 诸人见所作,无不心胆破。
> 郎官丛里作狂歌,丞相阁中常醉卧。
> 前年皇帝归长安,承恩阔步青云端。
> 积翠扈游花匼匝,披香寓直月团栾。
> 英才特达承天眷,公卿无不相钦羡。
> 只缘汲黯好直言,遂使安仁却为掾。
> 如今避地锦城隅,幕下英僚每日相随提玉壶。
> 半醉起舞捋髭须,乍低乍昂旁若无。
> 古人制礼但为防俗士,岂得为君设之乎?
> 而我不飞不鸣亦何以,只待朝廷有知己。
> 已曾读却无限书,拙诗一句两句在人耳。
> 如今看之总无益,又不能崎岖傍朝市。

---

① 杜甫著,仇兆鳌注:《杜诗详注》卷四,第887、914页。

> 且当事耕稼,岂得便徒尔。
> 南阳葛亮为朋友,东山谢安作邻里。
> 闲常把琴弄,闷即提樽起。
> 莺啼二月三月时,花发千山万山里。
> 此时幽旷无人知,火急将书凭驿使,为报杜拾遗。

仇兆鳌于此诗题下注云:"此首见《唐诗纪》。"并于篇末进行考辨:

> 玩此诗起段,似杜旧友,又似杜乍交。当时少陵诗名,推重海内,此篇颇傲睨放恣,几乎呼大将如小儿矣。考《唐诗纪》中,止载华两首,一寄太白,一寄少陵,何独拣此二大名公作诗相赠耶?又篇中语带俚俗,格调不见高雅,俱属可疑。①

其实,仇氏推测不确。理由如下:

首先,这两首诗初见于晚唐韦庄于光化三年(900)编选的《又玄集》中,《全唐诗》中还录有任华的《怀素上人草书歌》,并非"独拣此二大名公"。任华,两《唐书》无传,然五代人王定保撰《唐摭言》云:

> 任华戆直,上严大夫笺:"逸人姓任名华,是曾作芸省校书郎者。"②

明人计有功《唐诗纪事》又载:

> 华告辞京尹贾大夫书,责其恃才傲物。又与京兆杜中丞书,责其始以文章见知,而终不相顾。上御史严大夫笺,以为失在于倨,阙在于恕,欲其遇士诚于倨,抚下弘以恕,可以长守富贵。与庾中丞书云:公幸以文章见许,以补衮相期。公顷谓李

---

① 杜甫著,仇兆鳌注:《杜诗详注》卷四,第 2259 页。
② 王定保:《唐摭言》卷十一,第 130 页。

> 太仆曰:任子文词,可谓卓绝,负冤已久,何不奏与太仆丞? 然公之相待,何前紧而后慢耶! 华本野人,常思渔钓,寻当杖策,归乎旧山,非有机心,致斯扣击。但以今之后进,皆属望于公,公其留意焉。①

足见任华一向言辞愤激、性格狂放。《全唐文》卷三七又有其《送李侍御充汝州李中丞副使序》,文中亦云:

> 且御史仲兄金吾将军,尝处中司之雄职,镇于上洛之要地,招我于芸阁之上,假我以柏台之荣,与华甚厚,同于骨肉。

知其曾为秘书省校书郎及监察御史。任华又有《送宗判官归滑台序》《桂林送前使判官苏侍御归上都序》,知其曾为桂州史参佐。另,任华《寄李白》诗云:

> 中间闻道在长安,及余戾止,君已江东访元丹。

按,李白重游江东,时为天宝五载(746)。任华之到长安,应在天宝五载后。又杜甫有《贫交行》,梁权道编在天宝十一载(752),诗意与《唐诗纪事》载高适《赠任华》同,结句均以"君不见"及"管鲍"为言,或为同时之作。再据任华《寄杜拾遗》诗云"昔在帝城中,盛名君一个。诸人见所作,无不心胆破"可以推知,他和杜甫的交往,最迟也在杜甫献赋之际。

其次,今存任华三首诗作风格相似,且和他好奇尚逸、不拘礼俗的性格相符。仇氏认为他论李杜"颇傲睨放恣,几乎呼大将如小儿",证以其《怀素上人草书歌》中论张旭、怀素,亦同出一辙,气势雄奇。仇氏之疑,纯属讳杜之妄断。

如此看来,任华实为时人中对杜诗艺术少有的精湛评赏者。与

---

① 计有功撰,王仲镛校笺:《唐诗纪事校笺》卷第二十二,第703—704页。

他落拓不羁的性格及其卓绝的才思相应的是，任华对艺术有极强的感悟性、鉴赏力。无论是对"诗仙""旭颠""素狂"，还是对杜甫，他都能从感性上、气势上去把捉各自的艺术个性。又因为他对杜甫的诗才人品都极钦佩，对杜诗风格也较熟谙，所以他一见到"有人诵得数篇黄绢词"，就知是"杜二之所为"。在任华眼里，杜诗是"势攫虎豹，气腾蛟螭，沧海无风似鼓荡，华岳平地欲奔驰"，这与后来王安石评杜之语"力能排天斡九地，壮颜毅色不可求。浩荡八极中，生物岂不稠"①，俱是对沉雄浑厚的杜诗气韵的形象描绘。任华赞杜甫"曹刘俯仰惭大敌，沈谢逡巡称小儿"，亦与杜公自许的"气劘屈贾垒，目短曹刘墙"相合。虽然任氏此论只是从杜诗的气势、情韵方面着眼，也带有他尚奇的艺术审美趣味，却是杜甫生前得到的最精彩的艺术评判。

相比之下，衡阳判官郭受的《寄杜员外》和韶州牧韦迢的《潭州留别杜员外院长》就显得是一般的客套应酬了。前者称杜甫：

> 新诗海内流传久，旧德朝中属望劳。

诗才人品并美。然结尾云：

> 春兴不知凡几首，衡阳纸价顿能高。

则属虚泛之论。后者言：

> 江畔长沙驿，相逢缆客船。
> 大名诗独步，小郡海西偏。
> 地湿愁飞鹏，天炎畏跕鸢。
> 去留俱失意，把臂共潸然。

---

① 王安石：《子美画像》，载《杜诗详注》附编，第 2268 页。

以被贬长沙的贾谊指杜甫,虽然大名独步海内,但遭遇却与贾谊一样,屈居偏卑之地而志不能伸,此诗的主要着眼点在杜甫其人而不在其诗。尽管他们对杜诗艺术真谛未能审察领会,但在某种程度上也是对"百年歌自苦,未见有知音"(《南征》)的杜甫的一种安慰吧!

三、元结《箧中集》未收杜诗之原因

盛、中唐之际的唐人选唐诗,现仅存元结的《箧中集》和高仲武的《中兴间气集》,然二书均未选录杜诗,原因何在?

元结《箧中集》成于乾元三年(706),这时杜甫已经创作了一大批风格成熟的杰作,在朝野上下也享有一定声望。更何况,元结和杜甫曾一起参加过天宝六载(747)的那场李林甫操纵的"野无遗贤"的考试,《箧中集》中的张彪、孟云卿、王季友等人,也与杜甫有过交往和唱酬。所以,元结当时对杜甫其人应该有所了解,更读过一些杜诗。这就意味着元氏不选杜诗,应该是"有意"为之。

元结在其《箧中集序》中表明编选宗旨:

> 风雅不兴,几及千岁,溺于时者,世无人哉。呜呼!有名位不显,年寿不终,独无知音,不见称颂,死而已矣,谁云无之。近世作者,更相沿袭,拘限声病,喜尚形似,且以流易为辞,不知丧于雅正。然哉,彼则指咏时物,会谐丝竹,与歌儿舞女生污惑之声于私室可矣。①

这显然是有感而发,且体现了他的文学主张。一般学者把此集前记中元氏反对的"指咏时物""拘限声病"等创作倾向,理解为当时那些缺乏现实内容、只是追求形式美观的思潮,或指盛唐诗坛的任情

---

① 元结著,孙望校:《元次山集》卷七,第100页。

而发、追求抒情特征的倾向。但是,这篇前记写成之际(肃宗乾元三年),"大历十才子"尚未占据诗坛重要地位,齐梁绮靡轻艳的诗风也扫荡殆尽。而且,元结说"风雅不兴,几及千岁","近世作者"只不过是"更相沿袭"而已,显然并不限于反对几个"近世作者"。因为早在天宝九载(750),他在《述时》一文中也写道:

> 皇天有命,于我国家,六叶于兹。高皇至勤,文皇至明。身鉴隋室,不敢满溢。清俭之深,听察之至,仁惠之极,泱泱洋洋,为万代则。圣皇承之,不言而化。四十余年,天下太平。礼乐化于戎夷,慈惠及于草木。虽奴隶齿类,亦能诵周公孔父之书,说陶唐虞夏之道。至于歌颂讴吟,妇人童子,皆抒性情,美辞韵,指咏时物,与丝竹谐会,绮罗当称。况世贵之士,博学君子,其文学声望,安得不显闻于当时也哉。①

这后面几句看似称颂,实为不满。因为接下来他就说:

> 予愚愚者,亦当预焉。日觉抵塞,厌于无用,乃以因慕古人,清和蕴纯。周周仲仲,瘿然全真。上全忠孝,下尽仁信。内顺元化,外娭太和,足矣。②

此文中的"指咏时物,与丝竹谐会"等语,与其《箧中集序》中所云"指咏时物,会谐丝竹"几乎完全相同,都是指唐初以来的诗歌。再联系其"风雅不兴,几及千岁"一语来分析,元结显然认为,先秦《诗经》以下的作品都不符合"极帝王理乱之道,系古人规讽之流"③的要求。他以经过汉儒加序和注解过的《诗经》为准绳,提倡意存劝

---

① 元结著,孙望校:《元次山集》卷五,第74页。
② 元结著,孙望校:《元次山集》卷五,第75页。
③ 元结:《二风诗论》,元结著,孙望校:《元次山集》卷一,第10页。

惩、形式古朴的作品,因此,在他看来,不寓劝惩就是"指咏时物",一切近体都是"拘限声病",这就不只反对那些缺乏现实内容,只追求形式美的作品,也不只否定了诗的抒情特征,而是否定一切"指咏时物,与丝竹谐会,绮罗当称"的近体格律诗。所以,不仅《箧中集》所选全为古体,且他自己也大写古体。四库馆臣谓元结此选"皆淳古淡泊、绝去雕饰",称其与当时作者门径迥殊①,是看到了元结此选的独特之处。

由斯观之,元结和杜甫在文学理论上存在着不可忽视的迥异之处。元结提倡用古体诗来"极帝王理乱之道,系古人规讽之流",强调文学为政治服务,带着很强的伦理说教气味和功利色彩,而对于"抒性情,美辞韵""指咏时物""拘限声病"的近体格律诗则持否定态度。虽然杜甫在反映社会现实、民生疾苦方面与元结相近,但杜甫并不否定诗歌的感情特征,他没有因为注重"比兴""兴寄"而摒弃在诗中注入个人真实的感情。他的创作往往是在感情激发的状态下进行的,而不是用理智写诗。杜甫曾谓:

感激时将晚,苍茫兴有神。

(《上韦左相二十韵》)

他又说过"有情且赋诗"(《四松》)、"诗兴不无神"《寄张十二山人彪三十韵》)等。杜甫十分重视艺术的灵感,要求创作时应有来自社会生活中的激情和冲动。且看他"曾为掾吏趋三辅,忆在潼关诗兴多"(《觅物》),人民的苦难,国事的遽变,都刺激着诗人忧国忧民之心,使他写出了"诗史"般的杰作。杜甫的这些作品中,又哪有伦理说教的气味?而元结则把诗当作表达理念的手段,忽视了诗歌的

①永瑢等:《四库全书总目》卷一八六,第1688页。

艺术性和情感性的特征。

另外,杜甫和元结对待诗歌传统的态度亦不相同。杜甫是主张"别裁伪体亲风雅,转益多师是汝师"(《戏为六绝句》),并未把《诗经》以来的诗歌成就一笔抹杀,尤其是重视近体格律诗的创作,顺应了诗学发展规律。元结认为,只有像他创作的《二风诗》《系乐府》之类的古体诗,才能实现"救时劝俗"的社会功用,而"时之作者烦杂过多,歌儿舞女且相喜爱"的近体诗则有伤风雅,这无疑亦包括杜甫所作的那些近体格律诗和富有生活情趣的作品了。因此,从元结《箧中集》所体现的文学主张来看,杜诗是不符合该集的选录标准的。

再一个不容忽视原因的是,元结选《箧中集》还有其人格标准。他在《箧中集序》中反复慨叹:

> 呜呼,有名位不显,年寿不终,独无知音,不见称颂。
>
> 于戏!自沈公(千运)及二三子,皆以正直而无禄位,皆以忠信而久贫贱,皆以仁让而至丧亡。异于是者,显荣当世。①

都体现了元结强烈的爱憎感情,他赏爱的是沈千运等落拓寒士"正直""仁让""忠信"的人格,元结选他们的作品,无疑亦有为当时浇伪世风祛邪扶正的指导思想。虽然元结与杜甫都参加了由李林甫操纵的"阴谋独秉钧"的考试,可元结却不愿"依托时权",愤然而回。天宝七载(748),元结又游历京师,鉴于当时"丐名位于人,丐颜色于人"的仕人丑态,作《丐论》以讽当道而归。而杜甫则滞留京城,四处投诗干谒,多方夤援求进,过着"朝扣富儿门,暮随肥马尘"(《赠韦左丞丈济》)的寄食生活,体现了他不能免俗的一面。元结

---

① 元结著,孙望校:《元次山集》卷七,第100—101页。

天宝十二载(753)获举进士,十三载(754)擢进士第,这期间他当不会听不到这位"自怪一日声辉赫"(《莫相疑行》)的杜甫的传闻吧。连杜甫后来都觉得不太光彩的"干谒之事","率性方直,秉心真纯"①的元结在编选"方直之士,大雅君子"的作品时该不会不考虑到。显然,杜甫在困守长安期间的所作所为,是不符合元结编辑此选的作者人格标准的。

当然,杜甫在乾元三年(760)已离开长安,亦属元结所云"方阻绝者"之列,元结"不见尽作",可能也是一个原因。

四、高仲武《中兴间气集》未收杜诗之原因

如果说元结《箧中集》未收杜诗主要是因为元结与杜甫的艺术观、人生观均有抵牾,那么,高仲武不录杜诗则是大历期间新的诗风使然。

有唐三百年中,肃、代时期,正值盛、中之交,诗坛上,一批曾经高唱盛唐之音的巨星先后殒落;同时,北方的长安、洛阳和南方的江左吴越,分别出现了以钱起、郎士元、韩翃和以皇甫冉、刘长卿、李嘉祐为代表的两大诗人群体,即人们常说的"大历诗人",并开创了这一时期特有的诗风——"大历诗风"。《中兴间气集》作为这个特定时代诗坛上名家名作的选本,或许是有意上承殷璠《河岳英灵集》,而且似乎突出肃、代"蔚然复兴"期间新的诗人、新的诗风。因而,殷氏所收诗人王维、李白、岑参、高适等作于至德至大历年间的作品,高氏一概未收。问题是,杜甫的作品并未被殷氏收录,且其主要创作成就正是在肃、代时期,高氏竟也未选。这更加说明高仲武此

---

① 颜真卿:《唐故容州都督兼御史中丞本管经略使元君表墓碑铭》,《元次山集》附录二,第169页。

选是对继起于"盛唐之音"后新的创作思潮的批评总结,其选录标准与当时诗坛普遍流行的诗歌审美风尚紧密相关。

高仲武在《中兴间气集序》中详述其编选宗旨:

> 诗人之作,本诸于心。心有所感,而形于言,言合典谟,则列于风雅。……古之作者,因事造端,敷弘体要,立义以全其制,因文以寄其心,著王政之兴衰,表国风之善否,岂其苟悦权右,取媚薄俗哉!今之所收,殆革前弊。但使体状风雅,理致清新,观者易心,听者竦耳,则朝野通取,格律兼收。①

文中用"体状风雅""理致清新"来概括大历时期新的诗歌创作倾向。

"体状风雅",就是要求诗歌创作要以"古之作者"为榜样,要"言合典谟","因事造端,敷弘体要,立义以全其制,因文以寄其心",强调诗歌必须有充实的现实内容和教育感化作用。因此,他特别看重钱起,标举"穷达恋明主,耕桑亦近郊",并说这一类诗"礼义克全,忠孝兼著,足可弘长名流,为后生楷式"②。同时他又提倡"哀而不伤""伤而不怨"③的写法,纵使讽刺当政,揭露现实也要含蓄蕴藉,温柔敦厚,所以他也选了一些反映动乱现实的作品。

"理致清新",即"物理具美,情致兼深"④,要使外界事物的固有

---

① 高仲武:《中兴间气集》序,傅璇琮等编:《唐人选唐诗新编》(增订本),第451页。
② 高仲武:《中兴间气集》卷上,傅璇琮等编:《唐人选唐诗新编》(增订本),第459页。
③ 高仲武:《中兴间气集》,傅璇琮等编:《唐人选唐诗新编》(增订本),第485、504页。
④ 高仲武:《中兴间气集》卷下,傅璇琮等编:《唐人选唐诗新编》(增订本),第517页。

本质、规律,与人的情致、兴味统一起来,形成清雅新奇的艺术美。因此,他注意选取那些"特出意表,标准古今"①的作品,特别标举讲究辞采、比兴深远的创作风尚。他说钱起"文宗右丞"②,郎士元"右丞以往,与钱更长"③,正是说大历诗人承继了王维后期诗歌的意新理惬、清幽孤寂的一面。同时期的皎然说刘长卿、李嘉祐等人跑到江南"窃占青山白云,春风芳草,以为己有"④,也反映了这一时期的诗人只是消极地逃避现实,缺乏政治热情和蓬勃生气。

而至德后漂泊西南的杜甫,在创作倾向和表达内容方面,则显然与他们异趣。

大唐"中兴"后的诗坛,正被这些新秀们占据着,人们的视线也聚焦在他们身上。高仲武虽然反对以诗"苟悦权贵,取媚薄俗",但在评论诗人、选录作品时仍不能违反时尚,他对钱、郎等人的虚美之作,不厌于录。这从一个侧面说明,占据肃、代诗坛中心的"大历诗人",才是人们趋尚景仰的对象,他们的诗风反映了肃、代时期"蔚然复兴"时期部分士大夫又开始吟花草、弄风月的社会心理。远在西南漂泊无依、穷病潦倒的杜甫及其沉郁的悲鸣,又怎能被这一群正做着中兴好梦、唱着太平颂歌的"大历才子"们理会到呢?

何况,樊晃说过:

> 属时方用武,斯文将坠,故不为东人之所知。江左词人所

---

① 高仲武:《中兴间气集》卷上,傅璇琮等编:《唐人选唐诗新编》(增订本),第459页。
② 高仲武:《中兴间气集》卷上,傅璇琮等编:《唐人选唐诗新编》(增订本),第459页。
③ 高仲武:《中兴间气集》卷下,傅璇琮等编:《唐人选唐诗新编》(增订本),第494页。
④ 皎然:《诗式》卷四,中华书局,1985年,第37页。

传诵者,皆君之戏题剧论耳。①

乱中和乱后,江左诗人读到的多为杜甫早年裘马清狂、漫游吴越时的作品,而杜甫遭逢乱世的血泪诗篇,却因战火和山川阻隔,多不为避安江南的诗人所知晓和读赏。待两京收复,这些诗坛新秀又多"工于浣濯,自艰于振举,风干衰,边幅狭,崇诣五言,擅场饯送"②,沉迷于新的浅吟低唱之中。此时,纵使有杜甫的新作传至,也会因不合时尚而被他们漠然置之了。

因此,以选一代诗坛名家名作,总结大历诗歌创作思潮为己任的高仲武,囿于时尚不选杜诗,也就不足为怪了。

综上,杜诗在至德、大历间确实流传不少,但影响却很有限,更不能说是得到时人的普遍推崇了。

王赞《元英先生诗集序》所论就十分客观:

> 杜甫雄鸣于至德、大历间,而诗人或不尚之。③

究其因由,大率如下:

一、客观的社会政治因素。安史之乱的爆发,玉成了杜甫,同时也妨碍了时人对杜诗完整的认识,如"三吏""三别"及其他新题乐府都是他的血泪之作,我们现在视之为杜诗中的精品,但因乱中诗人尚且奔走于途,辗转无定,当时又有多少人能寓目及此呢?收复京师后,杜甫在朝时间不长,旋即因见罪于新主而远离当时诗坛的中心,流传开去的多是寄赠之作。杜甫后期更多的注入了诗人深沉的忧时伤世情怀的作品,则因山川阻隔而少为外人所知。

---

① 樊晃:《杜工部小集序》,《全唐文》卷一〇〇〇,第10631页。
② 胡震亨:《唐音癸签》卷七,第64页。
③ 《全唐文》卷八六五,第9070页。

二、主观的审美趣味之异。杜甫是唐转盛为衰时期的诗人,其创作成就主要在至德、大历间,那些曾和他有过交往的盛唐大诗人在乱中大多趋于沉寂,且相继早于杜甫谢世。与他同时代的创作成就亦较丰厚的元结等人,又多用古体诗来针砭时弊,艺术倾向多有不同。而且,杜甫在长安常年不懈的投诗干谒之举,似亦不见容于元结,《箧中集》拒收杜诗。大历年间,诗坛上弥漫的是"体状风雅、理致清新"的诗风,时人注目推尊的是刘、郎、钱、李等新的诗坛盟主,对漂泊西南、辛勤创作的杜甫则无暇顾及。

因此,在创作上,杜甫既不合于"盛唐之音",又不合于"大历诗风",他是开元直至大历数十年间高标独立的诗坛巨子。杜甫生前是孤独的,一种不为时人理解、欣赏的伟大的孤独!

但是,美玉总不会永远见埋,真金迟早要放出光辉。就在杜甫逝世后不几年,润州刺史樊晃怀着对这位"当今一人"的诗坛巨匠的崇仰,着手蒐采杜甫遗文,编成《杜工部小集》行世,开了后世"杜诗学"之源,庶几可慰杜公英魂。

第四节 中唐诗人对杜诗的接受问题

安史之乱是唐王朝社会危机的总爆发,也是由盛转衰的关捩。广德元年(763),历时八年的战乱虽然平定,但各种社会矛盾却并未解决,反而日益激化,以至于德宗、宪宗、文宗统治的中唐时期,"阉寺专权,胁君于内,弗能远也;藩镇阻兵,陵慢于外,弗能制也;士卒杀逐主帅,拒命自立,弗能诘也;军旅岁兴,赋敛日急,骨血纵横于原野,杼轴空竭于里闾"①。面对这种满目疮痍、江河日下的社会情

---

① 《资治通鉴》卷二四四,《唐纪》六〇,第7880—7881页。

势,许多中下层知识分子掀起了要求改革政治、复兴儒学的高潮。这种思潮反映到诗坛上,便出现了白居易、元稹为代表的强调诗的政治教化作用、提倡"为时而著""为事而作"的新乐府创作活动,和韩愈、孟郊为代表的要求诗歌干预现实、崇尚"不平则鸣""穷而后工"的诗歌流派。到宪宗元和、穆宗长庆年间,诗歌创作又形成了盛唐之后的又一次高潮。

同时,中唐诗坛创作高潮的到来,也是中唐诗人在对盛唐诗歌的反思中,因时而化、自出机杼的结果。"诗到元和体变新"①,"求变"可以说是中唐诗人普遍具备的艺术精神。而这种艺术精神的形成,又与他们对杜甫诗歌的接受和学习分不开。因为在盛唐诸多名家中,只有杜甫这样既善于集大成又善于创变的诗人,才能给韩、孟、元、白等人更多的艺术革新的启迪。明人胡应麟云:

> 盛唐一味秀丽雄浑。杜则精粗、巨细、巧拙、新陈、险易、浅深、浓淡、肥瘦,靡不毕具。参其格调,实与盛唐大别。②

就指出了杜甫与其他盛唐诸家不同的集大成的艺术境界。他又认为:

> 大概杜有三难:极盛难继,首创难工,遒衰难挽。子建以至太白,诗家能事都尽,杜后起集其大成,一也;排律近体,前人未备,伐山道源,为百世师,二也;开元既往,大历继兴,砥柱其间,唐以复振,三也。③

这就是说,杜甫是在推陈出新、知易求变之后方才成为诗坛巨擘的,

---

① 白居易:《余思未尽加为六韵重寄微之》,《全唐诗》卷四四六。
② 胡应麟:《诗薮》,第70页。
③ 胡应麟:《诗薮》,第91页。

而且,杜甫给后人的也不只是包源流、综正变的启示,还有其求变创新的文学精神。清人毛奇龄在论中唐诗人必须"变新"时也说:

> 盖其时丁开(元)、天(宝)全盛之后,贞元诸君皆怯于旧法,思降为通侻之习,而乐天创之,微之、梦得并起而效之。①

因此,我们可以说,首先是"求变"的创作精神上的相通,决定了中唐诗人最有可能从杜甫身上汲取艺术养料。

影响中唐诗人接受杜诗的另一个重要因素,是杜诗此时已结集,且流传较广。盛唐诗人、大历诗人之所以对杜诗不够重视、评价不高,除了他们的诗歌审美风尚与杜诗不甚相合有关,还因为杜诗流传有限,妨碍了人们对它的认识②。但是,这种状况到元和、长庆中就得到改善了。此时,人们不但能够读到杜甫的大量作品,而且还可读到完整的杜集。白居易就有一首诗题为《读李杜诗集因题卷后》:

> 翰林江左日,员外剑南时。
> 不得高官职,仍逢苦乱离。
> 暮年逋客恨,浮世谪仙悲。
> 吟咏留千古,声名动四夷。
> 文场供秀句,乐府待新词。
> 天意君须会,人间要好诗。

说自己在读杜集时,就曾为杜甫后期漂泊西南时的遭遇和作品所感动,且云杜诗"可传者千余首",则他当时所读杜集所收作品数量远不止此。同时或稍后,韩愈、杜牧等人亦在诗中提及读过杜集。如

---

① 毛奇龄:《西河合集》卷七,清刻本。
② 参拙作《开天诗人对杜诗接受问题考论》(《文学遗产》1991年第3期)、《杜诗在至德、大历间的流传和影响》(《陕西师大学报》1991年第3期)。

韩愈《醉留东野》诗云：

> 昔年因读李白杜甫诗，长恨二人不相从。①

其《调张籍》亦云：

> 李杜文章在，光焰万丈长。②

这些都是韩愈读过杜集且对杜甫十分推崇的明证。元稹则先是读过数百首杜诗，其《叙诗寄乐天书》中云：

> 得杜甫诗数百首，爱其浩荡津涯，处处臻到。③

后来又受杜甫之孙杜嗣业之托为撰《唐检校工部员外郎杜君墓系铭并序》，序中云：

> 予读诗至杜子美，而知小大之有所总萃焉。④

可能他此时从杜嗣业处又看到了更完备的杜集，因而才能在此文中作出了杜甫优于李白、"诗人以来，未有如子美者"的高评。杜牧也作有《读韩杜集》：

> 杜诗韩集愁来读，似倩麻姑痒处搔。⑤

说他读杜集时的心理共鸣很强烈。其《冬至日寄小侄阿宜诗》则劝其侄阿宜也要认真诵读杜诗：

---

① 韩愈著，方世举编年笺注，郝润华、丁俊丽整理：《韩昌黎诗集编年笺注》卷七，中华书局，2012年，第404页。
② 韩愈著，方世举编年笺注，郝润华、丁俊丽整理：《韩昌黎诗集编年笺注》卷九，第517页。
③ 元稹撰，冀勤点校：《元稹集》卷第三十，中华书局，2010年，第406页。
④ 元稹撰，冀勤点校：《元稹集》卷第五十六，第690页。
⑤ 杜牧撰，吴在庆校注：《杜牧集系年校注》，《樊川文集》卷第二，中华书局，2008年，第248页。

> 李杜泛浩浩，韩柳摩苍苍。
> 近者四君子，与古争强梁。
> 愿尔一祝后，读书日日忙。
> 一日读十纸，一月读一箱。①

在这些先决条件下，中唐诗人遂有可能以其各自的艺术标准审美趣味，开始对杜诗进行接受和评价。

接受美学有一个重要原则——"视野融合"，意即只有读者的期待视野和文学本文相融合，才谈得上接受和理解②。因为艺术审美毕竟是一种个体性的活动，其实质是审美主体对特定的艺术作品产生的独特的心理效应。虽然它逃避不了政治性、社会性的制约，但归根结底，它毕竟只能发生在一个个别具独特的文化—心理结构的审美个体身上。因而，决定中唐诗人特别是韩孟元白等人接受杜诗的因素除了前述的时代大背景、文坛新思潮等外，又与他们独特的人生观、艺术观密切相关。

一、韩孟与杜甫的情感共鸣

韩、孟皆出身贫寒，青少年时期都备尝人世艰辛。这相似的家世和遭际，以及他们相投的性分，相近的诗风，促成了他们笃深的友谊。贞元七年（791），二人相见恨晚。孟郊是"逢著韩退之，结交方殷勤"③；韩愈一见孟郊，则"为忘形交"④。此后，韩、孟便形随影

---

① 杜牧撰，吴在庆校注：《杜牧集系年校注》，《樊川文集》卷第一，第 81 页。
② ［德］H·R·姚斯、R·C·霍拉勃著，周宁、金元浦译：《接受美学与接受理论》，辽宁人民出版社，1987 年，第 8、343 页。
③ 孟郊：《吊房十五次卿少府》，孟郊著，华忱之、喻学才校注：《孟郊诗集校注》卷十，人民文学出版社，2015 年，第 457 页。
④ 《新唐书》卷一七六，《孟郊传》。

从,酬唱不绝,以怪奇的诗风并称于中唐诗坛。因而,他们便以"李杜"自比。李白、杜甫交谊甚厚,然游从甚短,成为中国诗史一大憾事;韩、孟则颇以能长相从而自得。孟郊《戏赠无本二首》其一云:

> 诗骨耸东野,诗涛涌退之。
> 有时踉跄行,人惊鹤阿师。
> 可惜李杜死,不见此狂痴。①

韩愈《醉留东野》诗中也认为:

> 昔年因读李白杜甫诗,长恨二人不相从。
> 吾与东野生并世,如何复蹑二子踪。②

然而,韩、孟以"李杜"自期,又不纯粹是一种自大,也是建立在对李杜诗歌艺术精神深切领会的基础上的。

首先,韩、孟"不平则鸣""穷而后工"的诗歌审美观,恰与李、杜诗歌的创作原则吻合。在韩愈看来,李、杜之所以能写出"光焰万丈长"的诗篇,完全因为他们是"不平则鸣""穷而后工"。韩愈在《调张籍》诗中,就分外感慨李、杜的身世多舛和创作艰辛:

> 惟此两夫子,家居率荒凉。
> 帝欲长吟哦,故遣起且僵。
> 剪翎送笼中,使看百鸟翔。
> 平生千万篇,金薤垂琳琅。③

---

① 孟郊著,华忱之、喻学才校注:《孟郊诗集校注》卷六,第286页。
② 韩愈著,方世举编年笺注,郝润华、丁俊丽整理:《韩昌黎诗集编年笺注》卷七,第404页。
③ 韩愈著,方世举编年笺注,郝润华、丁俊丽整理:《韩昌黎诗集编年笺注》卷九,第517页。

虽然韩愈、孟郊对李、杜诗歌的深层意蕴的认识,尚较肤浅、直观,但是由于他们与李、杜心灵上的相通、创作体会上的相近,所以也基本上捕捉到了杜诗的精髓。

其次,韩、孟二人对杜诗的艺术成就也有独到的认识。韩愈在《荐士》诗中就指出:

> 勃兴得李杜,万类困陵暴。
> 后来相继生,亦各臻阃奥。
> 有穷者孟郊,受材实雄骜。
> 冥观洞古今,象外逐幽好。
> 横空盘硬语,妥帖力排奡。
> 敷柔肆纡余,奋猛卷海潦。①

从中可以看出,韩愈、孟郊之所以十分推崇李、杜,就是因为李杜的作品烂漫纵逸以至光怪雄奇,符合他们的追求怪奇的诗歌审美观。韩愈《感春四首》其二亦云:

> 近怜李杜无检束,烂漫长醉多文辞。②

在《调张籍》中,韩愈又以形象的语言描写李、杜创作时的情景:

> 想当施手时,巨刃摩天扬。
> 垠崖划崩豁,乾坤罢雷硠。③

如此论李诗,后人无甚异议;如此论杜诗,就有人表示不满了。近人

---

① 韩愈著,方世举编年笺注,郝润华、丁俊丽整理:《韩昌黎诗集编年笺注》卷二,第 62 页。
② 韩愈著,方世举编年笺注,郝润华、丁俊丽整理:《韩昌黎诗集编年笺注》卷三,第 188 页。
③ 韩愈著,方世举编年笺注,郝润华、丁俊丽整理:《韩昌黎诗集编年笺注》卷九,第 517 页。

程学恂《韩诗臆说》云:

> 此诗李杜并重,然其意旨,却著李一边多,细玩当自知之。①

其实,韩愈是在以他自己的诗美观套杜诗,而且他所注重的是李、杜诗歌的相同点——笼括宇宙的气概和磅礴的气势。在《城南联句》中,韩、孟二人也以"光怪雄奇"的诗美观评价了李、杜诗作,韩愈云:

> 蜀雄李杜拔,岳力雷车轰。

孟郊云:

> 大句斡玄造,高言轧霄峥。②

都激赏了李诗中雄健的笔力和阔大的气势。虽说韩、孟二人对杜诗的这些认识带有很强的主观色彩,但也不无道理。因为从笔力、气势上讲,杜甫的确也作有沉雄壮阔的诗篇,即便述忧思,杜甫也绝非悲戚凄凉,而是:

> 忧端齐终南,澒洞不可掇。
>
> 　　　　　《自京赴奉先县咏怀五百字》③
>
> 不见秋云动,悲风稍稍飞。
>
> 　　　　　　　　　　　《秋笛》④
>
> 五更鼓角声悲壮,三峡星河影动摇。
> 野哭千家闻战伐,夷歌几处起渔樵。
>
> 　　　　　　　　　　　《阁夜》⑤

---

① 程学恂:《韩诗臆说》卷二,商务印书馆,1934年,第46页。
② 韩愈著,方世举编年笺注,郝润华、丁俊丽整理:《韩昌黎诗集编年笺注》卷五,第282页。
③ 杜甫著,仇兆鳌注:《杜诗详注》卷之四,第273页。
④ 杜甫著,仇兆鳌注:《杜诗详注》卷之八,第618页。
⑤ 杜甫著,仇兆鳌注:《杜诗详注》卷之十八,第1561页。

> 风急天高猿啸哀,渚清沙白鸟飞回。
> 无边落木萧萧下,不尽长江滚滚来。
> 万里悲秋常作客,百年多病独登台。
> 艰难苦恨繁霜鬓,潦倒新停浊酒杯。
>
> 《登高》①

悲虽极悲,却不颓废、不凄凉、不感伤,而是沉雄壮大,忧愤深广。而且,杜甫有些诗写得也特别像李白,如《寄韩谏议注》:

> 今我不乐思岳阳,身欲奋飞病在床。
> 美人娟娟隔秋水,濯足洞庭望八荒。
> 鸿飞冥冥日月白,青枫叶赤天雨霜。
> 玉京群帝集北斗,或骑麒麟翳凤凰。
> 芙蓉旌旗烟雾落,影动倒景摇潇湘。
> 星官之君醉琼浆,羽人稀少不在旁。
> 似闻昨者赤松子,恐是汉代韩张良。
> 昔随刘氏定长安,帷幄未改神惨伤。
> 国家成败吾岂敢?色难腥腐餐枫香。
> 周南留滞古所惜,南极老人应寿昌。
> 美人胡为隔秋水,焉得置之贡玉堂?②

感情一泻而下,诗思涌动,想象奇特多变,风格清雄奔放。与李白的《庐山谣寄卢侍御虚舟》有异曲同工之妙:

> 我本楚狂人,凤歌笑孔丘。
> 手持绿玉杖,朝别黄鹤楼。

---

① 杜甫著,仇兆鳌注:《杜诗详注》卷之二十,第 1766 页。
② 杜甫著,仇兆鳌注:《杜诗详注》卷之十七,第 1510 页。

> 五岳寻仙不辞远,一生好入名山游。
> 庐山秀出南斗旁,屏风九迭云锦张,影落明湖青黛光。
> 金阙前开二峰长,银河倒挂三石梁,
> 香炉瀑布遥相望,回崖沓嶂凌苍苍。
> 翠影红霞映朝日,鸟飞不到吴天长。
> 登高壮观天地间,大江茫茫去不还。
> 黄云万里动风色,白波九道流雪山。
> 好为庐山谣,兴因庐山发。
> 闲窥石镜清我心,谢公行处苍苔没。
> 早服还丹无世情,琴心三迭道初成。
> 遥见仙人彩云里,手把芙蓉朝玉京。
> 先期汗漫九垓上,愿接卢敖游太清。①

所以,浦起龙认为杜甫此诗"源出楚骚,气味大类谪仙"②。从这一点看,韩、孟认为杜诗和李诗一样具备光怪雄奇之美,乃是对杜诗学的一个贡献,因为此前尚未有人如此论杜。

韩、孟不但把李、杜并称,且认为李、杜在诗史上的地位亦相当。当时有人否定李、杜的诗坛巨擘的地位,韩愈奋起反驳。其《调张籍》云:

> 李杜文章在,光焰万丈长。
> 不知群儿愚,那用故谤伤。
> 蚍蜉撼大树,可笑不自量。③

---

① 李白著,王琦注:《李太白全集》卷之十四,第678页。
② 浦起龙:《读杜心解》卷二,第300页。
③ 韩愈著,方世举编年笺注,郝润华、丁俊丽整理:《韩昌黎诗集编年笺注》卷九,第517页。

在上引《荐士》诗中,韩愈又"历叙诗学源流",认为"唐初格律变于子昂,至李、杜二公而极"①。将李、杜放在诗歌史的大背景下考察,再次确认了他们至高无上的诗坛地位。

韩愈、孟郊并没有停留于接受杜诗、推崇杜诗的层面上,还在创作中自觉地学杜,推弘杜甫优秀的创作精神:

第一,他们继承了杜甫慨时伤世、批判现实的创作传统。如韩愈的《赴江陵途中寄赠王十二补阙李十一拾遗李二十六员外翰林三学士》《御史台上论天旱人饥状》等作、孟郊的《长安旅情》《长安早春》《乱离》等诗,都既写了自己的窘困,又写了现实政治的害民,明显继承了杜甫《北征》《三川观水涨二十韵》等写实的传统。

第二,韩、孟二人还发展了杜甫"以赋为诗"的创作手法。杜甫有些五古,如《自京赴奉行县咏怀五百字》《北征》《壮游》《遣怀》等,运用散文化的语言,以"赋"的写法,穷形尽相地刻画出民生疾苦和乱世沉浮,铺张扬厉地描写出时代的动荡和国势的邅变。韩愈的《南山诗》《赴江陵途中寄赠王十二补阙李十一拾遗李二十六员外翰林三学士》《归彭城》等,以及孟郊的《汴州离乱后忆韩愈李翱》《伤春》等诗都偏于铺陈雕绘,追求繁富的辞藻、复杂的意象、琐碎的细节,造成了雄奇光怪的诗境。

第三,杜甫在律诗句法方面已经能执正驭奇,以拗折变圆润,韩孟则承其余绪而变本加厉,在险韵、窄韵中逞才使气、争奇斗巧。如韩愈《山南郑相公樊员外酬答为诗其末咸有见及语樊封以示愈依赋十四韵以献》以及韩、孟二人的《城南联句》都是如此。虽然韩孟在变革近体律诗方面有些过头,但是他们对杜诗"求变"精神的弘扬,

──────────
① 韩愈著,钱仲联集释:《韩昌黎诗系年集释》卷五,上海古籍出版社,1984年,第540页。

倒切实扩大了近体诗的表现领域。因此,有人说韩愈的近体诗"矫矫不群,可以颉颃老杜"①,甚至有人认为韩愈的有些诗"虽杜子美亦不及"②。

然而不管怎么说,李、杜之后的唐代诗人,最得李、杜奇险之美的还是韩、孟。清人赵翼说得好:

> 至昌黎时,李、杜已在前,纵极力变化,终不能再辟一径。惟少陵奇险处,尚有可推扩,故一眼觑定,欲从此辟山开道,自成一家。此昌黎注意所在也。③

韩孟诗派之所以能够形成雄奇光怪的诗风,离不开对杜甫"奇险"之诗境的揣摩与推弘。

二、元稹对杜甫诗史地位的定评

如果说韩、孟等人"不平则鸣""穷而后工"的诗歌创作原则主要取决于他们独特的气质、性格和遭际,那么元、白等人"为时而著""为事而作"的诗歌理论则主要与他们的政治观、人生观有关。由于诗歌审美趣尚的不同,也就使得元、白对杜诗的接受,呈现出自己的特点来。

虽然从在诗史的地位上说,元、白也是主张李、杜并重的,如元稹的《代曲江老人百韵》云"李杜诗篇敌",白居易《与元九书》亦云"又诗之豪者,世称李、杜"。但是,对李、杜二人,元、白还是有所偏爱的。相较而言,他们更推崇杜甫,因为杜诗更符合他们的创作原

---

① 马立:《秋窗随笔》,《丛书集成续编》(上海书店),第 157 册,第 128 页。
② 张戒:《岁寒堂诗话》卷上,丁福保辑:《历代诗话续编》上册,第 458 页。
③ 赵翼著,霍松林、胡主佑校点:《瓯北诗话》,人民文学出版社,1963 年,第 28 页。

则和政治观点。

元稹是第一个给杜诗写专论的人,同时也被后世认为是"扬杜抑李"的始作俑者。元稹在《唐故工部员外郎杜君墓系铭序》中说:

> 至于子美,盖所谓上薄风骚,下该沈宋,古傍苏李,气夺曹刘,掩颜谢之孤高,杂徐庾之流丽,尽得古今之体势,而兼今人之所独专矣。使仲尼考锻其旨要,尚不知贵,其多乎哉!苟以为能所不能,无可不可,则诗人以来,未有如子美者。时山东人李白,亦以奇文取称,时人谓之李杜。予观其壮浪纵恣,摆去拘束,摸写物象,及乐府歌诗,诚亦差肩于子美矣。至若铺陈终始,排比声韵,大或千言,次犹数百,词气豪迈而风调清深,属对律切,而脱弃凡近,则李尚不能历其藩翰,况堂奥乎!①

他不仅将杜甫推尊为中国诗歌史上的集大成者,而且认为李白虽然"亦以奇文取称",在"壮浪纵恣,摆去拘束,摸写物象,及乐府歌诗"等方面,"诚亦差肩于子美矣",与杜甫并称于世,但是在诗律的精研方面则远逊于杜。后人多认为,元稹之语有失公允,有扬杜抑李之用心。

其实,我们大可不必过于指责元稹,这是因为:

首先,元稹此文并非严格意义上的诗歌史"专论",而是受杜甫之孙杜嗣业之托,为杜甫所写的墓志铭并序。而在唐代,文人作墓志铭时对墓主有所褒扬自是"文家常法",不必大惊小怪。所以,方成珪即云:

> 微之《墓志》亦是文家借宾定主常法耳,况并未谤伤供

---

① 元稹撰,冀勤点校:《元稹集》卷第五十六,第 691 页。

奉也。①

明乎此,我们就可以理解元稹借"抑李"而"扬杜"的真正用意了。

其次,元稹之论李、杜完全是从自己独特的审美标准出发的,而用这些标准来衡量,李诗确实稍逊于杜诗。细察元稹此序,其诗歌审美标准是重"教化"然又不废其他"有为"之作,虽斥"淫艳"但并不弃"流丽""纤秾"之辞,总的要求是内容要"干预教化",形式则不可"淫艳刻饰",技巧则须兼备众长,风格也应多样。因此,元稹称赞杜甫"尽得古今之体势,而兼今人之所独专",也是符合杜甫诗歌创作实际情况的。当他用儒家重教化的诗歌标准衡量杜诗时,自然会得出"诗人以来,未有如子美者"的判断。这个论点自然会涉及到了与杜甫齐名的李白,因而他就必须要从诗歌艺术创新的角度比较李、杜,以支撑其主要论点。元稹先是指出,在"壮浪纵恣,摆去拘束,摸写物象"以及乐府歌诗的创作方面,李、杜差可比肩,难分轩轾,这显然是肯定了李、杜的共同优点。看来,元稹即使想要扬杜,但也还是没有急于抑李,还是比较客观地评价李、杜二人难分伯仲的部分。不过,接下来元稹就拿杜甫之所长较李白之所短了,认为杜集中那些"铺陈终始,排比声韵"的长篇律诗则是李白所没有的。应该说,这也是比较符合李、杜创作实情的,没有不公允之处。当然,李白有所长,正是杜甫之所短,元稹就不说了,未免有些不厚道了。但是,如果我们考虑到这不是一篇严谨的盛唐诗歌史专论,而是专为杜甫所写的墓志铭的序,这种写法也就可以理解了。

总之,元稹在此序中从既重诗歌内容但又不废艺术形式的角度,高度肯定了杜甫的诗史地位。

---

① 见韩愈著,钱仲联集释《韩昌黎诗系年集释》卷九,第990页。

后来,元稹在《叙诗寄乐天书》中,又以"寄兴"说给予杜诗以高评,并将之作为自己学习的楷范。元稹说,他少年时正逢德宗政治腐败,心中郁积,每思有所发滞,遂向前贤学习写诗,以针砭时弊:

> 适有人以陈子昂《感遇》诗相示,吟玩激烈,即日为《寄思玄子》诗二十首。……又久之,得杜甫诗数百首,爱其浩荡津涯,处处臻到,始病沈、宋之不存寄兴,而讶子昂之未暇旁备矣。①

他在此文中又拿杜甫的"处处臻到"与沈、宋、陈子昂比,他既然对沈、宋之"不存寄兴"表示不满,则杜甫显然是诗存"寄兴"的;而陈子昂虽存"寄兴",艺术上却未精致完备,同样也不如杜诗高妙。元稹如此之论杜诗迥出前人之处,当然也是有一定道理的。

另外,元稹在《乐府古题序》中所云:

> 近代唯诗人杜甫《悲陈陶》《哀江头》《兵车》《丽人》等,凡所歌行,率皆即事名篇,无复倚傍。②

以及其在《酬李甫见赠十首》其二中所云:

> 杜甫天材颇绝伦,每寻诗卷似情亲。
> 怜渠直道当时语,不著心源傍古人。③

这都是在对杜诗的思想内容、艺术手法作全面细致考察后得出的结论。

所以,元稹可谓杜诗研究史上确立杜甫崇高地位的第一人。他不但较准确地把握到杜甫意存"寄兴",具有积极写实倾向的创作

---

① 元稹撰,冀勤点校:《元稹集》卷第三十,第406页。
② 元稹撰,冀勤点校:《元稹集》卷第二十三,第292页。
③ 元稹撰,冀勤点校:《元稹集》卷第十八,第238页。

主旨,且最先指出并肯定了杜诗集大成的艺术境界。后来,刘昫《旧唐书·杜甫传》记载的"自后属文者,以稹论为是"一语,也充分反映了晚唐五代人对元稹评杜观点的普遍认可。

三、白居易对杜诗社会政治功能的推弘

白居易与元稹虽在诗歌创作和理论方面声气相通,但对杜诗的评价问题上,二人观点却并不完全相同。白居易更侧重于从诗歌的社会政治功用方面来评杜、学杜,其文学接受视野,较元稹要狭窄得多。

白居易在《与元九书》中首先揭举出"根情、苗言、华声、实义"的诗歌理论,在这四端中,白氏更注重"实义"。元和元年(806),白居易作《策林·议文章》,不谈"根情",反对"淫辞丽藻",只是阐扬"实义",明显地表现出重思想内容轻艺术表现的倾向。在元和八年(813)左右写成的《读张籍古乐府》中,白居易除了用"六义"论乐府,还认为"言者志之苗,行者文之根"。可见白氏诗论"四端"中的"根情",也是以"行"为根的。而且,在《与元九书》中,白居易还叙述了自己近年来对诗歌功能的认识的变化:

> 自登朝来,年龄渐长,阅事渐多。每与人言,多询时务。每读书史,多求理道。始知文章合为时而著,歌诗合为事而作。[①]

也就是说,他在做拾遗之后,连诗歌的"四端"也不讲了,只强调"时"与"事",也即"实义",其重政治、轻艺术的倾向更明显了。

白居易用这样的诗歌审美标准去衡量杜诗,得出的结论当然就与元稹同中有异了。他在《与元九书》中如此评价李杜:

[①] 白居易著,谢思炜校注:《白居易文集校注》卷第八,中华书局,2011年,第324页。

> 唐兴二百年,其间诗人不可胜数。所可举者,陈子昂有《感遇诗》二十首,鲍防有《感兴诗》十五首。又诗之豪者,世称李、杜。李之作,才矣奇矣,人不逮矣。索其风雅比兴,十无一焉。杜诗最多,可传者千余首。至于贯穿今古,觑缕格律,尽工尽善,又过于李。然撮其《新安》《石壕》《潼关吏》《芦子关》《花门》之章,"朱门酒肉臭,路有冻死骨"之句,亦不过三四十。杜尚如此,况不逮杜者乎?①

首先,白居易认为,李、杜二人是可以并称的"诗豪",从诗才、诗风两方面肯定了李、杜在诗史上的崇高地位,看似未将李、杜强分轩轾。接下来,白居易从"风雅比兴"角度立论,就认为李诗大不如杜诗了。而且,他与元稹一样,也高度肯定了杜甫的集大成的艺术境界,称赞杜甫在"贯穿今古,觑缕格律"方面"尽工尽善",远远超过了李白。至此,白居易对杜甫的评价与元稹并无太大的不同,只不过没有元稹分析得深刻、细致。但要注意的是,元稹认为杜甫是中国诗史上的最杰出的诗人,对杜甫未曾有过明显的不满。而白居易则不然,他在用诗之"六义"也即美刺讽谏的创作原则衡量评判杜诗后,竟然发现纵使杜甫这样的诗人,符合儒家诗教的作品也很少,不过三四十首,这实在太令人遗憾了。

所以,白居易在慨叹"诗道崩坏"的同时,不禁奋发图强,决心踵杜甫之前武,"欲起扶之",遂创作了大量"可以救济人病,裨补时阙"的"诗谏"式的作品。从本质上讲,白居易所作的诸多新乐府,确实是继承并发展了杜甫"即事名篇"的"新题歌行"的创作精神。元稹《乐府古题序》亦云:

---

① 白居易撰,谢思炜校注:《白居易文集校注》卷第八,第323页。

> 近代唯诗人杜甫《悲陈陶》《哀江头》《兵车》《丽人》等,凡所歌行,率皆即事名篇,无复倚傍。予少时与友人乐天、李公垂辈,谓是为当,遂不复拟赋古题。

更明确指出当时李绅、元稹、白居易等人前赴后继大力创作讽谕诗尤其是新乐府的活动①,是与杜诗之间存在着直接的渊源关系的。

同时,我们还应看到,元、白等人不仅学习了杜甫的诸多"新题歌行",还学习杜甫近代律诗的创作经验,这与元、白等人对杜甫"觑缕格律""铺陈终始""排比声韵""属对精切"的诗歌艺术的推崇也是一致的。李重华《贞一斋诗说》:

> 五言排律,至杜集观止;若多至百韵,杜老止存一首,末亦未免铺缀完局,缘险韵留剩后幅故也。白香山窥破此法,将险韵参错前后,略无痕迹,遂得绰有余裕。故百韵叙事,当以香山为法;但此亦不必多作,恐涉夸多斗靡之习。②

明确指出,白氏集中次韵唱酬之作,实际上是从杜甫的五言排律发展而来的。而在中唐诗坛,元、白正是以次韵唱酬的长篇律诗为世所重。元稹曾在《上令狐相公诗启》中描述当时的诗风:

> (稹)与同门生白居易友善,居易雅能为诗,就中爱驱驾文字,穷极声韵,或为千言,或为五百言律诗,以相投寄。小生自审不能有以过之,往往戏排旧韵,别创新词,名为次韵相酬,盖欲以难相挑耳。江湖间为诗者复相仿效,力或不足,则至于颠

---

① 本人不同意中唐存在"新乐府运动"的说法,也不认为李绅、元稹、白居易创作的所有讽谕诗都可归为新乐府。详参拙作《〈秦中吟〉非"新乐府"考论——兼论白居易新乐府诗的体式特征及后人之误解》(《文学遗产》2015年第1期)。
② 李重华:《贞一斋诗说》,丁福保编:《清诗话》下册,第925—926页。

倒语言,重复首尾,韵同意等,不异前篇,亦目为元和诗体。

看来,中唐诗坛上曾经大为流行的"元和体",实与杜甫的五言排律大有关系,前者乃自后者发展而来。

综上,杜诗不仅在中唐渐渐流行开来,而且得到了当时诗坛诸大家的高度肯定,甚至获得了"千古一人"的最高评价。而中唐人更是在阅读接受杜诗的同时,受到很多艺术启发,各就其性情之所近,发展出不同的风格和流派,"如危峰绝壑,深涧流泉,并自成趣,不相沿袭"[1],终于在元和、长庆年间,掀起了盛唐之后的又一个诗歌创作高潮。

---

[1] 胡震亨:《诗薮》,第187页。

第七章　元白盛唐文化记忆之异同

唐朝是我国古代最为强盛的朝代之一,开元天宝年间(713—756)又是唐朝的鼎盛时期。这个时期经济文化之繁荣、国家人民之富足、边境内地之安定,均非唐初"贞观之治"所可比拟,后人多以"开天盛世""盛唐"称誉之。

但是,正所谓盛极而衰,天宝末年安史之乱的爆发,成为唐朝由盛转衰的重大历史关捩,更有一些史学家认为,安史之乱不仅仅是唐朝由盛转衰的节点,也是我国古代封建社会的社会结构、文化特质发生重大变化的一个分水岭。

众所周知,安史之乱是由于唐玄宗后期政治腐败、藩镇权限大增、节度使野心膨胀所引起的。天宝十四载(755)十一月九日,当时身兼范阳、平卢、河东三节度使的安禄山,乘朝廷政治紊乱、内地兵力空虚,发动属下的唐兵、同罗兵(突厥九姓之一,当时铁勒人的一个部落),以及奚、契丹、室韦,共十五万人,号称二十万人,以"忧国之危"、奉密诏讨杨国忠为借口,在范阳起兵。同年十二月十二日,叛军攻入洛阳。翌年正月元旦,安禄山在洛阳自立为大燕皇帝,建元圣武。天宝十五载(756)六月九日,叛军攻陷潼关。十三日,玄宗依杨国忠之计奔蜀,率杨贵妃姊妹、皇子、公主、皇孙,宰相杨国忠、韦见素及亲近宦官、宫人,自长安西行。六月十四日,行至马嵬驿(今陕西兴平西二十五里),羽林军士痛恨杨氏兄妹败坏国事,发生哗变,杀杨国忠及韩国、秦国夫人,逼迫唐玄宗"割恩正法",缢死了杨贵妃。同年七月,太子李亨在灵武(今宁夏灵武,时为朔方节度使驻节之所)即位,改年号为"至德",是为肃宗,遥尊玄宗为太上皇。至德二载(757),安禄山被他的儿子安庆绪所杀。安庆绪任命史思明为范阳节度使,史思明遂拥强兵,渐渐不服安庆绪调度。乾元二年(759),史思明杀安庆绪。上元二年(761),史思明又被其子史朝义所杀,叛军内部分崩离析。自至德二载至唐代宗宝应元年(762),唐将郭子仪、李光弼等人在回纥兵的帮助下,先后收复了长安、洛阳两京。宝应二年(763)正月,史朝义逃回范阳,为唐军追击,自缢身亡,叛军余党皆降。至此,历时七年两个月的安史之乱才终于结束。

而唐人对开元、天宝年间盛世的缅怀与追忆,也正是从安史之乱刚一发生就开始了。其中又要数元稹与白居易的相关作品数量最多、思考最全面。

第一节 至德大历诗人对盛唐之缅怀

安史之乱给唐王朝尤其是当时黄河中下游的社会经济造成了极大的破坏,百姓备受战乱之苦,诸多诗人深陷其中,有切肤之痛,在乱中和乱定之后,都情不自禁地缅怀刚刚过去的开天盛世。

一、杜甫对开天盛世的回忆

天宝十五载(756)六月,安史叛军攻占了长安之后,杜甫先是寓居白水(今陕西白水)避乱,后来随着大批的百姓往北逃亡。到鄜州(今陕西富县)时,杜甫得知七月间肃宗已于灵武即位,遂只身北上延州(今陕西延安),拟出芦子关,再往西去投奔肃宗行在。但是，杜甫走到半途，即被叛军截获，送回长安。杜甫到长安之后，幸好地位不高，名声不大，自己又注意隐避，所以并未成为胡人管控的对象，可以在城中自由活动①。

至德二载（757）的春天，杜甫独自一人来到昔日皇家贵族的游览胜地——曲江闲逛。只见此时的水畔宫殿，千门紧锁，不再繁华热闹；但岸边的细柳新蒲，依然绿意盎然。杜甫见此情景，不禁感慨丛生，悲从心起。诗人想起当年唐玄宗与杨贵妃来游曲江时，是何等的热闹，何等的富丽，何等的排场！就在四年前的天宝十二载（753）春，杜甫也确曾在此写过一篇曲江之游的作品——《丽人行》，只不过是讥刺杨氏兄妹的骄横奢靡：

> 三月三日天气新，长安水边多丽人。
> 态浓意远淑且真，肌理细腻骨肉匀。
> 绣罗衣裳照暮春，蹙金孔雀银麒麟。
> 头上何所有？翠微䴔叶垂鬓唇。
> 背后何所见？珠压腰衱稳称身。
> 就中云幕椒房亲，赐名大国虢与秦。
> 紫驼之峰出翠釜，水精之盘行素鳞。
> 犀箸厌饫久未下，鸾刀缕切空纷纶。
> 黄门飞鞚不动尘，御厨络绎送八珍。
> 箫鼓哀吟感鬼神，宾从杂遝实要津。
> 后来鞍马何逡巡，当轩下马入锦茵。
> 杨花雪落覆白蘋，青鸟飞去衔红巾。
> 炙手可热势绝伦，慎莫近前丞相嗔。②

----
① 参陈贻焮《杜甫评传》上卷，第284—353页。
② 杜甫著，仇兆鳌注：《杜诗详注》卷之二，第160页。

作此诗时,杜甫正"旅食京华"、困守长安,仍然过着"朝扣富儿门,暮随肥马尘"的落拓生活,为自己"到处潜悲辛"而感叹、愤慨。那年的三月三日上巳节,杜甫也随着满城的士女来到曲江游玩。一到曲江边,他就看到了杨氏三姐妹在曲江边趾高气扬、豪奢淫靡的游宴,然后就气不打一处来,开始了对杨氏兄妹的冷嘲热讽。"态浓意远淑且真,肌理细腻骨肉匀",是说杨氏姐妹的丽艳容貌。"绣罗衣裳照暮春,蹙金孔雀银麒麟",是说她们的华美服饰。"头上何所有,翠微匎叶垂鬓唇",是她们的名贵头饰。"背后何所见,珠压腰衱稳称身",这是她们腰间的硕大宝珠。"就中云幕椒房亲,赐名大国虢与秦",则点明这些妇人的高贵身份——杨贵妃的姐妹。"紫驼之峰出翠釜,水精之盘行素鳞",是指她们享用的珍馐美馔。"犀箸厌饫久未下,鸾刀缕切空纷纶",是说面对这么珍稀、美味的菜肴,可她们竟然都没有食欲。可以想见,杜甫可能已多日没有吃过一顿饱饭了,此时也许正饥肠辘辘。对面不远处的宴席之上,正摆满了美味佳肴,而这些食客们竟然都不愿动筷。这是何等强烈的反差!所以,诗人的讽刺和愤懑不言自明。接下来,美妙的歌舞开始为杨氏姐妹佐欢助兴:"箫鼓哀吟感鬼神",而席上宾,全是京城中的占据高位的达官贵人:"宾从杂遝实要津。"当然,其中最为显赫的还是姗姗来迟、最后入席的神秘嘉宾:"后来鞍马何逡巡,当轩下马入锦茵。"那么,最后才到的这位骑着高头大马、带着一队随从、趾高气昂地直入宴席的是谁呢?自然是炙手可热的当朝宰相杨国忠了。接下来两句:"杨花雪落覆白蘋,青鸟飞去衔红巾",则巧用历史典故,隐晦地点出杨国忠与三姐妹之间的暧昧关系。写到这里,诗人不仅批判了杨氏兄妹奢靡享乐,还讽刺了他们的龌龊丑态。最后两句:"炙手可热势绝伦,慎莫近前丞相嗔。"更是讥嘲了杨国忠不可一世的骄横之态。这首诗,是杜甫在"旅食京华春""到处潜悲辛"

的时候写下的,"讽刺了杨家兄妹骄纵荒淫的生活,曲折地反映了时君的昏庸和时政的腐败"①。

在安史之乱发生后的至德二载(757)的春天,杜甫又来到这个地方,他不由得想起当年满城士女潮涌至曲江、江边游客如云的繁华热闹的场面。但此时映入诗人眼帘的却是一片寂寥与荒凉的景象:长安城正处于安史叛军铁蹄的蹂躏之下,曲江宫殿空旷,江边游人稀少。杜甫悲从中来,写了这首《哀江头》:

> 少陵野老吞声哭,春日潜行曲江曲。
> 江头宫殿锁千门,细柳新蒲为谁绿。
> 忆昔霓旌下南苑,苑中万物生颜色。
> 昭阳殿里第一人,同辇随君侍君侧。
> 辇前才人带弓箭,白马嚼啮黄金勒。
> 翻身向天仰射云,一笑正坠双飞翼。
> 明眸皓齿今何在?血污游魂归不得。
> 清渭东流剑阁深,去住彼此无消息。
> 人生有情泪沾臆,江草江花岂终极。
> 黄昏胡骑尘满城,欲往城南望城北。②

春天依旧,春花照开,但是物是人非,繁华不再。诗人不禁想起他在天宝十二载写的《丽人行》,想起曾经随侍唐玄宗一起游春的杨贵妃。这首诗通篇押入声韵,"哭""曲"和后面的韵脚字都是入声,充分表现了诗人的压抑、感慨和伤痛。"昭阳殿里第一人",说的正是当年"三千宠爱在一身"的杨贵妃。"辇前才人带弓箭,白马嚼啮黄金勒。翻身向天仰射云,一笑正坠双飞翼",是回忆杨贵妃与唐玄宗

---

①陈贻焮:《杜甫评传》上卷,第263页。
②杜甫著,仇兆鳌注:《杜诗详注》卷之四,第331页。

一同来游曲江池打猎、娱乐的场景。但是,这个"昭阳殿里第一人"现今又在何处呢:"明眸皓齿今何在?血污游魂归不得。"这位昔日得宠的大唐第一美人——杨贵妃,去年六月已被缢杀在马嵬坡了,就连魂魄也未能回还。所以,诗人感叹她不可能再回到京城来赏春、游春了。"清渭东流剑阁深,去住彼此无消息",是说唐玄宗与杨贵妃二人现在的命运。"清渭东流"与"去",是说已死在"马嵬坡下泥土中"的杨贵妃;"剑阁深"与"住",是说此时奔逃在成都避乱的唐玄宗。这一对昔日整天欢爱享乐的帝与妃,如今死生异路,真是"一别音容两渺茫"了。所以,杜甫的这首《哀江头》,"在整篇诗歌流露出来的思想感情中,虽有讽谕之意,而更多的却是抒发忆旧伤今的悲痛,对帝妃的态度主要是同情的"①。表现了杜甫在安史之乱爆发后对开天时期盛世繁华的一种追忆、一种眷恋、一种惋惜、一种深哀。昔日杜甫所批判、讥刺的唐玄宗与杨贵妃在曲江的逸乐游宴,此时已经转化成了天宝承平时世的一种象征,是杜甫缅怀盛唐的一种历史记忆。

至德二载(757)夏四月,杜甫自长安外郭城西面的金光门逃出,抵达凤翔,肃宗感其忠诚,授予左拾遗(从八品上)。八月,杜甫回鄜州羌村探亲,作长篇叙事抒怀诗《北征》。其中也涉及到对马嵬兵变、贵妃之死的评论,但已与《哀江头》中的感情态度有所不同了:

忆昨狼狈初,事与古先别。
奸臣竟葅醢,同恶随荡析。
不闻夏殷衰,中自诛妺妲。
周汉获再兴,宣光果明哲。
桓桓陈将军,仗钺奋忠烈。

---

① 陈贻焮:《杜甫评传》上卷,第339页。

> 微尔人尽非,于今国犹活。①

诗人认为唐玄宗当时在国家危亡之际,能够在忠烈将军陈玄礼的帮助下,诛杀掉似妹喜、妲己、褒姒一样祸国的宠妃——杨玉环,自除祸根,终于转危为安,这才有了今天承载着大唐"再兴"希望的肃宗。所以,诗人在这篇作品中对发动马嵬兵变的陈玄礼等人进行了歌颂,斥杨贵妃为妹、妲一类的祸水,是有特定的现实因素和政治背景的。《北征》与《哀江头》二诗对杨贵妃评价迥异,是此一时彼一时也,完全可以理解。

在安史之乱甫一结束的唐代宗广德二年(764),杜甫又写了两首缅怀盛唐的诗作——《忆昔》二首,其二的前半部分还被中学教材引述过:

> 忆昔开元全盛日,小邑犹藏万家室。
> 稻米流脂粟米白,公私仓廪俱丰实。
> 九州道路无豺虎,远行不劳吉日出。
> 齐纨鲁缟车班班,男耕女桑不相失。
> 宫中圣人奏云门,天下朋友皆胶漆。
> 百余年间未灾变,叔孙礼乐萧何律。②

杜甫在安史乱后看到国家凋敝、田野荒芜、民不聊生,而此时朝廷的许多政策却不能为民着想,未与民休养生息,反而加重了对百姓的剥削,所以杜甫在诗的前半部分追忆他青壮年时所处的开元到天宝中前期的繁盛富强:那时的大唐是多么地富庶,多么地安宁,多么地和平;皇帝也是多么地圣明仁德,大臣们多么地忠直尽职。"忆昔开

---

① 杜甫著,仇兆鳌注:《杜诗详注》卷之五,第404页。
② 杜甫著,仇兆鳌注:《杜诗详注》卷之十三,第1163页。

元全盛日,小邑犹藏万家室",是说开元盛世人丁兴旺;"稻米流脂粟米白,公私仓廪俱丰实",是说国家很富足,百姓也很殷实;"九州道路无豺虎,远行不劳吉日出",是说交通很发达、路途很畅通,而且比较安全,不用担心车匪路霸;"齐纨鲁缟车班班,男耕女桑不相失",是说当时平民百姓都过着男耕女织、丰衣足食的生活。

不难看出,杜甫在这首诗中有对盛唐的美化,但是杜甫这么说,是在与现实进行对比后的强烈感受。此时的社会现实是怎样呢?就是此诗后半部分描述的情况:

> 岂闻一绢直万钱,有田种谷今流血。
> 洛阳宫殿烧焚尽,宗庙新除狐兔穴。
> 伤心不忍问耆旧,复恐初从乱离说。
> 小臣鲁钝无所能,朝廷记识蒙禄秩。
> 周宣中兴望我皇,洒泪江汉身衰疾。①

"岂闻一绢直万钱,有田种谷今流血",是说现在物价飞涨,原因是战乱连绵,百姓流血至今,意同汉末曹操《蒿里行》所云"白骨露于野,千里无鸡鸣"。而且在安史之乱后,诗人的故乡——中原一带被战争破坏得尤为严重:"洛阳宫殿烧焚尽,宗庙新除狐兔穴。"昔日繁华东都的壮丽巍峨的宫殿,已被兵火摧毁,化为一片荒芜的废墟。所以他"伤心不忍问耆旧,复恐初从乱离说",都不敢再和年纪稍大的老者讨论这些问题,因为一说起来就更加地伤痛,都觉得开元天宝那个时候多好,后来怎么就变成了这样呢? 最后,诗人直言其志:"小臣鲁钝无所能,朝廷记识蒙禄秩。周宣中兴望我皇,洒泪江汉身衰疾。"他寄希望于代宗,希望大唐能够中兴。可见安史之乱结束之

---

① 杜甫著,仇兆鳌注:《杜诗详注》卷之十三,第1164—1165页。

后,杜甫依然沉浸在对盛唐的缅怀和思念之中,而这种缅怀其实也是借歌颂已经逝去的盛唐,来规讽、劝诫今上,希望当今的皇上代宗向开元时期的玄宗学习,励精图治,以民为本,安国兴邦,重现往日的辉煌。

二、大历、建中年间朝野对盛衰之变的反思

当然,在安史乱后,不只是杜甫在诗中经常表达对开天盛世的美好回忆,到大历年间,朝野出现了更多的对唐朝由盛而衰的惋惜和反思。

唐代宗大历元年(766),当朝著名的政治家、书法家、文学家颜真卿在《论百官论事疏》中就评述了"安史之乱"的祸乱之由:

> 天宝已后,李林甫威权日盛,群臣不先咨宰相辄奏事者,仍托以他故中伤,犹不敢明约百司,令先白宰相。又阉官袁思艺日宣诏至中书,玄宗动静,必告林甫,先意奏请,玄宗惊喜若神。以此权柄恩宠日甚,道路以目。上意不下宣,下情不上达,所以渐致潼关之祸,皆权臣误主,不遵太宗之法故也。①

他认为安史之乱之所以发生,主要是因为天宝中李林甫等"权臣误主,不尊太宗之法故也"。具体是不尊太宗的什么法呢? 他在奏疏中阐述了很多,其中主要的就是皇帝应以民为本、虚怀纳谏,丞相要直言进谏、励精图治。

此外,玄宗朝的著名宦官高力士后来在肃宗朝被贬巫州(今湖南怀化)期间,曾经向郭湜口述了一生的经历。大历年间,郭湜据此撰写了一篇传记《高力士外传》。在这篇传记中,高力士对"安史之

---

①《旧唐书》卷一二八,《颜真卿传》。

乱"的起因也有过反思。他说:

> 自陛下威权假于宰相,法令不行,灾眚备于岁时,阴阳失度,纵为畛虑,难以获安,臣不敢言,良有以也。①

这个"陛下",就是高力士侍奉过的皇帝唐玄宗,高力士为自己当时没能够直言进谏感到悔恨,而他总结的教训主要是"威权假于宰相",玄宗自己在天宝中不再主理朝政了,完全倚重李林甫、杨国忠这样的奸相,"法令不行",而地方官僚又不执行中央朝廷的各项法令,再加上"灾眚备于岁时,阴阳失度"等天灾人祸。其中的"阴阳失度"是比较委婉的一个说法,实指杨贵妃进宫之后,"从此君王不早朝",唐玄宗荒淫误国。可见,高力士在反思天宝中后期祸乱之源时也没有直接把杨贵妃当作红颜祸水。

到建中年间,德宗皇帝曾经向大臣崔祐甫询问开元、天宝治乱之殊,祐甫"谋猷启沃,多所弘益"②,惜史书未载其详。当时留存下来比较全面分析唐玄宗前治后乱之变及原因的是陆贽的《奉天论前所答奏未施行状》:

> 玄宗躬定大难,手振弘纲,开怀纳忠,克己从谏,尊用旧老,采拔群才。大臣不敢雍下情,私昵不敢干公议。朝清道泰,垂三十年。③

陆贽认为,玄宗之所以能够达至开元之治,主要是前期能够重用姚崇、宋璟等能臣,以及张说、张九龄这二位贤相,而且玄宗初即位时也能虚怀纳谏,从善如流。于是朝野上下,风清气正,天下清泰将近

---

① 王仁裕等撰,丁如明辑校《开元天宝遗事十种》,上海古籍出版社,1985年,第117页。
② 《旧唐书》卷一一九,《崔祐甫传》。
③ 陆贽撰,王素点校:《陆贽集》卷十二,中华书局,2006年,第379—380页。

三十年。但是,这种大好的局面到天宝年间就渐渐消失了:

> 至尊收视于穆清,上宰养威于廊庙,议曹以颂美为奉职,法吏以识旨为当官,司府以厚敛为公忠,权门以多赂为问望。外宠持窃国之势,内宠擅回天之谣。祸机炽然,焰焰滋甚,举天下如居积薪之上,人人惧焚。而朝廷相蒙,曾莫之省,日务游宴,方谓有无疆之休。大盗一兴,至今为梗。①

陆贽指出,安史之乱的发生原因众多,首先是玄宗为政懈怠,嗜欲渐萌,其次是佞臣趣媚,直臣遭斥,朝野腐败,祸机炽然。陆贽之论唐玄宗之历史功过,探安史之乱之内外因,切中肯綮,较为深刻。

可见,从安史之乱初起之时,直至德宗建中年间,有识之士如杜甫、颜真卿、陆贽等人已陆续对刚刚逝去的开天盛世进行缅怀、追忆,同时也对大唐治乱之变的根源作了初步的反思。

第二节 元白对盛唐的"文化追忆"情结

不过,唐人对开天盛世进行缅怀、对安史之乱进行反思的高潮,出现在德宗贞元(785—804)至宪宗元和(806—820)年间。安史之乱的发生,尤其是唐玄宗之死,也就是说,大唐盛世的结束,距唐宪宗元和初年,过去了四五十年。研究历史记忆的文化学者有一种理论认为,四十年会对一个朝代或一个时期或一个人的心理文化产生很大的影响。德国的历史学者扬·阿斯曼就指出过:

> 那些曾经亲历人类历史上最惨绝人寰的罪行和灾难的一

---

① 陆贽撰,王素点校:《陆贽集》卷十二,第381页。

代人,仍然健在的越来越少了。对于集体记忆而言,四十年意味着一个时代的门槛,换句话说,活生生的记忆面临消失的危险,原有的文化记忆形式受到了挑战。①

正因为到德宗、宪宗朝,亲历过开天盛世和安史之乱仍健在的人越来越少,时人能够亲耳听到玄宗朝遗老说故事的机会就更少了。为了抢救历史的记忆,加上当时现实改革的需要,人们就越来越怀念盛唐。何况,唐宪宗还是一位有中兴之志的君主。史载,"宪宗嗣位之初,读列圣实录,见贞观、开元故事,竦慕不能释卷"②,且常向大臣们请教治乱之理,所以朝野之中叙述开天故事、反思安史之乱的作家作品就渐渐多起来了。

与安史之乱期间相比,中唐贞元、元和年间虽然比较安定,但是各种危机开始集中爆发,藩镇割据,宦官专权,朋党之争,以及日益尖锐的阶级矛盾,使社会陷于严重的无法摆脱的危机之中。严峻、冷酷的现实,使中唐文人不得不开始冷静地观察与思考,同时普遍缅怀开天盛世,希望大唐再次中兴。

从唐德宗贞元中期开始,诗歌作品中就开始出现对盛唐的文化记忆和历史反思,其中有两位作家作品最多,思考得最深刻也最全面,一个是元稹,另一个则是元稹的好友兼诗敌——白居易。

元稹(779—831),字微之,洛阳人,与白居易情逾手足,诗歌往还唱和,世称"元白"。他早年刚肠疾恶,举奸不避权贵,与白居易一起向宦官权贵作斗争,一再遭贬;中年后与宦官关系亲密,为人诟病,一度官至宰相;晚年尚思振作,于贬所亦有政绩。其述及开天盛

---

① [德]扬·阿斯曼著,金寿福等译:《文化记忆:早期高级文化中的文字、回忆和政治身份》,北京大学出版社,2015年,第11页。
② 《旧唐书》卷一五,《宪宗本纪》。

世的作品现存十余篇。

白居易(772—846),字乐天,原籍太原,后迁居下邽(今陕西渭南),晚年居洛阳的龙门香山,故称白香山。白居易是杜甫之后杰出的写实性诗人,新乐府诗派的领袖。他继承并发展了《诗经》和汉乐府的写实传统,沿着杜甫所开辟的道路,进一步从文学理论上和创作上,掀起了一个波澜壮阔的写实性诗歌创作的高潮。其追忆盛唐的作品更多达20多首。

一、元稹早年小试牛刀之作——《代曲江老人百韵》

相较而言,元稹创作与盛唐记忆相关的作品较白居易更早一些。元稹早慧,"九岁解赋诗"。贞元九年(793),元稹十五岁,即以明两经登科及第,可见其少年才气。但当时规定士子明经擢第后,并不能直接授官,必须参加吏部铨选,才能入仕。于是,他此时在长安靖安坊的老宅中或者去附近的开元观埋头读书,学习陈子昂、杜甫反映时政的诗篇,"适有人以陈子昂《感遇诗》相示,吟玩激烈,即日为《寄思玄子》诗二十首","由是勇于为文。又久之,得杜甫诗数百首,爱其浩荡津涯,处处臻到"[1]。到贞元十年(794)十六岁时,元稹学习模仿杜甫《丽人行》《哀江头》《北征》《忆昔》等作品,创作了一篇长达百韵的五言排律——《代曲江老人百韵》,追忆开天盛世、反思治乱之变:

> 何事花前泣?曾逢旧日春。
> 先皇初在镐,贱子正游秦。
> 拨乱干戈后,经文礼乐辰。
> 徽章悬象魏,貔虎画骐驎。

---

[1] 元稹:《叙诗寄乐天书》,元稹撰,冀勤点校:《元稹集》卷第三十,第406页。

光武休言战,唐尧念睦姻。
琳琅铺柱础,葛藟茂河湄。
尚齿悖耆艾,搜材拔积薪。
裴王持藻镜,姚宋斡陶钧。
内史称张敞,苍生借寇恂。
名卿唯讲德,命士耻忧贫。
杞梓无遗用,刍荛不忘询。
悬金收逸骥,鼓瑟荐嘉宾。
羽翼皆随凤,珪璋肯杂珉。
班行容济济,文质道彬彬。
百度依皇极,千门辟紫宸。
措刑非苟简,稽古蹈因循。
书谬偏求伏,诗亡远听申。
雄推三虎贾,群擢八龙荀。
海外恩方洽,淹中教不泯。
儒林精闻奥,流品重清淳。
天净三光丽,时和四序均。
卑官休力役,蠲赋免艰辛。
蛮貊同车轨,乡原尽里仁。
帝途高荡荡,风俗厚誾誾。
暇日耕耘足,丰年雨露频。
戍烟生不见,村竖老犹纯。
耒耜勤千亩,牲牢奉六禋。
南郊礼天地,东野辟原畇。
校猎求初吉,先农卜上寅。
万方来合杂,五色瑞轮囷。

池籞呈朱雁,坛场得白麟。
酹金光照耀,奠璧彩璘玢。
掉荡《云门》发,跰跹鹭羽振。
集灵撞玉磬,和鼓奏金錞。
建簴崇牙盛,衔钟兽目嗔。
总干形屹崒,戛敔背嶙峋。
文物千官会,夷音九部陈。
鱼龙华外戏,歌舞洛中嫔。
佳节修酺礼,非时宴侍臣。
梨园明月夜,花萼艳阳晨。
李杜诗篇敌,苏张笔力匀。
乐章轻鲍照,碑板笑颜竣。
泰狱陪封禅,汾阴颂鬼神。
星移逐西顾,风暖助东巡。
浴德留汤谷,搜畋过渭滨。
沸天雷殷殷,匝地毂辚辚。
沃土心逾炽,豪家礼渐湮。
老农羞荷锸,贪贾学垂绅。
曲艺争工巧,雕机变组紃。
青丱连不解,红粟朽相因。
山泽长孳货,梯航竞献珍。
翠毛开越嶲,龙眼弊瓯闽。
玉馔薪燃蜡,椒房烛用银。
铜山供横赐,金屋贮宜嚬。
班女恩移赵,思王赋感甄。
辉光随顾步,生死属摇唇。

世族功勋久,王姬宠爱亲。
街衢连甲第,冠盖拥朱轮。
大道垂珠箔,当垆踏锦茵。
轩车临南陌,钟磬满西邻。
出入张公子,骄奢石季伦。
鸡场潜介羽,马埒并扬尘。
韬袖夸狐腋,弓弦尚鹿膑。
紫绦牵白犬,绣鞯被花駰。
箭倒南山虎,鹰擒东郭䨲。
翻身迎过雁,劈肘取回鹑。
竟蓄朱公产,争藏郈氏缗。
桥桃矜马騀,倚顿数牛犉。
齑斗冬中韭,羹怜远处蓴。
万钱才下箸,五酘未称醇。
曲水闲销日,倡楼醉度旬。
探丸依郭解,投辖伴陈遵。
共谓长之泰,那知遽构屯。
奸心兴桀黠,凶丑比顽嚚。
斗柄侵妖彗,天泉化逆鳞。
背恩欺乃祖,连祸及吾民。
貙貐当前路,鲸鲵得要津。
王师才业业,暴卒已訚訚。
杂虏同谋夏,宗周暂去龂。
陵园深暮景,霜露下秋旻。
凤阙悲巢鹏,鹓行乱野麕。
华林荒茂草,寒竹碎贞筠。

村落空垣坏,城隍旧井堙。
破船沉古渡,战鬼聚阴燐。
振臂谁相应,攒眉独不伸。
毁容怀赤绂,混迹戴黄巾。
木梗随波荡,桃源效隐沦。
弟兄书信断,鸥鹭往来驯。
忽遇山光澈,遥瞻海气真。
秘图推废王,后圣合经纶。
野杏浑休植,幽兰不复纫。
但惊心愦愦,谁恋水粼粼?
尽室离深洞,轻桡荡小轮。
殷勤题白石,怅望出青蘋。
梦寐平生在,经过处所新。
阮郎迷里巷,辽鹤记城闉。
虚过休明代,旋为朽病身。
劳生常矻矻,语旧苦谆谆。
晚岁多衰柳,先秋愧大椿。
眼前年少客,无复昔时人。①

全诗以第一人称代言体的形式,追忆开天全盛时的繁华景象,充满赞美之情,写法上以赋法为诗,将权豪富贵之家奢侈淫逸的生活场景,铺陈排比得淋漓尽致,有少年逞辞使气之嫌,应系备考练笔之作。

当然,诗中的盛衰之感,不及其后来的名作《连昌宫词》等哀怨动人,盖其时元稹尚年少,涉世远未深,是"为赋新词强说愁",对老

---

① 元稹撰,冀勤点校:《元稹集》卷第十,第125—127页。

人身世之慨并不能感同身受。在此诗中,诗人既未批评唐玄宗之失政,更未将安史之乱归因于杨贵妃,而是用"盛极而衰"的天道轮回观来解释,直接原因则是安史叛军的"奸心"与"背恩",所以此诗的政治批判深度和力度较为有限。

元和十二三年间(817、818),元稹效白居易《长恨歌》,作《连昌宫词》,亦纪明皇时事,卒章不忘箴讽。

从这些作品中,我们不仅可以看出元、白等中唐文人对盛唐的追忆和评价,还可以看出他们各自的思考侧重和艺术表现的异同。

二、元白新乐府对唐玄宗失政之讥刺

元和四年(809),白居易和元稹共同的好友李绅作《新题乐府》20首,随后元稹选了其中的12首进行唱和,白居易又在元稹和诗12首的基础上扩写了《新乐府》50首。李诗已佚,元、白之作今存,二人作品中述及玄宗朝时事的共有8题14首[1]。

下面我们就来具体分析元白创作的这些新乐府诗。其中《上阳白发人》和《新丰折臂翁》两首,都是借曾经在盛唐生活过的老者诉说亲身经历,以历史叙事的方式,回忆开元、天宝之盛,感慨安史乱后之衰,评说盛唐君臣,探讨治乱之由。

《上阳白发人》系李绅原唱、元白赓和之作。"上阳"即上阳宫,在唐代东都洛阳皇宫内苑的东面,"白发人"是指白发苍苍的老年宫女。李绅原唱不存,元、白二诗题下都有小序点明作品主旨:"愍怨旷也。"白居易诗题下注引李绅诗传亦云:"天宝五载已后,杨贵

---

[1] 陈寅恪在《元白诗笺证稿》(上海古籍出版社,1978年)第五章"新乐府"中说只有《华原磬》《上阳白发人》《胡旋女》《新丰折臂翁》这四题八首"皆玄宗时事",其实《法曲歌》《蛮子朝》《骊宫高》《西凉伎》四题也写到了盛唐时期。

妃专宠,后宫人无复进幸矣。"①"愍"就是同情、哀悯,"怨"就是"怨妇",即没有丈夫的女子,"旷"就是"旷夫",即没有妻子的男子。但是,此处的"愍怨旷"是偏义复指"怨",主要"愍"的是上阳宫的白发老宫女,反映了当时许多宫女常年居于冷宫、最后忧郁而死的社会问题。

元稹的诗是这样写的:

> 天宝年中花鸟使,撩花狎鸟含春思。
> 满怀墨诏求嫔御,走上高楼半酣醉。
> 醉酣直入卿士家,闺闱不得偷回避。
> 良人顾妾心死别,小女呼爷血垂泪。
> 十中有一得更衣,永醉深宫作宫婢。
> 御马南奔胡马蹙,宫女三千合宫弃。
> 宫门一闭不复开,上阳花草青苔地。
> 月夜闲闻洛水声,秋池暗度风荷气。
> 日日长看提象门,终身不见门前事。
> 近年又送数人来,自言兴庆南宫至。
> 我悲此曲将彻骨,更想深冤复酸鼻。
> 此辈贱嫔何足言,帝子天孙古称贵。
> 诸王在阁四十年,十宅六宫门户閟。
> 隋炀枝条袭封邑,肃宗血胤无官位。
> 王无妃媵主无婿,阳亢阴淫结灾累。
> 何如决壅顺众流,女遣从夫男作吏。②

---

① 白居易撰,谢思炜校注:《白居易诗集校注》卷第三,中华书局,2006年,第298页。
② 元稹撰,冀勤点校:《元稹集》卷第二十四,第320页。

这首诗反映了上阳宫中常年得不到皇帝宠幸的宫女一生的悲惨命运。元稹写她们在天宝年间被选进宫、离开本家的过程,是"良人顾妾心死别,小女呼爷血垂泪"。这些女子有的是良家妇女,有的还是小女孩子,但是"十中有一得更衣,永醉(应作配)深宫作宫婢",十个人里有一个人得幸就不错了,其他人只能充当在后宫劳作的宫女。"宫门一闭不复开,上阳花草青苔地",她们只能独自幽闭深宫,无缘得幸,也无缘得见外人,寂寞孤苦。"月夜闲闻洛水声,秋池暗度风荷气",这是写她们在宫中的无聊寂寞。"日日长看提象门,终身不见门前事。近年又送数人来,自言兴庆南宫至",最近这几年又从外面送进来几个年轻女子当宫女。接下来诗人就感慨,说皇帝你为什么需要这么多的嫔妃呢?白白浪费了这么多女子的青春和美丽,诗人感到十分哀悯。

有元稹此诗在前,后写的白居易就一定要后出转精,一定要想尽办法写得更有新意,更为高妙。前面提到,李、元、白三人是诗友兼诗敌,白居易曾经有诗嘲戏李、元二人:"每被老元偷格律,苦教短李伏歌行。"①说他的诗无论古体还是律体②均作得好,但经常被"老元"(元稹)偷偷学去;李绅个子长得矮,白居易就嘲笑他是"短李","苦教短李伏歌行",是说他的这些歌行(指《新乐府》)写得太好了,原作者李绅读后也不能不佩服。这虽然是朋友间的玩笑,但从现存作品看,白居易的《上阳白发人》确实更胜元诗一筹。因为白居易的写法与元稹完全不一样。元诗是齐言,而且一韵到底,用

---

① 白居易:《编集拙诗成一十五卷因题卷末戏赠元九李二十》,白居易撰,谢思炜校注:《白居易诗集校注》卷第十六,第 1334 页。
② 白居易集中所谓"格律",都是并称对举,分别指古诗与律诗。详参拙文《唐开成年间齐梁格诗考论》,载《唐代文学研究》第 15 辑,广西师范大学出版社,2014 年,第 475—480 页。

的都是去声字。而白诗则全然是一种不同的写法和风格：

> 上阳人,红颜暗老白发新。
> 绿衣监使守宫门,一闭上阳多少春。
> 玄宗末岁初选入,入时十六今六十。
> 同时采择百余人,零落年深残此身。
> 忆昔吞悲别亲族,扶入车中不教哭。
> 皆云入内便承恩,脸似芙蓉胸似玉。
> 未容君王得见面,已被杨妃遥侧目。
> 妒令潜配上阳宫,一生遂向空房宿。
> 秋夜长,夜长无寐天不明。
> 耿耿残灯背壁影,萧萧暗雨打窗声。
> 春日迟,日迟独坐天难暮。
> 宫莺百啭愁厌闻,梁燕双栖老休妒。
> 莺归燕去长悄然,春往秋来不记年。
> 唯向深宫望明月,东西四五百回圆。
> 今日宫中年最老,大家遥赐尚书号。
> 小头鞋履窄衣裳,青黛点眉眉细长。
> 外人不见见应笑,天宝末年时世妆。
> 上阳人,苦最多。
> 少亦苦,老亦苦,少苦老苦两如何?
> 君不见昔时吕向美人赋,又不见今日上阳白发歌。①

元白二人的这两首同题共作,哪一篇读来更朗朗上口、更谐畅好听呢? 毫无疑问,当然是白居易的这篇作品。因为白诗长短参差,平

---

① 白居易撰,谢思炜校注:《白居易诗集校注》卷第三,第298页。

仄换韵,而且写得更具体、更生动,细节描写更传神、更感人。

白诗一开始就用了一个三言句,且"上阳人"三字就"首句标其目",点题就点得很好,这是白居易和元稹较量比试的独得之秘。作为常相较量的诗敌,白居易在创作《新乐府》的时候,自有一套办法来打败元稹。元稹创作《新题乐府》时,并未有固定的写法和格式。但是,白居易后出转精,就形成了一套固定的体式和高妙的写法。白居易的创作套路或成功秘诀大致如下:

其一,"首句标其目",第一句就把题目点出来,开宗明义。

其二,"卒章显其志",在篇末再总结一下诗歌主旨、巩固一下自己的观点,让读者印象更深。

其三,句式长短不拘,随情转韵,韵律多变。

其四,注重叙事艺术和场景描写,少发议论。

就此诗而论,白居易还巧妙地运用了数目字。元稹诗中云:

天宝年中花鸟使。

只是笼统地说此宫女是天宝年中选来的。但白居易说:

入时十六今六十。

入宫时尚为十六妙龄的"少女",而今已是白发苍苍之六十老妪[①],这是在一句之中将"十"与"六"这两个数字进行颠倒组合的一次妙用。白诗又云:

同时采择百余人,零落年深残此身。

当年一同被选进宫的有一百多人,现在只剩下她一人还活着,这是

[①] 陈寅恪《元白诗笺证稿》云:"假定上阳宫人选入之时为天宝十五载(西历七五六年),其年为十六。则至贞元十六年(西历八〇〇年)其年六十。"第164页。

在上下两句间造成少与多的强烈对比。可见白居易是在刻意使用数字造成奇妙的艺术效果。

元稹写这位宫女离别家人入宫时之情景：

> 良人顾妾心死别，小女呼爷血垂泪。

小女孩十五六岁，被自己的父母视为掌上明珠、心肝宝贝，但一入宫门深似海，从此不可能再回到父母身边来了，所以她当然会大喊、大哭："小女呼爷血垂泪。"元稹这样写感不感人呢？当然很感人。但白居易则自出机杼，与元稹写法有别而更高妙。元稹诗写的是那个女孩子在哭，而白居易则写旁人不许她哭：

> 忆昔吞悲别亲族，扶入车中不教哭。

可以想象，当时扶她入车之人在劝道："傻孩子，哭什么啊？高兴还来不及呢。入宫多好啊，能到皇帝身边，如果你以后像杨贵妃一样受到皇上的宠幸，那是多么荣耀和幸福的事呀！""皆云入内便承恩"，说的就是这样的话，所以"不教哭"。元白二人的写法，哪种更好呢？当然是白居易的"不教哭"棋高一着，以喜写悲，更有悲意，令人如今想来也更为唏嘘感叹。

再来看元稹怎么写宫女独守空宫、孤枕难眠的情景：

> 月夜闲闻洛水声，秋池暗度风荷气。

刚入宫的小宫女在深夜听到外面洛水哗啦啦的声音，闻到了外面荷花的气息，这能表现出内心的愁怨吗？当然也能，是在通过写彻夜难眠表现寂寞之情，"闲"字没有表现出愁怨。再看白居易的写法：

> 秋夜长，夜长无寐天不明。
> 耿耿残灯背壁影，萧萧暗雨打窗声。

所谓"耿耿残灯背壁影",是说只有孤灯相伴,彻夜难眠;"萧萧暗雨打窗声",这是在写听了一夜的雨,声声滴到明。这写得多好!这个场景的描写,与《长恨歌》中"耿耿星河欲曙天""鸳鸯瓦冷霜华重"有异曲同工之妙:未明言愁怨,而愁怨自现。

接下来,白居易又抓住了一个细节,以小见大,写这个宫女在宫中待的时间长了,还保留着天宝末年的妆扮,外人见了恍如隔世,有一种今昔之慨,这是白诗的又一个构思奇巧之处:

> 今日宫中年最老,大家遥赐尚书号。
> 小头鞵履窄衣裳,青黛点眉眉细长。

眼前的这位老宫女竟然还是天宝末年入宫时的穿衣打扮。但此时已是贞元、元和之际了,宫外妇女流行的妆扮已经发生了很大的变化。史载天宝年间的人好胡服胡帽,衿袖窄小,鞋履尖头,画眉细长;但贞元末年则好宽妆束,画眉尚短①。时过境迁,好尚自是不同,所以:

> 外人不见见应笑,天宝末年时世妆。

白居易通过这些细节,说明这个老宫女的衣着打扮,还停留在安史之乱前,完全是古旧时代的人物,类似我们现在看见一个从旧社会过来的长着三寸金莲的小脚老太的感觉。可见,白居易的《上阳白发人》表现手法和描写重点,与元稹很不一样,更为细致生动,也更令人唏嘘感叹。

另外,白居易的《新丰折臂翁》构思也与上述两首作品相近,

---

① 《新唐书·五行志一》:"天宝初,贵族及士民好为胡服胡帽,妇人则簪步摇钗,衿袖窄小。"《旧唐书·文宗本纪》大和二年(828):"命中使于汉阳公主及诸公主第宣旨:今后每遇对日,不得广插钗梳,不须著短窄衣服。"元稹《有所教》诗:"莫画长眉画短眉,斜红伤竖莫伤垂。"

是借从盛唐过来的老者之口讲开元天宝故事,评说古今,感慨兴衰:

> 新丰老翁八十八,头鬓眉须皆似雪。
> 玄孙扶向店前行,左臂凭肩右臂折。
> 问翁臂折来几年,兼问致折何因缘。
> 翁云贯属新丰县,生逢圣代无征战。
> 惯听梨园歌管声,不识旗枪与弓箭。
> 无何天宝大征兵,户有三丁点一丁。
> 点得驱将何处去?五月万里云南行。
> 闻道云南有泸水,椒花落时瘴烟起。
> 大军徒涉水如汤,未过十人二三死。
> 村南村北哭声哀,儿别爷娘夫别妻。
> 皆云前后征蛮者,千万人行无一回。
> 是时翁年二十四,兵部牒中有名字。
> 夜深不敢使人知,偷将大石捶折臂。
> 张弓簸旗俱不堪,从兹始免征云南。
> 骨碎筋伤非不苦,且图拣退归乡土。
> 此臂折来六十年,一肢虽废一身全。
> 至今风雨阴寒夜,直到天明痛不眠。
> 痛不眠,终不悔,且喜老身今独在。
> 不然当时泸水头,身死魂孤骨不收。
> 应作云南望乡鬼,万人冢上哭呦呦。
> 老人言,君听取。
> 君不闻开元宰相宋开府,不赏边功防黩武。
> 又不闻天宝宰相杨国忠,欲求恩幸立边功。

>　　边功未立生人怨,请问新丰折臂翁。①

此诗首句云"新丰老翁八十八",若白居易此诗作于元和五年(810),这位新丰折臂翁时年88岁的话,那他应该生于开元十年(722)。开元十六年(728),唐玄宗封南诏王阁逻凤为云南王。天宝九载(750),云南太守张虔陀因侮辱阁逻凤,挑起战争。剑南节度使鲜于仲通率兵攻打南诏,大败。杨国忠当政,派剑南留后李宓继续用兵,又遭全军覆没。李唐王朝前后死伤士兵二十余万,国力大伤。不久,安禄山乘机起兵,发动叛乱,曾经繁荣鼎盛的唐帝国一下子走向衰退了。而这位新丰老翁被强征入伍的就是朝廷攻打南诏的军队,时在天宝九载,老翁当时正值壮年,28岁。他为了躲避战争,在深夜自断其臂,从此身体虽然残疾了,且要长期忍受伤痛,但能免征云南,所以还是值得的:"且喜老身今独在。"诗人用这么一个凄惨的故事,来说明战争的残酷性,谴责唐玄宗朝对南诏发动的不义战争,所以这是一首反战的作品。白居易此诗实际上也是借古讽今,是在告诫当今的皇上,不要好兵黩武,要"戒边功"。此诗篇末"卒章显其志"云:

>　　君不闻开元宰相宋开府,不赏边功防黩武。
>　　又不闻天宝宰相杨国忠,欲求恩幸立边功。

全诗将开元时期的歌舞升平,与天宝年间的穷兵黩武进行对比,表达了诗人对开元盛世的缅怀,含蓄地揭示了安史之乱发生的诱因以及唐朝由盛转衰的根源,具有深远的历史意义和现实鉴戒作用。

与此同时,白居易还创作了《骊宫高》,也体现类似的创作意图:

---

① 白居易撰,谢思炜校注:《白居易诗集校注》卷第三,第309页。

高高骊山上有宫,朱楼紫殿三四重。
迟迟兮春日,玉甃暖兮温泉溢。
裛裛兮秋风,山蝉鸣兮宫树红。
翠华不来岁月久,墙有衣兮瓦有松。
吾君在位已五载,何不一幸乎其中?
西去都门几多地,吾君不游有深意。
一人出兮不容易,六宫从兮百司备。
八十一车千万骑,朝有宴饫暮有赐。
中人之产数百家,未足充君一日费。
吾君修己人不知,不自逸兮不自嬉。
吾君爱人人不识,不伤财兮不伤力。
骊宫高兮高入云,君之来兮为一身,君之不来兮为万人。①

"骊宫"就是骊山的宫殿,即华清宫,是唐玄宗朝举全国之财力大事修葺营造的穷侈极丽之温泉宫。但此宫在安史之乱后一直荒废,肃、代、德几朝皇帝均未游幸。白居易此诗美刺并举,先是在诗中批判了天宝年间唐玄宗在骊山大修宫殿、每年都要去华清宫泡温泉的劳民伤财之举,然后又赞美了今上宪宗皇帝能够体恤百姓,重惜财力,不修骊宫,不去游幸的德政。对比鲜明,好恶自现。但此篇主旨是"美天子之重惜人之财力也",是对时君宪宗的颂美,同时也"寓有以期克终之意"②。

以上三题四首作品,都反映了元、白等人对唐玄宗不体恤百姓,大事营造宫殿,轻起边衅,劳民伤财之举的批判,期望宪宗能够以史为鉴,重惜民力,励精图治,使大唐能够再次兴盛。

---

①白居易撰,谢思炜校注:《白居易诗集校注》卷第四,第357页。
②陈寅恪:《元白诗笺证稿》,第219页。

三、元白新乐府以乐观政话盛衰

接下来,我们再来看元、白二人同题共作的反映盛唐乐舞的四组作品——《华原磬》《西凉伎》《法曲歌》和《胡旋女》。这些作品基本上都是受到儒家"乐与政通"观念的影响,以乐咏史讽今,尤其是认为天宝以来胡音、胡风对中原华夏雅正乐舞的浸染,使得政风、民风甚至军风都不再中正和平,且将之与安史之乱的发生和大唐的由盛转衰联系在一起,作深刻的历史反思。

元稹《华原磬》诗云:

> 泗滨浮石裁为磬,古乐疏音少人听。
> 工师小贱牙旷稀,不辨邪声嫌雅正。
> 正声不屈古调高,钟律参差管弦病。
> 铿金戛瑟徒相杂,投玉敲冰杳然震。
> 华原软石易追琢,高下随人无《雅》《郑》。
> 弃旧美新由乐胥,自此黄钟不能竞。
> 玄宗爱乐爱新乐,梨园弟子承恩横。
> 《霓裳》才彻胡骑来,《云门》未得蒙亲定。
> 我藏古磬藏在心,有时激作《南风》咏。
> 伯夔曾抚野兽驯,仲尼暂和春雷盛。
> 何时得向笋簴悬?为君一吼君心醒。
> 愿君每听念封疆,不遣豺狼剿人命。①

此诗小序云:"刺乐工非其人也。"白诗此题下引李绅诗传曰:

> 天宝中,始废泗滨磬,用华原石代之。询诸磬人,则曰:故

---

①元稹撰,冀勤点校:《元稹集》卷第二十四,第321页。

老云:泗滨磬下调之不能和,得华原石考之乃和。由是不改。①

"磬"是一种以石头做成的敲击乐器。唐代早期,原本磬用的是泗滨石,即泗水之滨的石头,其音高而雅,然"下调之不能和",后来天宝年间选用华山之阴的石头即"华原石"来做磬就比较协律了。元稹和白居易实际上是借磬石之变而讽朝廷用边将不当,导致安史之乱的爆发。这是因为儒家思想一贯认为"乐与政通",钟磬之音各自代表不同的寓意,而用泗滨石与用华原石,也有古今、正邪、清浊之别。《礼记·乐记》云:

> 钟声铿,铿以立号,号以立横,横以立武。君子听钟声,则思武臣。石声磬,磬以立辨,辨以致死。君子听磬声,则思死封疆之臣。②

元白二人是将磬石之今古与边将之忠逆联系在一起,说明安史之乱的发生,与边将武臣之人心不古有直接的关系。但是,二人所写各有侧重,所发议论亦有区别。

如上文所引,元稹的《华原磬》也是一韵到底的齐言诗,着重写唐玄宗喜爱新乐新声,不辨雅郑,警诫时君要以史为鉴,选边将要得人。而白居易的《华原磬》又用他的老办法——杂言、换韵、顶针等:

> 华原磬,华原磬,古人不听今人听。
> 泗滨石,泗滨石,今人不击古人击。
> 今人古人何不同,用之舍之由乐工。
> 乐工虽在耳如壁,不分清浊即为聋。

---

① 白居易撰,谢思炜校注:《白居易诗集校注》卷第三,第 294 页。
② 孙希旦撰,沈啸寰等点校:《礼记集解》卷三十八,中华书局,1989 年,第 1018—1019 页。

> 梨园弟子调律吕,知有新声不知古。
> 古称浮磬出泗滨,立辨致死声感人。
> 宫悬一听华原石,君心遂忘封疆臣。
> 果然胡寇从燕起,武臣少肯封疆死。
> 始知乐与时政通,岂听铿锵而已矣。
> 磬襄入海去不归,长安市儿为乐师。
> 华原磬与泗滨石,清浊两声谁得知?①

白诗前面几句都是用复沓和顶针的手法,回环往复地表现,这就使得诗歌产生了一种韵律美。

> 乐工虽在耳如壁,不分清浊即为聋。

此时选的华原石,跟以前的泗滨石发出来的乐音完全不一样,乐工你的耳朵难道是墙壁,分辨不出清浊吗?

> 古称浮磬出泗滨,立辨致死声感人。

从这两句开始,白居易已经转移话题了,开始联系儒家"乐与政通"的音乐理论进行发挥。

> 宫悬一听华原石,君心遂忘封疆臣。

如果磬的石头选错了,那么武将、封疆大臣们就会只为自己的私利,而不再考虑保家卫国,不再忠于君上了。

> 果然胡寇从燕起,武臣少肯封疆死。

安禄山的反叛即与此相关。白居易在此将安史之乱的发生,归结于朝廷乐器选用石材发生了变化,这种联系今人看来是有些牵强,但

---

① 白居易撰,谢思炜校注:《白居易诗集校注》卷第三,第294—295页。

在中唐人看来却顺理成章,反映了当时元稹、白居易等人的一种观念。随后,白居易继续阐明其中的道理:

> 始知乐与时政通,岂听铿锵而已矣。

而且,导致乐音改变的主要原因是乐师非人:

> 磬襄入海去不归,长安市儿为乐师。

古时真正辨声的坚守雅正之音的乐师磬襄早已不在了,现在的宫廷乐师多为媚俗的长安市井小儿,这些人演奏的音乐还能让人心变得雅正吗?实际上,白居易已经将批评的矛头指向了用人不当者——朝廷和皇帝,但是作者又未明言,只是在结尾问了一句:

> 华原磬与泗滨石,清浊两声谁得知?

意在言外,耐人寻味。

再来看《西凉伎》诗。我认为这首诗元白两人写得各有千秋,不相伯仲。"西凉",即西凉州;"西凉伎",即产生于西凉州的带有西域色彩的边地歌舞。《隋书·音乐志下》云:

> 《西凉》者,起苻氏之末,吕光、沮渠蒙逊等,据有凉州,变龟兹声为之,号为秦汉伎。魏太武既平河西得之,谓之《西凉乐》。至魏、周之际,遂谓之《国伎》。今曲项琵琶、竖头箜篌之徒,并出自西域,非华夏旧器。《杨泽新声》《神白马》之类,生于胡戎。胡戎歌非汉魏遗曲,故其乐器声调,悉与书史不同。其歌曲有《永世乐》,解曲有《万世丰》,舞曲有《于阗佛曲》。其乐器有钟、磬、弹筝、搊筝、卧箜篌、竖箜篌、琵琶、五弦、笙、箫、大筚篥、长笛、小筚篥、横笛、腰鼓、齐鼓、担鼓、铜拔、贝等十九种,为一部。工二十七人。①

---

① 《隋书》卷十五,《音乐志下》。

白诗题下小序云:"刺封疆之臣也。"元、白二人也都是借乐论史,写安史之乱后凉州落入吐蕃之手,迄今未与朝廷相通的沉痛现实。陈寅恪《元白诗笺证稿》即云:

> 自安史乱后,吐蕃盗据河湟以来,迄于宪宗元和之世,长安君臣虽有收复失地之计图,而边镇将领终无经略旧疆之志意。此诗人之所以同深愤慨,而元白二公此篇所共具之历史背景也。①

这首诗的体制,二人反过来了,元稹的诗句式长短不齐,白居易的反倒比较整齐了。

我认为元稹这首诗写得很好:

> 吾闻昔日西凉州,人烟扑地桑柘稠。
> 蒲萄酒熟恣行乐,红艳青旗朱粉楼。
> 楼下当垆称卓女,楼头伴客名莫愁。
> 乡人不识离别苦,更卒多为沉滞游。
> 哥舒开府设高宴,八珍九醖当前头。
> 前头百戏竞撩乱,丸剑跳踯霜雪浮。
> 师子摇光毛彩竖,胡姬醉舞筋骨柔。
> 大宛来献赤汗马,赞普亦奉翠茸裘。
> 一朝燕贼乱中国,河湟忽尽空遗丘。
> 开远门前万里堠,今来蹙到行原州。
> 去京五百而近何其逼,天子县内半没为荒陬。
> 西凉之道尔阻修。

---

① 陈寅恪:《元白诗笺证稿》,第 226 页。

> 连城边将但高会,每说此曲能不羞?①

他先写西凉州来的歌儿舞女在畅饮着葡萄美酒的宴会上跳舞、唱歌,为戍边的将士们歌舞助兴,为流浪边地的商客们解闷佐欢。元诗描写的当时西凉州的歌舞丰富多样、热闹非凡,舞剑的舞剑,踯丸的踯丸,还有耍狮子舞的、跳胡腾舞的。如此敷陈铺叙到底要表达什么意图呢?诗人实际上是想说,胡风东渐,胡音东来,已经改变了中原雅乐的中正和平之风。中唐人都有很强烈的夷夏之辨,觉得胡风、胡音、胡伎、胡乐、胡舞都不好,扰乱了儒家原来的雅正思想,使得君臣之间的关系,以及朝廷与地方的关系都发生了变化。下面"一朝燕贼乱中国"一句,指的就是胡人安禄山发动的安史之乱;而"河湟忽尽空遗丘",则是说安史之乱后,河湟之地完全落入吐蕃之手,西凉州已与内地不相交通了,边境竟然收缩到原州一带。最后,元稹讽刺那些戍守边地的将领们:你们只知道欣赏这些西凉州传来的胡乐,天天醉生梦死,难道就没想过要去收复西凉州、打通河西走廊吗?陈寅恪云:

> 微之少居西北边镇之凤翔,殆亲见或闻知边将之宴乐嬉游,而坐视河湟之长期沦没。故追忆感慨,赋成此篇。颇疑其诗中所咏,乃为刘昌辈而发。既系确有所指,而非泛泛之言,此所以特为沉痛也。②

元稹这一首诗从立意到写法,我认为都是很高妙的。

白居易的同题之作,写得比元稹更为铺张扬厉,篇幅也更长,当然写法也不同:

---

① 元稹撰,冀勤点校:《元稹集》卷第二十四,第323页。
② 陈寅恪:《元白诗笺证稿》,第227页。

西凉伎,假面胡人假师子。
刻木为头丝作尾,金镀眼睛银帖齿。
奋迅毛衣摆双耳,如从流沙来万里。
紫髯深目两胡儿,鼓舞跳梁前致辞。
应似凉州未陷日,安西都护进来时。
须臾云得新消息,安西路绝归不得。
泣向师子涕双垂,凉州陷没知不知?
师子回头向西望,哀吼一声观者悲。
贞元边将爱此曲,醉坐笑看看不足。
享宾犒士宴三军,师子胡儿长在目。
有一征夫年七十,见弄凉州低面泣。
泣罢敛手白将军,主忧臣辱昔所闻。
自从天宝兵戈起,犬戎日夜吞西鄙。
凉州陷来四十年,河陇侵将七千里。
平时安西万里疆,今日边防在凤翔。
缘边空屯十万卒,饱食温衣闲过日。
遗民肠断在凉州,将卒相看无意收。
天子每思长痛惜,将军欲说合惭羞。
奈何仍看西凉伎,取笑资欢无所愧。
纵无智力未能收,忍取西凉弄为戏?①

与元诗相比,白诗写法多变,且插入了一段故事,有问有答,情节复杂,叙事性更强。白居易先是以从天宝到贞元年间一直流寓在长安的西凉伎为视点,写其乐舞之妙、流寓之苦、思乡之悲。白居易对"西凉伎"即西凉州来的歌舞表演的描写更为生动,说"假面胡人假

---

①白居易撰,谢思炜校注:《白居易诗集校注》卷第四,第366—367页。

师子",这个艺人戴着假面跳狮子舞,后面几句也是描写他的舞蹈的动作和场景。更重要的是,白居易还让这位昔日从西凉州来到长安的舞狮艺人自叙身世,慨叹今昔之变:

> 须臾云得新消息,安西路绝归不得。

他来自西凉州,现在却没法回去了,因为河湟被吐蕃阻断了。然后又以一位曾经戍守过边关的老征夫对国境日蹙的哭诉,写征夫向边将进言:你们不能如此不思进取,你们一定要振起,一定要有为,一定要收复河西走廊这块失地才行。"主忧臣辱昔所闻",是说皇上整天担心忧愁,作为臣子就应该觉得是耻辱,抓紧收复河湟之地。以此反衬边将不思收复河湟徒思逸乐的可耻,对比鲜明,感人至深。最后白居易"卒章显其志":

> 纵无智力未能收,忍取西凉弄为戏?

他痛斥这些醉生梦死的边将:难道你们就没有一点儿羞耻之心吗?即使你们没有能力收复失地,也不应该在这儿醉生梦死,你们怎么忍心陶醉在西凉州来的这些歌舞之中?白诗让两位主人公站出来亲身诉说,较元诗更生动真实,也更令人同情。

另外还有一题《法曲歌》,也是李绅原唱,元、白赓和的与盛唐乐舞相关的作品。"法曲",原为含有外来音乐成分的西域音乐,后与汉族的清商乐结合,因经常用于佛教法会而得名。其乐器有铙、钹、钟、磬、幢箫、琵琶。至唐朝又搀杂道曲而发展至极盛,成为隋唐宫廷燕乐的一种重要形式。元稹诗云:

> 吾闻黄帝鼓清角,弭伏熊罴舞玄鹤。
> 舜持干羽苗革心,尧用《咸池》凤巢阁。
> 《大夏》《濩》《武》皆象功,功多已讶玄功薄。

> 汉祖过沛亦有歌,秦王破阵非无作。
> 作之宗庙见艰难,作之军旅传糟粕。
> 明皇度曲多新态,宛转侵淫易沉著。
> 《赤白桃李》取花名,《霓裳羽衣》号天落。
> 雅弄虽云已变乱,夷音未得相参错。
> 自从胡骑起烟尘,毛毳腥膻满咸洛。
> 女为胡妇学胡妆,伎进胡音务胡乐。
> 火凤声沉多咽绝,春莺啭罢长萧索。
> 胡音胡骑与胡妆,五十年来竞纷泊。①

其中:

> 明皇度曲多新态,宛转侵淫易沉著。
> 《赤白桃李》取花名,《霓裳羽衣》号天落。

这几句,是说在法曲的几个著名曲调中,《赤白桃李花》《霓裳羽衣曲》等就是唐玄宗所作的,即"明皇度曲多新态"。元稹意在批评唐明皇等人沉浸在对大型歌舞的欣赏之中,不理朝政,荒废国事,导致了安史之乱的发生。

元稹也好,白居易也好,中唐其他人也好,当时感触最深的就是近四五十年来的各种流行时尚,无一不和胡人有关,而华夏正声、内地原有的那种雅正淳朴的古风,渐渐地被胡音、胡风所浸染,甚至被取代了,诗人们感觉到华夏传统正在失坠之中,不由得忧心忡忡,所以元稹说:

> 胡音胡骑与胡妆,五十年来竞纷泊。

其中的忧患与无奈,不言而喻。

---

① 元稹撰,冀勤点校:《元稹集》卷第二十四,第 325 页。

白居易的《法曲歌》则写道：

> 法曲法曲歌大定，积德重熙有余庆，永徽之人舞而咏。
> 法曲法曲舞霓裳，政和世理音洋洋，开元之人乐且康。
> 法曲法曲歌堂堂，堂堂之庆垂无疆。
> 中宗肃宗复鸿业，唐祚中兴万万叶。
> 法曲法曲合夷歌，夷声邪乱华声和。
> 以乱干和天宝末，明年胡尘犯宫阙。
> 乃知法曲本华风，苟能审音与政通。
> 一从胡曲相参错，不辨兴衰与哀乐。
> 愿求牙旷正华音，不令夷夏相交侵。①

白居易的写法，又与元稹不一样。他主要称颂这些法曲的创作者——包括唐高宗（即"永徽"）、唐玄宗（即"开元"）以及中兴大唐的中宗和肃宗——都是英明的皇帝。他是在"美列圣，正华声也"，称赞列朝列代的皇帝都很圣明，要用法曲来取代胡音胡乐，所以说"乃知法曲本华风"。但是，在后来的天宝年间，法曲中就渐渐掺入了外国的音乐，尤其是西域的风尚，于是：

> 一从胡曲相参错，不辨兴衰与哀乐。

元稹、白居易等人是有强烈的夷夏之辨的，他们对盛唐时期的歌舞抱有复杂的感情，既觉得那样华丽的歌舞表现了盛世的辉煌，但又认为天宝末年的法曲中胡音胡乐的色彩太过浓烈，令人不由得不与安史之乱、胡骑寇乱产生联想。因而，中唐人对盛唐歌舞的评说，往往与对兴亡之由的探讨联系在一起。二人相较，元稹以叙述为主，态度较为隐晦含蓄，白居易则在叙述之后直接发表议论，且对时君

---

①白居易撰，谢思炜校注：《白居易诗集校注》卷第三，第283页。

提出明确的希望:

> 愿求牙旷正华音,不令夷夏相交侵。

白诗主题更集中,观点也更为鲜明。

元、白的《胡旋女》诗也同样是发挥儒家"乐与政通"的思想,通过乐舞来讽朝政。"胡旋女",即跳胡旋舞的西域女子。唐代的胡旋舞有单人舞、双人舞、小组舞甚至群舞。元稹诗云:

> 天宝欲末胡欲乱,胡人献女能胡旋。
> 旋得明王不觉迷,妖胡奄到长生殿。
> 胡旋之义世莫知,胡旋之容我能传。
> 蓬断霜根羊角疾,竿戴朱盘火轮炫。
> 骊珠迸珥逐龙星,虹晕轻巾掣流电。
> 潜鲸暗噏笡海波,回风乱舞当空霰。
> 万过其谁辨终始,四座安能分背面?
> 才人观者相为言,承奉君恩在圆变。
> 是非好恶随君口,南北东西逐君盼。
> 柔软依身着佩带,裴回绕指同环钏。
> 佞臣闻此心计回,荧惑君心君眼眩。
> 君言似曲屈为钩,君言好直舒为箭。
> 巧随清影触处行,妙学春莺百般啭。
> 倾天侧地用君力,抑塞周遮恐君见。
> 翠华南幸万里桥,玄宗始悟坤维转。
> 寄言旋目与旋心,有国有家当共谴。①

元诗将"胡旋之义"(胡乐乱华)与"胡旋之容"(胡舞惑君)交叉叙

---

① 元稹撰,冀勤点校:《元稹集》卷第二十四,第 330 页。

述,反复陈说。"妖胡"指的就是后来叛乱的安禄山,因为安禄山也是盛唐的胡旋舞高手之一。元稹直言安禄山就是以胡舞惑君媚主,使玄宗不辨忠奸曲直,终致乱生。此诗中间一段对胡旋女精妙舞技的渲染,对胡旋舞炫目舞容的敷陈,实际上也是"劝百讽一"的写法,意在强调其危害之大——荧惑君心,倾天侧地。而对安史之乱这一事件本身,作者只用"翠华南幸万里桥,玄宗始悟坤维转"两句轻轻带过,是在为玄宗避讳。最后对当时仍很流行的胡旋舞,大胆批判,警醒世人:

> 寄言旋目与旋心,有国有家当共谴。

劝诫当今皇上和平民百姓,都不要再沉迷于这样的歌舞之中,而应该对国家、对现实有清醒的认识。诗人于结尾两句禁不住义愤填膺,因而显得更加发人深省。

那么,白居易的《胡旋女》又是怎么写的呢?

> 胡旋女,胡旋女。心应弦,手应鼓。
> 弦鼓一声双袖举,回雪飘飖转蓬舞。
> 左旋右转不知疲,千匝万周无已时。
> 人间物类无可比,奔车轮缓旋风迟。
> 曲终再拜谢天子,天子为之微启齿。
> 胡旋女,出康居,徒劳东来万里余。
> 中原自有胡旋者,斗妙争能尔不如。
> 天宝季年时欲变,臣妾人人学圆转。
> 中有太真外禄山,二人最道能胡旋。
> 梨花园中册作妃,金鸡障下养为儿。
> 禄山胡旋迷君眼,兵过黄河疑未反。
> 贵妃胡旋惑君心,死弃马嵬念更深。

> 从兹地轴天维转,五十年来制不禁。
> 胡旋女,莫空舞,数唱此歌悟明主。①

白诗开头写这个西域进贡的胡旋女跳起舞来应着节拍旋转如飞,甚得皇帝欣赏。接着介绍胡旋女的身世:

> 胡旋女,出康居,徒劳东来万里余。

可下面的这两句:

> 中原自有胡旋者,斗妙争能尔不如。

则开始说反话了:你胡旋女为什么不辞辛苦、千里迢迢跑到我们中原来呢? 我们中原人也有会胡旋舞的,而且跳得比你还好。诗人这是说的谁呢? 就是下文的安禄山和杨贵妃了:

> 中有太真外禄山,二人最道能胡旋。

宫中的胡旋高手当然是杨贵妃,她跳胡旋舞是女中第一、内廷第一;而外廷的男性胡旋高手,则是安禄山。这两位可比你西域来的胡旋女跳得还妙、还美呢,皇帝当然更喜欢他们了:

> 梨花园中册作妃,金鸡障下养为儿。
> 禄山胡旋迷君眼,兵过黄河疑未反。

你看,他们的胡旋舞跳得多好,把皇上都旋得迷糊、旋得晕头了,甚至安禄山带领叛军都已经打过黄河,唐玄宗还不相信他会反呢。而杨贵妃呢,更能迷惑君心:

> 贵妃胡旋惑君心,死弃马嵬念更深。

杨贵妃善舞胡旋,魅惑玄宗,荒淫误国,最后导致了安史之乱,即便

---

① 白居易撰,谢思炜校注:《白居易诗集校注》卷第三,第 305—306 页。

杨贵妃被缢杀于马嵬坡后,玄宗还一直深情地怀念她,至死都不能自拔。可见,当年玄宗皇帝被胡旋舞迷惑的程度有多深。接着,白居易继续发挥议论:

> 从兹地轴天维转,五十年来制不禁。

这岂止是跳舞啊,胡旋舞跳得天旋地转,把国家都跳得乾坤转移了,若再跳的话,大唐的社稷就要倾覆了。所以诗人最后旗帜鲜明地表明态度:

> 胡旋女,莫空舞,数唱此歌悟明主。

白居易又是在借题发挥,警诫时君,应以史为鉴,可谓语重心长。

元、白的这几首新乐府诗,都能从不同的侧面缅怀盛唐,尤其是多次用从开元、天宝年间过来人之口亲自说故事、讲身世,追忆四五十年前曾经有过的太平盛世、曾经出现的繁荣富强,慨叹天宝年间朝廷皇帝的用人不当、穷兵黩武、劳民伤财、沉湎胡乐,导致安史之乱的发生,国势由盛转衰,迄今尚未振起,希望当世君主,以史为鉴,中兴大唐。所以,元、白的这些追忆盛唐的作品,既是咏史,又是讽今,在当时具有深刻的社会现实意义。

第三节　白居易《长恨歌》与元稹《连昌宫词》之比较

元和元年(806),离安史之乱爆发已经过去了五十年,距玄宗驾崩也四十四年了。元稹、白居易为应制科,"闭户累月,揣摩当代之事"①。白居易写成《策林》七十五篇,其中多有论及"开元之治""辨兴亡之由"者。当然,在元、白二人所写的关于"盛唐文化记忆"的作品中,最有影响的还是白居易的《长恨歌》和元稹的《连昌宫词》。通过对这两篇巨制的比较分析,我们更能看出元、白二人对盛唐追忆和评价的各自侧重点,以及艺术手法和表现风格的异同。

一、《长恨歌》中历史反思的复杂性

元和元年(806)十二月,白居易从校书郎任上到盩厔(今陕西周至)当县尉,为政之暇,他与当地文士王质夫、陈鸿等,同游当地名胜仙游寺。一路上,这几位青年才士一边游赏一边闲谈,其中就说到了唐玄宗和杨贵妃的爱情故事。大家都认为白居易"深于诗,多于情"②,建议他以此故事为素材进行创作。白居易不久后就创作出了《长恨歌》,而陈鸿又据《长恨歌》敷演出一篇传奇——《长恨歌传》。这两篇作品相伴而行,都是对唐代由盛转衰的历史反思。

但是,白居易的这篇《长恨歌》在当时和后世的影响,不仅超出了相伴而生的陈鸿的《长恨歌传》,甚至超出了其他所有写盛唐转衰过程、写李杨爱情的文学作品。其中一个重要原因,就是其中反映了白居易对盛唐由盛转衰的历史反思的复杂性,呈现出主题的多样和变化。

长恨歌

汉皇重色思倾国,御宇多年求不得。

杨家有女初长成,养在深闺人未识。

---

① 白居易:《策林序》,白居易著,谢思炜校注:《白居易文集校注》卷第二十五《策林》一,第1351页。
② 陈鸿:《长恨歌传》,白居易撰,谢思炜校注:《白居易诗集校注》卷第十二,第933页。

天生丽质难自弃,一朝选在君王侧。
回眸一笑百媚生,六宫粉黛无颜色。
春寒赐浴华清池,温泉水滑洗凝脂。
侍儿扶起娇无力,始是新承恩泽时。
云鬓花颜金步摇,芙蓉帐暖度春宵。
春宵苦短日高起,从此君王不早朝。
承欢侍宴无闲暇,春从春游夜专夜。
后宫佳丽三千人,三千宠爱在一身。
金屋妆成娇侍夜,玉楼宴罢醉和春。
姊妹弟兄皆列土,可怜光彩生门户。
遂令天下父母心,不重生男重生女。
骊宫高处入青云,仙乐风飘处处闻。
缓歌慢舞凝丝竹,尽日君王看不足。
渔阳鼙鼓动地来,惊破霓裳羽衣曲。
九重城阙烟尘生,千乘万骑西南行。
翠华摇摇行复止,西出都门百余里。
六军不发无奈何,宛转蛾眉马前死。
花钿委地无人收,翠翘金雀玉搔头。
君王掩面救不得,回看血泪相和流。
黄埃散漫风萧索,云栈萦纡登剑阁。
峨嵋山下少人行,旌旗无光日色薄。
蜀江水碧蜀山青,圣主朝朝暮暮情。
行宫见月伤心色,夜雨闻铃肠断声。
天旋地转回龙驭,到此踌躇不能去。
马嵬坡下泥土中,不见玉颜空死处。
君臣相顾尽沾衣,东望都门信马归。

归来池苑皆依旧,太液芙蓉未央柳。
芙蓉如面柳如眉,对此如何不泪垂?
春风桃李花开夜,秋雨梧桐叶落时。
西宫南苑多秋草,宫叶满阶红不扫。
梨园子弟白发新,椒房阿监青娥老。
夕殿萤飞思悄然,孤灯挑尽未成眠。
迟迟钟鼓初长夜,耿耿星河欲曙天。
鸳鸯瓦冷霜华重,翡翠衾寒谁与共?
悠悠生死别经年,魂魄不曾来入梦。
临邛道士鸿都客,能以精诚致魂魄。
为感君王辗转思,遂教方士殷勤觅。
排空驭气奔如电,升天入地求之遍。
上穷碧落下黄泉,两处茫茫皆不见。
忽闻海上有仙山,山在虚无缥缈间。
楼阁玲珑五云起,其中绰约多仙子。
中有一人字太真,雪肤花貌参差是。
金阙西厢叩玉扃,转教小玉报双成。
闻道汉家天子使,九华帐里梦魂惊。
揽衣推枕起徘徊,珠箔银屏迤逦开。
云鬓半偏新睡觉,花冠不整下堂来。
风吹仙袂飘飘举,犹似霓裳羽衣舞。
玉容寂寞泪阑干,梨花一枝春带雨。
含情凝睇谢君王,一别音容两渺茫。
昭阳殿里恩爱绝,蓬莱宫中日月长。
回头下望人寰处,不见长安见尘雾。
唯将旧物表深情,钿合金钗寄将去。

> 钗留一股合一扇,钗擘黄金合分钿。
> 但教心似金钿坚,天上人间会相见。
> 临别殷勤重寄词,词中有誓两心知。
> 七月七日长生殿,夜半无人私语时。
> 在天愿作比翼鸟,在地愿为连理枝。
> 天长地久有时尽,此恨绵绵无绝期。①

前文已述,这篇作品是元和初年白居易在盩厔县尉任上,与当地文士王质夫、陈鸿一起游玩仙游寺时创作的。其创作宗旨,据陈鸿《长恨歌传》云:

> 意者,不但感其事,亦欲惩尤物,窒乱阶,垂于将来也。②

白居易他们既被李隆基、杨贵妃的动人爱情故事所感动,又认为杨贵妃是祸国的尤物,使唐玄宗荒于朝政,导致安史之乱的发生,应以史为鉴。

对于唐玄宗与杨贵妃的爱情故事,在白居易创作《长恨歌》前,已有多人述及、评说过。像前文已提及的杜甫《哀江头》,曾对杨贵妃之死深表同情。杜甫在至德二载所写的《北征》诗中则将杨贵妃视为妹、妲一类人物。白居易在刚开始写这首诗的时候,对唐玄宗也是持批判讽刺态度的,所以开篇即云:

> 汉皇重色思倾国,御宇多年求不得。

作者是以汉喻唐,用汉武帝宠幸李夫人的历史故事来指代唐明皇迷恋杨贵妃,讽意甚显,为全诗定下了一个情感基调。男主人公"汉皇"(即唐玄宗)身为一国之君,不是重贤思治国,而是"重色思倾

---

① 白居易撰,谢思炜校注:《白居易诗集校注》卷第十二,第943—944页。
② 白居易撰,谢思炜校注:《白居易诗集校注》卷第十二,第933页。

国",作者的褒贬态度不言而喻。而杨贵妃自然就是那"色"和"倾国"。而且,此处"倾国"一词可能义含双关:一是指美色使全国之人都为其倾倒,用的是汉武帝时宫廷乐师李延年所唱歌之典故:

> 北方有佳人,绝世而独立。
> 一顾倾人城,再顾倾人国。
> 宁不知,倾城与倾国,佳人难再得。①

同时又暗含美色会倾覆宗国之意。而且,诗歌的前半部分,正是写唐玄宗怎样由"思倾国",宠"倾国",一步步真的就"倾国"(倾覆国家)了的过程和结局。其中,诗人对唐玄宗的描写都是围绕"重色"二字来写的,写李、杨之间的欢爱,与写一般男女之间正常的爱恋之情所用的角度和词汇,皆有明显的不同,笔触所及之处无不透露出作者对李、杨荒淫生活的揭露和批评之意。

从"渔阳鼙鼓动地来"一句开始,作品就写到"长恨"本身了。唐玄宗整日与杨贵妃淫乐,不理朝政,自然就乐极生悲、乐极生恨了,终于导致了安史乱生、国家倾覆的政治悲剧,同时也造成了他们自己天人永隔的爱情悲剧。但诗中并没有抒写唐玄宗对社稷危在旦夕、国家庶几倾覆的深刻悔恨,而是大量铺陈、刻意渲染唐玄宗和杨贵妃在天人永隔后的悠悠思情、绵绵"长恨"。

尤其是白居易写到两京收复,唐玄宗回京途中又路过马嵬坡,不禁悲从中来,十分思念杨玉环:

> 马嵬坡下泥土中,不见玉颜空死处。
> 君臣相顾尽沾衣,东望都门信马归。

玄宗回到宫中之后,更是睹物思人,无时无刻不沉浸在对杨贵妃的

---

① 《汉书》卷九七,《孝武李夫人传》。

思念之中。看到宫中的花草树木——"太液芙蓉未央柳",就勾起了心中的忆念:

> 芙蓉如面柳如眉,对此如何不泪垂。

春风秋雨,花开花落,亦复如斯:

> 春风桃李花开日,秋雨梧桐叶落时。
> 西宫南苑多秋草,落叶满阶红不扫。

老年的唐玄宗茕茕一身,每日与青灯相伴,无日不在思念已经化为异物的杨贵妃。白居易写唐玄宗的思念之苦特别感人:

> 夕殿萤飞思悄然,孤灯挑尽未成眠。
> 迟迟钟鼓初长夜,耿耿星河欲曙天。

其中"迟迟钟鼓初长夜,耿耿星河欲曙天"两句,与他后来写的《上阳白发人》中老宫女的孤寂凄苦的诗句:

> 宿空房,秋夜长,夜长无寐天不明。
> 耿耿残灯背壁影,萧萧暗雨打窗声。

语句相近,情思亦同。只不过前者写的是年迈孤苦的唐玄宗,后者写的是独宿空房的老宫女。下面的两句:

> 鸳鸯瓦冷霜华重,翡翠衾寒谁与共。

则又把一个老皇帝思念死去了的爱妃的孤凄心理写出来了。

在白居易以前,似乎还没有哪位诗人这么深情地写过男子对爱人的思念之苦。以前的闺怨诗写的都是闺中的思妇,宫怨诗写的也是幽闭冷宫的宫女。白居易此诗表现的是什么人的相思之苦呢?是一个退位了的老皇帝的落寞和孤独,这是对中国古典诗歌尤其是闺怨、宫怨诗题材的拓展,是艺术创新之举。

二、《长恨歌》的多重主题与白居易爱情经历之关系

那么,白居易为什么能把一个男人为情所苦、为爱所伤的心理写得如此生动感人呢?更令人觉得奇怪的是,作者对李杨的态度,为何由开头的批判、讽刺,中间渐转为同情、感伤,到篇末竟然变成深情的歌颂了?其实,这一切都是有原因的,都与白居易此时的感情生活、心理状态有着直接的关系。因为元和元年(806)白居易在创作《长恨歌》的时候,正沉浸在与一个名叫湘灵的女子真心相爱长达十六年却不能结合的苦恋与长恨之中。

早在贞元六年(790),白居易十九岁时,他在父亲做官的符离复习功课,准备参加科举考试。其间他爱上了东邻少女湘灵,写了一首诗《邻女》①:

娉婷十五胜天仙,白日姮娥旱地莲。
何处闲教鹦鹉语,碧纱窗下绣床前。②

十九岁的青年才俊白居易对十五岁的少女湘灵一见钟情,他们开始了初恋。又过了几年,贞元十四年(798),白居易二十七岁了,要外出求仕,去江南的叔父家,第一次和湘灵离别。他一路上思念不已,写了两首诗,一首是《寄湘灵》:

泪眼凌寒冻不流,每经高处即回头。
遥知别后西楼上,应凭栏干独自愁。③

他先写自己一路上思念湘灵泪滴成冰,再遥想湘灵在家亦独自凭栏

---

① 下文对白居易与湘灵恋爱所作诸诗的系年和诗意解读,主要依据蹇长春《白居易评传》(南京大学出版社,2002年)。
② 白居易撰,谢思炜校注:《白居易诗集校注》卷第十九,第1572页。
③ 白居易撰,谢思炜校注:《白居易诗集校注》卷第十三,第1057页。

远眺思念自己,两相映照,一种相思。接下来的这首《寒闺夜》,全是从湘灵一方的角度写的:

> 夜半衾裯冷,孤眠懒未能。
> 笼香销尽火,巾泪滴成冰。
> 为惜影相伴,通宵不灭灯。①

他想象湘灵一个人独守空闺,唯有灯影相伴,因为害怕孤独,所以通宵点灯,不肯吹熄,如此才能有影子伴着自己。这几句的写法是不是跟《长恨歌》里的"夕殿萤飞思悄然,孤灯挑尽未成眠"较为相似呢?

差不多同时,白居易在路上或者在江南,又写了一首《长相思》,从题目到感情、写法,都与八年后的《长恨歌》中所抒写的唐玄宗杨贵妃的怨情有点接近了:

> 九月西风兴,月冷霜华凝。
> 思君秋夜长,一夜魂九升。
> 二月东风来,草拆花心开。
> 思君春日迟,一日肠九回。
> 妾住洛桥北,君住洛桥南。
> 十五即相识,今年二十三。
> 有如女萝草,生在松之侧。
> 蔓短枝苦高,萦回上不得。
> 人言人有愿,愿至天必成。
> 愿作远方兽,步步比肩行。

---

① 白居易撰,谢思炜校注:《白居易诗集校注》卷第十三,第1056页。

> 愿作深山木,枝枝连理生。①

此诗写湘灵在秋夜的孤寂是:

> 月冷霜华凝。

《长恨歌》写唐玄宗在秋夜的冷凄是:

> 鸳鸯瓦冷霜华重。

遣词造句相近,诗境完全相同。此诗写二人的爱情誓言是:

> 愿作远方兽,步步比肩行。
> 愿作深山木,枝枝连理生。

与后来《长恨歌》中李杨二人的密誓:

> 在天愿作比翼鸟,在地愿为连理枝。

何其相似乃尔!既然白居易自己都说当年唐玄宗与杨贵妃月下的爱情盟誓是"夜半无人"时的"私语",无人得知,则《长恨歌》中所写完全有可能是白居易自己与湘灵的爱情誓言的发挥与升华。可见,白居易在《长恨歌》的后半段,已经融入了他和湘灵的刻骨相思和绵绵长恨。

贞元十六年(800),白居易二十九岁,考中进士后回符离住了将近十个月,恳切地向母亲请求与湘灵结婚,但白母坚决不同意。白居易只好怀着痛苦的心情与湘灵离别,遂作《生离别》:

> 食蘖不易食梅难,蘖能苦兮梅能酸。
> 未如生别之为难,苦在心兮酸在肝。
> 晨鸡再鸣残月没,征马连嘶行人出。

---

① 白居易撰,谢思炜校注:《白居易诗集校注》卷第十二,第918页。

> 回看骨肉哭一声,梅酸蘖苦甘如蜜。
> 黄河水白黄云秋,行人河边相对愁。
> 天寒野旷何处宿,棠梨叶战风飕飕。
> 生离别,生离别,忧从中来无断绝。
> 忧极心劳血气衰,未年三十生白发。①

此诗写离别之苦忧云"忧从中来无断绝",也与《长恨歌》最后一句"此恨绵绵无绝期"有相近之处。

贞元二十年(804)秋,白居易三十三岁,已经在长安作了校书郎,需将家迁至长安,回家再次苦求母亲准许他与湘灵结婚,可白母不仅拒绝了白居易的要求,而且还派人看着白居易,不让他在走之前与湘灵见面。于是,白居易只能在趁人不注意的夜里偷偷与湘灵离别,作《潜别离》:

> 不得哭,潜别离。
> 不得语,暗相思。
> 两心之外无人知。
> 深笼夜锁独栖鸟,利剑春断连理枝。
> 河水虽浊有清日,乌头虽黑有白时。
> 唯有潜离与暗别,彼此甘心无后期。②

在此诗中,白居易写他和湘灵私自别离的叮咛语:

> 不得语,暗相思。
> 两心之外无人知。

令人不由得想起他两年后所写《长恨歌》中李杨二人的月下盟誓

---

① 白居易撰,谢思炜校注:《白居易诗集校注》卷第十二,第900页。
② 白居易撰,谢思炜校注:《白居易诗集校注》卷第十二,第959页。

也是:

> 夜半无人私语时。

句意亦有近似之处。另外,他把自己和湘灵都比喻成"独栖鸟",与《长恨歌》中李杨二人的爱情誓言"比翼鸟"虽然恰成反语,但其意其情正同,可见此诗中亦有《长恨歌》的创作手法和素材在。

就在创作《长恨歌》前不久的秋天,白居易还写了一首《寄远》,思念远在符离的湘灵:

> 欲忘忘未得,欲去去无由。
> 两腋不生翅,二毛空满头。
> 坐看新叶落,行上最高楼。
> 暝色无边际,茫茫尽眼愁。①

据此可知,在创作《长恨歌》的前后,白居易正为情所苦,作者本人陷于对湘灵的痛苦相思(无断绝之"忧")和爱情的"茫茫"之"愁",所以才能将唐玄宗和杨贵妃天人相隔之后的两地相思写成了"此恨绵绵无绝期",才在不知不觉中渐从诗篇开头对李杨二人的讽谕批判,变为最终对李杨忠贞不渝的爱情的同情与歌颂。这也使得白居易对李杨的态度,与前人和时人都不尽相同,而且对这个故事的叙述充满了感情,也使得《长恨歌》形成了多重主题,蕴含了更丰富的意趣,自然也就更真切感人,更耐人寻味。

三、元稹与白居易《长恨歌》争胜之作——《连昌宫词》

白居易写了《长恨歌》后,当时天下人都称白居易为"长恨歌主",在诗坛的影响更大了。元和十二三年间(817、818),元稹效白

---

① 白居易撰,谢思炜校注:《白居易诗集校注》卷第十九,第1535页。

居易《长恨歌》,也写了一首长篇歌行叙事诗《连昌宫词》,同样纪明皇时事,卒章不忘箴讽,隐然有与白居易《长恨歌》争胜的意味。

连昌宫词

连昌宫中满宫竹,岁久无人森似束。
又有墙头千叶桃,风动落花红蔌蔌。
宫边老翁为予泣:"小年进食曾因入。
上皇正在望仙楼,太真同凭阑干立。
楼上楼前尽珠翠,炫转荧煌照天地。
归来如梦复如痴,何暇备言宫里事?
初过寒食一百六,店舍无烟宫树绿。
夜半月高弦索鸣,贺老琵琶定场屋。
力士传呼觅念奴,念奴潜伴诸郎宿。
须臾觅得又连催,特敕街中许燃烛。
春娇满眼睡红绡,掠削云鬟旋装束。
飞上九天歌一声,二十五郎吹管逐。
逡巡大遍《凉州》彻,色色《龟兹》轰录续。
李谟撆笛傍宫墙,偷得新翻数般曲。
平明大驾发行宫,万人歌舞途路中。
百官队仗避岐薛,杨氏诸姨车斗风。
明年十月东都破,御路犹存禄山过。
驱令供顿不敢藏,万姓无声泪潜堕。
两京定后六七年,却寻家舍行宫前。
庄园烧尽有枯井,行宫门闭树宛然。
尔后相传六皇帝,不到离宫门久闭。
往来年少说长安,玄武楼成花萼废。

去年敕使因斫竹,偶值门开暂相逐。
荆榛栉比塞池塘,狐兔骄痴缘树木。
舞榭欹倾基尚在,文窗窈窕纱犹绿。
尘埋粉壁旧花钿,乌啄风筝碎珠玉。
上皇偏爱临砌花,依然御榻临阶斜。
蛇出燕巢盘斗栱,菌生香案正当衙。
寝殿相连端正楼,太真梳洗楼上头。
晨光未出帘影黑,至今反挂珊瑚钩。
指似傍人因恸哭,却出官门泪相续。
自从此后还闭门,夜夜狐狸上门屋。"
我闻此语心骨悲,太平谁致乱者谁?
翁言:"野父何分别?耳闻眼见为君说。
姚崇宋璟作相公,劝谏上皇言语切。
燮理阴阳禾黍丰,调和中外无兵戎。
长官清平太守好,拣选皆言由相公。
开元之末姚宋死,朝廷渐渐由妃子。
禄山宫里养作儿,虢国门前闹如市。
弄权宰相不记名,依稀忆得杨与李。
庙谟颠倒四海摇,五十年来作疮痏。
今皇神圣丞相明,诏书才下吴蜀平。
官军又取淮西贼,此贼亦除天下宁。
年年耕种宫前道,今年不遣子孙耕。"
老翁此意深望幸,努力庙谋休用兵。①

连昌宫,故址在河南寿安(今河南宜阳)西九里,是唐高宗所建的一

---

① 元稹撰,冀勤点校:《元稹集》卷第二十四,第311页。

个行宫。陈寅恪即谓元稹此诗：

> 实深受白乐天、陈鸿《长恨歌》及《传》之影响，合并融化唐代小说之史才诗笔议论为一体而成。……取乐天《长恨歌》之题材依香山新乐府之体制改进创造而成之新作品也。①

元稹这篇作品也写到唐玄宗和杨贵妃的故事，然写法不同，仍用其早年所作《代曲江老人百韵》《上阳白发人》中第三人称代言体的叙事法，通过家住连昌宫旁的一位老者之口叙述连昌宫的兴废史，反映唐玄宗到唐宪宗时期这个宫殿由兴盛到荒芜的过程，寄托了兴亡盛衰之慨。

但是，由于诗人在作品中主要是对这段历史进行评析，表达了他许多政治见解，我们读后就不会像读《长恨歌》那样被感动，所以他的这首诗的影响就不如白居易的《长恨歌》了。

小结

综上可见，在安史之乱爆发后，尤其是贞元、元和年间，社会上掀起了一个追忆开元盛世、反思安史之乱的文化思潮和创作高潮，其中以元稹、白居易作品为最多，思考得也最深入。但是，元、白两人对"盛唐记忆"的侧重点、所寄寓的感情以及相关作品对后世的影响，都是不完全一样的。

二人相较的话，元稹创作此类题材更早，但是白居易表现得更为全面，而他们又都能针对现实问题，反思唐之由盛转衰，探讨治乱

---

①陈寅恪：《元白诗笺证稿》，第61页。

之理,分析兴亡之由。就新乐府而言,白居易的《新乐府》讽喻性比元稹更强,且形式上采取了更为灵活多变的句式及篇中换韵的杂言体,经常运用第一人称的代言体的形式,"首句标其目,卒章显其志",题下有序且经常在诗中加句中小注、题下小注,所以表达得更为集中、更为鲜明。如果把白居易《长恨歌》和元稹《连昌宫词》进行对比的话,由于白居易在创作《长恨歌》时正陷于苦恋,故而讽刺之后融入了自己的同情,并渐渐变为对爱情的歌颂,所以《长恨歌》意蕴丰富,主题复杂,容易对读者产生极强的感染力,使人产生情感上的共鸣。而元稹创作《连昌宫词》时,心境与白居易不一样,元稹此时想要回朝做官,政治热情高涨,所以他意在借咏史来抨击时政,希望引起朝廷的重视,而且他此时已处于个人感情婚姻的平稳期(对第一任妻子韦丛思念之苦早已过去,且与裴氏结婚,婚姻生活比较幸福,还生了两个可爱的女儿),所以对李杨的爱情没有多少感觉了,诗中自然就以鉴诫规讽为主了。宋人洪迈曾经比较《长恨歌》与《连昌宫词》:

> 元微之、白乐天,在唐元和长庆间齐名。其赋咏天宝时事,《连昌宫词》《长恨歌》皆脍炙人口,使读之者情性荡摇,如身生其时,亲见其事,殆未易以优劣论也。然《长恨歌》不过述明皇追怆贵妃始末,无它激扬,不若《连昌词》有鉴戒规讽之意。如云:"姚崇、宋璟作相公,劝谏上皇言语切。长官清平太守好,拣选皆言由相公。开元之末姚、宋死,朝廷渐渐由妃子。禄山宫里养作儿,虢国门前闹如市。弄权宰相不记名,依俙忆得杨与李。庙谟颠倒四海摇,五十年来作疮痏。"其末章及官军讨淮西,乞"庙谟休用兵"之语,盖元和十一二年间所作,殊得风人之旨,非《长恨》比云。①

---

① 洪迈撰,孔凡礼点校:《容斋随笔》卷十五,第200—201页。

指出两篇作品不同的表现重点,还是很有见地的。

不过,就元、白二人作品的影响而论,白似远胜元。白居易的这一系列描写盛世图景、叙述李杨爱情故事、反思盛衰之变的作品,深深地影响了后人对开元盛世、对安史之乱的认识。《长恨歌》中对唐明皇、杨贵妃爱情的同情与歌颂,也使得杨贵妃并没有像妲己、褒姒那样被人死死钉在"红颜祸水"的耻辱柱上,反而得到了古今中外的赞美和歌颂。无论是宋元明清时期的中国人,还是平安朝以来的日本人,对杨贵妃不仅同情,甚至心生喜爱。

通过对元、白二人涉及盛唐作品的综合考察,我们还可以归纳出几点:一、中晚唐人大多认为开元之治是因君明臣贤,君能勤政,虚怀纳谏,从善如流;臣能奉公,直言进谏;而天宝之渐,则是由于君不能克己,任用非人,权奸误国。二、白居易更认为,唐之由盛转衰,安史乱起,并非杨贵妃等女色之祸,主要责任是在皇帝,第一责任人是唐玄宗,所谓"汉皇重色思倾国",安史之乱是君主荒淫误国所致。

第八章 柳宗元的美学思想与政治观念

第一节 柳宗元的音乐审美观

柳宗元的音乐美学观散见于《非国语》中的《无射》《律》《新声》诸篇中,具有独到的思想价值。在《无射》中,他认为"乐之来,由人情出者也",即乐来源于人的感情,否定了"圣人制礼作乐"的传统观念;在《律》中,他又批判了先秦伶州鸠"律吕不易""礼乐治国"的观点;他还反对把音乐和天象的变化拉扯在一起以及用乐预卜祸福吉凶的荒谬做法。这些观点虽只是吉光片羽,但因其强烈的批判性和战斗性,在中国音乐思想史上,尤其是对儒家正统乐教来说,却成了石破天惊的命题,激起了后世一些卫道者的非毁责斥。苏轼《与江惇礼》说:

> 柳子之学,大率以礼乐为虚器,以天人为不相知云云。虽多,皆此类尔。此所谓小人无忌惮者。①

黄震则云柳氏:

---

① 苏轼撰,茅维编,孔凡礼点校:《苏轼文集》,中华书局,1986年,第1703页。

> 是非多谬于圣人,凡皆不根于道故也。①

而柳宗元则认为他的这些观点是符合"圣人之道"的,他批判的那些流行观点是"不概于圣"②的大惑。那么,柳氏的音乐审美观究竟有没有离开儒家"乐教"呢?他的音乐审美观在中国美学史上具有哪些意义呢?本节通过对其具体分析,试图作一公允、客观的评价。

一、柳宗元对音乐起源的看法

对乐起源的看法,往往影响着对乐本质的认识,是任何一个自成体系的音乐理论家都不能回避的问题。同样,柳宗元对音乐起源也有他明确的观点,《非国语·无射》云:

> 乐之来,由人情出者也,其始非圣人作也。③

他认为音乐来源于人的感情,开始并不是圣人的创造,否定了从先秦到有唐一直很流行的"圣人制礼作乐"说。

认为音乐的最初来源是圣人的创造,这一观点由来已久。早在先秦时,儒门学者为了拯救周王朝"礼坏乐崩"的局面,着重强调乐教,夸大音乐的社会作用。他们把"礼""乐"并举,认为是维持统治必不可少的工具。鉴于此,他们把音乐神秘化,说乐和礼一样,是圣人秉承天地旨意为约束人民归"仁"而创造的:

> 乐由天作,礼以地制。
> 故圣人作乐以应天,制礼以配地,礼乐明备,天地官矣。④

---

① 黄震:《黄氏日抄》卷六十,文渊阁《四库全书》本,第708册,第505页。
② 柳宗元:《非国语序》,柳宗元撰,尹占华、韩文奇校注:《柳宗元集校注》卷四十四,中华书局,2013年,第3131页。
③ 柳宗元撰,尹占华、韩文奇校注:《柳宗元集校注》卷四十四,第3165页。
④ 孙希旦撰,沈啸寰等点校:《礼记集解》卷三十八,第990、992页。

这种观点一经提出便成了儒家乐教最基本的命题而代代相沿。到唐代,虽然儒、道、释并存,但统治者在治国安邦上仍以礼乐为重,圣人制礼作乐说也便为世人所重,唐太宗曾说:

> 礼乐之作,是圣人象物设教,以为樽节。①

白居易《沿革礼乐》亦云:

> 夫礼乐者,非天降,非地出也。盖先王酌于人情,张为通理者也。苟可以正人伦,宁家国,是得制礼之本意也。苟可以和人心,厚风俗,是得作乐之本情矣。②

白居易认为"礼""乐"为"先王"作,"作乐之本情"是"和人心,厚风俗"。可见,柳氏所批判的乐为"圣人作",是当时颇为流行的正统观点。那么,柳氏为何对这一千古相沿的儒家传统说法加以诘斥,力主乐源于感情呢?

柳宗元哲学思想的核心是"圣人之道",这也影响着他对历史上传统音乐起源问题的辨析。从儒家音乐美学思想的集大成著作《乐记》来看,虽然其中认为"乐"是圣人所作,但在某种程度上也有涉及音乐本质的合理因素。如:

> 凡音之起,由人心生也。人心之动,物使之然也,感于物而动,故形于声。
>
> 乐者,音之所由生也,其本在人心之感于物也。③

说明音乐是偏重于表现人心、抒发感情的艺术,但他们又进而强调

---

① 吴兢撰,谢保成集校:《贞观政要集校》卷第七,第417页。
② 白居易:《策林·四》六十三,《沿革礼乐》,白居易著,谢思炜校注:《白居易文集校注》卷第二十八,第1576页。
③ 孙希旦撰,沈啸寰等点校:《礼记集解》卷三十七,第976页。

说哀、乐、敬、怒、喜、爱六种情感状态"非性也",根源于客观现实。而在现实中,在人类社会中,"政"特别重要,并认为政治上的"安""乱"制约着人们的情感,过分强调了音乐和政治的联系。由于这种偏狭的推论,使他们抹杀、遮掩了刚刚触及到的音乐本质的合理内核,即音乐是情感的艺术,而情感又源于人们的社会实践,而是牵强地认为是圣、是神创造了音乐:

> 故知礼乐之情者能作,识礼乐之文者能述。作者之谓圣,述者之谓明。①

尽管以后儒门多次自我修订,但"圣人制礼作乐"说仍代相传述,孔子乐论及《乐记》中透露出来的乐本于感情的思想②,就这样逐渐被曲解和忽视了。

而柳宗元却本着"圣人之道",以"虽累百世滋不憾而恶"的勇气,力排迷瘴,率先否定了"圣人""先王""制礼作乐"的荒唐之言,认为:

> 乐之来,由人情出者也,其始非圣人作也。③

一方面,他校正了儒家因过分尊圣崇明而导致偏狭地认为艺术为圣人作的思维轨迹,认为音乐本源于人的情感,从而向音乐的本质靠近了一大步;另一方面,又批判地继承了《乐记》中关于音乐创作的理论,对"先王制礼作乐"说加以辨析。《乐记》认为,圣人、天子制乐必须合乎一定的规范和要求,也即经过"本之情性"而定声,"稽之度数"而治声,修饰文采以成乐三个阶段。同时,音乐创作除了严

---

① 孙希旦撰,沈啸寰等点校:《礼记集解》卷三十七,第989页。
② 关于孔子乐以"示情"的美学思想,参凌南申《孔子的文艺观》,载《古代文学理论研究》第2辑,上海古籍出版社,1980年。
③ 柳宗元撰,尹占华、韩文奇校注:《柳宗元集校注》卷第四十四,第3165页。

守规律法则外,还必须合乎阴阳之气和顺、五行之序有别的道理,更要使乐"通伦理"。柳宗元《非国语·无射》则云:

> 圣人以为人情之所不能免,因而象政令之美,使之存乎其中,是圣人饰乎乐也。①

因其所主张的"圣人之道"是"不穷异以为神,不引天以为高,利于人,备于事"②,当于"生人之意"③,以"生人"为主,所以他十分注重人民的感情,在承认统治者为巩固自己的统治而以音乐泄导人情的前提下,既摒弃了《乐记》中关于乐要合乎阴阳五行的思想,也舍却了"使亲疏、贵贱、长幼、男女之理皆形见于乐"④的虚妄之论,而是提倡圣人饰乐以象政令之美,合理地阐释了"圣人"与"乐"的关系:"人情"为乐之源、乐之本,"圣人"只是"饰"乐,而非"作"乐,体现了较强的科学性和历史进步性。

二、柳宗元对音乐本质的看法

《国语·周语》中被柳宗元斥为"诬圣人亦大"的音乐理论,还有伶州鸠所云:

> 律吕不易,无奸物也。⑤

即音乐的调门不变就不会出现奸邪的事物,实际上把音乐和天象的

---

① 柳宗元撰,尹占华、韩文奇校注:《柳宗元集校注》卷四十四,第3165页。
② 柳宗元:《时令论》,柳宗元撰,尹占华、韩文奇校注:《柳宗元集校注》卷第三,第85页。
③ 柳宗元:《雅诗歌曲·贞符》,柳宗元撰,尹占华、韩文奇校注:《柳宗元集校注》卷第一,第77页。
④ 孙希旦撰,沈啸寰等点校:《礼记集解》卷三十七,第1000页。
⑤ 左丘明撰,徐元诰集解,王树民等点校:《国语集解》,中华书局,2002年,第122页。

变化拉扯到一起。这种神秘思想不特表现为伶州鸠认为武王是把天上的七个星次和音乐中的七个调门调合起来使用的无稽之谈,还被一些儒门学者引申为:

> 师旷《清角》之曲,一奏之,有云从西北起;再奏之,大风至,大雨随之,裂帷幕,破俎豆,堕廊瓦。坐者散走,平公恐惧,伏乎廊室。晋国大旱,赤地三年,晋公癃病。①

对这种神秘主义、唯心主义的音乐理论,汉代唯物主义理论家王充运用元自然论进行了尖锐的批判。他认为风雨都是气的运动,不可能受师旷《清角》之曲的感动:

> 三尺之木,数弦之声,感动天地,何其神也?此复一哭崩城,一叹下霜之类也。②

就是说,如果相信师旷奏曲可以引来风雨,就与相信杞梁妻哭倒长城、相信邹衍在狱中长叹而为天下霜一样荒唐。实际上,"乐声不能此",因为"乐不能乱阴阳",这就有力地批驳了把"礼""乐"加以神秘化的唯心主义观点。柳宗元在继承王充这种批判理论和思维模式的基础上,又发展了元气一元论的唯物主义学说,对音乐的特征作了唯物的解释,进一步批判"律吕不易,无奸物也"的观点以及把音乐和天象的变化扯在一起的思想。

首先,他用元气论唯物主义思想阐述了音乐的本质和规律。《非国语·律》:

> 律者,乐之本也,而气达乎物,凡音之起者本焉。③

---

①王充著,黄晖撰:《论衡校释》卷第五,中华书局,1990年,第242页。
②王充著,黄晖撰:《论衡校释》卷第五,第242—243页。
③柳宗元撰,尹占华、韩文奇校注:《柳宗元集校注》卷第四十四,第3167页。

调门是音乐的基础,空气震动竹管发出声音,乐曲的产生都根据调门。柳氏在此明确指出,音乐(尤其是器乐)的产生,是由于气流鼓动声带、音膜("物"),而不是所谓的神灵意志引起的,自然也不会引起神灵的喜怒,更不会使天象发生变化。由于调门、旋律是音乐的一种形式,自有它运动的规律,这种规律与人类社会政治的变化是风马牛不相及的,因而,他也否定了用乐占卜福祸吉凶的迷信思想。在《非国语·新声》中他对于"平公说(悦)新声""君之明兆于衰"的迷信说法反诘道:

> 耳之于声也,犹口之于味也。苟说新味,亦将卑乎?①

他这是在用口品尝新味来比拟用耳欣赏新声,说明艺术欣赏与社会的变迁没有必然的联系,可谓独具匠心。他不但说明了人们感官享受的合理性,还印证了他所赞同的"今之乐犹古之乐"的思想,自然无论是"新声"还是"古乐"都不可能引起公室地位的衰落。

其次,他用艺术和现实的关系批驳了伶州鸠说武王合"乐""神"用之的观点。伶州鸠为了夸大音乐的功能,错误地把音乐与天上的日月星辰联系在一起:

> 姬氏出自天鼋,大姜之侄,所凭神也。岁在周之分野。月在农祥,后稷之所经纬也。武王欲合是而用之。

进而阐述道:

> 王以夷则毕陈,黄钟布戎,太蔟布令,无射布宪,施舍于百姓。②

---

① 柳宗元撰,尹占华、韩文奇校注:《柳宗元集校注》卷第四十五,第 3238 页。
② 柳宗元:《非国语·律》,柳宗元撰,尹占华、韩文奇校注:《柳宗元集校注》卷第四十四,第 3167 页。

意思是说,武王在灭商时,曾经用夷则调的音乐布置阵式,用黄钟调的音乐调动军队,用太簇调的音乐发布命令,用无射调的音乐制订法规,给百姓分发战利品。柳宗元"知其来之自矣,是大武之声也",他批驳道:

> 州鸠之愚信其传,而以为武用律也。孔子语宾牟贾之言《大武》也,曰:"《武》始自北出,再成而灭商,三成而南,四成而南国是疆,五成而分周公左、召公右,六成复缀,以崇天子,夹振之而四伐,盛威于中国。"则是《大武》之象也。①

由于柳宗元从《乐记·宾牟贾》篇中了解到武王作战等语是《大武》舞所反映的内容,其中孔子说的夷则、黄钟、太簇、无射,只是《大武》舞乐曲的变化,"致右宪左"(意为"右膝跪下,左脚抬起")、"久立于缀"("演员在最初的位置上久立")等描述,都是《大武》舞的形态和舞蹈动作,伶州鸠显然混淆了艺术表现和生活素材的区别,才把音乐和政治拉扯到一起:

> 吾知其来之自矣,是《大武》之声也,州鸠之愚信其传,而以为武用律也。②

由于柳宗元是在严格按照艺术创作规律来作追本溯源式的分析,所以其结论才稳妥可信。

三、柳宗元对音乐功能的看法

在儒家乐论里,乐的本质往往与乐的功能联系在一起。"圣人

---

① 柳宗元:《非国语·律》,柳宗元撰,尹占华、韩文奇校注:《柳宗元集校注》卷第四十四,第3167页。
② 柳宗元:《非国语·律》,柳宗元撰,尹占华、韩文奇校注:《柳宗元集校注》卷第四十四,第3167页。

制礼作乐"是作为儒家强调乐治的先决条件提出的。《乐记》认为，制礼作乐就是为了节制人性，引导民心，铲除祸根，以佐治道。对这种礼乐治国思想的引申、阐发，便成了后世儒家乐教的主要内容。荀子《乐论》言：

> 乐者，圣人之所乐也，而可以善民心，其感人深，其移风易俗，故先王导之以礼乐而民和睦。①

司马迁《史记·乐书》也说先王音乐的功用是：

> 凡作乐者，所以节乐。君子以谦退为礼，以损减为乐，乐其如此也。以为州异国殊，情习不同，故博采风俗，协比声律，以补短移化，助流政教。天子躬于明堂临观，而万民咸荡涤邪秽，斟酌饱满，以饰厥性。②

阮籍《乐论》认为：

> 律吕协则阴阳和，音声适而万物类，男女不易其所，君臣不犯其位，四海同其观，九州一其节，奏之圜丘而天神下，奏之方丘而地祇上；天地合其德则万物合其生，刑赏不用而民自安矣。③

与柳宗元同时代的韩愈亦认为：

> 道莫大乎仁义，教莫正乎礼乐刑政。施之于天下，万物得宜；措之于其躬，体安而气平。④

---

① 王先谦撰，沈啸寰、王星贤点校：《荀子集解》卷第十四，第381页。
② 《史记》卷二十四，《乐书》第二，第1175—1176页。
③ 阮籍著，陈伯君校注：《阮籍集校注》卷上，中华书局，2012年，第78—79页。
④ 韩愈著，刘真伦、岳珍校注：《韩愈文集汇校笺注》卷十，中华书局，2010年，第1074页。

柳氏对这种众口一词夸大音乐社会功用的说法极为反感,因而他一读到《国语·周语》中单穆公、伶州鸠等人的论述便"以是怪而不信"而加以反驳。

首先,他认为音乐不能增殖财富,也不能佐以治国,使政治成功。在《非国语·无射》中,柳宗元先引述单穆公和伶州鸠极力夸大乐治的一段话:

> 单子词曰:"口内味,耳内声,声味生气。气在口为言,在目为明。言以信名,明以时动,名以成政,动以殖生。政成生殖,乐之至也。若视听不和,而有震眩,则味入不精。不精则气佚,气佚则不和。于是有狂悖之言,有眩惑之明,有转易之名,有过慝之度。出令不信,刑政放纷。"而伶州鸠又曰:"乐以殖财。"又曰:"离人怒神。"①

实际上,口品尝味道,耳欣赏音乐,本是极平常的事,可单穆公、伶州鸠却牵强附会地把政治的成功、财富的增殖也说成是音乐的效果,并进而推导出音乐可以增殖财富以及可以使人心离散、神灵发怒的荒唐之论。柳氏述及此处禁不住慨叹道:

> 呜呼,是何取于钟之备也?②

因为按照这种说法,"礼""刑"都可以废弃,单单以乐便能治理国家,这与柳宗元的政治思想相去不啻万里。

从柳宗元对"乐"移风易俗的辨析中,我们可以窥见其独特的礼乐观。他认为,圣人是"既理定,知风俗和恒而由吾教",然后"作

---

① 柳宗元撰,尹占华、韩文奇校注:《柳宗元集校注》卷第四十四,第3164—3165页。
② 柳宗元撰,尹占华、韩文奇校注:《柳宗元集校注》卷第四十四,第3165页。

乐以象之",乐非能移风易俗,更不能使经济增殖,人心离散,神灵发怒。圣人是运用"圣人之道"治理了天下,使天下风俗和淳,人心稳定,政治升平,也即是以体现"生人之意"的治世之术来维持统治。其《四维论》云:

> 圣人之所以立天下曰仁义,仁主恩,义主断,恩者亲之,断者宜之,而理道毕矣。①

他所谓的仁、恩、亲,就是要求皇帝适当照顾"生人之意",主张皇帝要英明,宰相要贤能,官吏要清廉,而迂儒们所津津乐道的礼乐则是"迂回茫洋而不知其适"的"虚器",统治者藉以为治世之具实在可笑,难怪柳氏"无取乎乐"。可见柳氏是在其"以生人为主"的政治思想指导下,对"政成生殖,乐之至也""乐以殖财"这类过分夸大音乐社会功用论调提出反诘的,在当时具有很强的社会现实意义,如果我们将柳宗元的这些观点,再与韩愈等一味强调恢复儒家的礼乐刑政、强化封建的等级名分的言论一比,高下也是显而易见的。

值得注意的是,柳宗元虽然不同意那种过分强调乐治以至神秘化的观点,却并不完全否定音乐的政治教育作用,他没有走极端。诚然,在中国音乐思想史上,因为贵族、平民享受音乐的不平等,便有了许多思想家起来"非乐"。墨子"非乐",并不是认为乐不乐,而是认为费财力、人力、物力,老百姓既然不能享受,贵族们也不要享受;道家的"非乐",也并不是因为乐不合实利,而是因为乐根本有害,老百姓不能享受正好,贵族们尤其不应享受。这两派观点,从社会意义上说,都可算作对贵族享受的反对,但从生理、心理上说,两家都是主张去情欲的,故而对于情感的享受——音乐艺术也同样反

---

①柳宗元撰,尹占华、韩文奇校注:《柳宗元集校注》卷第三,第229页。

对了。柳宗元是注重"生人之意"的,对音乐的审美娱乐性,没有因为否定音乐治国佐世的社会功用而一并抛弃,而是在肯定其对人的情感不可缺少的审美愉悦作用外,也肯定了音乐的一些合理的社会功能和政治教育作用。

如前所述,他认为音乐是人们情感的产物,而情感又是不可阻遏的,统治者利用人民的这种艺术欣赏需要宣扬政令之美是符合"生人之意"的,因而他说:

> 圣人以为人情之所不能免,因而象政令之美,使之存乎其中,是圣人饰乎乐也。所以明乎物无非道,而政之不可忘耳。①

在此,他首先继承了孔子乐论中乐具有"示情""象成"两种功能的理论,对于音乐,从表现人类的情感开始、模仿成功的事情这两个方面,进一步揭示了艺术的情感特征和形象特征。其次,他对"寓教于乐"的儒家传统观念也有所认可,既承认了音乐的审美愉悦作用,又没有忽视音乐体现统治者思想的政治教育作用,且把二者紧密结合起来了。再次,他还在某种程度上揭示了音乐的认识作用,"圣人饰乎乐",是为了让人感受到"风俗和恒"的"政令之美",更加深对"圣人之道"的理解,不忘乎政。这是对孔子以乐观风俗盛衰思想的进一步发挥,即要从艺术表现中去看社会形态,尤其是人们的精神、情感、心理状态,从而把握住了艺术反映生活的特征。可以看出,他对音乐社会功能的认识还是较为科学的。

同样,在音乐欣赏方面,柳宗元的看法也颇为中肯。他认为孟子所言"今之乐犹古之乐""与人同乐,则王矣"②是真正懂得音乐的

---

① 柳宗元:《非国语·无射》,柳宗元撰,尹占华、韩文奇校注:《柳宗元集校注》卷第四十四,第3165页。
② 柳宗元:《非国语·无射》,柳宗元撰,尹占华、韩文奇校注:《柳宗元集校注》卷第四十四,第3165页。

议论。为了更好地推行"圣人之道",更大地发挥音乐的社会功用,君民应该共同欣赏音乐,贵族统治者不能只顾自己纵欲享受歌舞,不关心老百姓的死活,要使老百姓也能欣赏到好的音乐。如果真正体现了"圣人之道",那音乐的今古之分、新旧之别则是不存在的。由于他看到了音乐美感的普遍性和审美活动的广泛社会性,就要求审美活动应当符合人民的意愿,而不应当为人民所憎恶和反对。这在当时既批判了以唐玄宗为代表的最高统治者不顾人民死活拼命搞民间音乐的劳民之举,又否定了那些主张取消民间音乐专复"古器古曲"的极端复古派①,对引导音乐健康地向前发展也起了不可低估的作用。

四、柳宗元音乐观与儒家乐教之关系

由上可知,柳宗元对儒家传统乐教的抨击确实猛烈大胆,表现出极强的异端色彩。但是柳氏的这种音乐审美观是否已偏离儒家体系呢?我们认为,柳宗元尽管曾经被人斥为"是非多谬于圣人"的异教徒,但是他的这些乐论仍然可以说是儒家乐教合理的发展。

如果我们对柳氏音乐审美观产生的哲学基础作一考察,便更能看清这一问题。柳氏哲学思想的中心范畴无疑是"大中之道",又称之为"圣人之道""孔子之道",即"不穷异以为神,不引天以为高,利于人,备于事"②,显然与被汉儒尊为"大一统"的儒家学说大相径庭,也与先秦儒学强调"礼""乐""刑""政"的治道多悖逆之处。他在《亡友故秘书省校书郎独孤君墓碣》中也说:

---

① 参吴钊、刘东升《中国音乐史略》,人民音乐出版社,1983年,第125—126页。
② 柳宗元:《时令论》,柳宗元撰,尹占华、韩文奇校注:《柳宗元集校注》卷第三,第85页。

> 读书推孔子之道,必求诸其中。①

意思是说,即便对孔子之道,亦须经过推究分析,有抉择,取其合理切当者,而不是一依圣人之是非,更不一依后世儒门相传圣人之是非。他改造和修订了儒家之道,批驳了那些"不概于圣"的关于音乐起源、音乐功能的观点。"礼乐治国"以及乐与天象相联等,显然是儒家传统观念,但与柳子之学中的"以礼乐为虚器,以天人为不相知"的思想正好相悖,便被他摒弃了。而保存在先秦儒家乐论中的合理因素,也被他弘扬出来了,如认为乐源于感情,便是发展了儒家学说,使之更好地为唐代统治者服务。章士钊曾说:

> 子厚之尤异者,在主张民为至上,凡事之病于民,或与民无涉者,皆当毁弃。②

可谓切中肯綮。

同时,柳氏也坚信他的这一套学说符合孔孟之道。这是因为:

第一,他的音乐审美观藉以产生的"圣人之道"并未离开儒家"仁学"体系。我们知道,孔子思想的中心范畴是"仁"而非"礼""乐":"泛爱众,而亲仁""人而不仁,如礼何?人而不仁,如乐何?""仁者,爱人。"③这些都表明孔孟思想体系是人道而非圣道,更非神道。柳宗元在《贞符》中亦认为"仁"为治道,但他又比孔子更强调"生人之意",认为它是成败的关键、为政的根本。如果"礼""乐"不能体现圣人之道,自然可以去除。

第二,他继承了孟子"与民同乐"的思想,而这种思想一直为孟

---

① 柳宗元撰,尹占华、韩文奇校注:《柳宗元集校注》卷第十一,第717页。
② 章士钊:《柳文指要》,中华书局,1971年,第1279页。
③ 刘宝楠撰,高流水点校:《论语正义》,第18、81、511页。

子以后的儒学推崇,成为儒门乐教不可或缺的有机部分。儒家不主张去除欲望,而重之使导,达到"仁"的境界。柳宗元吸收了这种思想,并用来批判那些违背"圣人之道"的礼乐观,在某种程度上继承了孔子遗风。

第三,孔子儒学结构中,本没有宗教迷信之说,"子不语怪,力,乱,神"①。一些后儒改变了"仁学"实践理性的初衷,编造出许多怪诞之说。柳氏没有被其蒙蔽,在《非国语·料民》中论述"圣人之道"时明确指出:

> 圣人之道,不穷异以为神,不引天以为高,故孔子不语怪与神。②

同时对《国语》中的种种神异、怪诞之论屡屡抨击:"斯为诬圣人亦大矣""吾以是怪而不信""吾无取乎尔",目的则在于弘扬孔子之学。

如此观之,柳宗元的音乐观在中国美学史上的意义,就不仅在于宗圣明道、阐发儒学,而且在于他站在时代的前列,以"生人之意"为据,观照了历史和现实中的一些本质矛盾,提出了合于历史发展的进步要求。在方法论上,他继承了陆质"合古今,散同异"的怀疑学风,反对"党枯竹,护朽骨"的教条主义③,更自觉地吸收了历史上诸子百家的理论,使他的音乐审美观不只是对传统儒学的个别论点进行了批驳,而且从理论体系上批判了儒家唯心主义的某些内容,对儒家传统思想的一些积极观点作了独特的发挥,因而,他的音

---

① 刘宝楠撰,高流水点校:《论语正义》卷八,第272页。
② 柳宗元撰,尹占华、韩文奇校注:《柳宗元集校注》卷第四十四,第3143页。
③ 柳宗元:《唐故给事中皇太子侍读陆文通先生墓表》,柳宗元撰,尹占华、韩文奇校注:《柳宗元集校注》卷第九,第575页。

乐审美观中包摄有各家的许多精华,颇为丰富、充实。这也就是后世虽多诋毁激烈者,但大多不能从理论上取胜的原因。如宋人沈作喆在《寓简》中批判柳氏音乐观时只能重复先秦伶州鸠等人的神秘思想,将伦理与巫觋混为一谈,对音乐艺术本身则毫无新见:

> 子厚之言非也,人之视听好恶与夫嗜欲之反常者,是固有卑乱死亡之理,夫何讥焉?①

这种苍白的议论,怎能与柳氏从历史与现实的缜密分析中提出的具有进步意义和合理内容的理论相颉颃呢?

然而,柳宗元的这种音乐审美观又为何没有得到社会的普遍响应呢?这主要是由于当时唐帝国已开始走下坡路,封建地主阶级改革派中又以韩愈、李翱等人占上风。当然,作为一块包珠蕴玉的灵宝是不会永远蒙垢的,柳氏这种强烈的批判精神一直影响着后世的一些进步思想家,使儒学的统治不致发展成为极端片面、完全灭绝人性的东西,而是起着削弱、动摇对儒学绝对信仰的作用,因而又放射出夺目的理性光辉。

第二节 柳宗元山水审美观及其成因

列宁说过:

> 卓绝地坚持哲学史中的严格的历史性,反对把我们所能了解的而古人事实上还没有的一种思想的"发展"硬挂到他们名下。②

---

① 沈作喆:《寓简》卷二,文渊阁《四库全书》本,第864册,第115页。
② [苏]列宁:《黑格尔〈哲学史讲演录〉一书摘要》,《列宁全集》卷三十八,人民出版社,1958年,第272页。

我们在研究、阐述柳宗元的美学思想时,也应严格地运用列宁这种思想作指导,避免把不属于柳宗元的思想硬挂到他的名下。但是有学者在阐释柳宗元"夫美不自美,因人而彰"的美学论断时,不仅说其中含有"审美客体的价值和意义,要由它与审美主体的关系而定"的审美意义,还从中引发出当自然物成为审美对象后的美丑"在不同的时候或不同的人眼中,则会有不同的审美感受"①。我们认为柳宗元的这一美学论断中决没有如斯审美意义。我们并不否认柳宗元在此论述了自然美与审美主体人之间的关系,但与论者的上述阐释是两回事。究竟怎样认识柳宗元这一美学论断的审美意义呢?本节拟从三个方面对之进行探讨:一、柳宗元"夫美不自美,因人而彰"的山水审美观;二、柳宗元这种山水审美观的审美实践;三、柳宗元这种山水审美观的成因。

在中国山水文学史上,柳宗元的山水园林诗记一反前人景物描绘与作者的主观感受未能融为一体的弱点,在表现自然描摹山水时不仅融入了他浓烈的主观感情,还表现了人对自然积极、健康的审美观,因而这些作品非但使我国的山水文学达到了一个新的艺术高度,还使我国的山水美学也前进了一步,具有不可忽视的审美意义。柳宗元的山水美学思想虽不太系统但极丰富,本节探讨的仅是其中的一个侧面。

一、"美不自美,因人而彰"的审美观

"夫美不自美,因人而彰",是柳宗元在元和六年(811)写的《邕州柳中丞作马退山茅亭记》中提出的。我们要正确地理解柳宗元这句话所蕴含的审美意义,就必须结合其上下文特定的语境。

---

①荣玉奇:《美不自美因人而彰》,《中国青年报》1987年9月6日第8版星期刊。

元和六年(811),柳宗元的从兄柳宽来到邕州,在马退山阳坡建造了一座茅亭。《邕州柳中丞作马退山茅亭记》开头写茅亭周围山中秀丽的景色:

> 是山崒然起于莽苍之中,驰奔云矗,亘数十百里。尾蟠荒陬,首注大溪,诸山来朝,势若星拱,苍翠诡状,绮绾绣错。

接下来作者慨叹道:

> 盖天钟秀于是,不限于遐裔也。然以壤接荒服,俗参夷徼。周王之马迹不至,谢公之屐齿不及,岩径肃条,登探者以为叹。

大概造物者把秀美都集于此地,也不管这儿是僻远的边地了。然而邕州也太荒僻了,以至于连驾八骏之乘、肆意远游的周穆王也不曾到此,连喜着木履探奇览胜的谢灵运亦无踪迹可寻。而作者与从兄多于政事闲暇之时、风止雨收之际登上山顶,一览山川胜景。接着作者就提出了著名的美学论断:

> 夫美不自美,因人而彰。

从文理关系上看,这显然是针对马退山附近的秀丽山川被埋没在人迹罕见的荒僻山区,不为人知、不为人用而言的。意即自然界中的美不会自己表现自己,成为审美对象,因有了人的发现才得以显现出来,实现其审美价值。作者接下来又引申道:

> 兰亭也,不遭右军,则清湍修竹,芜没于空山矣。是亭也,僻介闽岭,佳境罕到,不书所作,使盛迹郁堙,是贻林涧之愧,故志之。①

---

① 柳宗元撰,尹占华、韩文奇校注:《柳宗元集校注》卷第二十七,第1794—1795页。

这就好比映带在会稽山左右的崇山峻岭、茂林修竹、清湍急流,如果不是遇到乐记山水的王羲之与同志宴集于兰亭,也会湮没无闻的。这间茅亭,偏僻地处于闽岭当中,如果没有我诉诸文字,那么,邕州山水只能遗恨于茂林幽涧了。

由是观之,柳宗元此处虽也论述了作为审美客体的自然山水与审美主体人之间的相互关系,说明了人在审美活动中的重要作用,但绝不是说"审美客体的价值和意义,要由它与审美主体的关系而定",更丝毫未言及自然物"成为审美对象之后"的美丑,"在不同的时候或不同的人眼中则会有不同的审美感受",也未言及面对同一自然物,"心境不同的人,审美感受也不相同"。论者虽然是在一则美学随感中提出的,只是为了说明美学原理的方便而借柳宗元的这句话统领之的。但我们认为,在阐述古代美学思想时,切不能抛却"严格的历史性",而作无限引伸生发,甚至把其中没有的审美含义也挂到其名下。如果我们以科学的历史的态度对"美不自美,因人而彰"进行一番深入的探讨的话,便会发现其中应该含有以下几层审美意义:

第一,柳宗元认识到自然美的客观实在性。"夫美不自美,因人而彰"中的第一个"美"意即自然美,也就是柳宗元着力表现的山水之美。作为一个唯物主义哲学家,柳宗元首先肯定了自然美是不依赖于人或社会的客观实在,具有客观实在性。这种客观实在性也即自然物本身的属性,它是人的生理学意义上的审美所需要的。如他极其欣赏的永州"山水可取者"皆"幽丽奇处"。"幽""丽""奇",是永州山水所具有的足以唤起人们美感的具体形象,它们具有不以人的主观意志为转移的客观实在性。幽景的特点是:景点的视域较窄小,光量小,空气洁静,景深而层次多。身处丛山深谷,古木浓荫,鸟鸣深壑,林静山幽的环境会使人顿觉神志清爽。柳宗元在《永州龙兴寺东丘记》中也说：

> 丘之幽幽，可以处休；丘之窅窅，可以观妙。①

这些自然物的审美属性是其所特有的，作为一种自然属性而客观存在着，并非因人发现而存在。这也正如柳文中所言之马退山附近的山川胜景和兰亭周围的"清湍修竹"不因人们发现与否而决定其是否存在，它们所带有的审美价值和审美意义，也不因人们观赏与否而决定是否存在。只不过自然物要实现其审美意义和价值，必须靠人去发现；只有人的发现和欣赏才能使自然物实现其审美价值。虽然柳宗元此时还不可能认识到，审美价值之所以是客观的，"既因为它含有现实现象的、不取决于人而存在的自然性质，也因为它客观地、不取决于人的意识和意志而存在着这些现象同人和社会的相互关系，存在着在社会历史实践过程中形成的相互关系"②。但柳宗元对自然物审美价值的理解，显然与论者阐述的"审美客体的价值和意义，要由它与审美主体的关系而定"是两回事。后者是说，自然界中的美必须依存于人或社会。正如论者在文中所说："没有人和社会，地球上的一切，都只是无美丑可言的自然现象罢了。"若作如此理解，永州山水在无人发现之前也就无美丑可言了。这只能说是论者自己对自然美的一种理解，而距今千年之遥的柳宗元却并未作如斯论。柳宗元只是认为美不能够自己表现自己，必须有人去发现才能显现出来。柳氏也未说在他来永州、观游山水之前，永州的山容水姿就不"幽"、不"丽"、不"奇"，只不过这些自然界中的美都未被发现，待他穷山极水、遍游林涧后，永州山水所独具的固有的美才

---

① 柳宗元撰，尹占华、韩文奇校注：《柳宗元集校注》卷第二十八，第1852页。
② ［苏］列·斯托洛维奇著，凌继尧译：《审美价值的本质》，中国社会科学出版社，1984年，第29页。

被逐渐发掘出来了。因而,那种认为"夫美不自美,因人而彰"这一美学论断中含有"审美客体的价值和意义,要由它与审美主体的关系而定"的观点是缺少历史根据的。

第二,柳宗元认识到审美主体在自然物实现其审美价值过程中的重要作用。自然界中往往美丑并存,美恶异位,尤其永州地处荒僻之地,人迹罕至,其开发程度还很低。如柳宗元在《与李翰林建书》中就描述过这样的险恶环境:

> 涉野则有蝮虺大蜂,仰空视地,寸步劳倦。近水即畏射工沙虱,含怒窃发,中人形影,动成疮痏。①

但其中也不乏幽树好石、清泉绝壑。他充分认识到人的发现和改造对自然美的显现起着极为重要的作用。如果柳中丞不在马退山阳坡筑一茅亭,那么附近的山川胜概就不能尽收眼底;如果他不和从兄"步山椒而登",那么也不会领略到"西山爽气,在我襟袖,八极万类,揽不盈掌"②的"观望浮游之美"③;如果他不作这篇记的话,也只能使"盛迹郁堙""贻林涧之愧"。这是就客观存在的美景而言的,关于人对美丑混杂着的自然界的改造,柳宗元也有论述。他在《永州韦使君新堂记》中先为我们描绘了一幅美恶杂处、荒凉芜秽的景象:

> 有石焉翳于奥草,有泉焉伏于土涂,蛇虺之所蟠,狸鼠之所游,茂树恶木,嘉葩毒卉,乱杂而争植,号为秽墟。④

---

① 柳宗元撰,尹占华、韩文奇校注:《柳宗元集校注》卷第三十,第 2008 页。
② 柳宗元:《邕州柳中丞作马退山茅亭记》,柳宗元撰,尹占华、韩文奇校注:《柳宗元集校注》卷第二十七,第 1795 页。
③ 柳宗元:《潭州杨中丞作东池戴氏堂记》,柳宗元撰,尹占华、韩文奇校注:《柳宗元集校注》卷第二十七,第 1779 页。
④ 柳宗元撰,尹占华、韩文奇校注:《柳宗元集校注》卷第二十七,第 1805 页。

土、石、泉、水虽藏在这一片秽墟当中,但并未失去其审美价值和意义,只不过并未显现出来罢了。新上任的刺史韦君并没有对这样一个所在置之不理,而是独具慧眼,敏锐地、惊异地感受到其中藏着的美石、幽泉、茂树、嘉葩所放出的自然美的灵光。于是,他稍事芟除、治理,荒芜的山野顿然改观,奇胜尽出:

> 视其植则清秀敷舒,视其蓄则溶漾纡余。怪石森然,周于四隅,或列或跪,或立或仆,窍穴逶邃,堆阜突怒,乃作栋宇,以为观游。①

待蒙蔽在大自然中美的物体上的污秽之物被去除之后,一个美丑混杂、清浊莫辨的秽墟竟成了一个可以怡性娱情、赏心悦目的观游胜地了。尽管此处柳公有为韦君"除残而佑仁""废贪而立廉"的善治歌功颂德的成分,但我们从中还是可以看出柳公更大程度上是对"择恶而取美""蠲浊而流清"的积极改造自然的山水审美观的赞许和颂扬。

美的存在和显现,与人对它的发现和改造有着本质的联系。柳宗元的这个积极、健康的山水审美观,把人在审美发现和实践中的位置明确地标示出来了。同时,它又与否定人在美的显现中的重要作用的机械唯物主义美学观彻底地划清了界限,标志着我国山水美学思想已达到了一个新的胜境。

第三,柳宗元还认识到,要发现、挖掘自然美必须遵循自然美的规律。"夫美不自美,因人而彰",不仅仅是对《邕州柳中丞作马退山茅亭记》中柳中丞作茅亭一览山川之胜和他自己登高山而得"观望浮游之美"等审美体验的总结,实际上也是他到永州六年来对自

---

① 柳宗元撰,尹占华、韩文奇校注:《柳宗元集校注》卷第二十七,第1805页。

然山水审美体验的一次理论概括。

柳宗元刚到永州之初,居住在龙兴寺,"登高殿可以望南极,辟大门可以瞰湘流"①。不久,他就和刺史冯叙等人游历华阳岩,那是前辈诗人元结游赏过的地方,还留下过题字刻石。元和四年(809),他构筑法华寺西亭,常和友人在那里赏玩风景,远望着水西面的陂陀山地和浮浮大江。是年秋,西山风景触发了他的游兴,他先后与友人吴武陵、李幼清、元克己和族弟柳宗玄等人一起游历了西山,写下了《始得西山宴游记》等"永州八记"的前四记。在这些审美实践中,他逐渐认识到自然美的一些规律。除了认识到自然界中总是美丑混杂,需"择恶而取美"外,他还认识到园林建筑对于观赏自然风景的美感作用。

在柳宗元现存最早的一篇描写自然景物的《潭州杨中丞作东池戴氏堂记》②中就为我们描述了"池""堂"等人工园林建筑的美感价值:

> 弘农公刺潭三年,因东泉为池,环之九里,丘陵林麓距其涯,坻岛洲渚交其中。其岸之突而出者,水萦之若玦焉。池之胜于是为最。③

以泉为池,把自然界本来散乱的景物都集中于此了,人立池上,环顾四周,波光山色,倒映池中,而"岸之突而出者"又三面环水,形成一个个分隔开来的独立的景观。这里显然已经符合园林意境创造的美学规律了,分明已经采取了分景、隔景、借景等手法,组织空间、扩

---

① 柳宗元:《永州龙兴寺东丘记》,柳宗元撰,尹占华、韩文奇校注:《柳宗元集校注》卷第二十八,第1852页。
② 永贞元年(805),柳宗元在参加王叔文集团革新失败后,被谪永州司马途中,过潭州(今湖南长沙)时所作。
③ 柳宗元撰,尹占华、韩文奇校注:《柳宗元集校注》卷第二十七,第1779页。

大空间,丰富了美的感受。

人工池已使山水益胜,而戴氏堂则更使观游者对于空间的审美感受大大增加:

> 堂成而胜益奇,望之若连舻縻舰,与波上下。就之颠倒万物,辽廓眇忽。树之松柏杉槠,被之菱芡芙蕖,郁然而阴,粲然而荣。凡观望浮游之美,专于戴氏矣。①

戴氏堂成,得"观望浮游之美",且堂本身也与山水连成一片。人置身其中,真可以"坐观万景得天全"②了。

明人计成谓园林建筑之审美作用:

> 山楼凭远,纵目皆然;竹坞寻幽,醉心即是。轩楹高爽,窗户虚邻;纳千顷之汪洋,收四时之烂缦。③

园林建筑的审美价值在于"纳千顷之汪洋,收四时之烂缦",能使游览者从有限的空间看到无限的空间。其中,窗户又起了很大的作用。"窗户虚邻"中的"虚",即外界广大的空间,窗户可以使人接触外面的自然界。对于园林建筑中窗户的这一审美作用,柳宗元也有感受和说明:

> 寺(龙兴寺)之居,于是州为高。西序之西,属当大江之流,江之外,山谷林麓甚众。于是凿西墉以为户,户之外为轩,以临群木之杪,无不瞩焉。不徙席,不运几,而得大观。④

---

① 柳宗元撰,尹占华、韩文奇校注:《柳宗元集校注》卷第二十七,第1779页。
② 苏轼:《涵虚亭》,苏轼撰,王文诰辑注,孔凡礼点校:《苏轼诗集》卷十四,中华书局,1982年,第673页。
③ 计成著,陈植注释:《园冶注释》卷一,中国建筑工业出版社,1988年,第44页。
④ 柳宗元:《永州龙兴寺西轩记》,柳宗元撰,尹占华、韩文奇校注:《柳宗元集校注》卷第二十八,第1860—1861页。

同一室，同一几，不必出户，只因他在住室加开了西窗，便境界大开，大江连山的风景尽收眼底。

由于柳宗元认识到自然美的一些审美规律，特别是他认识到人工改造自然、改造自然美的重要性，所以，他的关于人发现自然美、改造自然美的理论，就不是盲目地、消极地玩赏自然的反映，而是一种在理论指导下的充分发挥人的主观能动性的山水审美观。这种审美观对后代颇有影响，它不仅使后之好游者多穷山极水、风餐露宿地探奇览胜，还开了园林美学的先声。

以上，就是公元九世纪初中国封建社会里的一位哲学家、文学家和美学家柳宗元提出的"夫美不自美，因人而彰"这一美学论断所包含的诸多审美意义，这对于我们今天应用科学的马克思主义学说以阐述自然美的存在和显现、人与自然美的关系，具有极其重要的参考价值。不过，它也不可避免地存在着一定的历史局限性和阶段局限性。即柳宗元所认识的"人"还只是个别封建官吏，尚未认识到对自然美的改造和实践应是整个人类集体的实践活动，而且惟其如此才能把自然界的美丑异位的现象改正过来。当然，在审美过程中，个人的实践活动的重要性也不可忽视。人，始终是离不开社会关系的，所以在这个美学论断中也已经包含着美的显现中客观和主观结合的辩证因素。在美的显现过程中，纯客观的现象是不存在的，客观的美和主观的审美是相辅相成的。美的现象和本质的复杂性，同它与客观和主观的联系的复杂性分不开，因而，也同人的本质分不开。在美的流动变化中，总是从自然到人类，从自然到社会，从生活到艺术，从客观到主观，从现象到本质。

二、柳宗元的山水审美实践

更为可贵的是，柳宗元不但从他的审美体验中认识到美的显现与人的本质之间的必然联系,明确地提出"美不自美,因人而彰"的美学论断,反过来又把它自觉地运用到审美实践中去了,使他的审美实践也具有极高的美学意义。概括地说,柳宗元这种山水审美观的审美实践主要表现在以下几个方面:

一、努力发现和挖掘被弃置、被埋没的山水之美。柳宗元认识到自然美不能自己表现自己,只有依靠人的发现才得以显现出来。因而,他总是努力发现和挖掘那些在人迹罕至的荒僻地区长期被弃置、被埋没的自然美,总是钟爱于钴𬭁潭西小丘、袁家渴、石渠、石涧、小石城山等美而不为人知、不为人用的山川胜处。也正由于他不殚余力地发现和挖掘它们,才使得永州的山容水姿、怪石异卉名播天下。对于柳宗元的这一功劳,就连向来褒韩抑柳的茅坤也不得不赞叹道:

> 予按子厚所谪永州、柳州,大较五岭以南,多名山削壁、清泉怪石,而子厚适以文章之隽杰客兹土者久之。愚窃谓公与山川两相遭,非子厚之困且久,不能以搜岩穴之奇;非岩穴之怪且幽,亦无以发子厚之文。予间过粤中,恣情山水间,始信子厚非予欺。而且恨永、柳以外,其他胜概犹多与永、柳相颉颃,且有过之者,而卒无传焉。抑可见天地内不特遗才而不得试,当并有名山绝壑而不得自炫其奇于骚人墨客之文者,可胜道哉!①

二、积极开发和创造自然美。柳宗元认识到自然界美丑混杂,需"择恶而取美"。自然界的山川胜景要靠人去发现、开拓,甚至要改造它们。因而,柳宗元的观赏自然,便不是消极地玩赏山水,而是充满了对美好事物积极开发、创造的热情。他"上高山,入深林,穷

---

① 茅坤:《唐宋八大家文钞》卷二十三,文渊阁《四库全书》本,第1383册,第264页。

回溪","斫榛莽,焚茅茷",为寻奇探胜而不畏艰险①;他"铲刈秽草,伐去恶木",为使"嘉木立,美竹露,奇石显"而不辞辛劳②;他"崇其台,延其槛,行其泉于高者而坠之潭",为使美景更美、山川更胜而殚精竭虑③。他的这种积极寻求、开发、创造自然美的健康上进的热情,是那些只知优游山水者所无法比拟的。

三、以生花彩笔弘扬山水美。柳宗元认识到要真正使永州山水成为大众的审美对象,发挥出其独特的美感作用,只有奋笔为文,记而彰之。因此,柳宗元极尽描形状物之能事,创造出一幅幅自然山水的鲜明图画,传尽大自然内蕴之诗意,使其山水记"体物既工,造语尤古,读之令人如在郁林、阳朔间"④。他在山水记中,不但"漱涤万物,牢笼百态"⑤,善于抓住大自然的特征,表现其个性,还能以动写静,着力表现山川的变化美,突出其生命力。更值得注意的是,他在描述中往往融入了抑郁幽愤的身世之慨,使其"文有诗境"⑥,焕发出别人学不到的"奇情异采"。

柳宗元"美不自美,因人而彰"的山水审美观和审美实践,乃至整个山水美学思想,在中国古典学史上都居于重要地位。但这种审美观的形成不是偶凭一时冲动和灵感突发,而有其产生的必然性。

---

①柳宗元:《始得西山宴游记》,柳宗元撰,尹占华、韩文奇校注:《柳宗元集校注》卷第二十九,第1890页。
②柳宗元:《钴鉧潭西小丘记》,柳宗元撰,尹占华、韩文奇校注:《柳宗元集校注》卷第二十九,第1904页。
③柳宗元:《钴鉧潭记》,柳宗元撰,尹占华、韩文奇校注:《柳宗元集校注》卷第二十九,第1899页。
④林纾:《春觉斋论文》,人民文学出版社,1959年,第70页。
⑤柳宗元:《愚溪诗序》,柳宗元撰,尹占华、韩文奇校注:《柳宗元集校注》卷第二十四,第1607页。
⑥林纾:《韩柳文研究法》,山西人民出版社,2014年,第120页。

三、柳宗元山水审美观的成因

"美不自美,因人而彰"这一山水审美观在柳宗元笔下被明确提出,是有其历史必然性的。它的形成有多方面的原因:

首先,它的形成与柳宗元的生活遭际息息相关。柳宗元因参加王叔文集团"永贞革新"失败而于永贞元年(805)被贬出长安,来到永州。一开始,永州的化外风光并没有使其有所感动。他只是借酒浇愁,求得片刻安宁。但是,偶而的纵迹山水,却使他感觉到永州的山水之美。永州那远离京华的自然环境,那怪特奇崛的山水之美,不就是他那被弃置不用的才华的写照吗?柳宗元观此美景,心灵上怎能不产生很大的震撼?于是,他就把自己怀才不遇的感情寄托到被弃置的美丽山川之上。"美不自美,因人而彰",岂止是在慨叹自然美的遭弃,呼吁好游者去发现、去开掘?这分明是在痛心"遗才而不得试"的社会现状,是在疾呼能识才用才的伯乐的出现!正因为柳宗元常常幽游山水,且从自然美中比照出自己的身世,所以,他才有可能提出这一美学论断。

其次,"美不自美,因人而彰"是与其唯物主义的宇宙观紧密相关的。柳宗元的哲学观基本上是唯物主义的,他对宇宙、自然的起源和运动,提出过自己的见解。他认为,天自有其运动的规律,它不干人事,人事也不干它,这就与汉代以来的儒家的"天人感应论"完全相悖。但是,柳宗元又没有抹杀人在改造自然时的主观能动性。他在《天爵论》中对人在历史上的积极作用作了肯定,他认为人的历史作用,内在于其一己之"明"与"志",外在于他对政治环境的"位""势"的了解和掌握。这些宇宙观在他山水审美观上体现出来,便成了既肯定自然美是不依存于人或社会的客观存在,又不否认人在其实现审美价值过程中起着积极作用的"美不自美,因人而彰"的唯物主义美学论断。

再次,柳宗元的这个美学论断,与其"文有二道"的文学观也有联系。柳宗元"文有二道"的"道",与"文以明道"的"道"意思不一样,这里是指"道路"的方向和"功用",而不专指政道、治道。"道"的对象,是文学形式和文学功用之间的关系。他认为文学有两个功用:(1)辞令褒贬;(2)导扬讽喻。由于柳宗元被放逐得早,所以,他没有多少机会写很多合乎"辞令褒贬"的历史文学或合乎"导扬讽喻"的庙堂文学。而"文有二道"中的"文",似乎只有被朝廷命为史官或封为翰林学士、中书舍人等职时才有资格作。所以,柳宗元在感叹永州僻地美景时,其中也掺杂了自己怀才不遇的感慨,他的山水游记中更表达了对政事和人生的各种看法。因而"美不自美,因人而彰"的提出,实际上也是体现了他这种兴"寄"自然的创作观:只有讴歌那些被沉埋的不为人知、不为人用的自然山川之美,才能发泄心中"怀才不遇"的郁愤,才能表达他对客观现实"遗才不试"的愤慨。他的这一美学观点的提出,实际上也是对美丑混杂的现实社会的反拨,他用对自然美的审美观点,曲折地表达了他的一种人生理想和对现实的批判态度。

至此,我们可以看出,柳宗元的"美不自美,因人而彰"的山水审美观,绝不是孤零零地独自开放着的一枝奇葩,而是与同样根植于其丰饶的生活和思想的土壤中成长起来的其他思想之花争香竞艳的,因而,才能在中国山水美学史上放射出奇异的光彩!

第三节　柳宗元《封建论》与大一统政治观念

柳宗元的《封建论》是中国古代政论史上特别有名的杰作,它为什么在中国古代思想史上,在中国古代政治理论史上,具有很高的地位,获得了后人很多的赞赏呢?这篇文章又到底是讨论什么问题的呢?

一、"封建"问题溯源

"封建"这个词在中国古代的历史文献、文学作品中实际上指的是封土建侯的意思。封土建侯,又是指先秦时期,从西周时期开始的一种国家形态,即分封制。根据顾颉刚先生的说法,"封建"实际上就是指国王把自己的人民和土地分给他的子弟或者是姻戚。封,就是把土地分画开来;建,就是建立国家[①]。古人称封土建侯。所以它和我们近现代史上,政治学、社会学意义上所指的社会形态的名词——封建社会的这个"封建",没有太大的关系。它们虽然在汉语里是同一个词,但词义不一样,可以说是名同而实异。我们探讨的柳宗元的《封建论》,实际上主要谈的就是这样一个问题。封建,指的就是分封制。一般史书上都说,分封制是从西周时候开始的,实际上早在殷商时期就已经有一些初显形态的封建,只不过封建制的真正确立和完成是在西周。当时,较为落后的周人从西而来,向东征服了较为先进的殷人及东方诸国,他们用小邦周取代了大邦殷。因为周国原是一个小国,而商国则是一个大国。封建制实际上是从周人的氏族制演变而来的,它是刚刚走出氏族共同体的周人,与殷商典制互相作用的结果。

西周时期的封建,一般的说法是有两次,就是武王封建与周公封建。其实应该是三次。在周朝没有正式成立之前,文王已经把他

[①] 顾颉刚:《周室的封建及其属邦》,《顾颉刚古史论文集》第二集,中华书局,1988年,第329页。

的王畿内的土地,用分封制使周人扩展领有的土地,这可以说是第一次封建①。第二次封建,是武王克商之后,他并没有完全消灭殷的贵胄,而是把商纣的儿子禄父(武庚)封在殷(原来殷商的王畿),然后又命令自己的弟弟管叔、蔡叔和霍叔在东方围绕着殷商的故地,监视着殷人,史书上称为"三监"。武王死后,成王年幼。武庚就带着东方的原来的殷商旧民,以及"三监"一起叛乱。周公东征平叛,再度灭殷。然后诛武庚、管叔,平定奄及淮夷一带,在更广大的被征服地区,分封诸侯,把土地分给了姬姓宗亲及与姬姓联姻的姻戚和功臣。到了康王时期继续分封,这是第三次封建,史称周公封建。在这三次封建中,以最后一次的周公封建,制度最为完备,所以梁启超先生说"真封建自周公始"②。但真正的封建制的开端实际上是文王。

西周的封建也是有多个层级的,可分为天子建国,诸侯立家,卿置侧室,然后下面是大夫有贰宗、士有隶子弟等等。就是说不同的上层阶级,也分为不同的级别,天子、诸侯、卿、大夫、士,他们都可以封建。其中最重要的就是天子建国与诸侯立家。天子建国的意思,就是能够有权封授诸侯的只有当时的天子。只有周天子才有这样的权力,非天子不得专封诸侯,也就是说诸侯不得专封诸侯。第二个层级就是诸侯立家。被天子封为诸侯的人,他可以在自己的封国内再向卿大夫封赐采邑。什么叫采邑?就是可以在那儿获得生计所需的这样一个地方,他可以在这片土地上靠收取租税生活。对于周初封国的数量,学界有多种说法,大概在数十到数百之间不等。《荀子》说周封国七十一,《吕氏春秋》又说,周之所封四百余,服国

---

①杨宽:《西周史》,上海人民出版社,1999年,第373—374页。
②梁启超:《先秦政治思想史》,东方出版社,1996年,第49页。

八百余。这些数量的差异,主要是因为周朝前后历史比较长,不同时期封国的数量有所变化。《左传·昭公二十八年》载:

> 武王克商,光有天下,其兄弟之国者十有五人,姬姓之国者四十人,皆举亲也。①

与同姓封国相关的,还有封建母弟,即分封同母弟等等不同的情况。这是西周封建制的大致情况。

西周自周穆王以后,统治秩序趋于松弛,周天子的权力渐被削弱。史称到懿王的时候"王室遂衰",夷王时"荒服不朝"②。就是说边远地区的诸侯国不再上朝,朝觐朝拜了。到了厉王之后,更是江河日下,连天子之位也动辄被废黜。《国语》曾说"厉王虐,国人逐王"。周厉王暴政,国人就把他驱逐出去。到了东周时期,尤其是春秋战国时代,政治体制发生了很大的变化。战国时出现了比较早的郡县制。

郡县制,大家多认为是从秦始皇开始的。其实,郡县制发端于春秋时期的两个诸侯国——楚国和晋国,后来普及到七国,即战国七雄。春秋末年,封建制遭到破坏,郡县制开始推行。到战国时,诸侯列国竞相推行郡县制,其中推行力度最大的就是秦国。在秦厉共公二十一年时,大概在公元前440多年,就已经在频阳这个地方设县了。战国时期,各个诸侯国相继建立了君主集权制度,为了富国强兵,纷纷推行郡县制。所以,王夫之在《读通鉴论》卷末说战国是"古今一大变革之会",这里所说的"变革"在很大程度上就是指的从封建制向郡县制的转变。

秦汉之后,基本上是郡县制占主导。秦始皇推行新政的鲜明

---

①阮元校刻:《春秋左传正义》,中华书局,2009年,第4601页。
②《后汉书》卷八七,《西羌传》。

标志就是用郡县制代替封建制,郡县制的实质是强化专制国家对于地方的全面掌控。俗话说秦代是"废封建,立郡县",前一句"废封建"没错,但是后一句话"立郡县"有一点小问题。准确地说,应该是秦朝使郡县制更完备化了,因为郡县制并非始创于秦。秦统一后所设的三十六郡,实际上是以战国七雄原来已经设置的郡为基础再行划分,在全国范围内推广郡县制,来取代世袭贵族的分封制。所以,汉代史学家班固就说:"秦遂并兼四海。以为周制微弱,终为诸侯所丧,故不立尺土之封,分天下为郡县,荡灭前圣之苗裔,靡有孑遗者矣。"①就是说秦代的郡县制很完备,推行得特别彻底。秦代的郡县制分天下为数十郡,每郡之下再分为若干县,县下面再设乡,乡下面再设亭。后来的汉高祖刘邦就曾做过"亭"这个基层组织的长官。亭的下面是里,里有里长。所以,郡县制分为五级单位,郡、县、乡、亭、里,这就形成了一个由朝廷可以统辖的垂直下来的很有秩序的地方行政体系。分封制和郡县制在汉代以后有的时期也曾并存过,但是总的说来是以郡县制为主,封建制居于其次,其间有起有伏。

二、历代关于"封建制"的讨论

秦始皇全面推行郡县制的时候,就遭到了很多人的反对。他们辩论的焦点:一是哪种制度更有助于社会的长治久安?二是何为公?何为私?所以,封建和郡县就变成了中国古代历史上二元对立的两个概念。秦始皇在建国伊始讨论治国方略,主持评议的时候,守旧派和革新派争论得很激烈。丞相王绾向秦始皇建议要分封诸子,以屏障帝位。就是要秦始皇给儿子们封国,让他们来护卫秦帝

---

① 《汉书》卷二八,《地理志》。

国,像屏障一样保护起来。"群臣皆以为便",只有一个人反对,就是廷尉李斯。最后,秦始皇采纳了李斯的建议,分天下为河东、太原、上党等三十六郡①。

到了公元前213年,秦始皇在咸阳宫请众大臣们一起宴饮,有博士七十人为之祝寿。博士齐人淳于越进言,主张恢复古封建制。秦始皇就把淳于越的建议提交大家讨论。丞相李斯又极力反对封建制,指其不足为法,并引申出厉行文化专制的一些说法。紧接着,李斯又提出要焚毁《诗》、《书》、百家之语,消灭私学,主张"有敢偶语《诗》《书》者弃市,以古非今者族",实际上针对的就是封建制和郡县制的取舍问题。秦始皇欣然采纳李斯的奏议,下令烧毁了《秦纪》以外的史书,又坑死犯禁儒生、方士四百六十人②。这就是史书上所说的"焚书坑儒"。

司马迁在总结李斯的历史功劳的时候,说他"使秦无尺土之封,不立子弟为王、功臣为诸侯者,使后无战攻之患"③。对李斯的历史功绩作了肯定。这是秦时对分封制的争论。

秦末楚汉之争时,郦食其就建议封六国子孙,刘邦表示赞同。而谋臣张良列举了八条理由,举出大量的史例,力证分封制之"不可"。刘邦最后还是听从了张良的建议,没有分封六国的后人④。但是,刘邦在与项羽争战的时候,为了笼络大家而分封了"异姓七国",其中就有大家比较熟悉的淮南王英布、楚王韩信、梁王彭越。这些异姓王都是悍将出身,开国功臣,他们的政治野心渐渐膨胀,乃至功高震主,为刘邦所忌惮。最终相继反叛,落得个身诛国废的下

---

① 《史记》卷六,《秦始皇本纪》。
② 《史记》卷六,《秦始皇本纪》。
③ 《史记》卷八七,《李斯列传》。
④ 《史记》卷五五,《留侯世家》。

场。这就是人们常说的"兔死狗烹"的故事。鉴于异姓王的判乱,刘邦认为异姓王不可靠,那么同姓王应该很可靠,所以又封了"同姓九国"(楚、荆、代、齐、赵、梁、淮阳、淮南、燕),最终形成诸王国尾大不掉的割据局面。

到了汉文帝的时候,当时著名的文臣贾谊数次上疏,说"诸侯或连数郡,非古之制,可稍削之"①,意思是分封的这些同姓诸侯国,国土太多了,太广了,有的竟然一连数郡,那么大的地盘太危险了。但文帝没有听从贾谊的建议。后来因为吴王刘濞反相毕露,太子家令晁错数次上书文帝,力促削藩。但文帝比较仁厚,还是不忍心责罚刘濞等诸侯②。汉景帝即位之后,着手削藩,于是重用晁错。晁错鉴于山东诸国强大(齐国领七十二城,楚国领四十城,吴国领五十城),几乎分去了天下大半的疆土,如此尾大不掉,着实危险,于是紧急削藩,以尊王安民。当然,晁错的这个建议立即引来了反对者,当时的既得利益者像吴王刘濞,打出了"请诛晁错,以清君侧"的旗号,发动了吴楚七国的叛乱。晁错的政敌袁盎、窦婴等人则乘机进谗言,景帝就令晁错"衣朝衣斩东市",晁错成了"反封建"的牺牲品③。晁错死后,邓公又向景帝力陈削藩的策略,而且说明晁错之策的正确性。晁错之策最终被汉景帝和汉武帝相继采用实行。

魏晋南北朝时期,依然代不乏人为封建制辩护。曹魏时期大体依据的是秦代的分封制,是虚封而不实封。像大家比较了解的曹植,就曾经先后被封为平原侯、临菑侯、鄄城王、东阿王、陈王。但是他毫无实权,而且还有监国监视着,所以最后郁郁寡欢而死。史书上说:

---

①《史记》卷八四,《屈原贾生列传》。
②《史记》卷一〇六,《吴王濞列传》。
③《史记》卷一〇一,《袁盎晁错列传》。

时法制,待藩国既自峻迫,寮属皆贾竖下才,兵人给其残老,大数不过二百。又(曹)植以前过,事事复减半,十一年中而三徙都,常汲汲无欢,遂发疾薨。①

我们学习曹植文学作品的时候,经常说在曹丕称帝之后,曹植的思想状态和他文学作品中所体现出来的情感基调,渐趋消沉和郁闷,实际上这和他的封国是虚封而非实封,曹操不再属意于他,后来魏文帝曹丕、魏明帝曹睿都对他有意压制,是分不开的。我们大多数人都会对曹植掬一把同情的眼泪,但是,如果从政治稳定、国家统一的角度讲,我们不应该对曹植给予廉价的同情。当然,另一方面,正是因为他后期的这种抑郁、苦闷、愁怨,才使他的文学作品蕴涵着哀怨动人的情感力量。所以,政治与文学这两个评价标准,有时候是难以统一的,这也是我们在研究古代文学时要处理好的一个矛盾。我的老师陈贻焮先生曾经写过一篇文章《评曹孟德诗》,辩证地从政治和文学两个角度去评价曹操,将二者结合得很好。我们在读曹植的文学作品的时候,也应该采取这样的态度,这才符合历史,才能从政治大局、历史大势出发,对一个文学家的历史地位作出中肯评价。

到西晋时,司马氏认为曹魏是因为没有封建屏障所以迅速灭亡了,于是吸取了教训,开始广封王侯,授予诸王在封国之内选官置军的权利,实行封建贵族统治。与之相应,朝廷上、社会上也出现了褒扬封建制的舆论。我们大家比较熟悉的著名文学家陆机虽然是文人,但是他也领兵打过仗。他的祖国吴国被灭的时候,曾经率军抵抗。他喜谈历代兴亡、治乱、制度等方面的问题,曾经撰写了《五等诸侯论》,实际上就是探讨的封建制的等级,公、侯、伯、子、男,强调了"五等"制的好处。

---

①《三国志》卷一九,《陈思王植传》。

魏晋南北朝数百年的分裂乱世之后,到隋唐再次统一。这一时期,在中央集权与地方分权问题上,朝廷的政策有所摇摆,徘徊不定,遂使唐代又成为讨论封建制与郡县制孰优孰劣的一个比较频繁激烈的时期。

唐太宗希望成为"圣主",所以比较迷恋复古封建,希望通过恢复上古三代的井田制、封建制,来博取不朽之名。贞观二年(628),唐太宗将"复封建"这个议题交予众大臣讨论。吏部侍郎李百药以为不可,谏议大夫魏徵则说"事善而不合时宜",认为这件事虽然很好,但是现在不能推行,有"五不可",委婉地加以劝阻。中书侍郎颜师古,则主张封建、郡县并行,王侯和守令错处,实际上也是部分否定。贞观五年(631),监察御史马周又上疏,要太宗以隋亡为鉴,勿行世封制。所以在众多明臣、忠臣、直臣的谏止下,唐太宗虽然本意想要恢复封建制,终因"大臣议论不同而止",未能推行封建制①。这也反映出唐太宗作为一个皇帝很难得的兼听则明、从谏如流的美好品德。

初唐时期评议封建的代表性的文章,主要有我们刚才说到的李百药的《封建论》,以及颜师古的《论封建表》。这两篇文章持论都比较平允,大体上倾向于抑制封建,主张虚封而不赞成实封。安史之乱平定之后,唐肃宗曾经问计于当时的邺侯李泌,说在平定安史之乱的过程中,有两个大臣的功劳特别大,一个是郭子仪,另一个就是李光弼。这两个人虽然已经当上了宰相,但是对于他们攻克两京、平定四海的勋业,肃宗不知道再给什么奖赏,才能表达对他们的感激。李泌就以汉魏周隋初唐的历史经验相告,认为对功臣只可虚封,不可实封。肃宗采纳了李泌的建议。德宗即位之后,也只是仿效周初尊姜子牙为"尚父"之古例,同样尊郭子仪为"尚父",但同时

---

① 参马端临《文献通考》卷二七五、二七六,《封建考》。

又罢弃了郭子仪的兵权。这实际上也是功臣不实封只虚封的一种策略。接下来,就到了中唐,元和年间出现了一篇讨论封建制的杰作——柳宗元的《封建论》。

三、"藩镇割据":中晚唐严重的社会政治问题

柳宗元的《封建论》是唐代比较封建、郡县这两种制度优劣短长的最具盛名的文章。这和柳宗元所处的时代面临的一个严重的社会政治问题——藩镇割据相关。

藩镇割据这个社会政治问题,实际上在安史之乱之前就已经种下前因了。唐玄宗在位期间,由于均田制的瓦解,自北周直至初唐一直实行的府兵制渐遭破坏。府兵实际上是一种世习干戈的职业军人,由各地的军府负责管理,平时轮番守卫,战时出征打仗,参战武器和马匹均需自备①。我们大家熟悉的《木兰辞》,反映的就是这样的一种兵制。战事发生的时候,朝廷一声令下,编在军籍的府兵就得自备武器,自带干粮,出征作战。

盛唐时期,府兵制逐渐瓦解,朝廷开始实行募兵制,募兵制恶性发展的一个结果是形成了藩镇割据。为了防止周边各族的侵犯,玄宗朝大量扩充边防军政,设立节度使,赋予军事统帅权、财政支配权,以及监察管内州县的权力。天宝年间,一共设立了九个节度使和一个经略使。尤其是在北方诸道,有的节度使经常兼任两三个镇的节度使。如安史之乱的发动者,叛军的首领安禄山,就一人兼领范阳、平卢、河东三镇的节度使,而且十年不调。他有这么多的军队,这么广的地盘,这么雄厚的经济,这么大的权力,所以才能够发

---

①笔者对府兵制的理解,主要参酌岑仲勉《府兵制度研究》(上海人民出版社,1957年)书中的研究成果,而与陈寅恪、唐长孺、谷霁光诸人的观点不相侔。

动叛乱。

安史之乱全面爆发之后,为了抵御叛军的进攻,军镇制度又扩展到了内地。当时比较重要的州都设立了节度使,可以指挥好几个州的军事。较次要的州,则设立了防御使或者团练使,以扼守军事要塞。这些本来的军事长官,由于常常兼任所在道的观察处置使,就成了实际的地方行政长官。因此在州这一级的行政单位之上,又出现了一级军事行政的单位,大则节度,小则观察,就构成了唐代后期所谓的藩镇,又称方镇。当然,也不能说所有的藩镇都是割据的,都是和中央对抗的。实际上,真正和朝廷离心离德、不输朝贡的,主要是在今天河北地区的魏、镇、幽等河朔三镇,俗称河北三镇。

安史乱后,叛军的党羽纷纷投降唐朝,但是朝廷又无力彻底消灭这些势力,便以赏功为名授予节度使的称号,由他们分统原来安史叛军所占据的地盘。田承嗣占有贝(今山东清河一带)、博(今山东聊城一带)、魏(今河北大名一带)、卫(今河南汲县一带)、相(今河南安阳一带)、磁(今河北磁县一带)、洺(今河北永年一带)七州,称魏博节度使,有众十万。李宝臣据恒(今河北正定一带)、定(今河北定州一带)、易(今河北易县一带)、赵(今河北赵县一带)、深(今河北深县一带)、冀(今河北冀州一带)、沧(今河北沧州一带)七县,称成德节度使,有众五万。李怀仙据幽(今北京一带)、蓟(今天津蓟县一带)、营(今辽宁朝阳一带)、涿(今河北涿州一带)、平(今河北卢龙一带)、檀(今北京密云一带)、妫(今河北怀来一带)、瀛(今河北河间一带)、莫(今河北任丘一带)九州,称幽州卢龙节度使,有众五万。这三镇虽然名义上服从朝廷,实际上是独立的。军中主帅,或父子相承,或由大将代立,朝廷无法过问。与此同时,淄青镇(又名平卢,今山东黄河以南地区)大将军李正己驱逐了节度使侯希逸,也被唐朝授以节度使称号,而且世袭相承三代四人。淄青镇是当时最强大的军镇力量,拥兵十余万,版图最广时多达十五州,相当于今山东省几乎全境及江苏省北部地区。

从唐代宗朝到唐德宗朝,这几个强藩大镇互相兼并,竞相叛乱,严重祸害百姓,危及国家存亡。建中二年(781),一起规模甚大的割据战争——"建中之乱"爆发了。这起战乱的直接起因,是成德镇节度使李宝臣病死,其子李惟岳擅自遵循"河朔旧事",自请为留后,且得到了河北另外二镇和山南东道节度使梁崇义的支持。当时,德宗李适初即位,颇想重振朝纲,不允其请。于是四镇开始聚粮草、缮甲兵,蠢蠢欲动,准备反叛。而朝廷方面,唐德宗也已经早在中原一带的宋州、陕州、洛阳、河阳等地做好了兵力部署,信心百倍地准备开战。是年五月,四镇叛乱发生,朝廷派兵征讨。淮西节度使(当时尚称作淮宁)李希烈主动要求讨伐叛贼。不久,他就被朝廷封为南平郡王,且加上了汉南、汉北兵马招讨使等诸多头衔。但李希烈显赫的官爵和残暴的为人,引起了宰相杨炎的忧虑。德宗皇帝也在使用以藩御藩策略的同时,对李希烈存有高度戒心。虽然李希烈后来攻破了襄阳城,立下了战功,德宗对他反而更加疑忌。

建中三年(782)二月,河北乱定,李正己败死。但卢龙留后朱滔和恒、冀都团练观察使王武俊继反。十月,朱滔、王武俊、田悦(魏博镇田承嗣侄)、李纳(淄青镇李正己子)更结盟称王,推朱滔为盟主,效春秋诸侯割据故事,奉唐正朔,各置官属。十二月,淮西节度使李希烈据镇反叛,自称建兴王,并联合已称王的淄青、魏博、成德、卢龙四镇节度使抗拒中央,出兵围郑州,东都震恐。唐德宗调集淮西邻道兵攻讨李希烈,诸道兵观望不前。次年十月,朝廷又调泾原(今甘肃泾川北)兵东援。该军路过京师时,发生哗变。乱兵拥立留居长安的前泾原节度使朱泚(朱滔之兄)为大秦皇帝,德宗被迫逃亡奉天(今陕西乾县),史称"泾原兵变"或"泾师之变"。兴元元年(784)正月,李希烈称楚帝,定年号武成。二月,入援勤王的河中(今山西永济一带)节度使李怀光也以怨望反,且与朱泚(此时已改国号为汉,自称汉元天皇)相互勾结。德宗不得已又奔梁州(今陕西汉中一带),唐朝政权处于最危险的境地。所幸,有陆贽、浑瑊、李晟等文武臣僚的忠心辅佐和多方经营,更由于当时全国大部分地区希望保持安定的军民的有力支持,加上有东南地区的充足的财赋做后盾,朝廷终于在四年之后平定了这次规模甚大、破坏极强的藩镇叛乱。但是,最终安定局面的形成,依然是以朝廷向强藩妥协为代价的。

这次藩镇叛乱是柳宗元童年时期("建中之乱"发生时柳宗元九岁)发生的大事,而且柳宗元和他的家庭也深受战乱所带来的骨肉流离之痛①,使他从小就对藩镇割据深恶痛绝。他后来坚持反对分裂割据,要求统一安定的政治主张,与他早年的这些切身经历,是有直接的关系的。对于在建中之乱中为国牺牲的段秀实,柳宗元后来更是写了《段太尉逸事状》予以歌颂。

四、"永贞革新"与柳宗元对藩镇之态度

在柳宗元成长的贞元二十年间,是唐朝社会矛盾更加激化、渐趋复杂的时期,朝廷中的有志之士都在积极寻求变革。柳宗元在入朝为官之后,也积极参加了以王叔文、王伾为首的新进朝士集团的政治革新活动。对于此场运动,自 20 世纪中叶以来,学界多称之为

---

① 当时,柳宗元的父亲柳镇还写过一篇《夏口破虏颂》,歌颂鄂州刺史李兼在建中四五年间奋力死战,多次击退李希烈叛军的壮烈事迹。后来,柳宗元在为其二姐所写《亡姊崔氏夫人墓志盖石文》中也对其一家在战乱中所受的苦难有所追述。

"永贞革新"①。

唐顺宗李适早在为太子时,即有变革新政之志。他宠信王伾,也很赏识王叔文。同时,刘禹锡、柳宗元等一批朝士也与二王志同道合,最终集结为一个以"二王刘柳"为核心的革新派。

贞元二十一年(805)正月二十三日,唐德宗驾崩。二十六日,顺宗即位。顺宗因中风失音不能理政,朝廷大事都由二王集团主理。唐顺宗用王叔文为起居舍人,充翰林学士;王伾被任命为左散骑常侍,充翰林学士。贞元中,由于不任宰相,朝廷尤重翰林学士一职,号称"内相"。王叔文又用韦执谊为尚书左丞、同平章事,是为正式的宰相。四月九日,柳宗元被提拔为吏部员外郎,正六品上,掌礼仪、享祭、贡举之政,这一职位虽然不高,但可在革新活动中起到人事组织、人才简拔和舆论宣传的作用。

二王集团推行的政治革新措施,一方面是下令改革积弊以争取民心,如罢大贪官京兆尹李实的官职,罢宫市,禁五坊小儿张捕鸟雀横暴闾里,释放了禁闭宫中的部分宫女,诏令十月以前百姓所欠诸色课利租赋钱帛并宜除免等,"人情大悦"②。

另一方面是夺取财权、军权,抑制藩镇势力。当时的财政大权,

---

① 所谓"永贞革新",是二十世纪下半叶某些学者对唐顺宗在位期间王伾、王叔文集团新政的指称,实际上名不副实。顺宗在位总共只有六个月零十天,且未改元,用的依然是唐德宗贞元二十一年的年号。到了顺宗传位给唐宪宗的当天,才下令将贞元二十一年改为永贞元年的。而王伾、王叔文等人的新政,主要也是在顺宗在位的这六个月中推行的,到宪宗继位,改元永贞之时,二王集团已经失势,所以不能称之为"永贞革新"。(参柳思言《评所谓"永贞革新"》,《重庆师范学院学报》1981年第1期;黄永年《所谓"永贞革新"》,《青海社会科学》1986年第5期)但是考虑到此称已经在学界通行多年,本文姑且沿用之。
② 韩愈:《顺宗实录》卷二,中华书局,1985年,第6页。

原本掌握在浙江观察使兼诸道盐铁转运使李锜手中,"天下榷酤漕运,由其操割,专事贡献,牢其宠渥。中朝秉事者悉以利交,盐铁之利,积于私室,而国用日耗"①。更重要的是,李锜阴蓄异志,反谋日彰。王叔文执掌朝政之后,改任李锜为镇海节度使,解除了他的兼职,派理财专家杜佑兼领度支、盐铁转运使,使李锜没能立即反叛。王叔文自己则亲自担任副使,控制了中央经济大权。这个措施既夺了财权,又削弱了李锜的兵权。贞元二十一年(805)六月,剑南节度使韦皋,派支度副使刘辟带着大量金钱,到京城来向王叔文行贿,求总领三川(即剑南东川、西川及山南西道),并扬言"若与其三川,当以死相助;若不用某,亦当有以相酬"②。对于韦皋、刘辟的这种扩大地盘的要求,王叔文断然拒绝,并要杀了刘辟以号令天下,吓得刘辟仓皇逃归。

但是,因为二王刘柳等人自身的缺点、革新力量的单薄和宦官、藩镇势力的强大,这场新政最终以失败而告终。永贞元年(805)八月,顺宗内禅,宪宗即位。二王被贬出朝,不久先后死于贬所。九月至十一月间,革新活动的主要参与者韩泰、韩晔、柳宗元、刘禹锡、韦执谊、陈谏、凌准、程异也被远贬,均为州司马。后世遂称此寿命极短的政治革新集团为"二王八司马"。但是,后世不少史评家对此集团的革新之举给予了很高的评价。如清人王鸣盛在《十七史商榷》卷七十四"顺宗纪所书善政"条云:

> 叔文行政,上利于国,下利于民,独不利于弄权之阉官、跋扈之强藩。……盖其意本欲内抑宦官,外制方镇,摄天下之财赋兵力而尽归之朝廷,刘辟本韦皋所遣,叔文必欲杀之,若其策

―――――
① 王溥:《唐会要》卷八七,中华书局,1960年,第1592页。
② 韩愈《顺宗实录》卷四,第13页。

得行,后日何烦高崇文往讨,劳费兵力乎?①

从王叔文等人改革的出发点及其历史进步性的角度立论,评价比较中肯。

唐宪宗继位之后,虽然贬谪了"二王八司马",但在反对藩镇割据、重树中央权威方面,则与之一脉相承。而且,因为有他祖(德宗)、父(顺宗)十多年的努力,朝廷的军力和财力都有了一定的基础。宪宗在宰相杜黄裳、李吉甫、武元衡等能臣的辅佐下,开始坚定地推行削藩政策。元和元年(806),西川节度副使、知节度事刘辟骄蹇不逊,逼求兼领三川,因朝廷不许,就发兵攻打东川节度使治所梓州(今四川三台)。宪宗派高崇文统率神策军出征,很快平定。元和四年(807),镇海节度使李锜叛变,宪宗又调邻道兵去征讨,李锜被部将所杀。这几次平叛的胜利,使得宪宗及主战派增强了信心。元和七年(812),魏博节度使田季安死,子从谏年幼继位,军中又推立了大将田兴(后来改名弘正),田兴表示服从中央,遵守法令,申报户籍,请朝廷任命管内地方官,把从谏送入京城。至此,长期割据的河北三镇出现了一个突破口。淮西节度使李希烈被部将陈仙奇杀死之后,吴少诚又杀了陈仙奇,仍然割据自雄,继位的是另外一个淮西大将吴少阳。元和九年(814),吴少阳死,他的儿子吴元济自领军务。当时,在对淮西镇的处理上,朝中大臣分为两派:主战和主抚。宪宗本人则旗帜鲜明地主战,征集了邻道军队去围攻淮西。但是,淄青和成德两镇暗中支持淮西,派人焚烧了专供军需的河阴转运仓,刺杀了主战派丞相武元衡,刺伤了御史中丞裴度,京城大骇,震惊朝野。

这次当朝宰相武元衡被刺事件,是由中唐藩镇问题直接引起的

---

① 王鸣盛:《十七史商榷》,中华书局,2010年,第1017页。

重大案件。元和十年(815)六月初三清晨,天未大亮,宰相武元衡骑马上朝,刚刚走出他所住的静安里,就遭到了刺客的袭击。《旧唐书·武元衡传》记此事甚详:

> 有暗中叱使灭烛者,导骑诃之,贼射之中肩。又有匿树阴突出者,以棓击(武)元衡左股。其徒驭已为贼所格奔逸,贼乃持元衡马,东南行十余步害之,批其颅骨怀去。及众呼偕至,持火照之,见元衡已踣于血中,即元衡宅东北隅墙之外。

几乎同时,裴度也在通化坊东门遇刺:

> 盗三以剑击(裴)度,初断靴带,次中背,才绝单衣,后微伤其首,度堕马。会度带毡帽,故创不至深。贼又挥刃追度,度从人王义乃持贼连呼甚急,贼反刃断义手,乃得去。度已堕沟中,贼谓度已死,乃舍去。①

裴度侥幸逃过一死。

案发后,京城一片哗然,百官惶恐,宪宗闻报震惊,却朝而坐延英殿,哀痛不已,遂下令缉捕凶手。这次惨案的幕后主谋,实际上是成德节度使王承宗和淄青节度使李师道。他们唯恐淮西之乱被平后唇亡齿寒,遂狗急跳墙,密令刺客入京刺相。这完全是一起有计划、有预谋的政治刺杀行动。

大诗人白居易被贬为江州司马也正与武元衡遇刺案有关。白居易此时正在朝为官,且甚得宪宗皇帝的赏识,可谓春风得意,政治热情高涨。面对这件有史以来都极罕见的恶性事件,身为东宫官的白居易义愤填膺,顾不得朝廷议事规矩,第一个站了出来,于当天中午就上书言事,亟请捕贼雪耻。但是,白居易的这一公忠体国之举,

---

① 《旧唐书》卷一七〇,《裴度传》。

不仅没有得到表彰,反而给主和派和政敌落下了口实。那些"素恶居易者",亦即曾经被白居易讽刺批判过的权幸都说:"丞郎、给舍、谏官、御史尚未论请,而赞善大夫何反忧国之甚也?"(白居易《与杨虞卿书》)认为白居易属于越职言事,不合朝仪。而且,他们又诬陷道:"其母因看花堕井而死,而居易作《赏花》及《新井》诗,甚伤名教。"白居易有口难辩,悲愤莫名。他先是被执政者"奏贬江表刺史",继而又遭人落井下石,谓"居易所犯状迹,不宜治郡,追诏授江州司马"①。所以,白居易之被贬江州司马,政治生涯和文学创作发生大变,与当时的藩镇割据问题尤其是武元衡遇刺案有直接的关系。

元和年间,柳宗元虽然不在朝,先是被贬永州司马,后来又再贬柳州刺史。但他在任所一直没有停止对政治革新失败原因的反思,而且在大量的作品②中,发表了对藩镇割据问题的看法和建议③。

首先,柳宗元认识到了"削藩"的必要性。他指出,藩镇是"窃居一方",对抗中央,"逞豺声以欺天,咨狼心而犯上"(《贺诛淄青逆

---

① 《旧唐书》卷一六六,《白居易传》。
② 柳宗元许多文章的写作时间不可确考,但学界大多认为,系统性的、篇幅较长的作品应写于被贬永州期间,而相对较短、涉及具体问题的政论文则可能写于在京为官时期。本文对柳宗元诸多文章作年的判断,参尹占华、韩文奇校注的《柳宗元集校注》(中华书局,2013年)附录《柳宗元年表》。
③ 下面对柳宗元反对藩镇割据、维护国家统一诸观点的缕述,参考了廖钟闻的《中唐爱国主义者柳宗元的反分裂斗争——兼论柳宗元和韩愈在国家统一问题上的论战》(《辽宁大学学报》1974年第6期)一文。但是我认为,韩愈和柳宗元虽然在对藩镇问题上的某些认识和处理方式上存在分歧,但没有本质的区别,二人之间更不存在所谓的论战。因为韩愈对藩镇割据也是持十分明确的反对态度的,他曾随裴度平淮西,并撰《平淮西碑》。后来还孤身驰入割据自立的深州,在叛军刀戟之中,正气凛然,以大义相责。最终以其忠勇与胆识说服了王廷凑及其部下,使深州守将牛元翼得以溃围而出。

贼李师道状》)的分裂割据势力,是拥军自重、擅政害民,"逆天地横四海"(《辩侵伐论》)的独立王国。他在《捕蛇者说》《田家》《寄韦珩》等作品中有力地控诉了分裂、保守势力对百姓的压榨和摧残,又在《段太尉逸事状》中愤怒揭露了藩镇的"骄兵悍将"迫害人民的暴行,歌颂了段太尉整军治藩的事迹,形象地表现了柳宗元的"善制兵,谨择守"的进步主张,和要求"无专地之患,四海宁一"(《为文武百官请复尊号表六首》)的政治愿望。

其次,柳宗元指明了正确的"削藩"方法。柳宗元反对朝廷对藩镇妥协、退让,"专事姑息""宥而不诛"(《剑门铭》),主张"除恶务本根"(唐铙歌鼓吹曲《吐谷浑》),"非兵胡以定乱"(《愈膏肓疾赋》),用暴力荡平分裂割据的武装力量。他还反对有些朝臣主张的"以宦制藩""以藩制藩"的策略。柳宗元曾经写过一篇寓言《罴说》,说有位猎人为了捕鹿,始而引来貙,继而引来虎,最后引来罴,结果非但没有捕获到鹿,自己反而被罴吃掉了。文章结尾,作者推物及人,画龙点睛地说:"今夫不善内而恃外者,未有不为罴之食也。"不难看出,这篇寓言隐约是指"以宦制藩"的。柳宗元提出应该"富兵戎""却戎夷""驱豺兕""授我疆",只有富国强兵,加强战备,才能打击藩镇割据,维护朝廷的权威,确保国家的统一。

当然,最能系统、深入体现出柳宗元反对地方分裂、维护朝廷权威的态度的理论文章,还是其《封建论》。

五、《封建论》中的"封建观"及其政治逻辑

柳宗元的《封建论》是一篇集中表明他的历史观和政治主张的重要论文,他在此文中是借批判封建制来反对藩镇割据,树立朝廷的权威,维护国家的统一。

首先,柳宗元《封建论》中的历史观,与传统上占主流的历史循

环论,或者历史倒退论完全不同。他认为历史是一个不断前进的发展过程,而且这一过程是客观的,是不以任何人尤其是圣人的意志为转移的。因为中国古代的士大夫,包括很多思想家、哲学家,都会把古代的一些制度看作是圣人的想法,是圣人的意志,即"圣人意"的体现。柳宗元不同意这种看法,他认为社会的发展、制度的变迁,是一个客观的发展的历史过程,不为任何人,尤其是圣人的主观意志所主宰。柳宗元的这种历史观,又是建立在他的带有唯物论色彩的自然观的基础之上。

他这样描述人类社会的发展、国家的形成过程:

> 天地果无初乎?吾不得而知之也。生人果有初乎?吾不得而知之也。然则孰为近?曰:有初为近。孰明之?由封建而明之也。彼封建者,更古圣王尧、舜、禹、汤、文、武而莫能去之,盖非不欲去之也,势不可也。势之来,其生人之初乎?不初,无以有封建。封建,非圣人意也。
>
> 彼其初与万物皆生,草木榛榛,鹿豕狉狉,人不能搏噬,而且无毛羽,莫克自奉自卫,荀卿有言"必将假物以为用"者也。夫假物者必争,争而不已,必就其能断曲直者而听命焉。其智而明者,所伏必众,告之以直而不改,必痛之而后畏,由是君长刑政生焉。故近者聚而为群。群之分,其争必大,大而后有兵,德又大者,众群之长又就而听命焉,以安其属,于是有诸侯之列。则其争又有大者焉,德又大者,诸侯之列又就而听命焉,以安其封,于是有方伯、连帅之类。则其争又有大者焉,德又大者,方伯、连帅之类又就而听命焉,以安其人,然后天下会于一。是故有里胥而后有县大夫,有县大夫而后有诸侯,有诸侯而后有方伯、连帅,有方伯、连帅而后有天子。自天子至于里胥,其

> 德在人者,死必求其嗣而奉之,故封建非圣人意也,势也。

他在此首先描述了人类早期是怎么由原始状态发展到产生阶级、国家的历史过程。对于这个问题,他在另外一篇文章《贞符》中,也持相近的观点。他在《贞符》中指出,帝王的统治"受命不在于天,而在于人"。以前人们常说天子天子,君权天授,但柳宗元并不同意这样的观点。所以他在《封建论》的开头,把历史看作是一个不断演化前进的过程,人类的原始状态并不是什么天下为公的大同世界,或者是小国寡民的理想社会。他认为,原始人类处于十分落后的野蛮状态,无法对抗外来的侵害,人类在维护自身生存的斗争中,从野蛮走向文明,是一个不断进步的历史过程。他认为,在这一发展过程之中,不存在什么天命或圣人的决定作用。所谓的"圣人""圣王",是被一层层地推举出来的。他们首先是"人",是作为"智而明"的"有德"的人,而被推举出来的。而人类社会中这个自下而上的推举过程,遵循的又是历史的发展大势。国家的形成,并非是什么"圣人"凭主观意愿创造了礼乐刑政等制度。就连"圣人"本身,也是符合社会发展大势的产物。

柳宗元的这个思想,实际上是对主张封建者相关观点的一个有力的批判。以前主张封建者,多认为封建乃"圣人""圣王"之意。如曹冏,他认为封建的形成,是"古之王者,必建同姓以明亲亲,必树异姓以明贤贤";"先王知独治之不能久也,故与人共治之;知独守之不能固也,故与人共守之。兼亲疏而两用,参同异而并建"[①]。这就是说封建不是中国古代历史发展的必然,而是先代圣主明君意愿的产物,是由人的意志决定的。历史上持相近观点者,还有刘颂、陆机等人。如陆机《五等论》云:

[①]《三国志》卷二〇,《武文世王公传》裴松之注引《六代论》。

> 王者知帝业至重,天下至广。……故设官分职,所以轻其任也;并建伍长,所以弘其制也。①

同样是将五等封爵论说成是古先帝王意愿的产物。就是在唐初,李百药虽然反对封建制,但也认为,无论是封建制还是郡县制之设置,都是先王"思阐治定之规,以弘长世之业"②的结果。针对历史上的这些观点,柳宗元提出了明确的反对意见。他认为,"封建"制的产生原因,根本不是什么"圣人"之"意",而是历史发展的客观趋势,也即"势"使之然也。

柳宗元此处所用的"势",实际上是从法家思想中借来的。战国时期,慎到、韩非子等法家提出了一系列的"抱法处势"的主张。法家所用的"势",虽然主要是想说明君主的威信和权势,但也有承认"势"的客观性的意味。柳宗元借用并发展了法家"势"这个概念,更加侧重于其历史发展的客观性,并将之与主观性的"圣人之意"对立起来。这在中国思想史上,是对社会发展观念的一大重要创新,与历史唯物主义的社会发展观有相通之处。所以,柳宗元的这篇《封建论》的立论,就不仅仅是在一般意义上讨论封建制和郡县制孰优孰劣的问题了,而是进一步探求封建诸侯的历史起源问题,显得既独到又深刻。而他深探封建制起源问题所采取的主导思想,又是建立在唯物自然观基础上的唯物历史观。这是他之所以能够写出这篇文章,能够比历史上其他论者更为辩证深入地阐述这一问题,最为关键的一点。

接下来,柳宗元就具体阐述了封建制产生和衰落的过程,以及被郡县制所取代的历史原因:

---

① 《晋书》卷五四,《陆机传》。
② 《旧唐书》卷七二,《李百药传》。

夫尧、舜、禹、汤之事远矣,及有周而甚详。周有天下,裂土田而瓜分之,设五等,邦群后,布濩星罗,四周于天下,轮运而辐集。合为朝觐会同,离为守臣扞城。然而降于夷王,害礼伤尊,下堂而迎觐者。历于宣王,挟中兴复古之德,雄南征北伐之威,卒不能定鲁侯之嗣。陵夷迄于幽、厉,王室东徙,而自列为诸侯矣。厥后,问鼎之轻重者有之,射王中肩者有之,伐凡伯、诛苌弘者有之,天下乖戾,无君君之心。余以为周之丧久矣,徒建空名于公侯之上耳,得非诸侯之盛强,末大不掉之咎欤?遂判为十二,合为七国,威分于陪臣之邦,国殄于后封之秦。则周之败端,其在乎此矣。

秦有天下,裂都会而为之郡邑,废侯卫而为之守宰,据天下之雄图,都六合之上游,摄制四海,运于掌握之内,此其所以为得也。不数载而天下大坏,其有由矣。亟役万人,暴其威刑,竭其货贿。负锄梃谪戍之徒,圜视而合从,大呼而成群。时则有叛人而无叛吏,人怨于下而吏畏于上,天下相合,杀守劫令而并起。咎在人怨,非郡邑之制失也。汉有天下,矫秦之枉,徇周之制,剖海内而立宗子,封功臣,数年之间,奔命扶伤之不暇。困平城,病流矢,陵迟不救者三代。后乃谋臣献画,而离削自守矣。然而封建之始,郡国居半,时则有叛国而无叛郡。秦制之得,亦以明矣。继汉而帝者,虽百代可知也。唐兴,制州邑,立守宰,此其所以为宜也。然犹桀猾时起,虐害方域者,失不在于州而在于兵,时则有叛将而无叛州。州县之设,固不可革也。

他在此处细说史实,总结了自周秦以来直至唐代的历史变迁大势和历朝历代兴亡的客观原因,说明实行"封建"制者并不一定都好,推行"郡县"制者也不一定不好,周之"封建"制之所以为秦之"郡县"制所取代,是历史发展的趋势,是不以任何人的意志为转移的。

历代赞扬封建制、批评郡县制者,经常会拿历史兴亡说事。他们把周之封建制美化成天下大公的理想制度,而指责秦所推行的郡县制是"家天下",并进而把郡县制下的帝王专制和暴虐统治,都归罪于这一制度本身。如西晋刘颂就说:

> 至于三代,则并建明德,及兴王之显亲,列爵五等,开国承家,以藩屏帝室,延祚久长,近者五六百岁,远者仅将千载。逮至秦氏,罢侯置守,子弟不分尺土,孤立无辅,二世而亡。①

唐代萧瑀更是认为:

> 臣观前代国祚所以长久者,莫若封诸侯以为盘石之固。秦并六国,罢侯置守,二代而亡;汉有天下,郡国参建,亦得年余四百;魏、晋废之,不能永久。②

都将封建制与享国长久联系在一起,并举出一些偶然相合的史实做例证,因此具有很强的迷惑性,使得许多反对封建制的论者无法进行强有力的反驳。

但柳宗元则不然,由于他在上文已经指出封建制的产生非"圣人意"而是"势"使然,所以封建制未必一直就好。接下来他就将实行封建与否和享国长短之间的联系拆分开来,具体问题具体分析,用史实说明实行封建制的朝代未必就享国长久。如封建制在周朝末年已经弊端丛生,诸侯尾大不掉,周天子权威被消解,这就说明不仅封建制之没落及周之衰亡乃是历史的必然,而且封建制不但不是

---

① 《晋书》卷四六,《刘颂传》。
② 《旧唐书》卷六三,《萧瑀传》。

享国长久的因,反而成为周衰亡的征兆了。然后,他又辩证分析了秦朝兴亡的原因。他认为,秦始皇统一天下后废除封建制,实行郡县制,有利于中央集权,稳固统治,是十分成功和正确的。至于秦国建立后没几年又天下大乱,与实行郡县制并没有关系,而是另有原因,主要是因为秦朝实行暴政,逼得百姓造反。但是,当时只有造反的百姓,并无造反的官吏。所以,导致秦亡的根本原因并不是郡县制本身存在问题,而在于朝廷暴政所引起的百姓的怨恨。汉得天下之后,弃用秦朝的郡县制,恢复了周朝的封建制,立同宗子弟为王,封异姓功臣为侯,似乎"拨乱反正"了。但结果事与愿违,开国不到几年,也是诸侯王纷纷反叛,导致汉室皇权的衰落竟长达惠、文、景三朝。最后,还是在采纳了谋臣的献策后,才将各诸侯王的势力削弱了。而且,最能说明问题的是,汉代初年,郡县和诸侯国各占一半,当时叛乱的只有诸侯王国,并无郡县。可见,秦代所推行的郡县制的优越和进步。实际上自汉代以后,一直到唐代,都应该是这个情况。即使到了本朝,设置州县,任命地方长官,也是十分合适的。虽然之后也出现了一些凶狠奸猾之人,发动叛乱为害地方,但是问题并不是出在州县这样的行政单位,而是在于藩镇拥有重兵。因为现实中只有叛乱的军阀藩镇,却没有叛乱的州县。可见,郡县制的设置,确实是不可改变的。

至此,柳宗元又自然地将藩镇问题与传统的关于"封建制"的讨论联系起来了,因为当时割据自立的方镇,虽然不同于三代的封建诸侯,但"不秉朝旨",独霸一方,与春秋列国倒也十分相像。柳宗元旨在通过反封建制来反对藩镇割据,就使这篇文章具有了很强的现实针对性和政治批判色彩。

历史上还有些论者认为,封建制是治理天下的好制度,而郡县制则难以为治。如西晋刘颂就认为"郡县之察,小政理而大势危;诸侯为邦,近多违而远虑固"①。陆机也说封建制下的诸侯是"为己思政",郡县守的长官是"为吏图物"。"为吏图物"者,势必会"侵百姓以利己者,在位所不惮;损实事以养名者,官长所夙慕也。君无卒岁之图,臣挟一时之志";"为己思政"者则不然,"前人欲以垂后,后嗣思其堂构,为上无苟且之心,群下知胶固之义"②。对此,唐初李百药曾据一些史实反驳过:

> 陈灵则君臣悖礼,共侮徵舒;卫宣则父子聚麀,终诛寿、朔。乃云为己思治,岂若是乎?③

而一些贤良的郡县守官,也并不自私,如"南阳太守,敝布裹身;莱芜县长,凝尘生甑。专云为利图物,何其爽欤!"④比较有说服力。

对那种将封建、郡县与国之治乱硬扯在一起的论调,柳宗元则在李百药论述的基础上举出了更多的史实,作了更为彻底的批判:

> 或者曰:"封建者,必私其土,子其人,适其俗,修其理,施化易也。守宰者,苟其心思迁其秩而已,何能理乎?"余又非之。周之事迹,断可见矣。列侯骄盈,黩货事戎,大凡乱国多,理国寡。侯伯不得变其政,天子不得变其君,私土子人者,百不有一,失在于制,不在于政,周事然也。秦之事迹,亦断可见矣。有理人之制,而不委郡邑,是矣。有理人之臣,而不使守宰,是矣。郡邑不得正其制,守宰不得行其理,酷刑苦役,而万人侧目,失在于政,不在于制。秦事然也。汉兴,天子之政行于郡不行于国,制其守宰,不制其侯王,侯王虽乱,不可变也,国人虽

---

① 《晋书》卷四六,《刘颂传》。
② 《晋书》卷五四,《陆机传》。
③ 《旧唐书》卷七二,《李百药传》。
④ 《旧唐书》卷七二,《李百药传》。

病,不可除也。及夫大逆不道,然后掩捕而迁之,勒兵而夷之耳。大逆未彰,奸利浚财,怙势作威,大刻于民者,无如之何。及夫郡邑,可谓理且安矣。何以言之?且汉知孟舒于田叔,得魏尚于冯唐,闻黄霸之明审,睹汲黯之简靖,拜之可也,复其位可也,卧而委之以辑一方可也。有罪得以黜,有能得以赏,朝拜而不道,夕斥之矣,夕受而不法,朝斥之矣。设使汉室尽城邑而侯王之,纵令其乱人,咸之而已。孟舒、魏尚之术莫得而施,黄霸、汲黯之化莫得而行,明谴而导之,拜受而退已违矣。下令而削之,缔交合从之谋,周于同列,则相顾裂眦,勃然而起。幸而不起,则削其半,削其半民犹瘁矣,曷若举而移之,以全其人乎?汉事然也。今国家尽制郡邑,连置守宰,其不可变也固矣。善制兵,谨择守,则理平矣。

柳宗元首先指出,在实行封建制的历史阶段,诸侯叛乱更容易产生,春秋战国时期如此,西汉建国初年也是这样。而在推行郡县制的时期,反而是容易长治久安的,像汉朝的孟舒、魏尚、黄霸、汲黯都是能够治理一方的贤良守宰。即使郡县守宰有罪,朝廷也可以很轻易地罢斥他们。但是,诸侯要是叛乱的话,要想平定他们就很难了。

其次,柳宗元在论述国家之乱与封建、郡县之关系时,是将"政"与"制",也即政治与制度这两个截然不同的范畴,划分开来了。制度的优越性,本来就是要靠人来贯彻实现的。如果制度不行,即便贯彻实现它的人再贤能,也不会有好的效果。如果制度很好,实现它的人不好,当然也不会体现出它的优越性来。周朝末年,诸侯纷争,列国林立,说明封建制已经衰落,且已成为国家大乱的一大根本原因。这是"制"不行,导致"政"也不行。周之亡,其"失"主要在于"制"(封建制),而非"政"。至于秦朝,郡县制本是一种先进的制度,本身没有问题,秦朝却没有利用推行好这种制度,施政者残酷暴虐,令百姓怨愤不已,最终被推翻。秦之亡,其失不在"制"(郡县制),而在于"政"(暴政)。因此,柳宗元就比此前诸多反对封建制的论者,思路更为清晰,分析得也更为辩证透辟。

另外,柳宗元还联系唐朝的社会现实提出施政方略。他说现在国家全部实行的是郡县制,在郡县始终都设置了守宰,这种制度是沿用被历史证明了的好制度,当然不能改变了。那么,在现有的郡县制下,怎样才能做到国泰民安呢?办法有两个:"善制兵""谨择守"。只要朝廷善于控制军队,同时又能很谨慎地挑选出地方官吏,那么国家的政治就能清明太平,不会发生叛乱了。其中,"善制兵"一条尤其具有现实针对性。因为柳宗元在前文已经讲过,当时"桀猾时起,虐害方域者,失不在于州而在于兵",如果朝廷能够控制好兵权,应该不会发生这么多的藩镇叛乱。

接着,柳宗元又对几种将封建、郡县制度之争与国家治乱混为一谈的错误观点,一一进行批驳:

> 或者又曰:"夏、商、周、汉,封建而延,秦郡邑而促。"尤非所谓知理者也。魏之承汉也,封爵犹建。晋之承魏也,因循不革。而二姓陵替,不闻延祚。今矫而变之,垂二百祀,大业弥固,何系于诸侯哉?

> 或者又以为:"殷、周,圣王也,而不革其制,固不当复议也。"是大不然。夫殷、周之不革者,是不得已也。盖以诸侯归殷者三千焉,资以黜夏,汤不得而废。归周者八百焉,资以胜殷,武王不得而易。徇之以为安,仍之以为俗,汤、武之所不得已也。夫不得已,非公之大者也,私其力于己也,私其卫于子孙也。秦之所以革之者,其为制,公之大者也,其情私也,私其一

己之威也,私其尽臣畜于我也。然而公天下之端自秦始。

柳宗元认为,那些持实行封建制延祚长久、实行郡县制政权短促的观点的,尤其不是什么懂得治国之理的人。试看一下史实:魏晋两朝实行封爵的制度,与汉初之封建制差不多,但魏晋的国运并不长久。当今唐朝,实行的是郡县制,已经享国二百年,国家基业仍很稳固,这与封建制又有何关系呢?

又有人说,殷周两代开国的圣明天子都没有改变封建制,后世之人就不应该再反对和质疑了。对此,柳宗元同样予以驳斥,他说殷周之所以不改变封建制,是有当时特定的历史原因的。汤、武当时是为了保持社会的安定秩序,而保留旧有的制度的,是不得已而为之。而且,这种"不得已",也不是什么"大公无私",相反,他们倒是怀着让诸侯为自己出力,达到保护自己的子孙后代的私心。而秦代开始实行改革,推行郡县制,从制度上讲才是真正的"公天下"。当然,从秦始皇的政治动机讲,也是有私心的,其私心在于想要巩固自己的权威,使天下之人都臣服于他。不过,中央集权以天下为公的制度,是从秦代开始的。

柳宗元在此对封建、郡县两种制度,孰为"公",孰为"私"的分析,与维护封建制的曹冏、陆机等人正好相反。曹冏曾说:

> 三代之君,与天下共其民,故天下同其忧。秦王独制其民,故倾危而莫救。①

陆机《五等论》也说封建制是:

> 分天下以厚乐,则已得与之同忧;飨天下以丰利,而已得与

---

① 《三国志》卷二〇,《武文世王公传》裴松之注引《六代论》。

之共害。①

柳宗元通过对史实的分析,提出了与曹冏、陆机等人恰好相反的观点。他所理解的"公天下",实际上是指打破血缘纽带的限制,而向更广泛的社会阶层开放政权。郡县制在这方面,确实比封建制要进步得多,在促进社会生产力的发展方面,确实要优越于封建制。当然,他又辩证地看到,推行郡县制的秦始皇也是有其私情的,还是为了维护其统治地位和自身利益。这就说明,柳宗元在分析封建、郡县孰优孰劣这一问题时,不仅能够透过现象看本质,而且发现了历史运动(政治变革)的客观意义与实现这一运动的主体(改革者)的主观意图之间的矛盾。柳宗元分析问题的思致是何等的敏锐,其历史洞察力又是何等的深刻!

那么,怎么样才能真正治理好国家,使社会能够长治久安,人民安居乐业呢?柳宗元在文章的最后总结道:

> 夫天下之道,理安,斯得人者也。使贤者居上,不肖者居下,而后可以理安。今夫封建者继世而理,继世而理者,上果贤乎?下果不肖乎?则生人之理乱,未可知也。将欲利其社稷,以一其人之视听,则又有世大夫世食禄邑,以尽其封略,圣贤生于其时,亦无以立天下,封建为之也,岂圣人之制使至于是乎?吾固曰:非圣人之意也,势也。

柳宗元之所以反对封建制,维护郡县制,还有一个极为重要的理由,就是封建等级制会压抑人才,只有在郡县制度下才能真正举贤用能,最终致理兴化。当然,在现实中朝廷用人还是很混乱的,对此他深有所感。比如他在《复吴子松说》中就批判过当时用人不公的社

---

① 《晋书》卷五四,《陆机传》。

会现象,并对之恨恨不已:

> 人或权褒贬黜陟,为天子求士者,皆学于圣人之道,皆又以仁义为的,皆曰:"我知人,我知人。"披辞窥貌,逐其声而核其所蹈者,以升而降。其所升,常多蒙瞀祸贼、僻邪罔人以自利者;其所降,率多清明冲淳、不为害者。彼非无情物也,非不欲得其升降也,然犹反戾若此。逾千百年,乃一二人幸不出于此者。①

统治者出于一己之私,是不可能以大公之心来选拔人才的。那么,只有用好的制度,才能保证选好用好人才。而在当时,只有在郡县制下,才能最大限度地调动广大普通士子的政治积极性,选拔出真正的才士。因为朝廷可以根据政绩得失,来选择、升黜守令,使贤者居上,不肖者居下,最终治理好国家。

总之,柳宗元在《封建论》中从各个角度、各个层面,彻底批判了封建制。最为关键的,是他能够深探本源,且能结合实际,通过反封建来反对唐代的藩镇割据,通过反封建来向残余的士族世袭势力争取庶族士子的政治权利,因而使得此文既有理论深度,亦具现实批判性,遂成为中国古代一篇精彩的政论文。

---

① 柳宗元撰,尹占华、韩文奇校注:《柳宗元集校注》卷第十六,第1149—1150页。

第九章 "草原丝绸之路"与骆宾王西域之行

第一节 "草原丝绸之路"兴盛的历史过程

所谓的"丝绸之路",主要有沙漠丝绸之路、海上丝绸之路、草原丝绸之路及西南茶马古道。其中,"草原丝绸之路"开辟时间最早,持续时间最长。早在公元前5世纪,希腊历史学家希罗多德所撰述的《历史》中,已有对这条欧亚草原通路的方位、经过的地区以及贸易活动的简要记载①。据中外学者的考证,希罗多德笔下的这条联通欧亚的草原通道,西起多瑙河,东到巴尔喀什湖,中间经过第聂伯河、顿河、伏尔加河、乌拉尔河或乌拉尔山,再往东与蒙古草原相通②。但是,由于近五百年来此道渐趋冷落,加上历史遗存分散,故学界关注得不够,研究也相对较弱,尤其是对其发展兴盛的过程,各历史时期之具体路线等问题,迄今尚存一些含混和疏略之处。本

---

① [希腊]希罗多德著,王以铸译:《历史:希腊波斯战争史》(上册)第四卷,商务印书馆,1959年,第273—276页。
② 黄时鉴:《希罗多德笔下的欧亚草原居民与草原之路的开辟》,载氏著《东西交流史论稿》,上海古籍出版社,1998年,第10页。

节拟在充分吸收学界已有成果基础上,依据中西交通史料、现当代考古发现,结合历代史传等文献,对"草原丝绸之路"的发展与延伸过程作历时性的缕述,以就教于海内外方家。

一、"草原丝绸之路"在唐前的形成与发展

早在旧石器时代,今蒙古草原就有与中亚、中原文化交流的迹象。如20世纪苏联考古队在蒙古国东部达里冈发现的阿舍利型手斧,表明旧石器时代生活在蒙古草原上的古代部落已经"同中亚、南亚、西伯利亚等遥远地区的部落建立了广泛的联系",而且,因为"蒙古旧石器时代资料同哈哲肯特洞穴(塔什干附近)资料相似",所以,"早在那个时代,蒙古便是各民族间通行道路和文化接触的一个远古交汇点,使中亚、西伯利亚、满洲、中国和印度互相联系"①。

公元前6000年,西亚进入了铜石并用的时代;公元前3000年代末,西亚开始流行青铜器②。近来考古研究表明,中国早期的铜器出现较晚,"铜器的起源,很可能是通过史前时期的'丝绸之路'进入中国的,例如偏处在西北地区的齐家文化,早期铜器的发展便远盛于中原地区,可能是首先接触到铜器的使用,并影响及龙山文化"③。而新疆塔里木盆地及其周围的青铜文化遗存,则显示出这一地区与东西方文化交流的密切,当时生活在欧亚草原的游牧民族在其中应有传播之功④。20世纪60年代后,苏联考古学家普遍认

---

① [苏]B.B.沃耳科夫、Э.A.诺芙哥罗多娃:《蒙古的考古发现与古代史问题》,载中国社会科学院考古研究所编《考古学参考资料》第1册,文物出版社,1978年,第101页。
② 《世界上古史纲》编写组编:《世界上古史纲》上册,人民出版社,1978年,第167页。
③ 安志敏:《试论中国的早期铜器》,《考古》1993年第12期。
④ 参安志敏《塔里木盆地及其周围的青铜文化遗存》,《考古》1996年第12期。

为,中国商代的兽型纹饰物,当起源于北欧亚草原;殷墟的青铜器,则应该源于乌拉尔南部地区的塞伊玛类型青铜器,其文化传播的途径无疑也是欧亚草原通道①。中国学者近来也认为:"至迟在公元前二千年代,中国北方游牧地区与黑海沿岸之间已经存在着一定的文化交流;中国中原地区已经通过草原通道与欧洲的最东部发生了某种文化联系。"②

到接下来的周朝,中国人也曾利用过草原丝绸之路。中外关系史专家余太山就认为,《穆天子传》所云之昆仑山,应指今阿尔泰山;所述周穆王西征的行程,其现实背景当为至迟在公元前7世纪末即已存在的横亘于欧亚草原的东西交通要道:穆天子先"自山西南部,折而向西,经雁门山,到达河套西北部阴山山脉",后又"自今阿尔泰山东端,北行至科布多河流域,复西向到达斋桑泊",然后"穆天子在斋桑泊附近和西王母会晤后循阿尔泰山南麓东归","自伊吾河流域经河套,回归洛阳"。因此,《穆天子传》中有关穆天子西征行程的详细记载,也可以说是中国最早的关于草原丝绸之路的文献③。

公元前5、6世纪,中国丝绸已经传至遥远的希腊,便是通过欧亚间草原民族辗转传递实现的④。20世纪20年代和40年代,苏联

---

① 参[苏]C. B. 吉谢列夫《C. B. 吉谢列夫通讯院士在北京所作的学术报告:苏联境内青铜文化与中国商文化的关系》,《考古》1960年第2期。
② 龚缨晏:《远古时代的"草原通道"》,《浙江社会科学》1999年第5期。
③ 余太山:《〈穆天子传〉所见东西交通路线》,载氏著《早期丝绸之路文献研究》,商务印书馆,2013年,第5—32页。
④ 参[苏]C. N. 鲁金科(Rudenko)著,潘孟陶译《论中国与阿尔泰部落的古代关系》(Relations between Ancient Altai tribes and China),《考古学报》1957年第2期;[苏]M. N. 格里亚兹诺夫等《阿尔泰巴雷克的五座古冢》,《考古》1960年第7期。

考古发现的阿尔泰山区巴泽雷克(Pazyryk)墓地六号冢墓中出土的中国中原的山字文残铜镜等物,至晚属于公元前4世纪,甚至有学者推断它们当不晚于公元前5世纪,即战国前期物。同墓还出土了中国的丝织品刺绣,其中一件绣着精美的凤凰图案,都可证明当时该地已与中国中原地区往来密切了。另外,此地当时也与西方的黑海北岸的希腊化殖民地有所联系,因为一至五号墓中的皮革、毛毡、木雕等装饰纹样的植物花草纹,是从黑海北岸经草原之路传入的①。

从战国中期至汉初,"草原丝绸之路"一直畅通。战国时赵武灵王修筑的赵长城,秦始皇命蒙恬修筑的秦长城,以及汉初徐自为新筑的长城,都扼守着阴山大道——漠北匈奴与中原汉族的交通孔道。秦始皇修建的从陕西云阳到内蒙古包头西的直道,成为"草原丝绸之路"的一个重要组成部分。20世纪中期以来,在内蒙古大青山长城沿线,发现多处汉古城遗址,发掘出陶器残片、铜簇及西汉的"五铢钱"等物,应是当时北方多民族错居杂处的证据。而当时的"草原丝绸之路"正是沿着这条徐自为所筑长城的走向而通往中亚的②。

两汉时期,"绿洲丝绸之路"的兴起,加上匈奴雄霸北方草原,中原文化较少再直接通过"草原丝绸之路"与西域交流,多为绕道进行。由于当时游牧在伊犁、伊塞克湖一带的是与汉结盟、与匈奴不和的乌孙族,匈奴人要与汉帝国进行丝绸贸易,就只能走漠北单于

---

① 张广达:《古代欧亚的内陆交通——兼论山脉、沙漠、绿洲对东西方文化交流的影响》,载氏著《文本、图像与文化流传》,广西师范大学出版社,2008年,第127页。
② 武成:《阴山大道与草原丝绸之路》,载《内蒙古金融研究·钱币文集》,第6辑,2006年。

庭,西沿杭爱山,经科布多盆地,穿过阿尔泰山,沿乌伦古河,向西南至塔城,再直趋塔拉斯及河中地区。20世纪在阿尔泰地区发掘的墓葬中的丝织物,正是当时丝绸贸易在这条草原通道上的遗迹①。

魏晋时期,"草原丝绸之路"的西段,即鱼豢《魏略·西戎传》所云"北新道"开始兴盛。《三国志·魏书》三十,裴松之注引:

> 北新道西行,至东且弥国、西且弥国、单桓国、毕陆国、蒲陆国、乌贪国,皆并属车师后部王。……转西北则乌孙、康居,本国无增损也。北乌伊别国在康居北,又有柳国,又有岩国,又有奄蔡国一名阿兰,皆与康居同俗。西与大秦东南与康居接。……短人国在康居西北,男女皆长三尺,人众甚多,去奄蔡诸国甚远。康居长老传闻常有商度此国,去康居可万余里。

这是魏晋时期中原经西域前往罗马的主要通道,沿途水草丰茂,牲畜供给方便,商队往来东西,颇为通畅。十六国时,已有罗马金瓶传至中国河西地区。《太平御览》卷七五八引《前凉传》云:

> 张轨时,西胡致金壶瓶,皆拂菻(力禁切)作,奇狀。

崔鸿《十六国春秋》卷七二亦云:

> 是时西胡致金壶瓶,皆拂菻作,奇狀,并人高,二枚。

公元3世纪,张轨开始统治河西,此地当时正是"绿洲丝绸之路"的要道。这两枚金瓶,应系中亚粟特人购自罗马②,经"草原丝绸之路"的西段,贩运到此的。

---

① 苏北海:《汉、唐时期我国北方的草原丝路》,载张志尧主编《草原丝绸之路与中亚文明》,新疆美术摄影出版社,1994年,第28—29页。
② 按:中国西晋十六国时,罗马帝国尚未分裂成东、西罗马,上引文献中的"拂菻"当指罗马帝国。

五胡十六国和北魏前期，"草原丝绸之路"继续向东发展。它从当时中国北方的政治中心——平城，直到辽东地区，形成了一条横亘东西的国际大动脉。北魏前期，柔然控制了中国北方通往西域的丝绸之路，尤其是北道，包括"草原丝绸之路"。孝文帝太和十六年（492）八月，北魏出动七万骑兵进击柔然。太和二十一年（497），柔然主被高车所杀，柔然势力转衰。不久，高车与北魏通好。宣武帝正始三年（506）十月，柔然亦遣使向北魏求和。此后，"草原丝绸之路"又能畅通，北魏与西域各国，包括中亚、西亚甚至拜占庭之间的交往，逐渐频繁起来。据统计，当时与北魏建立通使关系的西方各国（不含今新疆境内的西域诸国）共有 97 个之多①。其中就有"草原丝绸之路"西段沿线的拔罗（又称陀跋吐罗，在今里海南岸的伊朗境内）、忸密（今乌兹别克斯坦布哈拉一带）、伽拔但（又称伽不单，在今乌兹别克斯坦撒马尔罕西北）、普岚（又作伏卢尼，即拜占庭，首都在今土耳其的伊斯坦布尔）等国。

　　更主要的是，当时"草原丝绸之路"的繁盛景象，得到了出土文物的印证。20 世纪中后期，"草原丝绸之路"东段沿线陆续出土了一些西方文物。1959 年，内蒙古土默特左旗毕克奇东北的水磨沟口，出土了一枚东罗马帝国皇帝列奥一世（公元 457—474 年，北魏文成帝至孝文帝初期）铸造的"索里德"（Solidus）金币②。1965 年，在呼和浩特市近郊坝子口白道城，又发现了四枚波斯萨珊王朝（相当于北齐、北周）时期的"德拉克麦"（Drachm）银币③。同年，辽宁

---

① 石云涛：《北魏中西交通的开展》，《社会科学辑刊》2007 年第 1 期。
② 盖山林、陆思贤：《呼和浩特市附近出土的外国金银币》，《考古》1975 年第 3 期。
③ 盖山林、陆思贤：《呼和浩特市附近出土的外国金银币》，《考古》1975 年第 3 期。

省朝阳地区北票县北燕冯素弗墓出土了五件玻璃器,显然也是西域传来的。1984年,在内蒙古武川县西乌兰不浪乡头号村,再次发现了一枚拜占庭金币①。这些文物的出土,都表明北朝前期"草原丝绸之路"空前发达,直达现在的内蒙古草原中东部了。

不仅如此,十六国和北魏时期,中国北方的诸政权藉由"草原丝绸之路",与东北亚地区的往来,也密切起来。北魏建都平城之后,与东部朝鲜的交往,更进入一个互动频繁的新时期。据统计,朝鲜半岛北部的高句丽政权向十六国遣使12次,向北朝派遣使节多达101次(北魏时期79次)。北朝政权(主要是北魏)也向高句丽派遣使节,有7次。朝鲜半岛南方的百济,也曾向中国北朝遣使4次,北魏则向百济遣使1次。朝鲜半岛东南方的新罗国向北朝遣使4次,北魏则向新罗回访1次②。而当时十六国和北朝政权与朝鲜半岛高句丽、百济之间的使节往来,在陆路上也需要走"草原丝绸之路"的东段。

北魏迁都洛阳后,与欧洲的拜占庭王朝往来频繁,更是利用了这条完整的欧亚"草原丝绸之路"。《魏书》卷五《高宗纪》记载,北魏文成帝拓跋濬太安二年(456)十一月,普岚国(即拜占庭)遣使入贡,这是东罗马帝国与北魏官方交往的最早记录。和平六年(465)四月,普岚国献宝剑。同书卷六《显祖纪》记载,献文帝拓跋弘皇兴元年(467)九月,普岚国又遣使与北魏通好。《洛阳伽蓝记》卷三则记载着当时北魏西域商客之众:

> 自葱岭以西,至于大秦,百国千城,莫不款附。商胡贩客,

---

① 内蒙古呼和浩特市文物事业管理处:《呼和浩特是草原丝路的中转站——毕克奇水磨沟又出东罗马金币》,载《内蒙古金融研究·钱币文集》,第2辑,2003年。
② 韩昇:《"魏伐百济"与南北朝时期东亚国际关系》,《历史研究》1995年第3期。

日奔塞下。所谓尽天地之区已。

乃至在洛阳城的慕义里形成了西方人的聚居区:

> 乐中国土风因而宅者,不可胜数。是以附化之民,万有余家。门巷修整,阊阖填列。青槐荫陌,绿柳垂庭。天下难得之货,咸悉在焉。①

据同时期前后的西方文献,北魏朝廷也向拜占庭派遣过使节,并带去了丝绸。如赫利奥多尔(Hélioddore)《埃塞俄比亚人》中即云:

> 然后,便把带来丝线和丝织物的塞里斯人(当时西方对中国人的称呼)的使节传了上来,这都是由生活在他们国家的蜘蛛所织。②

当时北魏与拜占庭之间的这种外交和商贸往来,除了要走"绿洲丝绸之路",应该是也利用过"草原丝绸之路"的一段③。6世纪时的东罗马帝国史学家弥南(Menander Protector,又译米南德、米南)在《希腊史残卷》中早就认为,当时转运到罗马的东方丝绸,是经过昭武九姓的中心城市撒马尔罕,然后取道里海、伏尔加河下游、北高加索各族人民居住地,最后输入拜占庭和地中海的④。

二、"草原丝绸之路"在唐代的繁荣与延伸

大唐帝国建立之后,拜占庭帝国也曾多次遣使来唐。如,《旧唐

---

① 杨衒之撰,周祖谟校释:《洛阳伽蓝记校释》卷三,中华书局,2010年,第117页。
② [法]戈岱司编,耿升译:《希腊拉丁作家远东古文献辑录》,中华书局,1987年,第86页。
③ [法]让·诺埃尔·罗伯特著,马军、宋敏生译:《从罗马到中国——凯撒大帝时代的丝绸之路》,广西师范大学出版社,2005年,第140页。
④ [法]沙畹著,冯承钧译:《西突厥史料》,中华书局,1957年,第213—214页。

书·西域传》云:

> 贞观十七年,拂菻王波多力遣使献赤玻璃、绿金精等物,太宗降玺书答慰,赐以绫绮焉。

据世界史学者研究,拂菻国(东罗马帝国①)此次遣使,可能是拜占庭帝国著名的皇帝希拉克略所策划,而由其他人实施的,目的是想联合唐朝共同抗击新兴的阿拉伯势力的进攻。由于此时阿拉伯人已经占领波斯全境,封锁了通过伊朗高原的丝绸之路的交通,拜占庭使者只能从北部欧亚草原东行,跨越里海、咸海北岸、天山南麓、哈密到达长安。这条通路走了"草原丝绸之路"的西段,实际上也是6世纪下半叶拜占庭帝国与西突厥互通使者时,两国使节来回往返的道路②。在隋代的裴矩《西域图记序》中,此为当时敦煌与西海之间三条通路中的"北道":

> 北道从伊吾,经蒲类海铁勒部,突厥可汗庭,度北流河水,至拂菻国,达于西海。③

在唐朝初期完成对东突厥、回纥等漠北草原民族的绥靖和统一之后,"草原丝绸之路"更加繁荣,其东段发展出好几条草原通路,其中最重要的为"回鹘道"。《新唐书·地理志》记当时"入四夷之路与关戍走集最要者"有通道七条:

> 一曰营州入安东道,二曰登州海行入高丽渤海道,三曰夏州塞外通大同云中道,四曰中受降城入回鹘道,五曰安西入西

---

① 唐代典籍中的"拂菻",并不总是指东罗马帝国,也可能是西域的代用词,可以指吐火罗等中亚诸国。
② 张绪山:《唐代拜占庭帝国遣使中国考略》,《世界历史》2010年第1期。
③《隋书》卷六七,《裴矩传》。

域道,六曰安南通天竺道,七曰广州通海夷道。

此七道中有三条与"草原丝绸之路"相关:第一条,即"草原丝绸之路"的最东段,可至朝鲜半岛;第三条,可至"草原丝绸之路"的东段;第四条,可至"草原丝绸之路"的中西段,又称"参天可汗道""参天至尊道"。

而"回鹘道""参天可汗道",则是唐代漠北各部族与唐廷之间最为重要的一条政治、经济、文化通道。当时,回鹘汗国的牙帐设在鄂尔浑河上游(今蒙古国哈尔和林西北),与唐庭往来甚为不便。贞观四年(630),来朝的漠北诸部落酋长一起向唐太宗上奏,要求设置"参天可汗道"。《新唐书·回鹘传》记此事:

> 渠领共言:"生荒陋地,归身圣化,天至尊赐官爵,与为百姓,依唐若父母然。请于回纥、突厥部治大涂,号'参天至尊道',世为唐臣。"乃诏碛南鸊鹈泉之阳置过邮六十八所,具群马、湩、肉待使客,岁内貂皮为赋。

《资治通鉴》卷一九八亦云:

> 诸酋长奏称:"臣等既为唐民,往来天至尊所,如诣父母,请于回纥以南、突厥以北开一道,谓之参天可汗道,置六十八驿,各有马及酒肉以供过使,岁贡貂皮以充租赋,仍请能属文人,使为表疏。"上皆许之。

《新唐书·地理志》描述"参天可汗道"的路线和走向更加详明:

> 中受降城正北如东八十里,有呼延谷,谷南口有呼延栅,谷北口有归唐栅,车道也,入回鹘使所经。又五百里至鸊鹈泉,又十里入碛,经麚鹿山、鹿耳山、错甲山,八百里至山燕子井。又西北经密粟山、达旦泊、野马泊、可汗泉、横岭、绵泉、镜泊,七百

里至回鹘衙帐。又别道自䴇鹈泉北经公主城、眉间城、怛罗思山、赤崖、盐泊、浑义河、炉门山、木烛岭，千五百里亦至回鹘衙帐。东有平野，西据乌德鞬山，南依嗢昆水，北六七百里至仙娥河，河北岸有富贵城。又正北如东过雪山松桦林及诸泉泊，千五百里至骨利幹，又西十三日行至都播部落，又北六七日至坚昆部落，有牢山、剑水。又自衙帐东北渡仙娥河，二千里至室韦。骨利幹之东，室韦之西有鞠部落，亦曰䩴部落。其东十五日行有俞折国，亦室韦部落。又正北十日行有大汉国，又北有骨师国。骨利幹、都播二部落北有小海，冰坚时马行八日可度。海北多大山，其民状貌甚伟，风俗类骨利幹，昼长而夕短。回鹘有延陁伽水，一曰延特勒泊，曰延特勒郁海。乌德鞬山左右嗢昆河、独逻河皆屈曲东北流，至衙帐东北五百里合流。泊东北千余里有俱伦泊，泊之四面皆室韦。

此道主要从唐朝关内道北部军事重镇的中受降城，向北一直到回纥牙帐，同时也可达漠北各游牧部落，包括贝加尔湖周边及以西，甚至阿尔泰山以西、斋桑泊以北的广大地区，往东北则可远至室韦地区，辐射到整个东北亚地区。

唐朝前期，西域胡商要从西亚进入中国，大多先越葱岭，进入天山南北，到河西走廊后，在武威分成南北两路：一路直接从河西走廊去往长安和中原，一路则从武威向北，沿"草原丝绸之路"中东部，可以直达唐东北军事重镇营州。其中北路，即走当时"回鹘道"之部分路线。

"安史之乱"爆发之前，唐与突厥就已经充分利用这条"草原丝绸之路"进行着物物贸易。开元九年（721），唐玄宗在赐给毗伽可汗的诏书中说：

> 曩昔国家与突厥和亲,华、夷安逸,甲兵休息;国家买突厥羊马,突厥受国家缯帛,彼此丰给。①

互市区设在西受降城(今内蒙古巴彦淖尔盟五原县境内),唐朝每年用几十万匹缯帛换取突厥的马,既补充军骑,又改良马种。同时,漠北草原部族从唐得到的"回赠"亦颇可观。如武周圣历初年(698),朝廷一次就赐给突厥首领默啜可汗粟3万石、彩5万段、农器3千件、铁4万斤②。同时,唐王朝与突厥和亲时所赏赐的嫁妆(主要是绫罗绸缎和金银)也很丰厚,如同年与突厥和亲,武则天就"赍金帛巨亿以送之"③。突厥在获得唐朝大量的丝织品之后,又经常转手粟特和西域胡商,运销到中亚,甚至罗马。因为早在公元567年,突厥就派在西突厥汗庭服务的粟特商人马涅亚克(Maniach,又译马尼亚克)沿着草原丝绸之路,出使拜占庭(东罗马),并于次年到达东罗马都城君士坦丁堡,谒见了国王查士丁尼二世,正式结成对抗萨珊波斯的军事同盟。从此,东罗马就准许突厥商人(实为粟特商人)不必经由波斯,可以直接进入其境,销售丝绸及其他东方货物④。这样,突厥就通过粟特人与东罗马完成丝绸贸易,进一步推动了草原丝绸之路商品经济的繁荣,增强了东西方文化的交流。

"安史之乱"后,因吐蕃内侵,穿越河西走廊的"沙漠丝绸之路"受阻,故直至宋初,西域、漠北与中原各地往来的使节和商人,更是多走北方的"草原丝绸之路"。《旧唐书·李德裕传》云:

> 自艰难已后,河、陇尽陷吐蕃,若通安西、北庭,须取回鹘路去。

----

① 《资治通鉴》卷第二一二,《唐纪》二八,第6744页。
② 《旧唐书》卷一八五,《田归道传》;《旧唐书》卷一九四,《突厥传》。
③ 《资治通鉴》卷二〇六,《唐纪》二二,第6530页。
④ 薛宗正:《突厥史》,中国社会科学出版社,1992年,第107页。

在这条"草原丝绸之路"上,唐朝与回纥进行大规模的绢马贸易。由于回纥助唐平叛有功,出于报答、酬谢,唐朝同意与回纥进行绢马互市。不过其时唐朝内乱,加上回纥居功自傲,所以互市时回纥经常大大提高马价,狠狠压低唐之绢价①。据不完全统计,自永泰元年(765)至太和三年(829)间,唐朝共付给回纥150万匹绢帛等丝织品,10万两金银。另外,因为回纥收复两京有功,唐朝每年又送给回纥2万匹绢,80年间至少160万匹②。而且,回纥在两次收复东京后均于城内大肆掠夺,回国途中更是抢劫不止。这么多数量的丝绸,除了回纥部落中的贵族和少数粟特人能够消费,大部分都被回纥人经粟特商人之手,通过"草原丝绸之路",转卖到中亚和西亚。"草原丝绸之路"因为回纥人经营的绢马贸易,再一次成为东西方商业文化交流的繁荣大通道。

唐代中后期,处于"草原丝绸之路"东端的营州和渤海国等地的多元文化交流也空前繁荣起来。

据研究,波斯、粟特人来到营州主要走北、中、南三条路线。北路即为"草原丝绸之路":自康国(今乌兹别克斯坦撒马尔罕),沿天山北麓东循,经怛罗斯城(今哈萨克斯坦江布尔城)、碎叶城(今吉尔吉斯斯坦托克马克)、黑水城(今内蒙古额济纳旗)、安北都护府(今内蒙古包头市西南黄河北岸),南下内蒙古草原至营州③。近几

---

① 当时唐朝使者还曾为此据理力争过,如大历三年(768)六月吊祭回纥可敦使萧昕驳斥回纥所说的唐朝因不按时归还马价而失信问题;大历四年(769)六月崇徽公主出嫁回纥,回纥人责备唐朝因归还的马价绢不足欲遣使去取,判官董晋的力驳赢得回纥众人的尊敬。参《资治通鉴》卷二二四《唐纪》四〇。
② 谷训涛:《论贡赐体系中的漠北回纥与唐朝关系》,云南民族大学硕士学位论文,2011年,第65—66页。
③ 张松柏:《敖汉旗李家营子金银器与唐代营州西域移民》,《北方文物》1993年第1期。

十年来,在辽宁朝阳地区(唐属营州),发现隋唐墓葬170余座,出土的唐代陶俑数量众多。其中女俑的服饰既有中原服饰的特色,又受到当地少数民族着装的影响。由朝阳出土资料和传统文献都可以看出,唐代营州确是胡汉夷狄多民族杂居之地。此外,营州作为"草原丝绸之路"的东端,还居住着来自域外的洋人。辽宁朝阳不少唐墓中都出土了洋人俑,而且数量较多,是营州有西域及西亚的波斯等国人居住的明证。其中黄河路唐墓中出土的胡人骑骆驼俑,骆驼双峰间置驼架,驼架中间置驼袋,后置生丝、织物,前左侧置一水壶,右侧悬挂一兽,驼袋上骑坐一人,头发中分,于两鬓编发盘于脑后,浓眉大眼,高鼻深目,身着翻领紧袖衣,下着肥裤,足穿尖头靴,形象地反映了营州胡商往来、东西方商贸发达的情形①。

唐代的东北亚,不仅唐帝国东北边地的营州集中体现了东西文化交融的繁盛景象,而且位于唐帝国东北方的"国中之国"——渤海国等少数民族地区,也学习中原经济、政治、文化,"与华夏同风",与唐"疆里虽重海,车书本一家"②,成为多元文化的汇聚之地。

渤海国的主体民族为靺鞨人,其文化承继了勿吉—靺鞨文化,是从草原文明发展起来的。现代考古发掘显示,渤海国无论京城还是州府县城的布局均与唐相似,是模仿唐制而来。国中宫殿、寺庙、亭榭、楼阁亦与唐同③。工艺装饰品,如带具、钏、钗、环、坠,及菱花

---

① 金殿士:《辽宁朝阳西大营子唐墓》,《文物》1959年第1期;李新金等:《辽宁朝阳市黄河路唐墓的清理》,《考古》2001年第8期。
② 温庭筠:《送渤海王子归本国》,温庭筠撰,刘学锴校注:《温庭筠全集校注》卷九,中华书局,2007年,第797页。
③ 段鹏琦:《渤海上京龙泉府遗址的调查与发掘》,载中国社会科学院考古研究所编《新中国的考古发现和研究》,文物出版社,1984年。

铜镜和玉璧,均具唐风①。可见渤海物质文化,主要受唐中原文化影响。

而这些文化交流和融合,甚至还通过"草原丝绸之路"东端的营州和渤海国,与东方海上丝绸之路相连,到达朝鲜半岛和日本列岛。总章元年(668),唐王朝灭高丽政权,在其地设立安东都护府,将其纳入唐王朝的地方行政区划。如前所引,唐朝中后期"入四夷之路与关戍走集最要者"有通道七条,其中第一道便是"安东道",从营州到安东都护府之间的交通要道。唐德宗时宰相贾耽在其《皇华四达记》中曾明确提及此道。清顾祖禹《读史方舆纪要》卷三十七曾引贾耽《皇华四达记》云:

> 自营州入安东道,经汝罗守捉,渡辽水至安东都护府五百里,故汉襄平城是也。

《新唐书·地理志》则描述了"安东道"的具体路线:

> 营州东百八十里至燕郡城。又经汝罗守捉,渡辽水至安东都护府五百里。府,故汉襄平城也。东南至平壤城八百里;西南至都里海口六百里;西至建安城三百里,故中郭县也;南至鸭渌江北泊汋城七百里,故安平县也。自都护府东北经古盖牟、新城,又经渤海长岭府,千五百里至渤海王城,城临忽汗海,其西南三十里有古肃慎城,其北经德理镇,至南黑水靺鞨千里。

可见,当时安东道上分布着许多驿站,唐王朝与朝鲜半岛的交往遂可以自安东都护府出发,越过大同江,抵达位于朝鲜半岛中南部的新罗国。

---

① 郑永振:《高句丽渤海靺鞨墓葬比较研究》,延边大学出版社,2003年,第209页。

渤海国建立后,随着"日本道"的开通,渤海国甚至唐王朝均可通过"日本道"(日本历史文献中则称之为"渤海路"),与日本进行商贸外交往来。

据研究,"日本道"全程1130公里,陆路约230公里。其中陆路有两条:其一从渤海国旧国(早期王城,今吉林省敦化市境内)出发,经今和龙、延吉、图们,到达珲春,然后经渤海的盐州(今俄罗斯克拉斯基诺)出海;其二从上京龙泉府(今黑龙江省宁安市渤海镇)出发,穿过今汪清嘎呀河谷地,到达东京龙原府(今吉林省珲春市八连城),从龙原府南行30里穿过长岭子山口,到达盐州,由此乘船,横渡日本海①。经由这条东北亚陆路交通线,唐朝与朝鲜半岛和日本列岛之间的物质文化和文学艺术得到了更多的交流。当时新罗王子赴唐留学者甚众(先后有100多人),如果陆行入唐,一定要先到渤海国,学成归国时,也会经渤海国。而且,"日本道"的开通,为日本使者、学问僧、留学生入唐或由唐返日,提供了方便。据日本史书,当时遣唐使和学问僧曾多次因南路受阻或政局影响,假道北线的渤海路归国。如《续日本纪》卷十三载,圣武天皇天平六年(734)十月,日本入唐使平郡(一作平群)广成随大使多治比真人广成归国:

> 从苏州入海,恶风忽起,彼此相失。七年,广成仍归唐。逢本朝学生阿倍仲满便奏得朝请取渤海路归朝。……(十年,739)五月,到渤海界,适遇其王大钦茂差使欲聘我朝,即时同发。

《续日本纪》卷二十四又载:

---

① 王承礼:《中国东北的渤海国与东北亚》,吉林文史出版社,2000年,第234—236页。

(淳仁天皇天平宝字七年,763)我学生高内弓、其妻高氏,及男广成,缘儿一人,乳母一人,并入唐学问僧戒融,优婆塞一人,转自渤海相随归朝。①

而且,渤海国王也多次派遣使者帮助护送日本遣唐使入唐或回国②。日本国则通过与渤海国的频繁交流,增加了对唐文化的学习和了解。据史籍记载,渤海国的使者先后出访日本34次,日本使者也回访13次。渤海国往往派唐文化修养深厚者出使日本,如大使李居正曾在长安学习"古今制度十五年",大使王孝廉、杨成规、裴颋、裴璆父子,副使杨泰师,随员周元伯、释仁贞都"能诗"、"颇娴文艺"。其中裴氏父子还与日本国汉诗大家菅原道真父子之间,建立起了两代"裴菅之谊",被传为历史佳话③。另外,渤海国使者还及时将唐朝的先进科学技术、历法、佛教、音乐传入了日本④。

至此,"草原丝绸之路"东段与东方的"海上丝绸之路"又真正连通起来,对东西方文化交流的促进作用就更大了。

三、"草原丝绸之路"在辽元时期的极盛

辽代和元朝,由于北方草原是由统一的民族政权所控制,"草原丝绸之路"当然也就更加贯通更为通畅,丝路贸易和文化交流也达至繁盛。

---

① 李彦新等编:《东北古史资料丛编》第3卷,辽宁古籍出版社,1990年,第525、532页。
② 参金毓黻《渤海国志长编》卷十《诸臣列传》中的《巳珍蒙传》《高南申传》《杨方庆传》等,黑龙江人民出版社,1995年。
③ 参金毓黻《渤海国志长编》卷十《诸臣列传》中的《裴颋传》《裴璆传》。
④ 详参本书第十章"隋唐典籍之东传与日本古代典籍之研究价值"第二节"日本古代典籍反映的唐代中日诗人创作交流盛况"。

辽代,因为西夏政权占据着河西走廊,"绿洲丝绸之路"受阻,所以,辽与西方诸国的交流只能依靠北方的"草原丝绸之路"。天赞三、四年(924、925),辽太祖西征之后,更加打通了一条从辽上京(今内蒙古赤峰市巴林左旗林东镇)经巴林右旗、怀州到西域的草原商道。具体而言,辽代"草原丝绸之路"有南线和北线之分。据研究:

> 辽朝草原丝绸之路的南线,仍与唐代略同,自漠北南下经过阴山至丰州(今呼和浩特),东行至辽西京(大同),再东行至归化州(河北宣化),又分为两路:一路正东行翻越七老图山至辽中京(今赤峰市宁城县);另一路东南行至辽南京(今北京市)。草原丝绸之路基本把辽朝的各个城市连接起来,形成了交通干线上的全方位开放格局,进一步促进了草原地区经济文化的繁荣。①

由北线西行则可与"草原丝绸之路"的西段相接:

> 由上京西北上边防河董城(一名回鹘可敦城,今乌兰巴托南)、西南至皮被河城(今蒙古境内)、西行至塔懒主城(额尔古纳河侧)、西行至镇州,途经防州、维州,均在今乌兰巴托西北,经招州(鄂尔浑河西岸,原有古回鹘城),西北经乃蛮部、辖嘎斯国,再转西南经金山、精河、八喇沙衮,回入阿萨兰回鹘。②

辽朝十分重视与西域回鹘各部之间的外交互使和商贸关系。据不完全统计,回鹘公使团以朝贡名义来与辽贸易,就有 64 次③。

---

① 参王大方《论草原丝绸之路》,《前沿》2005 年第 9 期。
② 参项春松《辽代历史与考古》,内蒙古人民出版社,1996 年,第 202 页。
③ 参王日蔚《契丹与回鹘关系考》,载杨家骆主编《辽史汇编》卷九,鼎文书局,1973 年。

又据《契丹国志》卷二十二记载,高昌、龟兹、于阗、甘州、沙州、凉州等西域诸国,则每三年遣使入辽进贡。而辽朝也会对外赠送和回赐大量的精美纺织品。这些丝绸大多通过这条"草原丝绸之路",经过西域高昌、回鹘,而进入中亚,然后流向西方各国①。近年来,在"草原新丝绸之路"沿途也发现了不少辽代遗物,其中就有琉璃器、波斯银壶、景教墓碑等带有大食、波斯、东罗马文明因素的器物,反映出当时这条"草原丝绸之路"上的东西文化交流的盛况。

兴起于大草原上的元帝国,疆域辽阔,横跨欧亚大陆,更是建立起一张从漠北至西伯利亚、西经中亚远达欧洲的极为发达的草原大通道。元上都是当时名副其实的国际性大都会,来自西域各国和欧洲的使者、旅行家、商人、传教士的数量,远远超过了中国历史上以往的任何一个朝代②。而其中不少人就是沿"草原丝绸之路"东来的,这在意大利佛罗伦萨人裴哥罗梯的《通商指南》(Francesco Balducci Pegolotti, La pratica della mercatura, ed. Allan Evans. Cambridge, Massachusetts Mediaeval Academy of America, 1936)、威尼斯人马可·波罗的《马可·波罗行纪》、法国里昂人威廉·鲁不鲁乞(Guillaume de Rubru-quis)的《鲁不鲁乞东游记》等文献中都有反映。另外,元代时,耶律楚材随军西征、丘处机应诏西游、常德奉命西使,也都走了"草原丝绸之路"。

可见,位于"草原丝绸之路"东段的辽上京和元上都,不仅是当时草原上重要的政治经济中心,也是东西方文明的汇聚交融之地。"草原丝绸之路",在辽元时期进入到历史上最为辉煌繁盛的时期。

---

① 参张郁《草原丝绸之路——契丹与西域》,载内蒙古文物考古研究所编《内蒙古东部区考古学文化研究文集》,海洋出版社,1991年。
② 参周良霄《元代旅华的西方人——兼答马可波罗到过中国吗?》,《历史研究》2001年第3期。

此后，随着元代的覆亡，"草原丝绸之路"又渐趋冷落下来，其寂静期竟达五百年之久。不过，近年来这条沟通东亚与中西亚、欧洲之间的历史通路可望再次复兴，并发挥出比此前任何一个时期都要强大的文化交流作用。

第二节 骆宾王从军西域考

骆宾王从军西域事，唐人郗云卿《骆宾王文集序》及两《唐书》骆宾王传只字未提。清人陈熙晋在为骆宾王诗文作笺注时首揭此事，谓唐高宗咸亨元年（670），吐蕃入寇，唐罢安西四镇，以薛仁贵为逻娑大总管。骆宾王在奉礼郎和东台详正学士任上，适以事见谪，从军西域。会仁贵兵败大非川，宾王久戍未归，作《荡子从军赋》以见意①。此说一出，影响甚大，直至21世纪初，治骆宾王生平和初唐文史的学者多沿袭之②。但是20世纪80年代后也有学者提出了

---

① 参陈熙晋《咏怀古意上裴侍郎》题解，《骆临海集笺注》卷四，上海古籍出版社，1985年，第110页；陈熙晋《续补唐书骆侍御传》，《骆临海集笺注》附录，第389页。
② 如杨恩成：《骆宾王生卒年考辨》，《人文杂志》1981年第2期；骆祥发：《骆宾王简谱》，《浙江师范学院学报》1984年第2期；张志烈：《初唐四杰年谱》，巴蜀书社，1993年，第128—130页；徐定祥：《李峤诗注》，上海古籍出版社，1995年，第8页；傅璇琮、陶敏：《唐五代文学编年史·初盛唐卷》，第207页；陈冠明：《苏味道李峤年谱》，中央文献出版社，2000年，第95—96页。这些学者都认为骆宾王在咸亨元年（670）秋离东台详正学士任随薛仁贵从军西北以击吐蕃。滕福海《骆宾王从军考》则认为，骆宾王是在咸亨元年早秋参加薛仁贵军的后续部队出征西北的，当主帅薛仁贵在前方大败后，骆所随之部一度"北走"，游动于灵州一带，接着在新统帅姜恪的领导下，转战于蒲类海、交河、温肃州等地。（《温州师院学报》1994年第1期）

不同意见。如郭平梁认为,骆宾王于仪凤四年(679,是年六月改元调露)作为波斯军的掌书记随裴行俭至西域平阿史那都支之乱,先到西州,然后假托训猎,东出柳中、蒲昌,北越天山,经蒲类至庭州,复转到天山南麓西进,至温宿城,越拔达岭,至碎叶城;裴行俭东返后,他仍在西域逗留了一段时间①。王增斌则明确否定陈熙晋说,认为骆宾王根本没有参加过咸亨元年(670)薛仁贵、郭待封征讨吐蕃的队伍,骆宾王一生两次西行出塞:一在显庆四年(659)罢(或离)奉礼郎之职,随裴行俭从军西州,作《军中行路难同辛常伯作》《在军中赠先还知己》《久戍边城有怀京邑》等诗;一在调露元年(679)出狱后,随裴行俭西征突厥,作《西行别东台详正学士》《早秋出塞寄东台详正学士》《夕次蒲类津》《晚度天山有怀京邑》等诗②。薛宗正则认为,骆宾王从军边塞乃在仪凤三年(678),裴行俭于是年深秋发师长安,次岁夏抵西州,迁道莆类,奇袭阿史那都支于轮台,以迅雷不及掩耳之势,消灭了对手。骆宾王乃裴行俭军中书记,随军到达碎叶。及裴行俭班师,一部分幕僚亦随之东返,骆宾王留下未行,继续佐幕于王方翼。大约到了开耀元年(681)王方翼调徙金山都护,移治庭州,骆宾王乘势辞归③。我通过对骆宾王创作与交游的详细考察,尤其是在充分检讨和利用近二十年来唐代西北军事史研究成果后,发现上述诸说与骆宾王一生行事、诗文创作和初唐西域军事行动均有一些抵牾之处。我认为,骆宾王集中诸多从军西

---

① 参郭平梁《骆宾王西域之行与阿斯塔纳64TAM35:19(a)号文书》,《西北民族研究》1989年第1期。
② 参王增斌《骆宾王从军西域时间考——兼探骆宾王生平》,《山西大学学报》1989年第2期。
③ 参薛宗正《骆宾王从征西突厥的诗篇》,《乌鲁木齐职业大学学报》1992年第2期。

北的边塞诗作,既非如陈熙晋等人所说是咸亨元年秋随薛仁贵军西击吐蕃时作,亦非如王增斌等人所说是显庆四年和调露元年两次随裴行俭至西州时作,而是骆宾王于咸亨元年夏四月离奉礼郎任跟随阿史那忠出征西域、安抚西蕃诸部落时所作。

一、学界现有研究成果之疏误

王增斌认为,骆宾王分别于显庆四年(659)、调露元年(679)两次随裴行俭从军西域。但这两个时间,与骆宾王集中诸多边塞诗作、生平交游都有不合之处。

《新唐书》卷三《高宗纪》及《资治通鉴》卷二〇二《唐纪十八》述裴行俭为安抚大食使以送波斯王子泥洹师为名讨西突厥事,均谓于调露元年(679)六月出征。而裴行俭离京时,骆宾王尚幽絷在狱,根本不可能随军西征。

学界大多认为,骆宾王于仪凤三年(678)秋后因在侍御史任上"频贡章疏讽谏"①,得罪武后,被诬下狱。据新旧《唐书·高宗纪》,知高宗仪凤四年(679)六月辛亥(初三日)②,于东都颁诏大赦,并改元调露元年。按理说,骆宾王应该在六月大赦出狱,但不知是当时从皇帝下诏大赦到具体执行需要一段时间,还是有人从中作梗,总之骆宾王一直到秋后还在狱中。《在狱咏蝉并序》和《萤火赋并序》皆为骆宾王调露元年秋在狱中所作。《在狱咏蝉序》云:

> 闻蟪蛄之流声,悟平反之已奏。

表明他已听闻高宗颁布改元、自己将被大赦的消息;而后又云:

---

①郗云卿:《骆宾王文集原序》,《骆临海集笺注》附录,第377页。
②《唐会要》卷一《帝号》注:"四年六月十五日改元调露。"按:六月"辛亥"乃初三,六月十五则为癸亥。当以两唐书《高宗纪》为是。

> 见螳螂之抱影,怯危机之未安。

则似对自己不可能马上出狱心存忧惧。又,《萤火赋序》云:

> 余猥以明时,久遭幽絷。见一叶之已落,知四运之将终。凄然客之为心乎,悲哉秋之为气也。①

此文亦当作于入狱第二年的秋季。假若为仪凤三年(678)秋刚刚下狱时作,不当云"久遭幽絷"。骆宾王《宪台出絷寒夜有怀》一诗,有学者系之于仪凤三年冬骆宾王刚下狱时,但我认为,此诗当如骆祥发所云,为调露元年冬骆宾王刚出狱时作②。因为诗题中的"出絷"不应理解为入狱。《通典》卷二十四云:

> 旧制但闻风弹事,提纲而已。其鞫案禁系,则委之大理。贞观末,御史中丞李乾祐以囚自大理来往,滋其奸故,又案事入法,多为大理所反,乃奏于台中置东西二狱,以自系劾。开元中,大夫崔隐甫复奏罢之。③

知唐自贞观末至开元中,弹劾、鞫案、幽禁均不需出御史台,御史台中自有东西二狱。故"出絷"应作出狱讲。据此诗意可知,到"殷忧岁序阑"的调露元年冬,骆宾王方得出狱。而《旧唐书·高宗纪》云:

> (调露元年,679)九月壬午,吏部侍郎裴行俭讨西突厥,擒其十姓可汗阿史那都支及别帅李遮匐以归。

可见,自调露元年六月裴行俭奉诏离京征讨西突厥,至同年九月班师回朝这一段时间,骆宾王一直都在狱中,完全没有可能参加此次军事行动。郭平梁、王增斌谓骆宾王于调露元年六月出狱后即随裴

---

① 骆宾王著,陈熙晋笺注:《骆临海集笺注》卷六,第198页。
② 参骆祥发《骆宾王简谱》,《浙江师范学院学报》1984年第2期。
③ 杜佑撰,王文锦等点校:《通典》卷二十四,第660页。

行俭西征突厥,大误。薛宗正谓骆宾王仪凤三年秋即已从军西域,且在西域长达三年之久,至开耀元年(681)方归,则没有考虑到骆宾王在侍御史任上曾被诬下狱事,更与史实不符。

因为考虑到裴行俭此次军事行动只有三个多月,而骆宾王的一些边塞诗给人一种在边塞很长时间的感觉,所以王增斌认为,骆宾王除调露元年随裴行俭西征突厥外,还在显庆四年(659)罢去奉礼郎之官,随裴行俭赴西州长史任而出塞西域①。我认为,王增斌这个推断同样也难以成立。

骆宾王从军西域时,李峤曾作有《送骆奉礼从军》诗。对于李峤的生卒年,学界观点近来已趋于一致,大都认为李峤生于唐太宗贞观十九年(645)或二十年(646)②。如果骆宾王确于显庆四年从军西域的话,那么李峤为其饯行③并作诗相赠时只有十四五岁④,不太符合情理。另外,王增斌认为骆宾王集中《军中行路难同辛常伯作》《在军中赠先还知己》《久戍边城有怀京邑》等诗,均作于显庆四年随裴行俭从军西州时。细绎《在军中赠先还知己》《久戍边城有怀京邑》诗意,我发现此两诗中所述节令、路线和军中情绪,与王增

---

① 王增斌:《骆宾王从军西域时间考——兼探骆宾王生平》,《山西大学学报》1989年第2期;王增斌:《骆宾王系年考》,《唐代文学研究》,广西师范大学出版社,1990年,第86—87页。

② 周祖譔主编《中国文学家大辞典·唐五代卷》作(645?—714?),《中国大百科全书·中国文学卷》作(645—714),周勋初主编《唐诗大辞典》作(646—715?),徐定祥《李峤诗注·前言》作(645—714),傅璇琮主编《唐才子传校笺》卷一作生于645—646间,陈冠明《李峤年谱》经过考证后,主李峤生于贞观十九年(645)说(《苏味道李峤年谱》,第90页)。

③ 李峤《送骆奉礼从军》诗云:"琴尊留别赏,风景惜离晨。"(徐定祥:《李峤诗注》,第7页)

④ 陈冠明《李峤年谱》云李峤十八岁(龙朔二年,662)在国子监太学,为薛元超所举荐。(《苏味道李峤年谱》,第92页)

斌所说骆宾王调露元年所作《西行别东台详正学士》《早秋出塞寄东台详正学士》《夕次蒲类津》《晚度天山有怀京邑》等诗并无二致，王增斌将它们别作两次入塞之作，理据不足。而且《军中行路难同辛常伯作》一诗也不可能作于显庆四年。因为据《旧唐书·职官志》，唐高宗龙朔二年（662）二月甲子，改百司及官名。尚书为太常伯，侍郎为少常伯，郎中为大夫。所以"辛常伯"之称谓不应出现在龙朔二年二月前，王增斌谓《军中行路难同辛常伯作》《在军中赠先还知己》《久戍边城有怀京邑》等诗都作于显庆四年随裴行俭赴西州长史任时，与骆宾王当时交游情况、朝廷职官制度都扞格难通。

二、骆宾王从军西域时间考辨

我认为，骆宾王一生只有一次从军西域的经历，从军时间最有可能是陈熙晋所推定的唐高宗咸亨元年（670），只不过陈熙晋说亦有一些舛误。

王增斌在《骆宾王从军西域时间考——兼探骆宾王生平》文中之所以要另立新说，完全否定陈熙晋所持的骆宾王咸亨元年随薛仁贵西击吐蕃说，其论据有三：一是时间上不合，薛军出发是在初夏，骆诗显示战事之发生是在秋季；二是地域上不合，咸亨元年的唐蕃战争发生在大非川、乌海一带，而骆西行边陲诗中所及地名与之全然无涉；三是战事持续时间有别。薛军之征只有三到四月，而骆宾王在边地时间非短，绝不只三个月①。如果用骆宾王边塞诗核之咸亨元年四月薛仁贵西征吐蕃事，王增斌文中二、三两点质疑不无道理，但是，我在重新对骆宾王所有西征作品及李峤相关酬赠诗作全

---

① 王增斌：《骆宾王从军西域时间考——兼探骆宾王生平》，《山西大学学报》1989年第2期。

面深入细致的分析之后,尤其是全面核检近年来唐史学界和敦煌吐鲁番学界对唐前期西北军事史研究的成果之后,发现骆宾王此次参加的并不是薛仁贵所统帅的西击吐蕃的战争,而是与薛军同时出发、东西线相互配合的,由阿史那忠率领的前往西域执行安抚任务的一次军事行动。

对于咸亨元年阿史那忠安抚西域的军事行动,新旧《唐书》和《资治通鉴》完全失载。但是,立于昭陵的《阿史那忠碑》①(下文简称《阿碑》)和20世纪70年代出土的《阿史那忠墓志》②(下文简称《阿志》)则为我提供了比较详细的历史信息。《阿碑》云:

> 寻又奉诏□西域道安抚大使,兼行军大总管,乘□则发,在变以能通,杖义斯举,有征而无战,威信并行,羌夷是□,洎乎振旅,频加劳问。③

《阿志》云:

> 而有弓月扇动,吐蕃侵逼。延寿莫制,会宗告窘。以公为西域道安抚大使兼行军大总管。公问望著于退迩,信义行乎夷狄。饷士丹丘之上,饮马瑶池之滨。夸父惊其已远,章亥推其不逮。④

据郭平梁、陈志谦等学者研究⑤,这两段文字记载的都是咸亨元年

---

① 碑文拓本著录于晨风阁《昭陵碑录》下、王昶《金石萃编》卷五十八、《昭陵碑考》卷七、《金石补正》卷三十八,此据岑仲勉《突厥集史》下册《阿史那忠碑拓本校注》,中华书局,1958年,第779—787页。
② 录文最先发表于《考古》1977年第2期《唐阿史那忠墓发掘简报》,此据周绍良主编《唐代墓志汇编》上册,上海古籍出版社,1992年,第601—603页。
③ 岑仲勉:《突厥集史》下册,第781页。
④ 周绍良主编:《唐代墓志汇编》上册,第602页。
⑤ 参郭平梁《阿史那忠在西域——〈阿史那忠墓志〉有关部分考释》(《新疆历史论文续集》,新疆人民出版社,1982年,第182—193页)、陈志谦《阿史那忠碑志考述》(《文博》2002年第2期,第70—74页)。

唐朝派兵西讨吐蕃事。郭平梁认为,唐朝似乎有一个惯例,每次出征要派两支军队,一支"讨伐",一支"安抚"。当咸亨元年夏四月,吐蕃陷西域十八州,又与于阗取龟兹拨换城,唐朝被迫罢龟兹、于阗、焉耆、疏勒四镇时,为了平定这一变乱,唐朝除了派薛仁贵为逻娑道行军大总管外,还派阿史那忠为西域道安抚大使兼行军大总管。与薛仁贵军主要是到青海出讨吐蕃不同,阿史那忠所统帅的军队则远征西北边陲,对西域地区受吐蕃贵族挟制的那些部落和地区做"一些解释和招纳工作"①。骆宾王在咸亨元年参加的就是阿史那忠的军队,其集中诸多从军西域之作与阿史那忠的这次军事行动合若符契。

首先,阿史那忠军出师时间与骆宾王诗中所写相合。

史籍明确记载薛仁贵军是在咸亨元年四月离京西征的,阿史那忠军当与此同时出发②。如《旧唐书·高宗本纪》云:

> 夏四月,吐蕃寇陷白州等一十八州,又与于阗合众袭龟兹拨换城,陷之。罢安西四镇。辛亥,以右威卫大将军薛仁贵为逻娑道行军大总管,右卫员外大将军阿史那道真、左卫将军郭待封为副,领兵五万以击吐蕃。……(秋七月)。薛仁贵、郭待封至大非川,为吐蕃大将论钦陵所袭,大败,仁贵等并坐除名。

《旧唐书·吐蕃传》亦云:

> 咸亨元年四月,诏以右威卫大将军薛仁贵为逻娑道行军大

---

① 郭平梁:《阿史那忠在西域——〈阿史那忠墓志〉有关部分考释》,《新疆历史论文续集》,第191页。
② 荣新江:《吐鲁番文书〈唐某人自书历官状〉所记西域史事钩沉》,《西北史地》1987年第4期。该文中曾根据《阿志》此段文字后"奉跸东京"一语,推测阿史那忠出师时间约在咸亨二、三年间,其实此语并非说阿史那忠出师,而是说阿史那忠自西域归后,在东都洛阳侍卫高宗事。

总管,左卫员外大将军阿史那道真、右卫将军郭待封为副,率众十余万以讨之。

陈熙晋、王增斌都曾根据骆宾王《早秋出塞寄东台详正学士》诗推定骆宾王此次从军是在秋季,所以王增斌认为陈熙晋所持骆宾王咸亨元年随薛仁贵出讨吐蕃说时间不合。其实,陈、王二人和现当代大多学者不仅都错解了此诗,也忽视了骆宾王《西行别东台详正学士》和李峤《送骆奉礼从军》诗中所透露出来的时令信息。骆宾王《西行别东台详正学士》诗末云:

上苑梅花早,御沟杨柳新。
只应持此曲,别作边城春。①

"梅花""杨柳"等,既是言《梅花落》《折杨柳》等别曲名,也是在写送别之境②,说明骆宾王离京时在春夏之交。李峤《送骆奉礼从军》诗中云:

琴尊留别赏,风景惜离晨。
笛梅含晚吹,营柳带余春。

"笛梅""营柳"等,不只是用别曲《梅花落》、周亚夫军细柳典,同样也交代了送别之境——"余春"。而骆宾王《早秋出塞寄东台详正学士》并非作于离京之时,很可能是骆宾王随阿史那忠军队西行出玉门关,回顾经行路线时作。

据新旧《唐书》和《资治通鉴》等史籍,薛仁贵军四月离京,七月方至大非川、乌海一带,行军用时长达三月,是有缘由的。从薛仁贵

①骆宾王著,陈熙晋笺注:《骆临海集笺注》卷四,第114页。
②此诗颜文选注云:"杨柳、梅花,虽因送别之境,亦曲名也,故云持此曲。"参《骆丞集》卷二,文渊阁《四库全书》本,第1065册,第412页。

被任命为"逻娑道行军大总管"的头衔看,唐朝这次派薛仁贵出师的主要目标是讨击吐蕃,直指吐蕃的首都逻娑(即今西藏拉萨),但是薛仁贵此行还有一个任务,就是要护送被吐蕃所灭的吐谷浑还故地。《新唐书·吐蕃传》述此事时即云:

> 咸亨元年,入残羁縻十八州,率于阗取龟兹拨换城,于是安西四镇并废。诏右威卫大将军薛仁贵为逻娑道行军大总管,左卫员外大将军阿史那道真、左卫将军郭待封自副,出讨吐蕃,并护吐谷浑还国。

《旧唐书·高宗本纪》述后来薛仁贵大非川遭吐蕃论钦陵大败时亦云:

> 吐谷浑全国尽没,唯慕容诺曷钵及其亲信数千帐内属,仍徙于灵州界。

而在薛仁贵大军离京赴西域时,吐谷浑可汗诺曷钵及弘化公主正在凉州避难①,所以,薛仁贵军要先至凉州接诺曷钵可汗与弘化公主,然后才能南下讨击吐蕃,所以行军时间较长。薛仁贵军和阿史那忠军可能于六月底抵达凉州,然后薛仁贵军保护着吐谷浑可汗诺曷钵和弘化公主南下,经鄯州,至七月中于大非川遭遇吐蕃论钦陵的大军。而阿史那忠军在凉州与薛仁贵军分手之后,则继续西行,大约至七月上中旬至玉门关②。骆宾王《早秋出塞寄东台详正学士》疑写于出玉门关时。阿史那忠军行至蒲类海时,骆宾王又作有《夕次蒲类津》,诗中显示节令仍是秋季:

---

① 参《新唐书·吐蕃传》,《册府元龟》卷一百七十"帝王部·来远"条。
② 据严耕望考证,凉州西北行至玉门关,约有一千里,参《唐代交通图考》("中研院"史语所,1985年)第492页。

> 晚风连朔气,新月照边秋。

显示与其《早秋出塞寄东台详正学士》时间相距不远。所以,骆宾王集中西行出塞诗作之时令与咸亨元年唐朝派阿史那忠出兵西域之行军时间是完全相符的。

其次,骆宾王从军西域诗中所写地名亦与阿史那忠军出征路线同。

据严耕望《唐代交通图考》,长安西通凉州有南北两条驿道,唐军出兵西域常走北线,因沿途镇戍甚多,容易集结招募兵力①。如前文所引史料记载,薛仁贵离开京城时兵力只有五万②,而到大非川与吐蕃大军遭遇时,则变成了"十余万"③。这多出来的五万余人,可能是薛仁贵军离京北上西行途中,经过邠州、泾州、原州、会州、凉州等地,沿途集结招募的兵力。阿史那忠军从长安至凉州这一段时间,当与薛仁贵军同行,沿途可能也有增兵之举。骆宾王《西行别东台详正学士》诗云:

> 塞荒行辨玉,台远尚名轮。
> 泄井怀边将,寻源重汉臣。

说明他离京时就知道此次出征是要出玉门关,目的地则在西域的轮台、疏勒等地,与薛仁贵军任务明显不同。

骆宾王随军行经泾州,恰与时任安定县尉的李峤④相会,李峤为之作《送骆奉礼从军》。骆宾王出玉门关时所作《早秋出塞寄东

---

① 参《唐代交通图考》第二卷《河陇碛西区》,第 341—420 页。
② 《旧唐书·高宗纪》云薛仁贵此年四月"领兵五万以击吐蕃"。
③ 《新唐书·吐蕃传》云:"师凡十余万,至大非川,为钦陵所拒,王师败绩。"
④ 陈冠明《李峤年谱》云,咸亨元年(670),李峤二十六岁,在安定县尉任,第 95—96 页。

台详正学士》则回顾了自京至边关行经之处及心境：

> 促驾逾三水，长驱望五原。
> 天街分斗极，地理接楼烦。
> 汉月明关陇，胡云聚塞垣。
> 山川殊物候，风壤异凉温。
> 戍古秋尘合，沙寒宿雾繁。
> 昔予迷学步，投迹忝词源。
> 兰渚浮延阁，蓬山款禁园。
> 影缨陪绂冕，载笔偶玙璠。
> 汲冢宁详蠹，秦牢讵辨冤。
> 一朝从筐服，千里骛轻轩。
> 乡梦随魂断，边声入听喧。
> 南图终铩翮，北上遽催辕。
> 吊影惭连茹，浮生倦触藩。
> 数奇何以托，桃李自无言。①

其中"促驾逾三水，长驱望五原"，乃言其自长安北上，途经邠州②、泾州、原州之状；"汉月明关陇，胡云聚塞垣"，盖述其自关中入陇，"乡梦随魂断，边声入听喧"，则写出玉门关时之悲愁。骆宾王出塞后诸作如《夕次蒲类津》《晚度天山有怀京邑》《宿温城望军营》《军中行路难同辛常伯作》《边庭落日》《在军中赠先还知己》《久戍边城有怀京邑》等诗，则具体反映了阿史那忠军安抚西域时行经地点和路线。《阿志》述阿史那忠之西行是：

---

① 骆宾王著，陈熙晋笺注：《骆临海集笺注》卷四，第115—117页。
② 据《旧唐书·地理志》，三水县在唐初属邠州。

> 饷士丹丘之上,饮马瑶池之滨。

用这些古老传说中的地名来形容其行程之远,骆诗中则出现了贺延碛、流沙、轮台、疏勒、蒲类海、和阗河、天山、交河、弱水、龙鳞水、马首山、密须、宿温城(即温肃城)、碎叶等具体地名。史载当时吐蕃攻陷了龟兹的拨换城,龟兹、于阗、焉耆、疏勒等安西四镇都曾落入吐蕃手中。然据西域史学者近年来的考证,唐虽于咸亨元年被迫下令罢安西四镇,但由于西域形势发生变化,实际罢弃的只是于阗、疏勒二镇,龟兹、焉耆二镇仍在唐手,并未放弃①,也有学者认为当时的四镇可能只是遭受了一次围困,唐朝守军并未放弃②。阿史那忠军遂得以在天山南北对西蕃诸部落"频加劳问"。

另外,阿史那忠此次远征西域执行的主要是"安抚""劳问"的任务,是"有征无战"③,《阿志》用"情不论功"、"事非饰让"等隐晦之词刻意曲避阿史那忠此行无甚功劳的史实。与之相应,骆宾王诸戍守西域诗亦未有战斗、献捷或败绩的描述,诗中弥漫着消沉、郁闷的情绪,如其《在军中赠先还知己》诗云:

> 献凯多惭霍,论封几谢班。
> 风尘催白首,岁月损红颜。④

即言自己随军远行万里,征而不战,劳而无功的抑郁之情。《久戍边城有怀京邑》诗云:

---

① 参刘安志《从吐鲁番出土文书看唐高宗咸亨年间的西域政局》,《魏晋南北朝隋唐史资料》第18辑,2001年。
② 参郭平梁《阿史那忠在西域——〈阿史那忠墓志〉有关部分考释》,第190页;杨建新《唐代吐蕃在新疆地区的扩张》,《西北史地》1987年第1期。
③ 《阿史那忠墓志》,《唐代墓志汇编》上册,第602页。
④ 骆宾王著,陈熙晋笺注:《骆临海集笺注》卷四,第128页。

> 行役风霜久,乡园梦想徒。①

则是厌于戍边,思念故园,亦情有可原。

总之,骆宾王从军西域既不像王增斌等人所说是在调露元年或显庆四年随裴行俭赴西州,也非如陈熙晋等人所言是咸亨元年秋从薛仁贵赴青海讨击吐蕃,而是在咸亨元年四月随阿史那忠西行远征,对西域诸蕃部落进行"安抚""劳问"。

三、骆宾王与"东台详正学士"之关系

陈熙晋、王增斌诸人论骆宾王从军西域都存在着一个错误,即大多认为骆宾王是在罢或离东台详正学士任西行的。实际上,骆宾王从未任过东台详正学士一职,骆诗中多次出现的东台详正学士只是其在京友人所任之职。

陈熙晋谓骆宾王入京为奉礼郎后不久又任东台详正学士,在奉礼郎和东台详正学士任上从军西域。此说实误。

据《旧唐书·职官志》,奉礼郎是太常寺从九品上之卑职小官。而详正学士则是门下省弘文馆中由五品以上大臣兼任的图籍校理官②。骆宾王要由从九品上阶的奉礼郎而升任或兼任五品以上的详正学士是不可想象的。王增斌则认为骆宾王是由侍御史兼任或升任详正学士,然后在详正学士任上从军西域的。我认为,侍御史官居六品,肯定不可能兼任详正学士,虽有升任详正学士之可能,但是,如前所述,骆宾王刚任侍御史就因"频贡章疏讽谏"③,得罪武后,被诬下狱。后虽被赦出狱,但从骆宾王出狱前后所作《在狱咏

---

① 骆宾王著,陈熙晋笺注:《骆临海集笺注》卷四,第131页。
② 《唐六典》卷八《门下省》"弘文馆学士"李林甫注:"故事:五品已上,称为学士;六品已下,为直学士。又有文学直馆,并所置学士,并无员数,皆以他官兼之。"
③ 郗云卿:《骆宾王文集原序》,《骆临海集笺注》附录,第377页。

蝉》《萤火虫赋》《畴昔篇》《宪台出系寒夜咏怀》诸诗之抑郁愤懑之情看,武后对骆宾王似乎余怒未消,不太可能在骆出狱后擢升他为详正学士。事实上,不久之后骆宾王就被谪为临海丞(从八品上阶),更说明骆宾王在出狱后无由担任详正学士。另外,如果骆宾王确实担任过详正学士这样的清望之官的话,郗云卿《骆宾王文集序》和新旧《唐书》骆宾王传也不太可能只记其任侍御史这样的六品官,而失载其任详正学士一职①。

骆宾王既然没有可能担任过详正学士,那么他在咸亨元年出塞时为什么又有两首赠与东台详正学士的诗作呢?

我认为,这可能是骆宾王此前在太常寺奉礼郎任上与东台详正学士过从甚密、情感较深的缘故。因为朝廷在制定朝会礼仪时,虽由太常寺相关官员主事,然详正学士亦得参预。《唐六典》云:

弘文馆学士掌详正图籍,授教生徒。凡朝廷有制度沿革,

---

① 详正学士一职在初唐颇受人重视,现存高宗武后文士碑传中多有记载。唐代曾经做过详正学士的文士现可考知的主要有:杜悫(杜佑之祖,《旧唐书·杜佑传》)、宋令文(宋之问之父,《旧唐书·宋之问传》)、苏诜(苏颋之弟,《新唐书·苏诜传》)、陆谋道(《全唐文》卷二七九,靳翰《大唐故朝散大夫护军行黄州司马陆府君墓志铭》)、颜益期(《全唐文》卷三三九,颜真卿《晋侍中右光禄大夫本州大中正西平靖侯颜公大宗碑》)、裴守真(裴耀卿之父,《全唐文》卷四七九,许孟容《唐故侍中尚书右仆射赠司空文献公裴公神道碑铭并序》)、张显思(《宝刻丛编》卷二十载《周贾恍清德碑》,详正学士张显思撰,正书,无姓名,万岁通天二年九月建。《复斋碑录》)、贾玄赞(萧颖士《唐故沂州丞县令贾君墓志铭并序》:"考太学博士、详正学士玄赞,儒雅弈世,令闻彰著。"《唐代墓志汇编》"天宝227")、宋玄明(《大周故延州参军宋君墓志并序》:"祖玄明,唐怀州武德尉、舒州录事参军、详正学士、杭州于潜丞。"《唐代墓志汇编续集》"延载003")。这些文士无一例外都是初唐高宗武后时人,盛唐及中唐文士传记资料中没有相关记载,我们估计,详正学士一职到盛唐及中唐时可能已被北门学士、弘文馆学士、翰林学士等性质相近的官职所取代,已经名存实亡了。

礼仪轻重,得参议焉。①

另据《旧唐书·礼仪志》,唐高宗乾封中大臣对许敬宗、李义府所修显庆新礼普遍不满,多有讨论,以至仪凤年间"高宗及宰臣并不能断,依违久而不决。寻又诏尚书省及学士详议,事仍不定。自此明堂大享,兼用贞观、显庆二《礼》"。自乾封至咸亨初年,骆宾王在太常寺奉礼郎任上,当因修礼、议礼之事与门下省弘文馆详正学士有所交往。加上骆宾王文才横溢,可能与详正学士多有诗文之雅集②。他后来在边城所作《久戍边城有怀京邑》:

棘寺游三礼,蓬山籯八儒。

回顾了从军前在京为奉礼郎事。《早秋出塞寄东台详正学士》:

昔余迷学步,投迹忝词源。
兰渚浮延阁,蓬山款禁园。
影缨陪绂冕,载笔偶珪璠。

则叙其在奉礼郎任上"陪""偶"东台详正学士,诗文唱和雅集之状。"汲冢宁详蠹,秦牢讵辨冤"乃言其友人东台详正学士之工作,非己之职事。所以,当他在奉礼郎任上随军西征时,与善诗擅文的"故人"东台详正学士辞别、酬赠,应是很正常的事。而且,当时东台详正学士的总召集人崔行功③,正是现存阿史那忠墓志的作者,且在

---

① 李林甫等撰,陈仲夫点校:《唐六典》卷八,中华书局,1992年,第255页。
② 骆宾王之所以后来屡与宋之问唱酬,可能是因为他早在奉礼郎任上,就已与时任东台详正学士的宋之问之父宋令文相识、交好。
③《旧唐书·崔行功传》:"先是,太宗命秘书监魏徵写四部群书,将进内贮库,别置雠校二十人、书手一百人。徵改职之后,令虞世南、颜师古等续其事,至高宗初,其功未毕。显庆中,罢雠校及御书手,令工书人缮写,计直酬佣,择散官随番雠校。其后又诏东台侍郎赵仁本、东台舍人张文瓘及行功、怀俨等相次充使检校。又置详正学士以校理之,行功仍专知御集。"

墓志中对阿史那忠咸亨元年安抚西域之事多有褒扬,可见崔行功与阿史那忠关系也不一般。咸亨元年阿史那忠率军西行时,崔行功及东台众详正学士完全可能为之送行。骆宾王随军西行时虽身为奉礼郎,然因主帅和自己两方面均与东台详正学士有关系,作诗与东台详正学士饯别、酬和亦属情理中事。

另外,骆宾王诗中东台与详正学士之并称,亦可证明骆宾王从军西行必在咸亨元年十二月之前,前文所述王增斌、薛宗正、郭平梁诸人所持调露元年说显误。

据《旧唐书·职官志》,门下省改称东台始于龙朔二年(662)二月,终于咸亨元年十二月。郭平梁为了证明骆宾王从军西域是在调露中,力主骆宾王此两诗中"东台"系沿用咸亨前旧称,并举岑参《青门歌送东台张判官》诗为例说:

> 岑参系唐玄、肃、代宗的人,时东台之名早被废弃,他所用的东台当系旧称。这首诗告诉我们,骆宾王西域之行是仪凤之年以后的事。①

实际上,门下省之称为东台见于唐代存世诗文中唯骆诗二例,更未见有人在咸亨后诗文中用此旧称。郭文所引岑参诗题中"东台"非门下省之旧称,乃是唐人对东都御史台的俗称②。郭平梁举此诗不当,系未明唐代官制致误,因为岑参此诗中之"东台",非"东台详正学士"之"东台",并不能说明骆宾王从军西征是在咸亨后。

---

① 参郭平梁《骆宾王西域之行与阿斯塔纳 64TAM35:19(a)号文书》,《西北民族研究》1989年第1期。
② 唐赵璘《因话录》云:"武后朝,御史台有左右肃政之号,当时亦谓之左台、右台,则宪府未曾有东西台之称。惟俗间呼京为西台,东都为东台。"(上海古籍出版社,1957年,第108页)岑参此诗题中张判官当为东都洛阳御史台之判官。

关于详正学士之设置时间,学界大多依据《唐六典》及新旧《唐书·职官志》谓始于仪凤中,然《旧唐书·崔行功传》记载:

> 显庆中,罢雠校及御书手,令工书人缮写,计直酬佣,择散官随番雠校。其后又诏东台侍郎赵仁本、东台舍人张文瓘及行功、怀俨等相次充使检校。又置详正学士以校理之,行功仍专知御集。迁兰台侍郎。咸亨中,官名复旧,改为秘书少监。上元元年,卒官。

据此,详正学士之设当早于仪凤中,始于咸亨元年东台复称门下省之前。所以,在骆宾王西行出塞的咸亨元年,东台与详正学士均为当时实际之官名,诗题中并称之既非沿用旧称亦非后人所改。

综上所考,学界对骆宾王从军西域之考述或多或少都存在着讹误。事实上,骆宾王从军西域前只担任过奉礼郎,未任东台详正学士;离京是在咸亨元年四月,并非在显庆四年和调露元年;此次远征西域的统帅亦非薛仁贵,而是阿史那忠;他们此行之军事目的并非前往青海讨击吐蕃,而是远征西域,安抚、劳问被吐蕃威胁、挟制的西域诸蕃部落。

第十章　隋唐典籍之东传与日本古代典籍之研究价值

近百年来,中国学者在研究中国古代文学时多注意利用 20 世纪初新发现的敦煌残卷中的资料,视为新材料,谓之"预流",而对数量更多、价值更大的日本古代典籍,则相对关注不够。本节则在吸收学界已有研究成果的基础上,就本人之所知见,谈谈日本古代典籍对隋唐文学研究的独特价值。

第一节　隋唐文学文献在日本的流播

中国典籍之大规模东传日本,是在公元 7 至 9 世纪,时值中国隋唐两朝,日本的飞鸟、奈良和平安朝前期①,当时汉籍东传的主体是日本派出的遣隋使、遣唐使和学问僧。汉籍传到日本后,大多首先进入皇宫,成为历代天皇和朝臣们学习、珍玩和抄写的国宝。我们从日本古代的各种汉文典籍尤其是各种图籍目录、正仓院文书、

---

① 孙猛认为:"至少至七世纪初为止、日本政府派遣遣隋使之前,日本并没有大量的汉籍。"参氏著《日本国见在书目录详考》,上海古籍出版社,2015 年,第 2145 页。

历代天皇宸记中,都能看到它们在日本流播的轨迹和被接受的盛况。

一、日本遣唐使、学问僧携归之隋唐文献

对于日本遣隋使、遣唐使和学问僧在大唐广搜图籍并抄写、携归的盛况,日本书志学家岛田翰曾经进行过描述:

> 盖王朝之盛,远通使隋唐,博征遗经,广采普搜,舶载以归,守而不失,真本永传。是以夏殷三代之鼎钟,六朝隋唐之遗卷,往往而有存者。①

《大正新修大藏经》第 55 册②《目录部》就集中收录了 20 种当时日僧携归书之目录,分别是:

1.《传教大师将来台州录》一卷 （日本最澄撰）

2.《传教大师将来越州录》一卷 （日本最澄撰）

3.《御请来目录)一卷 （日本空海撰）

4.《根本大和尚真迹策子等目录》一卷

5.《常晓和尚请来目录》一卷 （日本常晓撰）

6.《灵岩寺和尚请来法门道具等目录》一卷 （日本圆行撰）

7.《日本国承和五年入唐求法目录》一卷 （日本圆仁撰）

8.《慈觉大师在唐送进录》一卷 （日本圆仁撰）

9.《入唐新求圣教目录》一卷 （日本圆仁撰）

10.《惠运禅师将来教法目录》一卷 （日本惠运撰）

11.《惠运律师书目录》一卷 （日本惠运撰）

---

① [日]岛田翰撰,杜泽逊、王晓娟点校:《古文旧书考》卷第一,《旧抄本考·小引》,上海古籍出版社,2014 年,第 1 页。
② 下文所引,均据日本大正一切经刊行会 1934 年本。

12.《开元寺求得经疏记等目录》一卷 （日本圆珍撰）

13.《福州温州台州求得经律论疏记外书等目录》一卷（日本圆珍撰）

14.《青龙寺求法目录》一卷 （日本圆珍撰）

15.《日本比丘圆珍入唐求法目录》一卷 （日本圆珍撰）

16.《智证大师请来目录》一卷 （日本圆珍撰）

17.《新书写请来法门等目录》一卷 （日本宗睿撰）

18.《禅林寺宗睿僧正目录》一卷

19.《录外经等目录》一卷

20.《诸阿阇梨真言密教部类总录》二卷 （日本安然集）

这些书目中著录了不少后来在中国已经失传的隋唐诗文典籍。如最澄于大唐贞元二十一年（805）二月撰录、日本桓武天皇延历二十四年（806）七月奏上的《传教大师将来台州录》中所著录的隋唐诗文类著述有：

1.《天台山智者大师别传》一卷 （沙门道证述）(一十二纸)

2.《天台山智者大师赞》一卷 （三纸）

3.《天台山智者大师坟里碑》一卷 （慈力居士马碓撰）（五纸）

4.《天台山智者大师坟前左碑》一卷 （会稽上皇山人万齐融述）(五纸)

5.《天台山智者大师坟前右碑》一卷 （龙泉寺仑法师述）(五纸)

6.《天台山章安大师别传》一卷 （沙门法铣集)(七纸)

7.《天台山六祖略传》一卷 （终南山宣律师等述)(七纸)

8.《天台山第五祖左溪和尚传》一卷 （五纸）

9.《天台山第六祖荆溪和尚碑》一卷 （校书郎安定肃撰）（五纸）

10.《天台智者大师佛陇道场记》一卷 （安定梁肃撰）（九纸）

11.《天台山国清寺碑》一卷 （李邕撰）（七纸）

12.《天台山国清寺石泉碑》一卷 （五纸）

13.《南岳思大师别传》一卷 （五纸）

14.《南岳高僧传》一卷 （黄门侍郎卢藏用撰）（一十五纸）

15.《南岳记》一卷 （李邕撰）（三纸）

16.《南岳并天台山记》一卷 （五纸）

最澄于大唐贞元二十年（804）五月抄撰的《传教大师将来越州录》中疑为隋唐时期诗文集或与诗文创作相关的抄物就有：

1.《章安大师碑文》一卷 （常州弘善寺释法宣撰八纸）

2.《梁肃与道士吴筠书》一卷 （三纸）

3.《天台智者大师别传》一卷 （章安和上述二十纸）

4.《天台大师诵经观记》一卷 （荆溪和上撰）

5.《祭第六祖荆溪和上文》一卷 （天台沙门灵巙作）

6.《天台第七祖智度和尚略传》一卷 （沙门志明集）

7.《唐佛陇故荆溪大师赞》一卷 （会稽神邕述）

8.《天台国清杂集》一卷

9.《国清寺智者大师影堂记》一卷 （长安沙门昙羿）

10.《青溪山记》一卷

11.《长安座主传》一卷 （天台沙门乾济述）

12.《关河文笔》一卷

13.《真人集》一卷

14.《诸贤问答》一卷

15.《翰林院等集》一卷

16.《湖州皎然和上斋文》一卷

17.《杂文五首》一卷

18.《傅大士还诗十二首》一卷

19.《三教不齐论》一卷

20.《刀梯歌》一卷

21.《双林大士集》一卷 （二十纸）

22.《曹溪大师传》一卷

23.《绝观论》一卷

24.《相送集》四卷 （甲乙丙丁戊己庚　百纸）①

此处之"傅大士"和"双林大士",均指南朝齐梁时期的佛教居士傅翕。然据近来学界研究,唐代及后世所传的傅大士诗歌应为唐人伪托之作,当产生于唐中宗神龙元年(705)之后,它们与《楞伽师资记》所载神秀的某些禅法言论有着相同的思想来源———均导源于当时在北方流传的《大佛顶如来密因修证了义诸菩萨万行首楞严经》②。而其中的《相送集》四卷,即为最澄在台州即将返回日本时,台州刺史陆淳等当地士人的送别诗集,此书后来在中土亦未流传③。

圆仁在大唐开成四年(839)四月抄撰的《日本国承和五年入唐

---

①《大正新修大藏经》第55册,第1059页。
②参张勇《傅大士研究》,巴蜀书社,2000年;何剑平《傅大士〈行路易十五首〉及〈颂〉的创作年代》,《宗教学研究》2005年第1期。
③近年学界对最澄所抄录携归日本的《相送集》的研究成果,主要有日本学者户崎哲彦《唐代台州刺史陆淳与日僧最澄(上)——唐诗在日本》(《台州学院学报》2019年第1期)、户崎哲彦《唐代台州刺史陆淳与日僧最澄(下)——唐诗在日本》(《台州学院学报》2019年第2期)、卢燕新《唐人编纂诗文总集的域外传播——以朝鲜半岛、日本为中心考察》(《中国文学研究》辑刊,2011年第2辑)等。

求法目录》中有：

1.《最上乘佛性歌》一卷 （沙门真觉述）

2.《南岳思禅师法门传》二卷 （卫尉丞杜朏撰）

3.《天台智者大师十二所道场记》一卷 （汀述）

4.《大唐郜州双峰山曹溪宝林传》十卷一帙 （会稽沙门灵彻字明泳序）

5.《上都清禅师至演禅师钟传》一卷 （大理牛肃与僧至演同叙）

6.《南荆沙门无行在天竺国致于唐国》一卷

7.《叹道俗德文》三卷

8.《扬州东大云寺演和上碑并序》一卷 （李邕撰）

9.《唐故大广禅师大和上楞伽岑塔碑并序》一卷 （陆亘撰）

10.《唐故大律师释道圆山龚碑并序》一卷 （李邕撰）

11.《大唐大慈恩寺翻经大德基法师墓志铭并序》一卷

12.《大慈恩寺大法师基公塔铭并序》一卷

13.《唐故终南山灵感寺大律师道宣行记》一卷

14.《大唐西明寺故大德道宣律师赞》一卷

15.《大唐新修定公卿士庶内族吉凶书仪》一卷 （郑余庆重修定）

16.《开元诗格》一卷 （徐隐秦字肃然撰）

17.《祇对义》一卷

18.《判一百条》一卷 （骆宾王撰）

19.《祝元膺诗集》一卷①

20.《杭越寄和诗集并序》一卷

---

① 祝元膺，句曲人，与陈标、段成式有交游，《全唐诗》卷五四六存其诗3首。

21.《诗集》五卷

22.《法华二十八品七言诗集》一卷①

在同为著录圆仁在唐求抄图籍的《慈觉大师在唐送进录》中则更多：

1.《释门自镜录》五卷 （复一卷,僧惠详集）

2.《法华三昧灵验传》二卷 （上下,清凉山宋谷法师述）

3.《佛性歌》一卷 （沙门真觉述）

4.《清凉山略传》一卷 （大华严寺记）

5.《荆州沙门无行和尚书》一卷

6.《感通传》一卷 （沙门道宣述）

7.《南岳思禅师法门传》一帖 （上下,清信弟子卫尉丞杜朏撰）

8.《释迦如来贤劫记》一帖

9.《佛本内传》一帖

10.《归敬三宝并开题识词》一帖

11.《持法华经三昧修证决》一帖

12.《扬州东大云寺演和上碑》一帖

13.《七言法华经诗五十七首》一帖

14.《杭越寄和诗并序》一帖

15.《沙门清江新诗》一帖

16.《任氏怨歌行》一帖 （白居易）②

---

① 《大正新修大藏经》第55册,第1075页。
② 此即白居易根据沈既济传奇《任氏传》的故事情节而撰写的长篇歌行,然此诗无论中国现存最早的南宋绍兴本《白氏文集》还是日本所传金泽文库本、那波道圆本《白氏文集》皆未收录。据日本学者静永健研究,沈既济约在建中二年(781)左迁途中作《任氏传》,徐州正是其经行之所。约贞元四年(788)至贞元十五年(799)间,白居易正在徐州符离苦读备考,读(转下页注)

17.《杂诗》一帖

18.《祝元膺诗》一帖

19.《杂诗》一帖

20.《前进士弛①肩吾诗》一卷②

而带有汇总性质的圆仁《入唐新求圣教目录》中则著录了近30种唐人诗文集及诗格、类书等图籍：

1.《安乐集》一卷　（沙门道绰撰）

2.《蛇势论》一卷

3.《念佛赞》一卷　（章敬寺沙门弘素述）

4.《大唐故弘景禅师石记》一卷　（秀邑③撰）

5.《紫阁山大莫碑》④一卷　（沙门飞锡撰）

6.《沙门无著入圣般若寺记》一卷

7.《傅大士还源诗》

（接上页注）到沈作《任氏传》，于是写下了《任氏怨歌行》这首长诗。参[日]静永健《白居易の青春と徐州、そして女妖任氏の物语》（《中国文学论集》2006年12月，日本九州大学文学部中国文学研究室主办）、[日]静永健《白居易『任氏行』考》（《文学研究》2007年3月，日本九州大学文学部主办）、李宇玲《从异域之眼看唐代传奇——以〈任氏怨歌行〉为引子》（刊《日语教育与日本学研究——大学日语教育研究国际研讨会论文集（2011）》，刘晓芳主编，华东理工大学出版社，2011年，第277—281页。）

① "弛"当作"施"，形近而讹。据《唐语林》卷六《补遗》、元人辛文房《唐才子传》卷六可知，施肩吾，睦州分水（今属浙江富阳）人，元和十五年（820）中进士第，未待授官而东归，早年尝赋《闲居遣兴》诗一百韵，颇述其方外之趣，大行于时，有诗集《西山集》十卷。《全唐诗》卷四九四，收其诗一卷；陈尚君《全唐诗补编》，《外编》第三编，《全唐诗续遗》卷六，收录其诗8首；陈尚君《全唐诗补编》，《全唐诗续拾》卷二十七，收其诗3首并2句。

② 《大正新修大藏经》第55册，第1078页。

③ "秀邑"疑为"李邕"之误。

④ 此碑疑为"紫阁山人墓碑"。

8.《征心行路难》一卷

9.《副安集》一卷

10.《两京新记》三卷

11.《如①五百字千字文》一卷

12.《丹凤楼赋》一卷

13.《曹溪禅师证道歌》一卷 （真觉述）

14.《心镜弄珠珠耀篇并禅性般若吟》一卷

15.《诗赋格》一卷

16.《碎金》一卷

17.《京兆府百姓素索征上表论释教利害》一卷

18.《建帝幢论》一卷 （东山泰法师作）

19.《杭越唱和诗》一卷

20.《王建集》一卷

21.《进士章解集》一卷

22.《仆郡集》一卷

23.《庄翱集》一卷

24.《李张集》一卷

25.《杜员外集》二卷②

26.《台山集》一卷

27.《杂诗》一卷

28.《白家诗集》六卷③

―――――――――

① 孙猛认为"如"或本作"加"字，参孙猛《日本国见在书目录详考》，第2157页。
② 张伯伟认为，此即杜甫诗集。北宋王洙编辑杜诗，曾首列"古本二卷"，苏轼题跋"记杜子美逸诗"条中亦有"题云《杜员外诗集》"语，与圆仁所求得者或即同一系统。参张伯伟《典范之形成：东亚文学中的杜诗》，《中国社会科学》2012年第9期，第171页。
③ 据圆仁记，以上诸种图书，"于长安兴善、青龙及诸寺求得者"。《大正新修大藏经》第55册，第1084页。

29.《天台大师手书》一纸

30.《台山记》一卷 （南岳大师撰）

31.《天台智者大师遗旨并与晋王书》一卷

32.《荆溪和尚在佛陇无常遗旨》一卷

33.《谏三禅和乘车子歌》一卷 （惠化寺超律和尚作）

34.《思大师歌俴智者台山并智者酬思大师歌》一卷

35.《思大禅师酬鹊山觉禅师诉老诗》一卷

36.《南岳思大和尚德行歌》一卷

37.《达摩和尚五更转》一卷 （玄奘三藏）①

38.《五台山大圣竹林寺释法照得见台山境界记》一卷

39.《沙门道超久处台山得生弥勒内宫记》一卷

40.《五台山大历灵境寺碑文》一卷

41.《最上乘佛性歌》一卷 （沙门真觉述）

42.《智者樭松赞》 （顶禅师撰）

43.《天台智者大师十二所道场记》一卷 （灌顶述）

44.《法花灵验传》二卷

45.《感通传》一卷 （道宣）

46.《清凉山略传》一卷

47.《大唐韶州双峰山曹溪宝林传》一卷 （会稽沙门灵彻）

48.《上都清禅寺至演禅师钟传》一卷 （大理牛肃与僧至演同叙）

49.《南荆州沙门无行在天竺国致于唐国书》一卷

50.《内供奉谈莚法师叹斋格并文》一卷

---

① 据圆仁记，以上诸种图书，"于大唐代州五台山大华严寺经夏写得"。《大正新修大藏经》第 55 册，第 1085 页。

51.《集新旧斋文》五卷 （上都云花寺咏字太）

52.《观法师奉答皇太子所问诸经与义并笺》一卷

53.《叹道俗德文》三卷

54.《扬州东大云寺演和上碑并序》一卷 （李邕）

55.《唐故大广禅师大和楞伽峰塔碑铭并序》一卷 （陆亘撰）

56.《唐扬州龙兴寺翻经院故慎律和上碑铭并序》一卷（李花①撰）

57.《唐故大律师释道圆山龛碑并序》一卷 （李邕）

58.《大唐大慈恩寺翻经大德基法师墓志铭并序》一卷

59.《大慈恩寺大法师基公塔铭并序》一卷

60.《唐故终南山灵感寺大律师道宣行记》一卷

61.《大唐西明寺故大德道宣律师赞》一卷

62.《天台大师答陈宣帝书》一卷

63.《大唐新修定公卿士庶内族吉凶书仪》三十卷 （郑余庆重修定）

64.《开元诗格》一卷

65.《祗对义》一卷

66.《判一百条》一卷 （骆宾王撰）

67.《祝元膺诗集》一卷

68.《杭越寄和诗集》一卷

69.《诗集》五卷

70.《法华经二十八品七言诗》一卷②

---

① "花"当为"邕"之讹。
② 据圆仁记，以上诸种图书，"大唐开成三年八月初到扬州大都府。巡诸寺寻访抄写毕。先寄付使下准判官伴宿祢管雄。船已送延历寺讫。然都未具目申官"。《大正新修大藏经》第55册，第1087页。

当然,上引三种圆仁所携归图籍目录中有不少书名明显是重复著录的(还有部分系同书异名),但是也有一些是在不同时间、地点抄得的同一种图书,如他在开成三年(838)八月初入大唐到扬州时,就从当地寺庙中抄得《开元诗格》一卷、《祝元膺诗集》一卷、《杭越寄和诗集》一卷、《诗集》五卷、《法华经二十八品七言诗》一卷等,且先送回日本国内了。后来,他来到京城长安,在兴善寺、青龙寺等处寻访,又再次求得这几种图书,只不过题名小异,当然书中文本也可能有所不同。

惠运于日本仁明天皇承和十四年(847)六月所撰《惠运禅师将来教法目录》中有:

1.《无畏芳三藏传》三卷

2.《志公歌》一卷

3.《一行六壬歌》一部　(上下)①

4.《道性歌》一卷

5.《还源集》一部三卷

6.《云居集》一部二卷②

另一种《惠运律师书目录》著录的图书数量更多:

1.《还源集》一部三卷

2.《云居集》一部　(普智集)

3.《辨禅见解耶正论》一卷

4.《道性歌》一卷

5.《不空三藏碑》一卷

6.《无畏三藏碑》一卷

---

①据下引《惠运律师书目录》著录"《大王歌》一部二卷(一行述)"条可知,此条当为"《一行大王歌》一部(上下)"。
②《大正新修大藏经》第55册,第1089页。

7.《兴禅寺三藏碑》一卷

8.《金刚三藏碑》一卷

9.《大明和尚碑》一卷

10.《惠果和尚碑》一卷

11.《师资相授法传》一卷

12.《苏州报恩寺政兴大师碑铭》一帖

13.《大王歌》一部二卷 （一行述）

14.《六壬歌》一部二卷①

15.《梁朝志公和尚歌》一卷②

惠运所抄录携归的《宝志歌》或《梁朝志公和尚歌》，疑为高宗至玄宗朝前期唐人假托梁朝高僧宝志之名而作的弘扬大乘佛理的诗歌③。

唐宣宗大中七年（853）九月二十一日，日僧圆珍在福州开元寺所撰《开元寺求得经疏记等目录》中著录有：

1.《妙法莲华经论》一卷 （勒那译）

2.《显扬圣教论颂》一卷

3.《无相论》二卷 （上下）

4.《因明正理门论》一卷 （义净译）

5.《大乘广五蕴论》一卷

6.《福州开元寺新造浮屠碑并叙》一卷

7.《于开元寺造净土写一切经并藏碣铭并序》一卷

---

①此条疑衍，与上条重复著录。
②《大正新修大藏经》第55册，第1091页。
③何剑平在《宝志诗歌作品真伪及创作年代考辨》(《中国俗文化研究》第二辑，四川大学中国俗文化研究所主办，巴蜀书社，2004年）中认为，托名宝志的《大乘赞》十首及《十二时颂》等作品均为唐初禅宗初起时之产物，反映了禅宗在弘忍、神秀之际要求禅法变革的新动向。

8.《监军使再修经藏院记》一卷

9.《相送诗》一卷　（参廖）①

同年十一月十五日,圆珍在其新撰《福州温州台州求得经律论疏记外书等目录》中则著录了多种他所求抄的当时流传的诗文集:

1.《福州开元寺新造浮屠碑并叙》一卷

2.《于开元寺造净土院写一切经并藏碣铭并序》一卷

3.《监军使再修经藏院记》一卷

4.《相送诗》一卷　（甲二首参廖)②

5.《傅大士歌》一卷

6.《见道性歌》一卷　（已上宗元和上舍与③）

7.《还源集》三卷(一帖)

8.《深沙神王记》一卷　（新写）

9.《题赠宗本和上诗》一卷　（新写）

10.《温州缁素相送诗》一卷　（或题《福温台州相送诗》,乙三十六首)④

11.《上仙诗七十首》一卷

12.《景丹英鸾束卢山胜事》　（联句,成四十一卷）

13.《舜帝峰为首杂诗》一卷

---

① 此条后记云:"囗月二十一日承州判住开元寺,以前法门且随求得记录如件。"据后两行"巨唐大中七年九月二十一日"云云,可知此为"大中七年九月二十一日"当天求得,故在前所列"沙门常砧存式惠灌智海义雄参廖履权等舍施"之经疏记之后临时增补。《大正新修大藏经》第55册,第1092页。
② 此条后记云:"已上于福州开元寺及大中寺求得。"《大正新修大藏经》第55册,第1093页。
③ 含上条。
④ 此条后记云:"已上于温州永嘉郡求得。"《大正新修大藏经》第55册,第1094页。

14.《建阳山水歌》一卷 （已上复一卷,都一百七十七首）

15.《千大洞天名记》一卷（册）

16.《诗集》一卷 （七十二首,《题李山人所居》为初）

17.《杂诗》一卷 （册子,七十八首,《寄娄①渠牟》为初）

18.《杂句》一卷 （一百二首,《送劉②大皂》为初）③

19.《天台赞》一卷

20.《旧诗》一卷 （《题仙坛》为初,总三十首）④

21.《辅京口记》一卷 （上）⑤

22.《台州开元寺建老宿诗》一卷 （丙本新,总六首）⑥

23.《福州往来集》一卷 （乙）

24.《温州台州往来集》一卷 （丙）⑦

圆珍在大中十一年(857)十月所撰《日本比丘圆珍入唐求法目录》中则著录有：

---

①"娄"疑为"韦",形近而讹。韦渠牟(749—801),少师李白习古乐府,后为道士、僧人,贞元年间为德宗所赏,历任秘书郎、左谏议大夫、太府卿,官终太常卿。与皎然、颜真卿友善,其诗"俪词比事,纤密清巧"(权德舆《右谏议大夫韦君集序》,《全唐文》卷四九〇)。著有诗三百篇,有集十卷,《全唐诗》存其诗221首、联句1首。
②"劉"疑为"刘"之异体字或俗体字。
③此条后记云:"已上从福州向温州海中写取道家安栖□本。"《大正新修大藏经》第55册,第1094页。
④此条后记云:"已上于台州峤岭屈宗古宅写取。"《大正新修大藏经》第55册,第1094页。
⑤此条后记云:"已上台州黄岩县安宁寺清零和上舍与。"《大正新修大藏经》第55册,第1094页。
⑥据圆珍记:"已上于台州下求之得之。"《大正新修大藏经》第55册,第1094页。
⑦据圆珍记:"已上六卷从上都观座主将来,八年八月二十日抄。"《大正新修大藏经》第55册,第1094页。

1.《陈隋二国师天台山智者大师碑文》一卷

2.《天台山修禅道场碑文》一卷

3.《天台佛陇禅林寺碑文》一卷

4.《天台大师传法第六祖荆溪妙乐寺先师诸州门人弘教录》一卷

5.《天台大师金光明斋碑文》一卷

6.《天台山小录》一卷

7.《越州孟中承修理天台山石象道场碑文》一本

8.《天台十二所道场记》一卷

9.《神舍柏本经藏记》一本

10.《天台山三亭记》一本

11.《唐常州天兴寺法华院故二大德比丘尼碑文》一卷（上三本合卷）

12.《天台山国清寺故律大德行状》一卷

13.《天台山国清寺举律大德影赞》一本

14.《国清寺律大德举大师碑》一本

15.《梁朝志公歌》一卷

16.《傅大士歌》一卷

17.《融心论》一卷

18.《还源集》三卷

19.《见道性歌》一卷

20.《金沙论》一卷

21.《佛窟集》一卷

22.《永嘉觉大师集》一卷

23.《达磨尊者行状》一本

24.《达磨和上碑文》一本

25.《中岳少林寺释惠可本状》一本

26.《可和尚碑文》一卷

27.《舒州峴公山释智璨事迹》一本

28.《璨禅师碑文》一本

29.《唐蕲州双峰山释道信踪由》一本

30.《信禅师碑文》一本

31.《杜正伦送双峰山信禅师碑文》一本

32.《唐蕲州东山释弘忍议行》一本

33.《唐蕲州忍禅师碑文》一本

34.《唐荆州玉泉寺大通和尚碑文》一本

35.《唐韶州曹溪释慧能实录》一本

36.《能禅师之碑文》一本 （上十五本合卷）

37.《佛窟禅院和尚行状》一本

38.《佛窟大师写真赞》一卷

39.《誓往生净土文》一本

40.《念佛三昧叙》一本

41.《东晋竺法护赠安公书》一本

42.《释道安答汰公书》一本 （上四本共《天台食法》合卷）

43.《上都云花寺十大弟子赞》一本 （共《行相法》合卷）

44.《刀梯歌》一卷①

45.《唐西明寺故大德宣公律院碣》一本

46.《泗州普光王寺碑文》一本

---

① "并于福温台越并浙西等州求得,其录零碎,经论部帙不具,又延历寺藏阙本开元贞元经论等,抄写未毕,不载此中,在后收拾随身。"《大正新修大藏经》第55册,第1100—1101页。

47.《澄观疏主献相公书》一本 （上二本合卷）

48.《福州开元寺新造浮屠碑并叙》一卷

49.《于开元寺造净土院写一切经并藏碣铭并序》一卷

50.《监军使再修经藏院记》一卷

51.《台州黄岩县置三童寺因起》一卷

52.《上都荐福寺临坛大戒德律师碑文》一卷

53.《福州大律德故怀道阇梨碑文》一卷

54.《大唐左街重建寺碑铭》一卷

55.《深沙神王记》一卷

56.《建立梵夹经记》一卷

57.《大遍觉法师画赞》一卷

圆珍于翌年五月新撰的《智证大师请来目录》中则有：

1.《天台智者大师别传》一卷 （丹丘）

2.《天台山修禅道场碑文》一卷 （梁氏）

3.《天台佛陇禅林寺碑文》一卷 （陈司马）

4.《天台大师传法第六祖荆溪妙乐寺光师诸州门人弘教录》一卷 （禅林）

5.《天台大师金光明斋碑文》一卷

6.《天台山小录》一卷

7.《越州孟中承修理天台山石象道场碑文》一本

8.《天台十二所道场记》一卷 （丹丘）

9.《神舍柏木经藏记》一本 （法盛）

10.《天台山三亭记》一本 （陆使君）

11.《唐常州天兴寺法花院故二大德比丘尼碑文》一卷 （上三本合卷）

12.《天台山国清寺故律大德行状》一卷　（惠旷）

13.《国清寺律大德举大师碑文》一卷　（韩又）

14.《天台山国清寺举律大德影赞》一卷

15.《四圣缘起并液公行状》一卷

16.《傅大士歌》一卷

17.《梁朝志公歌》一卷

18.《还源集》三卷　（佛窟）

19.《六祖和尚观心偈》一卷

20.《见道性歌》一卷　（永嘉）

21.《佛窟集》一卷

22.《永嘉觉大师集》一卷

23.《达磨尊者行状》一本

24.《中岳少林寺释惠可本状》一本

25.《可和尚碑文》一本　（琳）

26.《舒州崌公山释智璨事迹》一本

27.《璨禅师碑文》一本

28.《唐蕲州双峰山释道信踪由》一本

29.《信禅师碑文》一本　（杜正伦）

30.《杜正伦送双峰山信禅师碑》一本

31.《唐蕲州东山释弘忍议行》一本

32.《蕲州忍禅师碑文》一本

33.《唐荆州玉泉寺大通和上碑文》一本

34.《唐韶州曹溪释慧能实录》一本

35.《大唐韶州广果寺悟佛知见故能禅师之碑文》一本
（上一十五本合册子）

36.《南阳忠和尚言教》一本

37.《佛窟禅院和尚行状》一本 （上二本合卷）

38.《佛窟大师写真赞》一卷 （韦珩）

39.《传法堂偈》一卷 （白舍人）

40.《唐西明寺故大德宣公律院碣》一本

41.《泗州普光王寺碑文》一本 （李北海）

42.《澄观和尚献相公书》一本 （上二本合卷）

43.《福州开元寺新造浮屠碑并叙》一卷

44.《于开元寺造净土院写一切经并藏碣铭并序》一卷

45.《监军使再修经藏院记》一卷

46.《上都荐福寺临坛大戒德律师碑文》一卷

47.《福州大律故怀道阇梨碑颂文》一卷

48.《大唐左右街重建寺碑文》一卷 （裴氏）

49.《帝王年代录两本》二卷 （大小畅）

50.《建立梵夹经记》一卷 （武庭）

51.《大遍觉法师画赞》一卷 （御制）

52.《天台山石桥铭》一张 （元孚）①

此二种目录所记各有异同。

唐懿宗咸通六年(865)，宗睿著录其于长安求得书之《新书写请来法门等目录》中有：

1.《大广智三藏遗言书》一卷

2.《三藏和尚等并杂碑文等》(二十余文)

3.《六王名例立成歌》一部二卷

---

① 据圆珍记，上引诸种图书，"于福温台越并浙西等传得"。《大正新修大藏经》第 55 册，第 1107 页。

4.《明镜连殊①》一部十卷

5.《削繁加要书仪》一卷 （元和年中者）

6.《西川印子唐韵》一部五卷

7.《同印子玉篇》一部三十卷②

其中《唐韵》与《玉篇》是当时大唐流行的与诗文创作相关的字书和韵书。

空海的《御请来目录》和《根本大和尚真迹策子等目录》中虽然没有著录他携归的隋唐诗文典籍，但是，他在回国后给嵯峨天皇的献纳表中却有一些诗文典籍。据其弘仁二年（唐元和六年，811）六月所写《书刘希夷集献纳表》，可知他此次献给朝廷的唐人诗集和诗格著作就有3种：

1.《刘希夷集》四卷

2.《王昌龄诗格》一卷

3.《贞元英杰六言诗》三卷③

弘仁二年八月，空海撰《奉献杂书迹状》中又有1种：

《徐侍郎宝林寺诗》一卷④

弘仁三年七月，空海撰《献杂文表》中有9种：

---

① "殊"当为"珠"之讹。
② 据宗睿记，以上诸种杂书，"虽非法门世者所要也。大唐咸通六年从六月迄于十月，于长安城右街西明寺日本留学僧圆载法师院求写杂法门等，目录具如右也。日本贞观七年十一月十二日却来"。《大正新修大藏经》第55册，第1111页。
③［日］空海:《遍照发挥性灵集》卷第四，《弘法大师空海全集》第六卷，《弘法大师空海全集》编辑委员会编辑，筑摩书房，2001年，第741页。
④［日］空海:《遍照发挥性灵集》卷第四，第741页。

1.《王昌龄集》一卷

2.《杂诗集》四卷

3.《朱昼诗》一卷

4.《朱千乘诗》一卷

5.《杂文》一卷

6.《王智章诗》一卷

7.《赞》一卷

8.《诏敕》一卷

9.《译经图记》一卷①

另据其《敕赐屏风书了即献表并诗》,知空海曾在弘仁七年八月将初唐人元兢《古今诗人秀句》②二卷抄献给嵯峨天皇③。

空海在回国后编撰的《文镜秘府论》(约成书于弘仁十四年,唐长庆三年,823)中所引用的隋唐人诗选、诗学和格法类著作则更多④:

1.《文笔式》(撰者不详)

2.《诗髓脑》(元兢撰)

3.《古今诗人秀句》(元兢撰)

4.《唐朝新定诗体》(崔融撰)

5.《笔札华梁》(上官仪撰)

6.《诗体》(撰者不详)

7.《诗格》(王昌龄撰)

---

① [日]空海:《遍照发挥性灵集》卷第四,第741页。
② [日]空海所编《文镜秘府论》南卷《集论》中所引"元氏曰"即为元兢《古今诗人秀句序》,参小西甚一《文镜秘府论考》"研究篇"上,京都:大八洲出版株式会社,1948年,第42—430页。
③ [日]空海:《遍照发挥性灵集》卷第三,第738页。
④ 参[日]小西甚一《文镜秘府论考》"研究篇"上,第39—60页。

8.《诗式》(释皎然撰)

9.《诗议》(释皎然撰)

10.《河岳英灵集》(殷璠撰)

11.《文笔要诀》(杜正伦撰)

其中,除皎然《诗式》《诗议》和殷璠《河岳英灵集》中土有传本外,它皆失传。今人之辑佚,主要依据的就是空海的《文镜秘府论》①。

二、日本古代典籍著录引用的隋唐文学文献

《正仓院文书》,尤其是从奈良时期文武天皇大宝二年(702)至光仁天皇宝龟十一年(780)间的古文书②,也记载了很多种当时传

---

① 今人利用空海《文镜秘府论》辑唐人诗格诗法类著作的成果主要有王梦鸥《初唐诗学著述考》(台湾商务印书馆,1974年)、张伯伟《全唐五代诗格汇考》(凤凰出版社,2002年)。

② 参见东京大学史料编纂所编《大日本古文书》"编年文书"部分(东京大学史料编纂所编,东京大学出版会,1968年)。近二十年来,日本学者对正仓院文书的研究日渐深入,相关成果主要有正仓院文书研究会编《正倉院文書研究(1—10)》(吉川弘文馆,1993—2003年)、山下有美《正倉院文書と寫經所の研究》(吉川弘文馆,1999年)、杉本一树《日本古代文書の研究》(吉川弘文馆,2001年)、西洋子、关根真隆编《正倉院文書事項索引》(吉川弘文馆,2001年)、西洋子《正倉院文書整理過程の研究》(吉川弘文馆,2002年)、山下幸男《寫經所文書の基礎の研究》(吉川弘文馆,2002年)、荣原永远《奈良時代寫經史研究》(塙书房,2003年)、石上英编《正倉院文書論集》(青史出版,2005年)、丸山裕美子《正倉院文書の世界よみかえる天平の時代》(中央公论社,2010年)、皆川完一《正倉院文書と古代中世史料の研究》(吉川弘文馆,2012年)、山本幸男《正倉院文書と造寺司官人》(法藏馆,2018年)等。相关专题论文主要有大津透、付晨晨《日本古代古文书学研究的进展及课题》(《中国史研究动态》2016年第1期)、陈翀《正仓院古文书所见汉籍书录及唐逸诗汇考》(《中国文学研究》辑刊,2017年第1辑)、刘洁《东瀛佛语:正仓院藏汉文写经文书》(《收藏》2019年第2期)、田卫卫《日本正仓院文书中之汉籍抄写学习史料考述》(《敦煌吐鲁番研究》2019年第2期)等。

至日本并在宫廷和皇家寺院东大寺抄写的唐人诗文集。下面主要根据陈翀所编《正仓院古文书所见汉籍书录史料编年稿》(待刊)，将其中提及隋唐人诗文集、书仪和诗文作法书的信息列述如下：

(一)天平二十年(唐天宝七载,748)文书《写章疏目录》：

1.《太宗文皇帝集》40卷

2.《群英集》21卷

3.《许敬宗集》10卷

4.《文轨》1卷①

5.《要览》1卷②

(二)天平年间(唐开元十七年至天宝八载,729—749)文书《读诵考试历名》：

《骆宾王集》1卷③

(三)天平胜宝八年(唐至德元年,756)文书《东大寺献物帐》：

1.《杂集》1卷

---

① 此书乃隋代杜正藏所撰，在日流传又有《文章体式》《杜家新书》《杜家立成》诸名。《隋书·杜正藏传》："正藏字为善，尤好学，善属文。弱冠举秀才，授纯州行参军，历下邑正。大业中，学业该通，应诏举秀才，兄弟三人俱以文章一时诣阙，论者荣之。著碑诔铭颂诗赋百余篇。又著《文章体式》，大为后进所宝，时人号为'文轨'，乃至海外高丽、百济，亦共传习，称为《杜家新书》。"启功谓："《杜家新书》者，其兄弟撰著之总称也。《文章体式》者，杜正藏所撰之各体式也。《杂书要略》者，《文章体式》中之一摘抄部分也。昔人于域外诸国，称谓每多含混，传至日本，而概之以高丽、百济，亦或自两国转至日本者。"参启功《启功丛稿·题跋卷》，中华书局，1999年，第263—264页。
② 《大日本古文书编年文书》第3册，《正倉院文書》，东京大学史料编纂所编，东京大学出版会，1968年，第84—91页。
③ 《大日本古文书编年文书》第24册，《正倉院文書》续续修二十六帙五里，第556页。

2.《杜家立成》1卷①

(四)天平宝字(唐至德二载至永泰元年,757—765)中文书《秦家主启、消息事》：

《(李善)注文选》②

(五)天应元年(唐建中二年,781)文书《御物目录》：

1.《杂集》1卷

2.《杜家立成》1卷③

(六)延历十二年(唐贞元九年,793)文书《东大寺使解》：

1.《杂集》1卷

2.《杜家立成》1卷④

(七)齐衡三年(唐大中十年,856)文书《东大寺使解》：

1.《杂集》□□一卷(□□[白麻]纸、□□[紫檀]轴、紫罗缥、绮带)

右平城宫御宇后太上天皇御书。

2.《杜家立成》一卷(□□□[麻纸、紫]檀轴、紫罗□[缥]、绮□[带])

右□(二)卷,皇太后御书。

右,以天平宝字符年润八月廿四日献物。以前,杂财物等

---

① 《大日本古文書編年文書》第4冊,《正倉院文書》,第121—171頁。
② 《大日本古文書編年文書》第25冊,《正倉院文書》续修四十八帙,第344頁。
③ 此应为天平胜宝八年献纳物的返纳物。《大日本古文書編年文書》第4冊,《正倉院文書》,第199—203頁。
④ 此为前二件文书所涉之物的曝晾记载。《大日本古文書編年文書》第25冊,附录,《正倉院御物出納文書》,第34—53頁。

实录,申上如件。①

上引古文书所涉隋唐人著述,去其重复,共计9种。

藤原佐世编撰的《日本国见在书目录》则更全面反映了奈良至平安朝前期流传到日本的汉籍的存藏情况②。

本人据孙猛著《日本国见在书目录详考》进行检索和统计,该书著录隋唐人编撰诗文作法和书仪类著作有40种③:

1.《文轨》十卷　冷然院　(隋·杜正藏,佚)④

2.《文轨抄》六卷　(隋·杜正藏,佚)

3.《笔札华梁》二卷　(唐·上官仪,佚)

4.《文谐》廿卷　冷然院　(佚名,佚)

5.《文章体〔式〕》九卷　(隋·杜正藏,佚)

6.《文章体式例》一卷　(隋·杜正藏,佚)

7.《文章体式抄》一卷　(隋·杜正藏,佚)

8.《文章式样》一卷　(隋·杜正藏?,佚)

9.《文章仪式》一卷　(隋·杜正藏?,佚)

10.《文章论》一卷　(唐·李德裕?,佚)

---

①《大日本古文書編年文書》第25册,附录,《正倉院御物出納文書》,第344页。
②孙猛认为:"此目录虽成书于唐昭宗时,但著录的唐代著述却绝大部分成书于太宗、高宗、武周之时,甚至玄宗前后的著述也不多。所以,平安前期为止的日本汉籍库,收藏的主要是玄宗以前的著作。就日本汉籍东传早期历史而言,最盛期并不是平安时期,甚至不包括平安前期,而是奈良时期!以前,讲到汉籍东传,学界总是笼而统之地说奈良、平安时期,这个说法值得商榷。"参孙猛《日本国见在书目录详考》,第2156页。
③该书"总集家"还杂有书仪类著作1种:《大唐新集书仪》一卷(唐·郑余庆,残)。参孙猛《日本国见在书目录详考》,第2089页。
④此处及下文括号中的作者和存佚情况,非尽原书所载,系据孙猛所考及本人推断。

11.《文章要诀》一卷　（隋·杜正藏,佚）

12.《文章释杂义》一卷　（佚名,佚）

13.《文章式》一卷　（隋·杜正藏?,佚）

14.《诗笔体》一卷　（佚名,佚）

15.《论体》一卷　（佚名,佚）

16.《文笔要诀》一卷　（唐·杜正伦,存,有辑佚①）

17.《文笔式》二卷　（佚名,佚,有辑佚②）

18.《属体法》一卷　（佚名,佚）

19.《诗髓脑》一卷　（唐·元兢,佚,有辑佚③）

20.《注诗髓脑》一卷　（佚名,佚）

21.《诗格》三卷　（唐·王昌龄?,佚?）

22.《诗病体》一卷　（佚名,佚）

23.《宝箧》一卷　（佚名,佚）

24.《文笔范》一卷　（唐·王孝则,佚）

25.《大唐文章博士嫌吾文笔病书》一卷　（佚名,佚）

26.《诗八病》一卷　（佚名,佚）

27.《文音病》一卷　（佚名,佚）

28.《文章始》三卷　冷泉院　（梁·任昉、隋·姚察、唐·张绩?,佚）

---

① 此书中国古今公私书目皆未著录,今有日本平安朝末期抄本传世,与《赋谱》合抄,五岛庆大藏,题作"《文笔要诀》,杜正伦"。日僧空海《文镜秘府论》北卷《句端》、《文笔眼心抄》与印融《文笔问答抄》已有抄录,张伯伟《全唐五代诗格汇考》(凤凰出版社,2002年)中有辑校本。参孙猛《日本国见在书目录详考》,第515页。
② 此书今有张伯伟《全唐五代诗格汇考》辑校本。
③ 此书空海《文镜秘府论》东卷《二十九种对》、天卷《调声》、西卷《文二十八种病》及南卷《集论》均有摘引,今有张伯伟《全唐五代诗格汇考》辑校本。

29.《文章故事》一卷　（佚名,佚）

30.《诗体》七卷　（佚名,佚）

31.《八病诗式》一卷　（佚名,佚）

32.《读①异体诸诗法》一卷　（佚名,佚）

33.《文场秀句》一卷　（唐·孟献忠?,唐·王起?,佚,有辑佚②）

34.《古今诗类》二卷　（唐·郭瑜?,佚）

35.《文仪集注》一卷　（佚名,佚）

36.《唐朝新定诗体》一卷　（唐·崔融,佚,有辑佚③）

37.《大唐书仪》十卷　（唐·裴矩、虞世南,佚）

38.《大唐书仪》十五卷　（唐·裴矩、虞世南,佚）

39.《月仪》四卷　（唐·许敬宗,佚）

40.《九族书仪》一卷　（隋·李德林,佚）

该书著录隋唐五代人别集共 90 多种：

1.《崔融集》十卷　（唐·崔融,佚）

2.《鲁集》十卷④　（唐·颜思鲁?,佚）

3.《陈子昂集》十卷　（唐·陈子昂,存）

---

① 孙猛校云:"'读'疑当作'续'。"参孙猛《日本国见在书目录详考》,第 527 页。
② 敦煌文献 P. 2712a、P. 3649、P. 3671、S. 5658、S. 4663,日本古代文献《和名类聚抄》、成安注《三教指归注集》、信瑞纂《净土三部经音义集》等均称引此书,今有佐藤义宽(《三教指归の研究》,大谷大学,1992)、李铭敬(《日本及敦煌文献中所见文场秀句一书的考察》,《文学遗产》2003 年第 2 期)辑佚本。
③ 日僧空海《文镜秘府论》地卷《十体》、东卷《二十九种对》称引此书,今有张伯伟《全唐五代诗格汇考》辑校本。
④ 孙猛校云:"此条当有脱文,置《陈子昂集》前,或为初唐人。时有颜思鲁,颜之推子、颜师古父,或为《颜思鲁集》欤?"参孙猛《日本国见在书目录详考》,第 1856 页。

4.《萨后①集》卅卷　（唐·薛元超,佚）

5.《江令君集》廿卷　（隋·江总,佚,有辑佚）

6.《卢照邻集》廿卷　（唐·卢照邻,佚,有辑佚）

7.《太宗文皇帝集》卅卷　（唐·李世民,佚,有辑佚）

8.《上官仪集》卅卷　（唐·上官仪集,佚,有辑佚）

9.《杨(炯)〔炯〕集》卅卷　（唐·杨炯,佚,有辑佚）

10.《许敬宗集》廿卷　（唐·许敬宗,佚,有辑佚）

11.《玄奘集》九卷　（唐·玄奘,佚,有辑佚）

12.《玄奘集》一卷　（唐·玄奘,佚,有辑佚）

13.《醉后集》三卷　（唐·薛元超,佚）

14.《王昌龄集》一卷　（唐·王昌龄,佚,有辑佚）

15.《江令君集》卅卷　（隋·江总,佚,有辑佚）

16.《张野人集》十卷　（唐·张野人,佚,有辑佚）

17.《张说集》十卷　（唐·张说,存）

18.《河南子集》十卷　（唐·褚遂良?,佚）

19.《宋之问集》十卷　（唐·宋之问,存,非原本）

20.《慧静师集》三卷　（唐·释慧静,佚,有辑佚）

21.《静泰师集》十二卷　（唐·释静泰,佚,有辑佚）

22.《惠文太子集》十卷　（唐·李范,佚,有辑佚）

23.《吴严集》十卷　（佚名,存佚不详）

24.《令集②》十卷　（佚名,存佚不详）

25.《张文成集》九卷　（唐·张鷟,佚,有辑佚）

---

① 孙猛校云："'萨后'疑当作'薛振','菩萨'之'萨'本亦作'薛'。"参孙猛《日本国见在书目录详考》,第1859页。

② 题名疑有脱文,若作"江令集",则为《江总集》的另一版本。

26.《〔田〕游（严）〔岩〕集》一〔卷〕 （唐·田游岩，佚，有辑佚）

27.《姚纳集①》十四卷 （唐·姚璹?，存佚不详）

28.《马氏集》十卷 （唐·马周，佚，有辑佚）

29.《李山人集》一卷 （唐·李山人，佚）

30.《张谔集》一卷 （唐·张谔，佚，有辑佚）

31.《李峤百廿咏》一卷 （唐·李峤，存）

32.《刘希夷集私记》一卷 （唐·刘希夷，佚，有辑佚）

33.《幽忧子集》十卷 （唐·卢照邻，佚，有辑佚）

34.《英藻集》十卷 （佚名，佚）

35.《杨齐哲集》二卷 （唐·杨齐哲，佚，有辑佚）

36.《无名集》十八卷 （佚名，佚）

37.《李特进集》一卷 （唐·李峤，佚，有辑佚）

38.《柳顾言集》十卷 （隋·柳䛒，佚，有辑佚）

39.《剧②华文集》一卷 （唐·刘华? 存佚不详）

40.《文皇帝集》一卷 （唐·李世民，佚，有辑佚）

41.《李少通集》十卷 （隋·李少通，佚）

42.《贺兰遂集》二卷 （唐·贺兰遂，早佚，存零句）

43.《沈（诠）〔佺〕期集》十卷 （唐·沈佺期，佚，有辑佚）

44.《李白歌行集》三卷 （唐·李白，佚）

45.《岑集③》十卷 （唐·岑参?，佚，有辑佚）

46.《韦（永）〔承〕庆集》一卷 （唐·韦承庆，佚，有辑佚）

---

① 题名疑有脱文，若作"姚纳言集"，则可能为初唐人姚璹的文集。
② "剧"疑为"刘"之形近而讹。唐有刘华，贾岛《长江集》卷四有《题刘华书斋》诗。
③ 题名疑脱"参"字，盖为盛唐岑参文集。

47.《卢升之集》一卷 （唐·卢照邻,佚,有辑佚）

48.《王维集》廿卷 （唐·王维,存）

49.《李益集》一卷 （唐·李益,佚,有辑佚）

50.《王涯集》一卷 （唐·王涯,佚,有辑佚）

51.《王梵志集》二卷 （唐·王梵志,佚,有辑佚）

52.《释太闲集》一卷 （唐·释太闲,佚,有辑佚）

53.《(扬)〔杨〕广集抄》一卷 （隋·杨广,佚,有辑佚）

54.《白云集》十九卷 （唐·司马承祯,存佚不详）

55.《令狐楚表奏集》十卷 （唐·令狐楚,佚,有辑佚）

56.《祖君彦集》一卷 （隋·祖君彦,佚,有辑佚）

57.《祖君彦集私记》一卷 （隋·祖君彦,佚）

58.《炀帝集》廿八卷 （隋·杨广,佚,有辑佚）

59.《杜审言集》十卷 （唐·杜审言,佚,有辑佚）

60.《释复礼集》十卷 （唐·释复礼,佚,有辑佚）

61.《岳阳诗》二卷 （唐·张说?,佚,有辑佚）

62.《富嘉(慕)〔谟〕集》十卷 （唐·富嘉谟,佚,有辑佚）

63.《吴少微集》五卷 （唐·吴少微,佚,有辑佚）

64.《赵公集》十卷 （唐·长孙无忌?,存佚不详）

65.《释灵实集》十卷 （唐·释灵实,佚,有辑佚）

66.《许高阳集》九卷 （唐·许敬宗,佚,有辑佚）

67.《西平公集》二卷 （唐·段嶷?,存佚不详）

68.《崔(湜)集》二卷 （唐·崔湜,存佚不详）

69.《李河间集》三卷 （唐·李湛?,存佚不详）

70.《徐彦伯集》二卷 （唐·徐彦伯,佚,有辑佚）

71.《李澄之集》三卷 （唐·李澄之,佚,有辑佚）

72.《王梵志诗》二卷 （唐·王梵志,佚,有辑佚）

73.《元思敬集》一卷 （唐·元兢,佚,有辑佚）

74.《许敬宗八咏》一卷 （唐·许敬宗,佚,有辑佚）

75.《则天大圣皇后》十卷 （唐·武曌,残）

76.《武媚娘》一卷 （唐·武曌,佚）

77.《杜之高①集》一卷 （唐·杜之亮,佚）

78.《释波仑集》一卷 （唐·释波仑,佚,有辑佚）

79.《释怀义集》一卷 （唐·释怀义,佚）

80.《乔知之集》二卷 （唐·乔知之,佚,有辑佚）

81.《(庚)〔康〕希铣集》三卷 （唐·康希铣,佚）

82.《虞世南集》卅卷 （唐·虞世南,佚,有辑佚）

83.《李氏哀词》一卷 （唐·薛元超?,佚）

84.《游仙窟》一卷 （唐·张鷟,存②）

85.《朱子奢集》五卷 （唐·朱子奢,佚,有辑佚）

86.《南充郡太守敬③集》 （唐·敬括,佚,有辑佚）

87.《进士富燧杂文》一卷 （唐·富燧,佚）

88.《私记》一卷 （佚名,佚）

89.《白氏文集》七十卷 （唐·白居易,存）

90.《元氏长庆集》廿五卷 （唐·元稹,存,非原本）

91.《白氏长庆集》廿九卷 （唐·白居易,残）

该书共著录隋唐五代总集50余种:

1.《(免)〔兔〕园策》九卷 （唐·杜嗣先,残）

---

① "高"疑为"亮"之讹。杜之亮,为隋著作郎杜公瞻之子,唐初任司勋员外郎,见《元和姓纂》卷六。
② 此书中土早佚,赖日本旧抄本以存,今有白文本和注本。
③ 题名当避唐德宗讳省"括"字。

2.《注策林》廿卷 (唐·佚名,佚)

3.《文选》六十卷 (唐·李善注,存)

4.《文选钞》六十九卷 (唐·公孙罗,佚,有辑佚)

5.《文选钞》卅卷 (唐·佚名,佚,有辑佚)

6.《文选音义》十卷 (唐·李善,佚)

7.《文选音决》十卷 (唐·公孙罗,佚,有辑佚)

8.《文选音义》十卷 (唐·释道淹,佚,有辑佚)

9.《文选音义》十三卷 (唐·曹宪,佚,有辑佚)

10.《文选抄韵》一卷 (唐·佚名,佚)

11.《小文选》九卷 (唐·佚名,佚)

12.《文馆词林》千卷 (唐·许敬宗,残)

13.《金轮万岁集》五十一卷 一卷目录 (唐·武则天,佚)

14.《镜中集(中集)》十卷 (唐·释灵实,佚)

15.《霸朝集》三卷 (隋·李德林,佚)

16.《镜中观妓集》一卷 (佚名,佚)

17.《续古今诗苑英华集》十卷 (唐·释慧静,佚)

18.《注续古今诗苑英华集》廿卷 (唐·释慧静,佚)

19.《续诗苑英华抄》一卷 (唐·佚名,佚)

20.《天宝集》三卷 (唐·佚名,佚)

21.《天宝集》九卷 (唐·佚名,佚)

22.《正声集》三卷 (唐·孙翌,佚)

23.《文林丽藻集》百卷 (唐·佚名,佚)

24.《朝士近代大才集》廿卷 (唐·佚名,佚)

25.《大唐新文章》十六卷 (唐·佚名,佚)

26.《帝德录》二卷 (唐·佚名,存)

27.《丹(杨)〔阳〕集》一卷 (唐·殷璠,佚,有辑佚)

28.《辨正集》一卷 （唐·辨正①,佚,有辑佚）

29.《续文会集》一卷 （佚名,佚）

30.《秀句集》一卷 （唐·佚名,佚）

31.《杂文集》一卷 （唐·佚名,佚）

32.《珠英学士集》五卷 （唐·崔融,残）

33.《河岳英灵集》一卷 （唐·殷璠,存）

34.《荆（杨）〔扬〕挺秀集》二卷 （唐·殷璠,佚）

35.《类集》二卷 （隋·虞绰,佚）

36.《词苑丽则集》廿卷 （庚）〔康〕显（真）〔贞〕撰 （唐·康显贞,佚,有辑佚）

37.《垂拱集》百卷 （唐·武则天,佚）

38.《圣母神皇垂拱后集》卅卷 （唐·武则天,佚）

39.《圣母集》十卷 （唐·武则天,佚）

40.《诗苑》一卷 道衡撰 （隋·薛道衡?,佚）

41.《开成集》卅卷 （唐·佚名,佚）

42.《广弘明集》卅卷 （唐·释道宣,存）

43.《偃松》一卷 （唐·蔡孚,佚,有辑佚）

44.《启颜录》十卷 （唐·侯白,残,有辑佚）②

45.《古今诗人秀句》二卷 元思敬撰欤？ （唐·元兢,佚,有辑佚）

46.《醉后集》三卷 （唐·薛元超,佚）

47.《大周朝英集》十卷 （唐·佚名,佚）

---

①辨正为来唐日本留学僧,颇受玄宗宠遇,在唐三十年,卒于唐。此书当入"别集"类。
②此书当入子部小说家。

48.《贞观集》一卷　（隋·释真观?①,佚）

49.《王等四子集》三卷　（唐·佚名,佚）

50.《刘白唱和集》二卷　（唐·刘禹锡、白居易,佚,有辑佚）

51.《杭越寄诗》二（十二）卷　（唐·白居易、元稹、李谅,佚,有辑佚）

52.《十二月诗题》　上官仪注　（唐·上官仪,佚）

53.《大唐新集书仪》一卷　（唐·郑余庆,残）

54.《前（伐）〔代〕君臣（诏）〔语〕录屏风本》一卷　（唐·李世民,残）

55.《类文》三百七十七卷　（唐·庾自直,佚）

56.《类书》二百十三卷　在（离）〔杂〕家　（唐·庾自直,佚）

其中一半以上未见于《旧唐书·经籍志》《新唐书·艺文志》,更有数十部为中国唐宋时期的公私书目均未著录过的。

在编成于日本孝谦天皇天平胜宝三年（唐玄宗天宝十载,751）,今存日本最早的汉诗集《怀风藻》中,可确认非转引的隋唐文学文献有《王勃诗序》《骆宾王集》《初学记》等3部,存疑者则有唐太宗《帝京篇》②。

日本古代用汉文撰写的《日本书纪》《续日本纪》《日本后纪》《续日本后纪》《日本文德天皇实录》《日本三代实录》等六部敕撰国史中,也零星反映了当时传入日本的隋唐典籍,如成书于元正天皇养老四年（720）的《日本书纪》就曾引用过《琱玉集》《翰苑》《兔园策》等隋唐类书。

---

① 孙猛疑"贞"当作"真",形似而误,此条或当作《真观集》。参孙猛《日本国见在书目录详考》,第2069页。
② 参孙猛《日本国见在书目录详考》,第2151页。

从这些日本早期汉文典籍中著录、引用的唐代诗文书目,我们可以在一定程度上看出唐代作家作品在奈良和平安朝前期流传和影响的情况。

就唐人别集而言,当时在日本流传的多是初唐人的作品集①。其中许敬宗集、薛元超集、王勃集、卢照邻集、李峤集、武则天集都不止一种,这几位初唐作家的影响应当相对较大。盛唐别集仅有张说集、李白集、王维集和王昌龄集等为数不多的几部,其中李白的还只是《李白歌行集》三卷,杜甫集当时传来的可能只有一部二卷本的《杜员外集》,故李、杜在奈良、平安朝前期之影响不可能太大。中唐别集虽亦只有李益集、令狐楚集、白居易集、元稹集寥寥数家,然白居易集则有《白氏长庆集》廿九卷和《白氏文集》七十卷两种本子,白居易对日本平安朝中前期汉文学影响之深巨,盖有以矣。

三、日本现存唐集古抄本的文献价值

日本现存的唐人文集古抄本尤其唐抄本,对辑佚唐诗作品、考察唐集原貌,具有极大的文献价值。

从奈良时期开始,日人抄写中国典籍蔚然成风。据阿部隆一编《本邦现存汉籍古写本类所存略目录》,日本现存各类汉籍古抄本

---

①长泽规矩也指出:"宽平年间藤原佐世奉敕所编《日本国见在书目录》是我国最古的目录,今仅存一本,虽有脱误,但《文选》注就有八种,著录的六朝总集相当多。唐人的作品,总集不少,别集也不少,始于王、杨、卢、骆,著录了太宗、武后、虞世南、许敬宗、李峤、杜审言、沈佺期、宋之问、陈子昂、王梵志、张鷟、玄奘、上官仪等,多是初唐人,盛唐的仅有李白、王维、王昌龄等,此外,算上元稹、白居易。据此可知,当时并没有引进很多的盛唐诗集。"([日]长泽规矩也《書誌の上から觀た本邦に於ける支那詩文流行の一斑》,《書誌學》第5卷第5期)

就达700多种,其中就有不少是中国早已失传的唐代诗文典籍①。

作家别集类的日本古抄本主要有王勃、武则天、赵志、白居易等人的集子。其中,现藏于日本奈良县天理图书馆的《赵志集》,据日本学者考证,似为初唐人赵志的诗集,然赵志与集中唱和之人均无考,作品更不见现存他书,近年来已逐渐引起学界之关注,但尚未展开深入研究②。下面主要介绍更受关注的日藏王勃集古抄本、《白氏文集》抄本和唐诗汇抄本。

(一) 日藏王勃集古抄本

正仓院藏抄本《王勃诗序》一卷(卷末题"庆云四年七月廿六日",系唐中宗景龙元年,公元707年,距王勃去世仅40年)收序文41篇,其中20篇不见于今本王勃集:

1.《春日序》

2.《秋日送沈大虞三入洛诗序》

3.《秋日送王赞府兄弟赴任别序》

4.《夏日喜沈大虞三等重相遇序》

5.《冬日送间丘序》

6.《秋晚什邡西池宴饯九陇柳明府序》

7.《江浦观鱼宴序》

8.《与邵鹿官宴序》

9.《夏日仙居观宴序》

10.《张八宅别序》

---

① [日]阿部隆一:《阿部隆一遗稿集》第一卷,庆应义塾大学附属研究所斯道文库编,汲古书院,1993年。
② 影印本收《天理图书馆善本丛书》(汉籍之部)第二册(八木书店,1980年),日本学者大阪大学斋藤茂教授有校注本,山西人民出版社《艺文志》第一辑刊周绍良录文。

11.《九月九日采石馆宴序》

12.《卫大宅宴序》

13.《乐五席宴群公序》

14.《杨五席宴序》

15.《登绵州西北楼走笔诗序》

16.《至真观夜宴序》

17.《秋日登冶城北楼望白下序》

18.《冬日送储三宴序》

19.《初春于权大宅宴序》

20.《春日送吕三储学士序》①

见于今本《王勃集》者亦多异文②。

日本还有唐抄本《王勃集》残卷三种③,卷二八、卷二九、卷三〇,抄写时间为武后垂拱、永昌年间,距离王勃去世更近,存王勃佚文4篇:

1.《过淮阴谒汉祖庙祭文》

2.《唐故度支员外郎达奚公墓志并序》

3.《归仁县主墓志并序》

4.《唐故河东处士卫某夫人贺拔氏墓志并序》

---

① 1919年归国前,罗振玉在日本校录了庆云四年写本,撰有《王子安集佚文》,其中有王勃集佚文24篇,稿本今藏辽宁省图书馆,此据上海古籍出版社1995年版蒋清翊注、汪贤度整理《王子安集注》附录一,第627—652页。
② 详见罗振玉《王子安集校记》,收蒋清翊注,汪贤度整理《王子安集注》附录二,上海古籍出版社,1995年,第653—674页;[日]道坂昭广:《テキストとしての正倉院藏『王勃詩序』》,《アジア遊学》第93号,勉诚社,2006年。
③ 分别藏于日本兵库县芦屋市上野精一、东京国立博物馆,均影刊于日本大阪市立美术馆编《唐抄本》(同朋舍,1981年)中。

以及王勃殁后亲友祭奠文和书札4篇①：

1.《君没后彭执古孟献忠与诸弟书》

2.《族翁承烈旧一首》(《兼与〈剧〉勮书》《论送旧书事》)

3.《族翁承烈致祭文》

4.《于(族?)翁承烈领乾坤注报助书》

这些唐抄本不仅可窥唐代三十卷本《王勃集》的原貌，还可补今本遗珠之憾，其亲友祭文、书札更为研究王勃家族情况提供了新的材料。

又，据《第十三次平城宫发掘调查出土之木简》，在平城宫出土的木简中，有三片抄录了王勃《初春于权大宅宴序》。此序另仅见于庆云四年奈良正仓院藏《王勃诗序》抄本中，亦不载今本《王勃集》，可见在奈良朝《王勃集》亦已流传至民间②。

(二) 日藏《白氏文集》旧抄本的文献校勘与文体研究价值

日本现存《白氏文集》旧抄本数量更多，均具有较高的文献校勘价值。为学界所重的主要有以下几种：

1. 金泽文库本

现在学界习称的金泽文库本《白氏文集》，是指曾被日本镰仓中期幕府武将北条实时(1224—1276)在武藏国久良郡金泽村(今横滨市金泽区金泽町)创建的金泽文库③收藏过的白集旧抄本。此

---

①相关研究参[日]道坂昭广《王勃集と王勃文学研究》，研文社，2006年，第235—280页。

②[日]东野治之：《王勃集与平城宫木简》，奈良国立文化财研究所编：《奈良国立文化财研究所年报》，1964年。

③学界以前大都认为金泽文库系北条实时的私家文库，陈翀在《两宋时期刻本东传日本考——兼论金泽文库之创建经纬》(《西华大学学报》第29卷第3期，2010年)一文中指出，金泽文库乃是幕府之公家藏书机构。

第十章　隋唐典籍之东传与日本古代典籍之研究价值

本是丰原奉重在宽喜三年(1231)后花费二十余年,对当时日本流传的白集旧抄本(主要是平安时代博士家菅家抄本)进行转抄,并利用刊本校订整理而成的。据我所知,目前可确认为《白氏文集》金泽文库旧抄本者现存 31 件①。金泽文库本最可贵的地方,在于其中不少卷的祖本就是白氏文集唐抄本。在今存金泽文库本中,卷十二、三十一、三十三、四十一、四十九、五十二、五十九的卷尾不仅有主持抄写者丰原奉重所写的奥书(跋语),而且还附有唐抄本流传下来的惠萼奥书:

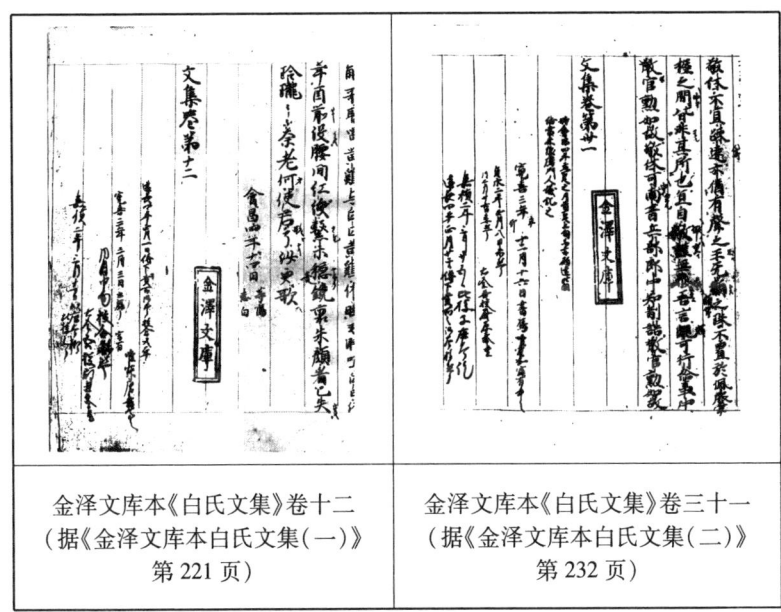

| 金泽文库本《白氏文集》卷十二 （据《金泽文库本白氏文集(一)》 第 221 页） | 金泽文库本《白氏文集》卷三十一 （据《金泽文库本白氏文集(二)》 第 232 页） |

---

① 东京五岛美术馆于 1965 年 9 月举办的"白氏文集古笔展"曾经展览过《白氏文集》卷五十七断简三页,虽因缺首页而不知此卷是否捺有"金泽文库"藏书印,然太田次男根据书法风格,认为此卷也有可能是金泽文库本。如果太田次男猜测无误的话,那么今存金泽文库本《白氏文集》就有 30 卷,32 件。

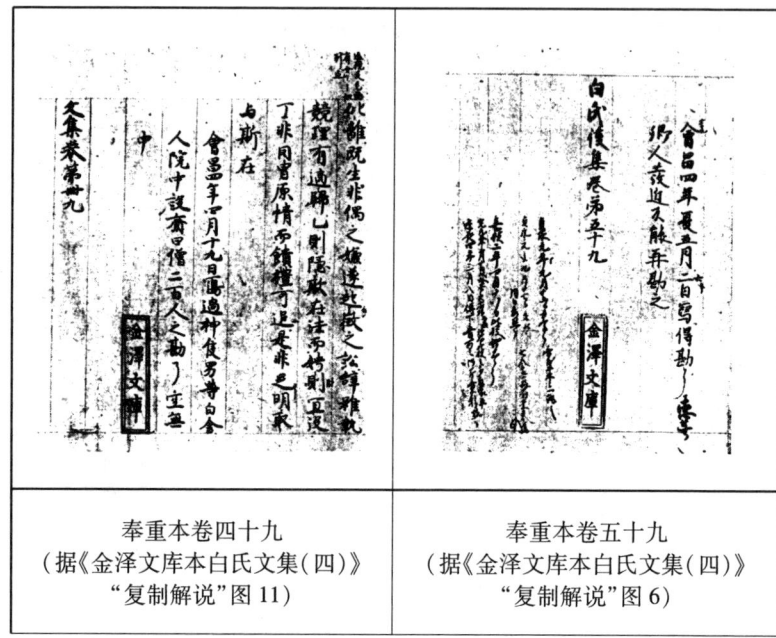

奉重本卷四十九	奉重本卷五十九
（据《金泽文库本白氏文集（四）》"复制解说"图11）	（据《金泽文库本白氏文集（四）》"复制解说"图6）

通过这些奥书，我们可以知道，唐武宗会昌四年（844）日僧惠萼曾于苏州南禅院借抄过《白氏文集》。惠萼将此本带回日本后，一直流传于宫廷中，并成为后来菅家抄本的底本，而奉重本又主要是以菅家本为底本转抄的，所以奉重本中附有惠萼奥书的祖本大多应为唐抄本。当然，据花房英树考察，有惠萼奥书的底本也不全是菅家本，如卷四十一虽有惠萼奥书，然从奥书格式看，并非底本旧有，当系奉重据他本转写而来，所以此卷祖本就不一定是惠萼的唐抄本。而且，花房英树还曾将奉重本卷六十一后各卷作品编次与南禅院本和七十卷本进行对比，指出金泽文库本卷六十一、六十二的作品编次，继承的是与南禅院本相异的七十卷抄本，金泽文库本现存的卷六十三、六十五，也属于七十卷抄本系统。他又结合金泽文库本卷五十九惠萼奥书中"夏五月二日"、"乡人发近不能再勘之"等

语,认为当年惠萼于苏州南禅院所抄可能止于卷五十九①。另外,奉重本的校点记也表明,丰原奉重在抄写白集时,所依据的底本除了转写自惠萼本的菅家本,旧抄本缺失时还曾用过"折本"(来自中国的刊本,又称"唐本")作底本。如太田次男就指出,卷三十一、卷三十三和卷五十四的底本,显然用的是北宋刊本②。

虽然现存金泽文库本并非全部承自惠萼的南禅院抄本,但是各卷编次体例和抄写格式大致相同,与南宋绍兴本及以南宋刊本为祖本的那波道圆本均有显著的区别。正如静永健所说,现存刊本《白氏文集》中,无论是宋本(南宋绍兴年间刊本,前诗后笔本),还是那波本(江户初期刻本,前集后集本),其祖本都是此前的宋代刻本。这些刊本的祖本出版时,已经是《白氏文集》成书二三百年之后的事了,而且这些刊本所依据的是当时的转抄本。无论是从时间上看,还是从编撰时混入编者的臆改看,或是从雕刻时的刻写错误看,宋刊本与原抄本都存在一定的距离③。所以,金泽文库本对研究白居易编撰文集之体例和作品分类,以及还原白集旧貌,都具有刊本难以替代的文献价值。

2. 神田本与时贤本

神田本是由日本著名藏书家神田喜一郎博士收藏的《白氏文集》卷第三、卷第四"新乐府诗"部分的旧抄本。据神田本卷第三所附奥书:

---

① [日]花房英树:《白氏文集の批判的研究》,汇文堂书店,1960年,第114—115页。
② [日]太田次男:《舊鈔本を中心とする:白氏文集本文の研究》上卷,勉诚社,1997年,第258—453页。
③ [日]静永健:《东京国立博物馆古笔残卷〈白氏文集〉卷六十六校考》,收《汉籍东渐及日藏古文献论考稿》,中华书局,2011年,第161—162页。

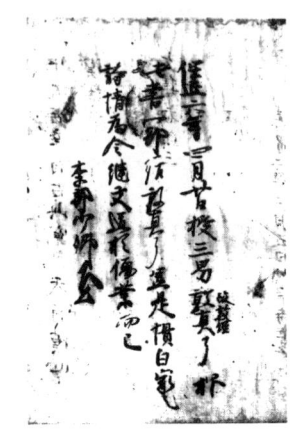

神田本《白氏文集》卷三末附奥书　　　神田本《白氏文集》卷三尾题里书
（据《神田本白氏文集の研究・　　　（据《神田本白氏文集の研究・
　　本文影印》第 56 页）　　　　　　　　本文影印》第 62 页）

此卷当为日本平安时代博士家之一的藤原家传人藤原茂明于嘉承二年（1107）五月五日抄写，并于天永四年（1113）三月二十八日完成校点；卷第四亦有藤原茂明的奥书，可知校点时间与卷第三同，唯抄写日期语焉不详（当与卷第三相近）；卷第三抄本的尾题里书又表明，保延六年（1140）四月藤原茂明曾用此本教授过其孙藤原敦经。在现存日藏白集旧抄本中，此卷抄写年代最早，加上首尾完整，对考察白氏手定本之体例及原貌更显珍贵。神田喜一郎在古典保存会影印本跋语中即云："此卷首题'文集卷第三'，下署'大（宜作太）原白居易'，体例不同今本，知出自香山手定。至后世辗转雕印文集上漫加'白氏'，而非复《长庆》之旧。"①

另外，东京宫内厅书陵部还藏有一轴"白氏文集卷三新乐府元

---

① 日本古典保存会 1927 年据原件原大影印版。后来太田次男、小林芳规又专门对之展开深细考察，著有《神田本白氏文集の研究》（勉诚社，1982 年），书中所载图版系重新拍照，亦为原大。

亨写本",据卷末奥书,知是元亨四年(1324)宫中侍从时贤(疑为藤原时贤)据菅家本抄成,太田次男称之为"时贤本"①。该卷虽然没有神田本抄写年代早,但因属于菅家本系统,基本保留了惠萼本的格式和体例,也具有较高的文献利用价值。

3. 管见抄本

日本国立公文书馆内阁文库藏《管见抄》,系白氏文集选抄本,原为两函十册,今佚第三册。据第九册、第十册卷末所录奥书,此本原抄于日本镰仓时期康元元年(1256)至正元元年(1259)间,主要是从七十卷本白氏文集中抄出②,重抄于永仁三年(1295)。此本虽是选抄本,但其文献价值依然很高。首先,此本将白氏文集卷四十五至卷五十,全部抄入,而且其编次亦仍白集之旧,系前后集本。其次,据太田次男考察,此本选抄白氏文集前七十卷部分的文字,与金泽文库本等旧抄本极为接近,而与刊本系的南宋绍兴本、那波道圆本有很大差异③。而且,更有价值的是,《管见抄》还在多处补写了其所据底本的卷数及卷首信息,如"卷苐二古调诗"、"卷苐三新乐府"等,也有助于考察白集原有编次及体例。相较而言,同为白集选抄本的《白氏文集要文抄》④和《文集抄》⑤,前者未存原本格式体

---

① [日]太田次男:《舊鈔本を中心とする:白氏文集本文の研究》上卷,第695页。
② 据太田次男考察,《管见抄》末尾所录九篇白文,疑为后人从七十二卷北宋刊本中抄出,附加进去的。参《舊鈔本を中心とする:白氏文集本文の研究》中卷,第123页。
③ 参[日]太田次男《舊鈔本を中心とする:白氏文集本文の研究》中卷,第95—123页。
④ 奈良东大寺宗性于建长元年(1249)及文永十一年(1275)两次抄写而成,现存东大寺图书馆。
⑤ 建长二年(1250)僧阿忍抄于醍醐寺,原件现存日本东京国立国会图书馆。最近国立国会图书馆官方网站(http://dl.ndl.go.jp/info:ndljp/pid/2534310)已经公开该藏品的全部电子图片,可前往浏览,庆应义塾大学附属研究所斯道文库亦存上卷之模写本。

例，后者抄录作品较少，且阙失卷三、卷四，对研究白集编次问题的参考价值就比《管见抄》要小得多。

4. 古笔切本

日本从平安时代开始，无论是天皇还是博士家甚至武将，都以抄写白氏文集为时尚，传下来不少他们抄录白居易诗文的书法作品。这些旧写本，俗称"古笔切"，现在大多被收入日本书道史研究资料中①。不过这些抄有白居易诗文的古笔切本，因系习书之产物，且以片纸零简居多，极少保存白集原有体例格式。其中只有被小松茂美称为"熊野切本白氏文集第一种"（相传为镰仓时期后嵯峨天皇之长子、幕府大将军宗尊亲王所书，见本编附图—4）②，是全卷抄写了《白氏文集》卷六，且保存了旧抄本体例。因卷首钤有金泽文库藏印，本文将之归入金泽文库本系统进行考察。另外，东京国立博物馆藏古笔切"白氏文集卷六十六"（馆藏名称"白氏诗卷"，藏品号2942）虽然也是全卷抄录，然阙卷首、卷尾及开头十六首作品，甚为可惜。静永健曾撰专文介绍此本之影印件，称之为"东博本"，并进行了翻字、校勘研究③。这些白集古笔切本，虽因抄自古抄本而具有一定的文本校勘价值，但对研究白氏原集的编次体例和作品分类，作用较为有限。

总之，从考察白集原本编撰体例和卷首抄写格式这一角度看，

---

① 此类抄本之图版，可参［日］小松茂美《平安朝傳来の白氏文集と三蹟の研究・鑑賞編》（东京墨水書房，1965年）、［日］小松茂美《古筆學大成》第二十五卷《汉籍・仏書・其の外》（东京讲谈社，1993年）。
② 兵库县加纳治兵卫旧藏，现藏神户白鹤美术馆。
③ 参［日］静永健《东京国立博物馆藏古笔切"白氏文集卷六十六"影印・翻字》（《白居易研究年报》第四号，白居易研究会编，勉诚社，2003年，汉语译作《东京国立博物馆藏古笔残卷〈白氏文集〉卷六十六校考》，收《汉籍东渐及日藏古文献论考稿》，中华书局，2011年）。

金泽文库本、神田本、时贤本以及管见抄本的文献利用价值较高,其中以金泽文库本文献价值最大,因为金泽文库本中有不少卷的祖本,系日僧惠萼来唐时于会昌四年(844)在苏州南禅院抄写的67卷本《白氏文集》。本人曾据之考证过白居易手定本《白氏文集·前集》的编撰体例和诗体分类观念①。

(三)日藏唐诗汇抄本

日本还有一些唐诗汇抄性质的古写本,也有相当的辑佚价值和研究意义。如日本文化厅藏古写本《新撰类林抄》②,录唐诗40首,其中12题15首《全唐诗》未收:

1.《春兴》(贺知章)
2.《和黄三安仁山庄五首》(崔颢)③
3.《同房侍御竹园新亭与邢大判官同游》(张垍)
4.《顺心上人山池》(皇甫冉)
5.《题陈胜林园》(皇甫冉)
6.《题戴征君幽居》(王绶)
7.《奉同秘书苗丞菘阳山闲居引》(吉中孚)
8.《同姜氾水题裴司马东斋》(刘长卿)④
9.《山庄早春连雨即事》(朱千乘)
10.《早春霁后山庄即事》(朱千乘)

---

① 杜晓勤:《"白氏文集"前集の编纂体裁と诗体分类について:日本现存の旧钞本を中心に》,《白居易研究年报》第14辑,白居易研究会编,勉诚社,2013年。
② 影印本收《唐抄本》,[日]中田勇次郎监修,大阪市立美术馆编,同朋舍,1981年。
③ 据陈尚君校记:《国秀集》卷中、《文苑英华》卷三一八、《全唐诗》卷二五八收第二首为蒋洌诗,《全唐诗》卷二〇〇又误作岑参诗,均题作《南溪别业》,文字稍异。参氏著《全唐诗补编》"续拾"卷十二,第840页。
④ 陈尚君云:《全唐诗》卷一四九收此诗,题作《同姜濬题裴式微余干东斋》,内容大异。参氏著《全唐诗补编》"续拾"卷十八,第921页。

11.《春日题感上人山庄简法友》(惠敏)

12.《题闲处士隐居》(佚名)

小川环树认为其性质类似于"唐人选唐诗",价值介于《河岳英灵集》至《搜玉小集》之间①,中田勇次郎和王勇均认为是与空海有关的"日人选唐诗"②,更不容忽视。

原为日本尾张国真福寺藏品、现藏名古屋大须观音室生院的写卷《翰林学士诗集》,系平安时代中期以前的写本③,收唐太宗与许敬宗等人诗51首,其中近40首未见于《全唐诗》,陈尚君考为《许敬宗集》之残卷,全卷今收傅璇琮等编《唐人选唐诗新编》④。

日人酒井宇吉藏《唐诗卷》⑤,系平安写本,存作者13人,唐诗27首,其中超过一半的作品不见于《全唐诗》:

1.《七言宿西台江寄别南间寺一首》(陈羽)

2.《五言宿妙喜寺赠远公一首》(陈羽)

3.《五言秋夜南间寺江尚院玩月一首》(陈羽)

4.《五言登郡北佛龛一首》(李嘉祐)

5.《七言谒倍城县南香积寺老师一首》(李嘉祐)

---

① [日]小川环树:《〈新撰类林抄〉校读记》,原刊《中国文学报》(日本京都大学)1959年第11期,后收《小川环树著作集》第二卷,筑摩书房,1997年。
② [日]中田勇次郎:《〈新撰类林抄〉解题》,大阪市立美术馆编《唐抄本·图版解说》,第184—185页。王勇:《佚存日本的唐人诗集〈杂抄〉考释》,《文学遗产》2003年第1期。
③ 以前学界多认为《翰林学士集》为唐抄本,然藏中进通过对纸背所抄文书《白氏文集》卷二十二的分析,认为可能是日本抄本。参氏撰《真福寺本『翰林学士集』の伝来》,载《アジア遊学》第27号,勉诚社,2001年。
④ 傅璇琮等编:《唐人选唐诗新编》(增订本),第4页。
⑤ 影印本收《唐抄本》,[日]中田勇次郎监修,大阪市立美术馆编,同朋舍,1981年。

6.《七言登北山寺西阁楼冯禅师茶酌赠崔少府一首》(李嘉祐)

7.《五言和波崙师登佛授记阁一首》(梁王三畏①)

8.《五言登禅定阁一首》(张栖贤②)

9.《缺题》("公侯为良雅")(王渐)

10.《五言同乔父君游茅溪兰若一□〔首〕》(王渐)

11.《五言普门上人兰若一首》(郎士元)③

12.《五言南岳□□上人院一首》(郎士元)

13.《五言题僧舍一首》(佚名)

14.《五言题青龙寺儃然师房一首》(佚名)

15.《五言题慈恩竹院一首》(佚名)④

另,伏见宫旧藏平安朝后期写本《杂抄》存卷十四,抄有唐代乐府诗35篇、唐文1篇⑤,有18首《全唐诗》未收:

1.《乐府词》(令狐公⑥)

2.《画角歌送柳将军赴安西》(李端)

3.《白帝祠歌送客》(李端)

4.《送春曲》(李端)

5.《梦仙歌》(李端)

6.《玉女台歌送客》(李端)

---

①"畏"当为"思"之讹,此诗为武三思之作。
②"贤"当为"贞"之讹,此诗为张栖贞之作。
③《全唐诗》卷二四九收此诗为皇甫冉作。
④此处诗题,据福本雅一《唐诗卷》解题,大阪市立美术馆编《唐抄本·图版解说》,第83页。
⑤[日]住吉朋彦:《伏见宫旧藏〈杂抄〉卷十四》,《书陵部纪要》第51号,2000年。
⑥据住吉朋彦推断,当为"令狐楚"。

7.《周开射虎歌》(李端)

8.《楚王曲》(李端)

9.《落花词》(李南①)

10.《秋猿吟》(屈晏)

11.《长门诗》(朱千乘)

12.《霍将军妓》(崔国辅)

13.《李尚书美人歌》(沙门法振)

14.《宛丘李明府厅黄崔吟》(崔曙)

15.《放歌行》(张谓)

16.《梅花行》(郑遂)

17.《苦热行》(刘琼)

18.《扶风行》(刘琼)

王勇认为，此书也与空海有关，很可能与《新撰类林抄》一样，性质类似《千载佳句》，是日本人根据从唐携归的诗集选编而成的"日人选唐诗"②。

这些日本古抄本和唐抄本，除了可据以研究唐诗在日本的流传与影响，对唐诗辑佚以及唐集编撰体例的考察，也都具有极高的文献价值和学术意义。

第二节　日本古代典籍反映的唐代中日诗人创作交流盛况

日本古代典籍中还保存了不少唐代中日诗人交游、创作交流的

---

①前文收《莫攀枝》署名李益，此首作者"南"疑为"益"之讹，亦当为李益之作。
②王勇：《佚存日本的唐人诗集〈杂抄〉考释》，《文学遗产》2003 年第 1 期。

珍贵史料。中日之间大规模的文化交流、人员往来,是在7世纪初日本"大化改新"之后,前几批遣唐使中即有不少来自大陆的"归化人"及其后代(即所谓"汉人""新汉人"),这些人本身通晓汉语、具备一定的诗文创作能力,既推动了遣唐使运动的开展,又反过来影响了奈良朝的诗歌创作风气。

一、日本遣唐使、学问僧在唐创作交游

日本孝谦天皇天平胜宝三年(唐玄宗天宝十载,751)编撰的第一部汉诗集《怀风藻》收集了120首汉诗,作者包括文武天皇、大津皇子、大友皇子等皇族,还有官员、文人和僧侣等。其中遣唐使和学问僧的作品多有在唐时所作诗篇,如释辨正的《五言与朝主人》《五言在唐忆本乡一绝》、释道慈的《五言在唐奉本国皇太子》等。

释辨正,于武则天长安年间来唐留学,受三论宗,颇为时临淄王李隆基赏识,后卒于唐。《怀风藻·辨正法师传》云:

> 辨正法师者,俗姓秦氏。性滑稽,善谈论。少年出家,颇洪玄学。大宝年中,遣学唐国。时遇李隆基龙潜之日,以善围棋,屡见赏遇。有子朝庆、朝元。法师及庆,在唐死。元归本朝,仕至大夫。天平年中,拜入唐判官。到大唐,见天子。天子以其父故,特优诏,厚赏赐。还至本朝,寻卒。①

可见辨正父子三人均为遣唐使或学问僧。辨正在唐所作《五言与朝主人》诗云:

> 钟鼓沸城闉,戎蕃预国亲。
> 神明今汉主,柔远静胡尘。

---

① [日]林古溪:《怀风藻新注》,明治书院,1958年,第80页。

> 琴歌马上怨，杨柳曲中春。
> 惟有关山月，偏迎北塞人。①

此诗系辨正在长安时赠与来朝觐唐帝（应为唐玄宗）的外国使臣或王公贵族之作，通篇对仗，平仄合律，前半为大唐圣主歌功颂德，后半暗寓己之乡思。其另一首诗《五言在唐忆本乡一绝》：

> 日边瞻日本，云里望云端。
> 远游劳远国，长恨苦长安。②

则为通篇对仗的"对式律"齐梁体③五绝，直接抒发其在唐思念祖国日本之苦，且每句均复用字，有回环往复之美，一唱三叹之慨，诗思绝妙，婉约情深。

释道慈，是日本三论宗的名僧，文武天皇大宝元年（唐武后长安元年，701）被遣入唐求经，在唐留学十六年。《怀风藻》亦有传：

> 释道慈者，俗姓额田氏。添下人。少而出家，聪敏好学，英材明悟，为众所欢。大宝元年遣学唐国。历访明哲，留连讲肆。妙通三藏之玄宗，广谈五明之微旨。时唐简于国中义学高僧一百人。请入宫中，令讲仁王般若。法师学业颖秀，预入选中。唐王怜其远学，特加优赏。游学西土，十有六岁。养老二年，归来本国。帝嘉之，拜僧纲律师。性甚骨鲠，为时不容。解任归，游山野。时出京师，造大安寺。年七十余。④

---

①［日］林古溪：《怀风藻新注》，第82页。
②［日］林古溪：《怀风藻新注》，第84页。
③此诗每句不仅二四字异平仄，合近体诗律，且二五字异四声，亦与永明诗律合；然通篇对仗，联间为平仄不"粘"的"对式律"，故为齐梁体五绝，而非近体律绝。
④［日］林古溪：《怀风藻新注》，第221页。

《怀风藻》收其在唐作诗一首《五言在唐奉本国皇太子》：

> 三宝持圣德，百灵扶仙寿。
> 寿共日月长，德与天地久。

为道慈在唐寄本国皇太子①之作，诗中歌颂皇太子匡持三宝的圣德。遣唐使和学问僧在唐所作诸篇，既是日本汉诗，又是唐诗，故亦应纳入唐诗研究的范围。

遣唐使、学问僧与唐代诗人之交往，虽然两《唐书》和《全唐诗》《全唐文》中多有反映，如王维、李白等人与阿倍仲麻吕（晁衡）酬赠之作，皮日休、陆龟蒙等人送圆载上人归日本之作，均已为唐诗研究者所熟知。但日本古代典籍中保存的相关资料更多，反映面更广，亦不应轻忽。

如平安时代高僧空海来唐时的诗歌作品，市河宽斋编《日本诗纪》中录有两首：

在唐观昶法和尚小山

> 看竹看花本国春，人声鸟哢汉家新。
> 见君庭际小山色，还识君情不染尘。

留别青龙寺义操阿阇梨

> 同法同门喜遇深，游空白雾忽归岑。
> 一生一别难再见，悲梦思中数数寻。②

---

① 即首皇子，文武天皇长子，在道慈归国前五年的和铜七年（唐玄宗开元二年，714）六月被立为皇太子，后成为圣武天皇。皇太子身体病弱，加上皇族与外戚对立争权，遂皈依佛教。即位后更笃信佛教，造佛寺、铸大佛，大力引进学习大唐先进文化制度，形成"天平文化盛景"。
② [日]市河宽斋编：《日本诗纪》，吉川弘文馆，2000年，第94页。

均为空海在唐与高僧交游之作,前一首写在昶法和尚庭院中观赏小山美景,心生唐日异域,万里同春之慨,后一首系归国之前与长安青龙寺僧友义操阿阇梨惜别之作,感情深挚。

《弘法大师全集》第三辑《拾遗杂集》中还收有《在唐日示剑南惟山离合诗》:

> 磴危人难行,石崄兽无升。
> 烛暗迷前后,蜀人不得过。①

对于空海创作这首诗的本事,西山禅念沙门真济在《遍照发挥性灵集序》中有较详细的记载:

> 和尚昔在唐日,作离合诗,赠土僧惟上。前御史大夫泉州别驾马摠一时大才也。览则惊怪,因送诗云:"何乃万里来,可非衒其才。增学助玄机,土人如子稀。"其后籍甚满邦,缁素仰止。诗赋往来,动剩箧笥。遂使绝域写忧,殊方通心。词翰俱美,诚兴东方君子之风。②

此序虽然对空海之诗歌创作水平和在唐影响不乏夸饰溢美,但通过所引其时唐泉州别驾马摠的另一首和作离合诗,说明空海确实得到了唐土士人的真心推服。据蔡毅研究,空海此次创作离合诗,极有可能是受到其抵达长安前一年(唐贞元十九年,803)秋,以新台阁诗人权德舆为首的文人唱和集团掀起的创作离合诗和其他游戏诗新风气的影响,而空海这次创作的离合诗在中日诗歌交流史上意义重大:

---

① [日]空海:《弘法大师全集》第三辑,密教文化研究所,1965年,第614页。
② [日]空海:《遍照发挥性灵集》,弘法大师空海全集编辑委员会编:《弘法大师空海全集》第六卷,第729页。

离合诗只不过是一种文字游戏,故向无佳作,但对刚刚接触汉字文明、刚刚尝试汉诗创作的当时的日本文人来说,这无疑是汉字构造和汉诗艺术的最巧妙的组合,具有无穷的魅力,它极为困难,也极富挑战性。空海勇敢地接受了挑战,并获得了成功,因而受到唐代文人的高度赞赏,使他们对这位来自文明后进国地文化使者刮目相看。这份光荣,无异于当今时代的一个小国选手在奥运会上夺得了金牌。①

而且,空海所作的这首离合诗,可能还影响了后来收于《文华秀丽集》中的小野岑守的离合诗《在边赠友》及收于《本朝文粹》中的橘在列的离合诗《时和年丰》等。

另,《弘法大师全集》收录的圣贤撰《高野大师御广传》中也保存了空海回国时唐人马聪②、朱千乘、朱少端、沙门鸿渐、昙靖、郑壬等人的赠别诗,这些作品在唐代及后世典籍中均未收③。其中尤可注意的是,在唐及中国后世寂寞无闻的朱千乘的作品在日本还被广泛传抄:一、前引空海于弘仁三年(812)向嵯峨天皇进献图籍的《献杂文表》中就录有"《朱千乘诗》一卷";二、前引佚存日本的唐人诗集《新撰类林抄》收朱千乘诗 2 首,即《山庄早春连雨即事》(七言律诗)和《早春霁后山庄即事》(五言古诗),伏见宫旧藏平安朝后期写本《杂抄》卷十四中收朱千乘《长门诗》1 首;三、大江维时(888—

---

① 蔡毅:《空海在唐作诗考》,《唐代文学研究》第十一辑,广西师范大学出版社,2004 年,第 749—750 页。
② 据上引西山禅念沙门真济《遍照发挥性灵集序》,及《旧唐书·马摠传》,此处"马聪(聪)"当为"马摠"之讹。
③ [日]空海:《弘法大师全集》首卷,京都:同朋舍,1978 年。这些作品《全唐诗》多未收,张步云收入《唐代中日往来诗辑注》(陕西人民出版社,1984 年),王勇有专文探讨,参《空海に赠られた唐人の送别诗》,刊《アジア遊学》第 27 号,勉诚社,2001 年。

963)编撰的《千载佳句》("四时"部"春兴"类)录朱千乘诗2句："锦缆扁舟花岸静,玉壶春酒管弦清。"其主要原因则是空海不仅有与朱千乘唱和之作,且带回了一卷《朱千乘诗》。后又因《千载佳句》摘引了朱千乘的诗句,故朱千乘之诗亦流播东瀛、脍炙人口了①。

再如,与空海同时(日本延历二十一年,唐贞元二十一年,805)来唐的另一位日本高僧——谥称"传教大师"的最澄,在回国前,台州僧俗人等作诗送别,台州司马吴顗还作有1篇《送最澄上人还日本国〔诗〕〔并〕叙》。这些作品被最澄携回日本后收入其所撰《显戒论缘起》上卷,共9首诗,题为《台州相送诗》②。然据户崎哲彦考证,最澄归国前,不仅台州,越州、明州等地的僧俗亦曾作诗相送,且数量众多,竟达百纸之多,其归国后所编的《将来目录》中所收"《相送集》四卷""《天台师友相送诗集》四卷"即其证也③。据台州司马吴顗《送最澄上人还日本国〔诗〕〔并〕叙》,最澄在台州与著名文人陆淳等人也有较深交往:

> 日本沙门最澄,宿植善根,早知幻影,处世界而不着,等虚空而不碍。于有为而证无为,在烦恼而得解脱。闻中国故大师智顗,传如来心印于天台山,遂赍黄金,涉巨海,不惮陷[滔]天之骇浪,不怖映日之惊鳖[鳌],外其身而身存,思其法而法得,大哉之[其]求法也。以贞元二十年九月二十六日,臻于[临]

---

① 关于朱千乘诗作及其与空海交游的研究成果,主要有王勇《唐人赠空海送别诗》(《アジア遊学》第27号,勉诚社,2001年)、《唐诗中的空海像》(《国文学解释与鉴赏》第66卷第5号,至文堂,2001年)、《佚存日本的〈杂抄〉考释》(《文学遗产》2003年第1期)等。
② 张步云《唐代中日往来诗辑注》收录全部9首相送诗,陈尚君《全唐诗补编》据张步云著,卢秀灿、周琦等录文转录了吴顗叙、诸人送别诗。
③[日]户崎哲彦:《唐代台州刺史陆淳与日僧最澄(上)》,《台州学院学报》2019年第1期。

海郡,谒大[太]守陆公,献金十五两、筑紫斐纸二百张、筑紫笔二管、筑紫墨四挺、刀子一、加斑组二、火铁二、加大[火]石八、兰木九、水精珠一贯。陆公精孔门之奥旨,蕰[蕴]经国之宏才,清比冰囊,明逾霜月,以纸等九物,达于庶使,返金于师。师译言请货金贸纸,用书《天台止观》。陆公从之,乃命大师门人之裔哲曰道邃,集工写之,逾月而毕。①

陆淳还作有《送最澄阇梨还日本》:

> 海东国主尊台教,遣僧来听《妙法华》。
> 归来香风满衣裓,讲堂日出映朝霞。②

户崎哲彦甚至推测,陆淳此诗应在《天台师友相送诗集》七卷本中,而且吴顗诗序中所提及的道邃亦应有送别诗③。

二、渤海国遣日使的汉诗创作交游

在日本停派遣唐使后,中日两国的诗歌创作交流并未停止。当时承担着中日诗歌创作交流工作的是唐代东北地方政权渤海国的遣日本使。渤海国遣日使多由文才横溢者担任,而日本接待的官员也多精通汉学,擅作诗赋。渤海先后出使日本的裴颋、裴璆父子,不仅与平安朝汉文学大家菅原道真、菅原淳茂诗歌唱和往还,还结下了父子两代的深厚友谊。

在菅原道真的《菅家文草》中,即收有18首菅原道真赠与裴颋

---

①此据[日]户崎哲彦《唐代台州刺史陆淳与日僧最澄(上)》录文(《台州学院学报》2019年第1期)。
②此诗不见于《显戒论缘起》上卷《台州相送诗》中,出《天台霞标》,《传教大师全集》据之补遗。
③[日]户崎哲彦:《唐代台州刺史陆淳与日僧最澄(下)》,《台州学院学报》2019年第2期。

的诗歌。元庆七年(883),渤海国遣日使裴颋来朝,时任式部少辅兼文章博士的菅原道真俳行治部辅事、号礼部侍郎,负责接待裴颋一行。菅原道真在鸿胪馆与之赠答唱酬的诗作多达10首:

> 1.《去春咏渤海大使与贺州善司马赠答之数篇今朝重吟和典客国子纪十二丞见寄之长句感而玩之聊依本韵》
> 2.《重依行字和裴大使被酬之什》
> 3.《过大使房赋雨后热》
> 4.《夏夜对渤海客同赋月华临静夜诗》
> 5.《醉中脱衣赠裴大使叙一绝寄以谢之》
> 6.《二十八字谢醉中赠衣裴少监酬答之中似有谢言更述四韵重以戏之》
> 7.《依言字重酬裴大使》
> 8.《夏夜于鸿胪馆饯北客归乡》
> 9.《酬裴大使留别之什》
> 10.《临别送鞍具总州春别驾》》①

其中写得尤为感人的是《酬裴大使留别之什》(次韵):

> 交情不谢北溟深,别恨还如在陆沉。
> 夜半谁欺颜上玉,旬余自断契中金。
> 高看鹤出新云路,远妒花开旧翰林。
> 珍重归乡相忆处,一篇长句总丹心。

后来,菅原道真还将主客赠答之诗编成《鸿胪馆赠答诗集》并作序详记赋诗往还之盛况:

---

① [日]菅原道真著,[日]川口久雄校注:《菅家文草》卷第二,《日本古典文学大系》72,岩波书店,1966年,第190—196页。

鸿胪赠答诗序（元庆七年五月，余依朝议，假称礼部侍郎，接对蕃客，故制此诗序。）

余以礼部侍郎，与主客郎中田达音，共到客馆。寻安旧记，二司大夫，自非公事，不入中门。余与郎中相议，裴大使七步之才也。他席赠遗，疑在宿构。事须别预宴席，各竭鄙怀，面对之外，不更作诗也。议成事定。每列诗筵，解带开襟，频交杯爵。凡厥所作，不起稿草。五言七言，六韵四韵，默记毕篇，文不加点。始自四月二十九日，用行字韵，至于五月十一日，贺赐御衣，二大夫，两典客，与客徒相赠答，同和之作，首尾五十八首。更加江郎中一篇，都虑五十九首。吾党五人，皆是馆中有司。故编一轴，以取诸不忘。主人宾客，吴越同舟，巧思芜词，薰莸共宙。殊恐他人不预此勒者，见之笑之，闻之嘲之。嗟乎，文人相轻，待证来哲而已。①

据此，无论是渤海国使裴颋还是日本国菅原道真等朝臣，都是当场即席赋诗，可见主客汉诗创作水平都已达到相当高的水平，故而是惺惺相惜，通过汉诗结下了深厚的友谊。裴颋回国之后，有一天菅原道真看到裴颋留下的写真图，百感交集，倍增思情：

见渤海裴大使真图有感

自送裴公万里行，相思每夜梦难成。
真图对我无诗兴，恨写衣冠不写情。②

在十二年之后的宽平七年（895），渤海使裴颋再次来朝，菅原道真作为参议左大弁，受命前往鸿胪馆，赐酒馔与裴颋③，诗酒唱和，

---

① [日]菅原道真著，[日]川口久雄校注：《菅家文草》卷第七，第543页。
② [日]菅原道真著，[日]川口久雄校注：《菅家文草》卷第二，第208页。
③ 《日本纪略》卷二十载，"（宽平七年五月十五日）参议左大弁菅原（转下页注）

作诗七首：

> 1.《客馆书怀同赋交字呈渤海裴令大使》
>
> 2.《答裴大使见酬之作》
>
> 3.《重和大使见酬之诗》
>
> 4.《和大使交字之作》
>
> 5.《客馆书怀同赋交字寄渤海副使大夫》
>
> 6.《和副使见酬之作》
>
> 7.《夏日饯渤海大使归各分一字》》①

二人重逢之时，相见甚欢，相知更深，菅原道真竟接连写了两首酬答诗：

> 答裴大使见酬之作（本韵）
> 别来二六折寒胶，今夕温颜感岂抛。
> 持节尤新霜后性，忘筌仍旧水中交。
> 恩光莫恨初无褐，圣化如逢古有巢。
> 相劝故人何外事，只看月咏望风嘲。
>
> 重和大使见酬之诗（本韵）
> 知命也曾读易久，衰颜何与少年交。
> 成功宿昔应攀桂，求类今宵几拔茅。
> 声价重轻因道举，文章多少被人抄。

（接上页注）朝臣向鸿胪馆，赐酒馔于客徒。"（日本国会国立图书馆藏《国史大系》卷五，经济杂志社，1897年，第765页。）菅原道真《客馆书怀同赋交字呈渤海裴令大使》诗题自注："自此以后七首，予别奉敕旨，与吏部纪侍郎诣鸿胪馆，聊命诗酒。"（［日］菅原道真著，［日］川口久雄校注：《菅家文草》卷第五，第431页。）

① ［日］菅原道真著，［日］川口久雄校注：《菅家文草》卷第五，第431—436页。

自惭往复频酬赠,定使鱼虫草木嘲。①

二人才气相近,性情相投,再加上同庚,故而成为异国知己,唱和往还不断。不仅如此,菅原道真此次还带着诸多门生后进一起参加诗酒盛会,《菅家传》"宽平七年"条记:

> 今年渤海大使裴颋重来朝。别奉敕与式部少辅纪长谷雄到鸿胪馆,聊命诗酒,唱和往复,远及数篇。日暮赋饯别诗,门生十人,着麹尘衣,从其后焉。后代别学生能属文者十人,预饯客之座,自此之始也。②

菅原道真门下的这些后进小子不出国门,不入唐土,就能参加汉诗外交大会,一睹当时东北亚两位汉诗大家的风采,这对他们创作兴趣的刺激作用和培养效果显而易见。

更为奇妙的是,菅原道真与裴颋的汉诗交谊还延续到了下一代,巧合的是菅原道真之子菅原淳茂与裴颋之子裴璆也是同庚。延喜八年(908),裴璆子承父业,亦被遣赴日,因其父裴颋之故,日本朝野隆重接待。裴璆回国前,承袭父职的菅原淳茂于鸿胪馆为其饯行,同龄又都才华横溢的二人,谈及父辈的交谊感慨丛生。菅原淳茂作诗一首:

初逢渤海裴大使有感吟

思古感今友道亲,鸿胪馆里□余尘。
裴文籍后闻君久,菅礼部孤见我新。
年齿再推同甲子,风情三赏旧佳辰。
两家交态人皆贺,自愧才名甚不伦。③

---

① [日]菅原道真著,[日]川口久雄校注:《菅家文草》卷第五,第432—433页。
② [日]菅原道真著,[日]川口久雄校注:《菅家文草·解说》,第74页。
③ 金毓黻编:《渤海国志长编》卷十八,千华山馆,1934年,第35页。

金毓黻编《渤海国志长编》卷十八在此诗"裴文籍后闻君久,菅礼部孤见我新"句下,尚录有菅原淳茂自注:

> 往年贤父裴公以文藉少监奉使入朝,余先君时为礼部侍郎,迎接殷勤,非唯先父之会友,兼有同年之好。记裴公重朝自说,"我家有千里驹",盖谓君焉。今余与使公春秋偶合,宾馆相逢,又三般礼同在仲夏,故云。

相传,裴璆吟菅原淳茂此诗至这两句时感动得竟至"泣血"。《江谈抄》第四载:

> 故老曰:裴公吟此句泣血云云。裴璆者,裴颋子也。颋以文籍少监入朝,菅相公以礼部侍郎赠答。故有此句。①

菅裴两家父子因汉诗唱酬成为"世交"的这段佳话,充分反映了唐诗在东亚地区的深远影响和广泛普及。

日本平安朝汉诗文集《文华秀丽集》中收有渤海国使臣王孝廉诗5首:《奉敕陪内宴》《春日对雨得情字》《在边亭赋得山花戏寄两领客使并滋三》《和坂领客对月思乡之作》《出云州书情寄两敕使》;释仁贞诗1首:《七日禁中陪宴》。平安朝另一重要的诗文集《经国集》中则收有渤海国使杨泰师诗2首②。王孝廉在出使日本时,还与高僧空海私交甚笃。据空海《致渤海使王孝廉书》所云,他对王孝廉的诗作十分倾倒:

> 信满至,辱枉一封书状及一章新诗,玩之诵之,口手不倦,

---

① 《江谈抄》第四"杂事",[日]黑川真道编:《国史丛书》,国史研究会,1914年,第389页。
② 据金毓黻编《渤海国志长编》统计,日本诗人与渤海国使者的唱和之作现存48首。

面即胡越,心也倾盖。①

当王孝廉于归国途中不幸逝世的消息传来,空海作诗文二首表达深切的哀悼,其诗《伤渤海国大使王孝廉中途物故》现存二句:

一面新交不忍听,况乎乡国故园情。②

不胜悲悼。其《致渤海国使王太守记室》书则在悲痛之余致以慰问:

凶变无常,承东鲽一沉,双凫只飞,惟哀痛深,痛当奈何？贤室年华未秋,奄遭此风霜,二三幼稚,偏露谁怙？痛哉哀哉!③

充分表现了空海对王孝廉的深情厚谊。

可以说,上述诸多日本古代典籍,为我们细化研究唐诗在东亚的传播影响史、中日文学创作交流史,提供了丰富的第一手资料。

第三节 日本古代典籍保存的唐代诗学资料

从齐梁"永明体"开始提倡声病理论,至唐代沈宋完成对近体诗律的定型工作,其间产生了一大批的讲授诗歌体格律及作法的著作,学界统称为诗格。这类著作在当时即已传入日本,在奈良、平安朝产生了广泛深远的影响④。成于日本圣武天皇天平二十年(唐玄

---

①金毓黻编:《渤海国志长编》卷十八,第40页。
②金毓黻编:《渤海国志长编》卷十八,第35页。
③金毓黻编:《渤海国志长编》卷十八,第40页。
④据藤原佐世《日本国见在书目录》统计,当时从中国传来的诗文体式、声律、作法类书有四十多部。

宗天宝七载，748）的《写章疏目录》中就已有隋杜正藏的文章作法书《文轨》①。日本遣唐僧空海回国时（唐顺宗元和元年，日平成天皇大同元年，806），更携回大量的诗格著作。他后来编著的《文镜秘府论》和《文笔眼心抄》就是根据唐代诗格类著作编成的。张伯伟从中辑出初盛唐诗格类著作多部，如上官仪撰《笔札华梁》、佚名撰《文笔式》、旧题魏文帝撰《诗格》、元兢撰《诗髓脑》、佚名撰《诗式》、崔融撰《唐朝新定诗格》、旧题李峤撰《评诗格》、旧题王昌龄撰《诗格》、释皎然撰《诗议》《诗式》等②。这些文献，近三十年来已渐为中国学者所重视，在中国古代诗歌体格律研究领域开始发挥出越来越大的作用。

目前尚未引起学界重视的是，在《文镜秘府论》之后，日本平安朝中后期直到江户时代的一些典籍中，尤其是日本人所编撰的汉诗文作法类著作，如《作文大体》《王泽不渴抄》《文笔问答抄》等著作中，也存在着不少述及汉诗写作规范、声病格律规定的资料，这在一定程度上，弥补了中国相当长的一段时期声病、格律著作阙如的遗憾，使我们更清晰地了解和认识唐宋人创作古近体诗的调声方法和遵守的声病规则。

一、《作文大体》《王泽不渴抄》对近体诗律谱的记载

对近体诗的格律规则和声调谱，唐人的记述是很模糊或者不全面的。初唐人元兢《诗髓脑》中的"调声三术"尤其是"换头术"，可以说是目前发现的最明确的近体诗律调声规则：

---

① 王勇、[日]大庭修主编：《中日文化交流史大系·典籍卷》，浙江人民出版社，1996年，第32页。《隋书·杜正藏传》："又著《文章体式》，大为后进所宝，时人号为'文轨'，乃至海外高丽、百济，亦共传习，称为《杜家新书》。"
② 张伯伟编撰：《全唐五代诗格汇考》。

换头者，若(元)兢《于蓬州野望》诗云："飘飘宕渠域，旷望蜀门隈。水共三巴远，山随八阵开。桥形疑汉接，石势似烟回。欲下他乡泪，猿声几处催。"

此篇第一句头两字平，次句头两字去上入；次句头两字去上入，次句头两字平；次句头两字又平，次句头两字去上入；次句头两字又去上入，次句头两字又平。如此轮转，自初以终篇，名为双换头，是最善也。若不可得如此，则如篇首第二字是平，下句第二字是用去上入；次句第二字又用去上入，次句第二字又用平。如此轮转终篇，唯换第二字，其第一字与下句第一字用平不妨，此亦名为换头，然不及双换。又不得句头第一字是去上入，次句头用去上入，则声不调也。可不慎欤！此换头，或名拈二。拈二者，谓平声为一字，上去入为一字。第一句第二字若安上去入声，第二、第三句第二字皆须平声。第四、第五句第二字还须上去入声，第六、第七句第二字安平声，以次避之。如庾信诗云："今日小园中，桃花数树红。欣君一壶酒，细酌对春风。""日"与"酌"同入声。只如此体，词合宫商，又复流美，此为佳妙。①

但是，这里只说了五言诗每句头两字的调声方法，即联内上下句之间要避"平头"，联间则要同平或上去入（此时尚未有仄声之说）。至于五言诗每句二四字之间的关系，五言诗联内上下句第四字的关系，乃至七言律诗的调声方法，皆未涉及。

而日本平安朝时期产生的大江朝纲所撰的《作文大体》（编

---

① 此段文字，日僧遍照金刚《文镜秘府论》与《文笔眼心抄》所引有异文，且"此换头"后一百二十二字，《文镜秘府论》阙。此据张伯伟编撰《全唐五代诗格汇考》，第 114—115 页。

撰于天庆二年，939），则在借鉴初唐元兢的《诗髓脑》以及他所见到的中晚唐近体格律著作的基础上，较为具体完整地记载了近体诗的平仄谱（元兢的《诗髓脑》还不能算是严格意义上的平仄谱）：

> 第六调声者。调平声他声也。惣平声之外，上去入之三声，谓他声也。
>
> 凡五言七言略诵云：
>
> 他々平々他，平々他々平。发句，题目
>
> 平々々他々，他々々平々。胸句，破题
>
> 他々平々他，平々他々平。腰句，比喻。一云本文，又云比兴。
>
> 平々々他々，他々々平々。落句，述怀。
>
> 已上五言者，二四不同，二九对也。
>
> 是则五言四韵体也。
>
> 平々他々平々他，他々平々他々平。发句，题目。
>
> 他々平々々他々，平々他々々平々。腰句，破题。
>
> 平々他々平々他，他□（々——小字旁注）平々他。腰句，比喻。
>
> 他々平々々他々，平々他々々平々。落句，述怀。
>
> 已上七言者，二四不同，二六对也。是则七言四韵之体也。
>
> 他々平々他，平々他々平。已上发句。
>
> 平々々他々，他々々平々。已上落句。
>
> 平々他々平々他，他々平々他々平。已上发句。

他々平々々他々,平々他々々平々。已上落句

已上绝句体是也。只以发句落句名绝句,一云一绝。

凡四韵者,发句、胸句、腰句、落句合也。绝句者,发句、落句合也。

二四不同,二六对者。七言诗也。每句第二字与第四字不同声,第二字与第六字同声也。

二四不同,二九对者。五言诗也。每句第二字与第四字不同声,第二字与第九同声也。又云,五言诗者自他声起,七言诗自平声起。若用连韵之诗,第五字用他声,第七字用韵也。韵用平声。但于每句第一三字声者,除平头病之外,或平或他,任心用之,无妨文不求声也。又云,自初句第二□(捻——小字旁注)续之,起自平声之诗者,平他々平他平々,次第如此。起自他声之诗,唯之可知谓之,捻二杂调二五对之,对起自他声之句上句用之。若有要事用此体者,下句第一字可用他声々々;若平声轻字,颇以便于吟咏也。诗调声如此。但上句末(原为未,误。——晓勤按)字除用韵之声,不论平他,唯用三声者也。①

这段文字可注意点有四:

第一,此谱已经明确将上去入三声名之为"他声",也即自盛唐殷璠所说的"侧声",后人所习称的"仄声",是真正意义上的"平仄谱",而非"四声谱"。

第二,此谱对五言诗一句之中二四字有明确的调声规定,即"二四不同",即每句之中二四字都不能同平仄。

---

① 《作文大体》(残欠),《真福寺善本丛刊》12,"文笔部二",《汉文学资料集》,"影印篇",第285—312页,"翻刻篇",第603—610页,临川书店,2000年。

第三,此谱还对上下句之间的二四字的调声方法做了说明——"二九对",即每联之中,上句的第二字必须与下句的第四字同平仄(此处"对"为同声之义)。

第四,此谱更对唐人从未言及的七言近体的格律进行了描述,亦有口诀:"二四不同,二六对。"即七言近体诗每句之中,第二字须与第四字异平仄,而第二字又应与第六字同平仄。

后来,释良季建治所撰《王泽不渴抄》中则在《作文大体》的基础上,有了更全面的调声歌诀和平仄图谱:

> 二四不同二六对,平他声字避三连。
> 上句终字皆是他,下句终字皆是韵。
> 用连韵时题目句,上下终字同用韵。
> 不用连韵莫用平,每行上句终他声。①

这些记述可使我们认识到,唐宋人在创作近体诗时已经有了十分明确、具体、易学的格律歌诀和平仄谱系。

二、《本朝文粹》所载省试诗考评中"病犯"问题的讨论

日本平安朝汉诗文总集《本朝文粹》卷第七"省试诗论"中收录的平安朝文学家大江朝纲与纪齐名关于大江时栋省试诗是否有病犯的争论,可为我们研究唐代省试诗考核判等时声病规定的执行情况提供旁证。

"四声八病"是齐梁时期永明体诗歌创作中应该遵守的调声规则,与后来初盛唐之际产生的近体诗律有不少龃龉之处,尤其是"蜂腰"病,原本是规定五言诗一句之中二五字不能同四声,但是后来五

---

① 此据真福寺藏本,《真福寺善本丛刊》12,"文笔部二",《汉文学资料集》,"影印篇",第330页,"翻刻篇",第617页。

言近体诗更讲究句中二四字异平仄,而且近体诗有一些句式(如"平平仄仄平")必然会与"蜂腰"病相矛盾。另外,平头、上尾、鹤膝等病,在后来的近体诗创作中是如何遵守的,尤其是在科举考试的省试诗的考核评定中,声病规则是如何执行的,唐宋人语焉不详。目前所能找到相关材料只有寥寥几条。

值得庆幸的是,日本平安朝后期藤原明衡所编的文学总集《本朝文粹》中保存了日本平安朝科举考试中对省试诗声病问题的评判和争论:

省试诗论

请特蒙天裁召问诸儒决是非今月十七日文章生试判违例不稳杂事状

大江匡衡

一诸儒同心不令知匡衡恣成惣落判事

右谨检案内式云,凡拟文章生者,春秋二仲月试。试毕,唤文章博士及儒士二三人省共判定云云。然则匡衡为省辅兼文章博士,于评定场尤为要须之人,而诸儒不用匡衡所陈,任情成摠落判。论之政道,事甚非常。存式之旨,何有滥吹?

一以学生大江时栋所献诗,大内记纪齐名误称有病累,抑留独处落弟事

右件时栋诗,诸人之中,适免病累。仍文章博士道统朝臣,及匡衡示可择上件诗之由。而择上之儒齐名称有下句蜂腰病,确执抑留。夫蜂腰病者,上句可避之由,见《文笔式》,因之先儒古贤不避下句蜂腰。近古之名儒都良香奉试《听古乐》诗,以卧为韵,其诗云:"明王尤好古,静听时临座。"如此则"听"与"座"用去声,不为病累。已以及弟自余试,用他声韵。及弟诗

等,专无忌下句蜂腰。今案齐名所立之《诗髓脑》,下句蜂腰者,是不可避之病也。然则时栋诗已免瑕瑾,吹毛之求,还为文道之蠹害。

加以此度试题,韵以八字,已同赋体,奇法内过差之试也。往古未闻八字之例。祈以万年,已褒帝德,成王周公之事也。当今宜献万年之寿,如此,则惚落之判有忌讳,诸儒所为无是非,咸池不齐度于蛙咬,而众德者或疑,能不惑者,其唯子野乎?虽云万乘之尊,难夺匹夫之志。何况诸儒之间,缘底废匡衡之言。

抑先例或及弟判,或总落判,一定之后,若学生所愁,有理之时,改诸儒之所定,有敕召其诗,列及弟者,不可胜计。延喜则藤原有述,同连纯,和气兼济;天历则藤原笃茂、大江昌言等是也。何况匡衡为儒者,所诉之事,盍仰天选?儒有内举不避亲,外举不避仇,唯以进才为业,何以埋才为计?不为私而言,为公诉之。

以前条事,言上如件,望请　天裁,早召问诸儒泾渭试判之事。匡衡诚惶诚恐谨言。

长德三年七月廿日,正五位下行式部少辅兼东宫学士文章博士越前权守大江朝臣匡衡

从五位下行大内记兼越中权守纪朝臣齐名解申进申文事,辨申文章博士大江朝臣匡衡愁申学生同时栋省试所献诗病累瑕瑾状

一　病累

件诗云:"寰中唯守礼,海外都无怨。"

今案:"外"与"怨",同去声,是蜂腰病也。《诗髓脑》云:

"蜂腰者,每句第二字与第五字同声是也。如古诗云:'闻君爱我甘,窃独自雕饰。''君'与'甘'同平声,'独'与'饰'同入声是也。"元兢曰:"'君'与'甘'非为病,'独'与'饰'是病。"所以然者,如第二字与第五字,同上、去、入皆是病,平声非为病也。此病者,轻于上尾、鹤膝,均于平头,重于四病。《文章仪式》云:"蜂腰,每句弟二字与弟五字同音也,不得然者。"件时栋诗,已犯此病,因兹评定之场,不能选上。爰匡衡陈云:"蜂腰,上句可避之,下句不可避之。《髓脑》云:'此病均于平头。'平头,近年以来,不避之病也。然则,准之平头,不可避者。"齐名答曰:"八病之中,必不可避者,平头、上尾、鹤膝、蜂腰等四病也。犯平头者,或优之,或不优之;上尾、鹤膝、蜂腰必避之。就中《髓脑》置"每句"之文,所为证诗,下句以"独"与"饰"为病,何更以均于平头之文,背试场之恒例,谓不可避矣?匡衡陈云:"《文笔式》无'每句'之文,又《听古乐》试诗,都良香犯此病及弟。依此等例,不可避者。"齐名答云:"《文笔式》无'每句'之文,则省略也。《诗髓脑》有'每句'之文,则娩缕也。《文笔式》诚虽省略,下句不可避之由亦不见。若依无'每句'之文,只避第二字与第五字者,发句上句之外,不可避欤?加之,《髓脑》《文章仪式》等,其意一同也。至良香及第者,若优名士欤?何以本朝随时之议,猥背唐家不易之文,披陈之旨,其理不明者?

……

右大外记中原朝臣致时仰云,左大臣宣,奉敕文章博士大江朝臣匡衡奏状称,学生大江时栋奉试诗适免病累瑕瑾。大内记齐名抑留不选上,诸儒佥议,已为总落,召问齐名,可令辨申者。件时栋诗,病累瑕瑾,共以不免,评定之日,具陈此旨。夫以举直事君者,臣之节;抡材荐士者,儒之行也。匡衡非华他而强愈巨病，吐荛言而独负群议，不实之举，谁谓忠髋？今承纶言，指陈大略谨解。

长德三年八月十五日，从五位下行大内记兼越中权守纪朝臣齐名

请重蒙天裁辨定大内记纪齐名称有病累瑕瑾所难学生大江时栋奉试诗状

一　蜂腰难

"寰中唯守礼，海外都无怨。"

齐名难云："'外'与'怨'同去声，是蜂腰也。《诗髓脑》云：'蜂腰者，每句第二字与第五字同声是也。古诗曰："闻君爱我甘，窃独自雕饰。""君"与"甘"平声，"独"与"饰"同入声。'元兢曰：'"君"与"甘"非为病，"独"与"饰"是病。所以然者，如第二字与第五字同上去入，皆是病；平声非为病也。此病轻于上尾、鹤膝，均于平头，重于四病'。又《文章仪式》云：'蜂腰，每句第二字与第五字同音也，不得然者。'"

今案，所难之旨，甚非常也。何者？案，《髓脑》八病之中，以四病为可避之，所谓平头、上尾、鹤膝、蜂腰也。此四病之中，平头、蜂腰，斟酌避之。所以然者，平头有二等之病，上句第二字与下句第二字同声者，巨病也，必避之；上句第一字、下句第一字同上去入者，虽立为病之文，不避之。蜂腰有"每句"之文，上句第二字与第五字同声，必避之，下句第二字与第五字同声者，虽立"每句"之文，不避之，是所谓"均平头"之义也。由此观之，《髓脑》之意，蜂腰者，上句第二字，与第五字，可避之也。而齐名不述"均于平头"之义，强陈下句可避蜂腰之旨。若上句（原注：疑脱"下句"）共避蜂腰病者，此病可谓重于上

尾、鹤膝，不可谓轻于上尾、鹤膝，可谓甚于平头，不可谓"均平头"。若依齐名之新说，下句尤避蜂腰者，彼"轻于上尾、鹤膝，均于平头"之文，此时可削弃之。抑至于《文章仪式》"每句"之文，一同《髓脑》，不可遑载。《文笔式》云："蜂腰者，第二字与第五字同声也。"所为证诗，以上句第二字与第五字同声为病云云。又《诗格》所释，初句第二字，不得与第五字同声，又是剧病云云。然则依下句不可避蜂腰。《文笔式》《诗格》下句已不载蜂腰之有无，而齐名迷《髓脑》之理，则失"均平头"之义。破后格式之文，亦任口陈省略之由。今就此难，下句避蜂腰者，格式及古今避来病之外，新可加病欤？夫都良香者，文章之规模，诗人之夔龙也。而齐名申云"至于良香及弟者，优名士欤"云云，以荒凉之空语，尘先儒之明文。若谓"优名士"者，作佗声韵试诗，下句不避蜂腰，预及弟之辈，皆是"名士"欤，皆是"优"欤？所言不明，无可准的。自古以来，省试诗题以佗声字为韵，尤希有也。适用他声韵之时，下句不避蜂腰，皆预及弟，是不为难之故也。其诗云：

《连理树诗》，以"德"、"化"、"先"、"被"、"荒"、"垂"为韵，依次用之，百廿字成之。题者，大辅南渊年名。有名王及第诗：

"初知标帝道，始觉呈皇德。""觉"与"德"同入声。

坂上斯文及第诗题同：

"覆焘专布德，逐育正施德。""育"与"德"同入声。

《听古乐诗》，以"卧"为"韵"。题者，少辅大江音人。都良香及第诗，第八句云：

"明王尤好古，静听时临座。""听"与"座"同去声。

藤原渊名及第诗，第五、七句云：

"三成奏转切,肆夏歌何惰。""夏"与"惰"同去声。

"文声方亮放,韵气宁残破。""气"与"破"同去声。

高阶令范及第诗,第四句云:

"郊天功始洽,陈庙德终播。""庙"与"播"同去声。

《龙图授羲诗》,以德为韵,限八十字题者,赠太政大臣。天神。橘公廉及第诗,第八句云:

"至哉先圣道,斟酌方渊塞。""酌"与"塞"同入声。

多治敏范及第诗,第一句、第三句云:

"三皇谁在首,穆穆宓羲德。""德"与"穆"同入声。

"垂衣施化远,刻木出震直。""木"与"直"同入声。

件诗等,就中《龙图授羲诗》之题者,菅家先祖,赠太政大臣预判文章博士橘广相卿;《听古乐诗》之题者,则江家先祖音人卿,预判文章博士菅原是善卿,皆是东西曹司之祖宗,试场评定之龟镜也。以傃才奥学之妙简、明明秩秩之公心,所定置也。而齐名偏执,悉破先贤之旨;诸儒同心,不信匡衡之言。白日之明无私,只仰天判;朱云之忠难变,不能地忍。又齐名为损"均于平头"之义,陈以平头或优之或不优之旨。《髓脑》立"平头"之处,"上句第一字,与下句第一字同声者,是病也"云云,然而古今不避之,近则《平露生庭诗》题,田口有信及弟诗云:"四方夸雅正,万姓感居多。""四"与"万"同去声。然则有信已不避之,是又"优名士"欤? 所陈之旨,左之右之无谓。

……

右件诗,齐名所难,甚无所据。今依宣旨,进申文如件。望请殊蒙天裁,任理致辨定。匡衡诚惶诚恐谨言。

长德三年八月廿九日,正五位下行式部权少辅兼东宫学士

文章博士越前权守大江朝臣匡衡解申进申文，依宣旨，言上犯平头及第不及第，并蜂腰落第例等状

右大外记中原朝臣致时仰云，左大臣宣，奉敕，学生大江时栋省试诗，依犯蜂腰，诸儒相共处不第，然则犯件病落第，并平头病例，可堪申者。谨检案内，世有《龙门集》，是撰集古今省试诗之书也。件书载及第文，不载落第文，仍犯蜂腰病落第例，不能勘申。又平头病，依《诗髓脑》案之，不可优之。但见本朝省试诗，多关及第，是优恕欤？至于蜂腰者，其重与鹤膝不异，纵虽及第，何为恒规？非敢斗智于英儒，只为竭忠于圣主也。是以评定之日，为公为道，讨论大略，诸儒相共，处之不第。方今丝纶不及诸儒，沙汰独在小臣，亦犹立松节于繁霜，守葵心于圣日也。区区之心，迷于歧路，聊述愚管，然待天裁。谨解。

　年　月　日从五位下行大内记兼越前权守纪朝臣齐名解申进申文①

由上引资料可见，长德三年（995）八月，大江匡衡与纪齐名往还论辩两个回合，二人争论的主要焦点有两个：一是考生大江时栋省试诗中是否犯有"蜂腰"病和"平头"病；二是考核评定省试诗是否合格时，声病是否是一个重要的考核要素。从纪齐名和诸考官看来，大江时栋的省试诗确实犯有"蜂腰"病和"平头"病，他们判定声病的依据是初唐人元兢的《诗髓脑》，这说明即使在近体诗成立之后，"蜂腰"病在很多情况下，也是要严格避忌的，而且在省试诗中更不能犯。这个实例，可以说完全印证了中国唐宋人关于当时科举考试中依然不能犯声病的说法。

至于日本历代诗话中对唐代诗人及其作品的大量评论，对我们

---

① ［日］柿村重松：《本朝文粹注释》上册，富山房，1968年，第960—1002页。

考察唐诗在日本的流传和影响，研究日本古代各时期对唐代作家作品的受容，都是绝好的第一手资料①。

三、日本早期歌学著作与唐代诗格之关系

日本早期歌学著作如藤原滨成的《歌经标式》、喜撰的《倭歌作式》、孙姬的《和歌式》、佚名的《石见女式》、壬生忠岑的《和歌体十种》、源道济的《和歌体十种》等因受唐代诗格类著作影响较大，也是我们研究唐诗体格律理论、和歌早期形态与唐诗体式之关系的重要资料。

唐代诗格类著作常以"式""体""格""法""髓脑""品"命名，而日本早期歌学书名也多仿此。下文主要以佐佐木信纲所编《日本歌学大系》②所收日本早期歌学书为考察对象，将其书名与唐代诗格类著作进行对比：

1."式"类著作：

当时传入日本的唐代诗文格法类著作以"式"命名的较多，如佚名著《文笔式》、佚名著《诗式》、《文章体式》、《文章仪式》、《文章式》、皎然著《诗式》等。

而日本早期的歌学著作，也多以"式"命名，如藤原滨成的《歌经标式》、喜撰的《倭歌作式》、孙姬的《和歌式》等"和歌四式"。

2."体"类著作：

当时传入日本唐代诗文格法类著作，以"体"命名的有《唐朝新定诗体》《诗笔体》《论体》《诗病体》《诗体》等。

---

① 《日本诗话丛书》及散见于其他和汉文献中的这类诗评资料，虽有马歌东、王向远、孙立等中国学者开始关注，但无论是资料辑录还是研究利用都还远远不够。

② [日] 佐佐木信纲编：《日本歌学大系》，风间书房，1962年。

日本早期歌学著作以"体"命名的,也有壬生忠岑的《和歌体十种》、源道济的《和歌十体》、藤原俊成的《古来风体抄》、佚名的《三体和歌》等。

3."髓脑"类著作:

"髓脑"本作精髓、脑髓解,是南北朝时期佛典常用语。自南朝齐梁以来,成为书名,系经籍之一类,如《隋书·经籍志》即著录有《周易髓脑》(疑为梁人著作)。初唐元兢的《诗髓脑》是一部上承沈约、上官仪声律对属理论,下开五言近体诗律法门的重要诗格类著作,不仅对后来盛唐近体诗之创作至为重要,也被日本平安朝皇室和贵族奉为创作汉诗的圭臬,空海的《文镜秘府论》各卷更是屡屡引用此书。

从平安朝中期开始,也出现了一些以"髓脑"命名的歌学书,如佚名的《新撰和歌髓脑》、藤原公任的《新撰髓脑》、源俊赖的《俊赖髓脑》等,另外约成书于镰仓时代后期的、被称为"和歌四式"之一的《石见女式》,也曾以《石见女髓脑》的名称传世。

更为重要的是,日本早期歌学书不仅书名与唐代诗格类著作相近,而且编撰体例和条目设置,也是对后者的模仿和借鉴。

唐代的诗格类著作往往是由若干数目的诗歌体式要素、规则、作法、风格等条目与理论阐述构成,如:

1. 上官仪的《笔札华梁》就有八阶、六志、属对(九种)、七种言句例、文病(八种)、笔四病、论对属等内容。

2. 佚名著《文笔式》则由六志、八阶、属对(十三种)、句例(七种)、论体、定位、文病(十四种)、文笔十病得失等部分构成。

3. 元兢的《诗髓脑》有调声(三术)、对属(八种)、文病(十六种)等内容。

4. 崔融的《唐朝新定诗格》(在日本又被称为《唐朝新定诗

体》)则由十体、九对、文病(七种)、调声等组成。

5. 旧题王昌龄撰《诗格》分为两卷,卷上:调声、十七势、六义、论文意;卷下:诗有三境、诗有三不、起首入兴体十四、常用体十四、落句体七、诗有三宗旨、诗有五趣向、诗有语势三、势对例五、诗有六式、诗有六贵例、诗有五用例。

6. 释皎然的《诗议》则由论文意、诗对有六格、诗有八种对、诗有二俗、诗有十五例、六义等构成。

7. 释皎然的《诗式》五卷则由明势、明作用、明四声、诗有四不、诗有四深、诗有二要、诗有二废、诗有四离、诗有六迷、诗有七至、诗有七德、诗有五格、三不同、辩体有十一九字、诗有四不入等条目构成。

到中晚唐时,诗格类著作的条目设置和细目的数量,是越来越细,越来越多。这种著述方式和分析思维,同样也被日本早期的歌学书所模仿和借鉴了。如:

1. 藤原滨成的《歌经标式》真本即由歌病略有七种、凡歌体有三(求韵有二、查体有七、杂体有十)构成;抄本的条目更为简洁明白:和歌七病、和歌三种体(求韵歌别有二种、查体别有七种、雅体别有十种)。

2. 喜撰的《倭歌作式》亦由四病、八阶、八十八物、二十六种构成。

3. 孙姬的《和歌式》则主要由和歌八病构成。

4. 《石见女式》的内容有四病、三十一神。

5. 壬生忠岑的《和歌十体》和源道济的《和歌十体》均如题,是举例说明十种和歌体。

6. 佚名的《新撰和歌髓脑》则综合借鉴了唐元兢《诗髓脑》和王昌龄《诗格》的条目设置,内容较多:和歌六义、和歌四病、和歌八品、和歌六义体、和歌八病。

7. 藤原清辅的《奥义抄》上卷则可谓日本早期歌学书体式、病犯、作法类目的集大成,其内容竟达二十五类数百条之多:一、六义,二、六体,三、三种体,四、八品,五、叠句,六、连句,七、隐题,八、诽谐,九、譬喻,十、相闻歌、挽歌,十一、戏咲,十二、无心所著,十三、回文,十四、四病,十五、七病,十六、八病,十九、避病事,十八、词病事,十九、秀歌体,二十、九品,二十一、十体,二十二、盗古歌,二十三、物异名(付十二月名),二十四、古歌词,二十五、所名。

可见,日本早期的歌学书,也像唐代诗格著作一样,由各种数量不等的类目组成,简明扼要地介绍和歌的各种体式、规则和作法,二者的文献形态和编撰体例具有明显的相似性。

他山之石,可以攻玉。由于日本古代典籍中蕴含了如此丰富而宝贵的与唐诗相关的资料,中国学者如果善加利用,应可将隋唐五代文学研究向前推进一大步。

第四节　京都大学图书馆藏明黄用中注《新刻注释骆丞集》十卷本考

《骆宾王文集》最早为中宗朝人郗云卿所编,十卷,然唐宋之际已有多种十卷本骆集行世。明代以降,除十卷本系统外,又产生了三卷本、四卷本、六卷本及二卷诗集本等多个版本系统,更出现了注释本、评注结合本等各种形态。对《骆宾王文集》如此复杂的版本系统及流传情况,万曼的《唐集叙录·骆宾王文集》[1]与葛亚杰的《〈骆宾王文集〉版本研究》[2],先后作了简明的缕述。但是,学界对骆

---

[1] 万曼:《唐集叙录》,中华书局,1980年,第24—29页。
[2] 葛亚杰:《骆宾王文集》版本研究,浙江大学硕士学位论文,2011年5月。

集在域外的收藏和流传情况则关注不够。2015年11月中旬,我赴日本访书,在京都大学附属图书馆普通古籍库中,意外发现了一部被改成和装的明人黄用中注、詹海鲸刻《新刻注释骆丞集》十卷本。此本在历代公私书目中,惟清初黄虞稷《千顷堂书目》曾加著录过①,国内各大图书馆更无踪迹可寻。即便在日本,也只有京都大学附属图书馆入藏此一部。后承京都大学文学部绿川英树教授热情襄助,惠寄此本全部图版照片,我遂开始对其版本特征和文献价值进行考察,并于2016年12月复旦大学"中日日藏汉籍研讨会"上以发言提要的形式发表了初步研究的心得②。近年来,我继续深入研究此版本,不仅对此书的版刻特点有了更准确全面的了解,而且经过与其他骆集版本的多方比勘,更加认识到此本独特的文献价值,同时还梳理出此本在明代中后期的流传和影响的历史轨迹。今将近期研究成果全面整理出来,不揣谫陋,再次求教于海内外方家。

---

① 回国后,我又细查各种书志,发现此前严绍璗编《日藏汉籍善本书录》也曾著录过此书:"(新刊注释)骆丞集十卷,(唐)骆宾王撰,(明)黄用中注,(明)万历二年(1574年)书林詹海黥刊本,共二册,京都大学文学部中国文学语学哲学研究室藏本。"(中华书局2007年版,第1409页)不过,将刊刻者"詹海鲸"之"鲸"误作"黥",形近而讹。至于此处著录收藏地之异,可能严绍璗著录时,确系京都大学文学部中国文学语学哲学研究室内图书,或者为师生所借出,放置于文学部中国文学语学哲学研究室,后来又还归京都大学附属图书馆普通古籍库中。
② 会议发言提要后被主办方整理成《日本京都大学图书馆藏明黄用中注〈骆丞集〉十卷本叙录》(后简称《叙录》),未经本人过目订正,径刊于《中国文学研究》第二十九辑(复旦大学中国古代文学研究中心主办,复旦大学出版社2017年版)。现在看来,当时有不少认识不清和判断不准确的地方。如,《叙录》谓此本版式左右双边不确,实以左右双边为主,亦有四周单边。再如,《叙录》径将当时号"鼓山"之黄用中与号"古山"之黄用中视为一人,亦嫌草率,因为二人不仅号异,而且字亦不同。故《叙录》与此文论述和数据之异,均以此文为准,文中不再出注。

一、黄用中注本的版刻特点

日本京都大学附属图书馆藏詹海鲸刻、黄用中注《新刻注释骆丞集》,二册十卷,系明刻和风改装本。此本题签作"骆宾王集",从书风上,应为日人改装时所题,当非原书名。此本版心为"骆丞集",每卷卷首标目作"新刻注释骆丞集"。封面(表纸)为蓝楮皮纸,用双股蓝线五眼装订(参图10—4—1),皆日人改装时所为。每册首页除钤有"京都帝国大学图书馆印"(篆书阳文方形大朱印),尚有"百夕后太郎寄赠"(长方形阳文朱印)和京都大学附属图书馆接受民间捐赠图书专用的朱文小圆印各一枚(参图10—4—2),据之可知此本乃民间人士百百后太郎所寄赠。然赠书时间未及详考,将之改装成和风者,系百百后太郎抑或他人,亦未可知。

此书开本宏朗,半页高26.3厘米,宽16.1厘米,版框高18.2厘米,宽13.0厘米。白口,以四周单边为主,亦有不少页面左右双边,有界,单鱼尾。《骆丞集序》半页6行,行15字,四周单边。《骆丞集凡例》及其他部分,半页10行,行20字,注文小字双行,每行亦20字,以左右双边为主。每册首尾虫蚀较多,卷四第七页大半残缺,卷七第十九页中间少许残缺,内页均用衬纸修复,应为日人改装时所加。卷一,多页书眉有朱笔补注,所注出处多为《论语》《左传》等儒家经典。整部书,行间均有用朱笔、蓝笔或墨笔所加圈点句读。从笔迹和书风看,似为日人所施加。

卷首为黄用中自撰《骆丞集序》,因该序未见于其他文献,遂迻录全文如下以备考:

予注《骆集》,既授梓,乃序之曰:

夫自建安以还,操觚之彦,曷尝不人希先秦,而家卑六代哉?然甚者,指四六为浮华,谓浅易为菽帛。予则窃异其言。夫元首兴歌,肇先偶切;《三百》之赋,实艳且葩。夫子之赞《易》,司马氏之系《史》,率须韵语。然则华非作者所略也,譬诸蜀机之缛,彩缋烂然;五侯之筵,鲜旨交列,斯可谓之文。若布帛菽粟,直质而已。至于四六者,音调锵戛,骈比协调,岂非味之极腴,而服之尤绮者哉?魏晋以还,兹制渐盛。迨于唐初,尤尚斯体。自表笺制诰,以迨于诵述简牍,虽至于今,弗能易也。故谓四六为文之别体,则可;谓之浮华,则不可。盖用各有当,不容废耳。

骆公以海滨之隽,蜚声一时。诸所著撰,率循时格。辞藻之工,既人知之矣。若乃禄养之营,情均捧檄;剀直之疏,志激抱关。至于义从匡复,知足全身,斯弗但沉几远识,迥迈时流,而温温之襟,挺挺之节,盖千载希觏者。是则士之器识,孰逾于此。顾后之览者,徒以其文,并泥裴公之讥也,而概以词人目焉,误矣误矣。

予尝因文稽素,实深悲之。且集中意义邃淹,遽难谙畅。或曲辞以谐韵,或更字以成章,读者病焉。因即所闻,漫为注释,且以此发公之平生也。乃书林詹君,亟请为刻,既辞之不获,爰申其概,以就正于弘治之君子。若浅略之谭,已系集中者,此毋庸复。噫!阐微彰善,固不敢自附于大雅之后。若乃作者之心,庶几乎识之矣。操觚之彦,或少流瞩焉。虽不珍脆互陈,组縠兼制,亦尚谊于菽帛之质也。

万历二年十二月望日,闽晋安黄用中书。

黄氏在此序中,首先表达了自己对四六文华彩风格的喜爱,及对骆宾王作品的赞赏,接着指出骆宾王非惟辞藻至工,蜚声文坛,而且志节器识,亦超迈古今,加上骆文颇多曲辞,读者难晓深意,故为之作注。

更为重要的是,此序还表明,黄用中注本当为目前可考知的最早的一部骆集注本。

学界以前大多认为,明陈魁士注《骆子集注》四卷本是最早的骆集注本。中国国家图书馆藏《新刊骆子集注》四卷本,卷首有叶逢春于万历庚辰(万历八年,1580)所撰《骆子集叙》,李寀撰于万历己卯(万历七年,1579)七月的《刻骆子集注序》,还有陈魁士于万历七年八月所撰自序,卷末有刘大烈撰于万历七年八月的《序骆宾王集后》。据之可知,陈魁士注本当完稿于万历七年(1579),刊行于万历八年(1580)。

现存的其他几部明代骆集注本,则又刊于陈魁士注本之后。如:

1.《唐骆先生文集》六卷,明陆宏祚、虞九章、童昌祚订释,万历十九年(1591)刻本。中国国家图书馆和美国哈佛大学哈佛燕京图书馆均有收藏。

2.《新刻唐骆先生文集注释评林》六卷,明陆弘祚、虞九章、童昌祚注释,万历二十三年(1595)闽建书林余仙源刻本。中国国家图书馆藏。

3.《重订骆丞集》六卷,明黄兰芳评注,明万历三十年(1602)刻本。中国国家图书馆藏。

4.《鼎镌施会元评注选辑唐骆宾王狐白》三卷,明施凤来评注,明万历后期余文杰自新斋刻本。中国国家图书馆藏。

5.《骆丞集注》四卷,明颜文选补注,系对陈魁士注本的补注,万历四十三年(1615)颜氏刻本,后被《四库全书》收录。浙江省图书馆藏。

而黄用中注本，据其自序，当付梓于万历二年（1574），比陈魁士注本还要早五年，应系目前可考知的刊刻最早的骆集注本。

《骆丞集序》后，是黄用中所撰《骆丞集凡例》：

一、考《唐书》本传，所纪甚略。今先列本传，而凡诸家论议可互见者，皆采录于传之后，以备一二，并以知其品第之概。

一、集中引采故实，有屡用者，不复重注，但疏其下曰"见前"。

一、集中阙误，有参之旧本皆不可考者，不敢妄有增入，辄疏其下曰"旧阙"。

一、集中引采故实，有出于僻书方语，或出山经地志，非用中浅陋能考者，不敢妄臆，但疏其下曰"未详"。

一、集中所注，随文而就。有记忆疑误，或略而未备者，尚俟别考，至于句义明浅，览之易通者，不敢赘注。

一、集中文义可置评鹭者，谬系肤见之一二，以请正于大方。

一、集以类分为十卷，首颂，次五言古诗，次律诗，次长律，次绝句，次七言古诗，次序，次书，次策文，次檄，次祭文。

一、文集旧直以名称之，而字无所考。窃谓贤者之名，弗应直斥。今按公官终临海县丞，谨改名之，曰《骆丞集》。

从中可见黄用中所加注释、评语之审慎态度，更能帮助我们了解此本对骆集诗文之编次方式。

《骆丞集凡例》后，附有编者汇辑的《新唐书》骆宾王本传、唐郗云卿骆集序、唐孟棨《本事诗》所纪骆宾王与宋之问于灵隐寺月下吟诗之轶事，及宋刘定之、明杨升庵、徐献忠诸人议论各一则，颇便读者知人论世。

此本诗文兼收,按文体分类编次,别为十卷(详参本节附录一):卷一,颂1篇,赋2篇;卷二,五言古诗3篇;卷三,五言律诗57篇;卷四,五言排律41篇,五言绝句6篇,杂言1篇;卷五,七言古诗4篇;卷六,序类14篇;卷七,表启类8篇;卷八,启书类9篇;卷九,杂著类4篇;卷十,檄类3篇。共收作品153篇。

二、黄用中注本所用骆集底本考

经与宋元时期流传下来的骆集其他版本进行比较,可以发现,黄用中注本所采用的骆集底本较为优善,具有很高的文献价值。

南宋陈振孙《直斋书录解题》卷六十六云:

骆宾王集十卷

> 唐临海丞义乌骆宾王撰。宾王后为徐敬业传檄天下,罪状武后,所谓"一抔之土未干,六尺之孤安在"者也。其首卷有鲁国郗云卿序,言宾王光宅中广陵乱伏诛,莫有收拾其文者,后有敕搜访,云卿撰焉。又有蜀本,卷数亦同,而次序先后皆异。序文视前本加详,而云广陵起义不捷,因致遁逃,文集散失,中宗朝诏令搜访。①

可知陈振孙当时曾看到过两部十卷本:一本,唐郗云卿序较短,且序中言宾王"伏诛";一为蜀本,作品编次与前本大异,郗云卿序篇幅较长,序中言宾王"遁逃"。前本,宋人又称之为"集本"(参下引彭叔夏《文苑英华》校勘记),亦可称之为"短序本"、"伏诛"本,早已失传;后本,今亦称之为"蜀本"(参图10—4—3),又可称之为"长序本"、"逃遁"本,今存中国国家图书馆,多次被影印,其中存真度最

---

① 陈振孙著,徐小蛮、顾美华点校:《直斋书录解题》卷六十六,上海古籍出版社,1987年,第467页。

高者为中国国家图书馆出版社的"中华再造善本丛书"本。

又，宋人彭叔夏曾用世传骆集来校勘《文苑英华》。《文苑英华》卷一四一所收《萤火赋》篇末按语云：

凡一作，皆集本及川本、《文粹》。①

彭叔夏此处所云之"集本及川本"，当即陈振孙《直斋书录解题》所著录的"集本"和"蜀本"；其所云"《文粹》"，应指北宋姚铉编《唐文粹》所用的骆集②。从《文苑英华》校勘记看，《文苑英华》本与"集本""蜀本"文字多有差异，且《文苑英华》尚存"蜀本"失收之作品三篇，即《送刘少府游越州》《从军行》《上兖州张司马启》，故《文苑英华》所据之本，与"集本""蜀本"显然属于不同的版本系统。

而彭叔夏校勘《文苑英华》时所用的姚铉《唐文粹》，则与前三本（《文苑英华》本、"集本"、"蜀本"）之间存在更多异文。其中最明显者有二：

一是，前三本中骆宾王讨武曌檄文"六尺之孤安在"一句，在《唐文粹》本中则为"六尺之孤何托"；

二是，"集本""蜀本"中骆宾王讨武曌檄文"合是谁家之天下"一句，《唐文粹》作"竟是谁家之天下"（《旧唐书·李敬业传》所引与之同）。后人将唐代以来凡作"何托""竟是"之本，皆称为"俗本"，

---

① 李昉编：《文苑英华》卷一四一，中华书局影印本，第一册，1996年，第651页。
② 清顾广圻《唐文粹跋》云："《文苑英华》屡引《川文粹》，而其间每为《文粹》不载之篇，疑不能明久之。顷读彭叔夏《辨证》第五卷名氏条，有云：'近世眉山成午编《唐三百家明贤文粹》。'乃知《川文粹》指此。"顾氏此语大误，彭叔夏《文苑英华》校勘记和《文苑英华辨证》中实无"川《文粹》"一说，其所引"川本"，亦非所谓的"川本《文粹》"（姚铉所编《唐文粹》，北宋时名《文粹》，书名中的"唐"字为南宋重刻时所加），应指"蜀本"骆集。而且，《文苑英华》校勘记中"川本"与"《文粹》"分别出校者亦不少。"川本"作某者，多与今传"蜀本《骆集》"合。"《文粹》"作某者，则多与今传姚铉《唐文粹》合。

谓其文字已失原本之旧①。《唐文粹》所据之本,应属"俗本"系统。

可见,宋时骆集至少有四个版本系统:一为《文苑英华》编者所据之本,一为"集本"(十卷本,后人大多认为系郗云卿原本),一为"蜀本"(又称"川本",十卷本),一为"俗本"。诸本之中,"集本"郗云卿序文字疏略简短,不及"蜀本"所收详细完整,就序文本身而言,"蜀本"文献价值当大于"集本"。再从彭叔夏《文苑英华》校勘记和《文苑英华辨证》看,"集本""蜀本"的文本,多有优于《文苑英华》者;而"集本""蜀本"及《文苑英华》本的文献价值,又要高于"俗本"。

与上述诸本进行比较,可以看出,黄用中注本卷首所收郗云卿序文本与今传"蜀本"大同小异,亦云骆宾王"逃遁",而非"集本"之"伏诛",属于序文保存较为完整的"长序本"系统;卷十《代李敬业起兵诛武后檄》作"安在""合是",与"集本""蜀本"同,亦非作"何托""竟是"之"俗本"。总之,黄用中注本所用骆集版本,亦即其《凡例》中所云参校之"旧本",显然不是被后人诟病的"俗本",而与文本较为优善的"集本""蜀本"同属一大系统,而在"集本""蜀本"中,又与郗云卿序文保存较完整的"蜀本"最为接近。

如果再将黄用中注本与"蜀本"的卷次目录两相对照(参附录一),即可发现,黄用中注本极有可能是以"蜀本"(也可能是宋"蜀本"的元代翻刻本,甚至可能是明翻元刊本②)为底本编成的。黄用中注本将骆宾王诗文分为"颂赋""五言古诗""五言律诗""五言排

---

① 参清瞿镛《铁琴铜剑楼藏书目录》卷十九,"《骆宾王文集》十卷(明刊本)"条。上海古籍出版社,2000年,第490页。
② 黄用中注本所收作品,较今存"蜀本"少《海曲书情》《行军军中行路难》《忆蜀地佳人》(《久客临海有怀》目录中未见,诗题亦失,实际上并未漏收,而是作为《望乡夕泛》其二收入了)3首,其原因可能是其所据底本与今存"蜀本"并非一个版本,也可能是同一个版本,但黄用中漏收了。

律""五言绝句""七言古诗""序类""表启类""启类""杂著类"等十类,每类文体之下,大致按照"蜀本"中的先后顺序拣选出作品,加以编排成书。

三、黄用中注本优于"蜀本"之处

虽说黄用中注本很可能是以"蜀本"为底本重加编排成书的,但其作品之编次较"蜀本"更为合理,文字校勘和作品分合方面也多优于"蜀本",具有独特而珍贵的文献价值。

宋刻"蜀本"是现存最早的骆集刻本,分为十卷:
卷一,"赋颂",收赋 2 篇、颂 1 篇;
卷二、三、四、五,"杂诗",收录诗作 105 篇①;
卷六,"表启",收表 1 篇、启 7 篇;
卷七,"书启",收启 4 篇、书 5 篇;
卷八,"杂著",收序 14 篇、对策文 3 道;
卷九,"杂著",收七言歌行 2 篇、露布 2 篇;
卷十,"杂著",收檄文、应诘文、自叙状、祭文等文 4 篇,挽歌 2 题 8 篇。

李致忠《骆宾王文集跋》曾谓:

> 这种分卷方法,虽与它以前的刻本有异,但大致仍不失唐时旧第。②

其实,此本不仅"与它以前的刻本有异",而且已失"唐时旧第"。正如前文所引,早在南宋时期,陈振孙在《直斋书录解题》中即已指出,"蜀本"与"集本"在编排次序方面"先后皆异","蜀本"已失郗

---

①此本卷五《送骆四得钟字》作 1 首,其实应为 2 首,考辨详后。
②李致忠:《宋版书叙录》,书目文献出版社,1994 年,第 346 页。

云卿原本(疑即"集本")编次之旧。从现存"蜀本"别卷之分类和作品编次看,也确实存在一些粗疏混乱之处。

首先,蜀本将骆宾王所有诗作仅用"杂诗"一语概括,太过笼统。唐人在行卷时,多将各体诗作合编,名为"杂诗",如元稹有《杂诗》十卷,令狐楚有《杂诗》一卷,杜牧有《杂诗》一卷。但唐人在将诗与文分类别卷时,往往直接承继萧统《文选》的方法,或直接称之为"诗",或称之为"歌诗"。到中唐,文人在编撰文集时,则多将"诗"先分为五七言,然后在五七言之下,再各按古近别体①。

其次,此本对骆宾王文的分类,各卷做法也不一致,卷六、卷七将表、启、书等文体以"表启"、"书启"标目别卷,卷八对数量很多足以编成一卷的"序",又不以"序"标目别之,而是用"杂著"统括之,甚是随意。

此本更为明显的问题,则是诗文混编。如卷九"杂著"一类,先是收录《帝京篇》《畴昔篇》2 首诗歌,接着竟然是《姚州道破逆贼诺波弄杨虔露布》《又破设蒙俭露布》2 篇露布;卷十"杂著"下,同样诗文混编,在《代李敬业檄》《应诘》《自叙状》《祭赵郎将文》4 文之后,又收有《乐大夫挽歌五首》《丹阳刺史挽歌三首》2 题 8 首诗。

正因"蜀本"编次如此紊乱,加上各卷卷首目录中多用简题,甚至还有诗题遗漏,所以难怪有人怀疑"宋本目录非由文士编纂而成","透露出坊间刻本的痕迹"②。

而源出于"蜀本"的黄用中注本则后出转精,不再诗文混编。"诗"类,也不再用"杂诗"统称之,而是先将五七言分开,然后五七

---

① 参拙文《"白氏文集"前集の編纂体裁と詩体分類について:日本現存の旧鈔本を中心に》,《白居易研究年報》第 14 辑,白居易研究会编,勉诚社,2013 年。
② 葛亚杰:《石研斋〈骆宾王文集〉版本价值——兼谈宋刻蜀本》,《文献》2013 年第 2 期。

言之下,再先古体后近体;"文"类,则按"序""表启类""启类""杂著类""檄类"分为五卷,文体分类更为细致,编次也更为合理。

虽然黄用中注本很可能是以"蜀本"为底本重新编排而成,但是又具有独特的文献校勘价值。

仅就二本诗题之异文而言,黄用中注本即有优于"蜀本"之处①。试举数例:

1. 黄用中注本卷三《秋日送侯四》,"蜀本"此诗题作"秋日别侯四"。由此诗首联"我留安豹隐,君去学鹏抟"诗意可知,此乃骆宾王送别侯四之作。黄用中注本作"送",是。

2. 黄用中注本卷三《别李峤得胜字》,"蜀本"此诗题作"别李峤得胜",阙"字"。《文苑英华》此诗题与黄用中注本同。

3. 黄用中注本卷三《北眺春陵》,"蜀本"此诗题作"北眺春陵"。由诗中"既出封泥谷,还过避两陵"句可知,此诗当系骆宾王自京赴吴越,道出山南,途经春陵后,回首北望而赋。诗题当以黄用中注本为是,"春"为"春"之异体字。

4. 黄用中注本卷三《送宋五之问得凉字》,"蜀本"此诗题作"宋五之问得凉字",阙"送"。

5. 黄用中注本卷三《饯骆四得钟字》诗分为二首;"蜀本"诗句连排,作一首。顾广圻《骆宾王文集考异》在此诗"青山几万重"句下校曰:

《饯骆四诗》止此。

在"甲第驱车入"句后校曰:

自此句至末,别为一首。当是脱去诗题一行,遂误连于《饯

---

①当然,较之"蜀本",黄用中注本在作品题目和正文方面的阙误也有不少。

骆四诗》也，亦送行之作。但所送之人及得字，今皆无以补之。①

顾广圻谓此诗当析为二首，第二首前脱去诗题一行，所言极是。黄用中注本对此诗诗题和正文之处理，较"蜀本"更近原貌②。

6. 黄用中注本卷五《秋晨同淄川毛司马九咏·秋风》，"蜀本"此诗题作"秋晨同淄川毛司马秋九咏"，阙"秋风"二字。

7. 黄用中注本卷十《姚州道破逆贼诺没弄杨虔柳露布》，"蜀本"此文题作"姚州道破逆贼诺没弄杨虔露布"，阙"柳"字。

总之，黄用中注本虽然很可能是以现存最早的骆集刻本"蜀本"为

---

① 顾广圻《骆宾王文集考异》一卷，《骆宾王文集》十卷本附，清嘉庆二十一年（1816）秦恩复石研斋刻本，中国国家图书馆藏。
② 其实，此诗作者和题目尚可进一步考补。按，此诗《全唐诗》卷五八又作李峤诗，徐定祥注《李峤诗注》亦收录此诗，作《饯骆四二首》（上海古籍出版社，1995年，第99页）。细绎诗意，窃认为此二首诗当非一人之作，而是李峤、骆宾王短暂相逢，旋即离别时的互赠之诗。《新唐书·李峤传》云："时畿尉名文章者，骆宾王、刘光业，峤最少，与等夷。"李峤、骆宾王当时不仅文章齐名，而且二人多有交游。李峤集中有《送骆奉礼从军》，系咸亨元年（670）夏四月骆宾王随阿史那忠军远征西域，途经安定，在此作县尉的李峤送别之作。（参拙文《骆宾王从军西域考辨》，刊《唐代文学研究》第十三辑，广西师范大学出版社，2010年）骆宾王集中有《别李峤得胜字》，疑为骆宾王调露二年（680）被贬临海丞，与在京为官的李峤作别之诗。而二人集中皆收的《饯骆四二首》诗，则是二人另一次离别时的互赠之作。其一："平生何以乐，斗酒夜相逢。曲中惊别绪，醉里失愁容。星月悬秋汉，风霜入曙钟。明日临沟水，青山几万重。"诗谓主人夜晚设宴款待好友，良宵苦短，其乐未央，凌晨客人又要远行，故作诗饯别，通篇用"钟"韵，诗题为"饯骆四得钟字"，作者是主人李峤。其二："甲第驱车入，良宵秉烛游。人追竹林会，酒献菊花秋。霜吹飘无已，星河漫不流。重嗟欢赏地，翻召别离忧。"则显然是一别诗。诗叙作者刚刚来到主人府第做客，通宵欢宴，翌日凌晨将与主人作别，流露出依依难舍之情。诗用"忧"韵。作者应为行客骆宾王，诗题疑作"别李峤得忧字"。因系李峤、骆宾王同时所作酬和之诗，二人集中并收，理所当然。只是后来传抄转刻过程中，第二首作者诗题佚失了。

底本重新编次的，但在作品编次方面比后者更合理，文字上也有不少优于后者之处，在部分作品分合的处理上似更接近唐人所编骆集原貌。

四、黄用中注本与林绍刻本等明人所编骆集之关系

倘若只检索海内外各公私藏书单位的书目，黄用中注本的确仅藏于日本京都大学附属图书馆，似乎天壤间孤本独存。然而，经过多方调查、目验比勘，我又发现，国内实际上也存有此本，不过是以另一面貌流传着。现藏于北京大学图书馆、上海图书馆、南京图书馆，三馆馆藏目录均注录为明林绍刻、陈魁士注的《新刻注释骆丞集》十卷本，实为詹海鲸刻、黄用中注本的剜改重印本。

杜信孚编《明代版刻综录》卷三曾详细著录过此林绍刻本：

> 林绍字文肖，漳浦县人，嘉靖四十四年进士，丹阳令，徐州兵备副使。
>
> 《新刻注释骆丞集》十卷　唐骆宾王撰，明陈魁士注。明万历五年林绍刊　该书逐卷首页一、二行改刻，字体版式不同，系旧版重印。①

由于以前学界大多不知詹海鲸刻、黄用中注本原刻本尚存，更未有人仔细研究这部所谓的林绍刻本，所以虽然看出其每卷首页有改刻的痕迹②，且字体版式明显不同，但都不知林绍刻本改刻前的旧版为何。

通过将黄用中注本与现藏于上海图书馆著录为明林绍刻、陈魁士

---

① 杜信孚编：《明代版刻综录》第三卷，广陵古籍刻印社，1983年，第三册，第5页。
② 《明代版刻综录》卷三对此本改刻的信息著录有误，实际上林绍刻本是将詹海鲸刻、黄用中注本每卷首页第二、三、四行进行改刻，而非每卷首页的第一、二行。

注的《新刻注释骆丞集》十卷本①进行比较,即可看出,这部所谓的林绍刻本,实际上是将每卷首页第二、三行(因二行下半部旧版刻有"闽晋安　黄用中　注"、三行下半部旧版刻有"书林　詹海鲸　锲")全部剜去,再分别刻上"徐州兵备副使漳浦碧潭林绍发刊""徐州知州容城孙养魁校正"嵌入旧版(这两行版框的上下边比原版明显缩进②),然后又在每卷首页第四行原有的文类下空数格,补刻上"学正福清陈　玺同校"的字样(参图10—4—4)。另外,旧版书页以四周单边为主,亦有部分页面左右双边,林绍刻本则将全书都改刻成四周双边了。如此一来,实为詹海鲸刻、黄用中注的本子,经过这番改头换面,就成了所谓的林绍刻本了。

更重要的是,这部所谓的林绍刻本还将黄用中注本卷首的黄用中自序抽去了,这就使人无从考知旧版为何时何地、何人所刻、何人所注了。不过,林绍在改刻时,仍保留了黄用中所撰的《骆丞集凡例》③,以及旧版所附的《新唐书》骆宾王本传、唐郗云卿骆集序、唐孟棨《本事诗》所纪骆宾王与宋之问于灵隐寺月下吟诗之轶事,及宋刘定之、明杨升庵、徐献忠诸人议论。

至于书中的黄用中注评,林绍刻本也几乎全部保留。粗粗翻阅之后,只发现有个别注语被剜,如卷七《和道士闺情诗启》"霜雪之句"下,原有黄用中小字双行夹注"婕妤团扇诗云皎洁如霜雪"11

---

① 笔者工作单位北京大学的图书馆的古籍善本部近两年因搬迁原因一直处于关闭状态,故此次只是仔细考察了上海图书馆所藏的林绍刻本。另外,从南京大学文学院童岭教授帮助拍摄的南京图书馆所藏林绍刻本图片看,其与上海图书馆所藏应是同一版本。
② 葛亚杰也发现,"从版式上看,本书版框高低不一"。参其《〈骆宾王文集〉版本研究》,第25页。
③ 上海图书馆藏本此页下钤有"秀水庄氏兰味轩收藏""杨湖陶氏涉园所有书籍记"等藏书印。

字,林绍刻本将之全部剜去,留下明显的空白(参图10—4—5);再如,同卷《上齐州张司马启》中"拥端悫以行仁化蛇"句下原有黄用中小字双行夹注"张纯为守蛇食小儿而自伏罪"12字,林绍刻本亦将之全部剜去,造成一条狭长的空白,且有明显的剜改痕迹(参图10—4—6)。因而,所谓林绍刻本中的注评,实际上是黄用中的注评,与诸家馆藏目录和《明代版刻综录》所称的陈魁士注完全无关①。

虽然所谓的林绍刻本实为詹海鲸刻、黄用中注本的改版重印本,其中注语乃黄用中所加,并非陈魁士注,但是,明万历七年(1579)刘大烈刻、陈魁士注《新刊骆子集注》四卷本中的骆宾王作品分类和编次顺序,则与黄用中注本几乎相同(参图10—4—7)。这可能是北京大学图书馆、上海图书馆、南京图书馆和《明代版刻综录》误将所谓的林绍刻本当成陈魁士注本的一个重要因素。

另外,中国国家图书馆与哈佛燕京图书馆均藏有明万历十九年(1591)陆弘祚、虞九章、童昌祚注《唐骆先生文集》六卷本②,所收作品文本和编排次序,亦几与黄用中注本全同(参图10—4—8)。比较明显的差异,一是此本卷首附录较黄用中注本增加了一条王世贞评语,二是卷数有异:黄用中注本分为10卷,陆弘祚等注本则合为6卷。后者盖以前者为底本再行编排作品,然后根据各卷篇幅,重新调整了卷数,其注释则在参考黄注的基础上,删繁就简,更为精练。

---

① 葛亚杰也曾将林绍刻本中的注语,与明万历七年(1579)刘大烈刻、陈魁士注《新刊骆子集注》四卷本中的注语作过比较,发现"皆与陈魁士注本不同",认为"此本是否为陈魁士本,还应仔细考量"(参其《〈骆宾王文集〉版本研究》,第26页)。所论颇有见地,所疑今已被证实。
② 中国国家图书馆另藏明陆弘祚、虞九章、童昌祚注释《新刻唐骆先生文集注释评林》六卷本,则是万历二十三年(1595)闽建书林余仙源的翻刻本,刻工较《唐骆先生文集》明显粗劣。

可见,在明代万历中后期,黄用中注本及其特有的作品编次顺序、卷首附录所辑历代评议,还有书中夹注和评语,受到了人们的首肯,对当时的其他坊刻本产生了一定的影响,遂在当时主流的"蜀刻本"外,形成了另一个骆集分类编次系统。

五、编注者黄用中生平行事略考

对于此本注者黄用中,学界关注甚少。下文拟根据历代书目、地方志等文献,略考其生平,以期加深对其骆集注评之理解。

1. 黄用中,字道行,号古山。明嘉靖、万历年间在世,闽县人。能诗,善书画,著有《粤游日记》1卷,注释《骆丞集》十卷。

> 黄用中,字道行,闽县人。能诗善书,时写意作山水石,注释《唐骆丞集》十卷行世。①
>
> （明·何乔远《闽书》卷一二六）
>
> 黄用中《粤游日记》一卷。
>
> （清·黄虞稷《千顷堂书目》卷八《地理类下》）
>
> 黄用中注《骆宾王集》十卷。〔字道行,闽县人。〕
>
> （清·黄虞稷《千顷堂书目》卷三十二《文史类》）
>
> 黄用中,字道行,号古山。闽县人,能诗善书,时作山水竹石,天趣不群,当入逸品。(《闽画记》)
>
> （《御定佩文斋书画谱》卷五十七）

2. 明嘉靖年间另有一闽县人名黄用中,生平资料稍多。此黄用中,字通理,号鼓山,曾在闽县西鼓山下读书。明嘉靖二十一年(壬寅,1542),鼓山涌泉寺遭大火,作诗序记之。嘉靖二十四年(乙巳,

---

① 何乔远:《闽书》第5册,福建人民出版社,1995年,第3763页。

1545），编成《鼓山志》，作《鼓山志序》，有诗集《通理诗草》行世。

> 比壬寅二月之十三日也，予病烦不寐，夜起披衣，觉远焰烛梁，开棂骇视，则近峰红映东南矣。初谓樵儿举燎遗炽荆棒，未为深念。迨晓，乡人来告，谓寺已焚。骇叹交生，扶病走视，则簪箱胥泯，煨烬犹嘘；惟一二残僧对予陨涕而已。兴悲无极，漫有短章，用叙所由，备纪岁月。①

> 山志，寺有刻板，僧秘不传，盖虞索者难给也。予家夙有此，病其采录尚遗，序列无纪，亟欲检订增刷之，以羁念泥迹，未能也。……甲辰冬日，偶过剑崖先辈林翁，得本几间，欢逾重宝。……友人萧子世济与诸僧游，获兹完本。既慰夙心，乃喜而序。……因改之曰《鼓山志》，并旧本藏之，以矢予之不负山灵也。嘉靖乙巳岁二月，山人黄用中书于江上之宜晚楼。②

> 此书乃记载鼓山前代老宿之事实，及名人文艺等，为《鼓山志》之权舆。当时黄用中、徐兴公等编《鼓山志》即本于此。③

> 鼓山为闽藩左辅，控大海而表百粤。自梁开平中创置禅林，历宋元至今七百余载，即田夫稚子无不能谈其胜者，而志故阙焉。……先辈黄用中读书山下，感胜迹之寥绝，痛文献之无徵，稍为掇其崖略，欲成一家言，而力弗逮。舅氏徐兴公得其遗稿，而次第讨论之，日复一日。至戊申岁，余方宅艰多暇，相与

---

① 黄用中：《鼓山白云涌泉寺灾感而有作并序》，载《鼓山志》卷十二，《四库全书存目丛书》史部，第235册，齐鲁书社，1997年，第854页。
② 黄用中：《鼓山志序》，载《鼓山志》卷七，杜洁祥主编：《中国佛寺史志汇刊》第一辑第50册，台北明文书局，1980年据台湾大学研究图书馆藏乾隆原刊光绪补刊影印本，第365页。
③ 观本：《涌泉禅寺经版目录》"鼓山禅德遗著佚目"福建鼓山涌泉寺，民国二十一年（1932）刻本，第48页。

遐搜灵秘,博采菁莪,上溯草昧之初,中沿兴废之迹,而下益以耳目之所听睹。其汇有八卷,列十二。虽孤僻寡昧,不无漏万之讥,而薪析鳞比,使后之人有所考焉。或于兹山不无微劳耳,其补遗润色之功,以俟作者。①

借一本于通家黄君,如得拱璧,遂抄录一副,藏之笥中。旧本仍归主人也。黄君尊人名用中,号鼓山,与先子莫逆。睹前序,因知用心之勤,后之览者,得无仰前辈之博洽乎。辛丑五月二十三日书。②

此黄用中曾在《鼓山志序》中自称"山人",后人称其为"庠生",终生未曾出仕,其他事迹亦未能详考。此黄用中与注骆丞集之黄用中,籍贯相同,生活年代亦相近,然一字道行,一字通理;一号古山,一号鼓山,疑非同一人。

在结束本文之前,窃以为黄用中注本的流传和影响问题似也值得日后再行探索,故补述于此:

一、前文已述,黄用中注本刊行后不数年,版片即落入其闽籍同乡漳浦县碧潭人林绍之手。后者系明嘉靖四十四年(1565)进士,曾任丹阳令,万历中为徐州兵备副使。此书之改版,当在其徐州任上。同时,所谓林绍刻本的校正者陈玺,也是闽籍福清人。二人均与黄用中所在的闽县相邻,他们与注者黄用中、刊刻者詹海鲸有何关系?黄用中注本的版片,因何原因、又是如何落入林绍之手的?以后若能考出此事经纬,亦应别有趣味。

二、万历七年(1579)刘大烈刻、陈魁士注《新刊骆子集注》四卷

---

① 谢肇淛:《鼓山志小引》,载《小草斋文集》卷十二,《四库全书存目丛书》集部,第176册,第83页。
② 徐𤊹:《鼓山志》,载《红雨楼题跋》卷上,《续修四库全书》本,第923册,第11页。

本，其所依据的底本到底是詹海鲸的原刻本，还是林绍的改刻本？巧合的是，《新刊骆子集注》的注者陈魁士也是闽籍漳浦人，与林绍同乡。据此本自序，陈魁士在故乡漳浦时因"旧有注甚略"（应指黄用中注），思为骆集施加新注，后到庐州府舒城知县任上，终于成书刊行之。黄用中注本系书林詹海鲸刻于万历二年（1574），林绍刻本倘若确如《明代版刻综录》所云是改刻于万历五年（1577），说明此书版片不久即转手。那么，漳浦人陈魁士在编骆集注本时，是据詹海鲸原刻本还是林绍的改刻本呢？另，据陈魁士自序，其入仕前在故乡时即已认为"旧有注甚略"，依詹海鲸原刻的可能性为大；但是如果考虑到陈魁士与林绍同县，也有可能用的是林绍改刻本。以后若将三本详加比较的话，此问题应该可从文本异同关系方面得到部分解决。

三、明万历十九年（1591）陆弘祚、虞九章、童昌祚注《唐骆先生文集》六卷本的注者，籍贯在湖州、杭州一带；刻工则是苏州、南京一带人氏[1]。那么，此本所用骆集底本，究竟是自闽中北传的詹海鲸原刻本，还是徐州兵备副使林绍改刻本，抑或是庐州舒城知县陈魁士的新注本呢？也是日后可以考察的问题。

总之，日本京都大学附属图书馆藏万历二年詹海鲸刻、黄用中注本《新刻注释骆丞集》十卷本，应系目前可考知的骆集最早注本。其底本属于现存最古的宋刻"蜀本"系统，然又重新分体别卷，编次更加合理，文本亦具独特的校勘价值。此本刊后仅两三年，版片即转手，被林绍剜版改刻。中国境内流传的所谓林绍刻本，实际上是詹海鲸刻本的改版，书中的注语为黄用中所加，与陈魁士无涉，收藏

---

[1] 葛亚杰《〈骆宾王文集〉版本研究》云："版心下方有刻工之名，如《刻义乌骆先生文集叙》版心下标注为'金陵范子章刻'。其余标注出的刻工则有陈元、余守等。范子章为明万历间刻工，其云金陵，当是南京刻工。陈元为嘉靖、万历间苏州刻工。可知此本应刻于苏南一带。"第11页。

此本的几大图书馆和《明代版刻综录》等古籍书目所著录的信息均因失考而误。而且,黄用中注本特有的作品分类和编次顺序,被明代万历中后期好几部骆集注本所沿袭,其影响地域也由闽中逐渐扩大到苏皖地区。后来,此本原版初印本竟然漂洋过海,流播东瀛,先传民间,后藏上庠,孤本独存,其际遇不亦奇且幸哉!

附录一:《黄用中注本与"蜀本"作品编次关系对应表》

黄用中注本作品编次			蜀本	
			卷次·排序	作品篇名
卷一	颂	灵泉颂	卷一·3	灵泉颂
	赋	荡子从军赋	卷一·2	荡子从军赋
		萤火赋	卷一·1	萤火赋
卷二	五言古诗	咏怀古意上裴侍御	卷五·83	咏怀古意上裴侍郎
		游德州赠高四	卷二·4	夏日游德州赠高四并序
		在江南赠宋五之问	卷二·6	在江南赠宋五之问
卷三	五言律诗	春云处处生	卷三·44	春云处处生
		秋日送陈文林陆道士	卷四·53	秋日送陈文林陆道士
		送郑少府入辽	卷四·54	送郑少府入辽
		送费六还蜀	卷四·55	送费六还蜀
		秋日送侯四	卷四·56	秋日别侯四
		秋日送尹大赴京	卷四·57	秋日送尹大赴京
		秋夜送阎五	卷四·58	秋夜送阎五
		送王明府上京参选	卷四·60	送王明府上京参选
		秋日送别	卷四·61	秋日送别
		别李峤得胜字	卷四·64	别李峤得胜

续表

黄用中注本作品编次			蜀本	
			卷次·排序	作品篇名
卷三	五言律诗	在兖州饯宋五	卷四·65	在兖州饯宋五
		游灵公观	卷四·67	游灵公观
		夏日游山家同夏少府	卷四·68	夏日游山家同夏少府
		夏日游目聊作	卷四·71	夏日游目聊作
		同崔驸马晓初登楼思京	卷四·72	同崔驸马晓初登楼思亲
		初秋登司马楼宴	卷四·73	初秋登司马楼宴
		初六日宅宴	卷四·74	初于六宅宴
		春夜韦明府宅宴	卷四·75	春夜韦明府宅宴
		冬日宴	卷四·76	冬日宴
		镂鸡子	卷四·77	镂鸡子
		咏云酒	卷四·78	咏云酒
		咏美人在天津桥	卷四·79	咏美人在天津桥
		于紫云观赠道士	卷二·5	于紫云观赠道士并序
		在狱咏蝉	卷二·8	在狱咏蝉并序
		途中有怀	卷三·22	途中有怀
		出石门	卷三·25	出石门
		至分陕	卷三·26	至分陕
		至汾水戍	卷三·27	至汾水戍
		北眺春陵	卷三·29	北眺春陵
		望乡夕泛二首	卷三·30	望乡夕泛
		游兖部逢孔君自卫来欣然相遇若旧	卷三·31	游兖部逢孔君自卫来欣然相遇若旧
		西京守岁	卷三·33	西京守岁
		白云抱幽石	卷三·40	白云抱幽石

续表

黄用中注本作品编次			蜀本	
			卷次·排序	作品篇名
卷三	五言律诗	同辛簿简仰酬思玄上人林泉	卷四·48	同辛簿简仰酬思玄上人林泉
		宪台出縶寒夜有怀	卷五·89	宪台出縶寒夜有怀
		月夜有怀简诸同病	卷五·90	月夜有怀简诸同病
		送郭少府探得幽字	卷五·93	送郭少府探得忧字
		送宋五之问得凉字	卷五·95	宋五之问得凉字
		冬日过故人任处士书斋	卷五·96	冬日过故人任处士书斋
		咏灰尘	卷五·97	尘灰
		秋晨同淄川毛司马九咏·秋风	卷五·98	秋晨同淄川毛司马秋九咏
		秋云	卷五·99	秋云
		秋蝉	卷五·100	秋蝉
		秋露	卷五·101	秋露
		秋月	卷五·102	秋月
		秋水	卷五·103	秋水
		秋萤	卷五·104	秋萤
		秋菊	卷五·105	秋菊
		秋雁	卷五·106	秋雁
		咏雁	卷五·110	咏雁
		王昭君	卷五·114	王昭君
		咏雪	卷五·111	咏雪
		咏水	卷五·109	咏水
		乐大夫挽词	卷十·157	乐大夫挽歌五首
		丹阳刺史挽词	卷十·158	丹阳刺史挽歌三首

续表

黄用中注本作品编次			蜀本	
			卷次·排序	作品篇名
卷三	五言律诗	饯骆四得钟字	卷五·94	饯骆四得钟字
		渡瓜步	卷三·18	渡瓜步江
卷四	五言排律	浮槎诗	卷二·7	浮查
		送吴七游蜀	卷四·59	送吴七游蜀
		春霁早行	卷三·11	春霁早行
		秋日山行简梁大官	卷三·12	秋日山行简梁大官
		晚度天山有怀京邑	卷三·13	晚度天山有怀京邑
		晚泊河曲	卷三·14	晚泊河曲
		晚泊蒲类	卷三·15	晚泊蒲类
		晚渡黄河	卷三·16	晚渡黄河
		早发淮口望盱眙	卷三·17	早发淮口望盱眙
		远使海曲春夜多怀	卷三·19	远使海曲春夜多怀
		晚泊江镇	卷三·20	晚泊江镇
		早发诸暨	卷三·21	早发诸暨
		晚憩田家	卷三·23	晚憩田家
		宿山庄	卷三·24	宿山庄
		过张平子墓	卷三·28	过张平子墓
		边城落日	卷三·36	边城落日
		蓬莱镇	卷三·37	蓬莱镇
		宿温城望军营	卷三·39	宿温城望军营
		和孙长史秋日卧病	卷三·41	和孙长史秋日卧病
		四月八日题七级	卷三·42	四月八日题七级
		早秋出塞寄东台详政学士	卷三·45	早秋出塞寄东台详政学士

续表

黄用中注本作品编次		蜀本	
		卷次·排序	作品篇名
卷四	五言排律	郑安阳入蜀	卷三·46	郑安阳入蜀
		在军中赠先还知己	卷四·47	在军中赠先还知己
		夏夜忆张二	卷四·49	夏日夜忆张二
		和李明府	卷四·50	和李明府
		望月有所思	卷四·51	望月有所思
		寓居洛滨对雪忆谢二	卷四·52	寓居洛滨对雪忆谢二
		西行别东台详正学士	卷四·62	西行别东台详正学士
		春晚从李长史游开道林故山	卷四·66	春晚从李长史游开道林故山
		和王记室从赵王春日游陀山寺	卷四·69	和王记室从赵王春日游陀山寺
		夕次旧吴	卷四·80	夕次旧吴
		过故宋	卷四·81	过故宋
		伤祝阿王明府	卷五·82	伤祝阿王明府
		咏怀	卷五·84	咏怀
		边夜有怀	卷五·85	边夜有怀
		久戍边城有怀京邑	卷五·86	久戍边城有怀京邑
		幽絷书情通简知己	卷五·87	幽絷书情通简知己
		寒夜独坐游子多怀简知己	卷五·88	寒夜独坐游子多怀简知己
		叙寄员半千	卷五·91	叙寄员半千
		棹歌行	卷五·113	棹歌行
		冬日野望	卷四·70	冬日野望
	五言绝句	在军登城楼	卷三·38	在军登城楼
		于易水送人一绝	卷四·62	于易水送人一绝

续表

黄用中注本作品编次			蜀本	
			卷次·排序	作品篇名
卷四	五言绝句	咏照	卷五·107	咏照
		挑灯杖	卷五·108	挑灯杖
		咏尘	卷五·112	咏尘
		玩初月	卷五·115	玩初月
	杂言	咏鹅	卷五·116	咏鹅
卷五	七言古诗	艳情代郭氏答卢照邻	卷二·9	艳情代郭氏答卢照邻
		代女道士王灵妃赠道士	卷二·10	代女道士王灵妃赠道士李荣
		帝京篇	卷九·149	帝京篇
		畴昔篇	卷九·150	畴昔篇
卷六	序类	李长史宅宴序	卷八·134	秋日于益州李长史宅宴序
		初秋王司马楼宴序	卷八·135	初秋登王司马楼宴序
		冒雨寻菊序	卷八·136	冒雨寻菊序
		晦日楚国寺宴序	卷八·137	晦日楚国寺宴序
		饯宋少府之丰城序	卷八·138	饯宋三之丰城诗序
		初秋于窦六宅宴序	卷八·139	初秋于窦六郎宅宴序
		秋夜送阎五还润洲序	卷八·140	秋夜送阎五还润州序
		秋日饯尹大往凉序	卷八·141	秋日饯尹大往京序
		秋日饯陆道士陈文林序	卷八·142	秋日饯陆道士陈文林序
		初春邪岭送益府参军序	卷八·143	初春邪岭送益府参军序
		秋日饯曲录事使西州序	卷八·144	秋日饯曲录事使西州序
		饯李八骑曹诗序	卷八·145	饯李八骑曹诗序
		扬州看竞渡序	卷八·146	扬州看竞渡序
		秋日与群公宴序	卷八·147	秋日与群公宴序

续表

黄用中注本作品编次			蜀本	
			卷次·排序	作品篇名
卷七	表启类	为齐州父老请封禅表	卷六·117	为齐州父老请陪封禅表
		和道士闺情诗启	卷六·118	和道士闺情诗启
		上吏部侍郎帝京篇启	卷六·119	上吏部侍郎帝京篇启
		上司列太常伯启	卷六·120	上司列太常伯启
		上李少常启	卷六·121	上李少常启
		上兖州启	卷六·122	上兖州启
		上兖州崔长史启	卷六·123	上兖州崔长史启
		上齐州张司马启	卷六·124	上齐州张司马启
卷八	启类	上廉使启	卷七·125	上廉使启
		上瑕丘韦明府启	卷七·126	上瑕丘韦明府启
		上郭赞府启	卷七·127	上郭赞府启
		上梁明府启	卷七·128	上梁明府启
		上吏部裴侍郎书	卷七·129	上吏部裴侍郎书
		与程将军书	卷七·130	与程将军书
		答员半千书	卷七·131	答员半千书
		与博昌父老书	卷七·132	与博昌父老书
		与亲情书	卷七·133	与亲情书
卷九	杂著类	应诘	卷十·154	应诘
		自叙状	卷十·155	自叙状
		祭赵郎将文	卷十·156	祭赵郎将文
		对策文	卷八·148	对策文
卷十	檄类	代李敬业起兵诛武后檄	卷十·153	代李敬业檄
		姚州道破逆贼诺没弄杨虔柳露布	卷九·151	姚州道破逆贼诺波弄杨虔露布
		又破设蒙俭露布	卷九·152	又破设蒙俭露布

附录二:《日本京都大学图书馆藏明黄用中注〈骆丞集〉十卷本考》书影插图

图 10—4—1:京都大学图书馆藏黄用中注本封面

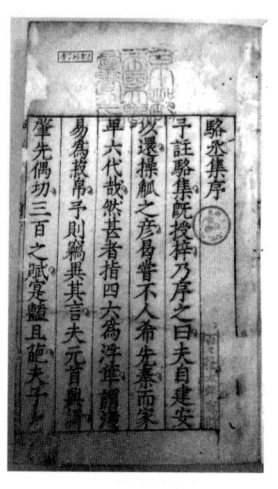

图 10—4—2:京都大学图书馆藏黄用中注本藏书印

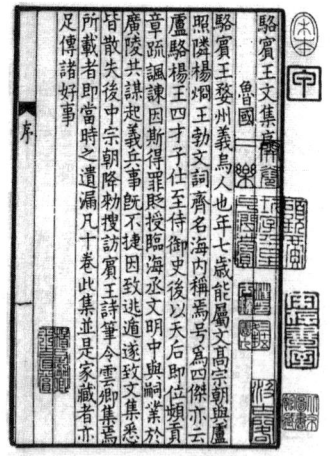

图 10—4—3:宋刻蜀本《骆宾王集》,中国国家图书馆藏本

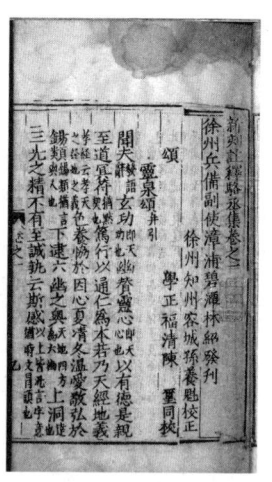

图 10—4—4:上海图书馆藏林绍刻本卷一

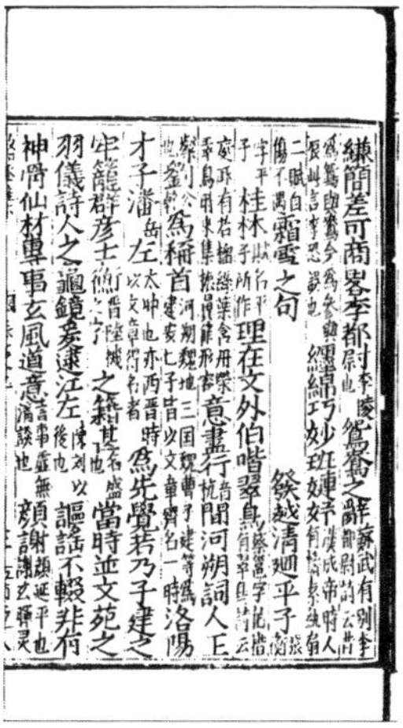

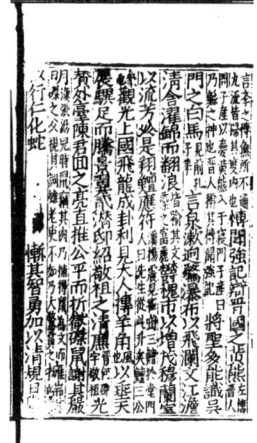

图 10—4—5:上海图书馆藏林绍刻本卷七

图 10—4—6:上海图书馆藏林绍刻本卷七

新刊駱子集註目錄
卷之一
頌
靈泉頌
賦
蕩子從軍賦
螢火賦有序
五言古詩
詠懷古意上裴侍郎
夏日游德州贈高四詩有序

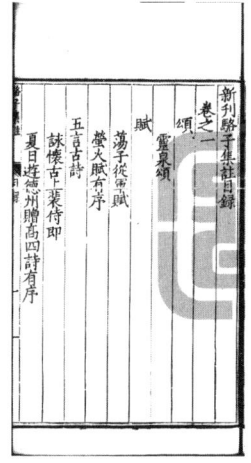

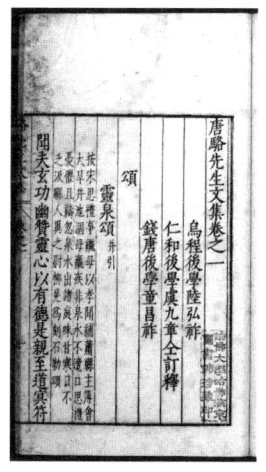

图 10—4—7:中国国家图书馆藏陈魁士注本目录

唐駱先生文集卷之一
烏程後學陸弘祚
仁和後學虞九章仝訂釋
錢唐後學童昌祚
頌
靈泉頌 并引
聞夫玄功幽贊靈心以有德是親至道冥符

图 10—4—8:哈佛燕京图书馆藏虞九章等注六卷本卷一

第五节 周弼《唐诗三体家法》中日版本流传考述

《唐诗三体家法》是南宋周弼按照诗法分体编选的一部唐诗选集，曾被作为童蒙学诗的读物，在元及明初十分流行，同时又流传至日本、朝鲜，成为日本五山时期影响最大的汉文学读物之一。周弼原书早已失传，元代流传下来的多是元僧圆至和元人裴庾的注本，中国现存的元刊本和明翻元刊本基本上是圆至注本，裴庾注本在中国本土早已失传。而日本从南北朝时开始，则主要流行裴庾注本、圆至注本，尤其是二注合编本。对于周弼此书在中国和日本的版本流传问题，学界已有一些探讨，如村上哲见初步梳理了此书在日本流传和刊刻的情况①，陈斐则主要对中国国内现存诸本的版刻情况作了较为全面的考察②，还有学者或研究其中一个版本的刊刻形态和文献价值③，或对中日历史上某个时期对此书的接受情况进行考察④，都取得了一些进展。但是学界至今尚未有人对此书中日现存各版本之间书名、卷次、编排次序、作品数量等情况的传承变化详加考察，使得此书各本流传脉络和版本系统仍处于较模糊的状态，以

---

① ［日］村上哲见：《三体诗·解说》，朝日新闻社，1966年，第16—25页。
② 陈斐：《〈三体唐诗〉版本考》，《齐鲁学刊》2010年第2期。
③ 如李国强《元本〈笺注唐贤绝句三体诗法〉琐谈》（《故宫博物院院刊》1993年第4期）、［日］久保尾俊郎《阿佐井野版〈三体诗〉について》（《早稻田大学图书馆纪要》第53卷，2006年）。
④ 如［日］早川光三郎《三体詩と国文学》（《斯文》第56卷，1969年5月）、［日］堀川贵司《〈三体诗〉注釈の世界》（《日本汉学研究》第2卷，1998年）、《日本中世禅林における三体詩の受容——二つの注をめぐって》（《驹沢大学禅研究所年报》第17卷，2006年）等。

致存在着将不同系统的本子混为一谈,对各版本的文献价值也有因不明先后传承关系而误判的情况。有鉴于此,我在充分吸收中日学者相关研究成果的基础之上,较为仔细地比较了中日现存诸多版本的各种情况,尽可能梳理出此书在元代及日本五山时期的流传线索,力图揭示出一些重要版本尤其是日本五山版的独特文献价值。

一、周弼原本考

由于周弼此书已失传,所以学界对其编定时间和版本形态甚至于书名、卷数等问题,只能根据元明清一些文献的相关记述,进行大致的考索。

首先是卷数和书名问题。《宋史·艺文志》未著录此书,明清有些书目和史志曾著录有一种四卷本的《三体唐诗》。如明焦竑《国史经籍志》卷五"集类":

> 《三体唐诗》四卷,元周弼。

清钱大昕《元史艺文志》卷四:

> 周弼,《三体唐诗》,四卷,汶阳人。又二十卷,高安僧圆至注。

清钱曾《虞山钱遵王藏书目录汇编》卷七:

> 周弼,《三体唐诗》,四卷。

清万斯同《明史》卷一三七:

> 周弜①《三体唐诗》四卷,一作二十卷。

清黄虞稷《千顷堂书目》卷三一:

---

①周弼,字伯弜,后人常误作周弜。

>周弼《三体唐诗》四卷。

清魏源《元史新编》卷九四：

>周弼,《三体唐诗》,四卷,汶阳人。又,二十卷,高安僧圆至注。

清曾廉《元书》卷二三：

>周弼,《三体唐诗》,四卷。又,二十卷。

如果这些文献所著录的确是周弼此书的话,则原本当为四卷。

不过,周弼原本之书名,似乎还不是"三体唐诗"。现存最早提及周弼此书的文献,是宋人范晞文的《对床夜语》。此书中云"周伯弜选唐人家法"。日本现存较早的注本中,既有题名为《诸家集注唐诗三体家法》者,亦有书中凡例作《诸家集注唐诗三体家法诸例》者。另,查屏球最近发现,元人吴澄《吴文正集》中收录了一篇《唐诗三体家法序》,已可确证为周弼原序①。则此书原名似为《唐诗三体家法》,时人或后人所谓《唐人家法》《三体唐诗》《三体集》《三体诗》者,或为省称,或书坊所改。

另外,范晞文《对床夜语》卷二云：

>周伯弜选唐人家法,以"四实"为第一格。……其说"四实",谓中四句皆景物而实也。②

此处所引周弼之语,实为现存诸本"五言律句"下第一诗法之解说。则周弼原本的编次或为"五言律句""七言律句""七言绝句"。后来诸多注本作"七言绝句""七言律体""五言律体",已非原貌。

---

①查屏球:《周弼〈唐诗三体家法序〉辑考》,《古典文学知识》2009年第4期。
②丁福保辑:《历代诗话续编》,第420页。

此书编定时间,我国史料亦无明确记载。前文已述,范晞文《对床夜语》是最早提及周书的,而《对床夜语》成于景定三年(1262),则周书肯定成于此前。村上哲见根据日本室町时代抄本所载,判断周弼此书当编成于淳祐十年(1250)①。陈斐又发现早稻田大学藏明应三年(1657)刊《增注唐贤三体诗法》卷一首页"三体诗"条注亦谓:

> 宋朝第十四代理宗皇帝淳祐十年庚戌秋八月,周伯弜选集《三体集》。②

且目前并无其他相佐之材料,则此书编成时间可定为淳祐十年(1250)。

由于周弼《唐诗三体家法》兼具唐诗佳作选本和诗歌作法指导的双重性质,所以极便于童蒙学诗。但它在元明时期的流行,又主要赖于圆至注本的出现。

二、圆至天隐注本

周弼《唐诗三体家法》现在可考的第一个注本,是元代诗僧圆至注本。圆至(1256—1298),高安(今属江西)人,元代著名诗僧,字天隐。所以后人又将此本称为"天隐"注本。据都穆《南濠诗话》:

> 长洲陈湖碛沙寺,元初有僧魁天纪者居之。魁与高安僧圆至友善,至尝注周伯弜所选《唐三体诗》,魁割其资,刻置寺中,方万里特为作序,由是《三体诗》盛传人间。今吴人称"碛沙唐诗"是也。③

---

① [日]村上哲见:《三体诗·解说》,第5页。
② 陈斐:《〈三体唐诗〉版本考》,第115—116页。
③ 丁福保辑:《历代诗话续编》下,第1349—1350页。

知此本系圆至好友长洲陈湖碛沙寺高僧魁天纪请方回作序，出资刊行于世。

圆至注本元明以来流传甚广，各本书名、卷数也不一。其中传本最多者为《笺注唐贤绝句三体诗法》二十卷本，其次是《唐三体诗注》二十卷本，另有《唐三体诗说》二十一卷本。其中，《唐三体诗说》二十一卷本应该最接近圆至注本之原貌。

圆至注《唐三体诗说》二十一卷本，清代书目文献多有著录此本者。如季振宜《季沧苇藏书目・延令宋板书目》"诗集部"：

《三体诗说》二十一卷，一本。

嵇璜《续文献通考》卷一百九十七《经籍考》：

释圆至《唐诗说》二十一卷。

曾廉《元书》卷二十三：

释圆至《唐诗说》二十一卷。

《四库全书总目》卷一百九十一"总集类存目一"：

《唐诗说》二十一卷，两淮盐政采进本。

此本元刊今存，藏台北"国家图书馆"。据《"国家图书馆"善本书志初稿》和网站检索详目①，此本封面有乾隆三十八年四库接收图书章，钤汉满朱文"翰林院印""唊蔗""朴学斋"三枚方印。从"国家图书馆"网站所载书影看，卷一首页（图10—5—1）亦钤有"朴学斋"、"唊蔗"两枚朱文方印。"朴学斋"为清代藏书家叶万藏书斋名，此书曾为其所藏。此本半叶十行，每行十八字，小字双行，行二十三

---

① http://rarebook.ncl.edu.tw/rbook/hypage.cgi? HYPAGE=search/search_res.hpg&sysid=14068&v=

字。左右双边,版心白口,上方记大小字数,双鱼尾,下方记刻工。卷首有元大德九年(1305)方回《至天隐注周伯弢三体诗序》(末页抄补)。卷一首页第一行顶格题"唐绝句诗说卷第一",第二、三行均低六格分别题"汶阳周(空三格)弼(空一格)伯弢选"、"高安释(空三格)圆至(空一格)天隐说"。全书按绝句、七律、五律为序,绝句中分七种诗法,七言律体分六种诗法,五言律体分八种诗法,每种诗法一卷,共二十一卷①。此本比《笺注唐贤绝句三体诗法》二十卷本多出第二一卷五律"咏物"法,共八首诗。又,据傅增湘《藏园群书经眼录》卷一八,陆敕先曾用此本补明刻《笺注唐贤三体绝句诗法》二十卷本,"共补诗三十三首"②。则此本应是目前可考圆至注本中收诗数量最全的本子。

圆至注《笺注唐贤绝句三体诗法》二十卷本,现存两部元刻本:

一藏日本静嘉堂文库,原为陆心源旧藏,《皕宋楼藏书志》卷一一四曾经著录。此书凡五册。半叶十二行,行二十五字,注文小字双行,细黑口,左右双边。前有方回序③。方回序末署作序之确切年月日"大德九年乙巳九月初六日"④。

另一藏北京故宫博物院,今已影入《故宫珍本丛刊》第609册⑤。此书前有胡光炜(字小石)、杨树达跋。版式疏朗,赵体隽秀,半叶九行,每行十七字,小字双行,字数同,四周双边,黑口,双花鱼尾。卷首为方回《至天隐注周伯弢三体诗序》(有残缺),次《笺注唐

---

① 台北"国家图书馆"特藏组:《"国家图书馆"善本书志初稿》"集部"第三册,台北"国家图书馆",1999年,第456—457页。
② 傅增湘:《藏园群书经眼录》卷一八,中华书局,1983年,第1515页。
③ 严绍璗:《日藏汉籍善本书录》,中华书局,2007年,第1877页。
④ 本文笔者未能寓目,此据陆心源《皕宋楼藏书志》卷一一四引述。
⑤ 故宫博物院编:《故宫珍本丛刊》第609册,《笺注唐贤绝句三体诗法》,海南出版社,2000年,第1—83页。

贤绝句三体诗法纲目》(五言体中较二十一卷本少"咏物"法),次《唐分十道之图》《唐高祖开基图》《唐地理图》《唐藩镇图》,次《唐世系纪年》。卷一首页(图10—5—2)第一行顶格题"笺注唐贤绝句三体诗法卷之一",第二、三行均低八格,分别题"汶阳周　弼　伯弜选""高安释　圆至　天隐注"。经过对勘,此本较前述元刊《唐三体诗说》二十一卷本,共少收诗三十三首①。另外,此书胡光炜、杨树达跋及李国强《〈笺注唐贤绝句三体诗法〉琐谈》②均定为元刊本,唯《中国古籍总目》著录为明刻本③。据李国强考察,此书刊工计有金祥、沈祥、李俊、李福、李进、王元、胡胜、张铎、张英、王鉴、王友、杨中、徐珏等十三人④。检王肇文编《古籍宋元刊工姓名索引》,知这些刊工多为宋元之际浙江一带人氏。其中沈祥曾刻宋两浙庚司刊《礼记正义》之补版和宋杭州本《说文解字》,李俊曾刻宋绍兴刊《汉书》,李俊与王元同时预刻宋杭州刊《武经龟鉴》,王元与杨中曾同时预刻宋刊《刘梦得集》,胡胜则刻宋杭州本《说文解字》之补板、为宋绍兴刊《后汉书》记字数、为宋刊公序本《国语解》记字数⑤。又据方回序,圆至注本当刊于元大德九年(1305),此时入元未久,则《笺注唐贤绝句三体诗法》之刊工与上述宋末元初诸浙刊本之刊工似为同一批人。因此,我亦认为此本当为元刊,而非明刻。此本后来流传甚广,明代翻刻、覆刻者甚多,如明嘉靖吴春刻本、明火钱刻本、明经厂本、明书坊本等。

---

①陈斐:《〈三体唐诗〉版本考》,第117页。
②李国强:《〈笺注唐贤绝句三体诗法〉琐谈》,《故宫博物院院刊》1993年第4期。
③中国古籍总目编纂委员会编:《中国古籍总目》,中华书局、上海古籍出版社,2012年,第2988页。
④李国强:《〈笺注唐贤绝句三体诗法〉琐谈》,《故宫博物院院刊》1993年第4期。
⑤王肇文:《古籍宋元刊工姓名索引》,上海古籍出版社,2012年。

《唐三体诗注》二十卷,元刻本。邓邦述《寒瘦山房鬻存善本书目》卷一、曹元忠《笺经室所见宋元书题跋》都曾著录此本。曹跋云:

> 元十行本《唐三体诗注》,一卷至七卷为七言绝句,八卷至十三卷为七言律,十四卷至二十卷为五言律。其一、八、九、十、十一、十四诸卷,署汶阳周弼伯弜选,高安释圆至大隐说。……此本刻工恶劣,而卷首方虚谷序,巍然尚存,以《归田诗话》所称书坊所刻皆不载者言之,则为碛沙寺原刻无疑。①

由书中有六卷卷首题"高安释圆至大隐说"可知,此书尚残存了二十一卷本《唐三体诗说》书名的痕迹。但已缺第二十一卷,则又与《笺注唐贤绝句三体诗法》二十卷本篇幅相同了。陈斐曾云此本"今不知所终"②,其实可能尚在天壤间。因为不久前我通过日本"全国汉籍データベース"(日本所藏中文古籍数据库),检知日本内阁文库国立公文书馆藏有一部《新刊唐贤三体诗注》二十卷本,系明弘治三年(1490)刊本。据公文书馆网站此书"簿册详细"③,此书现存二册二十卷,缺卷二〇,有序,为林家(大学头)旧藏。我颇疑此本即为元刊《唐三体诗注》二十卷本的明人翻刻本。俟以后目验。若果如我所猜测,则《唐三体诗注》二十卷本,亦未失传。

总之,与周弼原本相比,圆至注本的面貌变化较大。无论是二十一卷本还是二十卷本,都不仅增加了注说,还改变了周弼本原来的编次,把七言绝句提到最前,五言律体放到最后。二十卷本则在

---

① 曹元忠:《笺经室所见宋元书题跋》,江苏省立苏州图书馆,1940年,第12—13页。
② 陈斐:《〈三体唐诗〉版本考》,第116页。
③ http://www.digital.archives.go.jp/DAS/meta/MetSearch.cgi#F1000000000000106279-ddefault-1-leftupd_F20081121103723217143—20-a-n1-i

收诗数量上又较周弼原本少了三十三首。其中一种更因卷一为绝句体,遂以部分代全体,将书名改为《笺注唐贤绝句三体诗法》,开始名不副实了①。

三、裴庾注本

就在圆至注本面世后不久,周弼《唐诗三体家法》又出现了一个注本,即东嘉(今浙江永嘉)人裴庾(字季昌)的注本,后人习称裴庾注本或季昌本。

裴庾注本在中国虽然久已失传,但历代文献中尚存吉光片羽之记述。元陶宗仪《南村辍耕录》卷二六"卢橘"条曾引《唐三体诗》裴庾注。明瞿佑《归田诗话》卷上"唐三体诗序"条则在引方回序后云:

> 按此序议论甚正,识见甚广,而于周伯弼所集三体诗,则深寓不满之意。书坊所刻皆不载,而独取裴季昌序。②

则到明代,裴庾注本尚存。清孙诒让《温州经籍志》卷三二著录:

> 裴氏(庾)《三体唐诗注》(乾隆《温州府志》二七),佚。

同书卷二四"裴氏《井西秋啸集》"条则云:

> 乾隆《平阳县志》十六:"元裴庾,注《三体唐诗》,有《井西秋啸集》。"案《东瓯续集》四载林正《寄裴云山诗》(云山,《清颖一源集自叙》作"芸山"):"南山高且深,竹松带流水。先生

---

① 此种妄改,似为书坊出于商业利益所为。若然,二十卷本作为坊刻本,出现时间也应晚于碛沙寺所刊二十一卷本。不过,这两部二十卷本都有方回序,瞿佑《归田诗话》所云书坊所刻皆不载方回序,疑为明代风气,元代未必如此。
② 丁福保辑:《历代诗话续编》下,第1236页。

庐其中,回若崆峒子。雪发覆两肩,深悟造化理。手注《三体诗》,名满四海耳。时以诗名家,亦来质疑似。我本浪得名,长挂春风齿。乃识先生心,非非还是是。"林氏称其以诗名家,然佚篇今无存者。《三体诗注》明以来亦久佚。惟所选阎巷陈氏诗名《清颖一源集》者,尚有传本耳。①

据此可知,裴庾号"芸山"(一作"云山"),有《井西秋啸集》,曾编《清颖一源集》,其《三体唐诗注》当时颇受好评,名满天下,明代以后佚失。

值得庆幸的是,此书日本现在尚有存本,序文保存完整。由序文末署"至大二年重阳日裴庾季昌书",及其《求名公校正咨目》末署"至大二年九月日裴庾咨目"可知,此书当成于元武宗至大二年(1309),比圆至注本只晚四年。根据以裴庾注为主的日本翻刻本《诸家集注唐诗三体家法》三卷本(图10—5—3)可以考知:

1. 裴庾注本的编次一仍周弼原本之旧,也是按五律、七律、七绝编排的,不像圆至注本把编次完全改反了。

2. 裴庾注本分为三卷,可能未将周弼原本卷首相关材料算作一卷,看似少一卷,实际内容则未减少;而圆至注本则按诗体诗法分为二十一卷,编次上改动很大。

3. 裴庾注本原名可能即为《唐诗三体家法注》,更多保留了周弼原本的书名信息,不像圆至注本书名改动得那么大。

所以,裴庾注本较之圆至注本,无论是在书名还是编排体例上都更接近周弼原本,对认识周弼原本之面貌具有较大的文献价值。

---

① 孙诒让:《温州经籍志》,《续修四库全书》本,第918册,第655、509页。

四、元刊本之东传日本

周弼《唐诗三体家法》在问世后不久,就传到了日本。久保尾俊郎根据盐濑宗和编《三体诗绝句抄》(又名《行云流水抄》)中的记载:

> 此抄ヲ始テ讲ズルハ、妙喜庵ノ祖中岩(円月)和尚入唐シテヨリノ事也。其后相国普广院ノ祖観中(中谛)和尚入唐シテ日本二盛ナリ。①

认为是后醍醐天皇(南朝)正中二年(1325)中岩圆月入元时带回日本的②。此时距周弼原本编成七十五年,距圆至注本面世二十年,距裴庚注本刊行只有十六年。据村上哲见研究,日本南北朝时期,中岩圆月等入元僧带回日本的不是周弼《唐诗三体家法》原本,而是裴庚、圆至等人的注本,共有三种。

第一种是裴庚注三卷本。此本最早传入,在释素隐抄录的《增注唐贤绝句三体诗法》(又称《素隐抄》)等古抄(室町时代僧侣的讲义记录)中,被称为季昌本或者古本。村上哲见称之为集注本。此本按五律、七律、七绝编排,《素隐抄》认为季昌本的这个顺序才符合周弼原编的面貌,而以七绝为首则是天隐的主意。此本日本现存南北朝刊本和室町时代抄本。其中南北朝刊本,庆应大学图书馆藏残本一册(第三卷七绝),是现在可知的唯一刊本,当为覆元刊本,刻印精美,应系来日的中国刊工所刻③。室町抄本已知存有三种:

---

① 此处文字,据[日]堀川贵司《〈三体诗〉注释の世界》(《日本汉学研究》第2卷,1998年,第1页)转引。
② [日]久保尾俊郎:《阿佐井野版〈三体诗〉について》,《早稻田大学图书馆纪要》第53卷,2006年,第60页。
③ 可参庆应义塾大学图书馆编《和汉书善本解题》。

一藏国立国会图书馆，为三卷足本，但书写粗略，颇有损朽，大东急纪念文库所藏保存较好（图10—5—4），但缺少第三卷。奈良龙门文库当亦藏有同种抄本一部①。

第二种是天隐注二十卷本。由前文可知，圆至天隐注本在中国本来就有二十一卷本和二十卷本两个版本系统。日本有的古抄也指出，虽然二十一卷才是此本的完帙，但传到日本的是末卷散佚后的二十卷本。此本应是前文已论圆至注《唐三体诗注》二十卷（当时已呈完本形态）的东传，与今藏台北"国家图书馆"的元刻本似属同一版本系统。

第三种是以天隐注为基础，增补一部分季昌注，按七绝、七律、五律顺序排列的一个三卷本。此本书名题《增注唐贤绝句三体诗法》，纲目、凡例和各卷卷首卷末的题名却十分混乱。纲目题：

唐三体诗注纲目

凡例题：

诸家集注唐诗三体家法诸例

卷一首行题：

增注唐贤绝句三体诗法卷之一（卷一末题同）

卷二首行题：

唐贤七言律句三体家法卷之二

卷二末题：

增注唐贤七言律句三体家法卷之二终

---

① 陈斐：《〈三体唐诗〉版本考》，第118页。

卷三首行题：

> 增注唐诗五言律句三体家法卷之三（卷末题同）

可见此本只是草草地将圆至注本和裴庚注本合编在一起：卷次按圆至注本编排，较为醒目的卷一首行题名亦依圆至注本，注文也以圆至说为主；而不甚显眼的纲目、凡例和卷二、卷三则又透露出极明显的裴庚注本的痕迹。这种合并和重编显然很不彻底，所以不太可能是裴庚本人所为，更像是书坊作派。日本古抄将此本称为新本，村上哲见则称之为增注本。入元僧将此本携回后，马上成为日本室町时代、江户时代最流行的本子。但此本在中国早已失传，甚至在历代书目、史志中都难寻踪迹。

上述三种版本中，第一种裴庚注本最先传入日本，但后来由于第三种增注本的流行，裴庚注本渐被冷落，故传本极少，在江户时代几乎没有读者。第二种天隐注二十卷本，最晚传入日本，多为明刊本，江户时代还出现了一些翻印本，但也不及第三种增注本流行和普及[①]。

日本现存《三体诗注》中，增注本系统的刊本最多，而这个系统中又有好几部被今人认为是室町时期刊行的五山版。据今存阿佐井野氏藏版《增注唐贤绝句三体诗法》[②]卷一后所刻叶巢子跋：

> 明应甲寅之秋，新板毕工矣。先是，旧刻之在京师者，散失于丁亥之乱。以故，捐赀刊行焉。置板于万年广德云。　叶巢子敬志

及阿佐井野氏藏版跋：

[①] 参[日]村上哲见《三体诗·解说》，第16—17页。
[②] 此据日本国会图书馆樱山文库藏阿佐井野版《增注唐贤三体绝句诗法》三卷本。

此板流传自京至泉南,于是阿佐井野宗祯赎以置之于家塾也。欲印折之辈以待方来矣。

知《增注唐贤绝句三体诗法》三卷本丁亥年(后土御门天皇应仁元年,1467)之前,京都曾有一个刻本(即叶巢子跋所谓旧版,村上哲见认为应该是覆元刊本),后此版在丁亥之乱(又称应仁之乱)中不幸散失。明应三年(1494),叶巢子(光源和尚)覆刻藏于相国寺(位于京都,五山文学中心地),人称明应本。后此版又被泉南(今属大阪)阿佐井野宗祯购得,习称阿井佐野版或泉南本。则此系统的版本传承顺序应为:室町初期本,明应本,阿佐井野本。

对于室町初期刊本的现存情况,学界的认识并不十分清楚。据《旧刊景谱》,安田文库和静嘉堂文库所藏的版本原是同一部书,后来分藏二处,都是残本。此本版面格式与其他"和臭"太多的诸覆刻本,完全不同,保留着中国本土原刻的风格。此本很可能是室町初期刊本。此外,大东急纪念文库和京都大学所藏的足本,第一卷最后一页全是黑底白线,与明应版和阿佐井野藏版刻有跋文明显不同。所以村上哲见认为,这两部足本与安田文库、静嘉堂文库所藏残本或许都是一个系统,均为室町初期刊本[①]。

明应本,即光源和尚于明应三年(1494)所刻之新版,但又非阿佐井野收藏之后所印之本。此本存世甚少,且不易辨识。村上哲见认为,东洋文库所藏,卷一末页只有叶巢子跋,而无阿佐井野版加上的跋,有可能是明应本的原版。

阿佐井野本的鉴定看似简单,好像同时刻有叶巢子跋和阿佐井野跋的本子应该就是阿佐井野版。其实不然,村上哲见就指出将此二跋同时翻印出来的本子至少有两种。

[①] [日]村上哲见:《三体诗·解说》,第20页。

另外，室町末期还出现了一些对室町初期刊本和明应本、阿佐井野版的翻刻本，卷一末页整版白纸。如《旧刊景谱》就认为静嘉堂文库所藏一本是室町末期刊本。这又增加该版本系统的复杂性。

六、相关的几个版本著录问题

由于五山版《增注唐贤绝句三体诗法》三卷本系统，版本复杂，不易辨识。那么日本现存的这个版本系统中几部较早的刊本，孰为室町初期版，孰为明应三年版，孰为阿佐井野版，不仅中国一些学者或者书目会误判，日本有的图书馆也著录不确。下面就己所见，略辨一二。

首先是《日本五山版汉籍善本集刊》所收《增注唐贤绝句三体诗法》的版本鉴定问题。该书《提要》云所影入者（图10—5—5）是"日本京都大学藏日本覆元刊本"[1]。经核对，此书所影印确为京都大学附属图书馆所藏之本（图10—5—6），但并非覆元刊本。因为在《增注唐贤绝句三体诗法》三卷本系统中，只有室町初期刊本才最有可能是覆元本。而卷一最后一页刻有叶巢子跋、阿佐井野氏跋（图10—5—7），显然不是明应本，更不是室町初期本。而且，经我将此本与国会图书馆藏本仔细比勘，发现此本是阿佐井野藏版的覆刻本。由图10—5—8（左为京都大学图书馆藏本，右为国会图书馆藏本）、图10—5—9中两本（左为国会图书馆藏本，右为京都大学图书馆藏本）字体比较可见：京都大学藏本的字体虽然摹刻得惟妙惟肖，但"雨""容""世""学""之"等字的个别笔划，还是与国会图书馆藏本存在较为明显的区别，尤其"世"字一横的右端顿笔、"之"字

---

[1]《域外汉籍珍本文库》编纂出版委员会编：《日本五山版汉籍善本集刊》第五册，西南师范大学出版社、人民出版社，2013年，第185页。

最后一捺的收笔尤其不同。相较而言，国会图书馆藏本运笔较自然；而京都大学附属图书馆藏本的字体则生硬造作，模仿痕迹浓重①。所以，《日本五山版汉籍善本集刊》影印的《增注唐贤绝句三体诗法》并非五山版，当为室町末期的覆阿佐井野版。

其次，金程宇《和刻本中国古逸书丛刊》所收《增注唐贤绝句三体诗法》的版本说明亦有可商之处。该书提要云，其所据之底本为"日本国立国会图书馆藏五山版"②。不过，经过检核，我发现其影印的底本实际上是国会图书馆"樱山文库"藏本（图10—5—10），卷一最后一页刻有叶巢子跋、阿佐井野跋（图10—5—11），则此本显为阿佐井野版。而金程宇在《提要》中也指出：

> （《增注唐贤绝句三体诗法》）日本刻本极多，自五山版至江户刻本，流传不歇。其中五山版藏大东急纪念文库、东洋文库（略后印）。另有覆无刊记本，存世较多。此外，则有明应版、阿佐井野版（另有覆刻本）以及诸多江户刻本。

则金程宇亦知阿佐井野版与五山版有别。所以严格说来，此版不能算作五山本，只能算是阿佐井野版。

当然，增注本系统最典型的五山版，当属明应版。此版现存岩濑文库藏本、东洋文库本、安田文库旧藏本（一诚堂书店）③。而在我所考见的版本中，京都大学附属图书馆"谷村文库"藏（日光寺旧藏）本（图10—5—12、13、14、15）系室町初期刊无刊记版，可能是覆

---

① 此文在北京大学国际汉学家研修基地举办"日本古抄本和五山版汉籍国际研讨会"上发表时，陈正宏先生经过对两个版本字型断口的比勘，认为京都大学藏本当为国会图书馆藏本的修版所印，而非覆刻本。
② 金程宇编：《和刻本中国古逸书丛刊》第65册，凤凰出版社，2012年，第136页。
③ ［日］久保尾俊郎：《阿佐井野版〈三体詩〉について》，《早稻田大学図書館紀要》第53卷，第62—63页。

元刊本，在五山版中文献价值更高。

附录一：《周弼〈唐诗三体家法〉中日版本流传考述》书影

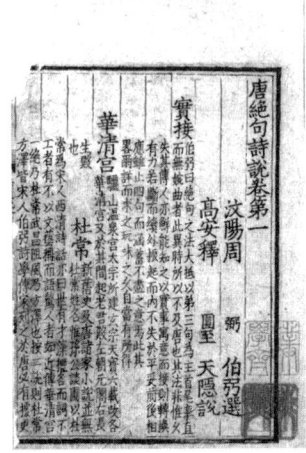

图 10—5—1

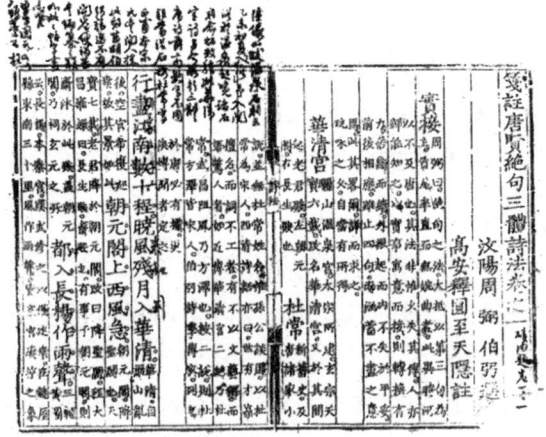

图 10—5—2

第十章 隋唐典籍之东传与日本古代典籍之研究价值 | 833

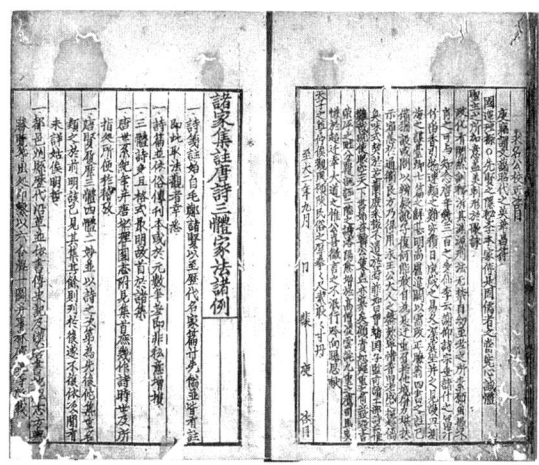

图 10—5—3

图 10—5—4

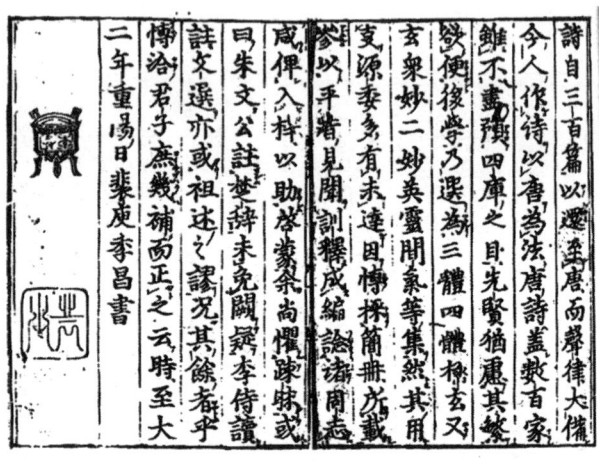

图 10—5—5

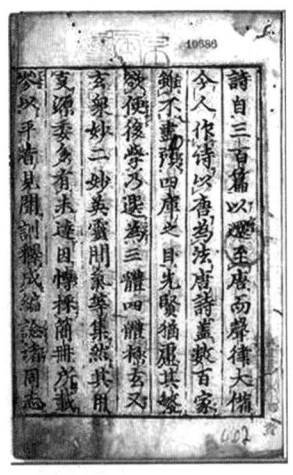

图 10—5—6

图 10—5—7

第十章 隋唐典籍之东传与日本古代典籍之研究价值 | 835

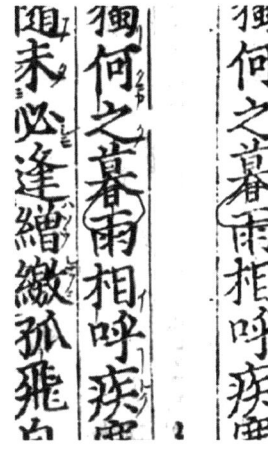

图 10—5—8　　　　　　图 10—5—9

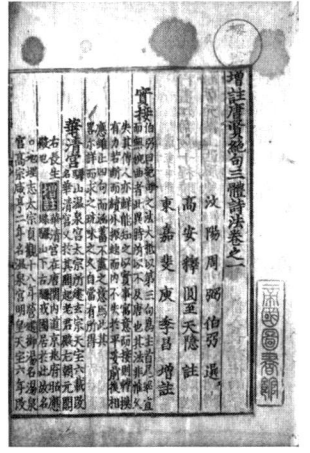
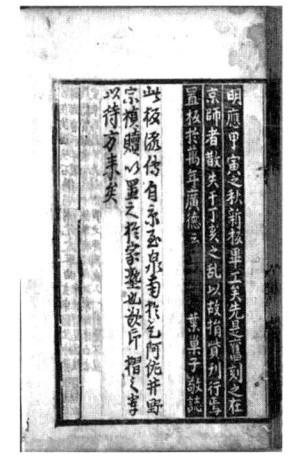

图 10—5—10　　　　　　图 10—5—11

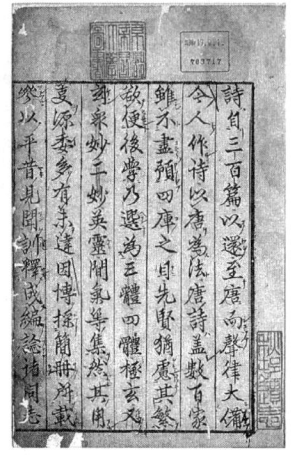

图 10—5—12

图 10—5—13

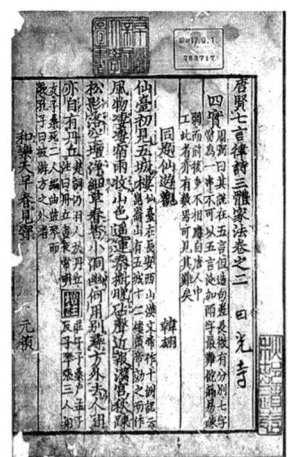

图 10—5—14

第十章 隋唐典籍之东传与日本古代典籍之研究价值

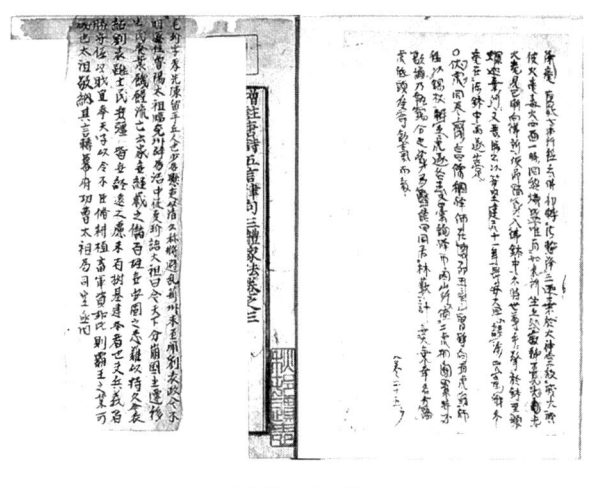

图 10—5—15

第十一章　唐宋文人茶的文化意蕴

中国茶文化兴起于唐，昌盛于宋。在茶文化兴盛过程中，文人雅士推波助澜，功不可没。对于唐宋文人的茶文化建设之功，现有研究成果大多从中晚唐以后文人著述茶书、别泉品茗、创制茶具、精研茶艺等茶事本身加以探讨，并充分肯定了唐宋文人在茶文化的精致化、高雅化等方面所起的历史作用。在对唐宋时期茶文化史料尤其是茶文学作品进行全面深入考察之后，我们发现，唐宋文人对中国茶文化最重要的贡献，是他们将日常茶事与自己的审美活动、精神追求、人格理想紧密结合起来，使饮茶品茗具有高妙的审美价值和玄远的生命意味，形成了一种独特的茶文化——文人茶①。那么，唐宋文人茶到底具有哪些深邃而独特的文化意蕴？这些文化意蕴又是如何形成的？仍是亟待解决的茶文化史问题。本章拟结合唐宋时期文人生活中茶酒文化功能的消长和士子文化心态的嬗变，从探寻自然之美、品赏生命之乐、体悟人生之理等方面进行较为深入的探讨。

---

① "文人茶"是近年来茶文化研究界提出的一个新概念，赖功欧在《论中国文人茶与儒释道合一之内在关联》（《农业考古》2000年第2期）一文中又称之为"文人茶道"，它"既不同于寺庙的饮茶，也不同于道观或醇儒们的饮茶，而是集三者之大成具有新的创造性的茶道"。我们在文中之所以取"文人茶"而舍"文人茶道"，主要是因为本章的关注点并不在文人茶事茶艺本身，而是在于唐宋文人赋予茶事的生命精神和文化意蕴。

第一节　唐宋文人茶的自然之趣

唐宋之际,茶较之于酒更得文人雅士的青睐,原因很多,也很复杂。其中,茶与生俱来的自然美学形态及唐宋文人对饮茶环境的讲究,无疑拉近了人与自然的距离,促进了士子们对山水自然之美的欣赏,满足了他们喜欢寻幽探奇、寄志山林的文化心理,这应该是其中的一个重要因素。

一、对茶树、茶花自然形态的赞美

盛唐以前,人们种茶、采茶,多注重茶的药用功能和经济价值,对茶树、茶叶之自然形态甚少审美性认识。

中唐以后,文士渐渐认识到茶树、茶叶所独具的自然美。陆羽《茶经》开篇即云:

> 茶者,南方之嘉木也。①

产生于唐末五代的《茶酒论》在论茶胜酒时,也是首先强调茶为"百草之首,万木之花",既而又云:

> 我之茗草,万木之心,或白如玉,或似黄金。②

对茶之自然形态加以赞美。与此相应,中晚唐诗歌中也出现了吟咏茶树、茶叶的诗句,如张籍《和韦开州盛山十二首·茶岭》③咏茶树:

---

① 陆羽:《茶经》卷上《茶之源》,文渊阁《四库全书》本,第844册,第612页。
② 王重民等编:《敦煌变文集》卷三,人民文学出版社,1957年,第268页。
③ 本章所引唐诗,除非特殊说明,均据《全唐诗》(中华书局1960年版),引宋诗,除非特殊说明,均据傅璇琮等编《全宋诗》(北京大学出版社1995年版)。为避文繁,不再出注。

> 紫芽连白蕊,初向岭头生。
> 自看家人摘,寻常触露行。

晚唐时,则出现了专门欣赏茶叶之美的诗歌作品,如皮日休《茶中杂咏·茶笋》云:

> 褎然三五寸,生必依岩洞。
> 寒恐结红铅,暖疑销紫汞。
> 圆如玉轴光,脆似琼英冻。
> 每为遇之疏,南山挂幽梦。

陆龟蒙《奉和袭美茶具十咏·茶笋》亦云:

> 所孕和气深,时抽玉苕短。
> 轻烟渐结华,嫩蕊初成管。
> 寻来青霭曙,欲去红云暖。
> 秀色自难逢,倾筐不曾满。

入宋以后,文人更是在咏茶诗文中对茶树、茶叶的葱绿、鲜嫩大加赞美。如秦观《茶》诗,即云茶之清香不愧杜蘅,可比椒菊:

> 茶实嘉木英,其香乃天育。
> 芳不愧杜蘅,清堪掷椒菊。

甚至有人开始歌咏起茶花的素净、美丽。如陈与义《初识茶花》诗云:

> 青裙玉面初相识,九月茶花满路开。

将茶花比作清秀的佳人。苏籀《次韵伯父茶花》则对茶花的芳香姿质进行了更为深情的赞赏:

> 鸟咮倾蓝雨春霁,琼芳入眼雾冬昏。

　　　　一枝肤雪壶中曜，静几低窗养晏温。

　　　　真态妖香自不言，斫冰修月妙无痕。
　　　　直须哜啜松风碗，岂患诗魔渴醉魂。

董嗣杲《茶花》诗中的描写更为楚楚动人：

　　　　花埋叶底寓春先，便想烹云煮活泉。
　　　　玉脸含羞匀晚艳，翠裾高曳掩秋妍。
　　　　灵随雷雨争抽瑞，尖吐枪旗撷摘鲜。
　　　　带雪莫知开又落，采须谁厌老蜂颠。

唐宋文人对茶树、茶花之爱赏吟咏，不仅使中国古代咏物诗又增加了一个新的题材，而且说明人们对自然美的丰富性的认识更进一层了。

　　由于茶树大多生长在南方湿润的山坡、溪旁，这些地方往往山青水秀、云雾缭绕。从晚唐开始，文人不仅喜好饮茶，而且纷纷游览茶园，探访茶山，在秀美宜人的景色中，发抒自己亲近自然、身处田园的喜悦之情。如姚合《寄杨工部闻毗陵舍弟自罨溪入茶山》诗，想象朋友入山路上所见花影、所闻茶香：

　　　　采茶溪路好，花影半浮沉。
　　　　画舸僧同上，春山客共寻。
　　　　芳新生石际，幽嫩在山阴。
　　　　色是春光染，香惊日气侵。

杜牧则多登临宜兴茶山、赞美江南春色之作。他在《题茶山》开头即云：

　　　　山实东吴秀，茶称瑞草魁。

接着描写自己一路游山赏景之逸兴：

> 溪尽停蛮棹，旗张卓翠苔。
> 柳村穿窈窕，松涧渡喧豗。
> 等级云峰峻，宽平洞府开。
> 拂天闻笑语，特地见楼台。
> 泉嫩黄金涌，牙香紫璧裁。
> 拜章期沃日，轻骑疾奔雷。
> 舞袖岚侵涧，歌声谷答回。
> 磬音藏叶鸟，雪艳照潭梅。
> 好是全家到，兼为奉诏来。
> 树阴香作帐，花径落成堆。
> 景物残三月，登临怆一杯。

茶山的秀美、春茶的清香，使诗人暂时忘却了仕途奔竞的劳累，以至诗人在离开时恋恋不舍、黯然神伤：

> 重游难自克，俯首入尘埃。

宋代茶叶经济更为发达，产茶地域空前扩大。西蜀、吴越之青山秀水，因向产名茶继续为宋代文人垂爱登临。如范仲淹即作有《潇洒桐庐郡十绝》组诗，其五云：

> 潇洒桐庐郡，春山半是茶。
> 新雷还好事，惊起雨前芽。

对桐庐郡（在今浙江杭州西南钱塘江沿岸一带）漫山遍野的茶园作了热情的讴歌。程俱《闻仲嘉叔问继以职事行县道游茶山及诸胜境作寄一首》也描写了自己公事之余游览顾渚茶山，尽享山水清趣、田园风光的欢畅心情：

春风入山骨,毛甲亦已舒。
晨熹被春山,草木清而姝。
况乃顾渚源,云关护灵区。
阴崖气亦暖,瑞草先春敷。
金沙出清泉,甘冽滋芳腴。
依依杨柳村,渺渺桑苎居。
前瞻大小寒,窈窕穷崎岖。
飞流吐明月,转壑千雷车。
参天亡陈桧,霜黛郁不枯。
当时临春地,变灭成榛芜。
安知岁寒质,千载独不渝。
……
王事既料理,清游亦忘劬。
遥知山水间,快若纵壑鱼。

郑樵《采茶行》更是景新意惬、喜气流注：

春山晓露洗新碧,宿鸟倦飞啼石壁。
手携桃杖歌行役,鸟道纡回惬所适。
千树朦胧半含白,峰峦高低如几席。
我生偃蹇耽幽僻,拨草驱烟频蹑屐。
采采前山慎所择,紫芽嫩绿敢轻掷。
龙团佳制自往昔,我今未酌神先怿。
安得龟蒙地百尺,前种武夷后郑宅。
逢春吸露枝润泽,大招二陆栖魂魄。

诗人甚至想在清丽秀逸的茶山中置宅种茶,长伴春山绿茶,尽享隐逸品饮之趣。

宋灭南唐后,朝野颇重闽中建州一带所产的建茶。原本僻处东南、少有人吟咏的建安山水,也渐为文人士大夫所神往和欣赏。熊禾《北苑茶焙记》云:

> 天下后世言学者必宗建,意其物产微耗之余,其山川清淑灵秀,当于人焉是锺。①

蔡襄《北苑十咏》诗系作者任福建转运使督造北苑上品龙茶时所作,其一《出东门向北苑路》:

> 晓行东城隅,光华着诸物。
> 溪涨浪花生,山晴鸟声出。
> 稍稍见人烟,川原正苍郁。

其二《北苑》:

> 苍山走千里,斗落分两臂。
> 灵泉出地清,嘉卉得天味。
> 入门脱世氛,官曹真傲吏。

均写建中北苑一带山光水色和自己入山造茶的喜悦心情。张商英的《苦根》诗则赞美建中著名茶山——壑源的钟灵毓秀:

> 壑源山势上连云,全占南州第一春。
> 自有化工钟粹气,特生灵叶奉严宸。

徐玑的《监造御茶有所争执》诗亦以夸饰的笔法写壑源溪山的奇情异景:

> 森森壑源山,袅袅壑源溪。
> 修修桐树林,下荫茶树低。

---

① 熊禾:《勿轩集》卷三,文渊阁《四库全书》本,第1188册,第794页。

>　桐风日夜吟，桐雨洒霏霏。
>　千丛高下青，一丛千万枝。
>　龙在水底吟，凤在山上飞。
>　异物呈嘉祥，上奉玉食资。
>　腊余春未新，素质蕴芳菲。

闽中建安山水可以说是因茶而闻名天下，因茶而得文人赏赞。茶助人们发现山水自然美之功，于此可见一斑。

二、对天下名泉的寻访

另外，茶还吸引了唐宋时期众多的文人不惮劳苦，寻访天下名泉。陆羽《茶经》云煮茶之水：

>　用山水上，江水中，井水下。①

张又新的《煎茶水记》也说天下宜茶之水二十七，其中多为名江名山名寺之水②。所以，与攀登茶山、过访茶园相比，唐宋文人对天下名水名泉的探访热情是有过之而无不及。

中唐诗人独孤及任职江南时，曾特地造访慧山清泉，作《慧山寺新泉记》，对陆羽发现慧山胜境之功大加称赏③。白居易在杭州刺史任上，亦曾上灵隐寺，于夏夜独坐冷泉亭中，"爱其泉淳淳，风泠泠"④，享受清幽泠然之美。宋代大文豪欧阳修精于品茗⑤，更善别水，他仕旅所及，必陟岭寻泉，留下了《浮槎山水记》《虾蟆碚》《大明

---

① 陆羽：《茶经》卷下《茶之煮》，文渊阁《四库全书》本，第 844 册，第 618 页。
② 张又新：《煎茶水记》，《全唐文》卷七二一。
③ 独孤及：《慧山寺新泉记》，《全唐文》卷三八九。
④ 白居易：《冷泉亭记》，《全唐文》卷六七六。
⑤ 梅尧臣《次韵欧阳永叔新茶杂言》："欧阳翰林最别识，品第高下无欹斜。"《全宋诗》卷二五九，第 3262 页。

山水记》等论水评泉的诗文。苏轼现存咏泉水诗文尤多,《天庆观乳泉赋》《廉泉》《寥廖泉铭》《琼州惠通泉记》《书卓锡泉》《安平泉》《虎跑泉》《书赠游浙僧》等篇,均系亲至泉边、品尝水性之作,其中"参廖泉"、"惠通泉"的名字还是苏轼所起。他在《书卓锡泉》中曾详述自己遍游天下名泉,品水试茶的经验:

> 予顷自汴入淮,泛江溯峡归蜀。饮江淮水盖弥年,既至,觉井水腥涩,百余日然后安之。以此知江水之甘于井也审矣。今来岭外,自扬子始饮江水,及至南康,江益清驶,水益甘,则又知南江贤于北江也。近度岭入清远峡,水色如碧玉,味益胜。今游罗浮,酌泰禅师锡杖泉,则清远峡水又在其下也。①

可见其足迹遍及蜀中、汴洛、江淮、岭南等地。《天庆观乳泉赋》更是记述他谪居海南时,曾于月夜独自上山汲泉咽饮的情景:

> 吾谪居儋耳,卜筑城南,邻于司命之宫,百井皆咸,而醪醴浑乳,独发于宫中,给吾饮食酒茗之用,盖沛然而无穷。吾尝中夜而起,挈瓶而东,有落月之相随,无一人而我同。汲者未动,夜气方归。锵琼佩之落谷,滟玉池之生肥。吾三咽而遄返,惧守神之诃讥。却五味以谢六尘,悟一真而失百非。信飞仙之有药,中无主而何依。渺松乔之安在,犹想像于庶几。②

作者独坐此清幽之山间,啜饮此清洌之泉水,真是神清气爽,思出尘表。同样,南宋文人亦多因喜茶而爱访名泉,陆游、董嗣杲、洪咨夔、蒲寿宬、林景熙等人集中题咏名泉之作甚多,而且都写得景幽兴逸,意境浑融。如洪咨夔《谷帘泉》诗结以景语:

---

①苏轼撰,茅维编,孔凡礼点校:《苏轼文集》,中华书局,1986年,第2268页。
②苏轼撰,茅维编,孔凡礼点校:《苏轼文集》,第15—16页。

> 手弄潺湲坐盘石,苍凉新月上孤桐。

人在山中,情因景生,意余象外,韵味隽永。赵汝藤《涌泉亭》则写自己:

> 涌泉亭畔坐蒙茸,手指三江抚万松。

从容洒脱,超凡脱俗。张炎《风入松·酌惠山泉》词亦云:

> 一瓢饮水曲肱眠。此乐不知年。今朝忽上龙峰顶,却元来、有此甘泉。洗却平生尘土,慵游万里山川。照人如鉴止如渊。古窦暗涓涓。当时桑苎今何在,想松风、吹断茶烟。著我白云堆里,安知不是神仙。①

词人啜此清泉,曲肱而眠,享栖身林泉之乐,发思古之幽情。

三、山涧泉边饮茶的清幽之趣

唐宋文人深知新茶还须活水烹煮的道理,因而他们并不满足于寻访名泉,更愿意流连山间,闲坐瀹茗。这样,他们既能品尝活水烹茶的清香,又能欣赏到山涧泉边的自然美景,别有一番情趣。

中晚唐人写于山中泉边饮茶之诗不多,主要有鲍君徽《东亭茶宴》、刘禹锡《西山兰若试茶歌》、白居易《山泉煎茶有怀》、刘言史《与孟郊洛北野泉上煎茶》、皮日休《茶中杂咏·煮茶》、陆龟蒙《奉和袭美茶具十咏》等。其中,僧灵一的《与元居士青山潭饮茶》诗寥寥数语,却意境空灵:

> 野泉烟火白云间,坐饮香茶爱此山。
> 岩下维舟不忍去,清溪流水暮潺潺。

---

① 唐圭璋编:《全宋词》,中华书局,1965年,第3514页。

颇能传达出中晚唐文人于山中饮茶得野趣、悟禅意的清幽情怀。

　　与唐人相比，宋人更喜于自然山水之间煎茶品茗。宋庠《自宝应逾岭至潜溪临水煎茶》、文彦博《和公仪湖上烹蒙顶新茶》、赵抃《重游龙井》、范镇《金莲泉》、蔡襄《即惠山煮茶》、陈舜俞《谷帘泉》、陈襄《古灵山试茶歌》、韦骧《和山行回坐临清桥啜茶》、郭祥正《卧龙山泉上茗酌呈太守陈元舆》、游师雄《汲泉烹茶寄叶君康直》、黄裳《茶苑》、吴则礼《兰皋煎茶》、谢邁《与诸友汲同乐泉烹黄蘗新芽》、汪藻《陪诸公游惠山》、汪任《煮茗台》、杨万里《酌惠山泉瀹茶》、袁说友《过虾蟆泉》、韩淲《送文叔同晦之宿鹅湖午间坐松下块石煎茶》《初十日黄仲明见过留饭却同至野趣饮茶》、张栻《寒食前三日野步乌龙山中石上往往多新芽手撷盈匊酌玉泉煮之芳甘特甚有怀伯承兄赋此以寄》《淳熙乙未春予有桂林之役自湘潭往省先茔以二月二日过碧泉与客煮茗泉上徘徊久之》、罗愿《茶岩》、卢祖皋《煎茶》、周弼《陆羽泉》、陈纪《游深溪龙潭》、徐瑞《夜月如昼与仲退坐松巢煮茶》、孙士廉《题武夷》、吴文英《水龙吟·惠山酌泉》等作品，均写他们于山间泉边煎茶赏景之事，景幽兴逸，妙合自然。

　　苏轼任杭州通判时，"往来无锡，未尝不至惠山"，后来任湖州太守，又与秦观、僧参寥同游惠山①。他在《游惠山》其三中说自己烹茶林下，色味两绝，而且是那样的悠闲自得：

　　　　岂如山中人，睡起山花发。
　　　　一瓯谁与共，门外无来辙。

其《汲江煎茶》诗亦云：

------

① 苏轼：《游惠山并叙》，苏轼撰，王文诰辑注，孔凡礼点校《苏轼诗集》卷一八，中华书局，1982 年，第 944 页。

> 活水还须活火烹,自临钓石取深清。
> 大瓢贮月归春瓮,小杓分江入夜瓶。
> 茶雨已翻煎处脚,松风忽作泻时声。
> 枯肠未易禁三椀,坐听荒村长短更。

自汲江水,岸边煎茶,明月映瓮,松风泻瓶,加上不远处传来断续更声,此种情调又岂是官宅、书斋中啜饮所能享有。陆游嗜茶,亦喜于洞旁泉边啜饮。其《三游洞前岩下小潭水甚奇取以煎茶》即写他不畏山行之难,觅得一泓清潭,坐拥山色,闲饮名茶的幽兴:

> 苔径芒鞋滑不妨,潭边聊得据胡床。
> 岩空倒看峰峦影,涧远中含药草香。
> 汲取满瓶牛乳白,分流触石佩声长。
> 囊中日铸传天下,不是名泉不合尝。

僧文珦早年出家,足迹遍及东南名山胜水,晚年自号潜山老叟,常年遁迹山林,瀹茶泉边,参悟茶禅真味。他在《煎茶》诗中云,仙茶必得灵泉煎煮,所以不畏山高泉远,恣意攀援:

> 吾生嗜苦茗,春山恣攀援。
> 采采不盈掬,浥露殊芳鲜。
> 虑溷仙草性,崖间取灵泉。

而且他于泉边啜饮之时,能静品茶中真味:

> 良恐失正味,缄默久不言。

他在《山人居涧上号涧居因涧作池名鉴止为赋是诗》更明确说出高士幽人喜爱山居之深意:

> 幽人临涧居,为爱涧中水。

而他们爱涧之因由则是：

> 于以鉴禅心，清净绝尘滓。

因为临涧而居，汲泉瀹茗，可以忘却世间的一切尘累，保持一颗清净的禅心。

由于茶树、茶叶本是天地造化之嘉木灵苗，自然清丽，茶山、茶园景色怡人，充满野趣，名水、名泉涵虚缥碧，有涤烦洗心之功，所以唐宋士大夫虽在朝中任职、羁身官场，然一旦得到友人所寄新茶、清泉，往往会神游千里，思归林泉。如强至《谢通判国博惠建茶》诗就说自己因得建茶而思赴闽中建安：

> 浦阳贱官性怯酒，素许茶味为最良。
> ……
> 建溪奇品远莫致，日夕梦想驰闽乡。

苏轼《黄鲁直以诗馈双井次韵为谢》诗亦云自己品饮黄庭坚所送双井奇茗后，不禁欲游吴越、泛舟太湖：

> 明年我欲东南去，画舫何妨宿太湖。

黄庭坚《谢黄从善司业寄惠山泉》则云已酌泉烹茗之后思卧西湖：

> 是功与世涤膻腴，令我屡空常晏如。
> 安得左幡清颍尾，风炉煮茗卧西湖。

杨万里《谢岳大用提举郎中寄茶果药物三首·日铸茶》谓友人所赠日铸茶：

> 唤醒老夫江海梦，呼儿索镜整乌纱。

还有些诗人则在品饮茶汤之后，起故园之思了。如项安世《新茶》诗云：

槐火已登新鼎味,松风犹动故园思。

袁说友《和程阁学送小春茶韵四首》亦云:

家山历历未归来,投老江湖只自哈。
赖有年年乡信好,一瓯浮玉饱春台。

诗人久羁官场,只能藉友人所惠春茶聊寄乡思了。吴潜《谢惠计院分饷新茶》云:

饮散登台嗅老香,却忆家山菊径荒。
明朝便作玉川子,两腋乘风归故乡。

可见,清泉、新茶在唐宋文人心目中不只是一种消渴静心的饮料,还是林泉、田园的象征。他们到山中汲泉饮茗,可以尽享山水之趣、林泉之乐,人与自然浑融一体;即使身在官场,奔竞仕途,他们那为功名所累的心灵,也能从友人所寄泉茶中,暂时得到自然的慰藉和洗涤。茶将山川自然与唐宋文人的心灵紧紧地拉到一起,远方的茶园、山中的清泉,俨然成了唐宋文人心灵的故乡、精神的家园。

第二节 唐宋文人茶的生命之乐

茶文化之所以能在宋代大盛,还与唐宋之际文人生活态度、文化心理的转变紧密相关。宋人较之唐人更嗜茗茶,喜欢闲饮品茗,恰好符合了他们静赏生命快乐的新人生观。

日本汉学家吉川幸次郎曾经精辟地指出:

汉魏六朝以来,中国诗的基调是推移的悲哀,即意识到人生是匆匆走向死亡的一个颓败过程而引起的无可奈何的感情。①

宋诗中则出现了新的人生观,即"悲哀的扬弃""从容不迫的人生观""乐观的人生态度""宁静的追求"。而茶诗在宋诗中则更集中表现了宋代文人对生命快乐的宁静追求。吉川幸次郎甚至认为,唐诗是酒,宋诗是茶:

> 茶虽然不能像酒那样令人兴奋,却能给人以宁静的喜悦,……唐人嗜酒而宋人好茶,不仅是实在的生活习惯,不仅代表着唐诗与宋诗的不同风味;而且也表示着唐宋两代文明一般的差异。②

我们认为,宋代茶诗中宁静快乐的人生观,因其哲学来源不同,呈现出三种同中有异的生命快乐境界:儒家"箪食瓢浆"的安贫乐道、道家"乐天知命"的齐物之乐、佛禅"至静无求"的达观之乐。

一、儒家安贫乐道的快乐人生观

"安贫乐道"是先秦儒家提倡的一种快乐人生观。孔子曾经称赞颜回:

> 贤哉,回也!一箪食,一瓢饮,在陋巷,人不堪其忧,回也不改其乐。③

孔子还说:

---

① [日]吉川幸次郎著,郑清茂译:《宋诗概说》,台北联经出版公司,1977年,第41页。
② [日]吉川幸次郎著,郑清茂译:《宋诗概说》,第48页。
③ 刘宝楠撰,高流水点校:《论语正义》卷七,第226页。

> 饭疏食饮水,曲肱而枕之,乐亦在其中矣。不义而富且贵,于我如浮云。①

对于孔子所说的这种"安贫乐道"的人生观,汉唐士子少有重视和体认者,中唐儒学复兴运动的领导者韩愈甚至认为颜回的"箪食瓢饮"只是"哲人之细事"而已②,并不具有多大的思想价值和文化意义。宋人却普遍认为"颜子之乐"是一种极高的人生境界,是"大乐""至乐"。朱熹《论语集注》引程颐曰:

> 颜子之乐,非乐箪瓢陋巷也,不以贫窭累其心而改其所乐也。……箪瓢陋巷非可乐,盖自有其乐耳。③

二程受学于周敦颐时,周敦颐亦曾"每令寻仲尼、颜子乐处,所乐何事"④。颜子的"安贫乐道"不仅是宋代理学家经常探讨的哲学话题,也每每被一般文士所重视和体认。欧阳修晚年编《居士集》时,就把《颜跖》诗放在卷首,且认为颜回"生之乐"要高过盗跖"所荣"⑤。另外,欧阳修在《删正〈黄庭经〉序》中也认为:

> 颜子萧然卧于陋巷,箪食瓢饮,外不诱于物,内不动于心,可谓至乐矣。⑥

苏轼则对韩愈所谓"哲人之细事"的说法表示不满,他说,"古之观人也,必于小者观之,其大者客有伪焉",颜回之"箪食瓢饮"实乃

---

① 刘宝楠撰,高流水点校:《论语正义》卷八,第267页。
② 韩愈:《闵己赋》,《全唐文》卷五四七。
③ 朱熹:《四书章句集注》,第87页。
④ 周敦颐著,陈克明点校:《周敦颐集》卷二,中华书局,1990年,第33页。
⑤ 欧阳修《颜跖》云:"颜子圣人徒,生知自诚明。惟其生之乐,岂减跖所荣。"欧阳修著,李之亮笺注:《欧阳修集编年笺注》,巴蜀书社,2007年,第1页。
⑥ 欧阳修著,李之亮笺注:《欧阳修集编年笺注》,第219页。

"哲人之大事",并作《颜乐亭诗》表示自己要追随颜回求此"至乐":

> 我求至乐,千载无偶。
> 执瓢从之,忽焉在后。

苏辙亦对唐人不能安贫乐道、唐诗多穷困愁苦之辞不以为然,《杂说九首·诗病五事》:

> 甚矣,唐人之不闻道也。孔子称颜子:"在陋巷,人不堪其忧,回也不改其乐。"回虽穷困早卒,而非其处身之非可以言命,与孟郊异矣。①

他还称赞黄庭坚能躬行颜氏之乐:

> 比闻鲁直吏事之余,独居而蔬食,陶然自得。盖古之君子不用于世,必寄于物以自遣。阮籍以酒,嵇康以琴。阮无酒,嵇无琴,则其食草木而友麋鹿,有不安者矣。独颜氏子饮水啜菽,居于陋巷,无假于外,而不改其乐,此孔子所以叹其不可及也。今鲁直目不求色,口不求味,此其中所有过人远矣。②

宋室南渡之后,文人中对颜回"箪食瓢饮"之乐心慕手追、津津乐道者更多,兹不再赘述。

而在"琴、棋、书、画、诗、酒、茶"七件雅事中,最能体现宋人安贫乐道人生观的就是闲居品茗。宋代虽然实行的是文人政治,但是宋代文士在入朝为官之后,往往根据不同政治信念和治国方略结成宗派,党同伐异,无时或已,所以宦海浮沉,对于宋人来说,乃是司空见惯之事。他们在仕途受挫时,或以吏为隐,或退居乡里,然都喜闲饮清茗,以见其安贫乐道之高志。

---

① 苏辙著,陈宏天等点校:《栾城集》卷八,中华书局,1990年,第1229页。
② 苏辙:《答黄庭坚书》,苏辙著,陈宏天等点校:《栾城集》卷二十二,第391页。

苏轼一生嗜茶胜过爱酒,仕途受挫后尤甚。他每到贬谪之所,生活虽然清苦,却均以饮茶为乐。如他在黄州所作《寄周安孺茶》诗中即云,自己一直安于清贫:

  由来薄滋味,日饭止脱粟。

而且对茶之优劣也从不讲究:

  何尝较优劣,但喜破睡速。

其《种茶》诗也认为,南中所产贡茶虽然名贵,但啜饮之后,还是不及自己在山间所种之茶味道甘美:

  千团输太官,百饼衔私斗。
  何如此一啜,有味出吾圃。

他在《试院煎茶》中更是直言:

  我今贫病常苦饥,分无玉碗捧蛾眉。

即便用简陋的茶器品饮,也会感到满足和快乐:

  且学公家作茗饮,砖炉石铫行相随。
  不用撑肠拄腹文字五千卷,但愿一瓯常及睡足日高时。

与苏轼一样,北湖居士吴则礼在隐居盱眙时,也能安于贫困,终日以饱食短蔬为足。其《良辰》诗云:

  短蔬胜肥肉,甘哉北湖羹。
  一饱便可足,此外岂所营。

在《同李汉臣赋陈道人茶匕诗》中,他还说自己不喜贡茶玉碗之名贵,更习惯粗陋之茶铛:

  腐儒惯烧折脚铛,两耳要听苍蝇声。

这是因为粗茶淡饭,与自己邱壑之情、淡泊之志正相契合,《周介然所惠石铫取淮水瀹茶》:

> 吾人老怀丘壑情,洗君石铫盱眙城。
> 要煎淮水作蟹眼,饭饱睡魔聊一醒。
> 僧伽孤塔何亭亭,试唤僧伽真肯应。
> 拟向山阳买白菜,团炉烂煮北湖羹。

许景衡一生仕途多舛,亦有意继承颜回安贫乐道之志。其遭贬时所作《试茶》诗云:

> 此生贫与病相兼,从仕居闲两不堪。
> 莫怪年来有茶癖,要看滋味在余甘。

茶虽然清苦,但是回味之后,却又余甘在口,生活中虽然贫病相兼,又何尝没有快乐呢?

经历同样坎坷的葛胜仲曾以"箪瓢颜氏乐"[1]勉励后生,自己亦能身体力行,以饮清茶为乐,其《谢通判惠茶用前韵》云:

> 饮罢清风引仙阙,睡余妖梦破朝云。
> 贫无列屋纤纤手,捧碗齐眉但布裙。

曾几因其兄曾开不满当朝权奸秦桧和议之事,而俱被免职。在侨居上饶时,曾几酷嗜茗饮,自号茶山居士。而他之所以乐此不疲,亦有追踵颜子之意:

> 达人方寸地,固自有乐处。
> ……

---

[1] 葛胜仲《诸生绝粮偶作二首示勉夫》:"庖厨落寞不堪闻,弹铗无鱼甑有尘。谁识箪瓢颜氏乐?可怜鲑菜庾郎贫。"《丹阳集》卷十九,文渊阁《四库全书》本,第1127册,第602页。

人言颜子乐，瓢饮映蔬茹。

其《尝建茗二首》其二云：

茅宇已初夏，茶瓯方早春。
真成汤沃雪，无复渴生尘。
有客嘲三韭，其谁送八珍。

虽然没有珍馐佳肴，但是初夏闲饮春茶，不也是"达人"之"真乐"吗？其《煎茶》诗亦云：

贫中有佳设，石鼎事煎烹。
顾渚草芽白，惠山泉水清。
酌多风可御，薰歇雾犹横。
饮罢妻孥笑，枯肠百转鸣。

石鼎山泉之设，蔬食瓢浆之肠，品饮之时，自有其乐。南宋末年，宋代文士们全身山林，大多贫贱不移志，于方寸之茅舍，饮茶以自乐。如宋庆之《开炉日赋》即云：

筋力已非旧，逢寒亦自怜。
风霜在檐外，妻子语灯前。
纸被添新絮，茶瓯煮细泉。
虽云方寸地，春意一陶然。

可见，居闲煮泉，贫中饮茶，是两宋士子较为普遍的励志乐道行为。他们的心灵，在品饮之时已与孔、颜遥相交通。先秦儒家所提倡的"箪食瓢饮"、安贫乐道的高尚精神，在宋代文人的饮茶活动中得到了再现和升华，遂亦成为后世文人茶及整个中国茶文化的一大重要精神内核。

二、道家的乐天知命之趣

除了儒家的"箪食瓢饮"之乐、安贫乐道之志,道家的顺生适性、乐天知命之趣,也是宋代文人饮茶时的一种典型文化心态。

先秦道家思想对后世士子人生观的影响,主要体现在两个方面:一是超世逍遥,放达不羁;一是安时处顺,乐天知命。前者大多体现在魏晋时期的"竹林七贤"、初唐的王绩、盛唐时期的李白以及中晚唐时一些禅僧身上,而狂醉、轰饮又成为他们狂放傲诞、愤世嫉俗、纵欲享乐的重要方式,如刘伶、王绩以及李白等盛唐"饮中八仙"的嗜酒、酗酒,都有借酒忘忧、借酒超世的生命解脱意味。后者在盛唐之前只有陶渊明、庾信等为数不多的体认和履践者,其中陶渊明的隐居田园、适性而居,对后世文人生活方式和文化心理影响尤大。

从中唐开始,文士奉行安时处顺、知足保和、乐天知命思想者渐多。白居易在《与元九书》中就说:

> 仆志在兼济,行在独善。……或退公独处,或移病闲居,知足保和,吟玩情性者一百首,谓之"闲适诗"。①

白居易所追求的"闲适",既不是巢由"食薇饮水"式的独善生活,也不是颜回"箪食瓢饮"式的安贫乐道,而是衣食无忧、骨肉获全的快足生活②。所以白居易的茗饮具有委顺养内、适性快意的心理特点。其《琴茶》诗即云:

---

① 白居易:《与元九书》,《全唐文》卷六七五。
② 参白居易《雪中晏起偶咏所怀兼呈张常侍韦庶子皇甫郎中》《答户部崔侍郎书》《序洛诗》等作品;谢思炜:《白居易集综论》,中国社会科学出版社,1997年,第 323—324 页。

> 兀兀寄形群动内,陶陶任性一生间。
> 自抛官后春多醉,不读书来老更闲。
> 琴里知闻唯渌水,茶中故旧是蒙山。
> 穷通行止长相伴,谁道吾今无往还?

其《咏意》诗亦云:

> 或吟诗一章,或饮茶一瓯。
> 身心一无系,浩浩如虚舟。

随着文人政治制度的推行和士子"文官化"的发展,闲适快足的情趣在宋代朝野日益流行①,陶渊明的隐逸诗、白居易的闲适诗为宋人普遍推尊和学习。他们在仿作"陶体""白体"的同时,继承了陶渊明田园诗、白居易闲适诗中那种闲散快足之趣。

以吏为隐,吏隐合一,是宋代文士入仕为官时的普遍心态。他们常常在官舍郡斋,闲饮清茶,享受高趣。如张伯玉《后庵试茶》诗云:

> 郡僻好藏身,心闲久无事。
> 前轩饱食罢,后庵取茶试。
> 岩边启茶钥,溪畔涤茶器。
> 小灶松火然,深铛雪花沸。
> 瓯中尽余绿,物外有深意。
> 滥官来此游,时得拂尘累。
> 莫笑后庵茶,闲中好滋味。

强至《谢通判国博惠建茶》诗云:

---

①参刘宁《唐宋之际诗歌演变研究——以元白之元和体的创作影响为中心》,北京师范大学出版社,2002年,第356—361页。

> 浦阳贱官性怯酒，素许茶味为最良。
> 日分牒诉费齿舌，口吻镇燥喉无浆。

傅察《次韵烹茶四首》其二亦云：

> 吏隐从人号懒仙，一瓯常及日高眠。
> 要令万卷浇胸次，便觉三山到眼前。

清茶而非浊酒，是宋代文人在官场调适躁进心态，解脱功名之累，心境归于宁静快适的一大重要精神触媒。

宋代文士在遭贬闲居之后、归隐田园之时，则更加信奉道家安世委顺、乐天知命的快适人生观。欧阳修在贬官滁州、颍州期间，就萌发了优游林泉的意趣，晚年之后，他官高禄厚，知足保和，退居渭上之后，更是闲居求乐。他饮茶时心境萧散闲适，感到乐趣无穷，如其《次韵再作》诗云：

> 吾年向老世味薄，所好未衰惟饮茶。
> ……
> 亲烹屡酌不知厌，自谓此乐真无涯。

陶渊明曾在《与子俨等疏》自述其隐居田园、高卧窗下之快适心情：

> 五六月中，北窗下卧，遇凉风暂至，自谓是羲皇上人。①

宋人则认为，幽居闲置之时、饱食安眠之后，如果再啜饮上一杯清茶，更是一种生活的快乐、人生的享受。如苏轼《游惠山并叙》其三云：

> 吾生眠食耳，一饱万想灭。
> 颇笑玉川子，饥弄三百月。

---

① 陶渊明著，逯钦立校注：《陶渊明集》卷七，中华书局，1979年，第188页。

> 岂如山中人，睡起山花发。
> 一瓯谁与共，门外无来辀。

其《和蒋夔寄茶》诗亦云：

> 临风饱食甘寝罢，一瓯花乳浮轻圆。

抗金名将李纲在遭贬隐居期间，常饮茶以自适：

> 安眠饱食更何求，只欠云腴茗一瓯。

再如吴锡畴《山居寂寥与世如隔是非不到荣辱两忘因忆秋崖工部尝教以我爱山居好十诗追次其韵聊写穷山之趣》其九，在述其林泉高致时，也离不开闲饮清茶之乐：

> 我爱山居好，茶瓯困解围。
> 松边横藓石，柳下敞渔扉。
> 细雨喚嗚出，斜阳觳觫归。
> 交情殊贵贱，似觉故人非。

归隐田园，幽居山林，饱食安眠，啜饮清茗，成为两宋文人快意适性、乐天知命的普遍文化行为和精神享受。

三、"至静无求""虚中不留"的禅悦境界

在安贫乐道、乐天知命之外，唐宋文人在饮茶时，由于受禅宗思想影响，还常常沉浸在一种"至静无求""虚中不留"的禅悦境界中。

中晚唐文人喜与禅僧交往，常常在饮茶时参禅悟道，静静体会内心的澄明与愉悦。如柳宗元在永州时与龙兴寺禅僧巽上人过从甚密，于佛理造诣颇深。其《巽上人以竹间自采新茶见赠酬之以诗》：

> 涤虑发真照，还源荡昏邪。

> 犹同甘露饭,佛事熏毗耶。
> 咄此蓬瀛侣,无乃贵流霞。

就说饮茶具有荡昏涤虑,明心见性,参禅悟道之功效。其《夏昼偶作》诗则写出了夏昼熟眠之后,竹间煎茶的空幽和闲适,富有禅意,其中"日午独觉无余声,山童隔竹敲茶臼"一联,言思爽利跳脱,意境尤为清绝,故"隔竹敲茶臼"五字,屡屡被宋人用作诗题或化入诗中,表达茶禅一味的玄妙境界。

入宋以后,文士们亦重饮茶悟道之功。如郭祥正《招孜佑二长老尝茶二首》其二云:"昔人多嗜酒,今我酷怜茶。"而他之所以如此爱茶①,其中一个原因就是茶可以帮助自己品悟禅味:"无物滋禅味,来烹北苑茶。"其《次韵元舆十绝·休师携茶相过二首》其二则说自己已经彻悟禅理,心无所累,故不用再苦苦参证,只需静坐闲饮而已:

> 晚风吹坐忽生凉,旋碾新茶与客尝。
> 我本无心无所证,沉烟何事结圆光。

其中的意味与境界,和禅宗六祖惠能"心是菩提树,身为明镜台,明镜本清静,何处惹尘埃"的偈语,极为相近,充分体现了郭祥正饮茶时无欲无求的身心自由。南宋爱国诗人王洋晚年寓居信州时,心境恬淡,经常到僧舍饮茶。其《壬戌立冬十月十一日陪路文周朋携褆祖同访后山道人庵道人出就庵烹茶庵外采菊拾橡实以归偶成即事》诗,较为详细地描写了诗人与禅僧在僧舍烹茶煮茗的过程,乐此不疲之意,见于言外:

> 倦缘闲景散闲情,人未归庵户不扃。

---

① 郭祥正《谢胡丞寄锡泉十瓶》诗中亦云:"怜我酷嗜茗,远分名山泉。"

> 试拨柴烟寻宿火,旋添泉水洗茶瓶。
> 黄花采采盈衣袖,橡实离离傍短萍。
> 何日一邱藏曲折,与君同伴劚青冥。

其《尝新茶》诗则直接抒发了闲饮清茗之后的淡静、喜悦:

> 僧窗虚白无埃尘,碾宽罗细杯匀匀。
> 寒泉一种已清绝,况此灵品天香新。
> 人间富贵有除折,静中此味真殊绝。
> 谁言僧饭独萧条,胜处谁容较优劣。

南宋末年,时局动荡,文士隐逸山林参禅悟道之风更盛,他们不仅在饮茶时思悟禅理、参透人生,享受抛开世累后的大自在、大快乐,而且认为,苏轼、黄庭坚、曾几等前辈诗人的涉茶之作中,亦渗透着禅宗妙理,充满着茶禅一味的人生智慧。如赵庚夫《读曾茶山诗集》即赞曾几茶诗清新淡泊、禅意悠然:

> 茶山八十二癯仙,千首新诗手自编。
> 吟到瘴烟因避寇,贵登橐只栖禅。
> 新于月出初三夜,澹比汤煎第一泉。

董嗣杲《参寥泉》诗云:

> 湖曲春风正禁烟,试茶味此石间泉。
> 坡仙忽忆黄州梦,潜老初拈智果禅。

亦对苏轼与僧参寥多次酌泉试茶、参禅悟道之雅事羡慕不已。方岳《黄宰致江西诗双井茶》:

> 黄侯授我以江西诗禅之宗派,瀹我以双井老仙之雪香。

黄庭坚的诗饶有禅趣,佐以江西出产之双井茶,真是禅茶一味,直发真源了。正是因为唐宋文人在饮茶过程中得到禅悦,才使得禅茶一味之论深入人心,成为中国茶文化的一个重要精神内涵。

尽管唐宋文人饮茶时的心态,因其人生观的差异而各各不同,但是他们都在品饮过程中静静地享受到了人生的闲适和快乐。清茶使唐宋文人的心境更为宁静淡泊,使他们的生活中弥漫着一种参透人生真味后的淡淡的喜悦。所以,茶文化能够兴起于唐,大盛于宋,与宋代文人普遍遵奉静赏生命之乐这一新的人生观之间,实在有着至为密切的关系。

第三节　唐宋文人茶的理性之美

唐宋时期,文人士大夫酌泉试水、煎茶品茗,不仅是一种可以亲近自然、回归田园的审美活动,而且是一种可以静赏生命之乐的休闲方式,更是一种可以从中体悟出天地人生之理、守道明志的思考行为。

一、饮茶品茗时的人生思考

由于饮茶之风在中唐之兴起,与禅僧的参禅诵经有密切关系①。所以中晚唐人大多认为茶、禅相近,茶及饮茶过程中蕴含着佛禅三昧。唐僧皎然《对陆迅饮天目山茶因寄元居士晟》诗说茶"稍与禅经近",温庭筠《西陵道士茶歌》亦云:

---

① 封演《封氏闻见记》卷六云:"开元中,泰山灵岩寺有降魔师大兴禅教。学禅务于不寐,又不夕食,皆许其饮茶。人自怀挟,到处煮饮,从此转相仿效,遂成风俗。"封演撰,赵贞信校注:《封氏闻见记校注》,中华书局,2005年,第51页。

> 疏香皓齿有余味,更觉鹤心通杳冥。

但是从中唐直到宋初,吟咏禅茶一味的作品大多以清幽、空灵的意境取胜,很少直接阐述饮茶之后所悟出的禅宗妙理。北宋庆历以后,道学兴起,"格物致知"之风大渐,宋人善思考、贵理性的时代特点逐渐显现出来。宋人对茶与理关系的认识,也越来越明确、越来越深入。如苏轼《书黄道辅品茶要录后》就说,有道之士在"至静无求""虚中不留"之后,可以观茶之极、察茶之情,得茶之"精理"①。高似孙亦云:

> 茶与水味深入理窟。茶生苍石之阳,碧涧穿注,兹乃水石之灵,岂茶哉?②

加上宋人的文学审美观也与唐人有别,开始"以文字为诗,以才学为诗,以议论为诗"③,在诗歌创作中追求理趣,所以,宋代文人不仅经常从泉茶之物性以及饮茶过程本身,体悟出人生出处行藏之理,而且多在其涉茶、饮茶诗中直接表露出来,使我们今天还能够清晰地了解他们饮茶品茗时的人生思考和人格追求。

苏轼精于别水品茗,在对各地泉茶的品第之中,寄寓了自己对人生处世的理解。如其《求焦千之惠山泉诗》:

> 遇隙则发见,臭味实一族。
> 浅深各有值,方圆随所蓄。

既是在说泉水随遇而安之性,其实也是他自己安时处顺、万物齐同的超然人生观的形象表述。晁说之《谢仲长通判朝议兄惠顾渚茶》

---

① 苏轼撰,茅维编,孔凡礼点校:《苏轼文集》卷六六,第2067页。
② 高似孙:《剡录》卷一〇,文渊阁《四库全书》本,第485册,第615页。
③ 严羽著,郭绍虞校释:《沧浪诗话》,人民文学出版社,1983年,第26页。

则在对赵宋天子不重阳羡茶的嗟叹之中,寄寓了自己怀才不遇的感慨:

> 天子不尝阳羡茶,二百年余吾侬咨嗟。

但是不管天子欣赏与否、文人嗟叹与否,此地之茶依然未改其春色:

> 可是吾侬咨嗟休,涛江春色远含羞。

所以作者认为,人生和茶一样皆有穷达:

> 人生趣尚有穷达,草木还亦如人不。

而自己也应安于穷顿、自得其乐:

> 赵卿虾菜且良食,莫教归梦到长安。

郑刚中《石磨记》亦从茶磨之用非其所长,而慨叹"有德之士"怀才不遇的遭际,最终坚信只要不自暴自弃,必会有用武之地:

> 有德之士,蕴藉和粹,不幸汩没于簿书盐米之间,责以棰楚会计之能,一不见效,遂以为铜椎不才者,世固多矣。洗拂尘土,付以所长,亦当自有识者。①

释居简《妙湛月岩中茶汤榜》叙饮茶与禅理、人生相通之处更多:

> 山林品题,正其味于森严。舌须具眼,回余甘于苦醙。

这是说饮茶要善于从苦味中得其余甘,实际上也暗含人要善于从人生之苦中体悟出禅悦之道理。

> 会猎玄中,笑守株而自苦;独渔言外,如课蜜而分甘。

这是说参禅悟道不要死参渐悟,而要活参顿悟,得之言外。

---

① 郑刚中:《北山文集》卷五,《丛书集成初编》,第 1963 册,第 91 页。

> 饮者若谙此味,瞑眩膏肓;学人未达其源,肝胆楚越。①

而这些,都是饮茶之人应该明白的道理。

二、饮茶过程中的明道励志

宋徽宗赵佶的《大观茶论》说茶可使"天下之士,励志清白"②。宋代文人除了经常从泉茶之中体悟人生穷通行藏之理,更喜将泉茶之性与饮茶之人的性情、品格进行比照,在饮茶过程中明道励志。

首先,宋人多能从清澈的山涧泉水中,观照出心灵、人性的高洁。苏轼《廉泉》诗:

> 水性故自清,不清或挠之。君看此廉泉,五色烂摩尼。廉者为我廉,我以此名为。

以泉水之清澈,来比喻己之清廉、高洁,并谓清者自清,不管别人毁誉,唯以泉水为鉴,两相映照:

> 毁誉有时尽,不知无尽时。揭来廉泉上,扪须看鬓眉。

因为作者品行与廉泉之性相合而相得,自然就会在与泉水的相伴中感到自在、欢娱了:

> 好在水中人,到处相娱嬉。

范浚的《白泉记》一文更为全面地阐述了泉性与人性相类之处:

> 夫泉之甘而利人也,类有德。其不涸也,类有本。其趋涧溪而期于海也,类有志。

作者认为,泉水甘甜,有惠于人,是为泉之德;泉水常年不干涸,因为

---

① 释居简:《北涧集》卷八,文渊阁《四库全书》本,第1183册,第116页。
② 陶宗仪编:《说郛》卷九三,文渊阁《四库全书》本,第880册,第314页。

其有远源、有根本;泉水奔流而下,期赴东海,有其宏大志向。而人也应格物致知,从泉之诸性中,悟出修身育德、求道励志之理:

> 人之育德有本,能日进而期于道,则其渊深闳大也必矣。吾于泉有感,于是乎记。①

人只要像泉水一样有坚定的信心,日日修身育德,期于得道,也一定能成为修养深厚胸襟宏阔的道德之士。宋人还有一些咏泉之作,则从泉水之清澈、甘洌,悟出人的心灵亦应常保澄明、洁净,方能清静自在,悟人生真谛。如僧文珦《灵泉》篇云:

> 高僧诵经经出泉,泉灵不许蛟龙眠。
> 湛湛长开古明镜,泠泠谐泻朱丝弦。
> 曾说煮茶甘入齿,为是心源功德水。
> 渊然千古无是非,遮莫放人来洗耳。

即以湛清泉水洗尘涤垢之功效,比喻诵经高僧助人洗净心灵之大功德。又如蒲寿辰一生作有多首《心泉》诗,或以泉之贮清纳虚,象征自己心定神闲、静寂忘我的超然心态:

> 坎止心维亨,蒙养行必果。
> 久视空无尘,静趣自忘我。
> 明月知此心,时印夜光颗。

或以冬日泉水之冰清雪洁,比喻自己不畏严寒的坚强意志:

> 泠泠一涧泉,炯炯千树雪。
> 岁寒铁石心,山中玩芳洁。

黄大受的《廉泉》也是先说此泉之常年清洌充盈,啜饮之后可使喉

---

①范浚:《香溪集》卷五,文渊阁《四库全书》本,第1140册,第42页。

吻清润,心神怡乐,然后就发表感慨:

> 忆我心地初,与水同一几。
> 心泉本无事,何必希夷齐。
> 曰泉已强名,况复有是非。
> 一笑付自然,贪廉吾不知。

谓己心与此泉性同,起初均清澈澄明、天真自然,无所谓是非贪廉,所以自己亦应保持泯灭是非、纯任自然的洒脱胸襟,不用故意去追求什么功名或隐逸。

其次,宋代文人常常能从茶之清妍芳洁的品性中,看到仁人志士们刚正不阿、孤高独立的人格精神。中国文学中香草美人的比兴传统源远流长,体系稳固,但在宋代之前,其中并无茶这一物象。宋代文人在品饮过程中,逐渐在茶中赋予了鲜明的生命色彩和深厚的文化意蕴,并将茶之质性与人之品格互相类比,使之进入到香草美人的比兴系统中,为后世仁人君子所常吟诵。

在宋代有关茶的各种比喻中,最有名的要数苏轼的茶似"佳人"说。苏轼《次韵曹辅寄壑源试焙新芽》诗云:

> 仙山灵草湿行云,洗遍香肌粉未匀。
> 明月来投玉川子,清风吹破武林春。
> 要知冰雪心肠好,不是膏油首面新。
> 戏作小诗君一笑,从来佳茗似佳人。

当时一些茶农和茶商,为了以次充好、以旧充新,蒙骗不知茶者,常以红膏涂饰茶饼。不少饮茶之人也误以为膏油首面者为优,以致宋初"蜡(又作腊)面"茶竟然成为一种好茶,每被人主赏赐给臣下。而苏轼则不以为然,他用冰清玉洁、天生丽质的佳人,来比喻山野之中刚刚采制的未涂过膏油的新茶、清茶,反映了作者率真自然的人生志趣

和高洁情怀。在苏轼此说的影响下,后来不少文人也都认为,好茶当如清秀俊洁之佳人。如葛胜仲《试建溪新茶次元述韵》诗云:

> 舶舟初出建溪春,红笺品题苞蒻叶。
> 低昂轻重如美人,等衰铢较知难蹑。
> 格高玉雪莹衷肠,品下膏油浮面颊。

再如葛立方《次韵陈元述见寄谢茶》其二亦云:

> 不把膏油涂首面,要须色里认天真。

他们在称赞清新之茶的同时,都表现出对天真自然的人性美的肯定和赞颂。

苏轼论茶的另一著名说法是茶具"君子性"。他在《和钱安道寄惠建茶》诗中赞美建茶:

> 建溪所产虽不同,一一天与君子性。
> 森然可爱不可慢,骨清肉腻和且正。

闽中建溪所产建茶,正如人中君子,品性清正森然,可亲可敬而不可慢侮。同时,他还用下品之草茶来讽刺朝廷中的奸邪小人:

> 草茶无赖空有名,高者妖邪次顽懭。
> 体轻虽复强浮沉,性滞偏工呕酸冷。

查慎行注此诗引《乌台诗案》云:

> "草茶无赖空有名"二句,以讥世之小人,乍得权用,不知上下之分,若不谄媚妖邪,即须顽犷狠劣。又"体轻"二句云云,亦以讥世之小人,体轻浮而性滞泥也。①

---

① 苏轼撰,王文诰辑注,孔凡礼点校:《苏轼诗集》卷一一,第530—531页。

苏轼在《寄周安孺茶》诗中又进一步阐述茶的这种君子性：

  有如刚耿性，不受纤芥触。
  又若廉夫心，难将微秽渎。

好茶性刚耿，不因杂草而伤其本性，如正人君子，不因奸佞之陷害毁谤而改易其忠直本心；茶水清澈，一尘不染，又像廉洁端直之臣，在污浊的官场中能清高自洁。

晁补之《次韵苏翰林五日扬州石塔寺烹茶》诗对茶与君子关系的认识又有所深入：

  当年卧江湖，不泣逐臣玦。
  中和似此茗，受水不易节。
  轻尘散罗曲，乱乳发瓯雪。
  佳辰杂兰艾，共吊楚累洁。

他将茶与兰艾等传统的香草相提并论，以吴越茗茶的中和守节，来比喻自己忠直遭贬，决不移志易节的坚强意志和独立人格，进一步赋予了茶可比拟贤臣君子的人文精神。

此后，宋人用茶比拟仁人君子的诗作就更多了。如袁燮《谢吴察院惠建茶》：

  形模正而方，气韵清不俗。
  故将比君子，可敬不可辱。

用茶饼方正的形状和茶叶清新的气味，来赞美吴氏清正疾恶的君子品格。岳珂《茶花盛放满山》诗云：

  洁躬澹薄隐君子，苦口森严大丈夫。

戴昺《次黄叔粲茶隐倡酬之什》云：

> 美人隐于茶，性与茶不异。
> 苦涩知余甘，淡薄见真嗜。
> 肯随世俱昏，宁堕众所弃。

皆以茶性的澹泊清苦，来比拟隐逸山林之高人逸士。

由于宋代文人对清苦茶性与正直人品之关系有如此深刻之理解，所以茶就更加受到那些忠贞刚直之士的喜爱。他们在品饮之中偏爱茶汁之苦味，正是他们人格和节操的一种外射和寄托。如南宋初年，许多忠正的爱国志士因为不满秦桧等权奸的苟安求和，直言谏上，频遭贬谪。但是他们在被弃置之后，并未改易心志，仍然在咏茶诗作中流露出爱国热情和刚直气节。如刘一止，以忤秦桧，两次奉祠，实际被闲置不用。其《允迪以羊膏瀹茗饮吕景实景实有诗叹赏仆意未然辄次原韵》诗云：

> 精金不受钏钗辱，瑞草何曾取膏腹。
> 乳花粥面名已非，荐以羊肪何太俗。
> 山林钟鼎异天性，难遣华腴偶穷独。
> 森森正味苦且严，玉质无瑕谁敢戮。

既对友人以羊脂煎茶之习，表示了反对，斥之为庸俗，又以清茶自喻，谓己身为山林之人，自有森然严正的人格和清高无瑕的心性，毫不畏惧权奸之打击和杀害①。再如周必大，性格耿直，对秦桧执政亦颇不以为然，在给事中任上，缴驳不辟权幸，后因谏上应疏远曾觌、龙大渊、韩侂胄等权臣，而获罪遭贬多次，但他忠君爱国之心始终不改②。他在《次韵王少府送焦坑茶》诗中云：

---

①当时因忤逆秦桧意旨遭贬的爱茶诗人，还有曾几、吕本中、郑刚中等。
②《宋史》卷三九一，《周必大传》。

> 初似参禅逢硬语,久如味谏得端人。

诗人特别喜爱王洋①送来的焦坑茶,个中原因自然是此茶之苦硬滋味,正如谏臣之语,初闻硬生逆耳,历久则见其忠直之心。茶之味与人之性,可谓相得益彰。难怪诗人要坚待志同道合的王洋来一起试茶品尝了:

> 敢向柘罗评绿玉,待君同碾试飞尘。

直到南宋末年,一些文人仍喜用茶味之清苦,比喻忠正刚直之士,并自励心志。如吴潜《谢惠计院分饷新茶》诗云:

> 孔光贤处不脂韦,长孺直时无苦梗。

赵汝腾诗中此意更多,如其《谢饶计使遣饷头贡余》诗云:

> 拟思苦口陈忠谏,可但饴茶献上方。

其《再用韵答高茶使》诗云:

> 谏苦固应疏汲黯,品高终必相王嘉。

其《谢史计使寄建茗》诗云:

> 黯憨终然言有味,仝衰那得字搜肠。

可见,到南宋时期,在众多忠正刚直志士的赞美下,茶味之苦如忠臣进谏之言,已经成为咏茶诗文的一个重要典故了。

综上可见,唐宋文人尤其是宋代文人在酌泉品茗之时,不仅注重亲近自然,欣赏山川田园之美,找寻静谧平和的心灵安泊之所,而且能在慢斟闲饮之中,安贫乐道,乐天知命,静静地享受人生的乐趣,同时还将自己深邃的人生思考和高洁的人格追求融入其中,使

---

①此诗诗题,《宋诗钞·省斋诗钞》作《次韵王洋少府送焦坑茶》。

得原本极其普通的日常品饮活动，升华为一种极其高雅的可审美、可静心、可明道、可励志的精神活动和文化享受。而唐宋文人所赋予文人茶的这些玄妙、深厚的文化意蕴，不仅对宋代茶文化时代特征的形成乃至中国茶文化传统的积淀，具有极其重要的历史意义，而且也使我们从一个侧面观照出唐宋文化的转型过程和唐宋之际士人文化心态的嬗变轨迹，对研究中国文化发展史和中国古代士人心态史都具有相当的参考价值。

参考文献

古代典籍及整理本(按经、史、子、集分类排序):
李鼎祚撰,王丰先点校:《周易集解》,中华书局,2016年
孙希旦撰,沈啸寰等点校:《礼记集解》,中华书局,1989年
杜预撰:《春秋左传集解》,上海古籍出版社,1983年
刘宝楠撰,高流水点校:《论语正义》,中华书局,1990年

徐元诰撰,王树民等点校:《国语集解》,中华书局,2002年
司马迁著:《史记》,中华书局,1982年
班固著:《汉书》,中华书局,1962年
范晔著:《后汉书》,中华书局,1965年
陈寿著:《三国志》,中华书局,1975年
房玄龄著:《晋书》,中华书局,1974年
沈约著:《宋书》,中华书局,1974年
萧子显著:《南齐书》,中华书局,1972年
姚思廉著:《梁书》,中华书局,1973年
姚思廉著:《陈书》,中华书局,1972年
魏收著:《魏书》,中华书局,1974年
李百药著:《北齐书》,中华书局,1972年
令狐德棻著:《周书》,中华书局,1971年

李延寿著:《南史》,中华书局,1975年
李延寿著:《北史》,中华书局,1974年
魏徵著:《隋书》,中华书局,1973年
刘昫著:《旧唐书》,中华书局,1975年
欧阳修、宋祁著:《新唐书》,中华书局,1975年
薛居正著:《旧五代史》,中华书局,1976年
欧阳修著:《新五代史》,中华书局,1974年
司马光编著,胡三省音注:《资治通鉴》,中华书局,1956年
吴兢撰,谢保成集校:《贞观政要集校》,中华书局,2003年
李林甫等撰,陈仲夫点校:《唐六典》,中华书局,1992年
杜佑撰,王文锦等点校:《通典》,中华书局,1988年
韩愈撰:《顺宗实录》,中华书局,1985年
郑处诲撰,田廷柱点校:《明皇杂录》,中华书局,1994年
王仁裕等撰,丁如明辑校:《开元天宝遗事十种》,上海古籍出版社,1985年
刘𫗧撰:《隋唐嘉话》,中华书局,1979年
刘肃撰:《大唐新语》,中华书局,1984年
王定保撰:《唐摭言》,中华书局上海编辑所,1959年
王谠撰,周勋初校证:《唐语林校证》,中华书局,1987年
封演撰,赵贞信校注:《封氏闻见记校注》,中华书局,2005年
王钦若等编纂,周勋初等校订:《册府元龟》,凤凰出版社,2006年
宋敏求编:《唐大诏令集》,中华书局,2008年
王溥编:《唐会要》,中华书局,1960年
赵升编,王瑞来点校:《朝野类要》,中华书局,2007年
苏轼撰,王松龄点校:《东坡志林》,中华书局,1981年
辛文房撰,傅璇琮等校笺:《唐才子校笺》,中华书局,1987年

马端临撰:《文献通考》,中华书局,1986年
郑樵撰,王树民点校:《通志二十略》,中华书局,1995年
永瑢等撰:《四库全书总目》,中华书局,1965年
皮锡瑞著,周予同注释:《经学历史》,中华书局,1959年
王鸣盛著:《十七史商榷》,中华书局,2010年
赵翼著,王树民校证:《廿二史札记校证》,中华书局,2013年
劳格、赵钺撰,徐敏霞、王桂珍点校:《唐尚书省郎官石柱题名考》,
　中华书局,1992年
徐松撰,赵守俨点校:《登科记考》,中华书局,1984年
徐松撰,孟二冬补正:《登科记考补正》,中华书局,2019年
徐松撰:《唐两京城坊考》,中华书局,1985年
[日]池田温编:《唐代诏敕目录》,三秦出版社,1991年
金毓黻著:《渤海国志长编》,黑龙江人民出版社,1995年

陈鼓应注译:《庄子今注今译》,中华书局,1983年
王先谦撰,沈啸寰等点校:《荀子集解》,中华书局,1988年
吴毓江撰,孙启治点校:《墨子校注》,中华书局,2006年
董仲舒著,苏舆撰,锺哲点校:《春秋繁露义证》,中华书局,1992年
王充著,黄晖撰:《论衡校释》,中华书局,1990年
陶弘景撰,王家葵辑校:《登真隐诀辑校》,中华书局,2011年
萧绎撰,许逸民校笺:《金楼子校笺》,中华书局,2011年
杨衒之撰,周祖谟校释:《洛阳伽蓝记校释》,中华书局,2010年
颜之推撰,王利器集解:《颜氏家训集解》,中华书局,1993年
王通撰,张沛校注:《中说校注》,中华书局,2013年
黎靖德编,王星贤点校:《朱子语类》,中华书局,1986年
洪迈撰,孔凡礼点校:《容斋随笔》,中华书局,2005年

虞世南编:《北堂书抄》,中国书店,1989年,据光绪十四年南海孔氏刊本影印

欧阳询撰,汪绍楹校:《艺文类聚》,上海古籍出版社,1965年

徐坚等编:《初学记》,中华书局,1962年

白居易编:《白孔六帖》,文渊阁《四库全书》本

李昉等编:《太平广记》,中华书局,1961年

计成著,陈植注释:《园冶注释》,中国建筑工业出版社,1988年

章如愚撰:《群书考索》,广陵书社,2008年

章学诚著,叶瑛校注:《文史通义校注》,中华书局,1985年

［日］高楠顺次郎、渡边海旭监修:《大正新修大藏经》,日本大正一切经刊行会,1924年

萧统编,李善注:《文选》,中华书局,1977年

李昉编:《文苑英华》,中华书局,1966年

严可均编:《全上古三代秦汉三国六朝文》,中华书局,1958年

董诰等编:《全唐文》,中华书局,1983年

陈尚君辑校:《全唐文补编》,中华书局,2005年

茅坤编:《唐宋八大家文钞》,文渊阁《四库全书》本

周绍良主编:《唐代墓志汇编》,上海古籍出版社,1992年

逯钦立编:《先秦汉魏晋南北朝诗》,中华书局,1983年

傅璇琮等编:《唐人选唐诗新编》(增订本),中华书局,2014年

彭定求编:《全唐诗》,中华书局,1960年

陈尚君编:《全唐诗补编》,中华书局,1992年

沈德潜选:《古诗源》,中华书局,1963年

王夫之评选,王学太校点:《唐诗评选》卷二,文化艺术出版社,1997年

沈德潜:《唐诗别裁集》,上海古籍出版社,2013年

曹植著,赵幼文校注:《曹植集校注》,人民文学出版社,1984年
曹丕著,夏传才、唐绍忠校注:《曹丕集校注》,中州古籍出版社,1992年
阮籍著,陈伯君校注:《阮籍集校注》,中华书局,2012年
王弼撰,楼宇烈校释:《王弼集校释》,中华书局,1980年
陶渊明著,逯钦立校注:《陶渊明集》,中华书局,1979年
庾信撰,倪璠注,许逸民点校:《庾子山集注》,中华书局,1980年
卢思道著,祝尚书校注:《卢思道集校注》,巴蜀书社,2001年
王绩著,韩理洲校点:《王无功文集(五卷本会校)》,上海古籍出版社,1987年
李世民著,吴云、冀宇校注:《唐太宗全集校注》,天津古籍出版社,2004年
武则天著,罗元贞点校:《武则天集》,山西人民出版社,1987年
王勃著,蒋清翊注:《王子安集注》,上海古籍出版社,1995年
卢照邻著,祝尚书笺注:《卢照邻集笺注》,上海古籍出版社,1994年
骆宾王著,陈熙晋笺注:《骆临海集笺注》,上海古籍出版社,1985年
李峤、苏味道著,徐定祥注:《李峤诗注·苏味道诗注》,上海古籍出版社,1995年
陈子昂著,彭庆生校注:《陈子昂集校注》,黄山书社,2015年
杜审言著,徐定祥注:《杜审言诗注》,上海古籍出版社,1982年
张说著,熊飞校注:《张说集校注》,中华书局,2013年
张九龄著,熊飞校注:《张九龄集校注》,中华书局,2007年
王昌龄著,李云逸注:《王昌龄诗注》,上海古籍出版社,1984年
李白著,瞿蜕园、朱金城校注:《李白集校注》,上海古籍出版社,

1980 年

李白著,安旗主编:《李白全集编年笺注》,中华书局,2015 年

杜甫著,赵次公注,林继中辑校:《杜诗赵次公先后解辑校》,上海古籍出版社,2012 年

杜甫著,仇兆鳌注:《杜诗详注》,中华书局,1979 年

杜甫著,杨伦笺注:《杜诗镜铨》,上海古籍出版社,1981 年

王嗣奭撰:《杜臆》,上海古籍出版社,1983 年

黄生撰,徐定祥点校:《杜诗说》,黄山书社,1994 年

浦起龙著:《读杜心解》,中华书局 1961 年

顾宸注:《辟疆园杜诗注解》,清康熙二年(1663)吴门书林刻本

元结著,孙望校:《元次山集》,中华书局,1960 年

陆贽撰,王素点校:《陆贽集》,中华书局,2006 年

孟郊著,华忱之、喻学才校注:《孟郊诗集校注》,人民文学出版社,2015 年

韩愈著,钱仲联集释:《韩昌黎诗系年集释》,上海古籍出版社,1984 年

韩愈著,方世举编年笺注,郝润华、丁俊丽整理:《韩昌黎诗集编年笺注》,中华书局,2012 年

程学恂著:《韩诗臆说》,商务印书馆,1934 年

柳宗元著,尹占华、韩文奇校注:《柳宗元集校注》,中华书局,2013 年

刘禹锡著,瞿蜕园笺证:《刘禹锡集笺证》,上海古籍出版社,1989 年

白居易著,[日]川濑一马监修:《金泽文库本白氏文集》,勉诚社,1984 年

白居易著,谢思炜校注:《白居易诗集校注》,中华书局,2006 年

白居易著,谢思炜校注:《白居易文集校注》,中华书局,2011 年

元稹著,冀勤点校:《元稹集》,中华书局,2010 年
杜牧著,吴在庆校注:《杜牧集系年校注》,中华书局,2008 年
皮日休著,萧涤非、郑庆笃整理:《皮子文薮》,上海古籍出版社,
　1981 年
陆龟蒙撰,何锡光校注:《陆龟蒙全集校注》,凤凰出版社,2015 年
贯休著,陆永峰校注:《禅月集校注》,巴蜀书社,2006 年
周敦颐著,陈克明点校:《周敦颐集》,中华书局,1990 年
苏轼撰,王文诰辑注,孔凡礼点校:《苏轼诗集》,中华书局,1982 年
苏轼撰,茅维编,孔凡礼点校:《苏轼文集》,中华书局,1986 年
苏辙著,陈宏天等点校:《栾城集》,中华书局,1990 年
计有功撰,王仲镛校笺:《唐诗纪事校笺》,中华书局,2007 年
方回选评,李庆甲集评校点:《瀛奎律髓汇评》,上海古籍出版社,
　1986 年
高棅著:《唐诗品汇》,上海古籍出版社,1988 年
郭茂倩编:《乐府诗集》,中华书局,1979 年
傅璇琮等主编:《全宋诗》,北京大学出版社,1998 年
唐圭璋编:《全宋词》,中华书局,1965 年

何文焕辑:《历代诗话》,中华书局,1981 年
丁福保辑:《历代诗话续编》,中华书局,1983 年
丁福保编:《清诗话》,上海古籍出版社,1978 年
郭绍虞编:《清诗话续编》,上海古籍出版社,1983 年
刘勰著,范文澜注:《文心雕龙》,人民文学出版社,1962 年
锺嵘著,曹旭集注:《诗品集注》,上海古籍出版社,1994 年
[日]空海撰,王利器校注:《文镜秘府论校注》,中国社会科学出版
　社,1983 年

［日］遍照金刚撰，卢盛江校考：《文镜秘府论汇校汇考》，中华书局，2006年

杜甫著，郭绍虞集解：《杜甫戏为六绝句集解》，人民文学出版社，1978年

严羽著，郭绍虞校释：《沧浪诗话》，人民文学出版社，1983年

许学夷著，杜维沫校点：《诗源辩体》，人民文学出版社，1987年

胡应麟著：《诗薮》，上海古籍出版社，1979年

胡震亨编：《唐音癸签》，上海古籍出版社，1981年

陈沆著《诗比兴笺》，上海古籍出版社，1981年

王夫之著，戴鸿森笺注：《姜斋诗话笺注》，上海古籍出版社，2012年

叶燮著，霍松林校注：《原诗》，人民文学出版社，1979年

赵翼著，霍松林、胡主佑校点：《瓯北诗话》，人民文学出版社，1963年

刘熙载撰，袁津琥校注：《艺概注稿》，中华书局，2009年

近现代论著（按著者姓氏字母排序）：

［日］阿部隆一著，庆应义塾大学附属研究所斯道文库编：《阿部隆一遗稿集》，汲古书院，1993年

［德］扬·阿斯曼著，金寿福等译：《文化记忆：早期高级文化中的文字、回忆和政治身份》，北京大学出版社，2015年

［法］安田朴著：《中国文化西传欧洲史》，商务印书馆，2013年

［白］白佐良、马西尼著，萧晓玲、白玉昆译：《意大利与中国》，商务印书馆，2002年

卞孝萱著：《元稹年谱》，齐鲁书社，1980年

蔡长林主编：《隋唐五代经学国际研讨会》，"中研院"中国文哲研究所，2009年

蔡仲德著:《中国音乐美学史》,人民音乐出版社,2003年
蔡宗齐编:《声音与意义:中国古典诗文新探》,上海古籍出版社,
　　2016年
曹道衡著:《南朝文学与北朝文学》,江苏古籍出版社,1999年
曹道衡、沈玉成著:《南北朝文学史》,人民文学出版社,1991年
曹道衡、刘跃进著:《南北朝文学编年史》,人民文学出版社,2000年
岑仲勉著:《府兵制度研究》,上海人民出版社,1957年
岑仲勉著:《突厥集史》,中华书局,1958年
岑仲勉著:《隋唐史》,商务印书馆,2017年
陈才智著:《元白诗派研究》,社会科学文献出版社,2007年
陈冠明著:《苏味道李峤年谱》,中央文献出版社,2000年
陈启智著:《中国儒学史·隋唐卷》,北京大学出版社,2011年
陈弱水著:《唐代文士与中国思想的转型》,广西师范大学出版社,
　　2009年
陈尚君著:《唐诗求是》,上海古籍出版社,2018年
陈苏镇主编:《中国古代政治文化研究》,北京大学出版社,2009年
陈铁民著:《唐代文史研究丛稿》,中国社会科学出版社,2013年
陈伟强著:《汉唐文学的历史文化考察》,凤凰出版社,2014年
陈贻焮著:《唐诗论丛》,湖南人民出版社,1980年
陈贻焮著:《论诗杂著》,北京大学出版社,1989年
陈贻焮著:《杜甫评传》,北京大学出版社,2003年
陈寅恪著:《元白诗笺证稿》,上海古籍出版社,1978年
陈寅恪著:《金明馆丛稿初编》,上海古籍出版社,1980年
陈寅恪著:《隋唐制度渊源略论稿》,上海古籍出版社,1982年
陈寅恪著:《唐代政治史述论稿》,上海古籍出版社,1997年
陈祖言著:《张说年谱》,香港中文大学出版社,1984年

［日］川胜义雄著,徐谷芃、李济沧译：《六朝贵族制社会研究》,上海古籍出版社,2007年

［英］崔瑞德编著：《剑桥中国隋唐史》,中国社会科学出版社,1990年

［日］大阪市立美术馆编：《唐抄本》,同朋舍,1981年

［日］岛田翰撰,杜泽逊等点校：《古文旧书考》,上海古籍出版社,2003年

邓小军著：《唐代文学的文化精神》,台北文津出版社,1993年

邓小军著：《儒家思想与民主思想的逻辑结合》,四川人民出版社,1995年

邓小军著：《古诗考释》,商务印书馆,2013年

丁茂远编著：《〈郭沫若全集〉集外散佚诗词考释》,浙江大学出版社,2014年

［日］东京大学史料编纂所编：《大日本古文書編年文書》,东京大学出版会,1968年

杜晓勤著：《初盛唐诗歌的文化阐释》,东方出版社,1997年

杜晓勤主编：《中国历代基本典籍库·隋唐五代卷》(电子数据库),商务印书馆国际有限公司,2002年

杜晓勤著：《齐梁诗歌向盛唐诗歌的嬗变》,北京大学出版社,2009年

杜晓勤著：《六朝声律与唐诗体格》,北京大学出版社,2017年

杜晓勤著：《二十世纪隋唐五代文学研究述论》,北京大学出版社,2021年

方坚铭著：《牛李党争与中晚唐文学》,中国社会科学出版社,2009年

冯金忠著：《唐代河北藩镇研究》,科学出版社,2012年

冯天瑜著:《"封建"考论》,武汉大学出版社,2006年
傅刚著:《〈昭明文选〉研究》,中国社会科学出版社,2000年
傅刚著:《汉魏六朝文学与文献论稿》,商务印书馆,2016年
傅璇琮著:《唐代诗人丛考》,中华书局,1980年
傅璇琮主编:《唐五代文学编年史》,辽海出版社,1998年
傅璇琮著:《唐翰林学士传论》,辽海出版社,2005年
[日]高木正一著:《六朝唐诗论考》,创文社,1999年
[美]高友工、梅祖麟著:《唐诗的魅力》,上海古籍出版社,1989年
[法]戈岱司编,耿升译:《希腊拉丁作家远东古文献辑录》,中华书局,1987年
葛承雍著:《大唐之国——1400年的记忆遗产》,生活·读书·新知三联书店,2018年
葛晓音著:《八代诗史》,中华书局,2007年
葛晓音著:《山水田园诗派研究》,辽宁大学出版社,1993年
葛晓音著:《汉唐文学的嬗变》,北京大学出版社,1990年
葛晓音著:《诗国高潮与盛唐文化》,北京大学出版社,1998年
葛晓音著:《杜诗艺术与辨体》,北京大学出版社,2018年
[日]宫崎市定著,韩昇、刘建英译:《九品官人法研究:科举前史》,生活·读书·新知三联书店,2020年
[日]谷川道雄著,李济沧译:《隋唐帝国形成史论》,上海古籍出版社,2004年
顾颉刚著:《顾颉刚古史论文集》,中华书局,1988年
胡可先著:《唐代重大历史事件与文学研究》,浙江大学出版社,2007年
胡可先、孟国栋、武晓红著:《考古发现与唐代文学研究》,浙江大学出版社,2014年

[日]花房英树、前川幸雄著:《元稹研究》,汇文堂书店,1977年

黄时鉴著:《东西交流史论稿》,上海古籍出版社,1998年

黄永年著:《文史探微》,中华书局,2000年

[日]吉川幸次郎著,郑清茂译:《宋诗概说》,台北联经出版公司,1977年

蹇长春著:《白居易评传》,南京大学出版社,2002年

姜国柱、朱葵菊著:《中国历史上的人性论》,中国社会科学出版社,1989年

金启华著:《杜甫诗论丛》,上海古籍出版社,1985年

[日]静永健著:《白居易写讽谕诗的前前后后》,中华书局,2007年

[日]静永健、陈翀著:《汉籍东渐及日藏古文献论考稿》,中华书局,2011年

[日]空海著,《弘法大师空海全集》编辑委员会编:《弘法大师空海全集》,筑摩书房,2001年

邝健行著:《杜甫新议集》,万卷楼图书股份有限公司,2004年

[法]勒高夫(LeGoff, J.)等主编,姚蒙编译:《新史学》,上海译文出版社,1989年

雷艳红著:《唐代君权与皇族地位之关系研究》,中国社会科学出版社,2014年

李纯一著:《先秦音乐史》(修订本),人民音乐出版社,2005年

李汝伦著:《杜诗论稿》,广东人民出版社,1983年

[美]李珍华著:《王昌龄研究》,陕西太白文艺出版社,1994年

梁启超著:《先秦政治思想史》,东方出版社,1996年

廖宜方著:《唐代的历史记忆》,台大出版中心,2011年

林庚著:《唐诗综论》,人民文学出版社,1987年

林继中著:《杜诗学论薮》,上海古籍出版社,2015年

林纾著:《柳文研究法》,山西人民出版社,2014年

刘宁著:《唐宋之际诗歌演变研究——以元白之元和体的创作影响为中心》,北京师范大学出版社,2002年

刘宁、李鹏飞编:《古典文学的内部研究》,北京出版社,2016年

刘笑敢著:《庄子哲学及其演变》,中国社会科学出版社,1993年

刘跃进著:《门阀士族与永明文学》,生活·读书·新知三联书店,1996年

刘子凡著:《瀚海天山——唐代伊、西、庭三州军政体制研究》,中西书局,2016年

卢盛江著:《文镜秘府论研究》,人民文学出版社,2013年

鲁同群著:《庾信传论》,中华书局,2018年

罗根泽著:《隋唐文学批评史》,商务印书馆,1943年版

罗宗强著:《隋唐五代文学思想史》,上海古籍出版社,1986年

[德]马克思、恩格斯著,武剑西译:《马克思恩格斯论宗教》,人民出版社,1954年

毛汉光著:《中国中古社会史论》,上海书店出版社,2002年

毛汉光著:《中国中古政治史论》,上海书店出版社,2002年

孟二冬著:《孟二冬文存》,高等教育出版社,2007年

牟润孙著:《注史斋丛稿》,中华书局,1987年

内蒙古文物考古研究所编:《内蒙古东部区考古学文化研究文集》,海洋出版社,1991年

[美]倪豪士编选:《美国学者论唐代文学》,上海古籍出版社,1994年

[美]斯蒂芬·欧文著,贾晋华译:《初唐诗》,广西人民出版社,1987年

[美]斯蒂芬·欧文著,贾晋华译:《盛唐诗》,黑龙江人民出版社,

1992 年

彭庆生著:《初唐诗歌系年考》,北京大学出版社,2012 年

[加]蒲立本著,丁俊译:《安禄山叛乱的背景》,中西书局,2018 年

启功著:《启功丛稿:题跋卷》,中华书局,1999 年

钱穆著:《庄老通辨》,生活·读书·新知三联书店,2002 年

钱志熙著:《唐诗近体源流》,北京大学出版社,2015 年

卿希泰著:《中国道教史》,四川人民出版社,1992 年

任继愈主编:《中国佛教史》第三卷,中国社会科学出版社,1988 年

荣新江著:《丝绸之路与东西文化交流》,北京大学出版社,2015 年

[法]沙畹著,冯承钧译:《西突厥史料》,中华书局,1957 年

[日]杉本一树著:《日本古代文書の研究》,吉川弘文馆,2001 年

[日]山下幸男著:《寫經所文書の基礎的研究》,吉川弘文馆,2002 年

[日]山下有美著:《正倉院文書と寫經所の研究》,吉川弘文馆,1999 年

尚定著:《走向盛唐》,中国社会科学出版社,1994 年

上海社会科学院历史研究所编:《第二届传统中国研究国际学术讨论会论文集》,2007 年

[日]石见清裕著,胡鸿译:《唐代北方问题与国际秩序》,复旦大学出版社,2019 年

[日]石见清裕著,王博译:《唐代的民族、外交与墓志》,西北大学出版社,2019 年

[日]石上英编:《正倉院文書論集》,青史出版,2005 年

《世界上古史纲》编写组编:《世界上古史纲》,人民出版社,1978 年

[苏]列·斯托洛维奇著,凌继尧译:《审美价值的本质》,中国社会科学出版社,1984 年

苏绍兴著:《两晋南朝的士族》,台北联经出版事业公司,1993年

孙猛著:《日本国见在书目录详考》,上海古籍出版社,2015年

[日]太田次男、小林芳规著:《神田本白氏文集の研究》,勉诚社,1982年

[日]太田次男著:《舊鈔本を中心とする:白氏文集本文の研究》,勉诚社,1997年

唐长孺著:《魏晋南北朝史论丛续编》,生活·读书·新知三联书店,1959年

唐长孺等编:《汪篯隋唐史论稿》,中国社会科学出版社,1981年

唐长孺著:《魏晋南北朝史论拾遗》,中华书局,1983年

唐长孺著:《魏晋南北朝隋唐史三论》,武汉大学出版社,1992年

汤用彤著:《汉魏两晋南北朝佛教史》,北京大学出版社,1997年

陶敏著:《唐代文学与文献论集》,中华书局,2010年

[日]藤善真澄著,张恒怡译:《安禄山——皇帝宝座的觊觎者》,中西书局,2017年

田晓菲著:《烽火与流星——萧梁王朝的文学与文化》,中华书局,2010年

田余庆著:《东晋门阀政治》,北京大学出版社,1991年

佟培基著:《全唐诗重出误收考》,陕西人民教育出版社,1996年

谢思炜著:《白居易集综论》,中国社会科学出版社,1997年

修君、鉴今著:《中国乐妓史》,中国文联出版社,1993年

[日]丸山裕美子著:《正倉院文書の世界よみかえる天平の時代》,中央公论社,2010年

王承礼著:《中国东北的渤海国与东北亚》,吉林文史出版社,2000年

王达津著:《唐诗丛考》,上海古籍出版社,1986年

王克芬著:《中国舞蹈发展史》,上海人民出版社,2004年

王梦鸥著:《初唐诗学著述考》,台湾商务印书馆,1974年

王文进著:《南朝山水与长城想像》,台北里仁书局,2008年

王小平著:《中外文化交流史·中国—日本卷》,山东教育出版社,2015年

王勇、大庭修主编:《中日文化交流史大系·典籍卷》,浙江人民出版社,1996年

王永平著:《中古士人迁移与文化交流》,社会科学文献出版社,2005年

王运熙、杨明著:《魏晋南北朝文学批评史》,上海古籍出版社,1989年

王运熙、杨明著:《隋唐五代文学批评史》,上海古籍出版社,1994年

王伊同著:《五朝门第》,香港中文大学出版社,1978年

王锺陵著:《中国中古诗歌史》,人民出版社,2004年

王仲荦著:《魏晋南北朝史》,上海人民出版社,1979年

[美]勒内·维勒克、奥斯汀·沃伦著,刘象愚等译:《文学理论》,江苏教育出版社,2005年

闻一多著:《唐诗杂论》,上海古籍出版社,1998年

吴光兴著:《八世纪诗风》,社会科学文献出版社,2013年

吴宗国著:《中古社会变迁与隋唐史研究》,中华书局,2019年。

吴先宁著:《北朝文学研究》,台北文津出版社,1993年

吴钊、刘东升著:《中国音乐史略》,人民音乐出版社,1983年

[希腊]希罗多德著,王以铸译:《历史》,商务印书馆,1959年

[日]西洋子著:《正倉院文書整理過程の研究》,吉川弘文馆,2002年版

项春松著:《辽代历史与考古》,内蒙古人民出版社,1996年

萧涤非著:《汉魏六朝乐府文学史》,人民文学出版社,1984年
肖瑞峰著:《日本汉诗发展史》(第一卷),吉林大学出版社,1992年版
[日]小川环树著:《小川环树著作集》,筑摩书房,1997年
[日]小西甚一著:《文镜秘府论考·研究篇》,八大洲出版会社,
　　1948年
徐复观著:《中国文学精神》,上海书店出版社,2004年
徐涛编著:《毛泽东诗词全编》,湖北教育出版社,1993年
许总著:《杜诗学发微》,南京出版社,1989年
薛宗正著:《突厥史》,中国社会科学出版社,1992年
薛宗正著:《北庭历史文化研究——伊、西、庭三州及唐属西突厥左
　　厢部落》,上海古籍出版社,2010年版
阎采平著:《齐梁诗歌研究》,北京大学出版社,1994年
严耕望著:《唐代交通图考》,上海古籍出版社,2007年
严绍璗、刘渤著:《中国与东北亚文化交流志》,北京大学出版社,
　　2016年
杨宽著:《西周史》,上海人民出版社,1999年
杨家骆主编:《辽史汇编》,鼎文书局,1973年
杨荫浏著:《中国古代音乐史稿》,人民音乐出版社,2004年
[德]H·R·姚斯、[美]R·C·霍拉勃著,周宁、金元浦译:《接受
　　美学与接受理论》,辽宁人民出版社,1987年
尹协理、魏明著:《王通论》,中国社会科学出版社,1984年
余英时著:《士与中国文化》,上海人民出版社,1987年
余英时著:《中国思想传统的现代阐释》,江苏人民出版社,1995年
袁禾著:《中国宫廷舞蹈艺术》,上海音乐出版社,2004年
袁行霈、丁放著:《盛唐诗坛研究》,北京大学出版社,2012年
张伯伟著:《全唐五代诗格汇考》,凤凰出版社,2002年

张伯伟著:《中国古代文学批评方法论》,中华书局,2002年
张广达著:《文本、图像与文化流传》,广西师范大学出版社,2008年
张立文著:《宋明理学研究》,中国人民大学出版社,1985年
张国刚著:《唐代藩镇研究》(增订版),中国人民大学出版社,2010年
张一南著:《晚唐齐梁诗风研究》,北京大学出版社,2021年
张冥飞笔述:《章太炎国学讲演集》,中华国学研究会,1923年
张振镛著:《中国文学史分论》,商务印书馆,1934年
张志烈著:《初唐四杰年谱》,巴蜀书社,1993年
张志尧主编:《草原丝绸之路与中亚文明》,新疆美术摄影出版社,1994年
张勇著:《傅大士研究》,巴蜀书社,2000年
章士钊著:《柳文指要》,中华书局,1971年
赵昌平著:《赵昌平文存》,中华书局,2021
［日］正仓院文书研究会编:《正倉院文書研究(1—10)》,吉川弘文馆,1993—2003年
郑临川述评:《闻一多论古典文学》,重庆出版社,1984年
中国社会科学院考古研究所编:《考古学参考资料》,文物出版社,1978年
中国社会科学院考古研究所编:《新中国的考古发现和研究》,文物出版社,1984年
周一良著:《魏晋南北朝史论集》,中华书局,1963年
周一良著:《魏晋南北朝史札记》,中华书局,1985年
周祖谟编:《唐五代韵书集存》,中华书局,1983年版
周祖譔主编:《中国文学家大辞典·唐五代卷》,中华书局,1992年
庄锡昌等编:《多维视野中的文化理论》,浙江人民出版社,1987年

后 记

20世纪末,吴先宁先生曾经主编了一套"中国文学史研究系列"丛书,共收当时刚毕业的中国古代文学专业博士的论著12本,其中绝大多数为博士学位论文。承师兄钱志熙教授推荐和主编吴先宁先生不弃,我把在陈贻焮先生、葛晓音先生指导下完成的博士学位论文《齐梁诗歌向盛唐诗歌的嬗变》的下编"从'性灵摇荡'到'风骨凛然':齐梁至盛唐间诗人文化心态之嬗变及其对诗歌创作之影响",增补扩充到二十万字左右,以"初盛唐诗歌的文化阐释"为题,忝列此套丛书,于1997年由东方出版社正式出版。因比较整齐的作者队伍以及相近的研究方法——即傅璇琮先生在丛书总序中所称赏的"历史—文化综合研究",此套丛书在很长的一段时期内,都得到海内外学界的持续高度关注。就在几年前,蒋寅教授也还感叹过,这套丛书真应该再版。为此,我曾与主编吴先宁先生及其他作者商量过,想再找一家出版社,将此套丛书集体修订再版。后因种种客观原因,此计划未能付诸实施。

其实,在本世纪初修订博士论文时,我就已经有对中近古诗歌艺术转型与社会文化转型之关系、唐代文学与唐型文化之关系等问题作更全面研究的计划。但是,由于近二十年我把主要精力放在对唐诗体格律和近体诗形成史等问题的研究上,从社会政治文化角度对唐代文学发展史、经典作家作品进行的外部研究,就时断时续,并不系统深入。本书之基础和主干，既有《初盛唐诗歌的文化阐释》较之《齐梁诗歌向盛唐诗歌的嬗变》所增加的内容，也有自20世纪80年代末以来发表的相关论文。此次整合成书，我在作家作品分析、文字表达和观点论述等方面，都较之旧著做了力所能及的修订和扩充。

在此书即将出版之际，我沉痛悼念不久前遽归道山的我本科时的古代文学研究启蒙老师徐应佩先生，深切缅怀我的硕士论文指导老师霍松林先生、博士论文指导老师陈贻焮先生。特别感谢多年来一直给我指导和鼓励的姜光斗老师、周建忠老师、杨恩成老师和葛晓音老师，衷心祝愿恩师们体笔健旺、永葆学术青春。

另外，中华书局俞国林先生为此书顺利出版热情相助，责任编辑葛洪春先生编校严谨且高效，安生博士逐条核对了书中引文和注释，在此一并表示衷心的感谢。

2021年10月26日子夜
记于京西北智学苑望山楼